KATABASIS
地狱考

[美] 匡灵秀 著

姜昊骞 译　　陈阳 译校

中信出版集团｜北京

图书在版编目（CIP）数据

地狱考 / (美) 匡灵秀著; 姜昊骞译. -- 北京：
中信出版社, 2025.9. -- ISBN 978-7-5217-7979-0
I. I712.45
中国国家版本馆 CIP 数据核字第 2025P3S486 号

KATABASIS
Copyright © 2025 by Rebecca Kuang
Published by arrangement with Liza Dawson Associates, through The Grayhawk Agency Ltd.
Simplified Chinese translation copyright © 2025 by CITIC Press Corporation Shanghai Branch
ALL RIGHTS RESERVED

地狱考

著者： ［美］匡灵秀
译者： 姜昊骞
出版发行：中信出版集团股份有限公司
（北京市朝阳区东三环北路 27 号嘉铭中心　邮编 100020）
承印者： 河北鹏润印刷有限公司

开本：787mm×1092mm 1/16　　印张：31.25　　字数：417 千字
版次：2025 年 9 月第 1 版　　　　印次：2025 年 9 月第 1 次印刷
京权图字：01-2025-2641　　　　　书号：ISBN 978-7-5217-7979-0
定价：88.00 元

版权所有·侵权必究
如有印刷、装订问题，本公司负责调换。
服务热线：400-600-8099
投稿邮箱：author@citicpub.com

目　录

第一章	001
◈ 魔法	015
第二章	019
第三章	035
第四章	046
第五章	059
◈ 转世	071
第六章	074
第七章	093
◈ 粉笔	105
第八章	107
第九章	117
第十章	133
第十一章	153
第十二章	162
第十三章	187
第十四章	196
第十五章	203

第十六章	224
第十七章	233
第十八章	242
第十九章	261
第二十章	273
第二十一章	295
第二十二章	304
第二十三章	323
◎ 悖论	335
第二十四章	336
第二十五章	341
第二十六章	355
第二十七章	367
第二十八章	388
第二十九章	406
第三十章	416
第三十一章	424
第三十二章	438
第三十三章	449
第三十四章	463
第三十五章	479

致谢	495

第一章

许多人不懂哲学。真正的追求哲学，无非是学习死，学习处于死的状态。他既然一辈子只是学习死、学习处于死的状态，一旦他认真学习的死到了眼前，他倒烦恼了，这不是笑话吗？

——柏拉图《斐多篇》[1]

剑桥大学，米迦勒节学期[2]，10月。烈风隐日。爱丽丝·罗本来应该去给本科生上本学期的第一堂课，内容是用笛卡尔分解咒进行不间断复习的危险性。然而，此刻她正准备前往地狱八殿，救回导师的魂魄。

雅各布·格兰姆斯教授死于一场可怕的严重事故，而且从某种角度看，那是她害的。于是，论道义也好，讲私利也罢——没有格兰姆斯教授，爱丽丝就没有学位评定委员会主席；没有委员会主席，她就不能答辩，就不能毕业，也就不能申请预长聘制的分析魔法学教职——爱

---

[1] 引自《斐多——柏拉图对话录之一》，[古希腊]柏拉图著，杨绛译，辽宁人民出版社，2000年。——译者注（若无特殊说明，书中脚注均为译者注）
[2] 剑桥大学的一个学年分为三个学期，通常10月初到12月初是米迦勒节学期，1月中旬到3月中旬是四旬节学期，4月下旬到6月中旬是复活节学期。学期得名于基督教节日。在英国，人们在9月29日庆祝米迦勒节。

丽丝都觉得有必要去找大慈大悲冥府真君阎罗大王求情，求他让教授还阳。

此事非同小可。之前一个月里，她通过自学成了地狱学[1]专家。这本不是她的研究范围。这年头根本没有人做这方面的研究，因为很少有地狱学家能活着发表作品。自从格兰姆斯教授死后，爱丽丝只要一睁眼，就把全部时间都用来读文献。她读了自己能找到的每一部讲地狱往返方法的专著、论文和只言片语。历史上至少有十来个学者去了地狱并活着回来，留下了可信的记述，但过去一个世纪里寥寥无几。所有现存文献都或多或少不太可靠，而且翻译起来难得吓人。但丁的记述偏离了主题，充斥着恶意批判，失去了报道的本意。T. S. 艾略特给出了一些年代较近，也较为详尽的地貌记述，但《荒原》的自我指涉意味太浓，算不算游记都有严重争议。俄耳甫斯的笔记是用古希腊文写成的，基本只留下残篇，就像他的其他事迹一样。还有埃涅阿斯——哼，全是罗马人的自我宣传。此外，可能还有一些小众语言的记述。爱丽丝倒是可以在档案馆里查上个几十年，可资助期限不等人哪。她这个学期末就要汇报论文进度了。到时候要是没有一个活着会喘气的导师，爱丽丝最多也就能指望资助展期到她换学校，找到新导师为止了。

但她不想换学校，她就要剑桥的学位。她也不想随便找个导师，她就想要系主任、诺贝尔奖得主、两次当选皇家魔法学会会长的雅各布·格兰姆斯教授。她想要能敲开任何一扇门的金字推荐信。她想要出人头地。这意味着，爱丽丝必须下一趟地狱，而且必须今天就去。

她再三检查了用粉笔画的法阵。她总是先给五芒星阵外侧的圆圈留一个口，等到她确定念出咒语激活法阵不会害死自己的时候，她才把口封上。千千万万要确保无误。施法必须精确。她瞪眼盯着整齐的白线，

---

[1] 原文为 Tartarology，取自古希腊神话中的地狱塔耳塔洛斯。

看得线条都在她眼前游动起来了。她得出结论，再好也就这样了。人的脑子容易犯错，但她的犯错率比大多数人都低。现在，她只能信任自己一个人的脑子了。

她紧握住粉笔，丝滑地补全了法阵。

她深吸一口气，走进法阵。

代价当然是有的。任谁下地狱都不会毫发无损。但她从一开始就决心承担代价，因为从大局来看，代价似乎微不足道。她只是希望不要太痛苦。

"你干什么呢？"

她认得那个声音。她不用转身就知道站在门口的是谁。

彼得·默多克。大衣扣子没扣，衬衫没掖进去，挎包里的纸散在外面，有被风吹走之虞。爱丽丝向来看不惯彼得成天像刚睡醒似的，但依然是系里宠儿的样子。不过吧，这也不奇怪：学术界尊重严谨，奖赏努力，但更钟爱根本不用费劲的天才。彼得顶着个鸟窝头，胳膊腿像稻草人似的，骑着一辆破自行车，看起来好像他这一辈子就没怎么费过劲。他就是天资聪慧，众神把知识都灌进他的大脑里，一滴都没有漏出来。

爱丽丝受不了他。

"别管我。"她说。

彼得挤进了她的法阵，这是非常粗鲁的行为。要进另一位魔法师的法阵，总该先问一问。"我知道你有什么打算。"

"不，你不知道。"

"石氏基础传送五芒星法阵，塞蒂亚修订版。"他说道。爱丽丝心生佩服，因为他只是匆匆瞥了一眼地面，还是从反方向看的。"通过拉马努金求和法产生卡西米尔效应，建立与目标的精神联结。八画代表八殿。"他咧嘴一笑，"爱丽丝·罗，你这爱折腾的家伙。你是要下地狱。"

"行啊,你都知道这么多了。"爱丽丝恶狠狠地说,"你应该也知道这里站不下两个人吧。"

彼得跪下来,把眼镜往上推了推,然后用自己的粉笔迅速在法阵上做了一些修改。这也是非常粗鲁的行为——要改另一位魔法师的作品,总该先问一问。但是,礼仪不适用于彼得·默多克。彼得向来不在意他人的感受,还是那句话,天才不会犯错。有一次,学院司服坐在高桌[1]旁,爱丽丝亲眼看见彼得把巧克力糖浆洒了司服一身,结果他根本没挨骂,司服只是拍了他一下肩膀,笑了一声。彼得连犯错都是可爱的。她有一次晚餐时间全都待在厕所里,捂着嘴大喘气,只因为她把一个面包篮打翻在地。

"一生二。"彼得晃着指头说,"阿布拉卡达布拉[2]。现在有地方了。"

爱丽丝检查了一遍他画的符文。她难过地发现,他做得完美无缺。她倒宁愿他出个错,好让他少条胳膊断条腿。她也真心宁愿他接下来没有宣告:"我要跟你去。"

"不行。"

在剑桥大学分析魔法系的所有人里边,她最不愿意跟彼得·默多克一同去地狱。完美的彼得,聪明的彼得,惹人生气的彼得。每到重要关头,彼得都会包揽系里的最高荣誉——第一学年最佳论文、第二学年最佳论文、逻辑学院长奖、数学院长奖(说句公道话,这是爱丽丝学得最差的两门课,但在来剑桥之前,她都不习惯失败)。彼得出身学术世家,是数学家和生物学家生出来的魔法学家。这意味着,他连路都不会

---

[1] 高桌(high table)是英国大学里用餐大厅尽头的饭桌,通常放在台子上,故名。只有院长及其客人可以在高桌用餐。
[2] 原文为 Abracadabra,是一句流传很广的驱魔辟邪咒语,也经常用于魔术表演,类似于中国的"天灵灵,地灵灵"。"哈利·波特"系列小说中的"阿瓦达索命咒"(Avada Kedavra)据说就是由它改写而来。

走的时候，就泡在象牙塔的潜规则里面了。彼得已经拥有了世间一切美好的事物。他不需要拿着格兰姆斯教授的推荐信找工作。

最糟糕的是，彼得总是那么和善。他总是带着无忧无虑的笑容到处走。他总是主动帮助同学克服科研中遇到的障碍。在研讨会上，他总是问大家周末过得怎么样，尽管他心知肚明，大家在对着他做梦就能做出来的证明题抹眼泪。彼得从不自夸，从不高高在上，他只是光明正大地比别人强。这让大家难受多了。

不，爱丽丝想要独自解决这个问题。她不想默多克只是因为想帮忙，就一直在她后面唠唠叨叨，挑剔她的法阵。另外，假如她带着格兰姆斯教授安全回来了，她尤其不想跟彼得分享功劳。

"在地狱会很孤单的，"彼得说，"你会想有人陪的。"

"他人即地狱，我知道。"

"你真幽默。行了吧，你最起码需要人帮你背物资吧。"

爱丽丝在包里塞了一个全新的永续瓶（好几个星期都用不完的水壶）和兰巴斯干粮（形似硬纸板的营养棒，颇受研究生欢迎，因为它几秒钟就能吃完，吃完能顶好几个钟头。兰巴斯干粮没有魔力，它只是从成吨花生里提取了蛋白质和巨量的糖）。她有手电筒、碘酒、火柴、绳索、绷带，还带了一条保温毯。她有一盒全新锃亮的巴克莱牌粉笔，还有她在大学图书馆里能找到的每一张可靠的地狱地图。她把地图小心翼翼地收在一个层压板活页夹里。（唉，它们描绘的地形都不一样——她估计到时候得登高远望，选择一张地图。）她有一把弹簧刀、两柄锋利的猎刀。她还带了一本普鲁斯特，以防晚上无聊。（实话说，她一直没闲工夫读普鲁斯特，但在剑桥的熏陶下，她成了那种希望自己读过普鲁斯特的人。她觉得，地狱是个开工的好地方。）"我都搞定了。"

"你还需要有人帮你摸索通过各殿。"彼得说，"地狱的存在形态很奇诡,你知道吧。安斯康姆[1]认为,仅仅是持续的空间转向……"

爱丽丝翻了个白眼。"请你不要暗示我不够聪明,不配去地狱。"

"你带'克利里'了吗?"

"当然。"爱丽丝不会忘带《克利里模板手册》。她什么都没忘。

"你都查过俄耳甫斯旅行记的 12 个权威版本了吗?"

"我当然查过俄耳甫斯了,一上来就要查啊。"

"你知道如何渡过忘川[2]吗?"

"拜托,默多克。"

"你知道如何驯服刻耳柏洛斯吗?"

爱丽丝犹豫了。她知道这可能是一大阻碍。她读过但丁写给贝尔纳多·卡拿乔[3]的一封信,里面提到了刻耳柏洛斯的威胁,只不过她在其他参考资料里再没见过。凡迪克的《但丁与文学作品中的地狱》里可能包含了线索,但这本书已经不在书架上了。

事实上,在过去几个月里,她要用的好几本书都不断从图书馆消失,而且常常是在她过去的当天上午刚被借走。所有《埃涅阿斯纪》的译本,所有中世纪学者对拉撒路[4]的研究资料,全都不见了。书架上好像附了一只鬼魂,她的每一步计划都被提前料到。

爱丽丝恍然大悟:"是你……"

"在研究同一个课题,"彼得说道,"我们都深入到这个程度了,爱丽丝。咱俩的毕业论文没有别人能指导。别人都不够聪明。再说了,他还有很多东西没教给我们,我们必须带他回来。两个人总比一个人强。"

爱丽丝哭笑不得。原来如此,书架上的每一个空位,每一本神秘消

---

1 安斯康姆,英国现代分析哲学家,曾师从维特根斯坦,她的一个主要研究方向是意向性(intention),代表作是 1957 年出版的《意向》一书。
2 古希腊神话中冥界五条河流之一,亡者饮下忘川水,从此忘却尘世事。
3 卡拿乔是 14 世纪意大利诗人,年轻时师从比自己大 32 岁的但丁。
4 拉撒路是《圣经》中记载的人物,据说耶稣在他病死后将其复活。

失的书，原来一直都是彼得干的。

"那你告诉我怎么驯服刻耳柏洛斯吧。"

"想得美，罗。"彼得轻轻碰了她的肩膀一下，"行了。你知道咱俩一直挺般配。"

爱丽丝心想，这可真是谬赞了。

他不是那个意思。她知道他不是那个意思，因为真实情况不是那样，一年来都不是那样，而且那完全是彼得自己的选择。她记得很清楚。那么，他怎么会装出一副亲昵的样子，说话那么随意，仿佛他们还是在实验室里傻笑的一年级生，仿佛时间没有流逝呢？

但这就是彼得的做派，他跟所有人都这样。热情洋溢，昂扬向上。但一旦你试着靠近，坚实的地面就会化为虚空。

那就要两害相权了。要么选不完全信息，要么选彼得。爱丽丝觉得可以索要相关书籍——彼得是烦人，但他不藏私——然后靠自己搞明白。但爱丽丝的资助快到期了，而且格兰姆斯教授的某些身体部位正在地下室里腐烂，她实在没时间。

"好吧。"爱丽丝说，"你自己带粉笔了吧。"

"两盒施罗普利牌的新货。"彼得开心地说道。

没错，她知道彼得喜欢施罗普利牌，可见他性格恶劣。最起码她不用把粉笔分给彼得用了。

她整理了一遍放在脚边的背包，确保背包带没有落在法阵外面。"现在就剩下念咒了。你准备好了吗？"

"等等，"彼得说，"你知道代价吗？"

爱丽丝当然知道，这就是学者很少去地狱的原因。过去倒不是非常难，只要挖掘出所有适当的护身法，然后掌握就可以了。问题在于，下去一趟往往得不偿失。

"代价是我剩余阳寿的一半。"她说。进入地狱意味着闯过生死两

第一章　　007

界的大门,仅靠粉笔画的符文无法承载所需的生命能量。"差不多没了三十年。我知道。"

但她没有为抉择挣扎过。她是要顺利毕业,做出卓越的学术成果,带着荣耀离开人世,还是要过完天定的寿数,头发花白,嘴角流涎,默默无闻,追悔莫及?阿喀琉斯不就选战死沙场吗?她在系里的活动上见过光荣退休的教授,他们连话都说不清楚,只是可怜的摆设。她也不觉得老年生活有什么吸引力。她知道,这个选择会让任何学术圈外的人惊骇。但是,学术圈外的人根本不可能懂。为了换取教授职位,她愿意牺牲自己的第一个孩子,她愿意断手断脚,她愿意付出一切,只要她还拥有自己的头脑,只要她还能思考。

"我想成为魔法师。"她说,"这是我毕生的夙愿。"

"我知道。"彼得说,"我也一样。而且我……我需要成为。我必须成为。"

鸦雀无声。爱丽丝想过问他,但她知道彼得不会告诉她。涉及私人问题,彼得就是一堵石墙。他可以淡然一笑,轻松躲开。

"那就这么定了。"彼得清了清喉咙,"大概是我说拉丁语,你说希腊语和汉语。"他低下头,瞥了一眼他右脚脚趾旁边的一片区域。"你说,这块儿为什么不用梵语?"

"我不习惯用梵语。"爱丽丝恼道。彼得就是这样,高高在上,哪怕表面上只是在进行确认。"我参考的都是文言文版的佛经。"

"哦。"彼得嘟囔了一声,"好吧,估计也行。你确定就好。"

她翻了个白眼。"数到三就念。"

"来了。"

她开始倒数三二一。"念。"

两人开始念咒。

雅各布·格兰姆斯教授之死是可怕的，是悲惨的，也是可以预见、可以避免的。另外，大部分人都不知道的是，那完全是爱丽丝的错。

几十年来，格兰姆斯教授在那间实验室里做过成千上万次常规实验。相比之下，那天的实验并没有更危险，或者更极端。他只是在回溯集合论的一些基本原理。他有一篇新文章要发在业内顶刊《奥秘》上，里面引用了这些原理。这完全是常规操作，危险程度不高于骑自行车，只要检查好法阵就行——本科生级别的工作。

格兰姆斯教授没有亲自检查五芒星法阵。他早就到了把这种杂活丢给研究生的职业段位了。格兰姆斯教授的时间要用来进行深远宏大的思考。他的目光越过山巅，穿越云层，洞悉真理，然后下凡颁旨，宛如摩西走下西奈山[1]，然后由下属完善细节。他早就不自己算数或翻译了。他也不会跪在地上，眯眼弓背地检查粉笔画出的线。那太跌份儿。

一名魔法师竟然将性命交到钱少活多的研究生手里，有人可能会觉得这很鲁莽，乃至愚蠢。但有一条，格兰姆斯教授手下有全世界最优秀的研究生。还有一条，哪怕美国末流大学的研究生也认得出法阵里最危险的错误，更何况这是剑桥。经过多年练习，这些错误在任何称职的学者眼里都如同醒目的红旗：外侧圆圈残缺，单词拼错，等价关系搞错，括号不全。任何脑筋正常的人都能做好。

但是，爱丽丝那天脑筋不正常。

她当然钱少活多，但这是研究生群体的常态，没有人太当回事。不过，她之前有三个月没好好睡觉了。她灌了一肚子咖啡，以至于眼中的世界影影绰绰，手里的粉笔也颤颤巍巍。她觉得身体与物质世界不再界限分明，这是她常有的感受。她还觉得自己不再是聚合的主体，她要消融了，就像方糖化在茶水里一样。她不在工作状态，而且不在状态已经

---

[1] 摩西带领以色列人出埃及后，在西奈山上领受耶和华的十诫，然后下山颁布。

很久了。爱丽丝当时最需要的是好好休个长假，然后可以的话，去某家偏远的海滨医院里住院治疗。

但是，实验室是不能缺勤的。自从去年起，格兰姆斯教授就再没找过她帮忙写论文。虽然这件事对她来说有些低级，虽然她不可能署名，但爱丽丝还是迫不及待地想要赢回导师的青睐。

不管怎么说，累到崩溃是一种默认状态。要求很简单：在强力咖啡搭配兰巴斯干粮的加持下，学生坚持到所有项目按期完成，然后就可以昏过去了，昏迷多久都没关系。爱丽丝读博的大部分时间里都处于这种状态，其实也没多糟。

但那天下午，她又生气，又怨恨，又困惑，挫败感与怒火纠缠、混杂在一起。只要听见格兰姆斯教授的说话声，她就猛地一颤。只要感知到他来到身边——感觉到他在走动，感觉自己跪在他的身影下——她就呼吸困难。当两人短暂的眼神交会时，她的呼吸停止了，她心想还不如死了好。

在这种环境下是很难集中精力的。

于是，她绘制法阵的时候，必要的回路没有闭合。对法阵来说，必要回路闭合是非常重要的。念咒会唤起粉笔末儿中蕴含的无机活力，这股能量必须严格约束在限定空间内，否则就会爆炸。哪怕最细小的缺口也能酿成大祸。事实上，小缺口反而更糟，因为能量会更加集中，造成可怕的效果。因此，凡绘制法阵者，一定要做蚂蚁测验：用铅笔从头到尾把法阵描一遍，确保每一只蚂蚁都能沿着笔迹走完全程。

爱丽丝没做蚂蚁测验。

她其实懒得确保格兰姆斯教授的身体完整。

这种错误能让人的职业生涯就此结束。爱丽丝本来就会迎来这样的结局，假如有人在实验室日志里看到她的名字，或者有领导知道是她当助手的话。本来应该会有调查，她会在委员会面前接受盘问，被迫事无巨细地复述自己犯下的每一个错误，而委员们要考虑这算是非预谋杀人罪，还是危害他人安全罪。她可能会失去补助，被勒令退学，接受皇家魔法学会讯问，不得在全世界任何院校学习或施行魔法，哪怕是学位不被承认的海外野鸡大学。这一切的前提还是她没进监狱。

但是，格兰姆斯教授做实验时一般不会给研究生署名。自费助研是博士项目的一条不成文要求。就官方层面而言，除了格兰姆斯教授以外，谁都不知道事故发生当天下午的实验室里到底有什么人。没有别人看见来自无穷位面的狂风呼啸着，席卷着吹入法阵。没有人看见格兰姆斯教授的眼球被扯出来，然后像葡萄一样爆开；他的肠子流了出来，像跳绳一样缠住他的身体，盘一盘，吃果果[1]；他的嘴巴扭曲，发出无声的呐喊。没有人看到格兰姆斯教授的身体倒了过来，狠狠转了七圈，外露的身体器官打着旋，然后朝四面八方飞去，每一寸表面都溅上了血液、骨头和内脏。没有人看到他的大脑拍在黑板上，带着牙齿的颌骨残片扑通一声，掉进了大吉岭下午茶的茶杯里。

也没有人看见爱丽丝在实验室的淋浴间里脱光衣服，将身体擦洗干净，把衣服扔进焚化炉，换上她本来就放在实验室的包里的衣服，匆匆从后门离开。没有人看见她大半夜横穿校园，逃回学院宿舍，然后又脱光冲了一遍澡，一会儿吐，一会儿哭，就这么沉入梦乡。

就外界所知，第一个得知格兰姆斯教授死讯的是第二天上午发出尖叫的清洁工。

到了这个时候，血液和尸块已经毁掉了法阵，笔迹也全都沾上了血污，根本没有人能说清是哪里出了问题。有一块内脏——后经辨认系格兰姆斯教授的肝脏——正好盖住了爱丽丝漏画的外圈部位。他们只得做

---

[1] 原文是 crisscross applesauce，本来出自一首摇篮曲。摇篮曲翻译如下："盘一盘，吃果果（字面意思是苹果酱），蜘蛛爬到脊背上，这边有，那边有，就连头发里也有。凉风吹，身体缩，打战又发抖。"英美幼儿园老师常用这句话示意小朋友盘腿坐到地上。作者此处是用来形容肠子的状态和色泽。

出惨痛意外的结论。作为当代最胆大妄为的思想家之一，格兰姆斯迟早有这么一遭。调查就此终止。

大学保洁服务部不知用什么方法，把遗体凑满一桶，然后转移到了棺材里。学院举行了葬礼。系里悼念了整整一周，其间全体师生都被要求去参加安全讲堂。授课者是坐大巴来的牛津同仁，他们的每句冷嘲热讽都是要表明一点：他们绝不会蠢到让一名研究人员的身体炸得满实验室都是。格兰姆斯教授办公室门上的名牌取了下来。他的研究生研讨课交给了一名博士后去上，这个可怜人对课程材料的熟悉程度还比不上学生。本市各家报纸刊文表示，这是一项重大的损失——对剑桥、对学科，乃至对全世界。然后夏天就结束了，大家也都翻篇了。爱丽丝除外。

她可以闭口不言，该干什么干什么。大学会支持她到毕业。剑桥大学分析魔法系对高毕业率颇感自豪。老师们会想方设法拽着爱丽丝通过终点线，哪怕这意味着要让她去对家牛津借读几年。

但是，格兰姆斯教授是英国最有影响力的分析魔法学家，在全世界大概也首屈一指。系内同专业的讲席教授有一半是他的好友，剩下的一半则因畏惧而对他言听计从。格兰姆斯教授之前的所有门生——至少是毕了业的门生都获得了一流项目的长聘教职。他的学生只要拿到教授的推荐信，申请职位便无往不利。

学术界的好工作极其稀少。爱丽丝特别想找到好教职，她想不到除此之外还能做什么。她一路读上来，就是为了这一件事。如果没做成，她就没有理由苟活了。

于是，在格兰姆斯教授死后次日上午，他的尸体刚被发现，尘埃甫一落定，她就开始研究去地狱的方法了，仿佛天经地义一般。

彼得念咒特别好听。爱丽丝一直对此耿耿于怀。跟他比起来，她简直就是呕哑嘲哳。他偏偏又有一副跟音色不搭的麻秆身材，这让她尤其恼火。他那个树桩子似的大鹅脖子竟能发出如此浑厚的声音，简直是不公平。时不时有一篇论文出来，从声调、深度或稳度方面论证为什么男性的声音更适合施法。这种文章总会惹起一场大风波，女性魔法从业者团体纷纷发文怒斥，期刊编辑部则会登出道歉声明。唉，目前还没有人能彻底证伪这些研究。可惜，爱丽丝怀疑这些论文说的是对的，而且在此刻心怀感恩。彼得的自信让她也自信了，他流畅地低声念咒，令她平静安心。

"目标，雅各布·格兰姆斯教授。"两人异口同声道，"目的地，地狱，又名往生，又名八殿，又名大慈大悲阎罗王之地。"

他们念完了。无事发生。过去了一秒，又过去了几秒。接着，一阵微风吹遍房间，没来由的恶寒直入骨髓。爱丽丝浑身一抖。

"手？"彼得伸出了手掌。

她拍了他一巴掌。"嘘。"

"抱歉。"彼得的手悬在空中，片刻又抽了回去。爱丽丝这时才后知后觉，他可能是让她握住他的手。

但太迟了。粉笔画出的线白光大绽，形成了一个围绕着他们的光筒。实验室不见了。空气中嗡鸣作响。爱丽丝伸手抓彼得的胳膊——请注意，只是为了保持平衡——但地面猛然一颠，把她摔了个倒栽葱。有那么一瞬间，她被笼罩在轰隆隆的光柱中，其他什么都看不见，也什么都听不见。她感觉胸口挨了一击。疼倒是不疼，就是来势迅疾，好像有一只鬼手伸了进去，从肋骨之间掏出了她的心脏。重压难忍之下，她无法呼吸，只是蜷起身子，在绝望中希望自己不要落出法阵。轰鸣越来越响，白光越来越亮，让人目盲的强光仿佛要烧穿她的眼睑。她的心眼儿中爆发出末日景象。上有火舌，下有血海，行星坍缩成黑洞。在某个骇人的短暂瞬间，她迷失在了蓬勃而出的幻象中，她忘记了自己是谁……

她磕磕巴巴地念起了自证词：

"我是爱丽丝·罗。我是剑桥大学博士生。我的专业是分析魔法学……"

光芒消散了，轰鸣停止了。

爱丽丝眨着眼，在眼前翻动双手。她感觉不错。她身上盖了一层薄薄的灰，仿佛染成了灰色，但灰很容易就掸下去了。她轻轻拍了拍胸口。心脏在原位，四肢健全，脏器好好地叠放在体内。就算代价已经付了，她也感觉不到。她当时只觉兴奋狂喜。成了，她做到了，事情成了。粉笔、灰尘、无数个小时的研究——她就从此世溜进了彼世。这是她的努力成果，是奇迹。

彼得咳嗽着站起身，撩开眼前一绺覆着灰烬的头发。"这就是地狱了。"

爱丽丝惊奇地往四处看。他们周围是无边无际的灰色原野，天空是深红色的。太阳——这是他们的太阳？是太阳的影子，还是太阳的孪生兄弟？——低垂，发出暗淡到让人抓狂的光。她深吸一口气。她戴着口罩，以防空气刺鼻。在维吉尔的《埃涅阿斯纪》中，希腊人将地狱称为"阿俄耳诺斯"，意思是"没有鸟的地方"，因为地狱宽广又恶臭，连鸟都无法飞越。但这里的空气只是有点尘土味，温度也只是刚到零下。她本来以为会有更多的硫黄和尖叫受苦的灵魂，但看起来可能是美国神学家夸大其词了。从气象学角度看，地狱看起来并不比英国的春天坏多少。

她一把背上了双肩包。远方隐隐约约有一片深色的区域，她觉得应该是常世花野[1]吧。

"你还好吗？"彼得问她。

"好得不能再好了。"爱丽丝踏出法阵，"咱们走？"

---

1 原文为 Fields of Asphodel。Asphodel 是一类分布于南欧、北非等地的植物，有人将它译为"阿福花"。古希腊人将它与死亡、坟墓等意象联系起来。值得注意的是，古希腊诗人常用其指代同目不同属的水仙花（Narcissus），所以也有人将 Fields of Asphodel 译为"水仙平原"。

⬢ 魔法

诸学之中，魔法最为奥妙莫测，世人钦服其威能，鄙夷其虚浮。简言之，魔法就是讲述关于世界的谎言。

古代魔法师凭借偶然与巧思发现了一件事，18世纪以来的英国哲学魔法师又将其整理成了欧美公认的信条，那就是：自然界有定律，但定律是脆弱的。你可以为定律赋予巧妙的新解。你甚至可以短暂地欺瞒定律，使其停止作用，只要你能编织出适当的虚妄之网。巧言妙语，逻辑谜题，无所不可。你只需要找到一组前提，让世界呈现出不同于真实的样貌，哪怕只有几分之一秒的时间。接下来就交给粉笔[1]了，或者说，几千万年前死去的海洋生物的贝壳粉末儿中残留的魔法能量、无机活力。

自阿芬顿[2]白垩图案暗示的原始仪式以来，魔法如今已经取得了长足进展。在这个过程中衍生出了大量令人眼花缭乱的分支领域，它们与粉笔无关，而是涉及各类神秘物件、神秘音乐和视觉幻象。现在有人研究魔法考古学、魔法史、魔法音乐等等。视觉幻象与浮夸表演在美国大行其道。欧洲则有着所谓的后现代主义和后结构主义魔法，其中用到的许多咒语功效与发明者的初衷背道而驰，也有些咒语人人都说高深莫

---

[1] 粉笔在原文中是chalk，本意是白垩岩。白垩岩广泛分布于西欧，是由球石藻、有孔虫等微生物的骨架经过上千万年的沉积、压缩而形成的。早期的欧洲粉笔多由天然白垩岩加工而成，但后来多用硫酸钙、碳酸钙等人工材料制作。
[2] 阿芬顿是一座英国村庄，有一处铜器时代先民用白垩岩制作的白马图案。

测,实际却毫无用处。但是,最优秀的魔法还是在剑桥。剑桥大学保留了优良传统,致力于魔法艺术的精髓,这就是分析魔法学。粉笔,表面,悖论。

悖论是核心要素。悖论(paradox)源于两个希腊语词根:para 和 doxa。Para 的意思是"违背,相反",doxa 的意思是"信念"。魔法的窍门就是违背信念、扰乱信念,最起码也要让信念移位。魔法生效靠的是提出困扰和怀疑。魔法要把物理挑衅到崩溃。

以沙堆悖论为例。想象有一堆沙子,很简单吧。取走一粒沙,沙堆还是沙堆。取走两粒也一样。你可以在那里坐好几个钟头,一直拿镊子夹沙子。你就是再夹,沙堆还是沙堆。那你要是取走 1 000 粒呢,100 万粒呢?你到底要取走多少粒沙子,沙堆才不再是沙堆?如果你盘着腿,拿着镊子一粒一粒夹,你到底要夹到哪一刻,沙堆才不再是沙堆?谁都说不出具体是哪一刻。但是,如果沙堆和沙堆减一的差别小到可以忽略不计,那你要怎样才能完成从沙堆到非沙堆的转化呢?

你少来。你很清楚什么是沙堆。你看到就知道了,就像色情片一样。你也知道,你要是拿铲子挖一个沙堆,那迟早会有某一刻,你可以明确地说沙堆没了。

但是,按照悖论里对"时刻"的严格定义,你不知道某一刻到底是哪一刻。你有那么一刻觉得悖论是真的——沙堆确实不可能变成非沙堆。事实上,你大概已经听倦了"堆"这个词,你对这个概念都麻木了。

困惑,怀疑。于是,宇宙在闪烁,哪怕只有片刻。沙堆取沙,无穷匮也。

正是这一下闪烁,当初将爱丽丝引诱进了魔法学。读大一时,她选了一门逻辑学导论。等到了第二周,课堂上就演示了一次魔法。一名访问博士后站在教室前方,拿粉笔绕着桌面上的一小堆沙子画了一个圈。

"请看。"他说着抓走了一把沙子，然后又抓了一把、两把、三把。他请同学们排队上前，轮流用手抓沙子。大家试了，怎么也抓不完。每次手刚出圈，沙堆周围的空间就模糊一下，沙子分毫不少。

爱丽丝眼睁睁看着沙子从她指间溜走。她的心里有某个东西被推翻了。

她无法呼吸。这就是奇迹。这就是耶稣，五饼二鱼变成了无穷食粮。她考虑过的所有主修专业——数学、物理学、医学、历史学——全都相形见绌，似乎全都失去了意义。既然真理就这么退场了，那何必研究静态的真理呢？她当时就感受到了。她每次都能感受到。那是让人心里咯噔一下的敬畏，是小孩在马戏团里看见兔子从眼前消失时的惊喜。她学了这么多年，这种感觉从未消散。你以为世界是这样，结果转瞬就变成了那样。一可以变成零，一可以变成二。一眨眼的工夫，事实就不是事实了。世界一度为你而流动，你又能凭借私意，让世界为你几番起舞呢？

其他所有人都生活在僵化的世界里。他们只是接受那些给定的规则。他们只对勾勒自身的界限感兴趣；他们仿佛在岩石中活动。但魔法师活在空中，在临时搭建的观念阶梯上跳舞。你知道，每当世界让你心生厌烦，你只需打个响指，便可重归自由落体。这是谵妄的无穷渊薮。

这只需要讲述一个谎言——然后相信一切规则都可以暂止，纵然有种种相反的证据。你的头脑里持有一个结论，然后你借助纯粹的意志力，相信其他一切都是错的。你必须把世界看成它并非的模样。

随着不断学习，爱丽丝现在已经很擅长做这件事了。所有熟练的魔法师都擅长。要在这个领域取得成功，必备素质就是可以坚定有力地自我欺骗。爱丽丝可以颠覆自己的世界，从无到有地建构信念原则。她相信数量有限而无穷，时间可以轮回，任何损伤都可以修复。她相信学术界奉行优绩主义，努力就会有回报。她相信系里的闲言碎语不会影响到

◎ 魔法

你,只要你埋头苦干,毫无怨言。她相信教授在乎你,所以才呵斥你,贬低你,折腾你。她相信自己挺好,一切都挺好,她不需要帮助,她可以咬牙前行,哪怕越来越多证据表明实情并非如此。

  她用自己的全部力量相信这些事情。她的信念是谵妄,一如取之不尽的沙堆。她没有选择。这是必不可少的练习,为了接下来会发生的一切。

第二章

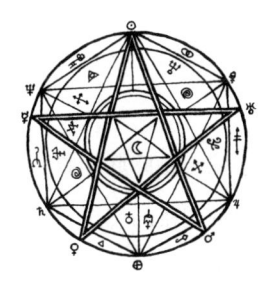

地狱连绵不绝。爱丽丝和彼得并排走在丝滑的沙地上，几乎不留下任何脚印。事实上，沙子好像在一路主动擦除他们的脚印。她走一步，回头看见模糊的脚印轮廓。又走了三步，再回头看，什么都没有了。地狱的地貌似乎抗拒变动。无论爱丽丝往哪边看，她都没发现任何地标。没有山，没有岸，没有不祥的阴云。她尽量不在意这一点。她以前在书里看到，地狱是一个变动不居的位面。它的地标是概念性的，不是固定的。她不太明白这是什么意思，但根据学界通说，她做了这样的解读：地狱会自主选择呈现形态。

目前，地狱选择了平缓起伏的沙丘。

爱丽丝渴望阳光。她的眼睛刚刚适应了昏暗环境，虽然还是眯得疼。她揉了揉太阳穴，希望自己能渐渐习惯这永恒的黄昏。

过了大约20分钟，他们从一座桥下经过。两人最先知道有桥不是靠看，而是靠听：上面有人聊天，爱丽丝几乎都能听出来是谁。她抬起头，在空中看到了剑桥的镜像。倒转过来的校园朦朦胧胧，仿佛是飘着雪花的有线电视画面，令人心悸。她看见了耶稣绿地、悉尼街，还有圣约翰学院和三一学院之间的蜿蜒小巷。她看见骑着自行车的研究生穿梭于汽车之间。她看见三五成群的黑影快步从一栋楼去另一栋楼——这是宝贝本科生，崭新的褶裥黑色学袍拍打着他们的脚后跟。

这里就是望乡台了。爱丽丝在书里见过：初见是在彭哈利根的《独一地狱绪论》中，之后又得到了大多数古代中国文献的佐证。所有灵魂都要走过这座桥，之后便永入幽冥。这是生与死的交界点，从两边都只能堪堪瞥见对面。

爱丽丝脑中闪过一个想法。她眯起了眼。对啊，如果她把自己的思想投射出去，她就可以聚焦到剑桥的镜像，钻进第七研究生实验室，她和彼得的法阵还留在里面，生死边界吹来的风模糊了他们的字迹，还有一部分字迹完全被吹散了。她看见两个同学——贝琳达和米凯莱——恭敬地站在门口，四处张望，慢慢拼凑刚刚到底发生了什么事。

她没有掩盖自己的行踪。恰恰相反，她在自己的办公室里留了张字条，说她要去地狱拯救格兰姆斯教授的灵魂了，说此行过于凶险，谁都不要跟来，还说假如她14天内没有回来的话，他们就可以把她的边角办公室分给博一学生了。她留着实验室的门没锁。她要让人人都知道她去了何处，这样一来，万一她真的成功领回了格兰姆斯教授，届时就没人能质疑她的成就。

现在，贝琳达和米凯莱正跪在法阵外侧，伏低身子读着咒文。爱丽丝想听她们说了什么。贝琳达一直用手捂着嘴。米凯莱则用手势回应，要么是他情绪很激动，要么是意大利人就这样。爱丽丝从来分不清米凯莱是哪种情况。突然间，贝琳达停了下来，她站到说明目的地是地狱的咒文上方，然后抻着脖子读了起来。

爱丽丝尽可能单手往上去够。她离桥非常近了。如果她踮起脚尖，极力伸长胳膊的话，刚好能摸到桥底低处。能穿过去吗？她想试一试。

"呔。"

贝琳达缩了一下，伸手捂住后颈。爱丽丝很开心。她在考虑闹鬼的极致——如果她想的话,她能不能直接以鬼魂的身份永远留在剑桥的殿堂?

学界一致认为,大多数有史可查的闹鬼事件都是在望乡台实施的。死者只有在这里才能发声,或许可以对生者施加某种压力。但阴魂不散具有两面性。鬼魂之所以在望乡台徘徊,是因为太过留恋生前情景。进一步讲,生者的日常让死者沉醉着迷。他们想知道大家都在干什么。他们想知道有没有人记得自己。鬼故事全是错的;阴魂不散很少带有恶意。死者想要的只是融入感。

贝琳达跌进了米凯莱怀里。爱丽丝哼了一声:好一朵英伦玫瑰,贝琳达什么都受不住。米凯莱抱住贝琳达,在她耳边低语。爱丽丝心猜他在讲什么。"没事的,他们没死,他们不会死的。"贝琳达不住摇头,"不,"她仿佛在说,"不,他们死了,他们走了。"

"后悔吗?"彼得仰着头,站在她旁边。不过,他的目光不在贝琳达和米凯莱身上,而是在看成群结队的本科生。他们沿着走廊嬉笑打闹,无忧无虑,为新学期兴奋不已——还是说,他们上完了第一天的课,正要去学院的酒吧里来一杯?"想回头了?"

"别开玩笑,默多克。"

离开地狱绝非易事。他们来的时候就心知肚明。进地狱容易,走可就难了。要是能往上跳进法阵,倒念咒语,咚的一下回到起点就好了。但如果能这样的话,那生者就能随时去看望死者了。不,还阳需要获得阎罗王的许可——塔纳托斯、阿努比斯、哈得斯[1],名号万千的幽冥之神,地下世界的统治者。

阎罗王往往会准允的。他不希望冥界里有活人。活人打搅死者,还扰乱平衡,他巴不得他们从哪里来,回哪里去。最起码,所有故事里都

---

[1] 塔纳托斯是希腊神话的死神,阿努比斯是埃及神话的死神,哈得斯是希腊神话的冥王。

第二章　021

保证是这样。不管是福还是祸，俄耳甫斯都踏上了返程的路。但丁也平安无事地上去了。故事里的地狱行者很少有死在下面的，都是到了阳间才遭逢悲惨结局。

不管怎么说，他们可以等过了桥再思考活着的问题。两人目前的问题是，确定还要往深处走多远。

一个小时后，地面开始向上倾斜。他们在爬，虽然一时间还不清楚在爬什么。爱丽丝有些气短，但她尽量不让自己气喘吁吁。彼得在她身旁健步如飞，泰然自若。她不好意思承认自己累了。

忽然，眼前的景象一览无余：平坦的山谷里死魂灵叠着死魂灵，有成团成伙的，也有踽踽独行的。那是死魂灵——半透明，灰色，只不过是生前躯体的回音。有的不停绕圈，有的沿着固定路线踱步。有的在溜达，与其说是在走，不如说是在飘。从上往下看，这就像观察蚁穴似的。懒散茫然的蚂蚁们四处奔走，漫无目的，唯有无尽的漫游。这里名为灵薄狱，又名常世花野。

这片原野不属于地狱的一殿，只是驻留区域。刚死不久，不知所向的惊愕灵魂在这里徘徊。在下定前行的决心之前，他们在这里有无穷的时间和空间去寻找方向。塔拉莫有一本专著，将常世花野形容为等候区。其实跟剑桥南站的候车室差不多，只不过没有咖啡店，而且所有死魂灵都还没想好要不要上火车。

爱丽丝有理由认为，格兰姆斯教授可能还在这里。就整体而言，死者一般并不急着往生。他们需要时间来消化自己的记忆、悔恨和愿望。有的死者留在这里，希望与爱人团聚，然后一起去投胎；有的根本不相信投胎；有的永远待在原野上，因为他们坚信会有集体复活的那一天，只需坐等终焉之时即可。剩下的是单纯出于恐惧，他们害怕地狱的其余部分，永远百无聊赖总好过承受应得之罪。

在爱丽丝看来，格兰姆斯教授要忏悔的事情可多了。她要是格兰姆斯教授的话，她宁愿留下。

但灵魂这么多，他们要怎么找到他呢？极目所及，尽是原野，而且爱丽丝连一个灵魂都认不出来。等他们下到山谷里，走入鬼群中，死魂灵们还是模糊不清，跟远望时别无二致。爱丽丝细细察看了身旁的每一个灵魂，但只看见模糊的轮廓。大部分灵魂没有面目，非要说有表情，那就是清一色的阴沉。她从来没能凑近看清楚。每次都是他们一靠近，死者就飘走了，就像你手一挥，成群的蠓虫就飞走了一样。

过了一会儿，彼得问道：" 你是用什么当锚来着？"

地狱旅行有一件麻烦事，那就是搞清楚你要去哪里，到哪里才能找到你想要拯救的灵魂。自古而今，死者灵魂茫茫多，而不幸的是，地狱又很大。破解之法就是寻灵锚[1]。寻灵锚是法阵的一个元素，就是用一个有纪念意义的实物，或者说一个物件来标定某个灵魂在冥界的时空位点。但是，爱丽丝的锚似乎只是把他们带进了一片不定空间。

" 我用的是他桌子上的一个纪念品。" 爱丽丝无助地四处张望，" 他去年在巴黎领的奖牌。他的大部分奖座都是随手一扔，但只有这个是面朝上摆着，所以我以为它对他有特殊意义。"

" 我知道那个奖牌。就是木头做的，对吧？没有烫金的字？"

" 对，就是刻的。"

彼得点点头，沉吟片刻，然后问道：" 我能提一个建议吗？"

" 当然可以。"

" 我无意苛责。" 他说这话时客气得让爱丽丝想揍他。

他以前从来不跟她字斟句酌。他都是用喊的——" 你个呆子，爱丽丝，你漏画了一条线，你全给搞砸了"。而她会尽可能忍耐，然后指出，

---

[1] 寻灵锚原文为 Dowsing Anchor。Dowsing 是一种古代寻水占卜法，传统工具是一根 Y 形树杈或两根 L 形树杈，也有金属制成的，名为寻龙尺。

是他漏画了他的线。两人会激烈争吵，哈哈大笑，最后把问题解决。他们曾经可以吵架，而且吵得津津有味。他们曾经可以坦诚对话。但那是很久以前的事了。

"我们在地狱迷路了，"她说，"你想提什么意见就提吧。"

"马切多尼奥的《次经》说，阳间的大部分物件在地狱里都会失去指向力。"彼得说，"抱歉，我在你前面把它借走了，你不可能知道这件事。但基本思想就是说，我们为一个已经存在了很久的物件投入情感，其实与物件本身的历史相比，我们的情感是相当浅薄的。尤其是奖牌这种东西，只不过是加工过的木头。当然，抛光是带来了一定变化，但它本质上还是块木头。在它存在的漫长周期中，我们与它的偶遇只是在一瞬间。"

彼得讲解的时候，爱丽丝觉得这一切似乎都那么明显。"我本来应该想到的。"

"所以，你的奖牌可能会把我们带到任何一位过世木匠附近。"

"我懂了。"

"或者远足爱好者。"

"有道理。"

"甚至是喜欢树的人。"

"你要说什么，默多克？"

"其实，这是一个很有趣的两难，"彼得说，"地狱是有空间方向的。假设马切多尼奥是正确的，再假设地狱会自行调整形态，产生阳间的镜像。那么，世界交错时会发生什么？来自不同时空的灵魂发生互动时，又会发生什么？他们经历的地狱是什么样？我在想……"

爱丽丝打断了他。这是典型的默多克行为。如果你放任不管，他能漫谈到忘记最初的话题。相比于答案，彼得总是对问题更感兴趣。这让他成了一名优秀的学者，但跟他共事太累人了。"马切多尼奥给出解法了吗?"

"哦?啊,对了!他说我们应该让死者走向我们。"彼得把背包甩下来,跪到地上,"他的建议是献祭。"

他从包里取出三个物件:一包香烟、一片兰巴斯干粮、一小瓶茶色波特酒试饮装。"餐食,"他解释道,"具有很强的时间标定性。你必须精确到十年级别,你懂吧。物件的历史很长,但食品——特定食材,精确配比,物流路径,这些都具有极强的时间特异性。"

他将香烟摆成一小堆,掰碎干粮撒在上面,再浇上波特酒。接着,他擦着火柴,把这一堆东西都给烧了。

爱丽丝觉得好闻到心旌摇曳,烟味什么的。她想起了系休息室——兰巴斯干粮的外包装、用过的马克杯、染上波特酒渍的沙发、垃圾桶表面的湿咖啡滤纸。家的味道。

浓重的黑烟从火堆盘旋而上,渐渐变淡,变成灰色。原野模糊起来,然后开始变得稀落。成群的死魂灵一个接一个消失,直到两人独立在原野上。

地平线出现了一团模糊的死魂灵,越来越近,越来越大。

彼得说:"不对劲。"

那不是格兰姆斯教授,是系猫。

剑桥的大部分系都有自己的猫,或者说,猫有自己的系。系猫不戴项圈,不在教授家里睡觉,对师生似乎既不忠诚,也不特别友好。大家只知道,有一天,有一只饿得喵喵叫的猫来了。没有人能忍住不给它饭吃,不给它水喝,于是猫就留了下来,越发骄纵,最后改写历史,猫成了院系与生俱来的一部分。

分析魔法系的系猫身材苗条,绿色眼睛,毛色深灰,尾巴像鸡毛掸子一样,很是威风,名唤阿基米德。就爱丽丝所知,阿基米德肯定还活着。她那天早晨还见过它,它在前院傻乎乎地扑蝴蝶。

她跪了下来。虽然阿基米德不太喜欢被人当宠物，但它喜欢你看着它说话，事关尊重。"你在这里干什么？"

阿基米德眨眨眼，尾巴扫来扫去。它绕着火堆转圈，还闻了一下。就算它不喜欢来地狱，那也没有表现出来。

"猫能够跨界，"爱丽丝低声道，"我读到过！猫知道八殿，能看见死者。"

"那你能帮帮我们吗？"彼得朝猫凑过去，"你能带我去找格兰姆斯吗？"

阿基米德似乎一度在考虑这件事。它久久凝视着火堆，让爱丽丝心中涌起了希望——它的眼神何其睿智，它的目光何其深邃。"我跨越了时间的海洋，"那双眼睛在说，"我见过隐秘的世界。"接着，它不屑地喵了一声，蹿回了沙丘上。

爱丽丝站起身。"没用。"

"你看。"彼得说。

在阿基米德消失的地方，从地平线上显出四个人影。小小的、怯生生的，没有一个是高大伟岸的格兰姆斯教授。他们走到近处，浅淡面容在低垂的太阳下变得清晰起来。天真无邪，宛如孩童。黑色雀斑就像墨水洒在皮肤上一样。

"彼得，"爱丽丝心中一沉，"那不会是……"

"哦，亲爱的，"彼得说，"我还以为他们早就往生去了。"

"看样子还没有。"爱丽丝说。她鼓起勇气去面对格兰姆斯教授手下的第一批死难者。

三十年前，剑桥大学。咒语失控导致四名本科生死亡。值班博士后被取消了学位，灰溜溜地回到老家布里斯托尔。所有涉事者都是彼时还年轻的雅各布·格兰姆斯教授的学生。

大学给出的官方死因是建筑失火。严格来说，这也不算错，因为事故引发了爆炸，楼的整个左翼都被焚毁。校方将学生的骨灰寄给了家长，还附上一封信，信誓旦旦地说剑桥大学没有任何责任，打官司绝非良策。调查恰好发现了某处燃气管道的施工问题。于是，大学可以将事故归咎于建筑规范和施工方失职，而不去调查何种魔法实验能炸掉半栋楼。这一切都意味着，分析魔法系从来没有因为这件事受到过谴责。只不过是异常事故而已。

但从来没有人问，为什么格兰姆斯教授一开始会任由火势在实验室蔓延。甚至没有人考虑过一件事：身为导师，格兰姆斯教授不仅负责培养学生的学术素养，也要对学生的安全负责。他本应关注实验的进展情况，而不是躲在三楼的办公室里，往门上挂一个吓人的"不得入内"的牌子。（他对这块牌子颇感骄傲，这是一届毕业生送给他的，本意是开玩笑，而他当真收下了。）从来没有人提出，格兰姆斯教授在科研之余，或许也应当履行教师的义务。说到底，不管学生的教授不止他一个——在教学任务方面，系里所有老师都在偷工减料。为什么要浪费时间给本科生当保姆呢？干点别的什么不好？

于是，这件事对格兰姆斯教授的职业生涯毫无影响。没有人能证明是他的错。你没法把他的做法与火灾联系起来。他甚至都不在场。再说了，魔法事故太常见了。火灾之后刚过两周，一架刚出土的亚述魔法竖琴让哈佛魔法系的一半人陷入沉睡，动弹不得。在学术会议的传闲话环节，这件事大大盖过了剑桥火灾的风头。（各种解咒都没用。最后是靠巨量安非他命治好的，很多研究生本来就备着这种药。）魔法需要承担风险，此为公论。尤其是格兰姆斯教授赖以成名的前瞻性、开创性魔法。不管怎么说，错的都是本科生自己，而他们已经死了。这样的责罚也就够了。

第二章　027

死魂灵越走越近，爱丽丝惊恐地发现，他们的容貌似乎锁定在了死亡那一刻的身体上。一名女生基本无伤，只是脸上和胳膊上有几处抓痕。调查报告中写道，有一个学生死于烟尘吸入。她没接触过火焰。她钻进房间的一角，躲在防火布下面。据消防员表示，正因如此，直到火扑灭后将近一个小时，她才被人发现。她可能活了挺长一段时间——无人确知，也无人追问。她的父母在伊利[1]为她举行了开棺葬礼，邀请全系参加。当时爱丽丝还没出生，但她确信格兰姆斯教授是不会去的。

其他人都被烧得认不出模样了，爱丽丝看着都反胃。阅读关于死者的理论著作是一回事，亲眼见到死者就是另一回事了。四肢炭化，面露惊愕，颌骨血肉脱尽，看着像是在龇牙，有笑容而无笑意。只有眼睛全都完好无损，在凝视，在乞求，哀怨而又古怪。他们是一直都这样吗？还是只不过现在选择以这种面目示人？死魂灵与肉体关系的相关文献很少，而且意见不一。有学者认为，死魂灵会保持死亡那一刻的样子，不以意志为转移。也有人主张死魂灵具有主体性，可以随意决定形态。无论是哪种情况，爱丽丝都觉得提问不太礼貌。

"你好，"她小心地问道，"我们是剑桥来的。"

死魂灵们沙沙地凑了过来，他们似乎很兴奋。爱丽丝看不懂三张烧毁的脸——他们没办法不笑——但是，相对健全的女孩面露喜色。

"我们在找一个刚刚离世的灵魂，"彼得说，"雅各布·格兰姆斯教授。"

健全女孩倒抽了一口气，接着声音此起彼伏，就像风吹过礁石一样。

"格兰姆斯教授？"

"格兰姆斯教授在这里吗？"

---

1 伊利是剑桥大学东北方向的一座小镇，以主教座堂闻名。

"格兰姆斯！"

所以他们能说话啊。他们每个人的声音都是另一个人的回音；一句话重复四遍，措辞略有区别。爱丽丝说不清是死魂灵都这么说话，还是他们四个几十年来形影不离，一同面对无穷岁月，胶固如一，不分彼此。他们激动地攀谈起来，用外人无法理解的咔嗒声和口哨声交流。爱丽丝只能听出来三句话："格兰姆斯。""不行。""圣母啊！"

"你们知道他可能在哪儿吗？"彼得插话道。

"应该还是死魂灵……"一名梳着辫子的女生说。

"对，是死魂灵，除非……"

"除非！"

"但我们不知道。"

"不跟我们说话。"

"地位太高，"一个戴眼镜的男生脱口而出，"（就算看见我们他也）可能直接飘走了。"

"飘。"

"不说话。"

"他确实来过，"相对完整的女生说，"发生得太快，我还以为是做梦。但既然你提起来了，我确实见过。我看见他，朝他招手，他说你好。"

其他三人激动地上下翻飞。

"你看见他了？"

"他说你好？"

"你怎么没告诉我们？"

"我的天哪！"健全的死魂灵闪了一下；刹那间，她显现出了更清晰的实体，爱丽丝瞥见她头发上有一抹红色。"你们知道永远和你们待在一块有多苦恼吗？这是独属于我的记忆，事情发生了，而我不想分享。"

其他死魂灵看样子生气了。激愤是有形状的,爱丽丝真的看见了。他们肩膀周围冒起缕缕尖刺状的灰烟。

"本来可以告诉我们的。"

"本来可以。"

"保密没有意义。"

"秘密是永恒的。"

"打住。"趁着自己还没有迷失在他们的聊天中,爱丽丝绝望地问道,"这件事是什么时候发生的?"

"不知道。"眼镜男说,"这里没有时间。"

虽然从形而上学角度看,这显然是错的,但爱丽丝选择不管他。"他跟你说什么了?"

"问路,"健全女生吸了口气,"他受不了原野,等不及离开这里。"

"那我们要往哪儿走?"彼得问,"如果我们要离开这里的话?"

本科生指了指。爱丽丝和彼得一转身,果然远处有一条白线——是墙还是楼,她也说不确切,但最起码是一处建筑,一成不变的粉土总算有了变化的希望。爱丽丝记得以前那边没有白线啊。她眯起眼,隔远望见的景象让她想起了在蚁丘周围忙活的蚂蚁。死魂灵,成千上万个死魂灵在排队等着白线后面的某个东西。

本科生们一齐叹了口气,跟泄了气的皮球一样。

"队——"

"好长!"

"永远排不到头——"

"比演唱会门票还难抢——"

"我就去看过一场，"眼镜男说道，"我看的是小和弦[1]。我排了四个小时才看上小和弦。"

又是一阵骚动。"你看见小和弦了？"

"集中注意力，"彼得说，"求你们了。去下一个殿只有这一条路吗？"

"是的。"

"所有人都必须排队。"

"格兰姆斯教授也得排。"

"等着排到自己。"

"无一例外。"

健全女孩抬头道："你们会救他吗？"

听到这个问题，学生们纷纷上前，急切地围住了爱丽丝和彼得。

"你会把他从这里捞出去吗？"

"是你的研究课题吗？"

"还是为了写论文？"

爱丽丝感到一阵同情。不管她多么爱吐槽本科生，爱丽丝一直挺喜欢他们的。说实话，给剑桥学子上课是一件乐事。他们天真无邪，求知若渴。除了个别人以外，剑桥没有懒惰无礼的学生。恰恰相反，他们总体上乐观守纪，课间上厕所还要请求老师同意，上完数学课，再上逻辑课时经常忘记运算顺序。他们在答疑时间会紧张得结结巴巴。他们论文的开篇总会写一句空洞的宣言，诸如"'有效性'在《牛津大词典》中的定义是……""自古以来，理性问题一直困扰着人类"。她见过他们课后成群结队地走进小鱼酒吧[2]，脸颊冻得通红，就着廉价啤酒和软掉的

---

1 原文为 Chordettes，是一个活跃于 20 世纪 50 年代前后的美国女子歌唱组合。
2 原文为 Pick，是 The Pickerel Inn 的简称，这是剑桥大学内的一间酒吧，1608 年开业。Pickerel 意为年幼或体型较小的狗鱼。

薯条畅聊。她喜欢看他们热烈讨论课上的经历，手舞足蹈，元音咬字略带刻意，笨拙地使用术语。看着他们，她羡慕地想，无知果真是幸福的秘诀吗？

"那我们要不要一起进去？"彼得轻声问道，"不管怎么说，你们差不多也到时候往前走了吧？"

这句话显然是问错了。本科生们纷纷后退，遁入了密实黏腻的一团忧思之中。空气突然变得凛冽。爱丽丝的胳膊像被针扎了。她从心理角度做了解读：死魂灵生气时可以影响周围的环境。

"害怕。"相对完整的女孩最后说了句。

其他人点头。

"但怕什么呢？"彼得问道，"你们都这么……我的意思是，我确定你们没有多少罪要赎。"

他们猛烈摇头："不是那个。"

"不，不……"

"我们害怕通过。"

"害怕不——"

"害怕忘川——"

"害怕遗忘——"

"变成——"

"害怕变成别人。"

"只是转世而已，"彼得说，"你们什么都不会记得。"

"没错。我们是魔法师，"眼镜男说，"如果我们走了……"

"我们就不是魔法师了。"

"你开玩笑的吧。"彼得说道，经典的彼得式听不懂人话。

爱丽丝以为他有点犯傻。这些死魂灵当然害怕了。灵魂常常在常世花野徘徊好几年，或好几十年，然后才去转世。失去自我是可怕的。没有了记忆,没有了背景,没有了关系,没有了地位,你还是谁?要是来生比前世苦得多呢?理论上的说法不重要,什么灵魂享有无限次数的生命,有无限的机会经历甘苦祸福。从灵魂的主观角度看,转世无异于死亡。

不仅如此,转世总归是摸彩票。爱丽丝能理解他们为什么不想去碰运气。

"你们都没活多久。"彼得说,"生活中还有着许许多多事,你们就不想再试一次吗?"

本科生们在发抖。

"但魔法——"

"但剑桥——"

"学术界的王座,"相对完整的女生说,"超乎想象的殊荣。"

"这是唯一理性的选择。"眼镜男说。他语气威严,其他学生似乎暂时缩到他身后,仿佛授权他充当代言人。他压低了嗓音。他真的模仿起一位教授,边说话边打手势。"你看,考虑到地球上的人口,我们转世后的生活有极大可能处于贫困线以下。全世界大部分人口没上过学,更不用说上剑桥了。苏格拉底告诉我们,未经省察的人生不值得过。因此,转世就是赌博,过上不值得过的生活的概率极高。一旦转世,我们可能会落得……我也不知道,比方说,在中国的稻田里干活儿。"

"在阿肯色州挤奶。"相对完整的女生附和道。

"在非洲挖钻石。"

"喂,听我说,"爱丽丝说,"这就失之偏颇了……"

"成了弱智。"

"成了弱智!"四个死魂灵齐齐打战,像是一团颤悠的果冻。"啊,太可怕了!不聪明!"一人哀号道,"不识字可怎么办啊!"

"但你们死了啊。"话题偏得太远了,爱丽丝需要介入。本科生经常这样做——一群人对着错误的想法死磕，互相对答案，越想越糊涂，最后还得花两倍的精力帮他们厘清思路。本科生就好比五个摸大象的盲人，三只绕圈转的瞎鼠。"你们在地狱里。这看起来就是最糟的处境了。"

"我们即便死了也还是魔法师。"眼镜男说，"不一样。"

"没什么不一样。"彼得说，"你们还是被困在这里。"

"但你们为什么来这里？"健全女生问道，"你们为什么要来？"

他们欢欣鼓舞地抓住了这条审讯思路。

"为什么？"

"到底为什么？"

"一半寿命——"

"代价——"

"代价！"

"那不一样，"爱丽丝说，"我们还可以做魔法师。那就值了。"

"哦。"相对完整的女生说了句。接着，她就用上了最恼人的辩论策略：一边表示赞同，一边表明他们认为爱丽丝的论证是愚蠢的。"那就这样吧。"

其他本科生一言不发。他们还需要什么回应？他们只是望着她，露出同样的无言谴责的表情，直到他们的身形开始变淡，直到焰火变成微光，直到他们消散在凝滞的空气中。

"呀，"彼得说，"我觉得他们是叫我们滚蛋了。"

"哦，随他们去吧。"爱丽丝嘟囔了一声。她感到一阵恼火，隐隐不安。她不愿再去想这些本科生了。地狱充斥着小悲剧，没必要为了这一出而苦恼。"他们可以琢磨到永远。"

第三章

白线确实是一堵墙：宽广平整，没入天际，向两侧无限延伸。墙下聚集了一大群不耐烦的死魂灵，说话声就像风拂枯叶。

"到这边好多年了——"

"根本不动——"

"听说出生率下降了。"

"降了吗？"

"战后婴儿潮结束了，各地都发展了，女孩都吃药——"

"哦，就这？"

"要我说，"彼得踮起脚尖，想要越过群影往里看，"星期五的第五大道[1]都没这么多人。"

"你去过第五大道？"爱丽丝问。

"我试过。没进去。"

爱丽丝确实有堵在夜总会外面的感觉，只不过看不见门，而且没有人推搡。"你觉得他还在这里吗？"

---

[1] 指剑桥郡彼得伯勒市的一座建筑。始建于1873年，原为郡法院所在地，后改为夜总会。

透视在这里靠不住。他们说不清队伍移动的速度有多快,也不知道自己离墙有多远。格兰姆斯教授可能几天前就进去了,也可能还在排队,就在几码[1]外。爱丽丝真希望自己查过出生率和死亡率的资料。全世界过去两个月里死了多少人?转世了多少人?她不记得有文献说离开常世花野要排队,俄耳甫斯和其他所有人都是直接进殿的。但转念一想,在所有游记写作的年代,世界还没那么大,来往灵魂的数量尚属可控。这堵墙可能是新修的,是战后冥界的入境管制措施。

"我们可以喊他。"彼得说。

"还是别了吧。"虽然爱丽丝目前还没看见卫神,但她知道一项大原则,那就是旅行者最好不要引起别人的关注。她打量着队伍,然后耸起肩。"我们要不试试直接穿过去吧。"

队伍看上去很密,但死魂灵不是没有实体吗?塞蒂亚和彭哈利根肯定是这样认为的:死魂灵只有对肉体的记忆,本身只是灵体,所以不能与实物发生任何实质性的交互。爱丽丝和彼得是血肉之躯,物质高于虚空。这么想着,她就硬往前闯了——但还没走出去三步,她就被怒气冲冲的死魂灵涌上来围住了。

"插队——"

"不许插队——"

"滚出去——"

"没规矩!"

四肢百骸,冰冷彻骨。她感觉有黏糊糊的东西压在皮肤上。所以说她错了——在适当条件下,死魂灵看起来确实能够具有某种类实体性。爱丽丝回想起之前的相对完整的女生,她有一瞬间似乎变得更实在了。群影形成了一群怒气冲冲的泡沫,从四面八方推挤着她,让她几乎无法

---

[1] 英制长度单位,1码约合 0.91 米。

呼吸。压力变大了。她尖叫着往回跳出了队列。"好吧，"她说，"老天啊，不插队，好了。"

压力消失了，寒意减弱了。群影回去接着排队。

"这个法子不行，"爱丽丝揉着胳膊说，"他们好像……啊呀！"

一个死魂灵撞了过去，手肘狠狠推了她一下，她差点摔倒。对方似乎把全部肉体记忆都注入了这记肘击。好疼。

"该死的魔法师，"死魂灵嘶嘶地说，"竟敢不敬。"

虽然肋骨疼得厉害，但爱丽丝兴奋得顾不上了。"你怎么知道我们是魔法师？"

"手上全是粉笔末儿，"死魂灵说，"膝盖上有粉笔末儿，还能是什么，嗑白粉的？"

到了这里，爱丽丝开始怀疑这个死魂灵是数学家了。数学家痛恨魔法师。

"你见过别的魔法师吗？"彼得急切地问道，"在这里，最近？"

"我见没见过魔法师？"死魂灵嘟囔道，"我见过魔法师，一个趾高气扬的魔法师，昂首阔步，仿佛他是这里的主人，仿佛我们其他人都不存在……"

听起来正像是格兰姆斯教授。"什么时候？"爱丽丝问道。

"一天，"死魂灵说，"一周，一个月，谁数得清？"

"他真的过去了吗？"彼得追问道，"他没在队伍里了？"

"他走得有多快？"死魂灵大笑道，"步子迈得好像有什么地方要去似的。他要是现在没到第八殿，那才奇怪呢。他们会收了他的，只为了把他弄走。走得好。"

爱丽丝现在就想要冲到大门前。但死魂灵现在都对她投来嫌弃的目光。她要是开口问的话，他们恐怕未必会礼貌退让。那要怎么办呢？等着排到自己？但就算到了，爱丽丝也不知道队伍尽头是何方神灵在把守，神灵又愿不愿意帮助活人。而且格兰姆斯教授走得很急，要去某个地方。如果他不想耽搁的话，那就是赶着去投胎。他们可不能傻站着。这是一场与时间的赛跑。爱丽丝不知道各殿能拖住格兰姆斯这种人多久。

"我说，罗啊。"彼得盯着墙壁。远远望去，它像是一面光滑的大理石墙，平整无瑕。但现在走近了看，墙原来是用成千上万根小骨头堆叠而成的，俨然是一座古老而致密的景观。几百万年来累积的遗骸，虽然横向无边无际，但纵向是有尽头的。顶上是一条平滑的直线，看样子最高也就四五十米，还没有大学图书馆高。

彼得问："你觉得翻墙的难度有多大？"

他们沿着与队伍垂直的方向走，直到群影渐渐稀疏不见。现在，他们可以不受打扰地靠近墙根了。不论出于什么原因，死魂灵似乎对往上爬不感兴趣——可能是因为不着急赶路，也可能是因为形体太过缥缈，在墙面上无法立足。

真可惜，爱丽丝心想，因为这面墙太适合爬了。到处都有凸出来的大块骨头——不错的抓手，很容易抓，墙面上还有很多缝隙，正适合塞脚。令爱丽丝心怀感恩的一点是，墙体只有骨头——头发、皮毛、血液和吓人的东西似乎早已腐朽殆尽。没有异味，也没有血污。就质感而言，它不可谓不恢宏。爱丽丝仿佛看到了熨斗山和皮克山区[1]，有大量的瓶颈、管状裂口和缝隙。她觉得，唯一的问题在于耐力。但是，他们或许可以到墙顶休息。

她深吸一口气，松了松肩膀，然后把手伸进了包里。

"你干吗呢？"彼得问道。

---

[1] 熨斗山位于美国西部的科罗拉多州。皮克山区，又名峰区，是英格兰中部的一片高地。两处都是热门登山地点。

爱丽丝用手指捏碎了一根粉笔。"方便抓握,"她解释道,"防止手心出汗打滑。"

"你怎么知道的?"

她将粉笔末儿涂满了手掌。"我以前在科罗拉多经常爬山。我现在有时候也爬。学校里有登山社。"

"很美国。"

"闭嘴。"她伸手抓住离得最近的凸出骨头,找到立足点,开始攀登,"跟住我。别往下看。"

两人就这么上去了。爱丽丝高兴地发现,爬墙是小菜一碟。抓握方便,墙面摩擦力很强。谨慎起见,她每抓住一个支点都要先猛拉一下探探虚实,但每一根骨头都很稳。百万斯年,日积月累,骨头早已压实,不留一丝空隙。

她有一段时间就是爬呀爬,抓得稳稳的,很安心。从一个抓握点荡到下一个抓握点,毫不费力。绷紧身体,循环往复的感觉很好。爬墙就像冥想,她把全部注意力都聚焦在攀爬上,脑子里的焦虑声音也就沉寂了下去。另外,她意识到自己尚有攀爬之力,这也让她感觉良好。她最近几个月都没有关爱过自己,她害怕肌肉都萎缩了。反过来看,她现在瘦多了。体重轻了,需要的拉力就小了——这确实有影响,虽然她不确定这种美妙的轻盈感从何而来,是真的身轻如燕了,还是饿得脑袋轻飘飘了。

过了一会儿,她停下来扫视四周。她当年在科罗拉多爬山时总爱这么干。她喜欢体会自己与地面的距离,从来不会头晕。到了这个高度,她只能继续向上。这个不可动摇的事实有助于屏蔽各种无助感,比如恐惧感。

地狱在她脚下无限延伸,粉土一马平川,沙丘起伏连绵。在她疲惫的目光下,地狱这一侧简化成了两个波纹状的色块:下方是丝滑的灰色，上方是阴烧的橙色，中间点缀着一轮似乎永远即将落下的太阳。景色很美。

"不可思议，"她说道，"虽然景色很美。你还好吗？"

彼得没有回答。

"默多克？"

她往下瞥了一眼。彼得的位置比她以为的低得多。他肯定停下来有一段时间了。他的四肢全都在抖，额头上汗珠晶莹。他对着墙疯狂眨眼，好像在努力憋着不呕吐出来。

"默多克？"

彼得一度似乎没听见她的声音。最后，他总算回话了："我觉得我的惊恐发作了。"

虽然很不得体，但爱丽丝还是笑出了声。"默多克，你恐高吗？"

"我不想告诉你。"彼得喘着气说，"我以为我能……忍住……"

"爬墙是你的主意！"

"对，但我只是说理论上。"彼得说话都有哭腔了，"天哪，罗……"

"没事的，没事的。"爱丽丝赶忙说，"看，你都爬了这么高了。"

"但我现在脑子卡壳了，我动不了……"彼得紧紧闭着双眼，"天哪，天哪。"

"别说话。专注呼吸。"爱丽丝明白了情况的严重程度。她保持着冷静。之前有本科生想要退掉格兰姆斯教授的研讨课，是她劝服了他们。不管是好还是坏，她都有大量打消他人恐惧的实践经验。"往上几英尺[1]就有一块牢固的凸出部，你可以用脚蹬住，身体前倾，让手臂放松一下。你觉得你还能再往上爬几步吗？"

"我放不开，"彼得又哭丧起来了，"我的手腕……"

---

[1] 1英尺约合0.30米。

"不动你就死定了，"爱丽丝干脆地说道，"爬，默多克。不要想，勇敢去做。"

彼得奇迹般地听话了。他的双脚找到了支撑点，身体前倾贴墙，双手张开保持平衡。他一点劲都没有了，胸口剧烈起伏。

"非常好，"爱丽丝说，"现在，我们——我们就修整一下……"

"我小臂要烧起来了。"彼得上气不接下气地说。

"你拇指用力过度了，你看，"她用一只手做展示，"试着用四根手指吊住，这样力道就够了。要钩住，不要去夹。"

彼得倚墙喘了很长时间气。爱丽丝怀疑彼得到底有没有听见她的话。但他接着探出了一只手，另一只手贴墙找平衡，然后张开手指。

"好的。"他说，"我觉得……有道理。"

"如果需要休息的话，你就像现在这样找一个稳固的支撑点，踩上去，站直，然后前倾靠墙。这能帮胳膊减轻一些压力。你明白吗？"

他睁大眼睛，使劲点头。

"犹豫是大敌。看见支撑点就直接荡过去。来回反复的时间越久，你就越疲惫。你明白吗？"

"好的，夫人。"

"嘘，默多克，我要救你的命。"她新拿了一根粉笔涂手，然后递了下去，"补点粉，你出汗了。"

彼得从命。两人又开始往上爬了。爱丽丝从这个角度说不清爬了有多高，有没有爬到一半。距离和纹理全都简化成了抽象元素，成了画布上的线条。她只能看到一面是无限延伸、凹凸不平的白墙，一面是天，还有一面是地。她没法设定全程的节奏，只能无视时间流逝，无视迅速逼近极限的耐力，坚持一只手一只手地往上爬。光靠看，距离是不会缩短的。手，手，脚，脚。手，手，脚，脚。

终于，她的右手碰到了一个宽平面。她壮着胆子，往上拱了一下。

第三章　041

到了——没有墙，只有天了，她做到了。攀岩馆里管这叫登顶。她深吸一口气，猛地翻了上去，然后膝盖撑着身体往下看。

彼得仰望着她，眼里写满了惊恐。他身子抖得厉害。她怕他会脱手，而他离她还有几英尺远，她没法拉他上来。

"很近了，"她唤道，"你就快到了。上来这里就是平地了，差不多有3英尺宽。你可以到这里歇歇，你马上就要完成了。"

彼得可能回了什么话，但她听不清。她只能听到一阵痛苦的喘息声。

"你就看着我，"她说，他扬起了头，"来吧。"

彼得颤颤巍巍地将手伸向下一个支撑点，然后再下一个。

"现在脚动，"她轻声道，"稳住，好，好，现在动另一只脚。"

彼得一只手碰到顶。她抓住他的手腕。他又把另一只手伸上去，刚好够她把他拉上来。彼得猛地往上一蹿，大喊一声，倒在了她身上。

他们喘着粗气，静躺了好一会儿。爱丽丝觉得身上有什么东西湿湿的。她扭头往下看，发现彼得的脸压在她脖子上。他哭了。

"你没事了，"她喃喃道，"都好了。"

她本来要抽身，但彼得还在发抖。爱丽丝这时有一个不太得体的想法，彼得有点像性交过后的男人。于是，她觉得最好还是放纵他一下吧。她把头放了回去，闭上眼睛，享受着四肢传来的甜美倦意。

老天爷啊。她好久没有这种疼痛感了。她精疲力竭了，没错，但这种搏动的酸爽——它在大声提醒她，她已经将身体逼到极限，还没有垮掉。这其实是在提醒她，她拥有一副能做到刚才做的事情的身体——感觉真好。

她试着将注意力集中到那种甜美的烧灼感上，而不去想彼得靠在她胸膛上的体温。不去想彼得躺在她身上这件事有多么荒谬，这是当前最怪诞的一件事，比在地狱里攀岩还荒诞。不去想心底里的一种非常诡异的感受。他现在脆弱，依赖着她，这让她心生悸动。虽然她早就盼着彼得在她面前表现出软弱，一丝软弱都可以，但她现在感到很不满意。然而，这一切都让他更像人类了，而彼得越是像人，她就越是困惑。

终于，他的抽泣声平息了下来。"抱歉。"他抽身坐了起来，"我感觉好尴尬。"

"没关系。"爱丽丝嘟囔了句，眼睛依然闭着。

"我只是太害怕了。我觉得我一辈子都没有这么害怕过。"

"这是自然的。"

"我觉得每一步都要掉下去。每次松手，我都觉得要完了。"

"没那么容易掉下去。"爱丽丝坐起身，伸手拍了拍他的膝盖，"相信你的身体。你不会掉下去的。"

她没告诉他踩空是多么常见，也没告诉他踩空的感觉有多好。那是解脱的冲击感。在不到一秒的时间里，你完全脱离墙面，完全失去支撑。然后是失重感。心脏怦怦跳。当年在科罗拉多，大家经常摆出各种尴尬的姿势脱离攀岩壁，只是为了博朋友一笑。

她有时候会专门踩空。她会在快完成一条攀岩线路时放手，或者特意在新手支撑点上打滑。这是她最快乐的时候。新手支撑点特别牢靠，而且凸面恰好贴合手指弧度，真要费一番力气才能滑下来。你必须有坠落的欲望。

攀岩的脆弱感带给她愉悦。只要分神片刻，大地就会急速上冲。如果你一口气没上来，放轻松，只要——放——手。懂得坠落的感觉真好。体会最糟糕的感受。明白坠落也是一种选择。

她意识到这条道理眼下用处不大，于是把它藏在了心里。

"你觉得你能走了吗？"她回过头，正好发现彼得在看她，他脸上的表情诡异至极。

她无法理解。不是惊奇，不是。当然也不是渴望。而是一种目瞪口呆的脆弱——孩子式的开放，这实在就是她能想到的最恰当形容了。她不喜欢这个表情。它太眼熟了。它让她回想起了某个自己，某个他们，某个已经逝去的东西。它让她有了感觉——这是不可接受的，因为在过去一年里，爱丽丝和彼得都下定了一个决心：他们相处的最佳方式就是假装彼此都坚如磐石。

一瞬延展成了一段。这段时间太长了，爱丽丝已经张开口，准备随便说点什么，只为打破沉默。但就在这时，对视结束了。彼得避开目光，在大腿上揉起了手，接着按着膝盖转身，朝下瞥视墙的另一侧。"我的天哪。"

爱丽丝也说出了同样的话。

她起初以为自己是在注视一片海，因为第一眼望去，只看得见令人反胃的翻江倒海。我在做梦，她心想，然后是"别，别再来了"。这种情况时有发生，说实话，其实是总在发生。她盯着东西看的时候，只要注意力松懈，各种东西就会开始从视野边缘渗入，不可思议的东西：九头蛇，噬日狼。一个研究神经科学的朋友有次告诉她，视力大体上就是记忆，你的大脑看到了一个图案，然后加以填充。唉，爱丽丝的记忆库要炸裂了。拼配机制坏掉了，她的大脑填充出来的图案极其不合时宜。黑板变成了停车场，苹果树变成了十字架上的耶稣。她在森宝利超市排队结账时，常常把传送带上的卷心菜看成尸体。

但是，她只有注意力不集中时才会这样。她现在注意力非常集中。她每次将视线聚焦于一点时，画面就会稳定下来，她能够辨认出可识别的地貌的轮廓——高山与沙漠，蜿蜒的道路，还有划定的疆界，她希望有八块。只要一眨眼，她眼中的景象便神似鸟瞰视角下的剑桥大学：钟楼、学院、鹅卵石道路两旁的院系旧楼。虽然她尽力做了尝试，但还是无法长时间保持注视。这不是她的错，是地貌在玩弄她。她仿佛站在一幅自动立体图面前。眼睛的焦点稍有偏移，图像就会变化。她看见笔直的小径化为曲折的迷宫。她看见一个杂乱无章的地块幻化出放射图案。她看见了珊瑚礁。她看见一条发着光的黑线，它有时看上去将整个大地串联起来，有时又收缩成一个圆圈中央的小点，一个要吸入万物的黑洞。

爱丽丝尝试过聚焦，将地狱强扭成可以画成地图的形貌。但这时眼睛后方就会传来剧痛，她只能挪开目光。

彼得用手掌按压着太阳穴。谢天谢地，爱丽丝心想，他也看到了。

"我们得过去。"他语气紧张。

"是啊。"

他面无血色。"它会把我们吞掉。"

"不，不会的。"爱丽丝不知道哪里来的自信，只不过其他游记都没有提到哈哈镜似的地貌。其他人都在标准的欧氏几何空间里闲庭信步。他们也应该享受同样的待遇，这样才公平。

她确信，这只是透视问题。她从小爬过的山也是这样。尺度会让人眩晕。你走到山脚下，仰头寻找山峰时，身后的大地仿佛就在坠落。但后来你学会了盯着脚下的泥土，把注意力放在交替前进的脚上。不经意间，你就到山顶了。

"我们只要下去就行。"她告诉彼得。他们俩必须有一个人保持乐观，必须有一个人心存幻想。这就是在研究生院成功的关键。心中有幻想，万事皆可为。"我确定下面很美好。"

第四章

上墙容易下墙难。

首先,你看不到下面的立足点,只能假定踩空后能找到东西抓住。其次,往下爬对臂力同样是考验,因为你同样要消耗能量来确保自己不会被冲力带下去。

但是,彼得这一次表现比较好。他们与地面的距离不是在增加,而是在减小,这一点起到了心理作用。还有一件事起了作用。他下到半路把背包一甩,扔了下去。"都是书,"他气喘吁吁地说,"摔不坏。"

他最后是掉下去的,不过没有受伤。爱丽丝从他旁边跳了下去,双脚着地,干净利落。虽然她脚后跟破了,但就是有一种向彼得炫耀的愚蠢冲动。登山社的人成天展示猫式落地,互相炫耀。可惜他没有注意到。

在墙的这一侧,地狱似乎是一片空旷的平原——没有死魂灵,没有道路,地平线上也没有任何场所或事物的迹象。起伏的原野不见了。他们又被困在了无尽的沙漠,没有明确的目的地。看到这番景象,爱丽丝感到一种麻木的恐慌,因为他们忙活了一整天,什么成果都没有。她也讨厌在不知道下一步该怎么走的情况下中断工作。但他们四肢瘫软,满脑子嗡嗡声，于是同意把难题留到明天再解。

他们在骨墙的阴影下露宿。关于地狱有没有昼夜之分，文献观点不一。比较夸张的记载声称地狱是永夜，但其实暗淡的太阳最终会落下，空气也会变冷，到了剑桥时间六点半左右（爱丽丝的手表还在正常工作）就是漆黑一片了。地狱看起来没有月亮，就算有也是隐没不现的。他们孤零零地坐着，四周完全黑暗，唯有寂静令人安心——就算外面有潜伏者，他们最起码也不知道。

爱丽丝用火柴和引火物生起一小堆篝火。彼得拿出两块兰巴斯干粮，一人一块。理论上讲，每隔八小时吃一块就够了，但他们都觉得嘴里有东西多嚼一会儿是应得的待遇。

"谢谢你。"彼得打破了沉默，"就之前的事。那确实……那帮了很大的忙。"

"没什么。"

"你知道吧，我真以为我要死了，"他摇着头说，"老天爷啊，我从来没有这么确定地感觉自己要死了。"

"我不会让你死的。"爱丽丝满不在乎地说。这句话是脱口而出的，因为看上去显然就该这么说。虽然在她听到这话说出来的时候，她又觉得不对劲。情侣之间可以随意这样说，甚至朋友之间也行，随便找两个人都行，只要他们的关系比爱丽丝和彼得当前的关系更好。这句话蕴含着信任。但问题是明摆着的，她不知道这句话是真是假。她怀疑彼得也不知道。"就说一条吧，格兰姆斯教授会非常失望。"

"好吧。不能让格兰姆斯教授失望。"

他们默默嚼咽了一阵。兰巴斯干粮有一点不好，那就是糊嘴。牙床上、舌头底下都是，弄得你好几个钟头只要一开口，就像在沙洲上跋涉。唯一的清理方法就是拿烈酒冲，因为兰巴斯干粮溶于酒精，可他们偏偏没带酒。爱丽丝想把小指头伸进去抠后槽牙。可是，唉，不能当着彼得的面做啊。她还有某块脑区在犯傻，让她注意不能在彼得面前表现出幼稚。

"真怪，你懂的。"彼得眼睛半闭半张，后仰着脑袋说，"听你说到他。"

"你说谁，教授吗？"

他们总是称呼他为"格兰姆斯教授"。头衔加姓氏，一个都不能少。不是"格兰姆斯"，连"格教授"也不行。大多数教师都鼓励自己带的研究生直呼其名，他们现在是同事，关系不一样了，更平等了。但如果他们敢叫他"雅各布"，格兰姆斯教授会深恶痛绝。

"是啊。"彼得说，"我以为你不怎么喜欢他。"

爱丽丝心被针扎了一下。"你这是什么意思？"

"我……好吧，其实倒也没什么。我就是以为……我也不知道，你跟他在一块的时候好像总是有点紧张。最近，我是说。"

"他是当代最伟大的魔法师。不紧张是傻子。"

彼得想了想，然后点点头："我不是要说你……你们关系不好。我只是觉得你们相互没什么情分。我的意思是，就是上个学期，我感觉很难不注意到……"他越说声音越小，直到消失。

爱丽丝垂下头，看着自己的手。

没错，在格兰姆斯教授去世前的几周里，两人的关系彻底冷淡。没错，他骂过她一两次，她骂了回去，全系人大概都注意到了。她不在的时候，大家很可能还聊过这件事。一想到他们的闲言碎语，她就羞惭无地——彼得貌似关心、实则打探的脸庞令她有同感。

"私事放在一边，"她平淡地说，"格兰姆斯教授是我找工作的最大希望。"

"不是，当然了。"彼得马上说，"我的意思是，我也一样。"

"你少来。"

"这是什么意思？"

"你是彼得·默多克！他们不是争着抢着要招你吗？"

彼得犹豫了一下，嘴巴微张。他显然有话到了嘴边，但他不说，至少不会对她说。

爱丽丝差点就要问他前一句话是什么意思，就是他说，格兰姆斯教授是他在本专业的最后机会。每所学校的魔法系都渴望得到彼得·默多克。众所周知，自从他通过资格考试，二流院校就四处打探，想要提前把他收入麾下。但是，她想不出怎样提问能不显得爱管闲事，或者粗鲁无礼。

或许她曾经可以问。但是，他们早就没有那么亲近了。她也知道，如果她逼问的话，他只会闪躲。

"好吧，"他最后说，"拿到库克奖后，我会换个新导师。"

爱丽丝心脏突突跳。"你得库克奖了？"

"我上周才发现。"他说，"今年评选周期推迟了，考虑到……你懂的。出事了。"

爱丽丝这时有些许呼吸困难，脸颊发烧，脑袋难受，轻飘飘的。她读本科的时候曾经希望这种强烈的嫉妒引发的生理反应最终会消失，但等进了研究生院，情况反而恶化了。每篇论文发表，每次会议邀请都会引起惊恐发作的应激反应，而她从来不擅长掩饰。

所以获奖人终究不是她。她就不该心怀希望。

"恭喜，"她轻轻地说道，免得破音，"好极了。"

"谢谢你，"彼得说，"我真的不确定自己会不会得，但我觉得，他们终究还是看好我的研究计划。"

"他们当然看好了。"她平淡地说。

"抱歉，我没想炫耀。"

"当然没有。"

"我只是……这一切来得太快了，所以我还在整理头绪。"彼得清了清嗓子，"抱歉，是我唐突了。我觉得，我猜，如果你没明白的话……我的意思是，我猜他们今年只是不想给语言学方向的。呃，我的意思是，我无意轻视语言学家。但你懂我意思吧。"

去你的吧，爱丽丝心想。

她前一年申请过著名的库克博士论文奖学金，以为自己能拿到。库克奖学金有一个世纪的历史，由英国魔法学理论奠基人之一的遗孀设立，声名隆盛。奖学金不仅包含丰厚的经费，得主可以在夏季前往世界上的任何地方考察，而且前前后后还有一连串与库克家族后代见面的宴会和鸡尾酒会。库克家的人一贯让人难以忍受，但宴会总是宾客满堂，因为没有人愿意拒绝免费的大餐。于是，你整个周末都可以与学界大佬交游。库克奖得主的提名资格仅限于皇家魔法学会高级会员，其中就包括格兰姆斯教授。

"你会得库克奖的。"好几个月以前，格兰姆斯教授曾信誓旦旦地对爱丽丝说，"哦，他们会喜欢你的。你会是多年来最优秀的候选人。他们特别想提名一位女性，你十拿九稳。"因为爱丽丝那会儿还相信从他嘴里说出的每一个字，所以那次谈完后，她每天都欣喜若狂。

但之后又过去了几个月，她每次提起这件事，格兰姆斯教授就会顾左右而言他。她试过旁敲侧击。她会提到另一个研究机会，然后跟上一句"不过我觉得跟库克冲突了"。但他每次都只是避开视线，点点头，喃喃絮语。"再看吧，"他说，"这都是碰运气。"他后来改口了："你知道，库克奖竞争非常激烈。"再后来又是"我听说他们不太看好语言学方向"。

库克奖入围名单该公布的日期前后，她开始一天查三次私人信件格。事关重大之际，你会拒绝相信亲眼看到的证据，这真是可笑。她每天盯着空荡荡的格子，努力让自己相信这都是假象。只要她的凝视力足够强，一个厚厚的紫色信封就会凭空出现。只要有电话响，她就冲过去接。她偷听教工会议。每次有人提到"库克"，她就会激动，于是谈论做饭[1]都变得非常困难。

她现在觉得自己好蠢。得奖的当然不会是她。

她现在就想伤伤他。彼得知道自己干了什么，当着她的面干的。他应该知道那是什么感受。

"我也想过换导师。"她试着用云淡风轻的语气说道，"我的意思是，我和格兰姆斯去意大利的时候，他把我引荐给了几位同事。出事以后，我考虑过联系他们，但欧洲实在不是我攻读学位的首选。他们那边都太……后现代了，你觉得呢？"

这招灵了。彼得脸色变了，只是微微一变，但她能察觉到变化。他上钩了。"你们什么时候去的意大利？"

"去年夏天，"爱丽丝说，"是临时起意。我也不确定发生了什么。但有天上午，格兰姆斯教授叫我去他办公室，让我周五前收拾好行李。"

她完全知道发生了什么。人人都知道本来应该是彼得陪格兰姆斯教授去罗马，参加两年一度的《奥秘》大会的。但格兰姆斯咕哝道，彼得最近感觉不太对。"靠不住。"他小声说。爱丽丝听到这话很高兴。多年来，她一直在等着大家明白这一点。"那小子有事。他不行了。爱丽丝，你上，如果你想去的话。"

"我今晚就收拾。"爱丽丝喘着气说。她当时只觉得太幸运了，甚至都懒得想他为什么一开始没选她同行，或者彼得出了什么事，或者是不是应该有人去探望一下彼得。格兰姆斯教授就有这样的本事。如果他单独找你，哪怕只是稍稍对你说点好话，其他全都一笔勾销。

意大利夏季之行真是好极了。爱丽丝和格兰姆斯教授取得了不止一

---

[1] 库克奖原文是 Cooke，与 cook（烹饪）同音。

项业内重大突破,是整整三项。她回国时晒足了太阳,吃饱了肚皮,在关注与赞美的滋养下容光焕发。那是她在剑桥的生涯巅峰,她想让彼得知道,他到底错过了什么。

她不确定会不会奏效。彼得的表情完全——是有意的吗?——没有感情色彩。

"听上去是一次很不错的旅行。"

"谢谢,"爱丽丝一本正经地说,"确实是。"

"我只是觉得……"彼得咳嗽了一声,"没事。我很高兴你去成了。"

沉默横亘在两人之间。爱丽丝本应心满意足,但时间一分一秒地过去,她却觉得自己越来越傻。现在,他们俩干了什么已经很清楚了。她觉得这实在幼稚极了。

他们一齐打破了沉默。

"实话说,我们还是就……"

"你看啊,罗,我们可能该……"

他们凝视着对方。

"我不想让事情变得尴尬。"彼得说。

"哦,事情尴尬了?"

他摆了摆手。"我们还是把所有问题留到阳间吧。我们不能在下面争斗,罗,我们必须信任彼此。我们只能互相依靠。"

她哼了一声。"有道理。"

"你看,我真的很抱歉提起库克奖。"

"我也为提起意大利感到抱歉。"爱丽丝当时觉得太累了。独自和彼得·默多克身处地狱,她不知道自己还能再忍多久。她拉开背包拉链,在底下到处掏,最后找到了露营毯。"我们闭嘴睡觉吧。"

"那是什么?"彼得问道。

"保温毯。"她把方形铝膜一块块展开,盖到腿上,"能保持体温。"

我跟一位居民借来的。"

爱丽丝在地狱有一个优势，她知道如何收拾长途旅行的装备；她知道连续徒步走几天到底要穿什么鞋，背什么包。厨具——不需要，她有兰巴斯干粮。保暖衣物——需要。粉笔和刀具——必须有。她来英国之前就很喜欢户外运动。在康奈尔读书时，她大部分周末都去峡谷远足。她在落基山长大。她独立走过约塞米蒂和阿巴拉契亚山路。凭借这些经历，她才确信自己能够完成这次旅途。她连怀特山都爬过，地狱又能难到哪里去？

虽然事实上，她都感觉像是回到了前尘往事。爱丽丝很久没远足了。实话说，也很久没爬山了。她上剑桥以前有很多爱好。她以前知道空气清新是什么感觉。自从进了格兰姆斯的实验室，她就变成了一只靠罐头汤和饼干为生的食尸鬼。她震惊地发现，在柜子的最底下自己竟然还留着户外背包。

"很酷。"彼得躺了回去，脑袋搁在背包上，双手交叉放于胸前。

她盯着他。"你没带毯子？"

"我好像忘带了。"

"你没考虑怎么睡觉吗？"

"好吧，我以前经常睡在实验室里，记得吧？那会儿不需要毯子。"

"默多克，外面很冷的。"爱丽丝坐了起来。虽然她内心的某个部分已经在后悔了，但她还是觉得有必要伸出援手。不然他也太惨了。"想一起盖吗？"

"呃，这个，看着有点小啊。"

"可以展开的。"她抬起一角，"看到了吗？"

他眨着眼在考虑。"我把腿伸进去就好。"

"你确定？"

"那样就够暖和了。"

"你觉得行就行。"

彼得朝她蹭了过去。免不了一番动手动脚，摸索摆弄，确定身体和心理的边界。他们最后安顿了下来，毯子勉强能盖住彼得的下半身，两人的身体又不至于过分贴近。

"好了，晚安。"彼得说。

"晚安。"爱丽丝咕哝道。

爱丽丝露营时总是睡不好觉。她不喜欢晚上暴露在开阔地。最起码要有五面结实的墙才能将她与想要吃掉她的东西隔开，而野外没有这个条件。她在这里本来应该更焦虑才对。地狱的夜空没有月亮和星星，谁又知道沙丘后面潜伏着什么。但劳累胜过一切。实话说，彼得平稳的脉搏也起了作用，就像摇篮曲一样令人安心。她很快就睡着了，而且几个月来第一次一夜无梦，简直是奇迹。

人人都对魔法学专业的学生讲，在进入就业市场之前，最起码要先考虑一下其他职业领域。人们称之为"学者转行"。搞得像是叛逆朋克似的，好像你一直在学做一件事，结果没做成，然后你就变酷了。但学位读到一半的爱丽丝觉得，根本没有魔法以外的选项。拿不到魔法学长聘教职，她就死。她设想不出其他值得过的生活。

再说了，这种论调的意思其实也不是说，转行与学术同样光荣（更常见的说法是"学者转行其实也不丢人"）。如果重点落在转行工资高、工作时长友好、压力小、保障好、心情愉悦上，那就更不是这个意思了。"哦，魔法系学生真的适合做咨询。"他们说。"雇主欣赏批判性思维和问题解决能力。"他们说。"那一行也不容易死人。"他们说。

这些警世格言出自长聘教授。他们已经找到了下金蛋的鹅，安闲自在，知道自己永远不会再面对学生正在经历的恐惧。"哦，他在企业找到工作了。"教授们会说，仿佛"企业"是在委婉指代一家收容病残老狗的农庄。纡尊降贵的和蔼语气暴露了他们的真意：转行意味着失败。只有一种生活值得过，那就是不受俗务束缚的思想生活。

我们当然可以质问，这分明就是浑话，怎么会有人为之煎熬呢？但大部分学界人士的思维过程都体现了帕斯卡赌局的逻辑，不管他们自己有没有意识到。帕斯卡赌局讲的是，你可以选择信上帝，也可以选择不信，但如果你赌输了，按照不存在上帝的情况去生活，那就享受不到天堂的无限奇妙了。同理，你可以选择去就业市场找别的工作，也可以选择不去，但如果你赌输了，选择退圈，那就享受不到思想生活的无限神奇了。爱丽丝的同辈人没上过天堂，也没过上神奇的思想生活，但所有教授都向他们承诺了思想生活的可能性。于是，他们就继续埋头苦干了。

早在被剑桥大学分析魔法学专业博士项目录取之前，爱丽丝就知道，雅各布·格兰姆斯教授未必是所有人的导师首选。她在康奈尔大学读本科的导师是一名和善的青年学者，可以叫他米尔斯博士。她第一次给他看选校名单时，他就表示了怀疑。

"你好像是铁了心要出国啊。"他说。

米尔斯博士说："话说回来，我会把英国排在法国前面。整体都很合适，除了格兰姆斯以外。"

"他是全世界最好的语言魔法学者。"爱丽丝说。

"哦，他学术做得很好，"米尔斯博士说，"无人质疑。只是有传言说，他带的学生不是很，呃，很快乐。"

"这话什么意思？"

"怎么说呢……首先，他对学生很严厉。他们一般会被迅速榨干。他的毕业率不太好看。"

"有多差？"

"要我说的话，大约有一半人没毕业。"

爱丽丝之前有幸遇到的教授都乐于助人、性格和善。她不知道一个导师到底能恶劣到什么程度。她当时觉得，跟教授处不好要怪自己。她想得很简单，她会确保自己属于会毕业的那一半。

"但我想跟着领域内最优秀的人，"她说，"我想找到工作。"

这是米尔斯博士能理解的。魔法领域的好工作越来越难找了。每一个星星眼的本科生都想成为魔法师，但市场实在不景气。保守派在大西洋两岸执政已有数载，这意味着大学经费被砍，院系缩编，机会减少。魔法学者似乎对细枝末节、晦涩难懂之事更感兴趣，而不愿产出任何要么有用，要么能赚钱，最不济也要有点像核武器那样的成果，于是大部分院校都不再设立魔法学长聘教职了。这是技术革命的时代，是量子物理、频道数达到三个以上的有线电视与个人计算机的时代。魔法已经过时了。魔法只适合宴会表演。魔法不会让你有活干。

没有学院，就没有魔法。粉笔、咒言表、法阵库都是大学提供的。大学是期刊的出版方，决定哪些咒语有效，哪些无效。当然还有民间巫师——一般是退学博士生、终端硕士学位获得者[1]、根本没读研的本科毕业生。他们也不是完全没有资源，很多民间巫师自行采购粉笔，举办业余会议，在劣等期刊上发表自己的神奇发现。有一些发现确实挺有意思。其实，一个公开的秘密是，民间巫师有时会取得连长聘教授都想象不到的发现。但是，这些都不会发表在《奥秘》上，也不具备可信度。

"我会尽可能在推荐信里说好话。"米尔斯博士说，"你无论申请哪里都有很大希望。我要是你的话会自我感觉良好。但一定要小心，爱丽丝。到了这个阶段，你必须考虑所有可能因素。要记住，重要的不只有导师的认可，生活也不只有魔法。"

爱丽丝心想，好一个宝贵建议，反正他已经稳稳走在通往长聘的路

---

[1] 美国高等教育体系中的一类硕士项目，不通向博士项目。学位名称中通常会注明就业方向，比如工商管理硕士（MBA）。性质上类似于国内的专业硕士。

上了。她将这些话归为"自以为比你懂的成年人的陈词滥调",立即抛诸脑后。

到了剑桥,告诫也接踵而至。当她向研究生,乃至非魔法学专业的研究生解释说,她来剑桥是为了跟着格兰姆斯做研究时,对方投来了同情的目光。其他教师专门过来问她过得好不好。然后还有总是喘粗气的奥利维娅·金凯德。除了爱丽丝以外,她是格兰姆斯教授门下唯一的女生。她来剑桥的第一年成天哭,第二年神秘失踪。爱丽丝读博三的时候,奥利维娅按理说应该毕业了,可她还在上课,真是奇怪。

两人见面第一天晚上,奥利维娅喝了很多杯艾尔啤酒,言之凿凿地对爱丽丝说:"他是个怪物。他就是反社会人格。"

"怎么说?"爱丽丝问道。

"你很快就知道了。"奥利维娅的话含糊又夸张,于是爱丽丝把她打成了戏精,不以为意。

奥利维娅在博四时请了病假,三周后返校上课,紧接着就失踪了。系里再也没有人听到过她的消息。

爱丽丝把导师名字告诉其他学生时,他们都吓得直往后躲。她看着他们害怕的样子,心中颇感激动。虽然她从来不会承认,但一想到要与危险的人共事,她就会兴奋起来。自从上大学以来,爱丽丝一路光彩夺目。她是老师的宠儿。别人做不成的事,她可以奇迹般地做成。她的导师对其他学生严苛、不耐烦乃至残忍,这个念头反而令她欣然。因为这样一来,导师对她的关怀就更有价值了。她喜欢成为例外。偏袒是好事,只要她是被偏袒的那一个。

不管怎么说,格兰姆斯教授的残忍不是随机的。你必须付出足够多的努力,熬过无眠的夜晚,达到他的每一条不可思议的标准,他才会认为你值得尊重。这很公道,这不就是学术界的法则吗?哪一个竞争激烈的行业不是这样?最优秀的学生得到最好的工作。

在大部分读博时间里，爱丽丝都认为格兰姆斯教授是必不可少的考验。杀不死你的，终将使你更强大，最起码会让你皮更厚。她从小到大，几乎一直是全班第一名，她不觉得读博会有什么不同。就三年——先是两年，然后是一年——她只需拂去眼中的睡意，深吸一口气，挺过每一天，无视一切不愿面对的真相，直到她拿到学位，直到她获得自由。

她眼看就要成功。正因如此，这摊麻烦事才更添沮丧。命运的阶梯差点就要稳住了。谁都不相信她能坚持下来，而她马上就要做到了，马上就能品尝胜利的果实了。只要她再坚持一小会儿。就差一点，就那么一点点。

第五章

爱丽丝醒来时,彼得的一只胳膊正搭在她胸口上。

她注意到了。她先思考了片刻,然后才把胳膊甩开。这种感觉不差。晚上的地狱非常冷,彼得散发出的温暖挺美好的。她都忘了他有多烫,他是货真价实的肉火炉。她脖子上有地方抽筋了,于是她挪了挪身子,然后决定还是多躺一会儿。她真的很舒服。太阳还没有升起。相比于醒了说话的彼得,安静睡着的彼得没那么烦人。这也是她很久以来第一次早晨起床时,没有因为压力过大而干呕。艰巨的任务,杂乱而矛盾的记载,等待破解的成堆卷轴,一分一秒过去的时间紧迫感。她都完成了。研究结出了硕果,全都奏效了,她到达地狱了。现在,她只需要活下去。

一个硬硬的东西抵在她大腿上。

"天哪!"

她手忙脚乱地掀起了两人身上的毯子。彼得醒了,惊呼:"怎么了?怎么了?"接着,他低头看了一眼自己的大腿,大叫一声:"可恶,太对不起了……"

"没关系。"爱丽丝脸颊烧了起来。她想要拿手扇扇风,但那只会让她显得像是个惊慌失措的维多利亚时代淑女。于是，她用手掌按住了两颊。太阳穴传来一阵眩晕。彼得坐在那里，双手捂着裆。这反而让情况更尴尬了，因为注意力被引到了那玩意上，两人现在都没法开口了。"没关系，只是请你……"

"我们控制不住，"彼得说，"我说的是男人。有时候就那么发生了，睡觉的时候。我不是故意的，我是说，我很抱歉，我真的……"

爱丽丝缓缓把脸埋进掌心。她要是能把脑袋上的肉都烧化就好了。"别担心。"

"不是你的事，"彼得说，"真的，甚至与性无关。我的意思是，这只是一种本能。"

本能往往就是性，爱丽丝头脑中响起一节课不落听完的弗洛伊德专题课程的低声，但她把这个声道关了。"对，我明白。"

"我没往那方面想你，真的。我从来没有……"

"那肯定。"她产生了一股想要打他的强烈冲动，随之而来的还有放声哀号的冲动，比打人的冲动还要强烈。这两种做法似乎都不体面，她只好压抑着嗓子，从手掌间发出低沉的呜咽。"我知道男性生理机制，默多克。求你了，真没事。"

"我永远不会有意对你无礼。"彼得看上去要哭出来了，"永远不会，永远……"

"打住，"她短促地说道，"求你了，我们能不能就……我们就吃点早饭吧。"

"对了，早饭。"彼得伸手去拿锡纸包起来的兰巴斯干粮，结果拿反了，干粮全都撒在灰暗的沙地上。他惆怅地盯着干粮。

"没事，"满嘴干粮的爱丽丝说道，"吃点我的。"

他们面对面坐着嚼干粮，频繁眨眼，一言不发。单调的沙漠上没什么好看的，所以如果爱丽丝想要避开彼得的视线，那就只能盯着空气看,那太昭然若揭了。于是,她将注意力聚焦到兰巴斯干粮上。在干粮上。嗯。

真是一个煎熬的早晨。

不知怎的,爱丽丝没怎么想过旅途中的日常龃龉,也没有考虑日常卫生,更不要说在另一个人面前的日常活动了。两人收拾好东西,默默解手。彼得要尿尿,爱丽丝要去做另一件事。完事后,她用沙子盖住,就像一只尴尬的小猫。她反思了具有肉身的恐怖。她心想,从很多方面来看,死魂灵要好过得多。

最后是彼得打破了沉默:"也许……也许我们应该规划一下接下来的路要怎么走。"

"嗯?"

"穿过地狱,我的意思是。"

"哦,对,那好啊。"

他从包里掏出一个笔记本开始翻。"实话说,我没指望要走这么远。我真心希望他在花野那边。"

"我也一样。"爱丽丝扫掉腿上的干粮碎屑,接着到包里掏自己的笔记,"但我画了一些地图……"

"我也是。"彼得把笔记本扭过来给她看,"假设我们先去纵欲殿?"

"纵欲是第二殿。"

"没错,但我觉得我们可以跳过第一殿,你觉得呢?"

"我不知道如何跳过。"爱丽丝皱着眉,低头看他的笔记。彼得的地狱地图样子诡异,长得像一张比萨。好吧,其实是像屁萨[1]。他在中心点上画了个红圈,各殿向周围延伸,箭头指向四面八方。"制图依据是什么?"

---

[1] 原文为 pizza anus,像是屁股坐在比萨面团后留下的形状,如同肛门。

"俄耳甫斯的地图，"彼得说，"彭哈利根翻印版。我们要找到各殿会聚的中心点……这意味着，我们要找一个类似大山的东西，一个高点。然后需要去哪个殿，我们就可以直接去，而不用把时间浪费在依次经过各殿上。"

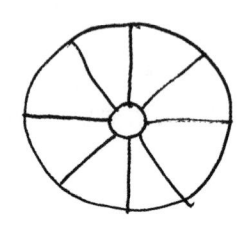

"默多克啊，这张地图是废物。"

"你什么意思？人人都援引俄耳甫斯。"

"俄耳甫斯丧妻后发疯了，"爱丽丝说，"他心里只有对欧律狄刻的思念。"[1]

"所以呢？"

"所以他完全不关心周遭环境。从他的行程视角来看，地狱就是一条以欧律狄刻为终点的直线，因为他内心里看到的情况就是这样。这张地图毫无价值，只是悲恸之人的臆想。"

彼得灰心地放下了笔记本。但这是彼得的一个优点——如果别人证明他做错了，他不会无理取闹。"那你怎么看？"

"我主张递加理论。"爱丽丝翻到自己的地图给他看，"也就是说，各殿是按照罪孽深浅排列的。首先是傲慢，然后是纵欲，然后是贪婪，以此类推。关于一种罪是不是真的蕴含了所有比它轻的罪，目前尚有争

---

[1] 俄耳甫斯是古希腊神话中的人物，曾参加阿耳戈远征，具有非凡的音乐天资。他的妻子是仙女欧律狄刻，两人情谊甚笃。后来欧律狄刻被毒蛇咬死，俄耳甫斯遂前往地狱，想要将她带回阳间。冥王同意放归，但要求俄耳甫斯在妻子走出地狱大门前不可回头。但他自己出去后忍不住回头看，于是欧律狄刻重新堕回地狱。

议。比方说，如果你犯了愤怒之罪，你就必须受傲慢之罚吗？贪婪是否蕴含了纵欲？罪是像套娃那样呢，还是可以跳过某些殿？我不清楚判官会如何处置。但无论如何，你肯定是要按顺序走的。等到走完了，你就要渡过忘川，去阎罗王座下。"

爱丽丝在各殿旁边画了一条贯通的黑线。"忘川垂直于八殿流淌，是转世的边界线。所以，比萨看起来不太像屁萨……"

"你说什么？"

"而更像……"她没有澄清，直接继续说，"我也不确定，像莫比乌斯环吧。全都围在忘川里面。你一直困在这一层，然后一下子就到了上一层。能理解吗？"

彼得摸了摸下巴。"我能看看吗？"

"看吧。"

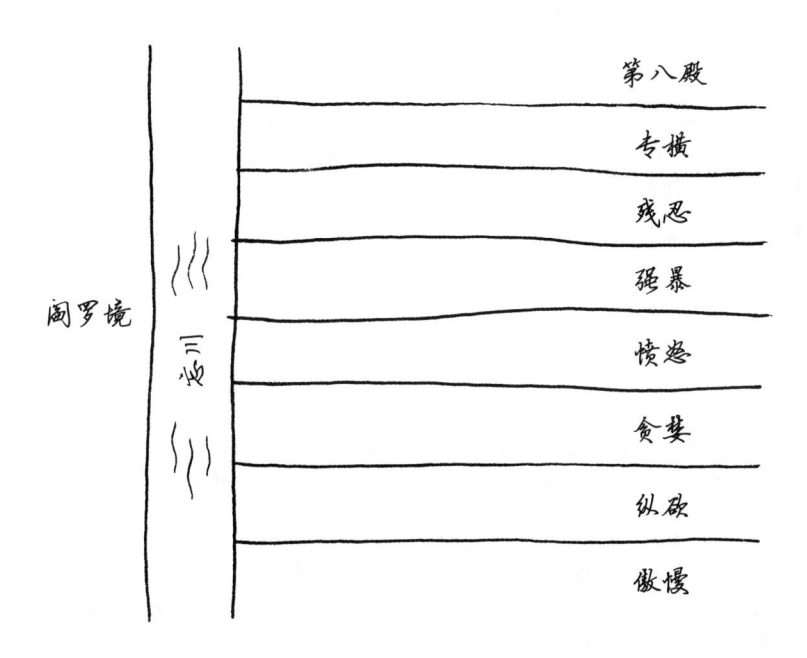

他一边翻阅她的笔记，一边发出哼哼声。"你是怎么想到的？"

"敦煌文献。"

"我没看见敦煌文献的译文啊。"

"没有译文。你又不懂亚洲语言。"

"有道理。"彼得又看了一会儿，每页都拿手指比着读。爱丽丝奇怪地怀念起了以前的场景。他边走边挠头，努力辨认她的狂草字迹。他们过去常在实验室里这样做，把最荒诞的想法给对方看，证明自己没发疯。她相信彼得能够发现她的任何错误。

最后他说："我觉得没问题。"

"谢谢。"

"但这与我的地图并不矛盾。"彼得继续说道，"也就是说，这是我的地图的简化版本，如果我们认为地狱是非欧空间的话。"

爱丽丝只去过听过一次非欧几何的讲座，她只记得有很多薯片和珊瑚礁图形。"我不明白你的意思。"

"假设地狱不像是一个……就像你说的，屁萨？而更像是……怎么说呢，螺旋。"彼得在她的图下面画了一张示意图。

"假设我们处在双曲空间中，"他说，"去掉欧氏几何中的平行公设[1]，假定曲率为负[2]。那么，我们就可以将八殿设想为一个扭曲的伪球面[3]，外部有边界，内部无穷大。"

---

1 《几何原本》中共有五条公设，其中前四条都很直观，第五条即平行公设，内容是："一直线与两条直线相交，若在同侧的两内角之和小于两直角，则这两条直线无定限延长后在该侧相交。"（引自《几何原本》，[古希腊] 欧几里得著，张卜天译，江西人民出版社，2019 年。）

2 平面曲率为正，则平面外凸，典型形状是碗形；曲率为负，则平面内凹，典型形状为马鞍形。曲率绝对值越大，则弯曲程度越大。

3 伪球面长得像是两侧都有尖的荸荠，只不过两个尖都延伸至无限远处。我们先设想有一个球体，然后从对称的两侧分别往球内"掏"，掏到各自的对侧后继续往前"拱"，这样就得到了一个伪球面。

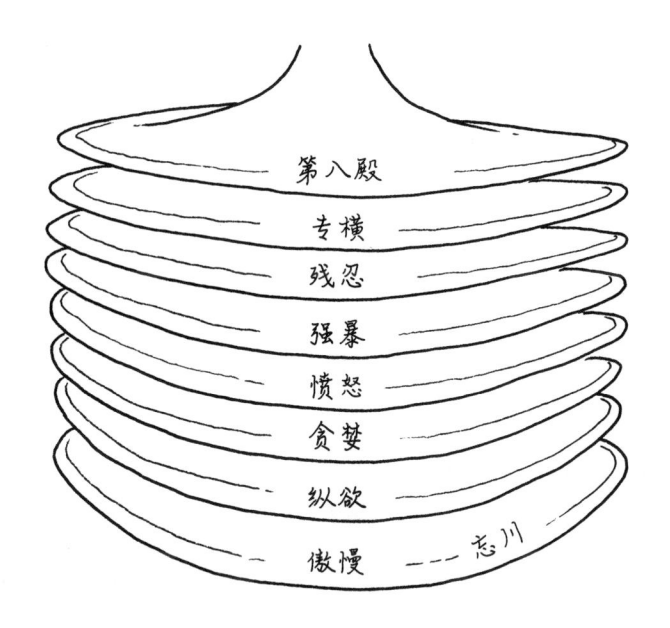

[图示：螺旋塔，自上而下标注"第八殿、专横、残忍、强暴、愤怒、贪婪、纵欲、傲慢"，旁署"志川"]

"但我们不处在双曲空间中。"爱丽丝说。她对双曲空间了解不多，但这一点似乎是成立的。"我们会知道的，我们会看到各种……各种诡异的珊瑚图案在身边，我们不会行走在平面上……"

"其实不会的，"彼得说，"问题就在这里。你在平面内部当然会觉得是平面。我们之所以会看到诡异的珊瑚形状，是因为我们作为三维生物在想象二维双曲空间。但我们不是四维生物，所以我们其实看不到三维双曲空间的奇异性。曲线在我们看来就是直线。"

"哎呀，别说了。"数学总会让爱丽丝产生想哭的强烈冲动，这次也不例外，"重点是什么？"

"重点是，我们可以直奔此处的顶点。"彼得点了点螺旋的顶点，"地狱的中心，从这一点就能饱览八殿。"

"好，"爱丽丝说，"如果那个点存在的话，如果这里是双曲空间的话。我们不知道这个如果成不成立。"

"不过，我认为我们大概是知道的，"彼得说，"我的意思是，否则如何解释从上面看到的诡异景象呢?"

"但那不是伪球面,只是冥府在流变。"

"我不这样认为,罗。我将其解读为地下几何学的迹象。"

爱丽丝没有被说服。"我将其解读为地狱在耍我们。可能性一样大。"

他们盯着笔记本,陷入了僵局。地图有两张,而且没有区分优劣的合理依据。

"我要是能测量这里的光速就好了,"彼得闷闷不乐地说,"还有已知地下宇宙的大小。"

"说得很好。"爱丽丝说。在她看来,现在显然做出务实的决断了。如果放任他不管的话,彼得可以思索一整天几何学。"我觉得我们应该按顺序走。"

彼得哼了一声:"但那太浪费时间了。"

"攀登一个完全不确定是否存在的神秘顶点也一样!"

"顶点是捷径。到了顶点,我们就不用在下层大海捞针了。我们可以一览全貌,然后直接……我也不知道,从那里跳下去。"

"行啊,"爱丽丝说,"就说你的顶点存在。你要往哪里跳?你觉得他犯了什么罪?"

一阵沉默。彼得总算无法轻松作答了。他俩都在思考烧成人干的本科生,那算是谋杀呢,还是单纯的撒谎?他们在想奥利维娅·金凯德、伊丽莎白·贝斯和所有没能毕业的学生。他们在想格兰姆斯教授传奇职业生涯中做过的一切,还有他们不了解的一切。爱丽丝还想到了冷笑,手指抠进她的肩膀,热气吹到她的脸上,烧得她面皮发烫。

"好吧,"彼得轻声说,"这是个问题。"

两人沉默了一阵。他们都不愿回答这个问题。他们甚至不想把它展开。展开问题就要做出许多让步。最起码爱丽丝没有做好让步的准备。

"我认为我们应该完整搜索。"爱丽丝双臂抱在胸前,"我们……我们直接从头到尾走一遍吧。"

彼得好像有别的话要说。但片刻过后,他泄气了。"行。"他合上笔记本,"那我们就要赶快了。我们只有七天时间。一座殿轮不上一天。"

"你怎么得出七天的?我这边是两倍的时间。"

"是赫卡忒卷轴[1]……"

"赫卡忒卷轴只是说,凡人只能在地狱里停留七天,之后就会因生理需求得不到满足而死亡。"爱丽丝说,"我的理解是饮食问题,而非严格时限。"

"有意思。"彼得皱眉道,"我翻译成灵魂的限度。"

"如果她指的是灵魂限度的话,那她应该会说的,"爱丽丝说,"因为那在希腊语里是一个独立的术语。有第八、十和十二卷的文本为证……"

"好吧,好吧。"彼得抬手道,"你说得对。"

"无论如何,既然赫卡忒无法预见兰巴斯干粮或永续瓶这样的创新产品,那么我们在地狱的存活期限也应该要远远超出她的设想。"爱丽丝说,"别把20世纪以前的人发表的关于食物的观点太当回事。"

"是不应该,你说得对。"彼得若有所思地点头道,"我从来没有这么考虑过文本。"

"你是说文本细读吗?"

"我只是想说……我不知道,考虑写作的时代背景,作者所处的社会环境这些。"

"历史化分析,默多克。我们是这么叫的。怎么,你都只看字面意思吗?"

"我指的是,如果数字对得上的话。"

---

[1] 赫卡忒是希腊神话中的一位泰坦女神,通常与黑夜、鬼魂、阴间、招魂等事物联系在一起。

第五章　067

"不可思议，"爱丽丝说，"难怪所有人都讨厌逻辑学家。"

"这是夸奖，罗。我是表达对你们学科的尊重。"

"省省吧。"她嘴上这么说，但心脏却不可理喻地跳动起来。过去在实验室里就是这样的，她心想。彼得出拳，她反击。两种不同的方法相互碰撞，最终总会得出一个更接近真相的折中。啊，但她感到心痛——她之前没有意识到自己有多么怀念。"你这简直是居高临下。"

他们迅速收好露营装备，全部塞进包里。爱丽丝站起来，龇牙咧嘴地伸了个懒腰。她已经忘了爬山对肌肉的摧残了。她浑身疼，迈一步，膝盖就一跪。她最近几个月确实虐待自己的身体了。睡眠不足，进食不足，锻炼更是少得很。她希望接下来的地狱考验以形而上为主，不要再形而下了。她最起码应该做一做俯卧撑的。

彼得清了清嗓子："罗，我顺便说一句？"

她警觉地注意到，他的脸已经变成了苔藓色，看样子像是要把自己的舌头吞下去。

"我只是……想让你知道，我非常尊重你。"

爱丽丝希望他俩都钻进地缝里。"哦，用不着。"

"还有你的身体自主权。我非常抱歉做了让你感到不舒服的事。"

"老天啊，默多克，求你……"

"因此，我觉得，我的意思是，我认为我们最好不要再盖一条毯子了。我自己挨冻就行了。我睡着了就不在乎冷了。我认为人睡着了就能忍受一切。另外，如果我能做任何事让你更有安全感，我的意思是，我就是想说，让你在我身边更自在……"

"默多克。"爱丽丝双手捂住脸。这太不公平了，她心想。搞得好像她没见过他睡着一样。好像她没有很多次蜷缩在他身旁，两人呼吸深沉而同步，口中喃喃念叨着星辰与数字，渐渐沉入梦乡。从前只道平常。但看看他们现在，像陌生人一样讨论个人空间。"闭——嘴。"

彼得没有闭嘴:"我们甚至可以排班睡觉,如果你愿意的话。轮流。只要能让你……天哪。"他瞪大了眼睛,指着说:"墙。"

爱丽丝转过头。骨堆在她眼前逐渐透明。她惊恐地伸出手,手指从骨头中间穿了过去,仿佛骨墙不过是闪烁的海市蜃楼。这种情况又持续了几秒钟,然后彻底消失。于是,两人再次被无边无沿的灰色粉土包围。

"没有退路。"爱丽丝喃喃道。彭哈利根论文的题记就是这么写的。她初次通读时瞄了一眼,以为只不过是彭哈利根又想营造诗意。但原来那就是地狱的真实状况。"没有退路,只能前行。"

这说得通,就理论而言。按理说,完成通关手续的灵魂应该不能随意游荡,返回常世花野。那样记载就全乱套了。你不能决定说你不想受罚了,你要回灵薄狱。爱丽丝本应料到,但一个事实还是让她胆寒:他们身后的道路会自行抹除。事关永久。不成功,便成仁。

但就算墙消失了,地面上还是涌出一道道灰雾,在周围试探逡巡——绕着他们一闪而过,仿佛有知觉一样,仿佛在偷听他们的思维和感觉,想知道他们是何人,有何来意。这时,触手般的雾气卷了回去,聚成一团,颤抖着盘旋而上,仿佛听到了魔术师揭晓前的鼓点。接着,雾气又像拉开窗帘一样,向两旁散去。来吧,地狱说道,来看看这个。

"那是?……"彼得仰起头,目光顺着一座钟楼,看向橙色的天空,"那不可能。"

"但地狱会适应我们,"爱丽丝喃喃道。在之前,她都不太明白彭哈利根关于地狱与时间的零散附记,"地狱是一面镜子。"

地狱八殿是阳间的反映。几乎所有古代神话在这条原则上都是趋同的。因此,许多古代仪式是事死如生。参加葬礼的人在死者舌下放钱,替死者交过路费。死者与生前喜爱的宠物和财宝一起下葬。人刚死的时候,灵魂会因为脱离阳间而晕头转向。地狱必须贴近死者熟悉的景象,否则灵魂就无法前行。

虽然这一理论并非公认，但它确实解释了以下现象的原因。为什么但丁的地狱里会有他一生中熟识的诗人、画家和政治人物，为什么佛教地狱造像中完整展示了中国宫廷的样貌，像是庭园池渊、三宫六院，为什么古希腊和美索不达米亚文明中的来生都齐整有序，有法官，有守门人，有带着账本和天平的会计，死者还要排队办业务，就像公民排队检查护照一样。说一千，道一万，人类还是偏好自己熟悉的官僚成规。一个人罪孽的意义源于其自身的道德世界，包括爱人、偶像、对手和受到其伤害的人。但丁看到了哲学家和政治人物。埃涅阿斯看到了已故勇士的鬼魂。熟悉的事物伤人最深。非要爱丽丝猜的话，格兰姆斯教授的道德世界——让他快乐的东西，带给他痛苦的东西，受到他不公正对待的人，这些全都考虑在内——不会超出剑桥站的范围。

所以，他们或许应该料到地狱会显现出熟悉的样子：哥特塔楼、庭院围墙、一条石板路蜿蜒其间——步行和骑行刚刚好，开车就嫌窄了。走进这种地方，你一定知道它们的用途。格局整齐划一，每栋建筑都是相同颜色的砖石，你从这些就能确切知道自己的位置。没有宽阔的街道和商店招牌，没有小孩子，四周静悄悄，你从这些就能知道。你从标定边界的拱门就能知道。精灵小门[1]代表着出世。凡俗世界到此结束。这里不是休闲场所，也不是商业场所。这是静修，沉思，脱离时间之地。

"天哪，"彼得说，"地狱是一座校园。"

---

1 精灵小门是一种小型装置艺术，通常设置在树根部，行人可以参观或留言。剑桥大学校内有十余座类似性质的小门，名为 Dinky Doors，官网上称之为"通往异世界的传送门"。

✡ 转世

地狱学家有一个全体共识：地狱是为灵魂转世做准备的。

地狱八殿不是永罚之所。首先，那是极其不公的，再十恶不赦的罪人也不应当永远受罚。罪刑不相当，数字对不上。再一点，宇宙需要平衡。正如苏格拉底所说："因为活的东西假如不是从死里回生，而由别处受生，活的都得死，到头来，世上一切东西不都给死吞没了吗？能逃避这个结局吗？"[1] 对于死的问题，基督教在灵魂不朽这一点上是正确的，但其他教义全是错的。毕达哥拉斯主义、柏拉图主义、佛教、道教、摩尼教、耆那教、锡克教和印度教在这方面的认识优于基督教。生死是一枚硬币的两面。与其认为一切生物都要坠入地狱，只增不减，更合理的看法是认为灵魂不断从一个世界流向另一个世界。

20世纪60年代，哲学家迈克尔·休谟[2]从概率论角度论证了转世的合理性。如今，大部分学者已经渐渐同意了他的观点。休谟认为，我们有理由相信时间向未来和过去无限延伸。如果时间是无限的，那么，我们这一辈子发生在当下此刻，发生在时间线的这一个点的概率就趋近于零。因此，要么时间是有限的，要么我们不止有一辈子。休谟论证道，既然至少过去应该不是有限的，那我们就有充分理由相信永恒轮

---

[1] 引自《斐多——柏拉图对话录之一》，[古希腊] 柏拉图著，杨绛译，辽宁人民出版社，2000年。
[2] 现实中存在一位叫迈克尔·休谟（Michael Huemer）的哲学家，1969年出生，现为科罗拉多大学教授。

回。神学家和宗教学家不喜欢这个论证，原因和他们不喜欢帕斯卡赌局如出一辙：宗教阐发了几千年才得出的结论，数学似乎用作弊手段一下子就得出来了。

魔法师喜欢这个论证。

转世理论与永恒轮回理论颇有重叠，后者是尼采和毕达哥拉斯主义者都倡导的一种理念。宽泛上理解，永恒轮回理论主张世事皆有命数，或者说劫数，注定要不断自我重复，因为宇宙无穷，时间无穷，而能量有限，物质有限，它们之间的相互作用组合也是有限的。不妨这样说，永恒的存在沙漏会一次又一次倒转。重生就是与沙子一起漏下。

可惜，学界共识仅限于此。地狱学者对以下问题有巨大的意见分歧：转世的原理是什么？人死后要等多久才能转世？转世是否具有家族性——你的祖母会转世为你的女儿吗？业会不会累积，善人会不会每一辈子都比上一辈子过得更好？佛教希望的解脱轮回能否实现？人的灵魂能转生到动物的身体里吗？进一步讲，动物有灵魂吗？我们知道记忆在转世后会洗净，因为没有记载表明，有任何人能可靠地回想起前世生活。除此之外就没有多少确定的知识了。

最迷惑的问题是惩罚。它服务于什么目的？它是矫治——罪人要一直受罚，直到接受教训为止吗？还是报复——必须让报应的天平恢复平衡，以眼还眼，造成多少痛苦，就必须承受多少痛苦？在开水坑里多少个小时才能抵消一次谋杀？惩罚是但丁所说的"报复刑"吗？报复刑发于罪行本身的性质，形式则是罪行的反面，富有诗意。惩罚是否如康德理论中所说，意味着违背准则的普遍化[1]？地狱是彰显了黄金法

---

[1] 康德认为，一个人应该遵循的准则应该具有"可普遍化"的性质，也就是可以推广到所有人身上，所有人都应当遵循。此处是把这一思想反向运用，一个人违背准则所应承受的惩罚，也应当具有可普遍化的性质。

则[1]的伟大存在吗？

　　我们只明确知道一点，那就是，冥界的灵魂最终都会以某种形态或形式前往阎罗境——阎罗王也就是哈得斯、阿努比斯、死者之王、冥界之主、生死判官，随便你如何看待。与魔法学的许多概念一样，阎罗王主要不是由实证，而是由缺证所定义的。他是代表某个未知事物的概念。他可能是公平正义的理性主体，地下世界的哲学王。他可能是狡诈无常的魔鬼。他也可能是无形无色的神性，在冥界里相当于学界的"没有人发过这方面的文章"。

　　纵然有种种理论、故事与神话，阎罗王的意图依然成谜。没有人确切知道八殿里发生了什么，为什么发生，更不用说殿内的死魂灵了。如果是考验的话，无人知道如何通过。如果只是受苦的话，也无人知道会持续多久。得救之路无从预判，无法作弊，也找不到捷径。到了地狱认为合适的时候，我们就会渡过忘川，转世重生。该来自会来，不来且受报。

1　黄金法则的意思相当于，己所不欲勿施于人。

第六章

爱丽丝穿过那扇门时觉得有点刺激。

爱丽丝一贯喜欢新学校，新学期——小学、初中、高中、本科，最后来到剑桥。她喜欢绕着楼认路，办图书馆的证，到隐秘角落里自习，找到自己最喜欢的从宿舍去系里的近路。她喜欢让自己适应学校。每次进入一所新学校，你都有机会再造自我，德配其位。现在，虽然爱丽丝知道此地凶险，但她还是本能地有一种融入的愿望。

如果地狱只是一所学校的话，那也坏不到哪里去。它都不是一座位于市区的大学，不然就会有购物商场、地铁站一类可怕的事物。这里没有吓人的粗野派建筑。地狱有一种令人安心的古朴，是一所旧大陆学府，美国红土地上的淡雅新古典风情。地狱没有树，也没有草坪，因为下面什么都不长，但这都没关系，粉土自有其优美。总而言之，地狱现状颇为合意。要不是这里安安静静，爱丽丝还以为自己又回上面去了。

据她断定，这是因为没有本科生。横冲直撞、自以为是个人物、刚刚获得自由的本科生为大学赋予了活力。本科生是新鲜血液。他们提出问题。他们带来想法，就算想不出主意，至少也会带来疑难。少了他们的喧哗，校园就会沉寂得可怕。这本来应该让人恐惧，但爱丽丝还是不为所动。她的头脑里已经吵闹太久了。她喜欢安静。

"你可能是对的。"彼得说。

"你说什么？"

"它可能是递进的。"他承认道，"它可能只有一条前进的路。"

爱丽丝看到了他眼中的东西。与其他校园不同的是，这里没有纵横交错的大路小道，道路只有一条。当爱丽丝企图辨明路向何方时，"校园"的大部分地方都在她眼中模糊了起来，虽然不可否认它是存在的，但都在遥远的背景中。她能看清细节的物体只有正前方的一座圆形建筑。它有几层楼高，周围有一圈柱子，上方是弯曲的穹顶。没有窗户，只有摆在柱基上的穿袍学者雕像。

地狱告诉他们，不可往复折返，不可跳过序列，只能按部就班。先去第一殿，然后再去其他殿。

"那地图就定下来了，"爱丽丝说，"我们要一个一个过。"

于是，他们大踏步走进建筑，拉开了第一殿——傲慢殿[1]的沉重大门。

傲慢殿是一座图书馆。

事实上，傲慢殿具备爱丽丝喜爱的一切图书馆特征。傲慢殿有白色大理石地砖和抛光木架，高高的天花板和倾斜的墙壁，彩色玻璃上可爱朦胧的宗教图像，靠背宽大的革面读书椅。傲慢殿的皮革书籍不搁在轻飘飘的塑料架子上，也不摆在拼接铁架上，而是藏于敦实的木柜中。最优秀的图书馆与最优秀的教堂一样：古老、陈腐、前工业。

众所周知，你所在的图书馆水平越高，产出成果的质量就越好。好图书馆意味着有捐款、有支持、有时间和资源来积累最优秀的藏书。更

---

[1] 原文为 superbia，在拉丁语里意为"傲慢"。

重要的是，好图书馆会让你进入某种心理状态。同样一套档案，你可以在拉德馆[1]看，也可以在无名书库里看，但你在拉德馆做出来的成果就是要好些。氛围很重要。你成了图书馆期望你成为的思想者。好图书馆在低吟：所有进到此处的人都很有地位，你也是。

地狱里有这样一处所在，又能坏到哪里去呢？爱丽丝心想。房门打开后是层层叠叠、四面八方的书架，学者们夹着一摞摞手稿，行色匆匆。没有惨叫，没有嘶嘶声，也没有皮开肉绽。书本看起来正常，闻起来正常，就连英语书名都是正常的，题材与死亡并无明显关联。空气是有一点点冷，就像所有大学图书馆一样，但其他方面都相当舒适。这里甚至有绿色灯罩、光线柔和的银行台灯。这种灯具总是能在爱丽丝大脑中引发满足感。她心中一度涌起了强烈的恐惧感，害怕地狱是幻象，她会在书库里睡着，然后回到起点。但紧接着，她看到死魂灵直接穿过书架，只有在取书翻阅时才会实体化。

"比我想象中要好。"彼得看了一圈说道，"我对死亡的恐惧减轻了一点。"

"哎哟！"

有什么东西狠狠硌到了爱丽丝的屁股，她往后一趔趄。撞她的死魂灵大步走过，胳膊下的一大摞书摇摇晃晃。

爱丽丝揉了揉屁股。

"劳驾。"死魂灵朝她投来一句不耐烦的嘟囔，扬长而去。

爱丽丝现在发现，这里的死魂灵并不像她以为的那样心满意足。相反，他们其实颇有敌意。向图书馆深处漫步的过程中，她开始体会到周围有一种紧张忙碌的能量，类似于考试周的大学图书馆。挫败感在疲惫气恼的灵魂中闷烧。这种心境会传染。爱丽丝皮肤瘙痒不适。她在书架

---

[1] 拉德克利夫图书馆的简称。它是牛津大学的象征性建筑，外观为新古典主义风格，修建于 1737 年至 1749 年。

周围听到了一曲交响乐，一边是愤然暗骂，一边是书砸在桌面上的声音。某人打了个喷嚏，随之有五六个人朝着他"嘘！"。

几排书架外有一个死魂灵弓着身子，手持放大镜在看一本发黄的大部头。他看上去人畜无害，也就是说，他像个档案管理员。爱丽丝鼓起勇气问他："这里是做什么的？"

他抬头朝她眨眨眼："你什么意思？"

"大家都研究什么呢？"

"哦。"他脸上掠过一丝烦躁，"你是刚死的吧？"

"其实，我们——"爱丽丝刚要开口，但彼得打断了她。

"是的，"他说，"刚到这边，一头雾水。你查什么呢？"

死魂灵指了指身后墙上的一块铜牌，上面用大大的衬线体写着：**给出善的定义**。

"我没懂。"彼得说。

"就是字面意思。"死魂灵不耐烦地摆摆手，"搞清楚，参加答辩，然后他们就会让你通过。"

"但要搞清楚什么呢？"

"罗，你看。"彼得从桌面拿起一张印着字的纸，爱丽丝从后面看见标题是"推荐书单"，接着是一串人名：伊曼纽尔·康德、杰里米·边沁、赫伯特·斯宾塞。"看，还有尼采。"

爱丽丝没理他。"你说到通过，那是什么意思？"她问死魂灵，"谁给你通过？通过要多久？"

"我的天，"死魂灵说，"你看我像是你的导师吗？"

"但你能不能告诉我……"

死魂灵背过身去，再次决绝地把脸贴到了放大镜上。

"我们走走吧，"彼得提议道，轻轻拽走了爱丽丝，"看看有没有平面图，没准还有图书馆死魂灵呢。"

他们在书架迷宫里绕来绕去，躲避坏脾气的死魂灵，最后来到了一片看着像是大厅的区域。书架呈放射状排列在环形自习区周围，天花板上有一处开口，显露出中央的巨大楼梯。两人抬头望去，只见每层都点缀着大号黄铜雕像，人物摆出各种各样的沉思姿态。图书馆从外面看是有限的——爱丽丝确定自己看到了塔顶——但从内部看则是目力所及，延伸无穷，层层螺旋向上，越往上就越狭窄，到处都有死魂灵匆忙奔走。

与所有优秀学人一样，爱丽丝时不时会遐想有一座无限的图书馆，就像博尔赫斯笔下的通天塔图书馆那样，永远沉浸在里面。但她现在真的看到了，又感到阵阵惊惶。它太大了。而且他们也没有时间。墙边的死魂灵说过，格兰姆斯教授在赶路。他铁了心要穿越地狱，而当格兰姆斯铁了心要做什么事的时候，高墙便如无物。他们必须赶在他转世前找到他。他们无暇悠游。

"天哪。"彼得也是一副无助的样子，"我们是不是应该分头一个一个查？"

"那是永远查不完的。"

"但可能有某种顺序，"彼得说，"可能是按时间顺序，新来的在底下。"

"等等。"爱丽丝揉了揉太阳穴，"我们还是……我想一下。"

傲慢，骄傲，自大；狂妄，蔑视神明；慢，膨胀心态。[1] 没有一本游记讲到过大学图书馆。于是，她只得回溯第一原理，哲学基础。她检索了头脑中的文本、图像、论说。伊卡洛斯从天空坠落，阿拉克涅四肢分为八足。何为傲慢？奥古斯丁认为，傲慢是原罪。教宗格里高利认为，

---

[1] 此处的"骄傲"对应前文中的 superbia。"狂妄"对应 hubris，是一个希腊语词，在神话中主要指的是非分逾越，经典案例就是下文提到的伊卡洛斯和阿拉克涅的故事。"慢"对应 māna，是一个佛教词，意为恃己凌他。

傲慢是万恶的根源。柏拉图认为，第一殿惩罚心怀荣誉政制的灵魂。他们号称热爱正义、荣誉和美，但更关注维持它们的表象，而不愿做出必要的牺牲，真正实现它们。孔子认为，傲慢殿是小人之所，小人逐名而忘本。名不副实——没错，这就是上述理论的共性。但是，这与善的定义有何关系？善要如何定义呢？如果她能把这个问题搞清楚，那就能追溯到格兰姆斯教授的路线了，因为他肯定是一下子就想到了。

但爱丽丝发现思考好难，哪怕她尽全力梳理自己的知识，思绪还是不停飞走。图书馆看上去不再那么神圣了。她的脑子里嘈杂不断——争吵、低语、刮擦、咳嗽、喘气、写字、按笔——虽然音量都没有超出正常范围，但都太有存在感了，让她心烦意乱，根本无法集中精神。隔壁书架还有一个人不停呻吟，声音越来越大，不堪忍受。

她绕到书架对面，骂道："行了！"

那是个男青年的死魂灵，骨瘦如柴，四肢纤长。他弓着身子倒在地上，膝盖贴胸口，前后蠕动。他长着一副法学生的样子，不过爱丽丝也说不上为什么，就是这么觉得而已。跟他的下巴有关。书散落在他四周，一道道墨水污染了地毯。他看见爱丽丝和彼得，叫唤得更大声了。"他们不让我通过。17次了，17次了，他们还是不让我通过，我怎么这么笨……"

"不，不。"爱丽丝为之前骂他感到抱歉。她熟悉这种场面。正常情况下，在大学图书馆里遇到这种情绪崩溃的人，你要轻声抚慰，拿走桌上所有的尖锐物品，然后送他们去吃块饼干，休息一会儿。"你不笨。"

"但我什么都做了，"死魂灵抽抽搭搭地说，"建议书单全读完了。罗素读了，我的天哪。"他抽了自己一巴掌。"我甚至遵循了《理想国》里的学习法。我学了数学，哎呀！"

他滚向一边，砸起桌腿，一摞笔记震得一张张落下来，满地都是。这时，他发出一声尖叫，手脚并用地往前爬去："现在我的笔记全乱了。"

彼得跪下来帮他捡："给你……"

年轻死魂灵紧紧把笔记捧在胸前。"我用颜色做了标记，"他呜咽道，"他们都不在乎。"

"沃纳，行了。"又有一个死魂灵沿着走廊赶过来，他身材更矮，看着年纪也更大。他把手伸到沃纳胳膊底下，嘟嘟囔囔地把沃纳架了起来，"我们不是都说过了。不许在书库情绪崩溃。"

"他们又把我挂了，"沃纳带着哭腔说，"他们恨我。"

"对，我知道了，"年长的死魂灵拍拍他的脸，"但你要振作起来，求你了。有人吵着投诉大声喧哗了。"

"我永远都出不去了……"

"要哭就自己一个人哭，这是图书馆的规定。"年长的死魂灵拍了一下沃纳的背，"我给你订了个位置，C-56自习室，三楼。去吧。"

沃纳还在捧着脸哭，听了长者的话，跌跌撞撞地朝楼梯去了。

"真听话。"年长死魂灵掸掸手上的灰，转向爱丽丝和彼得，"非常抱歉，以后不会了。哎，你们看着面生啊！刚来的？"

"没错。"爱丽丝说。

"殉情自杀的。"彼得补了句。爱丽丝觉得有点浮夸，但没有反驳。

"你们的仪容真好！"死魂灵用手背拂过彼得的肩膀，"看这领子缝的。不可思议。你怎么做到的？"

"呃，"彼得说，"我用心了？"

"了不起！你都不会相信这边有多懒。大多数新来的连脸都不要。"死魂灵朝他们深深鞠了一躬，双手合十，仿佛在祷告，"乔治·爱德华·摩尔[1]。愿意为您效劳。"

---

[1] 乔治·爱德华·摩尔（1873—1958），英国哲学家，剑桥大学三一学院毕业，后留校从事研究工作。他与罗素等人被认为是分析哲学的创始人。

他是爱丽丝目前见到的最有人样的死魂灵,也就是说,他从上到下都是实体,从头顶的缕缕白发到磨损的皮鞋尖都能看清细节。他笑起来嘴有点歪,就像抽了一辈子烟斗的人那样——没错,他左手就垂着一支烟斗。他拿烟斗朝两人挥了挥。"敢问你是……"

"彼得·默多克。"两人异口同声道,"爱丽丝·罗。"

"你在哪里就读,彼得·默多克?"

"哦,我是……我们是剑桥的,"彼得说,"院系是……"

"啊呀,剑桥!"摩尔抓住彼得的手,使劲握了起来,爱丽丝被他无视了,"剑桥人!太好了。鄙人是三一学院的。来,来,我带你逛逛。"

他朝楼梯走去。爱丽丝瞥了彼得一眼,他耸了耸肩,仿佛在说:"又有何妨?"

反正也没有更好的选择,摩尔看着也没有明显的危险性。不管怎么说,爱丽丝不知道有哪个恶魔自称乔治·爱德华·摩尔。于是他们跟上了脚步。摩尔转过身,落落大方地指向一楼。

"楼层是按办公区和书库交替排列的。书库按时间升序排列,以世纪为单位,学科内部按字母顺序排列。情况有一点复杂,但我建议从公元前6世纪开始,然后逐级向上。"摩尔停顿一下,略过了一楼。一楼是占满的自习桌和一排排看不到头的自习室。"既然你是刚刚离世,所以一开始会感到震惊,但这边没有卫生间和厨房。没有人需要吃饭睡觉,他们可以自由地将全部时间投入工作中。"

"给善下定义。"彼得喂了一句话。

"非常正确。牌子上说的。那就是此地的唯一一条规矩:搞清楚善的意义。有人想出了一个自己认可的定义,就去岸边参加答辩。答辩通过就放行。通不过……好吧,你看见可怜的沃纳了。"摩尔朝几十个奋力研究的死魂灵点点头,"大部分都钻研了好多年。你看他们干的。"

爱丽丝产生了一股加入他们的冲动。不是因为课题听上去有意思。

事实上，善的定义听上去过于模糊，还有一点点烦人。而是因为接到一个界定清晰的单纯任务，然后努力完成的过程令她愉悦。死魂灵们看上去有干劲，有目标，似乎具有了某种德行。做研究总是好的。用亚里士多德的话说，完全的幸福就是某种形式的修习。

"但这看起来不怎么难啊。"彼得说。

"那是你以为。"

"但那难道不就是，你懂的，美好事物吗？"

"也对，"摩尔说，"但那是同义反复。"

"那就是幸福，"彼得说，"还有正义，还有仁慈，还有……"

"你只是在列举同义词。"

"但它们确实都属于善啊……"

"哦，那就是能全列出来了？还有什么有资格进入你的列表？你列出的德行有什么普遍共性？你能给出一份精练、全面的列表吗？"

彼得顿了下。"我明白了。"

"没你想的那么简单。"摩尔笑着说，"每个人来的时候都相信自己已经知道了答案，失败过很多次之后才会去看文献。真正严重的情况是，他们一点进展都没有，最后铜化……"

"铜化？"彼得跟着念了这个词。

"一种可怕的疾病。从足部发病，这时你就不能动了，只能困在原地。遇到这种情况，我们就把他们搬到座上去。看，牛顿就在那儿。"

爱丽丝原本靠在底座上，听到这话就缩了一下。"这些雕像是人？"

"没错，全都是。"摩尔用指节敲了敲一个底座，上面写着"伽利略"。他继续往二楼走。"他们会醒过来，但没有人知道要过多久。这话我只跟你说，我认为他们喜欢那么待着……可以歇一歇，所有人看到他们都会不禁惊叹。"

"你是怎么落到这个殿的？"爱丽丝问道，"我的意思是，大家都是因为什么来到这里的？"

"不要提问！不许提问，这是你要学会的第一条规矩。那是非常不礼貌的。"摩尔压低音量，仿佛在密谋一样，"不过，流言当然是有的。有人走神了，把自己的资料落在了人人都能看见的地方。"他指着一个人说。"比如那个伙计，他逢人便说自己在牛津教书，其实他是牛津布鲁克斯[1]的老师。"

"这就够进傲慢殿了？"

"是啊。你都不敢相信来的都是什么人。"摩尔继续指着走来走去的死魂灵，"那边那个，投稿人不引用他的著作，他就给人家拒稿。"

"那个人做过 82 场歌德主题的学术报告。

"那个人喜欢提醒大家，达特茅斯学院是藤校。

"还有那边……创意写作专业的学生。"他指的是一间自习室里的八个死魂灵，大眼瞪小眼，一语不发，"他们总是抱团，搞不懂为什么。"

他们经过另一间自习室，一个死魂灵在对另一个死魂灵长篇大论，声音很吵。"……当然，这很德里达，这让我不是很自在，因为德里达执迷于排泄物。你知道我有一次开会见过德里达发言吧？他迷幻药嗑嗨了，把排泄物抹得满墙都是，别的就更不能说了。"

"做欧陆哲学的。"摩尔耸了耸肩，"我们这有好几十个。"

他们绕着圈一层层往上走，见到了一桩桩鸡毛蒜皮的小罪过。讲解同殿死魂灵的缺德行为似乎带给摩尔很多快乐，他虽然压低了嗓子，但声音还是传遍了各层，偶尔招来怒视。

"看那位，自行出版了自我成长的图书。

"自称共产主义者，却连《资本论》都没读过。

"跟人炫耀自己会背圆周率。

---

[1] 牛津布鲁克斯大学是一所位于牛津郡的高等教育机构，前身为牛津工业学院，1992年升格大学并改为现用名。

"光会评论,不会提问。

"不登用第一人称写的论文。

"翻考卷的声音特别大。

"还在问别人高中会考选了什么科目。

"还在跟别人讲他高中会考选了什么科目。

"逼着妻子叫他博士。他是研究中世纪的,告诉你一声。

"他总是说自己在波士顿上过学,以为所有人都知道他是什么意思。每隔几年就有其他死魂灵组团欺负他,把他堵在书架后面。"

他们经过了一连串书都要溢出来的房间。"囤书癖。"摩尔解释道。

"为什么要在图书馆里囤书?"

"为了证明书是你找到的,"摩尔说,"为了证明你认识书。为了证明书在你身边。但真说要读,那还是算了。"

这时,爱丽丝断定格兰姆斯教授不可能被判到傲慢殿。说实话,一想到这个爱说闲话的小个子将格兰姆斯混同于这些装腔作势、招摇撞骗之辈,爱丽丝就觉得气愤。没错,格兰姆斯教授偶尔非常粗鲁;没错,皇家魔法学会从上到下都背地里说他骄傲自大;没错,他动不动就将本科生损到哭。但是,当代的伟大思想家难道不都有一点脾气吗?他们难道不配有脾气吗?她想起亚里士多德区分了适当的傲慢与不当的傲慢。杰出人物可以正当地夸耀自己的成就,只要这些成就是真实的。格兰姆斯教授的行为只能说是符合其地位,而他的地位就是崇高。爱丽丝真心认为,这些行为跟装腔作势者不在一个道德境界上。

不管怎么讲,格兰姆斯教授痛恨虚荣。她之所以知道这一点,是因为她本人就曾沉醉于攀比的兴奋中。第一次参加学术会议时——正式开会前是一场令人眼花缭乱的鸡尾酒晚会,有牛津和伦敦来的学生参加,大家都在比较津贴和研究经费的多少,谁最近在哪里发了文章——她被优越感冲昏了头脑,径直走向酒店大堂里的格兰姆斯教授,跟他夸起海口:"你能相信帝国理工连初级研讨课都没有?"她以为他可能会发笑,以为他也看不起别人。但他俯视着她,眼神中闪烁着鄙夷。"不要玩愚蠢的把戏,罗。"

彼得当时在场,嗤嗤发笑。爱丽丝那天脸红了一晚上。

这是值得学习的一课。她没有再犯同样的错误。没有真成绩的人,吹牛才最大声。保持沉默,无视纷扰喧哗,这才能证明你拥有真正值得自豪的东西。

她放慢脚步,方便和彼得说话。摩尔没有注意到。他在自顾自地念叨着精神分析学家的事,双臂上下翻飞,要不是爱丽丝和彼得跟他保持距离,面门没准就要挨打。

"他不在这里,"她低声道,"我们走吧。"

"你说什么?"

"这是浪费时间。"她已经从不耐烦变成了迫不及待。他们在这里每逗留一分钟,格兰姆斯教授就会朝地狱深处多走一段路,"摩尔还说,我们是多年来第一批到访的剑桥人,所以他要是见过他的话……"

"也许他们没碰上呢。"

"那我们就甩掉他,自己去找吧。他就是个小丑。"

"他没那么坏。"

"他是个多舌的小人!"

"在我们遇到的死魂灵里,只有他向我们做讲解。"彼得说,"我们不知道地狱的运行原理,罗。我们没有别的向导了。"

"啊哈!"走在前头的摩尔转过身,热情地挥起手,示意他们看一扇门,"我们到了,我的办公室,请进。"

摩尔这样的办公室,爱丽丝之前看见过很多次。这种办公室骄奢淫逸。在那个年代,只要跟院领导搞好关系,终身教职就能到手。他们把办公室当作会所,直到年事已高,被大学扫地出门。物品凌乱的大办公桌,包着厚厚坐垫的扶手椅,成套瓷器茶具,亚洲与非洲之行的纪念品——至于摩尔在冥界从哪里搞来了一块土耳其地毯,爱丽丝就不知道了。书从书架上满溢出来,一堆堆散落在地上和桌上。她注意到,这里有一本她之前提到的《沉思录》。每面墙上都有装裱起来的学位证书,爱丽丝不清楚是从哪里来的,因为她不知道地狱里还有具备学位颁发资质的院校。

"请进,请进。"摩尔把他们领进屋里,"我的小小庇护所。请自便。"

爱丽丝和彼得拘谨地坐在沙发上,摩尔则绕着书桌忙活,嘴里念叨着"要是我知道有客人……"和"太乱了,请见谅"一类的话。

"来吧!"他转身递过来一盒烟斗丝,"抽不抽?"

他们都摇了摇头。摩尔耸耸肩,往自己的烟斗里塞烟点火,津津有味地吸了起来。一口气吐出,浓烟飘到了两人脸上。彼得强忍着,被烟雾呛得眨眼流泪。爱丽丝咳嗽了出来。

"话说!"两人对面的摩尔一屁股坐到椅子上,两只脚搁到软垫脚凳上,"剑桥来的,敢问是哪所学院的?"

爱丽丝盯着彼得看。他说:"圣约翰。"

"约翰家的小子!"摩尔双掌一拍,"好伙计!我们有的玩了。"

"不好意思。"爱丽丝说。

摩尔没理她。"上一个来的有点地位的人是杜伦的。"他对彼得说,"现在吧,我是有底线的,没错,但孤零零那么多年了,我就想,杜伦的,好吧,也不是不行。但他愚钝得吓人,研究古生物的,在各层不停地扫除尘土,寻找菊石化石。他目前在五楼的某个地方,鼓捣一套博物学视角下的善理论。"

"不好意思。"爱丽丝用更坚定的语气又说了一遍。

摩尔这次停了下来，虽然盯着她的眼神仿佛在看一只缠着不走的蚊子。"有话说？"

"请你向我讲解一件事。"爱丽丝说，既然彼得不想走，她就要探听到她想知道的所有答案，"我们到底是为了什么留在这里？"

"你是什么意思？"

"假如我们直接出门离开。"爱丽丝说，"前往第二殿，也就是说纵欲殿。有什么会阻拦我们呢？"

"什么都没有。"他眨着眼说，好像她是个傻瓜，"你可以随意游荡，但为什么要那么做呢？你通过之前都必须留在这里。如果你不先通过傲慢殿，他们就不会让你通过纵欲殿。"

"好，"爱丽丝说，"那他们是谁？"

"当然是神灵了。牛头马面，负责维持业力平衡，秉正执法的阎罗大王的左膀右臂。"摩尔一直在摇头晃脑，就像小学生背课文似的，"他们话不多，但一瞬间就能读懂你的心思。你尽可以祈求，但如果成绩单上有缺项，他们一定会知道。如果成绩单上写着傲慢，你就必须通过傲慢。"

"不好意思，成绩单？"

"你没拿到成绩单吗？"

爱丽丝犹豫了一下。

"呃，"彼得故意拍了拍口袋，"肯定是放错地方了……"

"哦，不用担心。"摩尔摆手道，"它会再出现的，等着就行，弄不丢。"他朝桌上一张扣着的纸点点头。"成绩单上面总会有标记的，你懂吧。成绩单上列出了你的大罪，然后就要依次完成。傲慢通过了是纵欲，纵欲通过了是贪婪……"

"那如果我们完成了傲慢呢？"爱丽丝逼问道，"如果我们没有纵欲或贪婪之罪呢？假设我们给出了善的定义，不管那意味着什么。牛头马面接下来会做什么？"

"哦，对了。"摩尔身子后仰，"那他们应该会坐船来接你。大厅里的大门通往沙地，你知道的。过了沙地就是河。你应该会在地平线看到一艘金色的大船。它应该会穿过幽深的河水，朝岸边伸出一块木板。他们会在那边等你。他们会帮你登船。"

"然后呢？"

"然后他们会给你孟婆亲手酿制的忘川饮。"摩尔的目光投向远方，歪斜的笑容逐渐从脸上消失，"他们说是蒲公英的味道，是黎明时分露水的味道。你喝下去，记忆就从灵魂中抹除，就像抖掉斗篷上的沙子。你不过是星辰尘埃，一如往昔，清新、干净。接着，你会坐船去阎罗殿，转过转世门，回到红尘凡间，俗世浮沉。反正他们是这么说的。"

沉默降临在两人之间。

摩尔吸着烟斗，眼睛空洞地眨着。接着，他看起来有一点透明了。爱丽丝能穿过他的脖子看到他的学位证了。

"所以说，你没有亲眼见过？"爱丽丝不确定是否应该听信摩尔的话。

"什么？没见过。"摩尔有些激动，"那玩意可怕而沉重，我是说伦理学。不可能掌握。不，我来了这么多年，从来没有一个灵魂受邀渡过忘川。就连我……"摩尔顿了下，做了个鬼脸。他给雪茄补了点烟丝。"不管怎么说吧，很难的。"

"那你是试过很多次了？"彼得同情地问道。

"哦，没有，我懒得试。"

"为什么不试呢？"

"为什么，经典两难啊。"摩尔摊手道，"行政耽误科研。我有点像这边的院长，不知道你有没有注意到。这里的死魂灵行为非常不检点。囤书，偷别人的笔记，在书库里痛哭流涕。我的意思是，这里每天发生的崩溃多得简直不可置信。必须有人让他们守规矩。"

"你就自告奋勇了?"

"欣然赴任。"

"但那样你就不能离开了。"

"位高则任重。"摩尔说,"我们是剑桥人。我们必须树立榜样。"

"我懂了。"彼得眉头紧锁,但他显然觉得还是不要纠缠为妙,"那你真是很有度量。"

摩尔面露喜色:"所以要你帮忙啊。"

"什么意思?"

"已经太久了。太久没有真正的学者来了。剑桥人。有你有我,我们能够真正将这里整顿出个样子来。"

"哎呀,"彼得说,"我不认为……"

"走廊那边有一间空办公室,我们很快就能帮你布置好,我可以把多余的地毯和家具分给你。我们可以分管单双数。我管双数楼层,乱子都出在自习室……"

"你看啊。"爱丽丝已经受够了。说真的,要是摩尔再说一次剑桥男[1],她可能就要炸毛了。"摩尔教授。我们其实不打算留下来。"

"但你们走不了啊。"摩尔站起身来,长出了一口气,烟雾从他嘴里盘卷而出,形成一道浓重的紫云。紫云凝聚起来,正正好好地悬在门前。"你们无处可去。"

"好吧,我们可能要告退了,"彼得说,"如果你不在意的话……"

"但你还没有给善下定义啊。"摩尔的语气像唱歌一样轻快,"你们没通过,就不能前行,这是规矩。"

"我们要赌一赌运气。"彼得说。

---

[1] 原文 Cambridge man 既可以泛指剑桥人,也可以特指来自剑桥的男性,爱丽丝在意的是后者。

"我真心不认为你们应该那样做。"

摩尔的烟斗里不断有烟雾徐徐而出。

他们三人全都站了起来,面面相觑。爱丽丝回想起来,读本科的时候有人抽烟斗,他们看上去和气,但极少有全然真诚之辈。礼貌和笑容下总是掩盖着某种略带腐朽的东西。源远流长的厌女是家常便饭。偶尔能碰上种族歧视。大部分情况下都有势利眼,有时候还有痴呆。教职员联谊会里有很多老家伙让你帮他们找眼镜,还让你解释那么多有色人种跑来这里干什么。在这种情况下,底下隐藏的是瞪大的眼睛、无神的目光,让人觉得寂寞又癫狂。

烟雾更浓了。

"关于那间办公室。"摩尔说,"我觉得或许可以以褐紫红色为主题色。"

这时,爱丽丝有了个疯狂的主意。她是从彼得的书里的一页偷学来的——逻辑学家的一页,而且是学究的那种。但如果有什么时候该让学究派上用场的话,那就是现在了。

"你看这样如何,"她说,"如果你能证明我们应该留在这里,那我们就会留下。如果你不能,那就放我们走。但必须是真正的证明。你必须用纯理性说服我们。"

"那简单,"摩尔高傲地说,"我正好就是理性人。"

"我们不都是吗,"爱丽丝说,"我们把论证分解成两个前提和一个结论。A.我们必须通过,才能离开傲慢殿。B.我们没有通过。因此,C.我们不能离开。"

"完全正确!"摩尔趾高气扬地抬起烟斗,"你懂了吧?"

"但我拒绝接受这个结论。"爱丽丝说,"我不懂为什么一和二会得出三。"

"因为这是地狱的规矩,"摩尔哼的一声,说,"就这么回事!"

"行,"爱丽丝说,"我看看怎么把它捋清楚。A. 我们必须通过,才能离开傲慢殿。B. 我们没有通过。C. 我们必须遵守地狱的规矩。因此,Z. 我们不能离开。对吗?"

"一目了然啊,宝贝。"摩尔嗤之以鼻,"逻辑不能不服。"

"但我还是拒绝接受这个结论。"爱丽丝说,"为什么 A、B、C 能得出 Z 呢?"

"那就再加一个前提。"摩尔嘲笑地说,"如果你接受 A 和 B 和 C,那你就必须接受 Z。"

"行。"爱丽丝深吸一口气,又从头复述了一遍,"A. 我们必须通过,才能离开傲慢殿。B. 我们没有通过。C. 我们必须遵守地狱的规矩。D. 如果我们接受 A 和 B 和 C,那你就必须接受 Z。因此, Z. 我们不能离开。"

"分毫不差!"摩尔高声道,"你说得完美无瑕!"

"但我还是拒绝接受,"爱丽丝说,"我实在不明白。"

"你是糊涂吗,小姑娘?"

"我不糊涂。只是这个三段论不让我信服。"

"但这太简单了!"摩尔趴到桌面上,拿笔蘸上墨水,龙飞凤舞起来,"我来给你说个明白。A. 你必须通过,才能离开傲慢殿。B. 你没有通过。C. 你必须遵守地狱的规矩。然后,你只要再加一个前提,D……"他停下了笔,嘟囔起来,听着好像是"不,然后我们必须加入一个 E……但为了让这些傻瓜接受结论 E,很简单,我们必须加入一个 F……"

爱丽丝捅了捅彼得的胳膊。"我们走吧。"

他们踮着脚绕过他的书桌,摩尔连头都没抬。等他们走到门口,他算到前提 J 了:"这样就行了,你只需要这个小小的额外前提……"

两人在走廊上快步走着,彼得在路上说:"干得漂亮。"

"哦,这都是废话,"爱丽丝说,"他竟然没读过卡罗尔,我震惊了。"

第六章

"这是逻辑学的一个大问题,真的是!"彼得抬起手挥舞起来,"为什么任意两个前提就应该得出必然结论,哪怕前提可能是有效的?无人给出满意的答案。你其实无法证明肯定前件式[1]。但如果没有肯定前件式的话,那我们可能还会处在石器时代,因为肯定前件式是其他一切的基础……"

"你可别来啊。"她打了他胳膊一下,"我们走吧。"

两人匆匆走下楼梯,回到大厅。经过吱嘎作响的书架、闪烁的学习台灯、吵闹的自习室、在书库里抽泣的死魂灵,他们最终看到了一扇双开门。他们不是从这扇门进来的,但事到如今,他们也顾不上了。上方的摩尔办公室里传来一声哀号。楼下大厅里的所有死魂灵突然指着他们的方向,兴奋地谈论着。"通过了。"他们小声说着,有人以为自己通过了。成群的好奇死魂灵涌上前来。没时间了。爱丽丝决定赌一把,结果门一推就开了,他们跟跟跄跄地离开了那个冰冷、可怕的地方,来到了一片死寂的图书馆外,安静而美好。

这一次,他们面前是河流。

---

[1] 肯定前件式是一种有效的推理形式,写作:"如果 P,那么 Q;P 为真,则 Q 为真。"上面的前提 A 可以改写为"如果你没有通过,那么你不能离开傲慢殿"。

第七章

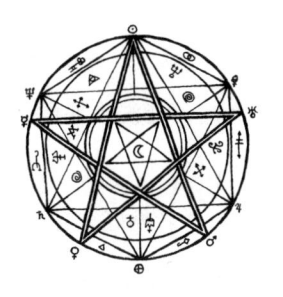

忘川。好一条深不见底，宽广无垠的大河。站在岸边，唯见天际朦胧，幽暗无边。无论河对岸是什么，阎罗王的宝座、返回阳间的大门，都遥不可见。忘川是肉眼可见的悖论，一而二，二而一。乍望过去，水域平静，晶莹如黑曜石的河面反射着微光，太阳总是一副即将熄灭的样子。但细看下来，忘川就变得激烈起来，恣肆汪洋，波涛滚滚，盯着它的时间越久，耳中水声便越响，浪涌的轰鸣声直入骨髓。

爱丽丝出神地往近走去。她从小就知道白色包含了光谱中所有颜色的光，她当时觉得这话很不公道，因为这里本应到处都能见到彩虹，但软弱的肉眼只能看见单色光。忘川似乎违反了这条原理。眼前只有黑暗。但只要你将目光聚焦于任何一点，那里就会分明起来。原本呈黑曜石色的江流原来是五颜六色的波浪，这些波浪形成了记忆，眯眼就能捕捉到记忆的碎片。这里有一只褪色的泰迪熊，那里是倾泻的红酒，那里又伸出一只满是皱纹、戴着戒指的手……所有碎片都暗示着丰富的记忆和具体的细节。人生经历的残骸打着旋，凝结成一道没有尽头的奔流。

啊，大河忘川。地狱一定是以河为界的。所有文献都肯定这一点，无论时代、地域或宗教。你不一定叫它忘川。你可以叫它阿帕诺怀亚河，或者鞞多梨尼河，你可以叫它奈河，涅蒂的领域。[1] 但你不能否认有一条河划定了阴阳的界线，切断了此生与彼世之间的脐带。河的一边是罪罚诸殿。另一边是阎罗境，灵魂可以从应许的金圈中返回生者的世界。这个世界的很多条河流都有威能——有死河，有爱河，有赐予永生的河，有剥夺永生的河。有的河能洗去罪孽，也有的河只能洗去负罪感。但是，只有忘川能洗去记忆。

出于词源考虑，西方地狱学者偏好"忘川"一词。忘川写作 Lethe，出自希腊语单词 lēthē（λήθη），意为"遗忘"。Lethe 也与希腊语单词 alētheia（ἀλήθεια）有关，意为"真"。但真与遗忘有什么关联，爱丽丝就说不准了。根据某些记载，完全失忆是揭示本真的一种途径——灵魂中有某个不可言表的要素是永恒不灭的。而在另一些记载中，因果关系反了过来。"真"是获得遗忘资格的必要条件，因而是转世的必要条件。只有当一个人坦白了真实的自己，才能摆脱过往经历的负担，开启新的人生。

主流理论认为，忘川洗去记忆的能力与赫拉克利特的流变理论有关。赫拉克利特在大多数方面都是彻头彻尾的浑蛋，以奇谈怪论闻名于世，比如"一切事物都是自身的对立面""世间万物都是一团永恒活火的体现"。虽然如此，赫拉克利特有一句话讲得深刻，那就是人不能两次踏进同一条河流，因为河不再是同一条河，人也不再是同一个人。于是，忘川将遗忘与重生等同了起来。灵魂的延续与记忆的保持之间有着必然联系。记忆消散，新的灵魂随之诞生。忘川是遗忘，是死亡，是变化。

"假设这是另一条路。"彼得翻阅着自己的笔记本，想到什么说什

---

[1] 阿帕怀诺亚河是阿兹特克神话中的冥河。鞞多梨尼河是印度文明中的冥河，又称灰河。涅蒂是两河文明中看守地狱大门的神。

么,"绕过诸殿,我的意思是。这是杰西·哈根的理论。好吧,我不知道你看没看过哈根,我借走了唯一一册他的书。但如果能走水路的话,进度可能会快得多。忘川必然会流经每一个殿,所以理论上说……嗯。"彼得用手指敲着下巴。"但我们没有造筏子的材料。"

爱丽丝考虑过同一个问题。上船,扬帆起航,可以依次前往各殿,甚至可以直达阎罗王的领地。是的,爱丽丝见过一条脚注引用了哈根的理论。但他们到哪里搞来船呢?让凡人的灵魂下地狱就够难的了。法阵尺寸是有极限的。最多只能带少量行李下去,车船是别想了。而且船必须严密防水,一滴忘川水都不能溅到皮肤上,他们绝不能冒这个风险。在这件事上,文献讲得很明白。忘川水吞食记忆。哪怕只是用手指在河面划水,你都可能失去一生中了解到的所有真相。

爱丽丝有过一些不成熟的想法,用包里的物资组装筏子。她也许可以往毯子里面充气,甚至可以试着给它附魔,使其能够承载两个人的体重,再在四周加一道保护罩。但是,忘川水看上去不像是能用魔法欺瞒的样子。波涛看上去饥肠辘辘,散发出一股沉重的恶意。它们是负空间,具有不可阻挡的磁力,是思想的黑洞。"你试试啊,"这条河似乎在说,"我会吃了你的粉笔。"

她的胳膊突然抽动了一下,她把袖子披了进去。是旧伤发作。

彼得在说着别的事,但她的思想早已漂荡、迷失在河水中。她不禁凝视着旋涡涌动的河面。她产生了一种下河游泳的荒谬冲动。每当她站在高处,同样的想法就会侵入她的头脑。从窗户爬出去会怎么样?从悬崖边摔下去会怎么样?河水看上去那么清凉,那么镇静。她想象自己从玻璃似的河面沉下去,不泛起一丝涟漪。

她视线一片模糊。爱丽丝眨了一下眼,再睁开的时候,只见岸边站着一位驼背老妪。老妪身旁的桌上整齐地摆放着若干陶罐。"默多克!"

"怎么了?"

"你没看见她吗？"

"谁？"

"那个女的，"爱丽丝用手指着说，"岸边那个女的。"

彼得声音发颤："我没……"

他为什么看不见？爱丽丝确信这不是幻觉。她认识这位神明。她在千百年来的文献中屡屡见到她的身影。孟婆老夫人，忘川的守护者，记忆之母。她的使命是将汹涌的河水酿成芬芳的药酒。灵魂渡河时会饮下孟婆汤，甘甜清冽，一了百了。遗忘是重生，不是抹杀。夫人对上了爱丽丝的眼睛，满是皱纹的嘴巴慢慢咧出笑容。笑里没有恶意，只有单纯的慈祥。"喝吧。"她说。虽然水波没有传来声音，但爱丽丝完全明白她的意思。"喝吧，安息吧，走吧。"

啊，那该有多好啊！爱丽丝之前以为，只有将格兰姆斯教授从地狱里救回来，她的问题才能解决——但何必大费周章呢？她差点笑出声来。这才是真实的答案：洗净头脑上的残渣，如清露一般前往彼岸，成为呜呜哭着的婴儿，准备开启新生。记忆涌上她的颅骨前方，滚烫浑浊，令人窒息。她当时唯一的想法是，要是能把记忆倒进深渊，让河水卷走记忆，让记忆永远消散，那该有多好啊。脑子里的东西让她疲惫不堪。她的念头太吵，它们敲打着她的头骨，永不停歇，实在承受不住了。早就承受不住了。人人怕忘川——保持距离，他们说；不要进水——但他们怎么就不明白遗忘是慈悲呢？所有故事都是假的，塞壬的歌声不如大海本身，不如沉静幽深的对岸诱人。

彼得突然说了声："罗。"

她一低头，发现自己几近踏进河水了。彼得站在几码外的岸上。奇怪，她不记得挪过脚啊。"怎么……"

彼得朝她挥着手，好像她是一只不听话的狗。"你回来啊。"

爱丽丝对着河水眨眨眼。"真是蹊跷。"但她动弹不得。

彼得又在挥手,这一次更急迫了。"来啊,罗,求你了。"

"不。"她身体里传出了另一个人的声音,动听而冷漠。爱丽丝喜欢这个声音,她喜欢对方对自己说话。河替她做了决定。"我要游过去。"

水声更隆,淹没了彼得接下来说的话。

爱丽丝不在意。她确实能感觉到头脑像被戳破的气球一般瘪了下去。可怕的压力终于一扫而空。强劲河水的意象冲过每一条脑沟,冲刷碎屑,抚平思想的轮廓,直到虫蛀腐烂的旧脑消失,只留下婴儿般平滑干净的颅骨。她感觉到船锚重新提起,那本应让她恐惧。她伸手去抓楼梯,但没有楼梯了,激流声太大了。但这一次,她心中没有恐惧。跌倒是一件好事,她不是落到下层,而是坠向虚空。她在接受洗礼。对,她心想。对,对,我们马上就到了——

突然间,彼得到了她身旁。他用力握住她的胳膊,握得都疼了。

"哎哟。"她说。

"罗,你看着我。"

"放我走。"

彼得的双手重重拍在她太阳穴上,逼着她将目光从河水转向彼得的脸。她太久没有仰视这双眼了。他的睫毛好长,爱丽丝心想。男生的睫毛居然也能这么长,面容也俊俏,可惜它让我想起了无情的大笑,狠狠摔上的门……

"呼吸,"彼得说,"保持呼吸就好。"

别指手画脚,爱丽丝想说,但她还是本能地顺从了,肺里发出呼哧呼哧的声音,河水的咆哮都显得小了,只是小了一点。她又感觉到了头脑的边缘。现实的疲倦留下车辙。

"你叫什么名字?"彼得问她。

她知道答案!是的,她的自证词,她练习过,这个简单。她一口气全报出来了。楼梯再次出现,她爬了上去。"我是爱丽丝·罗。我是剑桥大学博士生。我读分析魔法学专业……"

"很好,"彼得说,"你现在能跟上我吗?"

爱丽丝不确定,她已经忘了怎么让四肢听从使唤了。

"看着我,"彼得说,"抓紧我。来吧。"

他们一步步往回走。爱丽丝的腿像是灌了铅。双脚交替向前似乎成了天大的难事。

"就快到了,"彼得说,"很近了。你马上就要登顶了。"

她仿佛在说梦话,半梦半醒之间不知自己在说些什么。"我有时候觉得保持清醒好难。"

"我知道。"彼得说。

脚步好沉重。像是拖着石头。"我觉得什么事都比这容易些,什么事都行。"

"你还有时间。"彼得抓着她的手肘,坚定却温柔。他轻声道:"它总在等着你的,罗。但我们还有事情要做。"

他们沿着河边的道路跋涉。彼得大步走在前面,爱丽丝默默地跟在后面,心里觉得尴尬。现在他们离岸远了一些,忘川的诱惑力随之消退。爱丽丝真希望自己没惹出乱子。她现在不确定自己见没见过孟婆了。说实话,那只是匆匆一瞥。她可能只是回想起一幅画,甚至可能是言之凿凿的文字描述化为了想象。她的记忆有时会这样。她混淆了记忆与现实,她的想象力过于生动,不能自已。但彼得礼貌地不予置评,爱丽丝也没有为自己辩护。渐渐地,两人进入了什么也不想、闷头往前走的出神状态。爱丽丝到处戳自己的脑袋,欣慰地发现击岸声已经平息,急流也减缓了。自证词起作用了,她重新掌握了自己的思想。

"哦。"彼得停了下来,"我们是不是走了一阵子了?"

爱丽丝没注意时间。"是吗?"

"它们看着离得不远。"彼得说,"图书馆和下一栋楼。但你看,你觉得我们离那栋楼更近了吗?"

爱丽丝从记忆中唤出了图像。他说得对。站在门前,校园看起来和任何普通校园一样紧凑,楼与楼最远不用五分钟就能走到。但真等他们动起来了,第二殿,纵欲殿似乎就一直离得那么远。爱丽丝觉得现在能看清一些细节了——那是一栋二层楼,正面和侧面铺满了华丽的砖瓦,楼前有两座铜狮坐镇。但是,楼丝毫没有变大。

"我就知道。"彼得说,"我们在双曲空间里。"

"但这是反着来的。"爱丽丝不记得多少几何课上的内容了,但确实记得这一条,"在负曲率下,物体的实际距离应该小于目视距离。就像凸面镜一样。光向外传播。所以,我们应该在那里了……"

"不,不对。我们在墙上看到的是一团无穷远的东西。你听说过庞加莱圆盘模型吗?我们就像在珊瑚上行走。从这个面看过去,建筑之间好像隔着几英里[1],而从另一个面看过去可能还是像普通校园一样。"

爱丽丝不知道庞加莱圆盘模型是什么,也不想知道。"所以这意味着什么呢?"

"意味着我们应该到顶上去。"彼得说。

"怎么又来你那个神秘的山顶了。"

"我们现在对它的位置有一定认识了,因为我们见过它的外侧边缘。"彼得指了指忘川,"所以,我们知道要远离这条河,那就会趋近它……"

"如果存在那个点的话!如果不存在,我们只会走个没完。"

"但暂且假设它存在,那样我们就能省下很多时间了!"

"重点不在于节省时间,默多克。重点是找到他。我们不能随意假

---

[1] 1英里约合1.61千米。

定他犯了什么罪……"

"为什么不呢?"彼得扬起双手,"你觉得他太优秀了,不会犯小罪。你也不会相信他有任何真正的恶行。那又怎么样,罗?亲爱的格兰姆斯的情有可原之恶的平衡点是什么?你觉得他落到了哪里?"

爱丽丝觉得自己遭到了抨击,而且是没来由的抨击。"我不知道。"她说。她痛恨自己声音怎么那么小。这个问题把她吓到了。她不想打开闸门。闸门后面是令人羞愧困惑的一团乱麻,她知道自己没有能力解开。记忆处于紧绷状态,一直有着溃坝之虞——但她妥善地封闭了闸门,调整思维的流向,找到漂浮的木板。最好保持完全封闭,最好把这一切都当作纯粹的实验,按部就班地进行。一切结果皆有可能。不带偏见。"我们没有办法知道。正因如此,我们才要按照顺序搜索。"

彼得肯定注意到了她的回避,他的口气软了些。"我明白,我只是……我只是害怕我们要走到天长地久。"

"死魂灵肯定在转悠。"爱丽丝推理道。

"是的,但他们可以永远游荡,所以没关系。"

"但我们在路上没看见一个死魂灵。"

"所以呢?"

"如果离下个殿还很远的话,我们应该会看到死魂灵,"爱丽丝推理道,"如果不远的话,那他们已经在里面了。既然我们没看到死魂灵,那么他们大概已经在里面了。"

彼得考虑了一下。"成立。"

"谢谢你。"

"那我们就一直走?"

"我看也没有更好的办法,"爱丽丝说,"你看呢?"

于是他们回到了之前的路线,朝着一座建筑跋涉。它很可能(但不确定)在变大了。

不知怎的，无尽的漫步并不痛苦。爱丽丝颇为感激这段暂时的解脱。他们就像一对维多利亚时代的英国夫妇，到海边呼吸新鲜空气。相比于傲慢殿的哀怨聒噪，忘川的流水与宁静要宜人得多。爱丽丝闭上眼睛，就能想象到河水漫过记忆，冲走记忆，留下一块纯净的白板。她知道忘川不是这样。尽管如此，她还是感受到了久违的安宁。她的头脑一片空白，内心平和幸福。她觉得自己能够呼吸了。

中午12点半左右，她听见了咔嗒声。

她后来会惧怕这种声音。这是警告声，一开始都是微弱的沙沙声，微弱到你以为或希望是自己臆想出来的。但它会逐渐增强，直到变得无法忽视。她后来知道，沙沙声一定会变成咔嗒声，到最后会变得足够清晰，以至于耳朵能发现那不是一种声音，而是十几种固定的咔嗒声同时响起。回声让你听不出声音来自哪个方向。等到你能分清每一种声音，比如脊椎骨碰撞的声音，胫骨和腓骨摩擦关节的声音，那就为时已晚了。

"你听见了吗？"爱丽丝停下脚步。

"听见什么？"

"就像……折断声，或者按键声，你听。"

"可能就是河水吧，"彼得说，"那边是各种东西搅作一团。"

"对是对，可能……"

爱丽丝无法摆脱不对劲的感觉。她每过一会儿就觉得身后有声音。脚步的声音，与沙面摩擦的声音。但她每次回头又什么都看不到。只是她脖子现在一直像有针扎，她确信有人在尾随自己。

"你看见什么了？"她第三次回头后，彼得问道。

"我倒是想看见，"爱丽丝说，"不然我真要觉得自己发疯了……啊！"她手指河岸上方。"那边，看……"

山那边列队走来了三只小动物。它们的样子畸形扭曲，空眼眶反而比本应在里面的眼睛更传神。它们拱起沙子，发出咔嗒声，摇晃着尾巴，东闻西嗅。它们本来可能是狗，或者狐狸，或者狼，具体是什么已经不可能说清了。

爱丽丝起初以为它们只是营养不良——可怜的家伙走错了隧洞，如今被困在了地狱。文献里说，这种情况时有发生。边界都有孔洞。猫会故意穿越，其他动物则是意外误入，然后就迷路了，再然后就死了。但等它们走近了，她看见它们身上没有肉，也没有皮肤覆盖。没有眼睛，只有空洞洞的眼眶。没有血肉，只有洁白的骨头，像雪花石膏一样光亮，由某种看不见的力量聚合起来。

"了不起。"彼得小声说，"你知道它们是什么吗？"

"不知道，你呢？"

"我在书里读到过刻耳柏洛斯。"彼得看上去没有她那么惊恐。"佛教护法有时又可以化为犬形。但骨头……我不知道。它们挺可爱的，你不觉得吗？"

"是白垩，"爱丽丝喊道，"看它们的关节。"

这些骨头确实是由一种光亮的粉状白垩粘接起来的。某物，或者某人用高深莫测的法术缝合了这些白骨生物。莫测之处有二：第一，不在平面，而在活物上绘制法阵依然被认为是不可能做到的事；第二，法阵绘制者甚至不在现场。在世魔法师中，无人能够在法阵外发挥此等效力。

生物现在离得很近了。最大的一只跃将出来，歪着脑袋，仿佛在好奇地观察。骨架上没有鼻肉，但它的颅骨前部左摇右晃，看着像是狗在闻东西。彼得说得没错，它怪可爱的。

彼得走上前去。"你觉得它们友善吗？"

"别……"爱丽丝刚要开口，但彼得已经跪下了，朝领头的伸出一只手。

"来呀，乖乖……"

白骨兽的脑袋陡然袭来，正要扑到彼得的脸上时，他大叫一声，往回跳了一步。彼得挥起胳膊阻挡，白骨兽的嘴巴死死咬住他的手腕。不，只是袖子，谢天谢地——彼得挥了两次胳膊，才把白骨兽甩掉。它在离河水几英寸[1]处后背着地。它的四肢像蟑螂腿一样摆动，过了一秒钟就翻过身来，迅速站稳，飞快跑上坡，与同伴会合去了。

爱丽丝脑中猛然闪过一个可能。"它们不喜欢水。"她拖着脚，侧着身子朝河岸走去，避免背对骨兽，"默多克，来啊。"

彼得原路返回她身边。白骨兽没有跟上来。她的直觉是对的——忘川水吞噬记忆，而白垩的工作原理是唤回记忆，亿万年来的生命回响。事实上，他们离水越近，白骨兽就退得越远。它们弯腰屈膝，弓起肩膀，蠢蠢欲动，仿佛鬣狗们在争论要不要扑上去。但它们没有靠近一寸。

"退！"爱丽丝挥手驱赶它们，就像轰走徘徊不去的海鸥那样，"退，退！"

白骨兽不理她。它们与忘川水之间似乎依然有一道隐形屏障。它们最多只能到距离忘川十码左右的位置。事实上，爱丽丝每靠近河岸一寸，它们就躁动一分。它们用爪子刨沙子，痛苦地晃着脑袋。爱丽丝差点以为它们要开始吠叫了。

"小心。"彼得告诫道。

爱丽丝扭过头，看见左脚脚踝不知不觉已经到了水边。她感到一阵头晕。彼得伸出手臂，她紧紧抓住，身子一倒，靠着他保持平衡。

白骨兽终于受够了。伴随着爪子最后一次咔嗒作响，它们转身离去，越过沙丘。

---

[1] 1英寸约合2.54厘米。

"你还好吗?"彼得问她。

"还行。你呢?"

"挺好,就是破了一小块皮……天哪。"他在检查袖子。到肘部为止的袖子全被扯掉了,整条小臂上留下了几道鲜红的血迹。白骨兽的牙齿很锋利。爱丽丝皱眉蹙额,想象着要是牙齿再深入两英寸的话,那会发生什么。"不乖。"

爱丽丝用余光观察着白骨兽跑下沙丘,直到看不见为止。没过几秒钟,它们就越过地平线,不见了踪影。

没有一篇游记提到过白骨和白垩组成的生物。连沾边的记载都没有。

她的平静心态完蛋了。河滩不再是歇息的美妙场所,反而让她暴露在危险中,心生焦虑。见到白垩意味着这里有另一位魔法师。一位本领高超到骇人的法师,他的法术连格兰姆斯教授都不敢尝试。白垩意味着有人在创造,另一个思维敏锐的理性人。他的动机不详,只有一点可以确定。

他在监视。

✡ 粉笔

在神话传说的想象中，魔法师使用各种特殊装备：权杖、法杖、坩埚、魔杖。但业内人士知道，真正的魔法师只需要一样工具，那就是简简单单的粉笔。

粉笔是分析魔法学整个学科的基础。写起来容易，改错也方便。粉笔是由白垩制成的，而白垩是由几千万年前死去的远古海洋微生物的碎片压缩而成的。因此，粉笔具有了奇特的咒言显化属性，这一点至今成谜。身为魔法师与哲学家的奥尔德斯·赫胥黎写道，粉笔是通往遥远过去的一条纽带，是宇宙实体固有力量的自然生成物。有证据表明，塞那阿巴斯巨人像（一幅巨大的持棒裸男的白垩画）印证了一次史前宏大而可怕的魔法仪式。（虽然从这幅画中没有发现悖论，其创作意图也没有在史籍中留下任何证据，这或许不失为一件好事。）

粉笔的效力取决于产地。巴克莱牌是英国人信任的魔法粉笔标杆，产自守卫森严的泰晤士河畔白垩洞穴。最昂贵的粉笔是施罗普利高级粉笔，只用于重大公开活动、博士答辩等场合。生产商是施罗普利公司，原料来自诺福克郡的格兰姆矿场。施罗普利公司还推出了绞架森林产区的平价产品线，即色泽发黄的施罗普利标准粉笔。大多数英国魔法师都是巴克莱或施罗普利标准粉笔的忠实用户，有人曾因为争论哪个牌子更好而绝交。

不管你偏好哪个品牌，普通粉笔与魔法粉笔的区别在于，魔法粉笔可以在几乎所有表面写字。魔法师面对的并不总是实验室黑板这样的理想条件。为了发挥实效,魔法师必须能够在各种条件下绘制法阵——水泥地、山地草甸、塑料板、木地板、鹅卵石。魔法粉笔在任何材质上都能流畅书写,干也可,湿也可,脆也可,滑也可。最优质的施罗普利粉笔甚至在沙地上也能奏效。

或许正因如此,爱丽丝和彼得在研究过程中都忽视了一处关键细节:无论是神话还是学术文献,没有任何证据表明粉笔在地狱中有效。

第八章

他们累得走不动了才扎营。爱丽丝看了看时间——半夜一点,按理说早就该睡了,但他们要奋力走完最后一程,逼迫麻木的双脚沿着河岸继续前行。白骨兽把他们都吓坏了。爱丽丝如鲠在喉,黏腻的恐惧感挥之不去。她确信两人正在受到监视,唯一的解决办法似乎是尽量与白骨兽拉开距离。哪怕地狱据说广袤无垠,诡谲难测。哪怕不管他们付出多少努力,但只消一眨眼的工夫,任何人、任何事物都可能会闪现面前。

爱丽丝坐着嚼一条兰巴斯干粮,努力抵御绝望的侵蚀。幸好研究生院已经让她做好了准备,她懂得如何持续地处理绝望感。崩溃无处不在,无时不在。实验室里没有顺心如意,你负担不起吃穿用度,你的宿舍里闹老鼠,你的老师全都讨厌你,你与毕生成果付诸东流永远只有一步之遥。你把头脑里的绝望感铲到一边,进入睡眠。万事都等到明天再说,那时你的大脑恢复好了,可以继续自欺欺人了。

彼得扯下胳膊上的一条纱布,疼得嘶哈乱叫。

"情况怎么样?"她问道。

"没有感染,我觉得没有。"他把手腕悬在篝火上方,检查伤口,"要是感染的话,现在就该有症状了,对不对?"

"多来点消毒水？以防万一？"

"是啊，没错。"

她递给他一瓶旅行装红药水。他往胳膊上点了一小滴，然后伸出手腕，让她再缠纱布。"谢谢你。"

她躺回背包上，闭目养神。"应该的。"

"嘿，咱们来试试吧。"彼得从包里掏出一盒粉笔，"我在想能不能加快一点进度。"

爱丽丝不情愿地抬起头。"你什么意思？"

"你见过格兰姆斯教授做过的最恶劣的事情是什么？"

"我们已经聊过这件事了。"

"我不是说要找到终点。"彼得说，"我只是说，或许还有一条穿越诸殿的捷径。假设我们对他的位置有了一个合理猜测。假设这样：他犯过比贪婪更严重的罪，肯定有吧？"彼得在自己脚边画了一个小圆圈，圆得让人嫉妒。这叫测试圈：迷你版法阵，用途是在踏入正规法阵之前检验是否安全。对于任何涉及位移或身体变化的咒语，你最好都这样做一遍。你将手放入测试圈，如果手指安全无恙，那就可以尝试全身入阵了。"比愤怒还严重？"

爱丽丝想到了唾沫横飞，想到了地砖上摔碎的马克杯。这种情况很少见，但她还是记忆犹新。格兰姆斯教授对愚蠢从来没有耐心。"大概有吧。"

"那我们应该就可以直接跳到残忍了，好吗？"彼得迅速在圆圈周围书写了一连串算法，似乎涉及很多数学内容。爱丽丝看到的几何符号比希腊字母还多，看得脑袋疼。彼得放下粉笔。"你觉得呢，罗？"

"打住。"她说，"往回退。你那个捷径是什么原理？"

他从包里掏出笔记本，翻开到中间的一页，然后扔给她。她看了一眼，思维登时宕机。她每次看到一大堆数字的时候就会这样。"你把我当五岁小孩来讲吧。"

"加百列号角,"他欣然说道。"又名托里拆利小号。这是一个数学悖论,表面积无限大而体积有限。地狱就是这个面积无限大的面,而在计算号角内部的体积时,我们可以走一条有限的捷径……"

"抱歉,你说什么?"

"这有一点复杂。"他承认,"你会微积分吗?"

她本科上过微积分课,基本记不得了。这就是语言学专业的好处之一:逃脱纯数学。"只会最基本的。"

"那你还记得曲线,对吧?"

"先算我记得吧。"

"简单讲,你将双曲线的一个分支绕着渐近线旋转,就会得到一个类似小号的形状,名字就是这么来的!很贴切,对吧?"爱丽丝一头雾水,笑不出来。彼得看着有些失落,但还是继续讲。"现在,你可以用这里的公式来计算表面积,"他指了指法阵里的对应公式,"还有这里是体积公式。"他又指了指。"表面积无穷大,就像地狱一样!但神奇的是,体积有限。有人管这个叫油漆悖论,因为理论上,加百列号角可以用有限的油漆装满,却不能用有限的油漆涂满表面。"

她对着纸眨眼。"这不又是你那个扭曲的伪球面。"

"它看起来像是扭曲的伪球面,"彼得说,"但在数学上的差别很大。你说它们都依赖于某个关于双曲空间的假定,这是正确的。但是,这个咒语并不假定地狱是双曲空间,而是在圆圈内生成了一个双曲实体。"

爱丽丝听彼得讲解的时候,从来拿不定自己到底是什么感受。一方面是居高临下,他摆出一副导师做派;另一方面,他的数学水平实在是高,而她也实在不懂这方面,优秀总是迷人的。

"默多克,这不合道理啊。"

"这是悖论,罗!是有一点抽象,我懂。但我认为,如果我能画出合适的等价图形，或许就能为无穷大的地狱划定边界，得出某种类似于……一条捷径。有点像是虫洞。来，我在你左边十码外画一条捷径，当作示意。你会看到我的手从沙子里探出来。别害怕。"彼得吟诵起了咒语——持续两分钟令人费解的几何学和微积分运算。接着，他在圆圈上方挥舞手指。"看吧。"

无事发生。

爱丽丝盯着地面。法阵里的粉土看上去毫无变化。"怎么？"

"呃，"彼得对着咒文皱起了眉头，"搞笑了。"

"哪里出问题了？"

"定不住。"他戳着沙土说，"是地面，它在……它在吞噬法阵，差不多是这样。"

爱丽丝的手指划过沙子。粉笔确实在坚实平面上更牢固，但好牌子的粉笔不管在什么表面上，画出来的线都不虚不毛。这些沙砾看上去也没有什么特别的。相比于海滩上的沙子，这些沙砾可能是颜色深一点，更光滑，更细，更像粉土。她在中学科技节上用玉米淀粉做过实验，攥紧了是固体，松手就化掉。粉土就是这种感觉。摸的时候挺结实，一不注意就陷进去。确实挺烦人。话虽如此，粉土毕竟还是沙子：固体、静止、干燥。

"你用的是什么硬度？"她问道。"在沙子上写字要用软的。"

"我用的是 5H。"彼得在法阵里刨着，指间涌出了黝黑的沙子，看不见白色颗粒，"看！不是画不上去。只是……它消失了。好像粉土把它全吸收了。"

"你自己试过这个咒语吗？"

"没，这是新的……"

"好吧，那你可能疏忽了什么。"爱丽丝掏出自己的粉笔，在脚边画了一个圈。"边缘画错一点，法阵就有可能会自行擦除。这种情况不常见，但时有发生，尤其在语言学领域。"她开始回想沙堆悖论的前提。这就是个基础咒语，所有人在一年级都学过。沙堆咒发挥不了大的威力，但至今没有人能给出满意的批驳，所以最起码总有一点效果。

"沙堆永远是沙堆，"她用希腊语吟诵道，"取走一粒，还是沙堆……"她的声音在颤抖。

她的法阵，就像彼得的法阵一样，陷进了粉土中。

那就不是巴克莱牌比施罗普利牌好的问题了。"我不明白。"她刨着沙子，连一丁点白色都看不见。粉笔的痕迹全然不见了。"不应该啊，之前从没有过这种情况。"

彼得捧起一抔粉土，拿手指去戳。"我在想，问题会不会出在地狱本身上。"

"你什么意思？"

"我的意思是，我们不懂得地狱的新陈代谢。或者说，地狱的熵。"他撒开手，粉土从指间流走。"地狱的能量流动可能完全无序，它在吞噬粉笔，吃掉粉笔中的死生物能量，而不是产生闪烁……"

"但游记里说，"她说，"他们全程都在使用魔法，而且用得好好的。但丁、俄耳甫斯……"

"但他们没有绘制法阵。魔法师的记述都发生在塞那阿巴斯巨人像之前。他们有附魔物，不一样。"

爱丽丝在脑子里过了一遍，想找到一个反例，结果一个都没有。"但那意味着……"

"那意味着我们没有魔法了。"

爱丽丝考虑了这一点的影响，恐惧感在她胸中凝结。

她倒不是离了魔法就活不了。她和一部分年纪大的魔法师不同，他们习惯经常用魔法做煮茶这种不需要魔法也能干的琐事。战时粉笔配给制终结了这种文化。她这一代魔法师是极简主义者。他们的职责是开拓

第八章

已知自然法则的边界，而不是省事。她准备行装，在地狱跋涉，一路上都没有借助魔法。她准备了两周份的水和食物。只要谨慎食用兰巴斯干粮，永续瓶也没丢，他们就能找回格兰姆斯教授，在快要饿死之前返回阳间。

话是这么说。爱丽丝并不十分强壮敏捷，也完全不会武术。她确信彼得也一样。她确实在包里带了几把刀，但她知道刀的用法吗？面对地狱的神明与卫士，或者沙丘中隐藏的无数恶魔，他们手无寸铁。对付不了白骨兽，对付不了白骨兽的创造者。他们在地狱中只有一种真正的自卫手段，那就是魔法。没有了魔法，他们就只是两个普通人——说实话，是两个傻瓜旅行者——一时兴起就下到地狱。文献里也没有多少傻瓜旅行者成功抵达地狱，然后活着回来的故事。

天哪，她现在思维奔逸。眼前幻象如过江之鲫。读过的故事，看过的视频。雄狮阔步，秃鹫盘旋。谷底的凄惨尸体，冥府野兽——它们比熊还要可怕吗？虽然她在保持镇定方面有丰富的实践经验，但她忘记了那是在剑桥，线路安全稳定，有上千个地标供她调整思维狂奔的方向。她没考虑过新的刺激，没考虑过压力。"它们会先攻击你的肚子，"她听见大卫·爱登堡[1]说，"不是动脉，它不会立刻杀死你。它希望你新鲜、完好，它会慢慢吃掉你，你会感受到咬下的每一口……"

她感到胸口一紧。她朝彼得看，看见一堆白骨。

"我觉得自己好蠢。"彼得踢着自己的背包，"我包里大概有20%的重量都是施罗普利牌粉笔。"

没有熊，爱丽丝告诉自己。这没有发生，彼得没有死，你还在这里。她装出轻快的语气说："哎呀，反正施罗普利牌就是没用。"

他装作可怕的样子挥舞着手。"有人诽谤施罗普利！"

---

[1] 大卫·爱登堡是知名自然纪录片主持人，此处模仿他在纪录片里的解说词。

"施罗普利一碰就断。"粉笔,粉笔是一个轻松的话题。她将心神收拢在粉笔周围。"巴克莱结实。"

"拿巴克莱写字像是用指甲刮黑板。"

"最起码能写上!"

彼得哼了一声。"加雷思有没有给你看过他的日本粉笔?"加雷思是逻辑学专业五年级学生。"他一个月从横滨进两次货。他说,那是他用过的最好写的粉笔。他让我试用了一次,但只许我画一个小圈,因为他对每根粉笔能用多久都是有数的。"

"用着怎么样?"

"跟普通粉笔没两样。"

爱丽丝笑出了声。这个故事没那么好笑,但她还是全身上下都在大笑。她肩膀剧烈摇摆,肋骨疼,呼吸困难。肺里的空气一节一节地跑了出去,颇为诡异。啊,她真的没法呼吸了。这时,大笑变成了抽泣,变成了抑制不住的恐惧。她止不住地哀叹,脸颊上满是热泪。

"哎呀,"彼得说,"哎呀,别哭,别哭……"一只手伸向她的脸庞,好像要帮她擦眼泪,然后突然停在半空,困惑地悬在那里。他把手抽了回去。"别哭了。"

"抱歉。"爱丽丝擦着眼睛说。啊,这太糟糕了。在别人面前情绪失控,这个人还偏偏是默多克。他现在肯定以为她发疯了。"抱歉,我也不知道为什么……"

"没事。"彼得生硬地拍了拍她的肩膀,"会好起来的。"

情况显然不好。他们被困在了地狱里,还是不知道在哪里能找到格兰姆斯教授,还有一盒又一盒不能发挥作用的粉笔。地狱突然间感觉好真实,不再是沙丘连绵起伏,楼宇雾中浮现的梦境。它是一个可以杀死他们的地方。她一下子明白了困境的严重程度。自从他们来到地狱,这是她第一次真正觉察到危险。而且诚实地讲,当她思考地狱,当她真正

第八章

考虑地狱血淋淋的机理，而不仅仅是抽象化、浪漫化的意象——死亡让她惊恐不已。

"要纸巾吗？"彼得问道。

她接过纸巾。"你现在怎么能这么镇静？"

"我不知道啊。你怎么吓成这个样子？"

"因为我们要死了。"

"我们不会死的。"彼得躺在地上，膝盖拉到胸口的位置，下巴搁在手臂上。"我们会搞清楚的。"

"但你怎么知道？"

她一直不能理解他：他的乐观，他的泰然自若。爱丽丝在剑桥见到的每一个人都常年处于崩溃边缘。每一个人，除了彼得。他的生活就像百灵鸟在草原上飞翔。哪怕听到再坏的消息，彼得也只是一眨眼，一耸肩。格兰姆斯教授规定了不可理喻的截止日期，彼得只会放声大笑。她在想，这会不会就是赢得出身彩票的下场。你拒绝考虑事有不济，因为你一向百事皆顺。

"来，你试试这么看。"彼得捻转着一支粉笔。爱丽丝想起来，他思考的时候总会这样做。这个熟悉的动作有着奇异的安神功效。"当我决定要不要来地狱时，我问自己，要是不来的话，我要处理的问题是什么。结果是，地狱看上去要容易多了。甚至都不需要争论。我觉得你也做了这个选择。"

"我，我猜是吧。"爱丽丝听到彼得的逻辑几乎与她如出一辙，其实还挺惊讶的。虽然他的表述要积极向上得多。她当初面临的问题是：去他的，无所谓了，反正都要完蛋，干脆下地狱算了。但她问不出口的是，彼得遇到了什么大麻烦呢？

"剑桥是一个闭环。没有出路。"粉笔转得更快了，"但地狱，地狱有无限可能。那不是很好玩吗？"

"好玩？"

"对啊！我们到了字面意义上的地图之外。理论达到了边界。闭环走到了尽头。"他展开双手，"此处有龙！"[1]

她用袖子擦了擦眼。"这不还是我们不知道自己在做什么的意思，只是换了个好听的说法。"

"不然就不算是对学科做出贡献了，对吧？"他用手肘顶了顶她，"相信你的大脑，罗，相信制度。我们是格兰姆斯的学生，全世界最优秀的人才。我们会没事的。"

是的，爱丽丝心想。是啊，我能做到，我可以相信。

毕竟，魔法的诀窍就在于此。有一派分析魔法学家叫直觉主义者，他们的主张如下：归根到底，魔法的精髓不在于你懂得多么复杂的数学、逻辑学或语言学知识。相反，咒语效力的终极推动力只是信念之力。根本不在于算法，而在于自欺。你必须汇聚足够多的证明，让你自己相信世界可以是另外的样子。只要你能骗过自己，你就能骗过世界。哪怕不信奉直觉主义的魔法师也在实践中运用直觉主义思想，因为用用又何妨？你做了功课，你画了咒文，到了最后关头，你还是要闭眼祈望。归根到底，魔法是愿望，是祈祷，还有一点固执与虚妄。

就此而论，人格亦是如此。

主观认知的连贯性亦是如此。

每天早上起床，不打算去死，亦是如此。

这倒也不难。爱丽丝在这方面经验很丰富。她懂得相应的精神体操：你拼好走完今天的路所需要的最短楼梯，只要台阶还装在你脑子里，你就能走到下一天。于是，她深吸一口气，闭上双眼，爬上了自己的楼梯。

我是爱丽丝·罗。我是剑桥大学博士生。我读分析魔法学专业。

---

[1] 欧洲古代地图常会在情况不明的地域画上龙、海怪、野人等形象，用作占空装饰。

第八章

我正在地狱里。一切都会好的，会好的，会好的……

一个模糊的身影唰的一声从火焰中穿过。彼得蹦了起来，爱丽丝惊声尖叫——但只是阿基米德重新现身了而已，不管它之前跑去了哪里。它真是一副鬼样子，毛发翻卷，眼睛瞪得大大的，瞳仁缩得像松针。爱丽丝抬了下手肘。它不需要再专门邀请了，它朝着她的肋骨扑了过来。

"瞧你，怎么吓成这样？"爱丽丝一边轻声说着，一边挠它的脑袋。

阿基米德把头拱进她的侧身，停住不动，浑身颤抖。爱丽丝看见它侧面被什么东西弄伤了，毛上有一道长长的干涸血迹。

"是白骨兽干的吧？"彼得问道。

阿基米德晃动着尾巴，看上去是给出了肯定的答复。

有游记提到过这个隐藏的威胁吗？爱丽丝搜肠刮肚地想着，同时戳了戳阿基米德颤抖着的侧身。但是，她想不到任何有关白骨兽的记载。俄耳甫斯、但丁、埃涅阿斯、琉善[1]、塞涅卡[2]、圣布伦丹[3]——他们的记述阴暗可怕，这是毫无疑问的。但他们描述的危险事物都有神性，都摆在明面上。他们逃离撒旦的魔爪，与神灵争执。但没有人提到过来无影、去无踪的潜藏危险，没有提到被非地狱造物监视的恐怖。

只有一个例外，艾略特。

《荒原》涌上心头，这是年代最近的一部地狱游记。"我会给你看一样东西，既不同于清晨大踏步跟在你身后的影子，"艾略特写道，"也不同于黄昏起来迎接你的影子。"爱丽丝的目光越过沙丘，战栗不止。

"我会给你看一捧尘土里的恐惧。"[4]

---

1 琉善，古罗马作家。代表作《真实的历史》讲述了作者和伙伴们神奇的虚构旅程，去过的地方包括太空、月球等，也包括地狱。
2 塞涅卡，古罗马哲学家、剧作家、政治家。他的《俄狄浦斯王》剧本遭到 T. S. 艾略特的批判，被认为人物形象老套，流于简单化。
3 圣布伦丹，公元 6 世纪爱尔兰僧侣，以远洋航行闻名。后世有多部著作记述了他的传奇经历。
4 译文引自《荒原》，[英]托·斯·艾略特著，张炽恒译，上海文艺出版社，2020 年。

第九章

阿基米德早上还跟他们在一起呢，这其实已经让爱丽丝大为吃惊了。她怀疑它只是把他们当肉盾，但这也无可厚非。猫有很多本领，其中一项就是寻路。他们刚吃完早饭（阿基米德索要了量大得吓人的兰巴斯干粮，就着茶水吃了下去），它把尾巴翘得笔直，往前走了几步，接着回头看了一眼，眼神里带着期盼。

"第二殿？"爱丽丝问道。

阿基米德眨眨眼，仿佛在说：不然呢？

"离得远吗？"

阿基米德转过身，屁股对着她。

两人收拾营地时，彼得问道："你兴奋吗？"

"兴奋什么？"

"哎呀，纵欲殿嘛。"他绕指说道，"淫欲。你不想见见耶洗别吗？拔示巴？[1]"

她哼了一声。"你觉得纵欲殿里全是妓院？"

---

[1] 耶洗别与拔示巴都是《旧约》中记载的淫妇。

"我觉得至少跟沙丘比起来是美好的地方嘛。"他拉上背包拉链，站起身来，"你觉得在等着你的是什么？"

爱丽丝背上自己的包，腋下突然吹来一阵冷风，冻得她皱起眉头。"我想要冲个热水澡。"

对地狱学家来说，纵欲殿是一个有趣的谜团。他们普遍有一个奇怪的信念，那就是第二殿比其他诸殿更宽大。但丁主张，纵欲是"放纵肉欲"之罪，是一种比较轻的罪，罪在缺乏节制，意志软弱，而非对他人有主动的恶意。纵欲者让理性成为欲望的奴隶。但丁的纵欲圈里充斥着情侣，他们沉溺于对方的情欲之中，屈服于自身的激情之中，伤己而不害人。因此，许多地狱学家主张，纵欲殿的惩罚——根据大多数记载，纵欲殿涵盖了色欲与贪食——就是成瘾源本身，催动情欲的同时造成伤害。纵欲殿会用挑逗困住你，让你自作自受。其他殿困住灵魂的手段都是锁门、难题、怨灵，但在纵欲殿，困住你的只有你自己。

游记支持这一理论。在基督徒探险家约翰·班克罗夫特的笔下，纵欲殿是天堂的虚假仿制品，惩罚就寓于诱惑之中。屈服，沉溺，永不得脱。"三日之间，我枕在乳房和大腿上，与莲花食者一起抽烟喝酒，"他写道，"我凭借着纯粹的意志力，才摆脱了她们甜美的陪伴。那些可怜的女子啊，她们呼唤着我，我临别时也呼唤着她们。但她们明白我身负神圣使命，同意放我离开。"接着，他又用几页篇幅描写他枕过的乳房和大腿。

"他不会在那里的。"爱丽丝说。格兰姆斯教授是有很多缺点，但没有纵情声色这一条，她从没见过比他更自律的人。"那只会浪费时间。"

"话是这么说，查还是要查的。"

"但假如我们被困住了。"

"我们不会的，"彼得乐呵呵地说着，跟在不耐烦的阿基米德身后开拔了，"我们的道德感坚定极了。"

爱丽丝在剑桥认识的所有学者都自诩杜绝欲望。其他系有性瘾者，有毒瘾者，有酗酒者，有暴食者。但分析魔法系鄙视低俗的感官愉悦，将其视为对精神生活的干扰。人人都喜欢假装自己纯粹为了研究而存在，世俗肉身没有任何欲望。没有人承认自己看电视，没有人追流行文化，没有人向教授承认自己有约会（承认自己有性生活实在是太丢人了！）。少数已婚男子提到妻子和孩子时难堪得不得了，提起妻儿也只是为了避免无端猜疑。甚至没有人承认自己喜欢美食，这或许就能解释为什么系里永远只供应口感像沙子的约克郡布丁。

只有锻炼身心、有益于维持研究能力的爱好才会获得认可。象棋是必备技能，散步可以被容忍，马拉松极受推崇，因为这种运动彰显了自律与专注。传说海伦·默里教授可以连续跑好几个小时，耳朵里什么也不听，脑子里反复播放歌剧。是的，自我提升的休闲活动是允许的。但为了快乐而快乐——何其无用，何其难堪。

格兰姆斯教授是最狂热的禁欲人士。"凡人诸事，学问绝近神道。"他告诉他们。他说这番话的时候，他们才刚开始读研，还愚蠢地以为自己有时间去做睡觉、看电影一类事情。"人不同于动物，天生具备理性官能。因此，我们高于鸟兽，近乎神明。正如亚里士多德所说，应当努力追求不朽的东西，过一种与我们身上最好的部分相适合的生活。精神生活就是一切。其余的一切都是堕落的，是肉体的，是污秽的。"

爱丽丝尝试过，真的尝试过遵从他的命令。将自己劈砍到只剩下一个燃烧的精神内核。她不去电影院了，也不读小说了——再见，亨利·詹姆斯！她甚至不再下厨了，因为校园饮食服务处不仅便宜，而且完全剥夺了进食的快乐。她做不到博士后阿莱科和新教师克罗艾那样的疯狂自律。前者每天跑两英里到系里上班，后者吹嘘说自己一天只吃一顿饭，时间是早晨五点，其他时候头晕了就冥想。五年级生哈里斯每天早晨洗冰水澡，希望这样能让自己精神一整天。对于这项习惯，爱丽丝倒是效法成功了,冲完澡会浑身一激灵,虽然她也说不清这会不会仅仅是走出浴室的解脱感。禁欲到底是为了品格塑造,还是单纯因为太穷了,不得不如此,这确实是一个问题。毕竟,研究生的收入都不够生活。但没有人喜欢谈论这件事。

有一段时间,她确实治没了自己的庸俗需求。她有些天早餐只吃一片兰巴斯干粮配咖啡,然后专注学业,无暇饮食,直到午夜才吃第二顿。她有时甚至将吃兰巴斯干粮的时间推迟到了午后。她喜欢腹中空无一物,全靠空气维持的那种轻飘飘的恍惚感。她觉得自己成了一个苍白缥缈的死魂灵,一个脱离肉体存在的头脑。

但宕机总会到来。爱丽丝总是会崩溃,总是会呆若木鸡地躺在宿舍休息室的沙发上,眼睛看着电视,脑子完全不知道演的什么。她从来进不到神妙无方的禅思境界,做不到跑者收敛心神的平静高潮。她更常感到的是凄凉,困在一具有需求的肉身中,既对肉身不满,也无法满足肉身。还有饥饿,好饿啊,她渴望自己已经叫不上名字的滋养。

原来,地狱也是有恶劣天气的。风暴骤起,天色转暗,冷气凝重。只听一声炸雷,雨幕从天而降,模糊了人的视线。这对爱丽丝和彼得而言是一个坏消息,因为他们没想着要带雨衣。

"没办法了吗?"彼得顶着狂风对阿基米德大喊。

猫喵了一声。

暴雨越下越大,两人几分钟就湿透了。风雨像鞭子一样肆意抽打,他们用双手捂着脸才能喘气。阿基米德停下来不肯走了,直到彼得把它怀抱起来,塞进自己的大衣。他们可怜兮兮地紧靠在一起,一寸一寸地往前挪。在狂风之中,爱丽丝以为听到了哭泣声,听到了某个人或者某些人的声音,但那可能只是震耳欲聋的风声罢了。她说不清他们这样走了多久。她完全失去了时间感。暴雨剥夺了她的一切思想和一切感觉。

她只是一个顶着狂风、一寸一寸往前挪的内核。

但这也是司空见惯了。爱丽丝现在熬过了好几年英格兰的冬天，有时暖气坏了，有时雨伞坏了，还有时你以为老天爷要消停了，天空突然撕开一道口子，降下暴雨。她曾多次在暴雨中奔跑横穿剑桥校园。她知道，有时她不需要对付无限延伸的空间，而只要顶着锤子一般砸在身上的暴雨，克服从一栋楼跑到另一栋楼的痛苦。所以，她懂得如何将注意力聚焦到自身，一寸一寸地奋力前行，直到最终抵达纵欲殿的屋檐下。入口两旁有两座护卫铜像。爱丽丝发现，原来铜像不是雄狮，而是肥猪。大门敞开了。湿漉漉、颤巍巍的两人跟跟跄跄地走了进去。

纵欲殿是一座学生中心。

爱丽丝非常失望。虽然不愿承认，但她确实一度期待看到恶俗东方主题绘画中的场景——镀金沙发、连串的葡萄、嘴里塞着苹果的烤野猪、全身只缠着腰布的鲁特琴师。她甚至想到过博斯[1]画作中的癫狂景象：裸身欢宴客、从肛门生长出来的花朵、在巨蚌壳里交媾的人、巨型草莓、樱桃头冠。她最想见到的是食物。当然，吃下去是不智之举，绝不能触碰地狱里的食物，但走过了没完没了的沙丘，哪怕有仿真宴会也是好的。

结果大厅里只有亮度过高的灯、高桌，还有随意摆放的长椅，上面的黄色污渍颇为可疑。大厅中央是一座喷泉，汩汩涌出某种棕色泛紫的黏稠液体。头顶上播放着音乐片段，夹杂着噼噼啪啪的微弱静电声——几乎能听出来是达斯蒂·斯普林菲尔德[2]的歌，你可以闭上眼睛，和着音乐摇摆，直到酒吧关门。这首曲子太柔了，听不清旋律，也听不清歌

---

[1] 耶罗尼米斯·博斯（1450—1516），荷兰画家，画作多数描绘罪恶与道德沦丧，代表作有三联画《人间乐园》等。
[2] 达斯蒂·斯普林菲尔德（1939—1999），英国流行歌手，20世纪60年代红遍大西洋两岸。

词。远处角落里放着一个桌上足球台，已经废弃了。不过，爱丽丝从上往下看的时候，发现小白球还在自顾自地撞击着木桌脚，发出砰砰的声音。她的手本能地抽动了一下，想要试一把，看看自己能不能射门成功。

"你好啊。"彼得说。

一个死魂灵施施然地从角落里出来，手里捧着一个金杯，看样子是直奔两人而来。爱丽丝陡然一惊，紧张起来。但对方其实是朝喷泉去的。

"劳驾。"爱丽丝说。

"你好啊，"彼得说，"我想打听一下……呃，你最近看没看到有新来的？穿黑衣服的高个男子。"

死魂灵无视了他们俩。它无声地接满杯子，喝了一大口浓稠的深色液体，然后施施然地回到之前出来的走廊。它进了右手边的第一个房间，房门随之关上。

爱丽丝和彼得试探着跟了上去。绕过大厅角落就能看见一条没有尽头的走廊，看着像是学生宿舍。走廊两边排列着整齐划一的无窗房间。有一些房门关着，也有很多没关，只是半掩着。爱丽丝和彼得每经过一间，就偷看里面的情况。每个房间都住着一个死魂灵。一个死魂灵平躺着，双手插进裤裆里。另一个死魂灵在屋里抽烟斗，飘出来的刺鼻烟味熏得爱丽丝一阵咳嗽，两人赶忙离开。第三个死魂灵盘腿坐在地板上，闭着眼睛，从他们刚刚见过的那种金杯里小口啜饮。爱丽丝和彼得偷窥的时候，没有一个死魂灵抬起头看。他们似乎全都意识不到周围发生的事情。

又走过几扇门，他们听见了响亮的抽鼻子声。一个死魂灵蜷着身子，坐在角落里的桌子上。他把书凑近鼻子，每翻一页，就沿着书脊一顿闻，开心得眼珠上翻。

"继续走吧。"彼得抓起爱丽丝的手腕,推着她沿着走廊前行。

"那是什么?"她压低声音问道。"他干吗呢?"

"你以前没闻过书?"

"没那么闻过!"

"书很好闻啊。"彼得说,"跟装帧有关。就像……胶水,我也不清楚。刨木花。我懂他。"

爱丽丝小声说:"我只会自己偷偷闻。"

沿着走廊往前,都是一样的情形:一个又一个死魂灵悠闲地坐在自己的单间里,重复着单调刻板的活动。爱丽丝看过了身旁经过的每一张脸,搜寻着格兰姆斯教授的阴沉面容,但只看到空洞茫然、心满意足的目光。过了一阵子就看花眼了。全都是沾沾自喜的表情,一个模子刻出来的。有些死魂灵都快看不出形状了,脸庞边缘出现了暗影和模糊。有些死魂灵似乎没有眼睛。还有一些的嘴巴、耳朵、手掌没有定型——所有感官都被排除在执念之外,唯有触手可及的满足。他们陷入了无尽的强迫性内循环之中,重复着同一个动作。这个动作要么永远达不到圆满,要么就是太令人快乐了,让死魂灵们翻来覆去,做个不停。

整个地方弥漫着腐朽的气氛。走廊里既有臭味,又有消毒剂的味道,就像往腐肉上面喷洒酒精。灯光太暗了,还不时发出日光灯管的吱吱声。墙上满是大大小小的霉斑,一列列蚂蚁沿着污渍行进。这里臭气熏天,让爱丽丝极为痛苦。死魂灵怎么就不能停下来,看看周围的样子,然后逃离这个地方呢?停下——她想要呐喊——别干了,跑出去吧。但是,有一半死魂灵连耳朵都没有。她朝他们喊,他们能听见吗?

她和彼得都陷入了长久的沉默。窥探这些死魂灵的成瘾行为,努力假装对见到的一切无动于衷,这让他们愈加感到不适。爱丽丝觉得自己赤身裸体。她觉得自己在接受考验和监察,看这些刺激有没有在她心

第九章 123

中引发同样的兴趣。你恋足吗？你迷恋洋娃娃吗？你喜欢硬的木头物件吗？

彼得的欲望是什么？爱丽丝心里在想。大概没有欲望吧。彼得是嘴里含着银汤勺出生的，他从来没想要过任何东西。但这样看待"想要"是错误的。欲望和需要有着很大的差别，她希望自己知道彼得渴望什么，他听到什么会膝盖发软，因为那样的话，她最起码知道彼得是有弱点的。但在这里，彼得的表情一成不变。他一直板着脸，环视四周的目光里带着医生式的好奇心，略带居高临下的意味。圣彼得不会受到诱惑。

纵欲客体不断增加到了荒诞的程度。他们看见有死魂灵在吸吮狗的阴茎，有的在舔黑板，还有的在放着女式内衣的床上打滚。一个死魂灵听着录音机播放的吱吱啦啦的罐头掌声，来回踱步，喃喃念着"谢谢大家，谢谢大家"。这完全不好笑，远非博斯画作中的感官诱惑。单间里的景象只是可悲的、令人恶心的。无数肉体横陈，喘息、呻吟、拍打、舔舐、按压。被针穿刺的肉体、被食物噎住的肉体、被酒呛住的肉体，到处都是肉体。其实甚至都算不上完整的身体，只是蔓延的器官。活动着却不发出声音的嘴巴，刺人的目光，抓握的手，弃绝理智，沦丧欲海。

他们为什么不能直接走出去呢？爱丽丝不明白。她从来不能理解这种下流的肉欲。她了解各种基本的愉悦，没错，但她从未感受过这种冲昏头脑的肉体欲望。故事里的男主人公总是宁愿毁灭城市，只为了在某个人身上蹭下边那玩意儿。她总是为此感到困惑。大卫王为了拔示巴而失国，希腊人为了海伦不惜一切，还有伟大的浮士德博士，他明明能够支配梅菲斯特，却只想用新获得的力量去引诱格雷琴。性不是一种高贵的欲望，而是难堪的屈服。其中是有一种真切的渴望，爱丽丝知道。但在她看来，那与身体的丑陋动作，与磨牙声，与砂纸似的胡茬，与粗糙的手，与浑浊的口气无关。对她来说，那些与自己隔着十万八千里，但她从来搞不清楚如何将这种混沌的、炽热的欲望升华。她最能强烈感受到这种遍及全身的欲望的时刻，就是当她看着……

"天哪，"彼得说，"一直往前没个头啊。"

继续往前走，继续偷窥越来越难了，呼吸也更困难了。四散的嗡鸣、霉味、潮气终于让爱丽丝无法忍受了。

"他不在这里。"她停了下来，"我们走回去吧，四处转转。"

"我认为每个殿都要检查一遍。"彼得说。

"我们已经查过了。"

"我们才来了一个钟头……"

"知道得够清楚了。他不在这里。"

"你在傲慢殿也是这样说的。"

"好吧，这是实话。"爱丽丝抽了下鼻子，"他不在这里，他不至于落到这般田地。"

"你怎么知道？"

"因为这里的一切都太可悲了！"她感到一阵诡异的头晕。她不明白自己的胸口为何这么紧，为什么觉得呼吸这么困难。"低级、恶心，他不会在这里，不论他做过什么，都不会堕落到这个程度。"

"我不这样认为。"彼得的语气奇怪得冷淡下来，"我认为他完全有可能在这里。"

"太荒谬了。"

"你对他评价很高啊。"

"这不是赞美。"爱丽丝抱着胳膊说，"纵欲是缺乏节制之罪。它是意志软弱——我是说，你看看周围吧——而格兰姆斯不管怎么说都不缺乏意志力。"

"天哪。"又来了，那冷冰冰的语气。她困惑不已，她从没见过他这样，她也不明白他为何会这么生气。"再给他唱几句赞歌吧，怎么不唱了？"

第九章　125

"我只是担心浪费时间,"她说,"我说的只是这个意思。我们看得够多了,这里不像他会在的地方,我也厌烦了穿行于愚人之中。"

彼得扬起一只手。这是一个放之四海而皆准的手势,意思是:闭嘴。爱丽丝正要发作,彼得指向了走廊前方的一扇门。门里传来微弱的闷声。是呼喊?是尖叫?彼得昂首抬眉,样子颇为诡异,好像在暗示什么。他把一根手指放到嘴唇上,俯身靠近,示意爱丽丝跟上。

"别去。"爱丽丝本能地感到恐惧,"求你了,彼得,别去……"

"但那里有情况,"他叫道,他加快了脚步,"里面有人。"

闷声越来越大。彼得跑到门边,一把拽开。

门后是一间办公室。办公室里有两个干柴烈火、紧紧拥抱的死魂灵。他们面目模糊不清——身体几乎全被遗忘,看不清楚,只有鲜红的生殖器除外。他们都没有注意到爱丽丝或彼得。一个死魂灵把另一个死魂灵压在桌上,后者身体弯曲成了一个看上去非常不舒服的姿势,但他俩都迷乱忘情,尖叫声响得连墙都在震动:"啊!啊!啊!"

性交都是这么下流的吗?爱丽丝僵立原地,有节奏的抽插刻在了她的记忆中——挤压带出体液,放大到夸张的性器官在搏动、颤动,那是两个其他什么都不记得的死魂灵仅有的明确体征——接着又覆盖了她与另一具有欲望的肉体的每一段记忆、每一次触碰、每一刻相处。一切需求、冲动、满足到最后只是归于肉体,一堆雌性的肉体像猪肉一样被端上餐桌。爱丽丝试过念自证词,试着倒带,但不起作用,画面不停地播放,又来了一遍。她觉得飘去了远方。她的身体不再属于自己,她往后飘,想吐出来。她去抓楼梯,但楼梯消失了……

彼得快步倒退,撞到了爱丽丝身上。

"不是他。"他发出一阵歇斯底里的傻笑,"我猜……我认为……"

爱丽丝把带倒回来了。

"你还好吗?"彼得伸手去碰爱丽丝的胳膊,但被她拍走了。她当时不能忍受彼得的存在，任何人的存在。有任何人靠近，她都会尖叫。

彼得再次伸出手："你气喘吁吁的。"

爱丽丝从他身边蹿出去，跑回走廊里。她腹中翻江倒海。他跟着她去了走廊。她用两只手推开遇到的第一扇通往室外的门，跌跌撞撞地回到了风雨中。她只觉世界斜转，大地朝自己扑了过来。正当她要跪地呕吐之际，彼得抓住了她。

"你最大的欲望是什么？"格兰姆斯教授曾这样问她。

他们当时坐在威尼斯的一家海滨咖啡厅里，陶醉于荣光与餐前起泡酒之中，沐浴在午后的阳光下。这是两人在城里度过的第一个下午。之前，他们在意大利魔法学院代表陪同下前往杰索白垩矿区，进行了为期一周的野外考察。现在两人晒出了一身健康色，累并快乐着。

格兰姆斯教授讲起了晦涩玄奥的话，脑袋里嗡嗡作响的爱丽丝礼貌地轻声回应，只要能让格兰姆斯教授说下去就行。她喜欢他毫不顾忌旁人，高谈阔论，举重若轻的样子。她喜欢观察他对世界的思考过程，喜欢听到他最杂乱、最不成熟的想法。这为她提供了线索，以便她效仿格兰姆斯教授，以他为榜样打造自己的生活与职业生涯。她知道自己很傻，竟以为她能像他一样在这世上占据一席之地，哪怕两人的表现千差万别。但她最起码可以跟别人讲自己的导师是谁，不是吗？师门传承在正统圈子里太重要了。回到那时，她只想要一件事，全身的每一根神经都只想要这一件事：让别人记住她是他的影子。

"没什么，"爱丽丝想要打个哈哈，"我过着一种唯美主义者的生活。"

"很好笑。但你想要什么，罗？"

"成功。"她摆弄着酒杯，"我想要一份工作、一间自己的实验室、几本署着自己名字的书。我想要你的办公室，门上挂着我的名字。"她补充道，希望把他逗笑。

但他脸色严肃得要死。"这些是欲望的副产物。你想要什么？"

"那就是我想要的。"

"不，那不是。"他伸手攥住她的手腕，力道大得惊人。她抽搐了一下，但没有喊出声。她震惊多过疼痛，像被汽车大灯照到的小鹿一样僵住了，所有感官都聚焦到他接下来的行动上。她从来搞不懂格兰姆斯教授。

"你必须思考是什么让你熬夜？"他说，"什么在你内心燃烧？什么催动着你的一举一动？什么是你每天起床的原因？"

他的专注让她眩晕。她无比渴望做出正确的回答。但她完全不知道该说什么。

"一定是工作本身。"他说。他的双眼因饮酒而闪闪发光，热烈得让人感到不适。她无法保持直视，只能眨眼，别开目光。"分析的快乐。你一定要爱上打破表象看本质。这些旅行，宴会是挺好，罗，但你不能沉溺，否则就会分散你的精力。你一定要超乎其上。你的动力来源必须是真理，只能是真理。必须让它把你吞噬。"

"是的，"她想要说，"就是它，我就是这么觉得的。"

但这不是真的，她也不能这样说。她想不出自己会对哪一个研究课题那么上心，能达到他期望的程度。在那一刻，她根本不记得她的研究有什么意义，那都是些对语言谜题的枯燥小项目。哪怕她没有喝酒喝得脑袋嗡嗡响，她也找不到适当的词语来厘清那股夹杂着恐惧与欲望，让她天不亮就起床，在实验室里劳作到深夜的复杂冲动。

那一周之前的一天里，他在罗马的意大利魔法学院发表演讲。这是三年一度的冠名讲座，声誉极高，全世界的众多学者坐着飞机赶来。爱丽丝坐在第一排，因自豪感而浑身颤抖。世上最睿智的听众全神贯注地听讲，他口中吐出的词句段章是那样完美，那样巧妙，高悬空中的思想像灯塔一样闪耀。这些内容她之前都听过，其实演讲稿就是她打出来的,也是她梳理出了一套言之成理的结构。这些都不重要。她仿佛是第一次学习这些思想,目睹其中的重大意义。一个可能的世界悬在听众面前,而他就是下山的先知,遍照一切。

那是我想要的,她记得当时自己心想。我太想要它了——但它是什么?

它不是小时候必须考的高分,或者她所渴望的外界的认可。她不再是小孩子了,她本科时就脱离了这种病态思想。但它也不仅仅是寻找答案,不单纯是解开谜题的满足感。它是一种原始的刺激感,一种对于她能够成为何种人物,她能够开拓何种境界的执念,而这一切都与他缠绕在一起,难解难分。

"我们不必再回去了。"彼得说着,爱丽丝在漱口里的胆汁。

她拧上了永续瓶的盖子。"谢谢你。"

"你是对的,不管怎么说。我认为他不在里面。"

"我知道。"她靠到水泥墙上,任由雨水冲刷她的面庞。兰巴斯干粮让她加倍恶心。她觉得自己吞下了一捧木屑。它像混凝土一样卡在喉咙里,味道苦涩,怎么吞咽也无法消解。

阿基米德呈 8 字形在她两腿间钻来钻去,在那一刻,这给了她无尽的安慰。她俯下身来,挠着它的耳后。她希望自己也能静静地倒下,融化在暴雨中。

彼得大发善心,没有问刚刚发生了什么。"咱们转转吧,就按你说的那样。"

"好啊,行。"

"再说我觉得也快过去了。"彼得在暴雨中眯着眼说,"我们必须离开这栋楼的范围了。你觉得自己还行吗?"

爱丽丝已经在大步前行了。

第九章

风暴这次似乎成了恩赐。狂风呼啸，暴雨如注，这一切仿佛是在净化，哪怕不能洗刷她的记忆，至少能暂时将记忆淹没，覆盖她的感官，让她可以什么都不想，只是奋力向前。因为他们是低着头，紧闭着双眼，顶着大雨走路，所以直到兽群近在眼前才看见对方。

一团亮白色的物体在沙丘上前行。片刻之后，白团分解成了不同的形状。那是一整群白骨兽，大约有十来只。

彼得也看见了。"天哪。"

阿基米德从彼得的怀抱中飞出，全速向沙丘冲刺。这似乎是正确的想法，于是爱丽丝转身朝纵欲殿跑去。只要他们能进殿，就可以插上门闩，或者顶住门。但他们已经出来太远了。白骨兽快得可怕。短短几秒钟，双方的距离就减半了。它们如今只在百米开外。

"水，"彼得喊道，"往那儿……"

爱丽丝一边跟着他跑，一边疯狂地翻包。她感觉自己必须做点什么，不能坐以待毙。她摸到了一把粉笔——没用，毯子——没用，碘酒、书本，全都没用。她只有自己的猎刀。

"你会使刀吗？"彼得问道。

"不会。"爱丽丝把长的那一把递给他，刀柄冲着对方。刀是她临出发前在慈善商店买的，在她手里只出鞘过一次。"你愿意自己摸索吗？"

他拿在手里掂了掂，皱着眉头，刀刃对着自己，笨拙的样子让人提不起信心。

白骨兽排成一排，停了下来。它们似乎远不像之前三只那样惧怕忘川，因为它们直奔河岸，将爱丽丝和彼得夹在了它们和水域之间。这一次，白骨兽的种类更多了：有的像小猫，有几只像狼一样大，头骨是用各种动物的骨头拼起来的，有几只歪着脑袋。原本或许会很可爱，如果它们的眼眶不是空无一物的话，如果它们的四肢没有经过魔法强化，每个关节都缝着其他物种的爪牙的话。

爱丽丝蹲伏下来，因为她读过的一本武侠小说里讲，这个姿势有利于格斗。屈膝，降低重心，就这种招数。她觉得好傻。

"等等，"彼得说，"我们或许还——它们或许想要谈谈。"

白骨兽确实没有动。它们的目光在彼得和爱丽丝周身游移，颈部关节咔咔作响，仿佛在体会两人的各处细节。爱丽丝心想，它们的创造者现在在何处？他是在远处等待它们传信，还是通过某种魔法远程操控白骨兽，透过它们的空眼眶观察？

"你好，"爱丽丝试探性地叫了声，"你，你们能听懂我们说什么吗？"

白骨兽没有听懂的迹象。

"我们只是路过，"彼得说，"我们，我们是活人，你们能看到吧。但我们无意伤害你们。"

白骨兽俯身，做出要扑上来的姿势。

"也许我们可以谈谈，"彼得说，"看能不能互相帮助。"

爱丽丝说："我们也是魔法师。"

白骨兽扑了上来。

爱丽丝左挥右劈，但白骨兽从四面八方冲了上来，她实在难以招架。她只是乱挥一气。铁骨相击，优势在我——她感觉自己可能抵挡住了它们。但它们太多了，爱丽丝目不暇接，只能努力让它们不要碰到自己的脖子、脸和胸口。有东西落到了她的肩膀上。剧痛之下，血脉偾张，疼得她眼前一黑。爱丽丝大叫一声，猛砍凶兽，走运击中了对方——甚至是暴击，因为白骨兽凌空翻滚，落在了水边。

"打脊椎。"彼得正在砍两只缠在他腿上的白骨兽。他脚边有一堆骨头。"弱点在那儿，尽量——"

爱丽丝调整了握姿，深吸一口气，凝聚心神，准备下一次搏斗。但她这时注意到了一件事。被她打飞的白骨兽没有站起来，而是翻着肚皮躺在水边，尾巴一挥一挥的，后腿猛捣，好像一只可怕的巨大蟑螂。

于是,她有了一个疯狂的念头。

三只弓身的白骨兽在她面前摆开阵势,仿佛要同时袭击她的头部和双肩。虽然背对它们感觉像是自杀,但她没有站在原地,而是向着河水冲刺。她努力避免跑过头,但忘川波浪难测,涌起的冰冷河水冲过她的脚踝。她只觉后脑勺一阵剧痛,上臂又遭一记,疼痛愈烈。记忆在流逝吗?她说不清自己失去了什么,也没有时间探究了。她拧开永续瓶,蹲下来盛入尽可能多的忘川水,接着身体旋转,洒出一道水弧。

水滴到白骨兽身上,响起吱吱啦啦的声音。它们登时退后,之前待过的位置也有水沸之声。听到这个声音,就连正在攻击彼得的白骨兽也收缩退后,齐声呜咽。

"好啊,"她气喘吁吁地说,"不喜欢这个,是吧?"

剩下的群兽瑟缩在一起。忘川水的效力远远超出她的想象。她看见有整条腿掉了下来,还有关节脱臼。水对白垩效果显著,将其溶化、腐蚀,以至于其完全变黑,凋零,失效。就这么简单?

"回去。"她威胁地挥舞着瓶子,"从哪里来,回哪里去。"

刹那间,兽群聚成一团,向着爱丽丝冲了上来。

她只来得及抬手抱脸,其余部位都遭了殃。兽牙咬进了她的衣服、肩膀、体侧和双腿。彼得呼喊着她的名字。透过无数骨头,她瞥见彼得回到了河岸,伸手拉她,但已经太迟了。某个锋利的东西死死咬住她的臀部。她四处乱蹬,崴了一只脚,然后失去平衡,与翻腾着的群兽一起朝后跌入水中。

第十章

"你还好吗?"彼得疯狂拍打着她的脸颊,"爱丽丝?"

爱丽丝一眨一眨地睁开了眼。彼得把她拉上了岸。白骨兽散落在河滩上,河水冲刷到白垩时还会发出吱吱声。有些白骨兽还在动,试图挣脱,但腿上的关节脱落了,脊椎也节节断开。她看着瓦解的白骨兽踢打、抽搐,最后沉入河水之下。

彼得抓着她的肩膀摇晃。"爱丽丝?"

她怔怔地说:"哦。怎么了?"

"我叫什么名字?今天是几号?你最喜欢披头士的哪首歌?"

"我没事。"爱丽丝皱眉道。她觉得就算自己失忆了,也不会知道自己失忆了。但至少她是谁,来这里是做什么的,她还是没有糊涂的。她伸手去抓楼梯,抓到了。她是爱丽丝·罗,剑桥大学博士生,分析魔法学专业。而彼得就是彼得。"默多克。彼得·默多克。地上的话,现在是……10月2日,也可能是3日,我记不清了。《邮差先生》。"她摇晃着脑袋说。"你是怎么知道我最喜欢披头士的哪首歌的?"

彼得如释重负地往后一仰。"你在实验室里成天听啊。"

"但我戴着耳机呢。"

"你的耳机声音很大。"

"你应该跟我讲啊!"

"没事的。"彼得把两只手放在爱丽丝背上,帮她坐起来,"不过,你的品味很固定啊。你要是偶尔放放《阿比路》[1]就好了。"

"行行好吧。"

他站起身,她抓住他的手,把自己拽了起来。她觉得鲜血涌上脑袋,头晕目眩,但别的感觉就没有了,看不出她可能失去了自我的某个关键要素。她的太阳穴突突跳,但更糟的是上臂剧痛。她低头看见整个上肢全是血迹和咬痕,脱口而出:"老天啊。"

"来吧。"彼得把她的胳膊架到自己肩上,另一只手环住她的腰,"咱们找地方避雨吧。"

离开纵欲殿的路途很艰辛。暴雨似乎不想放他们走,狂风抽打着他们,暴雨像锤子一样砸下来,呼吸都像是呛水,就连站着不动都很费劲。狂风不断将他们推向殿门,他们只能用力往下踩,让脚踝陷进地里。爱丽丝看不清去路,到处都是如墙般的风雨。她能做的只是顶着大雨,小步小步地往前挪,抓住彼得的胳膊作为导向。但暴雨接着就停了,来也匆匆,去也匆匆。风息雨住,又走了几步,天空便是万里无云。爱丽丝还能看见头顶上的雷雨云,一条整齐的直线隔开了云层与暗淡的天光。

他们就地露宿。这里是纵欲殿与贪婪殿的边界地带,忘川在视线范围内,可保安全。彼得生起一堆火。爱丽丝烤火烘干,身体狂抖,过了一阵子才又觉得自己像个人了。

她咳嗽了一声。"你能分我一点水吗?"

---

[1] 《阿比路》也是披头士乐队的一首歌。

"哦，好啊。"彼得把永续瓶递了过去，"我没得狂犬病，或者别的什么病。"

"我觉得共用水壶不会传染狂犬病。"她拧开盖子，"我们从现在开始都要共用了。"

她自己的壶之前浸入了忘川中，河水冲掉了瓶口处的法阵，壶不能再自行装满了。

"那没事，只要我们在一起就好。"彼得清了清嗓子，"所以。既然你现在喘匀气了，我能不能问一下——"

"不能，谢谢。"

"但我们要确定才行。我的意思是……"他身体前倾，眼中满含关切，"你就不想确定吗？"

爱丽丝是确定的。自从两人坐下，她就在扫描自己的思想，看有没有缺漏。但既然头痛现在已经消退了，她一丝一毫的记忆都没有丢失。她的记忆就像一个关不严的行李箱，拉锁快绷不住了，里面的东西总想要喷出来。她心想，要是有什么东西泄漏了，她会知道的。她会感到释怀。"什么都没丢，我保证。"

"但你怎么知道呢？"

她犹豫了。

对谁都不能说。这段记忆非常生动。格兰姆斯教授只说过一次，但一次就够了。但不说的话，又要怎样解释呢？她不想让彼得去忘川戏水，因为他肯定不免疫。

那她就有大麻烦了。但一想到彼得在纵欲殿的爆发，那股无法解释的怒火——爱丽丝想，也许在世上的那么多人里面，彼得没准能懂。

"我觉得我有免疫力，"她说，"对忘川。"

"怎么免疫？"

她用手指在沙子上划。大声说出来太难了，她已经养成了不大声说话的习惯。找到合适的词语，然后说出来，这实在太难了。她的第一冲动是绕着真理起舞。"好吧，我不忘事。"

"我们的记忆力都很好，罗，但忘川——"

"不，我的意思是，我无法遗忘。"

"那是什么意思？"

"你看。"她撸起左手袖子，转过来给彼得看她上臂四周的皮肤，"它不让我忘。"

彼得看了，接着猛地倒抽一口气，让爱丽丝眨眼躲避。

爱丽丝的手臂刻着一个永久的法阵，正圆里写着清晰的白色咒文。

魔法无永久。你画出一个效力范围，把一个物品放进去，念完咒语后，再把物品拿出来。最优秀的魔法师可以创造出数个小时内有效的附魔物品，永续瓶的效力更可长达数周。但是，物品失效后一定要放回法阵。此外，法阵用的是粉笔，不是墨水，本质上就不可持久。吸尘器、笤帚、风吹、喷嚏不断对其构成威胁。法阵里每个字母的每一笔都是重要的，只要有一点模糊，当初绘制法阵付出的努力就会付诸东流。一流魔法师睡觉前都会擦除当天的成果，以免第二天早上发生意外。这样做很费粉笔，但也别无他法。魔法是短暂的。你在片刻之间愚弄了世界，接着一切恢复正常。

格兰姆斯教授的毕生事业，就是违抗这条魔法的基本规则。他想要延续谎言。在爱丽丝的配合下，他已经证明，刻进活人皮肤的法阵有可能终生有效。至少有一年效力——就他们目前所知的情况来看。

彼得盯着文身看了良久。他抬起双手。她点头表示允许后，他就又戳又捅，还用手指揉搓她的皮肤。他最后说："那不是你的笔迹。"

"对。你猜是谁写的。"

他脸上掠过一丝难解的表情。"他逼你的？"

"我自愿的。"她说着的时候，只感五内俱焚，千头万绪。对，这是对的,她知道这是真的。"我让他做的。"

爱丽丝和格兰姆斯教授那年去意大利干的就是这件事。

他是从动物实验入手的。最开始是小白鼠和荷兰猪,然后是剃光毛、浑身直哆嗦的猫狗。欧洲对动物研究的规定比较宽松,街上到处是野狗野猫。爱丽丝将猫固定住几个小时,他则手持文身针,在光溜溜的猫皮上绘制图案。她还负责处理尸体。她熟悉了威尼斯的每一个垃圾收集点。

但动物实验的问题是,这些低等生物只能做到一定的程度。你可以让它们绕圈跑,或者忍受饥饿、疼痛,但归根到底,你其实并不知道自己施加了多大的影响。谁会在乎一只猫记不记得零食藏在哪个杯子下面?最好是用表达能力更强的生物。最起码要能说话,能告诉你注入的死生物能量对身体做了什么。是没有感觉,还是体内似有火烧?

爱丽丝一直知道,文身针迟早要落到她身上。格兰姆斯教授也没有遮掩。她从一开始就表示完全知情同意,而她觉得这样做没问题。她由此受制于人。她相信格兰姆斯教授的操作是安全的,是良好的。

她很乖,在手术过程中很乖,手术前一天晚上也很乖。她没有流露出恐惧和犹豫。她知道那只会惹他生气。她害怕得流眼泪了,也只是躲在自己的酒店房间里哭。唉,她不想死啊,她不想发疯。但她把这些都埋在了心里。那天早上的她镇定、平和、温顺。一块完美的白板。

她不断提醒自己:我们上次害死猫是整整两周以前了。

手术开始前,他为她提供了麻醉剂,但她连局部麻醉也不接受。她知道,实验的一个要点就是,她要在整个手术过程中保持说话和应答。她必须保持清醒,事无巨细地记录自己的体验。她需要感受插入皮肤的每一次针刺,蕴含着死生物能量的粉笔的每一次灼烧。

他在文身时那么和蔼,给她鼓励。她每次吃疼的时候,他都会拍拍她的肩膀，轻声安慰。"你很棒。你做得很好。为了我坐着别动，亲爱的。就这样。我们就快完了。"她疼得太厉害了，他就会停下；她需要休息多少次，他就让她休息多少次。等到他画完了法阵的圆圈，她蹲在地上，死生物能量游走全身让她发出痛苦的呻吟，呕出的血流得满地都是。他陪她一起蹲下，按摩她的后背，把她的头发收拢到脑后。

实验非常成功。

等到爱丽丝退烧，恢复意识了，格兰姆斯教授接连向她展示黑板，板子上写着她不懂的语言，每张板子让她看三秒钟，然后要求她默写黑板上的字样。她全都准确无误地做到了。两周后，他让她再做一遍，这次没有给她看黑板，她又一次完美默写了下来。

那一周充满了探索的刺激感。假如她的记忆量有上限的话，那目前也没有发现。只要逐行认真阅读，她一晚上能读完六本书。她的大脑现在就是一部随叫随用的百科全书。她做不到一下子流利阅读法文或阿拉伯文，但如果给她足够多的时间，她可以在心里翻阅记住的词典，给出堪用的译文。她面前展开了全新的世界。她学会了西里尔字母、古匈牙利字母、波斯体，她学会了线形文字 B。[1]

痛苦当然是有的，从未停止。疼痛只是从手臂转移，表现为太阳穴一直突突跳。她的头脑感觉被押薄了，塞满了她永远无法摆脱的东西。直到那一天，她才意识到遗忘对人类的必要性。现在，她无法从头脑中擦除任何一天的成千上万次尴尬遭遇。菜单看错了，酒洒了，钱包掉到地上了，耽误邮局里后面排队的人了。她本来性格就容易焦虑，如今大脑又逼着她重温她对见过的每一个人犯过的每一个错误，回忆详尽得让

---

[1] 古匈牙利字母是早期迁徙到今匈牙利地区的马扎尔人使用的一种书写体系，随着当地的基督教化，逐渐为拉丁字母取代。波斯体是阿拉伯字母的一种字体，流行于伊朗和巴基斯坦一带。线形文字 B 是迈锡尼文明使用的一种文字，流行于克里特岛和希腊南部。

她撕心裂肺。

但是，利显然大于弊。哪个学者会不羡慕她过目不忘的本领呢？这是一个人人都对计算机兴奋不已的年代，而爱丽丝自己就成了一台计算机。她会适应的，她别无选择。

"你对任何人都不能说这件事，"格兰姆斯教授指示道，"至少很长一段时间不能。这很重要，爱丽丝。如今不比战时。皇家魔法学会现在都太保守了，如果让人知道，我就会被吊销资质。我在系里有很多敌人，任何一个都会用这条消息来毁掉我。连传言都不能有。你必须严格保密。"

这其实是一记重击，因为爱丽丝内心深处是希望能满世界炫耀的。在她最深处、最愚蠢的幻想中，格兰姆斯教授会带着她到学术会议上巡回展览，仿佛她是一名杂耍演员。他是格兰姆斯大师，而她会是他的奇妙活法阵。

但他们在这里谈的是严肃魔法，而她也不是小姑娘了。"当然。"她说着用袖子盖住了胳膊。

"很好。"他拍了拍她的肩膀，"这是我们之间的小秘密。"

从威尼斯回国后，他就去做其他课题了。过了一周，他就厌倦了测验爱丽丝的记忆力。既然他已经确认了法阵有效，现在就可以将注意力转向琐碎的细节了。他要花几年时间发表中间环节的证据，最后才能用这个结果做一些实事。爱丽丝是次要的。他不再检查刺青的状态了。等到开学的时候，他就连提都不提了。他们之间的小秘密。于是，爱丽丝只能用一件事聊以自慰。她知道自己是格兰姆斯教授最喜欢的学生，证据就写在她的皮肤里。

"疼吗？"彼得问道。

"只有一点点。我挺好的。"

她没有跟他讲灼烧感。文身的效果并不像哥特小说里描写的吸血鬼重生：所有感官都更敏锐了，世界闪闪发亮。她记得曾被涌上心头的细致画面惊醒。每当她留意到一个细节，它就会永远刻在她的大脑中。格兰姆斯教授的脸悬在她的头部上方，表情急迫而焦虑，犀利的黑眼睛里带着一种她永远不会忘记的饥渴。

她也没有跟他讲洪流：一桩桩记忆凶恶地列队行进，随机联想不断出现，她要承受巨大的压力才能分清哪些想法是相关的，哪些想法是不相关的。她没有告诉他，她眼中的景象已经变成了穿越无数屏幕的过山车，每台电视都在同时播放节目。她没有告诉他，哪怕只是一颗简单的西红柿，她都要努力聚焦，才能让大脑识别出那是一颗西红柿，而不是苹果，不是躲避球，不是血淋淋的、跳动着的人类心脏。她没有告诉他，她很容易迷失在洪流中，每次走神都会发生这样的事。她没有告诉他，她必须每个小时重建楼梯，好让她记住她是谁，她在哪里，她在做什么。归根到底，他帮不了她。他只能可怜她，所以她觉得没必要说。

"我明白你为什么从不跟人讲了。"彼得的语速很慢，似乎他在脑中琢磨着词句，小心翼翼地挑选隐晦词，以免冒犯到她。"那——那有好多东西需要厘清啊。"

"其实没有听上去那么糟。"爱丽丝的语气里带上了戒备。她本来无意卖惨，仿佛发生的事情是一场大悲剧似的。她讨厌系里的女人抱怨，仿佛她们当初不是求着进来的。她讨厌彼得现在看她的眼神，他的怜悯让她想吐。"我的意思是，他知道自己在做什么。他总是知道自己在做什么，否则就不会犯险。"文身之前的几天里，她就是这么告诉自己的。那几天夜里，她一直在努力不让成堆的、剃光毛的、表情冻结在龇牙咧嘴状态的猫的尸体侵入她的噩梦。"他非常小心。"

"他有没有告诉你，你获得的好处比他更大？"

"当然没有。"这也是爱丽丝讨厌的一点。人们常常以为格兰姆斯教授的学生愚蠢、幼稚、盲目崇拜。"我告诉你了，是我想做。"

她的激动似乎惊呆了彼得，因为他举起双手，表示歉意。"我就问问。"

"他没有强迫我。"她又说了一遍。

"是啊，你说过了……"彼得频繁眨眼，"抱歉，我只是在整理思绪。这看起来太……我的意思是，我不能相信他将你置于那样的境地。"

老天爷啊，爱丽丝心想，别说那句话。

爱丽丝有次去纽约开会，一名普林斯顿大学的年轻博士后与她畅谈了将近三十分钟，话题是她们刚刚参加的一个分论坛。双方颇有惺惺相惜之感，因为与会者里只有她们两位女性。直到爱丽丝提到自己在格兰姆斯教授的实验室工作。博士后的举止为之一变，她往后抽回身子，上下打量爱丽丝，目光里满是怜悯。"天哪，"她说，"所以你知道吧……那个，你懂的。"

爱丽丝太懂了，她又不是第一次参加会议，她到现在全都听过了。格兰姆斯是恶人，格兰姆斯这个人有毒，等等。她的灵魂里有一些逆反的成分。能跟这样一位坏导师交往，她其实是感到自豪的。其他人都太无聊了。格兰姆斯教授至少有一些个性。

爱丽丝露出了最云淡风轻、最天真无邪的笑容，问："你什么意思？"

博士后尴尬地咯咯笑了起来："你肯定知道我在说什么。"

"我不知道，其实。有什么是我应该知道的吗？"

博士后眨着眼环视四周，仿佛在检查有没有人窃听。"呃，我是说，抱歉，我以为大家都在讲。如果你没有……"她这时结巴了起来，让爱丽丝产生了强烈的满足感。"抱歉，我不应该说的，是我犯傻了。"

"我建议你少在背后说人闲话，如果没有实质性内容要讲的话。"爱丽丝自以为取得了某种所谓的胜利，但她其实只是将一段友情扼杀在了萌芽中。她坐飞机回国时就知道，这个博士后再也不会跟她联系了。

第十章　141

这是一件憾事，因为在她这个领域，女性本应借助一切见面的机会结交携手。她不在意。熊熊燃烧的友谊小桥让她心生愉悦，这种反应大概是错误的，虽然她当时只觉血气上涌，那感觉真好。"但还是谢谢了。"

出于同样的逆反心态，她冷冷地对彼得说："我没有被置于什么境地。"

"好吧，好吧，我相信你。"彼得迅速转换话题，值得表扬，"所以，你觉得这对你的学术能力有提升吗？法阵，我指的是。"

"当然有好处。"她犹豫了，不知该如何拆解记忆的诸多矛盾，又该如何解释脑子里存的东西太多未必就是好事，反而常常让她迷乱混淆，带来她宁愿没有发生的事情，造成一种拖累。"我觉得有点……不像凡人了，不容易犯错了。大多数时候是这样。"

"听上去不错。"

"但我认为，我最主要的感受是害怕。我好像靠作弊成了专家。我没有投入大量时间死记硬背，由此失去了某种重要的东西。我获得了这个知识库，但不知道如何梳理。缺少了梳理过程，回报就有所亏损。不是辛苦流汗得来的东西作不得数。"

"罗，那简直是疯了。"

她耸了耸肩："我是格兰姆斯的学生。"

"那当然了。"他对着火堆眨眼。他数次欲言又止，似乎是在重新考虑要说什么。爱丽丝做好迎接下一轮道义审判的准备了。"格兰姆斯教授，呃，格兰姆斯有没有要求你做任何你认为不正确的事？"

"我只有这一个文身。他从来没有……"

"不，我不是那个意思，嗯。"他开始往里掖开线的袖口。她回想起来，他焦虑时总会这样做。但这意味着他在焦虑。问题不在她身上，而在他身上。"不只是不合法，还有些……我也不知道，感觉像是无法无天。"

爱丽丝想起了威尼斯的白鼠，想起了它们悲惨抽动着的身体，以及她伸手从笼子里抓新的白鼠时，它们尖叫逃窜的样子。它们仿佛清楚实验桌上会发生什么，仿佛知道那支粉笔会起什么作用。她已经很擅长在白垩烧蚀白鼠皮肤时拆卸脊椎，给它们一个痛快，还有在白鼠充分感受到疼痛之前切断神经索。如果她有过伦理上的顾虑的话，到最后也早就不在意了。实验室里发生什么都是见怪不怪的。再说了，它们只是白鼠而已。

"没有，"她说，"何出此言？他要求过你吗？"

彼得不停摆弄着袖子。他已经扯开好几个线头了。爱丽丝正要上手打他，让他别扯了，他总算开口了："他让我给他找一段人类结肠。"

"什么？"

"不是从活体患者上取的那种。"他心烦意乱地摆着手，"是从尸体上。解剖课用的那些尸体。"

"他们还这么干啊？"

"当然在干啊，不然你以为他们怎么练习外科手法？"

在爱丽丝看来，那比她做过的任何事都要严重得多，至少她伤害的只有自己。"听上去你好像侵犯了某种权利。"

"死人没有权利。"

"那是有争议的——但怎么，为什么，我是说，到底是怎么回事，彼得？"

"我不知道。"彼得耸耸肩，"按常理来看，这似乎是一件小事。你可能也是这么看你的文身的。他在——我们在研究一个课题，最后没有任何成果，但一度看起来是有些潜力的。但是，那个，你懂的，粉笔与有机材料有不同的反应。我们需要人体器官确证。"

"你偷了一段结肠。"爱丽丝难以置信，"一段人的结肠！"

"那个，是三四段。"

第十章

"天哪，默多克。"

"我可不会说不。"

"你可以举报啊，"她说，"这违反了科研伦理，你可以报告给院长。"

一阵沉默。他们面面相觑，然后哈哈大笑。

"很难吗？"爱丽丝问道。

"其实不难。我以为可能会难，但我就是走进去，然后拿走了我需要的东西。有三个人看到了我，我就打了个招呼，他们也跟我打招呼。"

"挺理所当然啊。"

"我知道这不可理喻，"彼得说，"我大概不应该那样做。我只是从来没想到要说不。"

"你知道吧，他以前的所有演讲稿都让我打，"爱丽丝说，"他口述，我录入。我觉得自己像个秘书，我也从来没想过要说不。"

"唉，那都没什么。他有一次让我一下午批改 60 份本科生试卷，因为他自己忘批了。"

"好吧，他有一次让我把粉笔屑清理称重，好让他估算我们浪费了多少钱。"

彼得窃笑一声："他有次招呼也不打，直接把一个充满的电容器朝我脑袋扔过来。"

"打中你了吗？"爱丽丝警觉地问。

"只打到了手。我想要接住，我不知道里面有电。我被电得在地上抽搐，头发竖立了好几个钟头。我从没见过他笑得那么厉害。"

"他从来没朝我脑袋扔东西。"爱丽丝不能判断这件事带给她的是优越感，还是嫉妒感。

"只有那个电容器，"彼得说，"就那一次。其他时候主要都是，你懂的，言语攻击。"

"是啊。你就不是这块料，你是在浪费经费，你好像根本不想来这里。"

"没错,他可喜欢这么说了。他有一次脱口而出,说我是废物,除非我学会德语。"

"你学了吗?"

"我那天下午买了一本常用语手册,熬了一整夜。"彼得突然收声。她向他投去一个警惕的眼神,然后发现,他原来不是泣不成声,而是笑得说不出话。"然后我第二天早晨跟他说'Wie geht's[1]',他……他像看疯子一样看着我。"

"Lebensmüde[2]。"爱丽丝说。

"Sitzfleisch[3]。"彼得说。

两人爆发出歇斯底里的狂笑。

"天哪。"爱丽丝手捧着脸。他们满脸泪水。她笑哭了,这种情况很久没有发生过了,她不知道人真的可以笑着笑着就哭了。"如果有人听到我们的谈话,他们可真的要全部报告给院长了。"

"我知道!不当师生关系,滥用职权,就这些玩意儿。"

"我讨厌那种话。搞得好像我们是小孩子。"

"无助的受害者。"

"不知道自己会经历什么。"

"眼睛瞪得大大的。"彼得斜了她一眼,"你知道吧,我去他的葬礼了。"

"我不知道,你真去了?"

"没去正式的,没有家属啊什么的,就去了大学开的追悼会。"

爱丽丝记得自己看到了邀请函,盯着它看了很久,然后把它细细撕

---

1 德语,意为"你好吗?"。
2 德语,意为"我不想活了"。
3 德语,意为"坚持下去"。

碎。"我猜我是忘去了。"

这显然是谎话,因为她不会忘事,但彼得没有追问。"是啊,我在那里没见着你。"

"活动怎么样?"

"太诡异了。"彼得说,"悼词里就是说他多么善良,多么宽宏,多么慷慨——标配了,你懂的,拿来形容谁都行。主持人说他是传奇教师。海伦·默里起身发表了一通套话,说他的思想有多么伟大。你知道他以前背地里都怎么说她吗?"

"说她是仗着老公混进来的冒牌学者?"

"好吧,这倒也是。但还有一句,没屁股的撒切尔。"

爱丽丝暗笑。

"不管怎么说,"彼得说,"我一直在想,只有我们是了解他的人。了解他的全部。好的、坏的、可笑的,还有种种矛盾、真诚的他。他在实验室里才表现出真实的自己。哪怕是他最恶劣的时候,哪怕是他失意的时候,哪怕是他欺负人的时候。在任何时候,他都只关心求真。他在真理面前五体投地,痛哭流涕。我们了解他的这一面。我为此觉得十分幸运。"

"天哪。"爱丽丝手掌按着脸往下搓,"好一个暴君。"

"但他是我们的暴君。"

"是啊。"

"我的意思是,我们下地狱就是因为他。"

"是为了他。"

"没错。"

他们看着彼此,心怀袍泽之谊。他们已经走了很长的路,共同热爱着同一位将军。爱丽丝在想,当初雅典人是不是也有同样的感受?他们劫掠特洛伊城,踏上坎坷归乡路。他们抛下妻子和孩子,一走就是十年。他们做了这一切,只是为了阿伽门农。他们说不出战争是否值得,甚至说不出战争到底是为了什么。但他们经历了考验,那是世界上其他任何人都无法理解的极端体验,那肯定算些什么。能够忍受极端,这本身就是某种德行,或品格的证明,如此云云。

或许他们就是格兰姆斯的士,是格兰姆斯的卒,从属于一个濒死的骑士团。他确实让他们有这种感受。魔法失宠了,他喜欢这么对他们说,这是文明衰败的一个迹象。他接下来会发表长篇大论,次数多得他们都背下来了。人类曾经是巨人,代代衰退。亚里士多德发明了逻辑学,欧几里得发明了几何学,康德发明了系统理性。从那以后,人类思想就没再有重大进展,再也没有人发明整全体系了,他们只能摆弄前人成果——前提是他们充分理解了古人,有能力摆弄的话。他们是最堕落、最愚蠢的一代人。格兰姆斯这一代人最起码是战时法师,他们在魔法实践应用方面大步迈进,推动了魔法领域的进步。但是,爱丽丝和彼得这批人只会争论哲学细节。他们为玩具公司制作了炫目的装置。他们中最优秀的人在拉斯维加斯定居,最差的人去干咨询。魔法无疑正在衰落,而这只是当代世界的一个表象。现在的小孩不读书,只会流着口水看屏幕;艺术家随便泼洒颜料,就自以为与米开朗琪罗并肩。他们的世界不是学人的世界。世人不关心坚持不懈的追问。他们这个时代的人只想要花边小报、娱乐八卦。文明崩塌,末世迫近——他们遗忘了先辈们的伟大,他们沉迷于无意义的细小争论,他们没有出路,再也没有人知道如何思考了。讲到这个时候,他肯定已经喝醉了,酒劲更利话锋。他们则像被摄去了魂魄,仿佛是被控告的罪人,不顾一切地想要证明他错了。他们怎么才能变成巨人?他告诉他们,那需要天分,要付出巨大的努力,他们的世界已经烂掉了,他们要像修道士一样专注于飞升,超越残垣断壁,到达云端之上,看清这个世界。他们能做到吗?他们能否寻回古人的血气?他们能否坚守信念?

他们向他承诺,他们会做到的。

重点是,格兰姆斯教授不会随便折磨别人,他只折磨他们。因为他们足够坚强,可以承受。因为他们坚守信念,因为他们不同寻常,值得耗费心思,也因为他培养出来的两人必将绚烂夺目。

原来格兰姆斯教授对彼得也一样不可理喻,这让爱丽丝产生了一种倒错的快感。她觉得没那么……错了。这至少证明,格兰姆斯教授不是只对她一个人这样。她也不是唯一一个觉得这一切值得的人。

而且说实话,要预测格兰姆斯教授被判到了地狱的哪一殿,难点正在于此。对于他犯下的每一项罪行,爱丽丝心中都有一部分坚信,他没有做错任何事。他只是为了她好,只是做了任何学生需要老师做的事。

"你该睡一会儿了。"彼得从包里掏出一本厚厚的平装书,然后调整姿势,后背倚在墙上。他收起膝盖,手肘搁在上面。"我放哨。"

"你确定?"

"确定,我带了托尔金做伴。"

"那让我睡两小时,到时候把我叫醒换班。"爱丽丝把毯子拉到肩膀,安心睡去。她当时觉得很松弛,身子轻飘飘的。不仅因为疲惫,也因为如释重负。她感到肩上卸下了重担。她觉得自己不用再躲藏了。

谢谢你听我说话,她想要告诉彼得。但她的眼皮像秤砣一样,要说的话只能想想而已,接着便沉沉睡去。

"西线无战事。"彼得把她摇醒,"换我可以吗?"

"来吧。"她打了个哈欠,笑着看他将毯子尽量多地盖到身上。

"盖脚还是盖胸,"他说,"我只能选一样。你觉得呢?"

"还是保护好脚吧,你永远不知道会有什么东西过来啃你的脚趾。"

"你不保护我吗?"

"你腿太长了。"她笑道,"我看不见它们来。"

她掏出了自己的一本书——终于轮到普鲁斯特了。彼得则蜷了起来，翻到一侧。片刻之后，他的呼吸变得深沉，嘴巴也自然张开了。他蜷起身子的样子让爱丽丝不禁心生怜爱。彼得身材修长。长手长脚松弛下来，乱糟糟地纠缠在一起，歪歪扭扭的样子令人发笑。

彼得睡着时的表情很好玩：眉头紧皱，嘴角下垂，仿佛睡着了还在聚精会神地思考难题。他的眼睫毛很长。爱丽丝一直觉得彼得的睫毛很神奇。她从没见过男生的睫毛有这么长。她都想用指节去刮一刮他的睫毛边缘，只是想感受睫毛轻拂手指的感觉——在她的想象中，彼得的睫毛像蝶翼一样柔软。

他脑袋里在想些什么？她突然觉得心疼，来自一个长久挑逗着她的未解难题。她从来搞不懂他。她不会天真地以为他们今天晚上取得了什么重大突破，或他们现在是最好的朋友了。彼得擅长让你产生这种感觉，好像你们是世界上唯一懂彼此的人，好像你们在一颗属于你们自己的星球上。然后到了第二天早晨，他就会形同陌路，仿佛你们从来没有说过话。她经历过多次这种打击。她现在不天真了。

话虽如此，她此刻还是觉得与他很亲近，就算不是因为他们吐露的秘密，至少也是因为一个简单的事实：她很久没有这样跟他说话了，坦诚，没有防备。

她的脸颊热血上涌，这当然是地狱的作用。连绵的沙丘，无尽的恐惧，如影随形的贫乏。另外有一件事也起了作用，那就是，彼得是整个地狱里唯一不像气息般缥缈的存在。尽管如此，她还是无法摆脱想要躺下来，把手掌贴在他面颊上的遐想。

她吓坏了。她眨眼四望，想找点事情做，什么事都行。只要不是盯着彼得的脸和他四仰八叉的可笑姿势就行。他睡觉时习惯将一只手臂搁在头顶上，看着像是画里的基督，下巴扬起，等待救赎。主啊。这简直是大自然的事故。人类进化了千百万年，怎么最后竟然成了彼得·默多克这副模样。

彼得的包里露出一沓笔记。爱丽丝扫了眼最上面的一张,哼了一声。拿一堆没有装订,没有条理的活页纸记笔记,这可太彼得了。

出于好奇,爱丽丝把笔记抽了出来。她一直喜欢读彼得写的东西,看他的想法和自己有哪些异同,这挺有趣的。

前两页是法阵草图——四种前往地狱的失败方法,一种成功方法。她认出了这些定理,她有几周时间就在自己破解它们。她感觉到了那股熟悉的刺激。她翻阅他的成果,偷偷看他做到了哪一步,他用什么方法解开了她的疑惑。彼得的解法当然很漂亮,他有几种解法比她的优雅得多。有一处他显然是凭直觉推出了答案,绕过了一个让她费了很大劲的棘手公式。最后,他得出的想法与她相同——拉马努金求和法,塞蒂亚修订版。难怪他一下子就明白了她要做什么。他们做了同样的研究。

最后几页是纯逻辑。她几乎是直接略过——她痛恨逻辑学。她之所以凑合懂一点逻辑学,只是因为逻辑学基础是必修课。但是,最后一页的某处让她停了下来查看。

他反复圈画了最后几个公式。这和他的其他笔迹——仓促草率,大部分只能勉强辨认——大不相同,所以这些结论必然十分重要。

她翻回前面几页,重读推导过程,这一次是要尽可能全部辨认清楚。这项工作让她脑袋疼。她上逻辑学课是在文身之前,有一半的符号都记不得意思了。但她总算是搞清楚了这些草书的一些情况。

那是器官交换咒。

她手上突然冒出冷汗,黏糊糊的。她赶紧在衬衫上蹭了蹭,又回头看了一眼彼得。他没有惊醒,这让她感到震惊,因为她当时觉得自己的心跳声震耳欲聋。

他是什么时候想出这个咒语的?

她之前见过这些证明。她自己曾深入图书馆最隐秘的角落,追查器官交换等式的踪迹，从撒马尔罕的炼金术笔记到遗失的维特根斯坦笔记本（其实并没有遗失，只是藏在学院图书馆的一个专门房间里，而且总是上着锁）。她查了一周后就放弃了交换咒，因为这看上去显然是个死胡同，而且所有参考资料不是散佚损毁，就是不在应该在的位置上。她本该意识到，有人捷足先登了。

她面前就是她未能解开的谜题的最后一块拼图。

左边是格兰姆斯教授的名字。最先抓住她注意力的文字在这一页的底部，等式右侧的下方：那是她自己的名字，笔画粗且清晰，还有两条下划线，然后是三个问号。

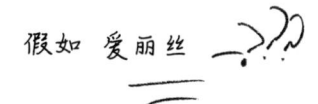

假如 爱丽丝 ???

那无疑是彼得的笔迹。她以前多次见过他写她的名字。在名牌上，在让她打分的一摞摞卷子上，在黑板角落的专门写给她的小笑话上。"亲爱的爱丽丝，哈哈"——永远是蜘蛛腿字体，永远是全大写，永远是 c 的最后一笔和 e 连上。

你不能对自己用器官交换咒，这是一条不可违抗的魔法公理。法阵生效需要施法者保持意识，必须有一个愿意相信逻辑悖论的人在场。蓄意杀死魔法师的法阵不会生效。撕裂自己只能是意外。

你基本上不能用魔法自杀，爱丽丝知道这是真的。这么说吧，她研究过这件事。你可以用法阵提取一个人的灵魂，但只能对另一个人施法。

"假如爱丽丝"。

她用手捂住嘴巴，以免让彼得听见她的惊呼。

她看到的这句话只能有一种解释。

彼得打算用她的灵魂交换格兰姆斯教授的灵魂。

彼得要把她困在地狱里。

第十一章

整个经典逻辑有两条基本定律，分别是矛盾律和排中律。矛盾律很简单，两个矛盾的命题不能同时为真，P 和非 P 不能共存。天在下雪，天没在下雪，这两句话不能都是真的。爱丽丝和彼得是朋友，爱丽丝和彼得不是朋友，这两句话不能都是真的。薛定谔的猫要么死了，要么没死。

排中律说的是，一个命题非真即假。不存在模糊的中间地带。用亚里士多德的话说，句子的含义可以含糊，真假不能两可。因此，"爱丽丝和彼得是朋友"这句话要么为真，要么为假，不存在某个神秘的第三种状态。

许多难题威胁到了经典逻辑。比如说沙堆悖论和说谎者悖论，这两个难题迫使经典逻辑重新审视"真"的含义。经典逻辑也无法解答罗素悖论。罗素悖论过于复杂，此处无法讲解，但它与集合论的一个矛盾有关。当我们将经典逻辑作为一种语言，运用到人际关系领域时，它就更不成立了。人际关系混乱、复杂，而且往往正处于被排除掉的中间地带。那里没有谁对谁错，孰真孰假。这里要说的重点是，经典逻辑不知道如何处理这句话：

主项：彼得和爱丽丝是朋友。

　　爱丽丝会永远记得初见彼得·默多克的那一刻。米迦勒节学期，两年前。剑桥沐浴在灿烂的秋日阳光下。清风送爽，微红的秋叶总会让爱丽丝激动，因为夏天结束意味着新学期开始。新班级，新老师，还有新同学。又是一个再造自我的机会，让她成为自己想成为的那个人。

　　录取新生有六个人，但那天下午，系楼后的庭院的茶会只有五人到场。新生手里的杯碟紧贴着胸口，小心翼翼地做着自我介绍。英伦玫瑰贝琳达·威尔科克斯鼻子小巧，红金发色，爱丽丝只能徒生羡慕。现场太嘈杂了，她没听清楚法国男生和意大利新生的名字。卡尔文·贝利也是美国转学生，来自密歇根州。他和爱丽丝一样不太会用那些喝茶用的小勺子、小碟子、小夹子。

　　寒暄是出于礼貌，没有意义。爱丽丝的心思都放在防止手抖上面，没说多少话。她有强烈的格格不入感。美国学校规模大，但没有历史，也没有传统。在她坐飞机去伦敦之前，康奈尔的导师请她去了一次正式晚宴，席间传授刀叉的用法。新同学阳光、随和，彬彬有礼的仪态更让她自惭形秽。就连欧陆同学的英式英语水平似乎都比她高，她几乎跟不上他们说话。她不知道毕业荣誉试[1]是什么；她说"math"还是用单数[2]；别人提到磨坊餐厅或彼得豪斯学院[3]，她也听不懂。她当天早晨身穿一件黄色蕾丝领百褶裙，那是她最好的一件夏日长裙，平时穿着很靓。但现在她身边的同学都穿着高雅的深色衣服，她只觉得自己是庸脂俗粉。

　　她试着压抑焦虑情绪，将注意力集中在贝琳达身上，尽管贝琳达近

1　指剑桥大学本科生和部分硕士生的学位考试。
2　数学在美式英语里写作 math，英式英语里则是复数形式，即 maths。
3　磨坊餐厅是剑桥大学内的一间餐厅，由一座 19 世纪磨坊改造而来。彼得豪斯学院是剑桥大学最古老的学院，始建于 1284 年。

看太过耀眼,闪得爱丽丝说不出话。太阳光一直照在她的眼睫毛上。这实在是不公平,睫毛怎么能做到既乌黑又闪亮的?贝琳达在讲她夏天辅导一名中国本科生的故事——"她英语不错,很讨人喜欢,很讲礼貌,但我的天哪,她从来不讲话。只有小声小气,傻笑着说'是的,贝琳达'或者'我很好,贝琳达'。这真是惹火我了,也就是说,她太无趣了,因为我无法原谅乏味。后来夏天过了一半,她告诉我,她爸爸是台湾顶级富豪,房地产大亨,不赞同女生学理科,于是她就跟爸爸说,她要去读艺术史,私下里偷偷学魔法!你敢想!"

这段故事里的某些东西让爱丽丝对贝琳达喜欢不起来,但她一时间也说不出为什么,尤其是段子抖的包袱表明贝琳达不是种族主义者,而且众人哄堂大笑。无论如何,贝琳达已经将所有人的注意力吸引到了自己身边,爱丽丝找不到人另辟对话。

"你本科也是在这里读的吗?"爱丽丝应付了一句。

"啊,不是,我本科在牛津。"贝琳达瞥了爱丽丝一眼,"你又是哪儿的?美国那边?"

"酒店管理学院[1]。"爱丽丝说完这个笑话就后悔了。这边没有人懂这个哏,其实在美国也没有人懂。"就是,呃,康奈尔。"

"我听说过那个项目不少事情!你是祖海尔的学生吗?"

"不是,他几年前就退休了。他夫人中风了,他要在家照顾她……"

"好惨啊。我说他怎么退出那套书的编委会了。他夫人情况怎么样?"

"据说现在好多了。他们养了一条狗,有助于……呃,对抑郁有好处。"

"那很好啊。我自己的导师前一阵子得癌症了,他们就养了只猫。宠物陪伴看来确实有好处。"

---

[1] 康奈尔大学酒店管理学院成立于1922年,是世界上第一所四年全日制酒店管理学院。

第十一章

她和贝琳达又这么聊了一小会儿。爱丽丝以为自己做得不错。贝琳达抛出的名字她都认识，她也适当提到了自己的人脉，免得被贝琳达小看。她喝茶，吃饼干，做得井井有条。只不过贝琳达一直往爱丽丝身后瞟，仿佛是想找人伸出援手，带她摆脱这场对话。她第三次这么做的时候，爱丽丝神色委顿。

"抱歉，"贝琳达说，"我没有无礼的意思，我只是想知道彼得在哪里。"

"彼得是谁？"

"他是我们班的第六个人，"贝琳达说，"本届新生，我们本科在一起。"

"你们是在聊彼得·默多克吗？"法国新生尖声道（他叫费利克斯，还是腓力来着？），"那个牛津神童？"

"我听说，他是雅各布·格兰姆斯多年来收的唯一一名学生。"意大利新生说。爱丽丝觉得他不是叫保罗，就是叫洛伦佐。

"没错。"贝琳达骄傲地说。

"我是雅各布·格兰姆斯的学生。"爱丽丝说道，但没有人听见。话题转移到了格兰姆斯教授的名声和彼得的名声上，还有彼得在入学面试当场对说谎者悖论加以改造，创造出一个新法阵，给格兰姆斯教授留下了深刻印象那件事。他们知道彼得·默多克是《奥秘》有史以来最年轻的发文作者吗？他们知道彼得·默多克的《奥秘》论文发表后，哈佛大学曾向他开出聘书吗？结果彼得礼貌地回答，他需要先修完高中会考课程。

"他有家学渊源吗？"法国新生问，"他肯定有。"

"我觉得他母亲是生物学家，"意大利新生说，"他父亲——是数学家吧，是吗？"

"我父母要是学者就好了。"法国新生说。

"那太有优势了,"意大利新生说。"他天生就是魔法师。"

"你来了。"贝琳达对着花园大门喊道,那里站着一个瘦高的小伙子,他要么是忘记要穿黑袍了,要么是决定要跟规矩对着干,"还是爱迟到啊。大家请看,这位就是彼得·默多克。"

大名鼎鼎的彼得·默多克手长腿长,浅棕色鸟窝头下面是一副大号线框眼镜。在面容的衬托下,厚厚的镜片让他的棕色眼睛显得像猫头鹰一样大。他一笑就是整张嘴从头咧到尾,露出略有些不齐的牙齿。他看上去好像戴了保持器。总体来说,面相不佳。他绝对不是希腊众神的形象,但爱丽丝还是不禁盯着他看。她上下打量着他,想要确定他是不是真人。

他们都做了自我介绍。彼得说起话来开朗随和。看着他点头微笑的样子,你会觉得他对世间万物都感兴趣。他不断询问每个人的研究课题,追问具体的研究方法,但因为人人都想给他留下好印象,也因为意大利新生(爱丽丝终于知道,原来他的名字叫米凯莱)讲起自己在理性选择理论方面的研究,讲起来就没个完,所以过了很久很久,彼得的目光才算落到了爱丽丝身上。

"你好,"爱丽丝说,"我们是同门。"

"哦,是吗?"彼得热情地跟她握手,"我不知道他还收了一个学生。"

她决定不把这当作冒犯。"是的,就是我。"

"我觉得我们会有很多时间一起工作。我是做逻辑学的,顺道说一句。"

"语言学和文字游戏。呃,就是些档案研究。"

"字匠!"

爱丽丝觉得脸颊发烫,她不知道别人能不能看出来。"好吧,你懂的,美国人只擅长做奇怪的、实验性的东西。"

"我喜欢,"他说,"我喜欢美国人。不走寻常路。"

受此鼓舞,她趁机问道:"我说,你有空去喝点吗?聊聊我们的课题?"

"好啊!明天,去小鱼?我之前约了人。那就五点?"

爱丽丝记下来了。她要查一查小鱼在哪里,还有小鱼是什么。"到时见。"

"你太没礼貌了!"贝琳达搭上彼得的胳膊,"来吧,来也是做逻辑学的,他等着见你呢。"

她把他拖走了。彼得回头对爱丽丝笑了一下。又来了,那恼人的悸动。有人用勺子敲了下玻璃杯,宣布是时候进去跟教师们喝热身酒了。爱丽丝紧闭双眼,摇头清醒,然后跟着大家进了门。

原来小鱼指的是小鱼酒吧,出了莫德林学院,过桥就是。第二天,爱丽丝五点准时到了店里,没看见彼得,于是在门边的一张桌子旁坐下,他一进来肯定能发现她。她感觉很不自在,动不动就去瞥酒吧上方镜子里的自己,把头发拢到耳朵后面,检查牙齿有没有沾上口红。她几乎从来不涂口红,现在后悔了,但擦掉之后适得其反。她不知道为何感觉如此紧张,她之前跟很多同学喝过酒。或许是因为他们要在未来六年里亲密合作吧——她很想有一个好的开始。又或许是因为她整晚都在琢磨他那歪歪扭扭的笑容。(彼得的长相让她迷惑不解。他的脸明明一点也不对称,毫无经典意义上的帅气,但怎么偏偏那么吸引人呢?有待进一步研究。)

五分钟过去了,十分钟过去了。她往窗外看去,一开始还有希望,桥上每经过一个人,都觉得可能是他的纤细身影,然后是希望落空的尴尬。当她开始为占着桌子感到难为情时,她就点了半品脱[1]的剑桥淡色

---

[1] 英、美计量体积或容积的单位,1品脱英制约合0.57升,美制约合0.47升。

艾尔,只是为了有点事干。她喝得太猛,直接灌下去大半杯。在那一个小时里,她的心态从烦躁到狂暴,最后是彻底爆炸。彼得一直没露面。

她在第一个学期逐渐了解到,彼得·默多克几乎从来不按时按地赴约。他几乎每次上课都迟到,不去参加强制培训。格兰姆斯教授期望两人都在实验室的时候,彼得很少在场。这种行为没有规律,也无法解释。他可以几个星期不理你,然后突然拿出一份写得很漂亮的研究计划书成稿。他可以下午喝茶时兴致勃勃地计划晚上吃什么,然后等过了几个小时,他压根不露面。

第一次约彼得的那天晚上,她从五点等到了七点。她甚至点了一整份炸鱼薯条,纯粹是出于占座的愧疚感,但最后还是起身了。一群本科生闹哄哄地进来,在她对面的卡座坐下来。她连饭都吃不好了,因为她担心他们会怎么想她——那个被放了鸽子,闷闷不乐,一个人吃饭的研究生是谁啊?她正要往外走,瓢泼大雨突然落下。她还没有习惯这片下雨不打招呼的土地,就没想着带伞,只得颤巍巍、湿漉漉地走回了住处。

她再也没有犯同样的错误。从那以后,哪怕只晚了两分钟,她就当作彼得肯定不会来了。她往往是正确的。

她第一年里考虑过各种理论。彼得患有某种短期遗忘症——但他怎么从来不忘功课呢?彼得是过双重生活的政府特工,圆不上说过的谎——但那是什么生活,哪门子间谍会选择假扮研究生呢?彼得有某种成瘾问题。这个说法在同届学生中很流行,尤其是贝琳达,她开始担心彼得服用海洛因了,但这根本没有证据。他身上没有针孔,不流鼻血,没有怪异习惯,口也不臭。他是很瘦,但话说回来,他一直长得很瘦。彼得每次现身都是聪颖、专注、机敏的,而且非常友善。

最大的可能性是,彼得就是既聪明,又傲慢,又心不在焉。这些品质只会共存于他那样的天才身上，因为只要他们能让世人惊叹，世人就会原谅他们的所有逾越。对彼得来说，约人见面大概和闲聊是一类事情，只是逢场作戏，并无承诺之意。这不是他的错。他并非有意无视。你不能指责台风大肆破坏，也不能指责阳光遮蔽群星。他只是没有注意到自身行为的后果，那些都不值得他注意。这个事实才是最伤人的。

"彼得是全世界最好的人，"贝琳达有一次表示，"总是和你保持一臂的距离。"

不过，爱丽丝是有专业素养的。她不会让自己的怨恨表露出来，因为他有什么可怨恨的呢？你不能因为一个人不夸你就发火。

过去两年里，他们在工作中达成了一种友好、舒适的平衡状态。彼得在工作时候既乐于助人，又带来欢乐。有他在，爱丽丝在实验室过得十分轻松。他自觉承担所有苦活儿，他保持自己的工作台清洁，他给所有物件都贴上了清晰明了的标签。他从来不像系里的很多研究生一样在背后诋毁别人——或许是因为他已经稳坐顶端了吧。有的时候，爱丽丝真心喜欢与他为伴——在实验室工作到深夜的日子，系里只有他们两个人，全世界似乎只有他们两个人没有睡。

但这正是最令爱丽丝困惑的地方。她怀有这些记忆，它们来自她文身之前，所以她无法细致审视，但她知道它们在。她的头靠在彼得肩上，彼得的外套披在她身上。彼得在实验室里跳起踢踏舞，大声唱着她刚哼了几句的歌。一个人的粉笔用完了，对方就从实验室另一头扔过去一根。粉笔飞到了，没接住，摔碎在地上。还有到了三更半夜，世上的一切都显得那么可笑，两人便发出精疲力竭的狂笑，那种歇斯底里的笑，笑得你肋骨疼，笑得你无法呼吸。

这一切都发生过，不是她编的。她真实在场，她知道逗他笑是什么感觉。

因此，若她曾一度自欺欺人地以为，自己已足以跻身彼得内心世界的一隅，或许也是情有可原的。她终于能够穿透他的外壳，窥见内里隐藏着什么。

与彼得相处时总会伴随着这种诱惑。他能让你感觉自己很受重视。他靠近你，你就会沉浸在兴奋中。他的关注就像毒品一样。你讲了一个笑话，他哈哈大笑，或者你介绍自己的研究，他接连追问，于是你心里就想，我抓住这个天才男孩了。但他总会抽身而去，徒留你思索自己到底做了什么。我惹到他了吗？我说错话了吗？还是单纯因为我不够格，不够聪明，不够伶俐？或者他只是觉得烦了，站起身就走人了？

爱丽丝过去常常这样冥思苦想，详细检查先前不完整的记忆，思考她是怎么让彼得远离了自己，怎样才能唤回彼得。但她找不到答案。错不在她。彼得野性难驯，不会让任何人靠近，与所有人都隔着天堑。其他人都太沉闷，太庸俗，太局限于地上了。彼得永远在飞往他们无法追随的世界。

于是，她已经不再琢磨了，太痛了。没有答案，只有鸿沟。她只知道一件事：她可以与彼得·默多克共存。当她放下戒备，当她缺觉或绝望到一定程度的时候，她甚至可以钟情于彼得·默多克，不幸被他吸引。但她若是自以为懂他，那就是傻瓜。

第十一章

第十二章

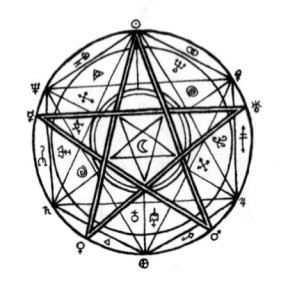

爱丽丝做梦了。

这很可怕，因为过去一年里，做梦已经威胁到了主观认知的连贯性。做梦就是坐着飞毯穿梭于松散关联的记忆之间，爱丽丝的这种记忆太多了，路线无穷无尽，只有愿望，没有压抑。不用一秒的工夫，她就能从天真童年的回忆跳转到盘踞地穴的三头蛇，或面孔熔化的天使合唱团。弗洛伊德主张，梦是无意识的语言，而爱丽丝的梦字迹清晰。她不是虚浮于模糊的画面之间。她什么都能看见，什么都能听见，详尽无遗，美丑不避。甚至整块的记忆会分解层累，组合成骇人的样子。她不仅记得每一个梦的具体细节，也记得所有的白日梦和幻想。画面交叠拼合，过往的疯狂幻想之上再筑新梦。她每次进入一个梦，万魔殿都会扩大，魔鬼交媾、繁衍。她每次醒来，重构现实都会变得更难。

那天在地狱里，她想象格兰姆斯教授和一只马面押着她进入一连串地下通道。他向她保证，通道的尽头就是失落的亚历山大图书馆文献。她想象着自己手脚并用地爬行，舀起一种可能是液态白垩的银白色物质。她想象自己挥舞着一把剪刀，狠狠插入马面的脖子。她像舔甘草糖一样舔着满脸的黑血。

彼得戳了戳她的肩膀，她身子一震，醒了过来。

"我……抱歉。"本来应该是她放哨的，"我不知道怎么，肯定是——"

"没事的，"他小声说，"我起得早。咱们上路吧。顺便说一句，猫回来了。"

"嗯？"

她睡眼惺忪，四处眨着眼看。阿基米德坐在火边，一副自得其乐的样子，蜷着身子亲密地靠在彼得身上，仿佛它没有在两人凶多吉少之际自顾逃命。

"小犹大，"爱丽丝小声说道，"你好像想吃早饭了呀。"

阿基米德喵了一声，舔掉了胡须上的碎屑。

彼得已经在篝火上热好了一些兰巴斯干粮，甚至拿两个可折叠马口铁杯烧水泡茶。爱丽丝调整好坐姿，接过一杯大吉岭红茶。"我都不知道你还带了茶。"

"就几包，"他说，"毕竟也不沉。我本来打算留到第二周再喝，但我觉得我们值得享受一把。"

"好的，谢谢你。"她给茶水吹凉，"我最爱喝大吉岭。"

"我知道。你成天吼别人，不让他们动你的茶包。"

"除非有明确标志标明是系产，不然就不是公物。"

"是的，这完全合理。要我说，我一直觉得是米凯莱拿的。他办公室垃圾桶里的福南茶包太多了。"

她情不自禁地哈哈大笑。这时，她清醒了过来，回想起自己看过的笔记，她现在知道了彼得的为人。她口中沁出一丝苦味，垂下了目光。

"你还好吗？"

"挺好的，"她赶忙调整成波澜不惊的表情，"就是累了。"

在两人吃东西的时候，她一直偷瞟彼得。她观察着他的笑容，发掘破绽。

她内心里有一部分希望自己没看过他的笔记,因为两人现在的每一次交流都有隔阂。他的亲切友善只是幌子吗?他是否像小丑一样设计好了把戏,好让周围所有人放下戒备吗?他会不会内心深处和其他人一样争强好胜,缺乏安全感?更有甚者,他会不会是最危险的那种对手,也就是富有魅力的反社会人格?他从来不曾让你生疑,直到背后捅刀子的那一刻。

但是,一个人怎么能隐瞒这么久,从来不露本相呢?彼得是个奇人,这没错,但爱丽丝从未听说过他恶意去伤害别人。非要说的话,他出了名地和善,和善到没有必要的程度。人人都喜欢他,尽管人人都有种种理由痛恨他。祝福默多克,大家会说。他虽然烦人至极,但他的心是正的。

这是一出大戏吗?彼得是从两人见面的那一天就演上了吗?

那天夜里,爱丽丝盯着熟睡的彼得的脑袋看了好几个钟头,琢磨他的头脑里飞舞着什么念头。他是谁?纵然她雄心勃勃,爱丽丝也无法想象把一个朋友,乃至是一个同事当作待宰羔羊,带着对方下地狱。彼得的意图深不可测,而这才是最让她害怕的地方:虽然经过了多年的努力,但她可能终究还是不了解彼得·默多克到底是谁。

她觉得自己好傻,昨晚竟然讲了那么多自己的事。一想到彼得是怎么把手搭在她的肩膀上,点着头发出嗯嗯声,以示同情,她就一阵畏缩。彼得当时心里肯定一直在咯咯笑。可怜的爱丽丝,亲爱的爱丽丝啊,你真是个傻瓜。

难怪彼得在实验室里发现了她。她现在明白了——彼得肯定知道自己要去哪儿。彼得需要她去,需要保她的灵魂周全,以供交换。

他等待这个机会有多久了?

老天啊。她现在和他一起困在了地狱里。

"你还好吗?"彼得说。

她眨了眨眼。"怎么了?"

他朝她的手肘点头。"看起来肿消下去一点了。"

她瞥了一眼胳膊。"哦,我猜是吧。"

"能继续走了吗?"

她快速检查了一下身体状况。四肢传来痛感,伤口依然刺痛,但都只是肌肤之痛。唯一真正的痛处是钻心的焦虑,但她别无选择,只能忍耐。"我觉得可以。"

"那我们就上路吧。"他笑着起身,向她伸出手。阿基米德站在前头,不耐烦地摇着尾巴。

"行,没问题。"

要装,她抓住他的手时告诉自己。为了活命而装下去。

后方的纵欲殿逐渐淡去,他们脚下的地面在迅速变化。校园道路变得坑坑洼洼。砖路变成了没有铺装的土路。他们很快就发现,自己正在裂谷的斜坡上往下走,土石易碎不牢靠。他们每走一步都要驻足,小心考察能不能站稳,然后才敢踩实。至少爱丽丝有过这方面的经验。有一年夏天,莫德林学院与分析魔法系之间的磨坊路施工,整条路都被翻开了,那个夏天流行崴脚。不多时,两人便走入一道既深且广的天堑,它隔绝了纵欲殿与外界。路越走越窄,最后变成了一条危险的石梯。先是蜿蜒曲折地下到谷底,然后再缓慢艰难地攀升到对面。两人下方左侧,与深渊底部齐平的位置是奔腾的忘川。这里的忘川不再平静,而是飞沫四溅的凶险激流。

"我的天哪。"彼得停下了脚步。

但阿基米德安然前行。爱丽丝仔细查看了路线,发现是有立足点的。虽然不很牢靠,也不甚明显,但确实存在。"保持屈膝,伸出双臂,

第十二章　165

维持身体平衡。"她说,"你会没事的。"她在伊萨卡爬过峡谷附近容易打滑的小路,甚至下雨天也爬过,那时的情况看起来比平常更危险。越想站稳越容易摔倒。唉,他们在伊萨卡试过太多次了。

她觉得,前两殿与第三殿之间理应有这样的分隔。小心眼儿的傲慢、难填的欲壑——这两宗罪都是以自我为中心的,伤害也是对内的。但是,从贪念会生出阴谋诡计,生出对他人的恶念。到了这里,得偿所愿意味着阻挠他人的愿望。《摩诃婆罗多》中的毗湿摩说,贪念是罪孽的前驱。圣保罗告诫教会,金钱是万恶之根。所以说,这里有了货真价实的阴谋家,他们知道自己在做什么,也应当为之付出代价。

爱丽丝心想,她要是记得带登山杖就好了。她动不动就绊倒在石头上。彼得也经常抓她,这让她感到恼火。她依然会为了有他在身边而感到安心,她讨厌这样的自己。这是一个巨大的矛盾。一方面是他蓄意背叛爱丽丝的事实,而另一方面,经验证据表明他依然是彼得,那个她记忆中的彼得,她喜爱的彼得。

更坏的是,彼得的嘴停不下来。他认定猜谜是一种有趣的打发时间的方式。他们目前做过以下几道题目:燃绳计时(你有两根1个小时燃尽的绳子,怎样用一根火柴计时45分钟?)、乒乓球(如何用一根管子做出乒乓球?)、九个砝码(九个砝码里有一个比其他八个略重,你可以用天平称两次,怎样才能找出重砝码?),现在他又念叨上了童话世界的故事。"爱丽丝,什么东西能通过绿色玻璃门(the glass green door)?"

"嗯,我也不知道。精灵?孩童?"

"月亮(moon)能过,地球(earth)不能过。小猫(kittens)能过,大猫(cats)不能过。什么东西能过绿色玻璃门?"

闭嘴,爱丽丝想要向他尖叫。

诸般无情她都能忍,但她受不了别人拿她当傻子。格兰姆斯教授早已将这种耻辱烙成她心底最深的恐惧。

"傻子（fools）能过，"彼得接着说道，"但智者（wise men）不能过。鹅（geese）能过，但鸭（ducks）不能过。"

"我不——可恶，是跟复数有关吗？"

他摇了摇头。"一把凳子（a stool）能过。但一张桌子（a table）不能过。"

"直接告诉我答案吧。"

"是双写字母。"他看上去不太高兴，"很简单啊。你不是搞语言的吗？"

爱丽丝不知道怎么打圆场，于是闷头继续走了。

爱丽丝第一个学期的第三周，格兰姆斯教授带她去教师俱乐部喝茶。爱丽丝既紧张又兴奋。她前一天熬夜准备谈话要点，说她喜欢哪几门课，她到目前遇到了哪些困难。她还准备了一份包含七个重点的新研究计划书。她之前没跟格兰姆斯教授社交过，她希望格兰姆斯教授喜欢自己，这样她才安心。

但在点了两块葡萄干司康和一壶大吉岭后，他提出的第一个问题是："你看见那小子了吗？"

爱丽丝朝窗外看去，一下子瞥见彼得·默多克悠然路过。他根本没注意到他们。他只是在人行道上摇摇晃晃地转圈，盯着一张纸看，眼睛一眨一眨的。爱丽丝胸中一紧。她这个学期没有课和彼得一起上。虽然她从开学茶会之后就没跟他说过话，但每次偶然在校园里看见他，她都会莫名地心跳加速。他好像迷路了，不停抬头看路牌，然后绕一圈回来，就像狗追着咬自己的尾巴。

"那是你的对手，"格兰姆斯教授说，"你的标杆。在接下来五年里，你脑子里只能有一个想法，那就是赶上他的脚步。"

爱丽丝再回头看窗外的彼得。他正一边横穿马路，一边朝鸣笛的轿车招手致歉。

赶上脚步，他是这么说的。不是超越。

"对他来说，处世容易得多，"格兰姆斯教授接着说，"他的形象、举止、言谈都是魔法师的样子。他研究的是皇家魔法学会青睐的经典课题。他的父母是名人。我们学科的所有人都已经知道了他的名字。当他去应聘职位时，他会知道问起同事的孩子，因为他可能已经认识他们了，其次也是在提醒面试官。你就另当别论了。你的言谈和他们不一样，形象和他们不一样，研究课题也不契合他们的要求。你永远要事倍功半，你没有犯错的余地。"

之前一段时间里，爱丽丝就怀疑是这样。她只是没料到会有人赤裸裸地说出来，她也没预料到这话会这么伤人。她回头凝视着格兰姆斯教授冷漠的脸庞，心想他为什么要把自己带到这里。

"我说这话不是为了打击你，"格兰姆斯教授说，"我说这话是因为我经历过你的处境。你和我，我们没有天降洪福。我们必须一路爬上去。你的研究做得不错，罗。但仅此而已，只不过是不错。我要求你出类拔萃。"

"我可以出类拔萃。"爱丽丝说，因为她似乎只能这样回答。

"好姑娘。"格兰姆斯教授朝着她没动过的茶杯点点头，"喝茶吧。"

他之后几年里经常这样做。爱丽丝的每次失败都会被拿来直接与彼得的成绩做对照。爱丽丝跟他合写过一篇论文，默多克跟他合写过三篇；爱丽丝赢得了1 000英镑的经费，默多克的经费比你多一倍。他对爱丽丝说，同样的错误，默多克可以犯，她不可以犯，她没有那么大的失败余地。爱丽丝知道他只是在尽一名好导师的本分，因为好导师会让你时刻意识到自己的真实处境。格兰姆斯教授出身比她低得多，他入行时年纪已经不小了，他是全家的第一个研究生，他当初也不知道叉子的用法。从他的视角看，他肯定只是在向她展示通往魔法王国的钥匙。

但格兰姆斯教授每次提起来的时候，爱丽丝还是不禁感到一丝刺痛。她家庭出身不对，长相不对，没有人脉，没有阴茎，这好像就给格兰姆斯教授丢人了似的。好像他在指导她跑一场两人都知道必输无疑的比赛。

因此，她或许过分关注彼得了。两人每次共处一室，她的目光总会久久落在彼得的影子上。她研究过他的习惯、他的仪态、他的语速节奏。她揣摩过他有哪些特质是自己可以培养的。她做不到他那么马虎，没有人会对她那么大度。她学不来他的学习方法，或者说他自称的学习方法。她无法只看一眼就领会密密麻麻的字。但是，她或许可以试着像他一样淡然，至少可以在笑的频率上达到他的一半。

她对彼得的感知异常敏锐，她准确地知道他的脚步声，她总是知道他在不在楼里——她会留意他那双磨损的鞋子，那把坏掉的雨伞，还有总是挂在左数第三个钩子上的棕色羊毛外套。她总是能发现别人在谈论彼得，只要有人提到他的名字，她的耳朵就会竖起来，实在好笑。她能听见彼得在大厅另一头的笑声。他就是在世界的另一端，她也知道。

她日后会为此后悔，在一切急转直下的那一年，在她失去了遗忘能力，忘不掉她本就不应该听到的东西的那一年。

她那天在实验室打盹。她常常在实验室打盹。大家都不在意，只是会绕着她走。她习惯把自己隐藏在实验台中。她身材娇小，也不打鼾。如果不仔细看的话，可能还会以为她是一堆衣服呢。她刚睡醒，门就打开了。彼得走进实验室，跟一个她不认识的人热情交谈。

她本来可以起来的，起来更礼貌。但她早就有了要在所有场合观察彼得的冲动，于是一动不动地躺着。

她试图认出与他说话的人。桌子阻挡了她的视线，光凭声音很难猜出来，她无法确定他的身份。她只能猜测，而一猜起来就坏了。来人是

第十二章　169

美国口音，但似乎很了解剑桥的魔法研究路径。那就是访问学者了。过来做讲座，或者只是路过，业内交流一下。可能是普林斯顿的，大概率是哈佛的。

"没那么坏"，彼得说，"我的意思是，他是会发火，大家都知道，但只要学会判断他心情好坏就行了。他人整体上挺好的，不是传言里说的那样。"

"那个女生呢？"客人问道。

爱丽丝会永远记得彼得随口说出的样子。有些话是为了达到一定的效果，是构思的结果，目的是影响对话人。也有些话是你真心相信，早就相信的，只是等待恰当的契机倒出来。

"哦，她呀，"彼得说，"我倒不会说她有毛病。"

"你什么意思？"

"我的意思是，她像一只小鸟，"彼得说，"哪里有食吃，就跳去哪里。就着他手边吃食。"

"进巢取暖。"客人说。

"取暖——"彼得拖着长音说，那是爱丽丝听过彼得发出的最恶心的声音。还有拳掌相碰的声音，毫无疑问是低俗的手势。两人哈哈大笑。

彼得提议去海伦·默里的实验室看看玻璃悬架，客人同意了。他们走出去后，门咔嗒一声关上了。走廊里的脚步声渐渐远去。

他们大概记不得这次谈话了。这对他们来说不算残忍。他们又没有决定说，好了，既然我们是厌女分子，那就来取笑取笑那个女生吧！那些话像清水一样，听完就一笑了之。大概是这样吧。彼得当时也不是为了毁她，他只是真的不在意。

可闲话传千里啊。彼得从来用不着考虑这些，而爱丽丝必须考虑。八卦何其多，那些暗流涌动的闲言碎语，往往决定着谁能获得职位与权力。学术界常在伯仲之间的候选人身上吹毛求疵，而最终决定，多半只在一念之间。某人的导师干预、没头没尾的传言。她从来不会公开表述这套理论，因为它听起来像是疯话。但她现在确定了：实验室里的那阵笑声和她落选库克奖之间可以画上一条连接线。

哈佛大学在7月办了一次库克奖招待会，评奖委员将会前往。当时决定尚未做出。参会者会品尝美酒，再就是聊八卦，印象就此巩固了下来。合情合理，她没有发疯。

当然她希望自己想错了。累月以来，她一直心怀希望，希望她想错了，希望那都是她脑子里的念头，希望那全是她凭空捏造。肯定没有人有过这种经历——明明是微末小事，却以为具有重大影响，由此心事重重。别人跌倒了都可以摇摇头，继续前行。她多么羡慕他们的云淡风轻。

这就是他们之间的区别。爱丽丝如坐针毡，彼得凌空起舞。

哪怕她提起这件事，彼得也真心想不起来。她要是试图说明彼得对她造成了什么伤害，彼得只会认为她疯了。她想对彼得说："你毁了我的职业生涯。"而彼得会一脸无辜地回答："什么？"

小心翼翼下山的路上，他们显然并不孤独。两人周围的岩石上出现了另一队旅者——全都是死魂灵，已经通过或途经纵欲殿的灵魂。山坡将他们全都导往同一个方向。爱丽丝斜眼观察四周死魂灵的面目，试着想象他们做过什么。如果但丁的记述可信的话，有这么多死魂灵从纵欲殿去往贪婪殿就在情理之中。纵欲和贪婪都属于荒淫欲念一类，只不过贪婪是向外的欲望。当一个人意识到，其他人也会不惜一切夺取自己想要的东西时，他就会犯下贪婪之罪。

格兰姆斯教授会在这里吗？有可能，她也觉得应该去看看。但她只是不觉得格兰姆斯教授会追求财富。想发财的人不会进学术界。当然有人是来混工资的——他们属于最底层，底栖摄食者那一类，而且最后肯定会去相关产业。但如果你一心求财，那就直接去银行、律所之类的地方。当然，爱丽丝的本科同学都觉得她疯了。她本来可以去方兴未艾的魔法行业工作，工资六位数，外带年终奖，而她选择去剑桥深造。爱丽丝至少认识两个读魔法学专业，现在做到地方银行副总裁的人。但爱丽丝要的从来不是钱，她求的是真。

她确信格兰姆斯教授也是如此。有人出高价请他发言，他为了专心研究，一概回绝。不——虽然他住有高档联排别墅，衣有高档服饰，收藏有高档威士忌，但爱丽丝知道，格兰姆斯教授入行不是为了钱。他只是偶然致富。年轻学者或许会争抢经费，但格兰姆斯教授从来用不着。他实在太优秀了，不屑于争抢。

"我猜那些是财产受托人。"彼得发明了一个游戏，玩法是猜他们碰到的死魂灵犯了什么罪。要不是他的言论太搞笑，这个游戏肯定惹人烦。"我猜那是个抄袭惯犯。我猜那几个是助理院长。地狱里有一块是专门关院长的，你觉得呢？给自己加薪，让我们其他人靠消化饼干果腹。"

爱丽丝不认为彼得有过食不果腹的经历，但她没有精力辩驳了。

过了一段时间，他们发现其实用不着下到谷底。这里有一座石桥，材料种类与山崖相同，与环境融为一体，所以他们从上面没看到。桥面宽阔，两人并排走的话绰绰有余。桥上还有考究的雕刻纹饰。每一级台阶都由六块花砖拼成，每根柱子和窗户上都排列着小雕像。爱丽丝心想，这是哪位神明的造物？在深谷中修建这样一座隐于岩石之间的桥梁似乎很诡异。就像截出威尼斯城的一部分，然后安放到大峡谷里一样。

一个死魂灵在桥中央踟蹰不前，仿佛不确定要不要过桥。他往前走几步，又往后退几步。看见他们靠近，他开口问道："17号石？"

"不好意思？"彼得说。

死魂灵朝他们挥舞着自己的成绩单。"上面说要做17号石阶，17号石三年，或不满三年，只要我吸取到教训了也可以。"

彼得对着成绩单皱起眉头。"我还是不——"

"啊，是这个。"死魂灵绕着他们跑了一圈。爱丽丝注意到桥上有一个凹槽，上面标着罗马数字XVII（17）。死魂灵爬到下面，蹲了下来。这时，奇异无比的事发生了。他的五官渐渐模糊，四肢渐渐消散，身体灰度加深。过了几秒钟，他就变成了一块石头。他的嘴巴成了一个空洞，从里面发出一声微弱至极、数秒不绝的低沉叹息，叹息声甚至在风中残留了更久。

"妈呀。"爱丽丝说。

现在算是明白了，原来整座桥和桥上的所有装饰物都是石化的死魂灵。她随处都能发现人形的踪迹。这里是一条伸展的腿，那边是两条胳膊抱着头。但脚踩上去很结实，再说也没有别的路到对面，所以唯一合理的做法似乎只有继续向前。阿基米德毫不犹豫地飞奔过去。伴随着它的脚步，桥上回荡着此起彼伏的呻吟声。当爱丽丝跟着走的时候，她满脑子都是每一步激起的每一声呻吟的特定音调。她心想，要是能一下跳出去五步远，没准就能演奏出莫扎特第25号交响曲的开场了。

桥越往前走越窄，也越不牢靠。这一次，他们只能自己攀登了。上方有一段路是急转弯，有两个死魂灵在上面吵了起来。争执点似乎是谁应该给谁让路。爱丽丝觉得这很没有意义，因为他们最后都要去同一个地方。但他们一直在扭打，直到一方双手抓住另一方的肩膀，直接把他从桥上推了下去。

"小心！"彼得使劲把爱丽丝拽了回来。

爱丽丝站在石台上，担心地往下看。但是，掉下去的死魂灵只是站起身，不要面子地继续朝对面攀爬，看上去毫发无损。他们已经死了，她心想。现在不管发生什么都只是折了面子。

把另一个死魂灵推下去的死魂灵也从石台往下看,接着好像心满意足地呼出一口气,继续赶路了。爱丽丝和彼得谨慎地跟在他后面。

"真是个浑蛋。"爱丽丝嘟囔道。

"我在想他是做什么的。"彼得眯着眼看那个死魂灵,然后喊出一声,"妈呀,那是比尔·卡多!"虽然他有意压低嗓门,但声响还是太大了。

幸好,那个名叫比尔·卡多的死魂灵没有听见。爱丽丝只对这个名字有模糊的印象。"那是谁?"

"20世纪60年代,他和霍利斯·加洛韦争夺同一份工作,"彼得说,"那是一件大丑闻。"

"研究符号学的那个霍利斯·加洛韦?"

彼得点点头。"他们都是符号学家,生前是。卡多和加洛韦竞聘芝加哥大学的同一个岗位。面试后,校方决定向加洛韦发出要约。只是卡多听到了风声,就开始假装研究生给芝加哥大学写匿名举报信,说她……你懂的。"

"玩弄了他们?"爱丽丝接上了话。

"基本就是这样。这本来也不是多大的事,但卡多假装是女学生,这就相当于让加洛韦成了猎艳的女同性恋。猎艳,芝加哥大学是不管的;女同性恋,那就是另一码事了。于是,芝加哥大学对加洛韦展开了全面调查。她可能确实是女同性恋,不过不是猎艳那种。她被吓得撤回了职位申请,卡多就这样得到了工作。外界原本并不知情,直到有消息传出,说他在酒吧里跟研究生吹嘘这件事,整件事都是他捏造的,他找他妈妈和姐妹手写匿名信,如此云云。加洛韦知道了,发誓要毁掉他的职业生涯。但不等事情水落石出,她便死于车祸。"

"天哪,"爱丽丝喃喃道。"我觉得他的罪行比贪婪还重。"

"消息传开了以后,他坚称自己是无辜的。他直到死的那天都发誓说,他的指控无一虚假,加洛韦确实骚扰过那些学生。"彼得饶有趣味地盯着比尔·卡多的背影,"我只是不明白。人怎么能对别人做这种事?做完了还心安理得?"

爱丽丝觉得彼得是在小题大做。她心想:"我觉得有的人就是那么自私。"

"我的意思是,毁掉一个同事!那是魔鬼吧!"

"那肯定啊。"爱丽丝忍不住说,"你自己是百分之百的天使。"

她马上就后悔说出这句话了。彼得放慢了脚步,说:"你是什么意思?"

"抱歉,没什么……我的意思只是说,我们都争强好胜,不是吗?哪个系都有钩心斗角。"

他似乎并不相信。"你对我生气了?"

"没有。"她试着用平和的语气,结果发出了响亮的音色,"我为什么要生气?"

"你整个上午都不好好跟我说话。"

"抱歉。"爱丽丝双手抱胸道。她知道,她或许能够将傻子的角色演得更好,但她实在不是个好演员。"我只是非常累,非常饿。不是你的问题。"

"好吧。"他们又默默走了一阵。接着,彼得问她:"是因为库克奖吗?"

"什么?不是!"

"只是自从我提到了那件事,你就一直有点怪怪的。我知道夸耀是有些无礼,抱歉我……"

她现在确信他是在耍她玩。何其残忍,残忍到难以置信。她觉得自己是一只被关在笼子里的小动物。

她要是打开天窗说亮话呢？她有点想这么做。只要能结束这种煎熬，做什么都可以。我知道你在干什么，她可以说——你那套装纯真小狗哄人的手段对我没用，去你的，默多克。但然后呢？他会认罪致歉吗？想什么呢。最大的可能性是，他会把她也推下石台。他不需要她完好无损，只要她活着就可以。咒语唯一的关键是生者的灵魂。在他把她拖过终点线之前，他可以对她为所欲为。

她努力保持音量。"不是库克奖的事。"

"那是什么？是我做了什么吗？"

"不是你的事，说真的。"

"是那天早晨吗？是我……"

"天哪，默多克，不是！"

"如果你对我生气，直说就好。"

"只是……"她说到一半停了下来。她突然确信，有人在笑话她。她确信自己听到了一个女人在咯咯笑。她环顾四周，但谁也没看见。彼得露出了熟悉的关切表情。惊恐再次袭来，她要发疯了。"我只是……"

又来了，确实是银铃般的笑声。

爱丽丝边转边喊："停下来！"

"什么停下来？"

"你听不见吗？"她绕着路堤转圈。有人在躲藏，在潜伏，她知道——然而她目光所及之处只有石头。最近的死魂灵是比尔·卡多，他现在已经上坡走了很远了。笑声越来越响。现在太清晰了，不可能是她臆想出来的。阿基米德也察觉到了什么。猫停住脚步，眼睛眯成一条缝，尾巴僵得像纸板。

"爱丽丝，停下，"彼得抓住她的胳膊，"坐下喝点水吧。"

她挣脱了出去："停，你听。"

阿基米德在哈气。

石头中浮现出了五颜六色，一束束红色、粉色、紫色错综摇曳，在见惯了无边的灰色与火红之后，这些色彩带来了强烈的感官冲击。爱丽丝起初以为是成群的蝴蝶，或者有生命的玫瑰云，直到彩绸不再飞扬，而是聚拢到一位高挑苗条的女子身上。

"你们好啊。"她朝两人挥手示意，"来近些。"

爱丽丝呆住了，不确定这是不是美人鱼的那种"来近些"，等人靠近后就将人拖进水里。

"抱歉，是我无礼了，"女子将一侧衣袖抬到唇边，俏笑中不带一丝歉意，"是我失礼了。别跑啊，宝贝。"只见彩绸翩跹，她刹那间就来到了两人面前："我不咬人。"

她美极了。圆润的脸庞上笑容甜美，尽显天真。及腰黑发，光泽如镜，飘然若无物。锦袍浮动，色彩变幻，就像阳光下的水波一样。她双手都握着丝线，说话间手指飞动，投纬引线，织布机本身也浮在空中。她织出的绸布似乎转瞬便没入了她身上飘动的裙裾。

爱丽丝搜肠刮肚，可还是找不到能跟这位女子对应上的冥神形象。女子扬起袖子，遮住涂着鲜艳唇彩的嘴巴，窃笑道："怎么哑巴了？"

她腰间的绸缎向上折起，前后摆动。爱丽丝脑中出现了某个模糊的想法；某条忘了一半的脚注，某个她之前都懒得追溯的神秘出处。不是阿拉克涅，也不是黄帝之妻。是一位星辰、禽羽、盼望的仙子。

"你是上面来的。"爱丽丝现在想起来了。她见到织女不是在地狱的研究资料里，而是在一节本科研讨课上，主题是神话翻译。织女是星辰的女儿，她与凡人牛郎相恋，干犯天条。两人每年只有一天可以在鹊桥相会。"你是掌管爱人团聚、久别重逢的仙子。"

织女嫣然一笑。"很好！"

"但你在这里做什么呢？仙子是不死的。"

"也没错，"织女说，"但凡人会死。"

"你的爱人。"爱丽丝明白了。

"我的牛郎。"织女的丝衣闪烁着血红与褐色的光，然后是平淡的灰，"天女姐妹们告诫我，他会长白头发，他会骨质疏松，迟早有一天，我看着他的脸时会毫无波澜。但这一切来得太快了。前一天还是我的威武情郎，后一天就成了森森白骨。那天晚上，他的心脏停止了跳动。我追随他来到冥界。但那是不够的！"她的丝衣变得漆黑，沉重。"他想转世，我不行。我们的灵魂不同于人类，不能洗净前尘，投胎再世。我恳求他留在这里陪我。但他后来厌倦了没有大海的沙漠，没有群星的天空。我们曾以为彼此可以聊到永久，结果只聊了一年都不到。"织女的声音在颤抖。"有一天，我醒来时发现他已经弃我而去，去了忘川。从那以后，我就独自在这里的原野游荡。在纵欲殿与贪婪殿的交界处，欲望在这里干涸，恋人心中只想着自己。"

晶莹的泪珠从脸颊扑簌而下。悲情效果是到位了，虽然爱丽丝觉得她在故意煽情。或许这就是不死仙子打发时间的方式吧，打磨自己的神话故事。

织女手指天上，腰带两端随之盘旋起舞。"下次有机会的时候，你可以抬头看看夜空。有一个星座消失了，有一座桥断开了，"这时，她的腰带落了下来，"现在是一片黑暗。"

"你都没试过找他吗？"彼得问道。

"不许我们找，亲爱的孩子。再说了，反正他也认不得我了。他对我的所有记忆都被洗净了。"

"哦，"彼得说，"我很抱歉。"

"你人真好。"织女伸手揪了一下他的鼻子。彼得脸色通红。

爱丽丝拿不准应该作何反应。织女说了很多话。但这至少给了她喘息之机——她有时间评估这位仙子是想玩弄他们，还是想杀死他们。

"但我浪漫依旧！"织女展开衣袖，色彩斑斓，"人神通婚从来不是明智之举，我现在明白了。双方需要有共同的时间观。神仙不会爱得那样短暂，那样绝望，也不会为爱投入灵魂的全部。但凡人——一呼一吸，寿数已尽。你一辈子都在想，来世如何再续前缘，甚至不知道那是不是你的真心所愿。"

她飘得近了些，近得让人觉得不适，伸出纤长的手指，在两人的肩膀上起舞。爱丽丝萌生了一种荒谬的担忧。她生怕织女会把她和彼得脑袋碰到一块，逼着他们亲嘴，就像玩洋娃娃似的。

"你们这种人，我见过太多了。殉情自杀，司空见惯。也可能是意外。有时双方都是寿终正寝，先死的一方在常世花野里等待多年，直到另一方老死。"织女叹道，"人人都以为爱情永恒。我倒也愿意让他们保持着信念。"

"那就放我们过去吧，"彼得说，"相爱无罪。"

"确实不是罪，"织女说，"我不会施加惩罚，亲爱的男孩。我是给出答案的人。"她双掌一拍。"我给你们做一个测试。不是艰巨考验，只是回答一个问题，我要测试你们的忠贞程度。如果通过了，我就会造一座桥。"她将双手合在一起，十指飞动，丝缕从指间涌出，片刻间就织出一块光彩夺目、微波荡漾的织物，光滑柔顺的黑底上闪烁着金银光芒，俨然一条星毯。"我的桥可以带你去任何想去的地方，四边八殿，无所不可。反叛者城堡，可以。直接去阎罗殿也可以。只要通过测试，你就获得了一次上桥的机会，可以去你想去的任何地方。"

"要是没通过呢？"彼得问道。

"那就进忘川吧。"

"但我们没死，"爱丽丝说，"我们不是死魂灵。"

"哦，你们是旅人！"织女一下用手捂住了嘴，双眼瞪得大大的，"但那就更好了。那你们就真的需要安全通过了。"只见她十指飞舞，深渊上的桥随之摆动。"此处岩石诡谲，亲爱的。给出信念的证明，我就会送你们安然通过。"

爱丽丝不喜欢这样。皮笑肉不笑的织女让她回想起了小时候。那时，她母亲爱放中国电视剧，织女就跟里面的女主角似的，阴险狡诈，成天就想着把争宠对象推进井里。虽然织女不符合爱丽丝心中对地狱的印象，但只要是与神仙交易打赌的故事，她都听说过。俄耳甫斯接受了哈得斯的挑战，失败了；西西弗斯想骗过哈得斯，也失败了。一定有陷阱，总是有陷阱。

"我们能商量一下吗？"她问道，"私下讨论？"

织女轻拂衣袖，说了句："快点。"

爱丽丝把彼得拽到了织女听不见的地方。"我不信任她。"

"我们不需要信任她，"他说，"我们只需要演戏。再坏能坏到哪里去呢？"

"失忆啊，你刚才没听吗？"爱丽丝不确定文身的庇护力有多大，但她不想做水下测试。

"那我们赢了就好，不会有多难。"

"前提是她说的是真话，"爱丽丝说，"天上的神仙可不常在地狱游荡，你知道，她可能是伪装的。"

"她还能是谁呢？"

"我不知道。有可能是女巫。"

"如果她是女巫的话，我们反正也要完蛋！罗，你看。"彼得摊开双手，"这是天赐良机。我们已经够难了，而她承诺安全通过。"

"我不想被扔进河里，"爱丽丝说，"我们绝对会被扔进河里，因为我们不相爱。"

"但你不能假装吗？"

爱丽丝凝视着彼得的脸。天真无邪——彼得用多久才掌握了这副楚楚可怜的样子？他心里有那样的打算，怎么还能这样望着她？

不过，爱丽丝或许是能假装的。彼得会演，她也许能比彼得演得还好。毕竟她有一大优势，那就是彼得不知道她知道真相。"你想让我假装爱你。"

"这个简单，"他说，"只要假装我们有统一的意志就行了。"

"那是什么意思？"

"意思就是，我们想要的东西完全一致，我们想要让彼此过得最好，我们将对方的目的当作自己的目的，我们的理想结局就是在一起。你没谈过恋爱吗？"

"没。你呢？"

"没有。但想象起来也没那么难，对吧？"

"我觉得恋爱可能是最难想象的一件事。"她停下来考虑了一会儿，"我的意思是，光是和情欲有关的部分就很难想象。我连你的阴茎都没看过呢。"

"我的天哪，"彼得说，"罗，我们没有时间阐述爱情哲学。"

"不然的话，我们要怎么确定占优策略呢？"

"直接假定我们是一个人。你的目的就是我的目的，反之亦然。你受伤就是我受伤。我们的目标保持一致，追求作为统一单元的我们的利益最大化。"

爱丽丝认为真实的恋爱关系不是这样的，至少她见过的关系都不是这样。不过，这听上去是个不错的理论。"你是从哪里学来的？"

"伊曼努尔·康德。"

"康德不是处男吗？"

"他是伟大的哲学家！他革新了形而上学！"

"我觉得是康德认为自慰不道德吧，"爱丽丝说，"说是把你自己当作实现目的的手段。"

"你有更好的看法吗？"

第十二章

爱丽丝感到头疼。她其实没有另一套爱情观。但即便彼得的爱情观言之有理，她也无法将它与彼得提出它的可能动机剥离开来。她内心深处觉得，相爱只是两个人互相欺骗，隐瞒各自的暴力。因此，彼得的提议不符合她优先管好自己的方针。

"来吧。"彼得用手肘推她，"罗，你跟我假扮情侣就那么难吗？"

他说这话的口气让她心口疼。他清楚他在做什么，而最糟糕的是，这招确实有用。她太想信任他了，太想被他爱了，哪怕只是演戏。停下，她想要尖叫。停，你看不到你在对我做什么吗？

"好了，小情侣，"织女叫了一声，"商量得怎么样了？"

"就按你说的，"彼得宣布，"我们接受测试。"

"等等……"爱丽丝刚要开口，织女就抓起两人的胳膊，把他们拽上了一块岩石。她的力气大得惊人。两人相对而立，站在地狱版的婚礼圣坛上。丝带激射而出，挡在两人中间，似透非透。彼得喊了些什么，但声音被丝绸吸收了。

"不准打配合。"织女一闪，分出两个半透明的分身，分别走向绸幕两边。分身异口同声。

"牛郎与我七夕相会，八十年来，不曾有半次失期。"绸布在空中组成了两个人朝对方奔去、相拥为一的侧影，"一年一年过去，我无法与他长相守。全村人都求他把我忘掉，娶个媳妇。因为你知道，我不能给他生孩子，也不能履行妻子应尽的义务。只要他不来，桥就会垮掉，只要我们变心，桥就会垮掉。我们从来没有变心。我们总是选择彼此，直到他生命的终结，直到他做出了另外的选择，坑害了我。"

绸布分出了两股，一股是红色，一股是绿色。"情人啊，我要让你们选择，选项完全相同。你可以选择独行，也可以选择同行。如果你们都选择同行，我会为你们织造星桥；如果你们都选择独行，我会把你们都丢进忘川。"

"如果我们做出了不同的选择呢?"爱丽丝问。

"那么,选择独行的人可以任意使用星桥,整个旅途期间都可以安全通行。我会保护你不受任何人、任何事物的伤害。谁都碰不到你。"星桥闪烁着舞动起来,分成了12条岔路,"而另一个人嘛……只能说,他会唯求一死。"

爱丽丝眨着眼低头看,面前突然出现了一张餐桌,上面放着两颗亮晶晶、像是涂了蜡似的苹果。一颗苹果是血红色的,另一颗是深绿色的。

"选哪一颗?"织女问道,"红苹果是同行,绿苹果是独行。"

"他是一样的选项吗?"

"一模一样。"

哦,爱丽丝心想,这不就是囚徒困境嘛。

他们第一年都学过囚徒困境。如果你们信任彼此的话,那么囚徒困境的解法显然就是不要出卖对方。问题在于,无论一方怎样做,对自己最有利的策略一定是出卖对方。但如果他们提前商量好了,那就可以双双走出监狱。爱丽丝和彼得就已经商量好了,不是吗?

"我就是想明确一下,"她说,"如果我选择独行,他会是什么下场?"

织女的嘴似乎已经从脸的一边咧到了另一边。爱丽丝害怕她要是再咧大一点,头就要分成两半了。"地狱太孤单了,我喜欢有人做伴。"织女背上生出了巨大的白色丝网,虎视眈眈地悬在她身后。蜘蛛网。爱丽丝眯着眼还能看见网上有人类的残躯。千百年来被榨干后遗弃的爱人的遗骸。有些受害者当初可能是活人,是旅者。死魂灵不会留下骨头。

爱丽丝猛地一颤。

这应该不难选。他们的占优策略是显而易见的。彼得说他们要假装相爱。如果他们真的相爱,那就都会选红苹果。合作就能通过,就这么简单。她把手伸向红苹果——但她为什么不拿起来呢?

她不禁在琢磨，彼得要是选绿苹果呢？

彼得不能那样做，那不符合他的利益。彼得不会在这里背叛她，彼得还需要她，至少需要她的灵魂。

怎么，她就这么轻易让彼得得逞了？一溜小跑，双手奉上，就像待宰的羔羊一样？这是什么蠢逻辑？

她抽回了手。

所以呢？她应该选绿苹果吗？

那她就不需要彼得了。她可以畅游地狱，八殿近在咫尺，格兰姆斯教授的灵魂触手可及。她只用一天就能找到他，明天就能回家。她会得到自己想要的一切，代价只是抛下彼得。

但那是谋杀。

可话说回来，与他同行，自取灭亡——这哪里更好了？这样做就明智吗？

你不能用自己做交换，你不能用自己做交换。我们明确知道这一点，那对我们意味着什么？我们能得出什么结论？除了……

这一切的假设前提是彼得需要她。彼得可能还有一套方案，彼得可能甚至不需要交换。彼得可能认为安全通行就足够了，彼得可能会坑害她……

她感到太阳穴被打了一样，两股力量在涌入。信息太多了，记忆太多了，她不知道如何梳理，她不知道它们意味着什么。她能走到这么远，靠的是深深刻在大脑里的一段执拗独白：我是爱丽丝·罗，我来地狱是为了找到格兰姆斯教授，一切都会好起来的。现在，这段自证词失去了指引能力，前路不明。她内心生动地浮现出了全部过往，一千台电视机在同时播放，没有一台告诉她真相，只有快照而已，只有无用的细节洪流。空啤酒瓶，空椅子，小鱼酒吧，快关门了，静悄悄的，她口中发苦。贝琳达的轻叹声。"你跟彼得·默多克见了吗？"他的身形，他的长睫毛。她指间的粉笔末儿，他衬衫上的粉笔末儿。"看外面，"格兰姆斯教授说，"你看见那小子了吗？"大吉岭红茶，煮得太久了，喝着像酸液。发干的司康饼像水泥一样噎在她喉咙里，她咽不下去。黑板旁的格兰姆斯。棋盘前的格兰姆斯。好运青睐胆识，魔法奖赏果敢。先行者胜，输家只能追赶。你天生是输家吗？你有胆识吗？

实验室里的笑声。"拿到库克奖后，我会换个新导师。"手掌拍屁股的声音。笑声再次响起，越笑越大声，渐渐远去的脚步声。"就着他手边吃食。"加粗的手写大字，涂写这句话的人毫不犹豫，心意已决，手跟不上脑子的速度，这不是疑问句，而是陈述句：假如爱丽丝——？

她只觉耳中忽的一声。她紧紧闭住双眼，试着拼凑楼梯。要考虑的是什么？关键在哪里？我需要哪些证据来构建前提，进而推出结论？格兰姆斯会怎么做？这好难啊。所有信息都是一团乱麻，她无从下手，甚至无法把握基本前提。

我是爱丽丝·罗——

假如爱丽丝——？

我是剑桥大学博士生——

假如爱丽丝——？

我读分析魔法学专业——

假如爱丽丝——？

木板都碎掉了。她抓不住基本要素，只能依靠一种感觉，一种强烈的惊恐感，她的耳朵里仿佛有十个火灾报警器在响。她的胳膊隐隐作痛。又疼起来了，又是像针扎一样，只是这一次蔓延到了全身。别再来了，她心里想着，虽然她甚至都搞不清"再"字是什么意思，只是一种感觉。针猛地扎下去。白垩进到皮肤下面。染料扩散。她疼得两眼一黑。好多白光绽放——别再来了，求你了，我什么都给你，但我不想再有这种感受了。

第十二章　185

眩晕袭来，身体摇晃。这是哪里？她在哪里？地狱是记忆，还是梦？她将双手举到面前。手看不见了。本该是手指的位置站着一列小人，微缩版的彼得和格兰姆斯在跳舞。"你看见那小子了吗？"绿圈和红圈在小人身后有节奏地挑动，越变越大，各自朝着对方飘去。最后，她眼里只能看见一个韦恩图，中间是一根针和一根粉笔，细细的刀片反复戳进皮肤，剧痛沿着她的胳膊传了上来。一段未来的虚构对话：彼得和格兰姆斯安然还阳，坐在办公室里品茶——"爱丽丝怎么样了？""哦，你不会想知道的。"又是那句手写的话，龙飞凤舞的大字——"假如爱丽丝"。她看着他们哈哈大笑，看着他们翻白眼，心中一阵气闷，羞愤难当，险些要大喊出来。可怜虫爱丽丝，大家都把她当小丑。

彼得抬头迎上她的目光，咧嘴笑了起来。

我恨你，爱丽丝心想。一开始是浅浅的恨意，只是测试。结果它插进去了，若合符契，她自己都为之惊讶。她从前不敢这样想，但这就是正解，只是——她不是一条狗，她不会让别人踢来踢去。我恨你，我恨你……

"非常好！"织女拍掌道，分身合而为一。绸幕在发光，就像魔术表演前提醒观众的鼓点一样。接着，大幕拉开了。

彼得握着红苹果站在那里。

"爱丽丝？"彼得低头看到爱丽丝的双手，眉头紧蹙，"你做了什么啊？"

第十三章

在两人读研第一年的冬天，格兰姆斯教授的首席实验室助理——名叫约书亚，当时读四年级——突然退学，跑去了加拿大。这是当年的一大丑闻。据传，约书亚身怀六甲的女友受不了他早出晚归，于是下了最后通牒，要求约书亚多关心她。结果还是不行。她便收拾好行李，跑回渥太华与父母同住。为了爱情，约书亚什么都顾不上了，跟着她去了加拿大。他花光积蓄，在航班临起飞前买下机票，大半夜赶到希斯罗机场。这件事震动了全系。倒不是因为爱情故事，而是因为竟然有剑桥学生会跑去加拿大。加拿大有大学吗？那边的人不是只知道滑雪，吃枫糖浆，一年四季被熊追吗？不管怎么说，就目前了解到的情况，约书亚现在婚姻幸福，在洛里埃城堡酒店做导游。

重点是，约书亚走的时候还有项目没完成，甚至都没告诉格兰姆斯教授说他要走了。局面本来尚可挽救，可惜格兰姆斯教授马上就要去伦敦皇家魔法学会做学术报告了。

于是，爱丽丝和彼得就被调过来补缺。两人跃跃欲试。谁管是不是无偿加班，谁管是不是每周要额外工作30个小时，没有学分，同时依然承担着课业压力，格兰姆斯教授想要他们帮忙做真正的研究！他们从小到大接受学术训练就是为了做这件事！他们要是拒绝就太傻了。

两人刚开始的时候只是泛泛之交。自花园初遇以来，爱丽丝就没怎么见过彼得，因为他们的课程方向不同。她第一次开组会时战战兢兢。彼得要是高高在上怎么办？更糟的是，她要是犯傻怎么办？

她本不需要担心这些。磨难自然能够快速缔造友谊。任务那么繁重，他们无暇理会人际交往中的尴尬。最初的那些劳累时光多么美好啊。每天五点，爱丽丝和彼得在格兰姆斯教授的地下实验室见面，手头是一摞一摞的手稿，双手沾满了粉笔屑。在那些夜晚，他们通宵达旦地工作，直到视线模糊。在那些夜晚，他们在实验室里自嘲，吃从清真餐车买回来的薯条和咖喱，有心情犒劳自己的时候，还会去桥北的印度餐厅买玛莎拉鸡吃。那是人生最美好的日子：脸上满是粉笔屑，方格纸上留下姜黄指纹。完全的幸福就是某种形式的修习，亚里士多德如是说。他们好幸福。一时灵感迸发，奋笔写满黑板，接着又通通擦掉，从头来过。每次听到走廊里传来格兰姆斯教授的脚步声，他们都会憋笑，板起一副脸来。

午夜是最出成果的时间。思维支离破碎，理性停止运转，现实与可能的边界也开始流动。爱丽丝平生第一次觉得，自己可能恋爱了。

她对男女交往并不陌生。她高中谈过男友，本科也谈过。神经紧张的小伙子穿着扣领衬衫，透着须后水的味道。他们演出了一部又一部过目即忘的默片，步态扭捏，双手乱摸。她隐约明白这种交往会"安定下来"，步入婚姻——她只是不明白具体的过程，因为她只觉得自己是在练习如何掩饰反感。彼得不属于这一类。感觉完全不一样，爱丽丝也不能将他们的情愫归结为廉价的浪漫。这是爱情，是一种她从未了解过的爱情。终于，她心想，这就是真爱——另一个灵魂渐渐在你面前展开，你有幸迈入专属的隐秘腹地，你觉得自己就是首位开拓者。爱丽丝爱上科研只是为了这一个原因，那为什么她不能也爱上人呢？

她了解到彼得干活儿时喜欢哼门德尔松，但如果她也跟着哼的话，他就红着脸不哼了。她了解到彼得爱吃小扁豆,但讨厌土豆泥和香蕉,因为他觉得这两种食物"假烂糊"。她了解到彼得在半夜两点前后会进入所谓的"狂暴状态",那时的他头发蓬乱,眼睛瞪得大大的,开始手舞足蹈,对手头的所有题目都异常兴奋,简直没法跟人沟通,问他什么都是一句激动的"啊啊啊!"。

如果爱是探索的话,允许自己被探索不就等同于被爱吗?听见彼得评论自己,说出她从来没有注意到的自身特点,爱丽丝心里就会痒痒的。比方说,她知不知道,她每次不赞同一个论点时,手就会一抓一抓,像水母那样?她知不知道,她总会用沾着粉笔灰的手指撩头发,于是脑门上总会留下一道斜杠?彼得发现,爱丽丝困了的时候就会撒谎——没有任何恶意,只是无厘头。半睡半醒的口中吐出一个个词语,完全理不清头绪。他对爱丽丝的无意识谎言兴致勃勃,把她几周时间里说出的傻话记录了下来。到了月底,他得出如下结论:"我的结论是,犯困撒谎的你只有一个动机,那就是尽可能多睡一会儿。只要能让对方不打扰你,你什么都回答得出来。比如我周三的这段记录——我问你是不是茄子,你答应说你是茄子,但我不用担心,一切正常。过去一个月里,我听过你答应说你是贝尔格莱维亚公主[1],你的脚趾其实是仓鼠宝宝,你假期会跟我去太阳上滑雪。罗,你没救了。你的无意识本我具有极强的防御机制,一心只想免于打扰。"

他们没有不能分享的想法。他们达到了难得的自在相处状态,脑子里想到什么就说什么——没有过滤,没有隐瞒。他们常常不回家睡觉,一直聊到清晨。他们争论过三门问题[2]。彼得认为显然应该换门,爱丽

---

1 贝尔格莱维亚是伦敦市中心以西的一个富人区。
2 又名蒙蒂·霍尔问题。在美国主持人蒙蒂·霍尔的一档节目中,选手可从三扇门选中一扇,两扇后面是山羊,一扇后面是轿车。如果选手选中了轿车的那扇门,就会获得同款轿车作为奖品。在选手选好门后,主持人会打开一扇后面是山羊的门。在实际节目中,主持人不会给选手换门的机会。但后来有人提问:若主持人允许换门,选手是否应该同意?此即三门问题。

第十三章　189

丝不认可。他们争论过数字有没有颜色和性格。彼得坚持说有：三是蓝色，五是正红色，二是黄色，四是橙色；八木讷无趣，九风流浪荡——那是什么颜色呢？显然是酒红色，九者，酒也。爱丽丝觉得他在哗众取宠。他们争论过语言与现实的关系问题，维特根斯坦和拉康是不是从不同的山坡攀登同一座山峰？他们的结论是有可能，但他们都对拉康理解得不够深，所以也说不准。

彼得是最优秀的那一类对话者：大度，思想开放，富有好奇心。他觉得每一个新学科都引人入胜，甚至能针对她深耕的领域，提出一些她自己都从未思考过的问题。

"雅各布森[1]对语言有什么看法？"彼得会这样问，"什么是转喻？什么是隐喻？这对无意识的语言化结构有何意义？什么是语言？"

当他们谈话时，彼得会盯着她的脸，眼睛一眨也不眨。这时不时会让她张口结舌，惊掉下巴。她很难获得彼得的关注。她琢磨过很长时间要如何才能获得彼得的关注，现在彼得的关注堆成了小山，她却不知所措。

彼得让她明白数学是有趣的。有时候有趣，前提是你在解答土豆悖论。假设你有 100 公斤含水量 99% 的土豆。过了一夜，水分蒸发，土豆含水量变成 98%。问：你现在有多少公斤土豆？答案是只有 50 公斤！50？没错，从 100 减成了 50。但含水量只降低了 1%。但怎么会是这样呢？"只是简单的算术。"他说，但爱丽丝不相信。

爱丽丝教他读中文离合诗。这种诗从首句往后读，从末句往前读都能说得通。她教给他中文的奥妙语法，或者说根本没有语法，又教他中文里与英文恰好相反的时空概念隐喻。她解释道，中国人相信你可以看见过去，但无法看见未来，因此，你只能走回未来。彼得兴趣盎然地

---

[1] 罗曼·雅各布森（1896—1982），美国语言学家，原籍俄国。转喻和隐喻是其文化符号学的两种基本模式。转喻对应于邻近关系，而隐喻对应于相似关系。

说要学中文，以便更好地理解她的意思。不过，他只是练了一会儿声调——他根本听不出来声调——就放弃了轻松掌握中文的希望。

那个时候，他们甚至自己造了一门搞笑缩略语，结合了符号逻辑——单纯是觉得念出来好玩——和法语。只有爱丽丝会说法语，彼得觉得法语听起来有趣。这门语言里用大量雁叫声替代了法语的真实发音。它的效率一点也不高，但能逗他们开心。这更让他们觉得自己身处精神世界，远离凡尘，很快就会遁入属于自己的符号秩序，除了彼此，无人能懂。

他们常常会笑得语无伦次。啊，她好喜欢彼得大笑啊。到了午夜后的某个时刻，头脑一片混沌的他们看什么都会笑，但爱丽丝时不时会说一些荒谬的话，让彼得情不自禁地大笑，全身都在跟着笑。大笑游走彼得的全身，他喘不上来气，胳膊狂甩，手肘护住前胸，仿佛他要是不抱紧自己的话，笑声就会把他炸得四分五裂。彼得大笑的时候，爱丽丝觉得自己得到了整个太阳的温暖，因为她做到了，她说出了让彼得又惊又喜，无法呼吸的话。

她一度觉得，她唯一想做的事就是逗彼得·默多克笑。

他们也常常在工作时陷入幸福的沉默。他们可以几个钟头不说话。他们彼此间已经形成了一种自然而然的节奏。爱丽丝只需要彼得在她身边自信地用粉笔涂画，这就是她需要的全部陪伴。她不孤独。她是安全的。这个宇宙里至少有另外一个灵魂与你同频。真的，那就是爱丽丝感觉最幸福的时刻——无言相伴，甘之若饴，有这样一个朋友真的太好了。

不管怎么说吧。

这一切都发生在爱丽丝失去遗忘能力之前，所以对现在的她来说，这一切只是一阵迷雾。即便她能记得，她也会怀疑那段日子太遥远了，遥远到不可思议，恍如隔世——那是两个更年轻、更快乐、更天真的

第十三章

人。他们不是一个人。远房亲戚吧,可能是,有一丝丝相似。

世事变得好快,学期结束了,项目完结了。格兰姆斯教授在布鲁日发表讲话,全场起立鼓掌。爱丽丝和彼得没有理由半夜泡在实验室了。转瞬间,彼得就远了。

爱丽丝用了太久才明白。她好傻,她以为两人的友谊可以延伸到实验室之外,那些午夜发生的事情会经久不散。她以为彼得也有同感。他们没有一起上的课,但她编造了偶遇的理由。她开始长时间待在研究生休息室里——万一彼得进来喝咖啡呢。她工作日晚上在清真餐车附近转悠,希望能看见彼得点他常吃的薯条咖喱。她脑子里没有特别的目标,没有约饭那么具体、大胆的念头。她没想那么远。问题甚至都还没有成形。她只是想听到彼得大笑。

但彼得从未出现。

她不能责怪彼得。他们授课时间不重叠。他们没有共同的实验室任务,也没有一起上的课。他们没有共处的理由,只是她喜欢和彼得在一起,想要和彼得多做一些事。但彼得没有承诺她什么。彼得不亏欠她什么。他忙,他们都忙,而且随着职责的增多,他们会越来越忙。她没法埋怨彼得。

但是,这也不能解释彼得在两人偶遇时的表现。当他们在走廊里相遇时——一个离开格兰姆斯的办公室,一个要进去——他只是点点头。当他们一起参加系里的活动时,两人只有寒暄。好啊,又是客客气气那一套——太好了,没错,很高兴见到你,多保重。她说了专门讲给他听的笑话,但他没有大笑,或者没听见。她有很多次在门口徘徊,希望和他一起走,但他径直走了出去,根本没看见她。

她赖着不走,希望获得他关注的做法太丢人了——好像一条不知道自己已经被遗弃了,动不动跑回来的狗。他没有对她无礼的意思。事实上,他礼数周全,脸上带着经典的默多克式微笑。他给予了她关注,那种他会给予任何陌生人的关注。

但这伤到了她，因为她以为他们绝对不是陌生人。

最终，爱丽丝认清了真相——彼得没有见她的想法，也没有把她摆到特别的位置。可她依然不能释怀。她不明白，你怎么能那么完全，那么长久地向一个人敞开心扉，然后狠狠把门摔上。

她想问他是怎么了，但找不到任何不幼稚的提问方式。你为什么不喜欢我了？你为什么不想和我做朋友了？这是小朋友在操场上提的问题，说出口都可怜兮兮。她不会说的，她不能向他求证那件事：她太无聊了，不配得到他的关注。

在下个学期里，爱丽丝对彼得经历了所有可能经历的情绪——失望，愤怒，怨恨，渴望——全然是单向的苦闷洪流。但最主要的是困惑。高墙合围，她被扔到了冰冷的城外。他们之间隔着一道深渊，她不知道自己做了什么，造成这样的下场。

然后爱丽丝去了威尼斯。然后在威尼斯发生了一些事，她开始觉得一切都在从手中悄然溜走。她从此意识到，这就是开始。她在那一刻明白，她实在无法对格兰姆斯教授说不。

然后她回来了，一切都乱套了。在过去一年里，爱丽丝每次在走廊里见到彼得都会垂下目光。

当一切偏离正轨时，爱丽丝一度试图修复。她没有轻易放弃爱情，有文字为证：她真的试过坐下来用心思考，想要明白发生了什么。彼得还是躲着她，她就往他的信箱里放了一张字条。她把字条放在他的信件顶上，他不可能看不见。有日子没见了，她写道。她想知道他过得怎么样。她想找时间坐坐，一起喝杯茶，聊聊。

他看见字条了。她知道他看见了，因为她第二天早晨去看的时候，字条不见了。彼得明白她的心意，他只是不回应。

假如她那会儿就有不忘的本领，她就可以回顾两人交往的点点滴滴——那些共度的深夜，那些欢笑——就算不是为了回忆本身的慰藉，至少可以寻找蛛丝马迹。但是，她现在只记得走廊里冷冰冰的点头示意、简短的问候，还有他匆匆出门时拿大衣的抖动声、他的后脑勺。

然后是闲聊八卦，含沙射影，开怀大笑。走廊里渐行渐远的脚步声。

那年夏天，哲学家德里克·帕菲特出版了争议巨大的《理与人》。有一段时间，剑桥和牛津里所有人都在聊这本书，爱丽丝饶有兴趣地读了。事实上，它帮助她梳理了自己的很多困惑。《理与人》提出了一种还原论的个人同一性理论，也就是说，不存在某个终生保持稳定的特殊人格本质。通过大脑移植、分裂的头脑、远程传输等思想实验，帕菲特主张，我们认为定义了本质人格的性质——例如心理延续——其实并没有蕴含任何更深层的事实。我们或许有相同的细胞，或许有身体延续，或许有自身先前迭代的记忆，但仅此而已。没有进一步的事实——不存在像旁观者一样徘徊的本质自我。我们与十年前的自己的关系，相当于我们与兄弟姐妹的关系。

爱丽丝对道德哲学了解不多，对于远程传输思想实验能否反驳灵魂不朽这一点，她也倾向于质疑态度。但是，这种视角确实让她感到释怀，让她明白她从来没有真正了解过彼得，彼得也没有真正了解过她。她只了解他在一个短暂时间片段中的一个版本。但如果没有这些模糊的回忆，没有她曾靠在彼得肩膀上，情不自禁笑出声的历史事实，她就与爱上彼得·默多克的那个爱丽丝·罗没有任何显著关系了。如果你可以不断再造自我，取出让你感到羞耻或伤痛的部分，那你又怎么能真正了解其他人呢？难道所有人都是活着的悖论，之所以维持同一性的幻象，仅仅是为了与他人交往？那样的话，所有人归根到底不就只是一系列谎言吗？

如果那是真的，那你经历过的事，与你相爱过的人，又有什么意义呢？楼梯消失了，木板重新组装，你曾经了解的灵魂是新造的虚构体。那么，以下情况或许是完全可能的，甚至是平常的：你凝视着一个你爱过的人，一个与你度过了很多醒着的时光的人，一个你熟悉他的呼吸声，仿佛那就是你自己的呼吸声的人，然后，你认不出他了。

第十四章

"爱丽丝?"

她僵僵地站着。

她眨眼看自己的手。这不是她想象出来的,这个轮廓是真实的。她还没打算采取行动,她只是在思考自己的选择,她还没有完成推理,这只是一种假设情况,不是她实际想要的——

但这是她的手,她手里握着绿苹果。

如果不是她拿的,那是谁拿的?

"我不是故意……"她把绿苹果放了回去,去拿红苹果,"等等,我选择……"

但织女打了个响指,两个苹果和桌子都在她面前消失了。"游戏结束。"

彼得喊道:"爱丽丝,他妈的怎么回事?"

爱丽丝身子往后缩。求你了,她想哭。别怪我,我不知道我在做什么,我甚至不是一个主体,我不在这里。她耳中听到一声咆哮。她觉得双手好遥远。她试着聚焦目光,但看不见头在哪里,那道将她与其余空间隔绝开的屏障在哪里。她看不到过去在何处结束,此刻又在何处延续。

"可怜的人,"织女说,"你们之前那么自信。"

彼得往前逼过来:"你是有什么毛病?"

织女把他拉了回去。绸布在两人之间滚滚而出。爱丽丝背上感到一股越来越强的压力,压得她踉踉跄跄往前走。"你,走吧。一个人走进地狱,看看自由是什么感觉。还有你……"一根卷须飞快地缠住了彼得的脸。白绸从织女袖中激射而出,裹在他的双臂、脚踝和腰上,转动起来,就像蜘蛛缠绕猎物一样。"我就把你留下了。"

"停,"爱丽丝总算说出了话,"别……"

"别担心,亲爱的。我知道你是什么意思。"

"但那不是我。"

"你做出了选择。"

越来越多的绸布从织女的衣袖中涌出。彼得狂挥、大叫,但绸布把他的四肢缠得越来越紧,最后他只能蠕动。他努力把脖子扭向爱丽丝:"爱丽丝,救……"

她摸索着,试图抓住他。惊恐之下,她得以聚焦目光,彼得的轮廓变得锐利,那是她视线里唯一清晰的东西。彼得,是的,她必须救彼得。

"不,亲爱的。"织女升起一道红绸,挡在两人中间,"相信你的本能。"

爱丽丝拍走了红绸。"停下来……"

"你知道没有未来。"织女将彼得转过来,面向爱丽丝。他嘴巴往上的部分都暴露在外,爱丽丝只能看见他惊恐的大眼睛。"你常常以为是男人。但其实总是女孩。她总是在害怕。她想要相信他,但她做不到。他之前让她失望过太多次了。她知道还会有下一次。最后,她不得不先照顾好自己。"绸布将彼得拽到空中,把他吊在上面。他抽搐着,像一只诡异的大毛毛虫。"你们都属于同一个故事,每次都是相同的结

第十四章

局。我知道你的脚本，我有能力改写。我在帮你的忙。"

爱丽丝紧绷着身体说道："停下来，求你了。"

"别担心，"织女的话语像歌声一样，"我会爱他的。我会好好爱他，久久爱他。我喜欢瘦弱的男人。他们需要这样的照顾。"

彼得想要喊出声，但一条布捂住了他的嘴巴，另一条盖住了他的双眼。这时，只有从鼓出来的血管才能看出来他在挣扎。

"走吧，亲爱的。你不会喜欢看的。"

天哪，她都做了什么？她在背包里摸索猎刀。等她找到的时候，绸子比之前更多了。纵横交错的绸布组成了一道墙，隔开了她和彼得。她试着挥刀开路，但绸布不肯让路，只是收紧，将刀刃缠住。她劈砍得更用力了，而墙纹丝不动。彼得几乎要被布吞噬了。她就快看不见他了——只有一簇棕发，其余部分都成了一具动弹不得的木乃伊。她又试着拽绸布，想要扯开一个缺口。但她一碰到布，布就会加厚。这是无谓的努力，她没有力量，她无法阻止，覆水难收。

总是这样子。她加倍努力，沮丧抽泣。事情总是这样，不管她想做什么，反正总会全搞砸，因为她太笨了，太废物了，她不能阻止失败，她不能把想法憋在心里，她做的选择全是错的，伤害了身边的所有人。她一马虎，格兰姆斯死了；她一走神，彼得完蛋了。

"勿忧。"织女哄道，她的肩上有一条绸带上下翻飞，"别想了，亲爱的，很快就会过去了。"

咔嗒。

爱丽丝的脖子一阵刺痛。

咔嗒。

织女也听见了。她停下纺纱的动作，丝线垂下来，彼得落到了地上。织女猛地摆头，一会看这边，一会看那边，扫视悬崖，双眼瞪大，满是惊恐。

她知道，爱丽丝心想，她以前见过它们。

它们从山的那边来了。一道可怕的白浪。

它们首先扑向织女。她发出尖叫，匆忙扬布遮面，无谓地以丝为盾。但它们没有被吓住，从四面八方牙撕爪扯，直到她站立不稳，被咆哮着的兽群推倒在地。

白骨兽最感兴趣的是彼得。爱丽丝基本被无视了，它们从她身边疾驰而过，直奔彼得。它们捣毁了他身上的茧，碎布条漫天飞舞。他挣脱了出来，双手抱头，试图保护脸和脖子。但它们不肯停下。

"给你……"爱丽丝试着递给他刀，但白骨兽太多了。她刚把刀放在地上，它们就挡住了刀刃。她颤抖地拧开了永续瓶。但瓶里的水太少了，只有一点点，也就够护住自己几秒钟。忘川在石台下面，远水解不了近渴。

彼得疼得大叫。一只白骨兽扑到了他背上，死死咬住他的锁骨。爱丽丝想去拉他，但突然间感到十几处吃疼。它们现在决定把注意力放到她身上了，她的左右脚踝和膝盖都有。它们还在持续赶来，仿若一条看不到头的白河从石山上滚滚流下。两人可能真的要被一堆骨头给吞掉了，当一切平息下来时，他们全身的肉都会被吃尽。

兽群太庞大了，两人只能屈服于汹涌浪潮。爱丽丝闭上眼睛，希望赶紧一了百了。她以为会撕心裂肺，如万虫噬咬，或许休克或失血会让她麻木，又或许是她的意识在减弱。接下来就是安息，就像入睡一样。但疼痛一直没有来。她身体两侧感受到了上千股细小的压力。兽鼻不是往她身体里面拱，而是在她下面顶。突然间，它们把她架了起来。有几只白骨兽跑到她身下，充当骨床。接着，它们就飞快地出发了，速度快得让人头晕，就像一群蚂蚁要把找到的物资带给主人。

爱丽丝扭动着身体，但毫无作用。不管她往哪里翻，另一群白骨兽都会接住她，然后把她送回中央。头顶上日光暗淡，尖锐的石台掩映在

第十四章　199

橙色的天空下。她失去了方向感,不知道它们要去哪里,只是模糊地感觉它们在一直沿着悬崖往下走,往深处走。终于,她听见忘川在耳边咆哮,水雾打在脸颊上。白骨兽来了个急转弯。爱丽丝瞥见下面的河岸有一只白骨兽,它的个头比同类要大,集合了各种动物的特征,两足站立,脑袋巨大,长着獠牙。

一阵号角声破空而来。

白骨兽突然停下。效果立竿见影,就像弦断了一样。它们不再密切配合,没精打采地晃着腿,一副困惑的样子。骨床解体,爱丽丝摔到了地上。

刹那间,万籁俱寂。

号角声再次响起,声调低沉有力。这时,滚滚水声外传来一个很像人类的声音:"滚开,你们!"

一个黑影出现在忘川上,每过一秒都显得越来越大,越来越近。爱丽丝看到了自己见过的最怪异的一艘河船。它形似驳船,看起来不大稳当。船由杂物和骨头组成,升着一面破破烂烂的黑旗,爱丽丝认不出旗上的符号。甲板上只有一名船夫,衣着风格和船如出一辙。这个破衣烂衫的水贼不来自任何时代,也不来自任何国家,只是冥界的渣滓。骨头面具遮住了他的上半边脸,爱丽丝只能看见咧开的大嘴,笑容里带着急不可耐。

"滚开!回去!"

船夫优雅地跳上岸,行云流水地从背上抽出一杆矛,在头顶转了两圈——有点炫了,爱丽丝心想——接着一跃而起,矛倏地荡向爱丽丝,差点刮到她的鼻子。只听噼啪一声,又是一声呜咽。爱丽丝胸前的白骨兽登时破碎,掉在她脚下。

对方亮相完毕,轮到白骨兽还以颜色了。船夫舞得虎虎生风,痛击左右白骨兽,好是威风。白骨兽攻势愈加猛烈,但船夫似乎很了解它们的套路。纵然它们的扑击涵盖了每一个角度,但他总能成功预判——打断它们的关节、脊椎,乃至它们身体上的每一处连接点。

"小心!"[1]

一只白骨兽骑到了爱丽丝身上,船夫将矛戳入它的肋骨之间,猛地一抽。爱丽丝感觉没有东西在压着自己了,喘着粗气坐立起来。

"滚开!"[2]

爱丽丝觉得这不是正常的决斗用语。头盔男似乎是在演戏,享受着表演的过程。他似乎玩得很开心,飞旋于兽群之中,仿佛它们是他的老舞伴,舞步练得炉火纯青。

倒下的白骨兽聚集在双足首领周围,似乎是在绕圈,准备协同出击。双方对峙片刻,一边是船夫一人,另一边是嘶吼的兽群。首领往后甩头,好像发出了一连串指令——咔咔咔。群兽一齐低头,后腿蓄势待发。

船夫转动长矛,拉开末端的一个短杆。爱丽丝这才发现,原来这是一把很高级的喷水枪。忘川水喷将出去,白骨兽纷纷哀嚎着往后蹿。

"退后!"船夫喝道。

白骨兽发出嘶鸣。船夫又喷了一阵。"我说了,退后!不然我就让你们变成一堆烂骨头,我说到做到。"

白骨兽发出一连串不服的叫声,然后整队奔离,从爱丽丝双腿旁边跑过。它们在双足首领后方集结,首领静静凝视着船夫,片刻后也转身离去。才过了几秒钟,群兽就全部消失在了山中。

"谢天谢地。"船夫向爱丽丝伸出一只手,"上船,快。"

爱丽丝觉得,相比于想要肢解他们的仙子,信任一个刚刚救了他们的陌生人显然更好。于是,她抓紧船夫的手,让他把自己拉上了驳船。

---

[1] 原文为法语,En garde。
[2] 原文为法语,Avaunt。

他实在的触感令人安心。

船夫转身帮彼得上船,织女正朝河岸奔来。"回来!"绸布像双手一样从她腰际伸出,"我跟你没完。"

"我跟你没完,"船夫学着她说话,"滚开,你个见不得人好的母牛。"

"阎罗王会责罚你的!"

"你招惹阎罗王的次数可比我多。滚开,妖女!"船夫将长矛往岸边一撑,船刚好在织女摸到边的时候摇曳而去。船夫端着矛对准她,也喷了她一脸。爱丽丝不确定这会有什么效果,但织女气急败坏地擦着脸,向后退去。

绸布从岸边炸开,像北海巨妖的触手一样涌上天空,一抖一抖地飞过来。爱丽丝吓得往后退,拍打着脸上的绸布。但船夫动作更快。黑船驶入忘川中央,水花溅到触手上,触手刺刺作响,撤了回去。

织女在岸上仰头发出咯咯的笑声。

"祝你们好运,"她喊道,"无常的情人。有你们倒霉的时候!"

第十五章

"抓紧了!"船夫将篙顶住河岸,船随之横了过来。爱丽丝扑到彼得身上,彼得撞到了栏杆。"这里湍流险恶,我带大家离开浅滩……"

小船在忘川边荡起荡落,似乎很危险,但船夫看起来操舟技艺娴熟。爱丽丝在甲板四处看到了各种行船设备:几根不同长度的船篙、两只桨、一只方向盘,甚至还有一个电池动力马达,看上去先进得令人生疑。这似乎是由篙船、桨船、帆船拼凑起来的产物。船夫跑来跑去,摆弄船帆,然后又对船舵进行了一番复杂操作,直到船与河岸平行,安安稳稳地行驶起来。这时,他放下船篙,上前查看两位客人。

"好呀!"他摘掉面具,露出瘦长的面庞。他表情和气,长着一双棕色的大眼睛。原来"他"是个女生。"欢迎登上'纽拉特'号[1]。我是埃尔斯佩思。"

爱丽丝认得这张脸,她知道这个名字。

她本来不应该知道的。系里的档案对埃尔斯佩思只字不提。系楼墙

---

[1] 名字来源于奥图·纽拉特(1882—1945),奥地利学者,维也纳学派重要成员。除了实证主义等哲学主张外,他还关注民众教育,开发了一套用视觉语言表达复杂统计数据和抽象概念的系统,这是现代信息图形的先驱。

上挂了一圈历届学生合照，只有 1975 届的缺失。全系教师都喜欢假装埃尔斯佩思从未存在过。但流言一届一届地传了下来。轮到爱丽丝得知秘密时，她忍不住跑去校图书馆，就像她之前的很多人那样挖掘微缩胶卷，找到了《剑桥日报》的那篇文章。在模糊的配文照片里，埃尔斯佩思面容倔强而迷人，表情凝重，黑色的眼睛炯炯有神。

埃尔斯佩思·贝斯，本科毕业于美国拉德克利夫学院，硕士毕业于加州大学伯克利分校，读博期间的导师为雅各布·格兰姆斯，数学和逻辑学方向。以上内容都来自爱丽丝回忆中《剑桥日报》那篇头版文章的第一段。埃尔斯佩思逝世于爱丽丝入学十年前。

爱丽丝熟悉她的故事。她知道每一个惊悚的细节。随着一次次重述，这些细节在人们的记忆中愈加深刻。这些细节冰冷而精确，你知道它们必然就是真相。据说，在一年冬天的早晨，玛格丽特夫人学院[1]女子八人单桨队来康河参加追逐赛前的训练。据说，选手们回船房的路上，舵手看见河上漂着一个深色物体——是垃圾袋？还是一堆树叶？——赶紧下令停船，即让队员们把桨垂直于水面，使船停下。砰，砰，砰，砰。船沿着河岸漂流，经过深色物体时，船首的四支桨接连撞上了它。据说，起初只有舵手意识到发生了什么，因为只有她面朝前方；其他队员都下了船，四散爬进了船房。后来，舵手才颤颤巍巍地上来，躺在岸上装死。

急救电话打了，通报发了。因为倒霉的舵手前一个学期上过本科通识课"魔法实务"，所以肿胀发青的死者的身份很快就被确定为埃尔斯佩思·贝斯。这则可怕的故事有一个主旨句，人们每每都会就着薯片和啤酒，压低声音重复这句话："教练表示，就算他们撞上之前没死，现在肯定是死了。"

---

[1] 始建于 1879 年，是牛津的第一个全女生学院。

尸检没有发现谋杀证据。她没有被勒,没有被打,也没有被捅。她衣着齐整,湿衣服紧贴皮肤。没有性侵证据。人们只能得出埃尔斯佩思自沉康河的结论。事后,人们在她的房间里发现了一封她的亲笔信,确证了警方结论:累——我好累——我现在只能走入黑暗,告诉他们,我很抱歉,告诉他——

这就是报纸上的全部内容。

格兰姆斯教授绝口不提埃尔斯佩思。爱丽丝在学术会议上见过几个他之前的学生——他们都是高个子、声音低沉的年轻男子,与其他教师笑谈甚欢,只有走预长聘制的青年教师才会这样。他们吹嘘自己在格兰姆斯手底下坚持过来的经历,格兰姆斯也反过来称赞他们的成就。从格兰姆斯手下毕业的学生属于一个高门槛的封闭式俱乐部,会员都是自鸣得意、前途灿烂的资深学人。对他们来说,埃尔斯佩思的名字没有任何意义。

但爱丽丝找到了资料。有一段时间——大约六个月前——她着了迷,拿出一周时间排查校图书馆里本市报纸的微缩胶卷,只要看到"尸体""剑桥""自杀"字样就会停下来看。她一定要查清楚埃尔斯佩思故事的真伪,如果是真的,埃尔斯佩思投河轻生的原因又是什么?她天生有自杀倾向吗?还是实验室里发生了什么事?这两种情况与坚持活下去的界线到底有多脆弱?学生们各有各的看法,每次重述给出的动因都不一样:口试没过;发刊被拒;申请杜伦大学教职失败。但新闻报道的信息量太少,陈词滥调也太含糊了:人间惨剧,女孩性格脆弱,不是所有人都适合读研。

"喵呜!"阿基米德幸福地叫了一声,飞奔上前,在埃尔斯佩思两腿之间穿梭,仿佛那是障碍滑雪赛里的杆子似的。埃尔斯佩思开心地笑了,蹲下来摸猫的头。"你好啊!"

阿基米德呼噜呼噜地响着,看得埃尔斯佩思喜笑颜开。爱丽丝惊讶地发现,她是个美人。报纸相片里的她神情严肃,獐头鼠目,但真人却洋溢着鸟儿般的古灵精怪。埃尔斯佩思正长着格兰姆斯教授中意的样貌——苗条,瘦弱,深色头发盘成芭蕾舞女演员那样的发髻。认识到这一点,爱丽丝心里好一阵不是滋味。

"我看你们是魔法师吧?"埃尔斯佩思打量着他们,"你们肯定是。浑身都是粉笔屑。"

"彼得·默多克。"彼得说,"这位是……"他没有看她,"爱丽丝·罗。"

"彼得和爱丽丝,别客气。"埃尔斯佩思依次抓住两人的手,热情地握了起来。她的手掌温暖中带着湿冷,爱丽丝一下子感觉到了她的实在。乔治·爱德华·摩尔[1]肯定会羡慕这种手感。

"你认识阿基米德?"爱丽丝问道。

"有谁不认识?来,小宝贝。"埃尔斯佩思伸出双臂,阿基米德跳了上去,在她胸前蹭了起来,"所以是拉马努金,对吧?没错。聪明人。你们俩是我第一次见到做成了的,你知道吧。每个人都会卡在塞蒂亚修订版上,数学水平不够。"这些话像连珠炮一样从埃尔斯佩思嘴里喷射出来,她似乎没有意识到自己一开口就是一整段。也许独居十年就会造成这种效果吧。自从她死后,埃尔斯佩思可能就只跟他们两个人说过话。她的目光在两人之间来回跳跃,仔细端详着他们的脸。"我当年那会儿,地狱旅行可火了。大家动不动就放话说要下地狱,但从来没有人成功过。开头几年,我就坐在那座桥上,等着有人过来。一晃五年过去,我发现他们已经不再尝试了。那么,你们付出了多大代价?"

她的话戛然而止,爱丽丝都没有意识到她是在问他们。

片刻过后,彼得答道:"剩余自然寿命的一半。"

---

[1] 他在一篇论文里说,他确定自己的两只手存在(先举起左手,再举起右手),借此证明外部世界存在,反对怀疑论。

"你们一定非常非常想来地狱吧。"

"我们来这里是为了……"彼得开口了。

但埃尔斯佩思念叨了起来:"我在想是什么机制。你们觉得自己会未老先衰吗?你们觉得死亡现在就已经注定了吗,就像得了癌症那样?还是说,你们五十岁的时候会遭到可怕的意外?你们觉得大地会不会直接裂开,冥界将你们一口吞掉?"她说这些话的时候一点也不委婉。爱丽丝能理解——在地狱里度过了十年,委婉大概也没那么要紧。

"呃,我确实不知道。"彼得说,"希望不是最后一种。"

"不过,我觉得是有点吓人,"埃尔斯佩思说,"人到四十岁,就要琢磨会不会第二天就心脏病发作猝死。"

"那些东西是什么?"爱丽丝打断了她。她觉得,与其让埃尔斯佩思继续这样絮叨,不妨将对话导向更有建设性的方面。"你显然以前见过它们。"

"哦,我管它们叫小游灵。"埃尔斯佩思做了副鬼脸,"由骨头制成的装置。动力来自超越我的大能。但它们害怕忘川,你们已经注意到了,这是有帮助的。我几年来一直在收集喷雾瓶。"她挥了挥船篙,"这个是香水瓶,迪奥的。你闻闻。"

他们听话地闻了闻。

"非常好。"彼得说。

"但它们是由谁操控呢?"爱丽丝问,"是神仙吗?"

"哦,还不如神仙呢,是魔法师。"埃尔斯佩思放下船篙,"你们听没听说过克里普克夫妇?"

彼得说:"没听说过。"

爱丽丝则说了句:"老天啊。"

克里普克夫妇不是剑桥的老师。他们做梦也想不到去剑桥,英国

第十五章

学术界厌憎他们。克里普克夫妇是伯克利的视觉艺术家和幻术师，那边提倡这种打破传统的狂野魔法。马格诺利娅·克里普克做油画和水彩画；尼科马库斯·克里普克研究魔术戏法。他们既能在拉斯维加斯演出厅表演，又能在哈佛大学礼堂讲话，这种人物在学界凤毛麟角。他们只用黑白颜料就能在一个衣柜里画出迷宫，入局者会觉得自己仿佛在一个庭院里漫步。他们只用镜子和光线就能让观众相信自己穿越回了几十年之前。

由于他们在商业领域的吸引力，传统学界有很多人贬低他们的学术成果。毕竟学界有一条金科玉律：一个人越受大众欢迎，研究成果的价值就必然越低。爱丽丝对此不敢苟同。事实上，她读本科时算得上是马格诺利娅·克里普克的粉丝，很多与她同龄的年轻魔法师也是如此。她觉得，在克里普克夫妇的炫目奇观之下，必然有着真正令人激动的理论发展。但大部分同事都觉得，克里普克夫妇只会障眼法，只是演艺人士，不是严肃的思想家。伯克利大学管理层似乎赞同此说。就在克里普克夫妇北美盛大巡演的门票热卖的当年，他们的长聘申请被驳回了，说是学科贡献不足。要是他们少花一点时间在旅行车里开派对，多花一点时间发论文就好了。

可能正是由于这次轻侮，克里普克夫妇从公共视野中消失了五年。据传言，失去大学教职后，他们获得了爱好魔法的富豪的私人经费，然后在皇家阿尔伯特音乐厅盛大回归。克里普克夫妇宣布，他们的最新节目是地狱往返。

在表演前的几周里，他们在英国广发请柬，神秘的黑纸上写着"地狱往返"，下有小字"尼科马库斯·克里普克教授与马格诺利娅·克里普克教授。"

出席的学者寥寥无几。就爱丽丝听说的情况，大多数学者都被哗众取宠的把戏惹火了。克里普克夫妇邀请了皇家魔法学会的三名理事。

任何新魔法都需要至少三人到场，才能验证实效。但是，理事们回绝了邀请。克里普克夫妇大概是想搞一场大型的哥特式奇观吧：灯光、地狱火，可能还会"召唤"一两只魔鬼。是漂亮的表演，但不是真正的魔法。

因此，没有人料到尼科马库斯和马格诺利娅·克里普克会当着一千人的面，小心切开对方的颈动脉，然后倒地躺下，在舞台上流血而亡。

学术界立即与伦敦发生的事件划清界限。那不是魔法，只是低俗表演。国际魔法大会对此发挥了重要作用。他们不能任由克里普克夫妇败坏业内其他人的声誉。他们早已远离了当年被诋毁为伪科学和巫术的日子，而克里普克夫妇异教式的、撒旦式的表演重创了学科的合法性。

学界达成共识，克里普克夫妇发疯了。这种说辞太方便了。魔法，尤其是这一类魔法，会让人与现实脱节。每名研究生学到的第一条规则就是，所有悖论都有真理作为基础。你不应该完全相信自己的谎言，那会失去对法阵的掌控力。魔法欺世，但不能自欺。你必须同时在头脑中持有两个对立的信念。你必须知道回来的路。

但是，尼科马库斯和马格诺利娅置身于越发复杂的幻想罗网中。最终不可避免地与现实脱节，真的相信自己有生杀予夺之权。他们不再是魔法师了。他们现在只是骗子，迷失在了自己的幻象中。

因此，克里普克夫妇死的时候，学术界的反应颇为冷淡。没有人为他们发表学术成果的回顾文章，没有人给他们编纪念文集，没有人提议设立克里普克讲席。克里普克夫妇指导的两名研究生退学了。一个在好莱坞找了份视效设计师的工作，另一个最近据说住在帕洛阿尔托城外的某个社区。

爱丽丝听说过克里普克夫妇，因为她曾疯狂研究过一切与地狱旅行沾边的人、事、物。她找到了一本他们在皇家阿尔伯特音乐厅演出的宣传册。册子被撕坏了,还沾着血,皱皱巴巴地随便丢在档案柜的底部。她发现了尼科马库斯和马格诺利娅的少量公开研究笔记——其余的在克里普克家的房子被出售时遗失了。不过,彼得不认得他俩的名字也不奇怪。毕竟,研究那些去了地狱,然后没回来的人价值不大。

"他们自此游历了八殿。"埃尔斯佩思在对绳索和船帆进行某种复杂的操作。他们现在离岸很远了,"纽拉特"号安稳行驶在平静的深水水域。"他们一开始还有些人样,尚且顾及自己以前的身份,但他们后来适应了,越来越多地染上了……神性,不妨这样说吧。我是几年前开始看到这些小游灵的。"她做了个鬼脸,"烦人的小玩意儿。从那以来,它们成了一支名副其实的大军。"

"它们是什么?"彼得问道。"我指的是,何种魔法?"

"我也想知道。我对此有两个理论。一个是,他们把死魂灵束缚到活物身上,那太可怕了,因为如果他们能做到这件事,那就离为所欲为不远了。因此,我认为这种可能性不大。"

"你的另一个理论呢?"

"他们剥离了自己的一部分,融到骨头里。这些构造体相当于他们自身思想的卫星。"

彼得脸色煞白:"但那……我的意思是,那种魔法会复杂得不可思议。"

"克里普克夫妇有很多时间。我认为,他们在魔法方面的成就一直被低估了。他们在下面创造出来的东西会在上面引发一场革命,只要他们的成果能发表出来。"

"那个大的构造体是怎么回事?"爱丽丝问道,"两条腿的那个。"

"他们还跟那个东西在一块?"

"它的行动方式不同于其他构造体。"爱丽丝说,"它……意识性更强，好像有自己的意志。他们是在开发新型号吗？"

"不。"埃尔斯佩思脸色一紧，"不，那是他们的儿子。"

爱丽丝和彼得异口同声道："什么？"

"泰奥弗拉斯托斯。"埃尔斯佩思说，"小孩很乖。我有一次去开会，在酒店里见过他。他当时在玩塑料恐龙。他拿着它们相互碰撞，喊着说要它们繁殖，挽救自己的种族。"

爱丽丝感到胸闷："他们不会……"

"他们决定不抛下他，"埃尔斯佩思说，"所以带上他一起。演出前他们给他喝了砒霜果汁。他们自己下来不久，就把死去儿子的灵魂接上了。"

"好可怕，"彼得说，"他们……我不敢相信他们谋杀了……"

"不是谋杀。在他们看来不是。"埃尔斯佩思说，"你们必须明白一点：他们认为自己还在寻找离开这个鬼地方的途径。按照他们的看法，他们只是带他出行。就跟爸爸妈妈周末带着儿子一起去伯明翰开会一样。"

"所以说，他们还是想要把事情搞清楚的？"彼得问道。

"大探险。"埃尔斯佩思点头说道，"他们困在这里好多年了。他们现在已经走遍了八殿。肯定找到了一些连我都没探索过的地方。他们还在召集……就算是助理研究员吧。本来只有一两只游灵，我在周围看见它们蹦跶。现在每个殿都有几十只在巡逻。我以前从没见过一个地方聚集这么多。它们肯定是真的对你们感到兴奋。"

"它们在找什么？"爱丽丝问道。

"只要有用，什么都要，"埃尔斯佩思说，"它们在地狱里发现的各种东西，你们也看到了，不都是专门找的。通常是物件，儿童玩具、旧家具、棺材里的随葬品，或者死亡地点的遗弃物。还有骨头，很多骨头。"埃尔斯佩思指指自己。爱丽丝细看之下才注意到，原来她的盔甲不是精钢制成的,而是由复杂的骨板与废旧金属缝合而成的。她腰上有个东西摇摇晃晃,爱丽丝希望是颗兔头。她脖子上戴着一条金属链,之前可能是马桶配件。埃尔斯佩思一身开摇滚演唱会的穿搭,所有配饰都是从下水道里捡来的。

"有时是动物。主要是小白鼠,偶尔也有狗。他们不招惹猫,没有人招惹猫。"埃尔斯佩思挠着阿基米德的耳后,"不,我们不会的,乖猫猫。有的时候,人还没到时候就下到这里来了,这种情况并不多。必须是处于非常迷茫的状态,或者距离死亡只有一步之遥。观之令人不忍。他们找不到回去的路。他们走了,而他们的灵魂……"埃尔斯佩思摆弄着项链,"我有次见过一个小孩,骨瘦如柴,没有人爱他,说实在的,他也不在乎落到哪里。但凡有别处可去,没有人会落到地狱。我试着把他送回去,结果克里普克夫妇先找上了他。"

"他们做了什么?"彼得问道。

埃尔斯佩思狠狠朝他眨眼:"你觉得呢?"

爱丽丝回望河岸,看似空无一物的沙地。他们是多么幸运,又多么愚蠢啊。

"他们不再是人了。"埃尔斯佩思说,"他们没有慈悲心,没有正义感。他们不可理喻。他们全然不明生死。只有知识、资源,还有大探险。"

"天哪。"彼得抱住胸口,"那我们还可以转生啊。熬过去就行了。"

"宝贝。"埃尔斯佩思摇头道,"没人告诉你们吗?"

"告诉我们什么?"

"死在地狱的人不能转生。地狱已经是另一个形而上学位面了。我们在这里都是灵体。当你在地狱死去时,瓦解的不仅是你的肉体,还有你的灵体。"她砸了一下自己的胸口,"一切都会消散。如果你死在了下面,那就是你的下场。形神俱灭。"

"但没有人讲过。"爱丽丝说。

"因为没有人知道。所有游记都是回去的人写的，不是吗？幸存者偏差，如是而已。但我见过灵魂的死亡，我见过克里普克夫妇谋杀灵魂，是真的。他们也杀害死魂灵。他们想到了办法。过程是可怕的，只有尖叫声，总会有一场小型爆炸，在灵魂毁灭的时候。"

彼得沉默了。

爱丽丝还在凝视着沙丘，思绪飘到了织女网上的那些造物，那些扭曲的形体。她也没有放自己的爱人离开。她只是把他们当作提线木偶，为了一丝丝愉悦而折磨他们，直到，直到……"对了，"埃尔斯佩思朗声道，"有谁饿了吗？"

他们呆呆地盯着她。

"你们饿坏了吧？"埃尔斯佩思把船推上了岸。爱丽丝之前没注意航向，只知道他们绕过了凶险的悬崖，回到了一马平川的河岸。"肯定是。我估计你们吃的是兰巴斯干粮吧，别的东西都放不住。但那样就无法获取营养素了。"

"没错。"爱丽丝说，"但什么……"

"好极了！我们开饭吧。"

"我以为你不需要吃饭。"彼得说。

"当然不需要，"埃尔斯佩思挠了下阿基米德的后背，"但我需要喂这一只。老鼠怎么样？"

彼得和爱丽丝都无言以对。

埃尔斯佩思哈哈大笑。"陷阱就在对岸。我去去就回。不要把船解开，也别走丢了。"她背上长杆香水瓶喷雾器，然后费力地爬上船的栏杆，"甲板底下还有喷雾器，用得上就拿着。别沾湿了！"

她潇洒地从船舷一跃而下，干净利索地落到岸上。她转身朝他们挥挥手，快步翻过沙丘，不见了踪迹。

第十五章　213

爱丽丝和彼得并肩而立，望着空荡荡的河岸。沉默太折磨人了。

"话说，"她瞥了他一眼，"哎呀。今天过得呀……"

他一言不发。

他生气了，显而易见。

爱丽丝从没见过彼得生气。在他们一起上学的大部分时间里，她都不知道彼得·默多克竟然还会生气。他在实验室里总是和和气气地笑。本科生搞砸了法阵，他也总是鼓励他们，然后慢慢耐心教他们正确的做法。系里的其他人都憋着气，睡眠不足时偶尔就会发作。他们系里成天有人道歉——对不起，我不该说你是傻子，我不是那个意思，我不认为你是傻子。但彼得从来没有过。

所以，她不知道怎么应对他默不作声的情况。她希望他大喊大叫，发脾气，骂她，或者挥拳头。总比这样跟个石头似的生闷气好。

"我们能聊聊吗？"她的声音细小极了，"默多克？"

他不肯扭头看她："我能拦住你吗？"

"我为之前那边的事情感到抱歉。"

"哦，你抱歉？"

她喉咙里有东西卡住了。"我没想着……我只是低头看，然后……"

"然后苹果就蹦到你手里了？"彼得不屑地说，"我们都计划好了，罗。多简单。"

"我知道，我只是……"

"只是坑了我？坑我玩？"

"我没想……我不知道……"

彼得双手交叉，皱着眉看着她，就那么等着，仿佛在说：你接着说。

但她能怎么解释呢？这是她的手，那是绿苹果。"有的时候……"她开不了口。她不知道怎么描述发生的事情。她从来没向别人详细说过。她长久以来都假装这不是问题，因为问题一旦承认就成真的了，断然不可。我脑子坏了，我修不好，我无法区分现实与梦境——这不是真的。如果这是真的，她就没有活路了。"有的时候，我试着思考，然后所有事情一下子闪现出来，我不知道自己在哪里，我在做什么……"

"你想要跟我说什么，罗？"他嘲讽道，"文身让你变傻了？"

她畏缩了。

"你不能执行简单指令了？还是你单纯要我死？"

"我没有那个……"

"可你想想你说的话，"彼得打断了她，"你拿了绿苹果。你会让我万劫不复。哪怕你改了主意，你依然考虑过那个选项。你要我死。"

"我没……"

"事实上，你有！"

"我没想那样，"她哭喊道，"我不知道，我不能确定……我只是，我害怕你会做同样的事。"

他扬起双手说："你怎么会有这种想法？"

"你的笔记本，"她无助地说，"我在你的本里看见了，交换咒……"

"交换？"他眼睛瞪得大大的，"你以为我会用你交换？"

"不然还能是什么意思，默多克？我到底还能怎么理解？"

彼得摇起了头。爱丽丝不明所以，她宁愿他做出愧疚的样子，那样至少她的说法言之成理，那样所有牌就都亮明了，那样至少他们会明确成为敌人，她有理由憎恨他。但实际情况是，彼得看上去比之前更愤怒了。"你以为我是那种人？我能够……出卖你的灵魂，不把你当回事？"

"我不知道。"她的声音小得几乎连自己都听不见，"我觉得，我也不知道我怎么看你。我不知道你能做出什么来。"

话刚出口，她就知道这是她能说出的最恶劣的话了。

"老天爷啊，罗。"他还是不肯看她，"你不知道你在说什么。"

第十五章　215

那你告诉我啊,她想哭。如果只要哀求就能敲碎他的外壳的话,如果只要她恳求的时间足够久,力度足够大,他就会对她坦诚相待的话。但是,两人之间的鸿沟如今看来已经太宽了,所有能想到的话语都差得太远。但她还是必须试一试。她刚张开嘴,还在琢磨该说什么,彼得就说话了。

"你知道吧,我以为……"他吞吞吐吐地说,"我不知道。不论是什么原因,我还是觉得你和他不一样。"

他要是打她脑袋一拳,她还会更好受些。

船帮传来砰的一声。"饭来了!"埃尔斯佩思奋力爬上来,然后弯腰举起捕猎成果,"你们走运了。鲜活的!"

爱丽丝眨着眼低头看。麻绳拴着三只胖老鼠。

"到那个炉子生火。"埃尔斯佩思一只手指挥彼得,另一只手掏出屠宰刀,"火柴在盖子底下。"

彼得默默地听话干活儿去了。爱丽丝留在原地,胳膊紧紧抱住两肋。她感觉两耳之间传来猛烈的呼啸声。她害怕动弹。如果放开胳膊,她确定自己可能会碎掉。

埃尔斯佩思没注意到两人的痛苦,一边拿刀收拾老鼠,一边乐呵呵地聊天。"下边就老鼠最多。老鼠和鼹鼠,它们不停往地下挖洞,想看自己能到哪里。它们下地狱是合情合理。还有蜘蛛,但蜘蛛不能吃。"她把大拇指捅进肉里,开始扒皮。伴随着骇人的撕裂声,皮扒下来了。"骨头给我留着。老鼠骨头很小,而且各种形状都有……我常常把肉丢掉。这么说吧,老鼠比看上去肉多,你们马上就能吃饱。"

不多时,埃尔斯佩思就在火上烤鼠肉串了。等到鼠肉变焦,鼠皮爆开,她又从船桨下面拖出来一张颤颤巍巍的折叠桌,大张旗鼓地摆放瓷盘和银餐具。"这些好东西是几年前在纵欲殿岸边捡的。盘子一般会碎掉,但这些,这些是完整的,多漂亮!"她停了下来,注意到两人脸上的焦虑,"哦,吃吧。不是地狱里的,是安全的。"

爱丽丝想起了研究生公寓里的朴素聚餐。在家做饭没有意义,食堂饭菜未必更好吃,但分量肯定更足。但大家还是喜欢相互招待。大家会炫耀从慈善商店买回来的物件。大家到贝琳达住的公寓喝茶时,她那个微瑕小猫印花瓷奶壶总会招来意见,其中自有一种可怜兮兮的美。他们都买不起成套餐具、正经桌子,甚至连桌布都没有,但他们还是骄傲地传看森宝利超市买的廉价瓶装波特酒,因为能有波特酒喝已经是奢侈了。读博一的时候,爱丽丝有次在乐施会商店里发现了一个货真价实的银调料碗。于是,大家 4 月份就都到她家蘸蘑菇汁吃。真好啊,能有人做伴,一起玩过家家,假装自己是真正的成年人。

因此,她出于礼貌,拿起了一根冒烟的鼠腿。但接下来,胃就接管了她的身体。银盘里的肉一扫而空。她还把老鼠身子塞进嘴里,方便啃骨头。

"来,多吃点。"埃尔斯佩思往爱丽丝盘子里盛了更多肉,"别忘了补水。是不是好点了?"

爱丽丝好多了。脑雾在消散。这是她好几年来第一次吃家庭料理。她在系里永远是兰巴斯干粮就冷茶。她吃兴大发,盘里很快就只剩下了一堆骨头,骨头上的肉都嗦干净了。

她把盘子放下,打了个饱嗝:"不好意思。"

"没关系。"埃尔斯佩思看上去非常开心,"你喜欢就好。"

"那么,埃尔斯佩思。"彼得放下了叉子。自从埃尔斯佩思回来,他就没看过爱丽丝一眼。现在,他说起话来好像当她不存在一样。"我一直在想。你和克里普克夫妇是怎么施魔法的?"

"你什么意思?"

"我们以为,可能魔法在下边用不了,会被沙子吞掉。"

"哦。"埃尔斯佩思大笑道,"你们还没发现呀?"

第十五章　　217

她抽出腰带上的刀。爱丽丝和彼得本能地往后缩,但埃尔斯佩思拿刀尖割开自己的手腕。准确来说,汩汩而出的不是血,而是一种蓝黑色的浓浆。

埃尔斯佩思伸出另一只手:"来根粉笔?"

彼得在兜里一阵摸索,递给她一根。

"你们受了什么伤吗?"

"有伤口,还有瘀青。"彼得说。

"没问题。柯里悖论行不行?"

"大概率可以。"

埃尔斯佩思用粉笔蘸了点她的"非血液",仿佛那是一摊墨水,然后绕着脚踝在甲板上画了一个圆圈。爱丽丝和彼得心怀敬畏地看着,一言不发。法阵不是朴素的白色,而是荧光绿,在她双脚周围隐隐发光。但它没有消散。

柯里悖论一般是在分析魔法学导论课上教的,是一个玩弄条件命题和自我指涉的蠢把戏。它可以让任意命题为真,但效力只有片刻。试想:如果本命题为真,那么猪会飞。我们称这个命题为 S。S 的结构是"如果 S,那么 P。"如果把它写成逻辑证明的形式,那你会发现,你最后确实证明了 S 为真,因为你确实写下了"如果 S,那么 P"。于是,命题 S 为真,猪会飞。命题 S 为真,彼得没有伤口。

"走你。"埃尔斯佩思说。

彼得抽回胳膊,手指从光滑的皮肤上划过,说:"谢谢。"

"我很久以前就发现了。"埃尔斯佩思说,"只有它才能让粉笔生效。这是某种生命力。它与粉笔中的死生物力结合了。添加了某种……绝缘层吧,我觉得,可以抵挡粉土。虽然我的血不是特别好使。不管这是什么,"她拍了拍自己苍白的胳膊,血已经不流了,"它似乎都是一种次等仿真品。看起来,关键在于生命力。死魂灵身上可抽不出多少生命力。

但你们的血……是温暖的，是蓬勃的。"

她眨眨眼看刀，又对彼得和爱丽丝眨眨眼，眼神里有一种令人不适的饥渴。爱丽丝把袖子撸下来，盖住手腕。

"那就小蘸一下？"彼得问道，"这就够了吗？"

"多多益善。效力似乎与献祭量成正比。"埃尔斯佩思又眨眨眼，接着放下刀，"柯里简单，用不了多少。"

"难度更大的咒语要用多少？"

"要看你是什么血，"埃尔斯佩思说，"死魂灵血的话，要用很多。活人的血，我不知道。"

"我们要不要试试？"

"巴拿赫—塔斯基。"爱丽丝高声说，"给你的水壶用巴拿赫—塔斯基。"

巴拿赫—塔斯基悖论证明，你可以将一个球分割成若干由点组成的子集，子集数量有限，然后把这些子集重新拼成两个球，两个球的体积都与一开始的球相等。爱丽丝自己施展不了这个咒语，她只知道要用到很多数学，而且与集合论和无穷小量有关。但她知道彼得懂，那就足够了。

这个想法一直潜伏在她的头脑深处。她需要一个好用的水壶。她的水壶坏了，彼得的没事。她一个人的话很快就会渴死，但多一个备用水壶，她就没压力了，她就独立了——可以走自己的路了。

假如彼得考虑过同样的影响，他也没有表现出来。他伸手从自己的包里掏出了水壶。

"现在取血，"埃尔斯佩思说，"最好用指节，不会伤筋。"

彼得犹豫了。

爱丽丝拔出刀。"来吧。"她把刀刃压到拇指关节上，逐渐发力，直到血珠流出，"够用了吗？"

"可能够了。"埃尔斯佩思说。

爱丽丝把手递给彼得。他顿了一下,把粉笔按在她的大拇指上。粉笔像海绵一样吸血,几秒钟就从头红到了尾。

彼得快速在水壶周围画了一个圈,写上悖论,然后大声吟唱出来。彼得把手伸到法阵里,从中央取出了泛着光的水壶。原地多了一个水壶的复制品。爱丽丝观之,不禁小声感叹。无论她见过多少咒语,研究多久魔法,此举本身还是让她大吃一惊。竟然可以骗过物质守恒,一竟然可以生二。

"试试。"彼得说。

检查一下是对的。巴拿赫—塔斯基咒语造成的复制品不总是好用。比方说,复制品看起来总是更脆弱。如果是食物,口味肯定比不上正品;如果是酒,层次感就比较差——仿佛它也知道自己是钻了数学空子的产物。它们有随机凭空消失的坏毛病——原件和复制品决定要合一了——但爱丽丝束手无策。

她拧开壶盖,往里倒了些水。水口感清爽。"好用。"

"好。"彼得不肯看她,"留着吧。"

"谢谢你。"爱丽丝把水壶复制品装进自己包里,又拿衣角蹭了蹭还在流血的拇指,然后按住止血。

"说回来克里普克夫妇。"彼得把头转向埃尔斯佩思,"是谁的血……"

"得了吧,"埃尔斯佩思说,"你觉得他们那些巡逻兵都是哪儿来的?"

彼得眨着眼睛,没有说话。爱丽丝则战栗起来。埃尔斯佩思打量着他们,扬扬自得中透着阴气。"用心想,"她说,"你们研究地狱学的时候,有没有发现近十年来的一丁点文献?我真的很好奇。"

彼得歪着脑袋说:"嗯。"

"没有。"爱丽丝很确定,"连八卦都没有。"

"那你们觉得为什么会是这样?"

"别告诉我,克里普克夫妇把他们全抓了。"彼得说。

"克里普克夫妇不会留下活口。"埃尔斯佩思点头道,"但凡有魔法师下来,就会遭到克里普克夫妇的追捕。谁都不能赶在克里普克夫妇前面从地狱回去,你懂吧。谁都不能抢先发表。他俩偷他们的粉笔,偷他们的笔记本和教科书。有时还会审问被抓到的人,了解学界新进展。我见过可怜的灵魂上了拷问台,连日遭受撕扯折磨。最后,永远,永远是抽干血液。他俩用血液灌满膀胱做的袋子,在血袋里蘸粉笔,大功告成。"

"变态。"彼得说。

"那是做研究,"埃尔斯佩思说,"地狱里干什么事都没人管,我告诉你。狗、松鼠、走丢的孩子……"她的喉咙抽动着,"都只是他俩的燃料,是大探险的耗材。"

"你一直在说大探险,"爱丽丝说,"那是什么意思?"

"他们不说大探险了吗?那你们为什么来这里?"

爱丽丝快速看向彼得。显然,他们绝对不应该把真实来意告诉埃尔斯佩思。"我觉得我们……"

"那个词现在可能过气了吧。"埃尔斯佩思摸着下巴说,"好吧,我们当年都是这么个叫法。目标是去地狱,然后回来。红极一时。是克里普克夫妇带的头,后来就人人都想去了。没有什么比重大失败更能吸引到上千名追随者了。胡迪尼[1]只是死里逃生,他可没有死而复生。"

"但你不是来探险的。"彼得说,"你……我的意思是,我以为……"

"没错,我只是正常自杀。"埃尔斯佩思干脆地说道,"但我很快就发现,我不想留在这里,没道理吗?"

彼得摇起了头:"不,很有道理。"

---

[1] 哈里·胡迪尼,美国魔术师。他经常表演逃脱术,有一次是倒吊在不断灌水的水箱里。

"所以，我现在也踏上了大探险，和克里普克夫妇一样。我们都在找同一样东西，好让我们出去。"

"那是什么？"彼得问道。

"啊，就是真矛盾，"埃尔斯佩思说道，"两面真。"

爱丽丝激动得差点把盘子摔到地上。逻辑学课上教的第一条就是真矛盾的威力——矛盾爆炸——从矛盾中可以推出任何命题。只要有了一个真的矛盾命题，你就可以证明一切。事实上，它会把证明的边界炸掉。她在课上学的是一个傻里傻气的版本，不是用形式语言表示：如果你同意 1=2 这个简单的矛盾命题，那你就可以证明自己是教宗。你和教宗是两个人，因此，你和教宗是一个人。更严格地说，只要你手头有了一个逻辑矛盾命题，那么，你就可以通过析取介入证明任意命题。你可以证明天空是绿的，石头是面包，清水是红酒。

爱丽丝曾有很长一段时间想借助矛盾爆炸把格兰姆斯教授带出地狱。但这条路一直行不通，最后只得放弃。相信两面真存在的依据只有一个，那就是珀耳塞福涅有小概率吃的是柿子籽[1]，但那些籽可能根本没存在过。

"我认为两面真是神话传说。"彼得的看法和她一样，"没有文献证据。我的意思是，全都只是猜测……"

"只是因为没有现代人找到过。"埃尔斯佩思气鼓鼓地说，"但人类早该迎来新发现了，记住我的话，发现的人会是我。"

"等等。"爱丽丝贴上去说，"你知道哪里找得到？"

"我有一些线索，"埃尔斯佩思说，"我研究这件事十年了，确实有了些许进展。"

彼得问道："那是在哪里？"

---

[1] 在古希腊神话的一些故事版本中，冥后珀耳塞福涅在离开冥府前吃了哈得斯给的石榴籽，因此每年必须有几个月回到冥府。在这段时间里，人间就会进入冬季。

但埃尔斯佩思板起了面孔。她左右俯视着两人,手指敲地。"哎,"她顿了一会儿说,"别以为我会直接告诉你们。"

"哦,"彼得说,"抱歉……"

"请不要误解我。你们看起来是乖孩子。只是我与你们素昧平生,仅此而已。两面真又不是有好几十个,到处能找到。"

场面陷入尴尬的沉默,有点像一群学者聚会,结果发现他们都在竞聘同一个岗位。

爱丽丝感觉有一点受伤,因为她本以为他们相处融洽。但接着她又想,从埃尔斯佩思的视角看,他们和克里普克夫妇没有两样。他们下地狱只是为了研究。而且他俩都是剑桥人。

"不过,你们可以留在船上。"埃尔斯佩思收起他们的盘子,小心地把骨头倒进一个马口铁罐子,"我不是尼克[1]和马格诺利娅那种人。我不会趁你们睡觉,抽干你们的血液。我只是希望,你们不要埋怨我有所隐瞒。"

"当然不会。"彼得平淡的语气值得玩味。爱丽丝读不懂彼得的表情。她觉得她在彼得的表情里看到了某种阴暗的东西,但那意味着什么,她也不知道。"你已经很慷慨了,我们别无所求。"

"那肯定,"埃尔斯佩思说,"我们魔法师一定要守望相助。不然的话,世界就太悲哀了。"

---

[1] 尼科马库斯的昵称。

第十六章

太阳落下了地平线。河水变成了黑色。在没有月亮的夜里,爱丽丝周围是无边的黑暗,唯一的光亮来自埃尔斯佩思的灯笼。他们或许漂浮在真空里,没有边界,也没有重力。埃尔斯佩思把他们领到了甲板下的舱室。房间局促,却有家的感觉,大部分空间都被她的书籍占据了。

"我的寒酸小天堂,"她对他们说道,"请看。"

爱丽丝贴墙掌灯,眯着眼查看书脊。埃尔斯佩思搞来的书什么年代都有,什么风格都有,大部分都是泡过水的大部头,破损、缺页,还有一些只是用纱线串起来的散页。"你的藏书可以啊。"

"你可能会惊讶,这么多书是怎么落到下面来的,"埃尔斯佩思说,"我每次无聊了,就会跑去纵欲殿的岸边钓鱼。"

"为什么是纵欲殿?"

"不知道,说实话。但上面来的书全在那边。言情小说很多。确实是淫秽读物,我看也看不够。你想要的话可以借。不过,我还是努力把时间用来自学古典学。柏拉图啊,亚里士多德啊,你懂的。我真的没办法的时候,就会溜进傲慢殿里的图书馆,那里面全是拿腔拿调的东西。"

埃尔斯佩思带他们来到一个角落。这里肯定是在船体前部,因为墙面略有弧度，看着像是船首。"你们就在这里睡？我到上面去。我在河上的时候，克里普克夫妇一般不会来烦我。不过，小心驶得万年船嘛。"

"抱歉，"彼得说，"我能不能，就是说……哪里方便放水？"

"哦，没问题。"埃尔斯佩思朝身后一指，"爬梯子上去，左手边有几个马口铁桶。用完之后倒了就行。"

"非常感谢。"彼得说着爬上了梯子。

"孩子挺好。"埃尔斯佩思扭头看爱丽丝，"没有人你告诉不要在本系搞对象吗？"

"我们只是同门关系。"爱丽丝说。

"那肯定。"

"不是，我说真的。"爱丽丝双手交叉，挽在胸前，"我觉得他其实也没有多喜欢我。"

"哦，他肯定很喜欢你。他都跟着你下地狱了，不是吗？"

爱丽丝不想解释她和彼得一起下地狱的纠葛。"我们换个话题吧。"

"随便你。"埃尔斯佩思从兜里掏出一个小盒子，"抽吗？"

"我不抽烟，谢谢。"爱丽丝想要告辞了。

埃尔斯佩思耸耸肩，自己点了一根。爱丽丝被迷住了，她看着烟雾从埃尔斯佩思脑袋周围盘旋而出。"对你没有影响吗？"

"当然没有，"埃尔斯佩思说，"生理上反正是没有。但仪式感挺好的。灵魂有记忆。就好像……那种感觉留下了回声，过了一阵子，回声仿佛传回到眼前。"她狠狠深吸了一口，空气中弥漫着浓烈的木质香。"啊哈哈。"

爱丽丝妥协了。"哦，那好吧。"

埃尔斯佩思又点了一支烟，递过来。烟气在空中形成一片云雾，笼罩住她的头。

爱丽丝在面前摆手。"你怎么做到的？"

第十六章　225

埃尔斯佩思受宠若惊地说："我很高兴你注意到了。"

"所有死魂灵都能做到吗？"

"必须经过大量练习，"埃尔斯佩思说，"你知道什么是本体感受吗？"

"当然。不用眼看就知道自己的身体在哪里。"爱丽丝是因为攀岩经历才知道这件事。大多数人都有一定程度的本体感觉——你不用盯着脚看就能走路，不用把头伸进镜子里就能扎头发，这都要用到本体感觉。但攀岩会让你的本体感觉特别强。你必须相信自己能用两根手指撑住全身重量。

"没错，"埃尔斯佩思说，"死魂灵的话，默认状态就是一团灰云。你再也没有无意识凝聚的能力了。你必须保持一个自己是什么样子的意象，用意志力将自己的本质聚合起来。你需要全神贯注，好像必须牢记要呼吸。我已经很擅长了。我明确知道自己长什么样。"她用鼻子吸了一股气，"我努努力就能化蝶。"

她浑身泛光，甚至在一瞬间变得更实在了，仿佛是在炫耀。烟幕消散了。脸颊上又有了血色。头发富有光泽，脚下影子也由虚向实了。

爱丽丝低头眨眼，努力将视线聚焦在烟气的一来一回上。她难以直视埃尔斯佩思。似曾相识的感觉深深触动了她，她讨厌这样。不管怎么分析观察，她都有一种挥之不去的明晰认知，埃尔斯佩思跟她一个样。太套路了。敏感、抽烟、犹豫的棕发女孩。她心里琢磨，这有什么吸引人的？

"我能问你一件事吗？"

"没问题，"埃尔斯佩思说，"你想知道我为什么自杀吧。"

"怎么会……抱歉，是我无礼了。"

"没关系。很多死魂灵都问过。你为什么想知道？"埃尔斯佩思昂首道，"你也有很多轻生的念头吗？"

她的直率让爱丽丝惊诧。埃尔斯佩思真诚地望着她，等待她回答。

唉，假装有什么意义呢？她当然想知道。人死以后会过得更好吗？爱丽丝常常觉得可能会，但她只有间接证据，而且大多数死者也无法发表意见。"我有，有一点。一两次吧。我猜……我满脑子装着这件事的时间有点太长了。显然，我不是……唉，我不知道。我不确定我要问什么。"

"你想找到边界在哪里。"埃尔斯佩思的语气不无善意，"你想知道，从心情郁闷到心想被大巴车轧死也没什么，再到主动悬梁自尽，这些递进变化都会在什么条件下发生。我说得对吗？"

"我……我猜是吧。"爱丽丝之前从未把这么多想法说出来。她害怕听到她自己的想法反射到她自己身上。她害怕有别人也像她一样动过被大巴车轧死的念头。"抱歉。我不应该问的。"

"不要紧，没事的，"埃尔斯佩思说，"想知道的人很多。我经常在观望台上听到。每个人都会讲'她为什么要那样做'，巴拉巴拉。"她掸掉一些烟灰，给爱丽丝抛来一个斜眼。"你导师是谁？"

爱丽丝觉得说谎为妙。"海伦·默里。"

"你在她手下的日子不好过，对吧？"

"有点。"

"嗯。好吧，你看，我的导师是雅各布·格兰姆斯。你肯定听说过他。"

"谁没听说过呢？"爱丽丝壮着胆子问，"是他把你逼的吗？"

"拜托，不是。"埃尔斯佩思鄙夷地说，"他何德何能。"

"那是为什么？"

"先说我不自杀的理由吧。我猜想他们的说法是，我轻生是因为我笨。你听说的是这样吗？"

爱丽丝确实形成了埃尔斯佩思可能只是缺乏才华的印象，这样其余部分就比较容易接受了。因为爱丽丝不是没有才华，所以同样的事不可能发生在她身上。抑郁自杀只是失败的一种极端形式,是能力不够的一种表现。如果你有足够强的意志力,那显然就不会自杀。她没有公开承认这一点。

"他们……好吧,他们说的也不多,"她说,"更多是……嗯……嘘,嘘。"

"不奇怪。"埃尔斯佩思不忿地说,"我是个天才,你知道吧。我头两年拿全了数学和逻辑学奖章。之前没有人做到过。我的成功机会不比任何人差。你一定要明白。"

对埃尔斯佩思来说,让爱丽丝承认她聪明似乎非常重要。爱丽丝用力点头:"明白。"

"纯粹是一出闹剧,"埃尔斯佩思说,"有一天,我觉得万事万物都好蠢,我不禁要放声嘲笑。符号体系崩塌了。你写了一篇好论文,结果被拒了,原因是审稿人当天心情不好。你完全符合一个岗位的要求,结果你输给了委员会主席的教子。就算找到了教职,情况也不会好转。你知道有多少人没能获得长聘的原因是,某个地方有某个人觉得他们在一次聚会上表现无礼?我的意思是,这他妈有什么意义?我再也装不下去了,我也看不到其他任何事有任何价值,所以就干脆一了百了。我不在乎了。同时,他……"她面色一沉。"我是说,原因不在他,不是他。我拒绝归咎于他。他只是表象,你懂吧。我用了很多年才明白。他每一次骂我,或者针对我,或者当着其他学生的面羞辱我,这只是整个符号秩序冒了个头。这只是自大狂、自恋狂的一场游戏,没有道理可讲,把霸凌当作力量。他是这个体系的荒谬性的完美化身。"

"他对你不好,你指的是。"

"他对我像狗一样。"埃尔斯佩思的声音尖厉起来,"他好像在玩一场游戏,看我能承受多大的痛苦,之后才不会爬回来找他。我全身心投入了他的愚蠢游戏中。我本来是配合的,因为我心想,最起码奖励是巨大的,坚持就会有回报。后来我意识到,原来根本不会有奖励。时间太迟了,没有出路了。"

啊哈,爱丽丝心想。这就是她们之间的界线。出路是有的。爱丽丝知道,因为她自己把游戏玩通了。你学会了察言观色。他骂你,你就给他戴高帽;他要你道歉,你就匍匐在他脚下。其实没那么难,只要你牺牲自尊。明白了这一点,她便深深松了一口气。她无须步埃尔斯佩思的后尘。她更坚强,她志向更远大。

"他甚至在魔法方面也没那么伟大,"埃尔斯佩思挥着手里的烟,继续说道,"这才是最可怕的。如果他确实是当代最伟大的魔法师,那可能也值了,你懂吧。但他和其他人都是一路货色。"

"你什么意思?"

"你知道他们说什么吧。每个人最优秀的成果都是年轻时做出来的。他在 20 世纪 50 年代受到罗素和其他人赏识,这是肯定的。打仗那些东西,没问题。大英帝国勋章,管他呢,他可能确实让我们免于被德国人统治,但他已经几十年没发表过重要论文了。他现在只会敲橡皮图章。"

"这不公平。"爱丽丝说。

埃尔斯佩思扬起了头:"哦?"

"他后来取得了一些不可思议的发现。"爱丽丝当时产生了一种强烈的保护欲,虽然在理性层面,她知道格兰姆斯教授不需要她来维护。她知道他有毛病。她只是不想听埃尔斯佩思说出来。格兰姆斯教授是她的恶鬼,只是她一个人的恶鬼。她很看重这一点。另外,如果别人要批判他,那也应该确有实据。"他在研究记忆和无常。成果远远优于他的早期研究,是真正的奠基性成果。"

埃尔斯佩思翘起嘴唇:"你说是就是吧。"

"只是发表需要的时间比较长,"爱丽丝说,"伟大的成就急不得。"

"我信你了，"埃尔斯佩思开玩笑似的说，"我的意思是，我上哪里知道去。"

她们默默地站了一会儿。爱丽丝了解这种沉默。每当两名女性学术工作者见面时，常常就会是这样小心提防的沉默氛围。她们在互相打量。她们中间悬着同样的问题。那人的短裙是不是太紧了？你怎么会走到这里？你付出了什么代价？

埃尔斯佩思突兀地问她："你们入学考试里出没出自虐者问题？"

爱丽丝摇了摇头。

"我猜现在已经不时兴了吧，不奇怪。"埃尔斯佩思深吸一口烟，吐出的烟气笼罩了她的整个脑袋，她又漫谈起来，"这是一个关于传递性和理性决策的问题。场景设置是这样的。假设你不得不戴上一个会带给你痛苦的装置，痛苦是分级的，每一级之间的差别很小，小到你注意不到。等级只能调高，不能调低。你每天可以选择调高一级，调高一次可获得一万美元。既然你注意不到疼痛的变化，所以你显然每天都应该调高，然后领取一万美元。直到有一天，你觉得疼痛难忍，但再也回不去了。甚至到了这时，理性的做法仍然是继续调高，因为你不会注意到变化，也因为一万美元太诱人了。我们是怎么走到这一步的？是什么失灵的决策导致我们落到这种下场？"

"这是'温水煮青蛙'问题。"爱丽丝说。

"没错，"埃尔斯佩思说，"自虐者问题有很多种解法。例如，一种理性的做法是在开始之前就自我设限。另一种理性的做法是让朋友替你决断。但这些在剑桥都没有。剑桥让你一味地调高等级。往上，往上，再往上。你开始出现隧道视觉。世间只有回报与调级。直到有一天，我的调级旋钮坏掉了。"她耸了耸肩。"实际情况基本就是这样。有一天，我失去了全部感觉。痛苦与快乐不再有分别，全都只是洗脑，什么都不重要了。直到我来了这里，直到我他妈的死了，意义才回来了。"

"没错，"爱丽丝说，"我觉得我懂。"她没懂。埃尔斯佩思说的这种麻木感，她可以信其属实，但她没有这个问题。她的问题是感受太多了，痛苦太多了，而她全都无法忘掉，也无处安放自己的念头。所以，她必须让这一切停下来。

"我就觉得你可能会懂。"埃尔斯佩思的表情缓和下来，上下打量着爱丽丝，仿佛在核实诊断，"你是那个样子。"

"什么样子？"

"我无意失礼，但你过得一团糟，对吧？"

爱丽丝痛恨这种不合时宜的同情。她痛恨任何人用这样怜悯的眼神看她，仿佛她是一只掉进水桶的老鼠，马上就要被淹死。她不是受害者，她的所有选择都是自己做出的，她完全知道如何扒拉到安全地带。

但埃尔斯佩思显然是想要帮她。于是，爱丽丝身上最恶劣的一面，龌龊自私的那一面就想，何必拒绝呢？埃尔斯佩思想要相信什么，随她去好了，就让她相信她们同病相怜好了。当人们觉得你需要他们时，他们就会更喜欢你。她在学术会议上遇到的女生都是这样。你抱怨抱怨骚扰问题、歧视问题，还有女性困境，她们就会呼啦啦围上来，马上站到你这一边。创伤依恋。共同苦难的狂欢。

"乐观点，"埃尔斯佩思说，"你会没事的。你想知道我怎么知道的吗？"

"你怎么知道的？"

埃尔斯佩思向她投来和善的微笑。"因为你在寻找回上面去的路。"

老天爷啊，爱丽丝心想，杀了我吧。她不能直视埃尔斯佩思的双眼，所以就专心嗅闻埃尔斯佩思口中飘出来的最后几缕烟气。她认不出这个牌子，她不知道埃尔斯佩思是从哪里搞来的，但这是她在地狱闻过的最好的味道。"谢谢。我很感激。"

"不客气，亲爱的。睡会儿觉吧。"

第十六章

埃尔斯佩思消失在了书堆里。爱丽丝蜷身侧坐，脸靠在架子上，听着埃尔斯佩思咯噔咯噔的上楼脚步声。她觉得冷，甲板下面既有穿堂风，同时又让人憋闷。她把埃尔斯佩思的毯子拉上来，盖住下巴——一股樟脑球味。

她自己的入学考试题目是陈酒香悖论。假设有人送了你一瓶酒，放的时间越久，酒就变得越好，酒的美味程度没有上限。再假设你不会死。那么，什么时候喝下这瓶酒才是理性的呢？只要你开了瓶，你就放弃了一瓶未来会变得更好的酒，选择了一瓶较差的酒。但按照这个逻辑，你永远不应该开瓶，于是会落到最差的一种处境。

爱丽丝给出的答案是，为了避免所有可能结果里最坏的一种，必须采取满意就行，不求最优的心态。在实践中，选择最优原则是自我挫败的。你随便定一个五年的期限，到时候不管优劣，直接开瓶饮酒，这会让你过得更好。

但这里得出的教训，这个悖论的真理内核是：幸福是相对的，而不是绝对的。这意味着，只要你活得比其他人久——哪怕你能在开瓶前再忍十分钟——那么，你起码不会是那个喝到烂酒的傻瓜。

第十七章

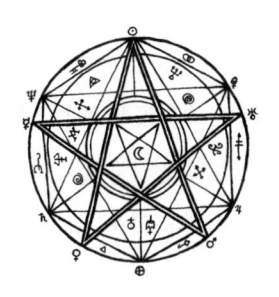

她肯定是睡着了都没注意,因为等她醒来的时候,彼得蜷着身子躺在她旁边。她看了看表,才凌晨三点。她用手肘撑起身体,朝他爬过去,把嘴唇贴到他耳朵上,说:"默多克。"

他没动弹。于是,她拿手指戳他身体侧面,贴着他的耳朵说:"默多克。"

他抽动了一下:"怎么了?"

"嘘。"爱丽丝眯眼望向书堆,但只看见被水泡过的书。她觉得埃尔斯佩思还在楼上。"两面真。咱们去找吧。"

彼得现在完全清醒了:"你在说什么?"

她尽可能压低声音。"埃尔斯佩思知道它在哪里,她觉得她快找到了,我们要自己找到。"

她不知道彼得现在如何看她。吃饭的时候,他从头到尾特意不理她,直接与埃尔斯佩思对话,仿佛爱丽丝不在场一样。

但在如何与发火的男人说话方面,爱丽丝有经验。她与格兰姆斯教授打了多年交道,学习如何在他脾气不好时小心翼翼地在蛋壳上踮脚走路,早就练就了这门本领。很多研究生因为在错误的时间说了错误的话,就被他列上了永久黑名单。但爱丽丝就像一个调好频率的收音机,本能地知道何时该劝谏,何时该匍匐在地,何时又该躲得远远的。

对付怒气冲冲的男人,秘诀是坚定立场。不能忤逆,那是找打。但也不能自责。你要是摆出一副该打的样子,那只会让男人坚信你欠打。绝不能畏缩。秘诀是不停说话,表现出你罪不当罚的样子,然后设法分散男人的注意力,抛出一个对他来说吸引力比伤害你更大的东西。对格兰姆斯教授来说,那个东西永远是即将召开的学术会议,是令人激动的媒体报道。对彼得来说,那必然就是脱离地狱的船票。她在亡羊补牢。这就是她的道歉。

"她刚刚救了我们的命。"彼得小声说。

"这证明她能照顾好自己,不是吗?你看。她人那么好,我也觉得自己坏透了。但她不知道重返人间是什么感觉。她身上披挂着骨头,还剥老鼠皮,我的妈呀,她已经不是人了。她回剑桥去做什么?"

彼得沉默了片刻。爱丽丝等待着,给他思考的空间。他会回心转意的,她知道他会,不然他就不会跟她说话了。

"已经十年了。"他终于承认了。

"你明白了吧?上面已经没有她的位置了,她越早想通越好。她真的应该往前走一步了。但是,默多克!"爱丽丝感到一丝兴奋,那是决断的快感。是的,她可以放肆、果敢。她不会崩溃,她可以将自己的思想化为行动。她现在必须带头。这就是她的弥补方式。"如果我们能先找到的话,那一切问题就迎刃而解了。我们只需要去阎罗殿等着就行。我们可以换来格兰姆斯教授的生命,还有我们自己的出路。"她顿了一下,"那你就不用拿我交换了,你懂的。"

彼得听了没有反应。很长一段时间里,爱丽丝只能听见他均匀、深长的呼吸声。然后他嘟囔了一声:"方法呢?"

"我们要用魔法。"爱丽丝已经想清楚了,"我们现在知道了,有血就行。我们要设法让她说话。我会吸引她的注意力，然后你在她周围画一个法阵。法阵就用说谎者悖论。"

对，就这么简单。

请看这句话：本命题为假。

这么一个简单的句子，却有着巨大的破坏力。它瓦解了逻辑学。你不能相信它，你不能不相信它。它没有一个能让你安身的真值。你被卡在了中间。它构成一个无尽的回环，而你在两端之间被抛来抛去。

说谎者悖论是有史以来最古老的悖论之一，因为它违反了经典逻辑的根本前提：排中律。命题非真即假，没有中间状态。但还是没有人知道该如何破解悖论。希腊人和印度人绕着说谎者悖论转了好几个世纪，不仅没有解开，反而只是提出了一大批相关的悖论，其中有一个涉及苏格拉底、鳄鱼和被偷走的孩子。说谎者悖论严重动摇了逻辑学的根基——事实上，科斯岛的菲勒塔斯为了解开它殚精竭虑，郁郁而终。

写入说谎者悖论的法阵可以完全悬置真假。魔法师不常用它，因为在大多数情况下，施法者都需要另一个人相信某件事，不能心存犹疑。但爱丽丝不需要让埃尔斯佩思持有任何关于他们的具体信念。她只需要让埃尔斯佩思放下戒备，愿意说话。而且她已经知道埃尔斯佩思爱说话了。可怜的女孩渴望着任何愿意听她说话的人。

"那样不会成功的，"彼得说，"人人都知道如何抵挡说谎者悖论。"

"只要出乎她的意料就行了。"

"她可能会料到。她已经不信任我们了。"

"她现在信任了。"爱丽丝绝对相信这一点，"她以为我们和她一样，都是抑郁而绝望的灵魂，她以为我们也痛恨剑桥。她以为我们站在她一边。"

"天哪，罗。"彼得盖着毯子转了个身，"你是有什么毛病？"

"我们一定要让它有意义。"她如鲠在喉，"这一切，我的意思是。

第十七章

一定要有价值。我们不能白干。"

"嗯。"彼得说。

爱丽丝等待着，希望他说些别的话。作恶时有同伙会好受一些，不然就只有你和你的良知承受了。但他保持着沉默。最后，他气息平稳了下来，她觉得他睡着了。

有什么东西在搔她的面颊。她睁开眼，看见两个一眨一眨的，水灵灵的大眼睛，离她的脸只有几英寸，瞳仁缩成了一条缝，好像在评判她。

"不准你跟人讲。"爱丽丝小声说。

阿基米德转了一圈，尾巴扫到她的脸上，然后消失在了阴影中。

爱丽丝恼火又尴尬，缘由琐碎到无以名状。她翻了个身，闭上了双眼。

"我对你执着学术的原因有一个猜想。"爱丽丝有一个前男友对她说，之后两人很快就分手了。那是大三的时候，她一门心思扑在研究生项目申请上，甚至到了慢待伴侣的程度——可能还有赤裸裸的无礼，因为她至少已经放了他五六次鸽子。再加上这一任男友不久前参加了一期精神分析研讨班，于是他口出恶言。"你执迷于奖章。你从来没有走出高中时作业拿 A+ 的激动心情，学术界会让你一辈子追逐那些小奖章。"他弹了一下她的脑门，"你这个象牙塔小公主啊。你是老师的玩物，爱丽丝。你有认可癖。"

"是这样吗？"爱丽丝心里只想着邮箱里剑桥、牛津、哈佛、耶鲁的录取通知书，没注意他说什么。事实上，她过了好几个月才反应过来，这段下流的独白是为了跟她上床。"对。我觉得是这样。"

他们很快就分手了。爱丽丝之后几个月里回想他的话，但只是从头到脚地看不起他。"你放弃太多东西了，"他告诉爱丽丝，"不值得。"

但当然是值得的。只有这件事是值得的。她有幸找到了一项志业。

有了它，其他的一切都不再重要。任何让你忘记吃饭，忘记喝水，忘记睡觉，忘记保持基本的人际关系的东西——任何让你感到超越人性的兴奋的东西——都必须苦心孤诣地追求。

做学术绝对不是得奖章。假如爱丽丝受到了这种观念的毒害，那她第一年上课时就会很快醒悟。每天都有人指出她有一百万个地方想错了，偶尔才有一句"还不赖"。如果你进入学术界是为了奖章，那就要失望了。

不，重点是探索的高峰体验。其他人都不懂，那个前任当然不懂，他后来去做按揭什么的了，让穷人变得更穷。她要如何向他解释自己的感受呢？她的头脑感觉像是在咀嚼、消化繁难的概念。她标注完一篇艰深文本后会头疼，就像啃完一块高品质牛排后的腮帮子疼。她在图书馆里泡了好几个钟头，终于找到了确切的算法、译文和历史还原，这时她会全身激动得发抖。她趴着身子画法阵，一画就是几个小时，有时是几天，狂热地写下不断涌入脑海的想法，每每忘记自己需要休息。

那种感觉多好啊。她仿佛彻底抛弃了躯壳——脱形化神，幸福地飘荡在观念世界中。忘记吃饭的日子让她很是自豪。不是因为她厌恶食物，而是因为那证明她已经超越了某种基础需求周期。她毕竟不只是动物，不是食欲、性欲、排泄欲的俘虏。她还有灵性，而灵性是可以创造奇迹的。

她有时会进入迷幻状态，突然感觉自己站定在一个旋转的平面上，抽象图形绕着她飞舞，跟她打招呼，在她面前完全显现。凡世隐遁不见，她独自身处于黑色的场域，只有亮点——那是启示，是方向，是关联——在她的视域角落中舞动。其他的一切都太渺小了！学院的世界——刮擦教室地面的椅子，勺子碰到茶杯，雨下个不停，伞被打得摇摇晃晃——只是剧场，她明白了。不过是镜花水月，眨眼的工夫就消失了。真理蕴藏于看不见的世界，那里的概念想要得到理解。她只要向它们伸出手,它们就会走向她。是的。仙乐倾耳可闻。

爱丽丝大一上过一门课,老师的授课特点是不由自主地长叹气。这些叹气能看得出来不是编排好的。有的教授以表演叹气闻名,故作深沉,其实浅薄。但这个教授不一样,他是有感而发。纠缠在一起的思想等待着被解开和阐述。他会将目光投向远方,看上去深受困扰,手指绞在一起,直到他想出适当的呈现形式。这时,他瘦弱的肩膀会震颤,身体前摇后晃,仿佛他只是一个容器,他的肉体是众神传信的不完美工具。爱丽丝的同学觉得他很好笑。他们会在食堂里模仿埃克隆教授的样子。他前后摇晃的时候,有时会把整个膝盖抬起来,靠在桌子上。好傻一人啊,他们说。装腔作势,他以为自己是谁,他以为能骗到谁?但爱丽丝知道,那不是剧场。埃克隆教授在那个黑暗的旋转平面上,倾听着仙乐。她在他的双眼中看得到。她想要随他同去。

不,重点不是声誉。埃尔斯佩思错了。埃尔斯佩思将全部希望投入了错误的符号中。符号秩序——论文发表、赞誉、岗位招聘、项目课题——都不是重点。甚至剑桥学历都不是重点,爱丽丝的前男友以为她只是为了学历。这些都只有工具价值,目的是获取爱丽丝真正想要的东西,那就是用于思考的充裕时间和必要资源。

所以她才多年坚持不懈。所以她认识的每一名研究生都不在乎工资低,教学任务繁重,或者没有医疗保险。他们只是在尽全力从肉身中解脱,因为别人告诉他们,这是唯一的道路。整个体系崩溃也没关系。他们忍受一切,只是为了一个进入抽象领域的承诺。

彼得懂。他站在黑板前面,飞快地抄写公式,快得她都怕他手抽筋。那时,她在他的脸上看到了那种纯洁宁静的幸福感。他全神贯注的样子,你就是打他,他都回不过神,更何况你也不愿打他。看着一个心灵奋力工作的样子,实在太可爱了。

再说了,做学术不只是自命不凡的苦修,也有美好的夜晚。她记得博一有一次学期末聚餐，众人齐聚学校附近的比萨店，点了一份超大号的酵种饼底玛格丽特比萨，分而食之。那天晚上连彼得都来了。他的驾临让每个人都开心得不得了，包括爱丽丝在内，没有人问他为什么一个学期放了他们六七次鸽子。他们一开始是讨论方言，还有区域研究是否可靠的问题。接下来又争论起细读意味着什么，远读意味着什么，是否应当加入第三个尺度——"中读"。

直到那天晚上之前，爱丽丝都对同学没有多少感情。老师没来是一点，再一点就是大家都进入微醺状态，说话不再顾及形象。他们有犯错的自由，这意味着，他们有犯傻的自由。他们全都犯了大傻。他们在思考，康德的物自体和柏拉图的理型有何区别？三明治的确切定义是什么？竖着咬了一口的三明治还是三明治吗？是否存在一个能将塔可排除在外的平行定义？对了，外星人在哪里？他们从外星人聊到亚里士多德的物理宇宙模型——地、水、气、从中心向外层层延伸的星辰，最后还有一个天体——米凯莱称之为"天体太空蠕虫"，因为这个想法会比较有趣。这个庞大的物体用力思考着神，也就是不动的第一推动者，于是盘旋扭动，造成了下层的所有运动。

到了某个时间，彼得和米凯莱争辩了起来，主题是米凯莱颇为可疑的人性理论。它的一个推论是，人睡觉的时候就是死了，醒来的是新的自我。新我与旧我有联系，但不完全等同。米凯莱主张，意识不能中断，入睡即已矣。

"那做梦呢？"彼得问，"是谁在做梦？"

"半意识，"米凯莱立场不变，"非生亦非死的灵魂。留痕。拟象。"

彼得认为这是无稽之谈，贝琳达觉得这很浪漫，每个人都参与剖析米凯莱理论的推论。接着，话题突然转到了与火车发生性关系是否正当，尤其是这种做法是否违反亚里士多德的观点，即事物应当用于其给定的功能（"那用牙刷自慰的人呢？"米凯莱问道，贝琳达羞红了脸），然后又讨论如果一个人想与火车发生性关系的话，那在何种特定条件下可以这样做。不管是出于什么原因，这个话题触动了大家的神经，他们的声音越来越大。贝琳达和米凯莱有一次站起身来，隔着桌子叫喊。

爱丽丝手捧啤酒，坐看风云，开心得差点笑出眼泪。

她属于这里。她在这里可以发言，可以诚实说出自己的头脑漂流到了哪里，他们不会像看疯子一样看着她。她从小到大都不善社交，上了场发现只有自己没看剧本。她一直是怪人，是郁郁寡欢的人，是谁都不想跟她坐在一起的人。但在这里，大家都是怪人。在这里，没有人会因为你管得太多，想得太深而惩罚你。在这里，你喜欢哪个兔子洞就可以直接跳进去，大家都会跟你一起滑下去。

或许，他们的饭馆辩论不属于格兰姆斯教授青睐的纯粹真理领域。或许，他们的发现不会改变世界，除了认为火车极具性吸引力的人以外。但这至少是某种类似性质的训练，不是吗？享受思维体操的乐趣——不像是为了一己私利而搬弄词句的斯多葛派那样，而是为了打磨工具，为真正的挖掘事业做准备。世上有什么更大的快乐？人生还有什么别的目的？

有一段时间，她不管走到哪里，跟谁见面都能感受到这种能量。那时，她活出了柏拉图式的大学理想。她有意识地保持天真，因为在剑桥这样的地方，最幸福的心灵就是天真的心灵，对孩童般的惊奇保持开放。她喜欢在学院大厅里随性搭话，在旁边倾听，体会兴奋的感觉，提出简单的问题，然后得到复杂到眼花缭乱的回答。她喜欢所有对话者。一位比较文学研究者详细介绍了 E. A. 奈达的动态对等翻译理论及其与传统中国翻译理论的共鸣。几名古生物学家接着讲起他们不久前在悉尼发现的完整恐龙骨骼，还讨论了恐龙灭绝原因到底是不是小行星撞击。可爱的数学系男生们乐呵呵地聊着扭结和流形。

科学家的光辉信仰有时让她心旌摇动。他们在创造，在改变世界。

如今是无尽探索的时代。医生造出了人工心脏，天文学家在观测海王星光环，遗传学家在根除天花，抗击乙型肝炎，物理学家在研究弦理论，遗传学家在解码人类 DNA。全世界似乎都在加速转动，变得越来越复杂，越来越激动人心，但魔法领域似乎陷在泥潭之中，研究者费尽力气往越来越小的兔子洞里面钻，纠结于细小分歧，而不去引爆可能性的边界。

她有一次去找格兰姆斯教授，想让他安慰自己。全都是沙子，她说。都是假的，只是搬弄词句，只是一闪就灭的幻象，有什么意义呢？在两人的交往当中，他难得有一次正好满足了她的愿望。他毕竟是一名优秀教师，他知道如何催眠。

"叔本华认为，所有艺术都是模仿和比喻，只有音乐除外，音乐最接近纯粹意志。"他告诉她，"但在我们的法阵中，我找到了某种类似于音乐的东西。不在于法阵完全从日常现象中抽离，而在于它能够透过现象看本质。真理界光芒万丈，晴空万里，其他一切都不重要了。正如海森堡所说，亲爱的爱丽丝。现代物理学彻底地支持柏拉图的主张，物质的最小单位不是通常意义上的物体，而是形式，还有理念。当你完全驾驭了这些理念时，当你能够把它们握在掌心，任意弯折摆弄时，那你就朝着神走近了一步。你觉得琐碎，这没错。细枝末节，转瞬即逝，迂腐呆板。但这样你就更有理由去加倍努力，每次瞥见真理的珍贵光芒就紧紧抓住。"听了这番话，她只觉天旋地转，头晕目眩，隐秘的世界让她陷入狂喜。

就这么简单：爱丽丝热爱自己的事业。

只是社会和体制在挡路。是的，世界每况愈下；是的，世界充满伤痛。但与埃尔斯佩思不同，她不打算完全放弃。埃尔斯佩思错了，它不是没有意义的，它有值得奋斗的地方。爱丽丝在符号云团中定位到了某种东西，一种不是胡说八道的价值，而她全身心地信仰着它。她至今依然相信。她只需要熬过其他困难就可以了。

第十八章

爱丽丝醒的时候，天还是黑的。彼得不见了，他的毯子被整整齐齐地叠了起来，塞在架子下面。她从地上爬起，小心翼翼地走上顶层甲板，发现埃尔斯佩思和彼得斜对着坐在船头。爱丽丝松了一口气。他们没有说话，都是膝盖抱在胸前，眺望着水面。阿基米德蹲在栏杆上，前后摇晃的尾巴像钟摆似的，它也凝视着水面，一只爪子微微抬起，仿佛想起了捞金鱼的日子。

爱丽丝走过去，用毯子裹住肩膀。彼得没理她。但埃尔斯佩思歪头直视着她，好像在说：过来一起吧。

爱丽丝尽可能轻声地走过甲板，在埃尔斯佩思身边坐下。"纽拉特"号划破宁静的夜空，在平静的水面上滑行，没有惊起多少波浪。他们仿佛在太空航行，漂浮于虚无之上。

爱丽丝不是在水边长大的。小时候，她本来要跟父母去圣安东尼奥玩泳圈漂流，结果迷路了，大半个下午都在高速公路上绕圈子。等到了河边，太阳都快下山了，大部分家庭已经收拾好东西，准备要走了。爱丽丝一家正在争论去留问题，突然听见一声尖锐的哭喊。岸上的家庭乱作一团，四处奔走。最后发现是一个小女孩被卷进了河里。河水很浅，只没到腰,但流速快,而且天色渐暗,很难看清东西。哭喊声越来越大了。爱丽丝听到水花溅起,是大人下河了。爱丽丝的母亲领着他们回了车上。他们不知道小女孩有没有淹死。爱丽丝只记得父母驱车离开,她把脸贴在车窗上,回望岸边,希望能看见一个小小的脑袋冒出头。

从那以后,她就害怕游泳。她从来不和朋友去海滩旅行。在剑桥念书期间,她住在康河边。康河是最温柔不过的河了,但她还是害怕。半夜过桥的时候,康河看上去那么幽暗,仿佛能轻松吞噬一切靠近它的东西。她最近常常走神,想着她要是跳下去会怎样,是溅起水花,还是直接沉底,消失无踪。水有某种迷人的东西,水纳万物,消融的同时又是成全。

相比之下,忘川——笼盖四方的大河忘川啊。与其说它是一条河,不如说是空间的一道伤痕。她意识到,她不知道忘川有多宽,也不知道忘川水是否稀稠一致。没有哪个地图的绘制者知道该如何处理上下颠倒的忘川。他们在地狱的未知领域已经漂流了多远?天上没有月亮,四周不见水岸,只有一舟三人,航行在无始无终、永恒不灭的渊面上。爱丽丝有灵魂出窍的感觉。任何事情都可能发生在他们身上。他们或许会永远航行下去,又或许会凭空消失,不留下一丝痕迹。

"看。"彼得朝船的侧面望去,双臂张开,手指险些要划过水面。

"小心。"爱丽丝说。但他摇摇头,坚定地说:"看。"

她跟他到了围栏边,眼前景象让她屏息——黑暗底下现出了一道微光。

水里有人游泳。好吧,确切地说,不是人,而是人形的光。欢笑、叫喊、争论、哭泣的面庞,绿色涟漪中朦胧的荧光轮廓。那是其他人生活中的人、物和地点——阳光灿烂的海滨悬崖,变形的沙滩遮阳伞,还有一只狗,它欢快地汪汪叫着跑过来,越来越近,越来越近,舌头粉嫩发亮,头顶的绒毛好松软,爱丽丝简直觉得自己正在摸它的脑袋。

第十八章

"是记忆，"埃尔斯佩思说，"每一段人生中每一件被遗忘的往事。新鲜的记忆会汇成一道水流，有的时候，你可以看得真切，直到它消散为止。"

船转向左方，周围的水域突然翻腾起来。爱丽丝隔着栏杆看到一团黑色物体正在酝酿——眼睛好多，牙齿也好多。她吓得踉跄后退，但埃尔斯佩思倚在船边，拿着船篙往那团东西的中间戳。"退！退！你们这些蠢东西。"

水平静了下来，船改打右舵。

"你们别担心，"埃尔斯佩思安慰道，"就是失控的噩梦，很容易就散了，不是冲着我们来的。它们有时会聚合起来，然后就会看到这种可怕的小旋涡。玻尔兹曼大脑[1]，我喜欢这么称呼。"

"很好笑。"彼得说。

"它们都要去哪里？"爱丽丝问道，"它们会消散吗？"

"根本不会。"埃尔斯佩思说，"这是它们的仓库。忘川就是一切存在过的记忆的集合。忘川是无限的。忘川是所有颜色混合成的黑。忘川不会抹除，只会吸收。"

"永恒轮回，"彼得喃喃道，"曾经发生过的一切都会再次发生。"

"不准在我的船上引用尼采。"埃尔斯佩思说。

"是我的错。"[2]

埃尔斯佩思双手抱胸，往后靠了下去。"话说回来，看着挺有意思的。就像冥界的电视频道一样。最新的记忆总是最清晰。让你看到上面的生活是什么样。变化好大啊，真是不敢相信。约翰·列侬真的被杀

---

1 玻尔兹曼大脑是奥地利物理学家路德维希·玻尔兹曼提出的一种假设。他认为，熵（表示物理系统混乱程度的参量）在宇宙中会随机涨落，那应该会出现许多低熵的自我意识，这就是玻尔兹曼大脑。
2 原文为拉丁语，Mea culpa。

了吗？"

"是的，"彼得说，"抱歉。"

"唉，真可惜啊。"

爱丽丝将身子探出甲板，怔怔出神。

一名女孩在湿漉漉的人行道上单脚蹦跳，路上有虫子在蠕动。一名男子摇摇晃晃骑着自行车，跟在大巴车后面，正要转弯汇入车流。一名女子要拿炉子上的水壶，烫得她手忙脚乱。一名男生独自走在康河畔，时不时抬眼看正在清晨训练的划船队员。这不是她的记忆，这些面目不属于她爱的人。尽管如此，她心中还是产生了一股深刻的怀念之情，就像你夜里走在大街上，看着街边房屋里的灯火，窥视你原本或许能够过上的生活。你躺在温暖的沙发上，电视里放着老电影。这时，你的妻子、母亲或朋友从厨房里出来找你，双手捧着马克杯，杯里的热托迪[1]冒着热气。对爱丽丝来说，眼前景象有一种奇异的安神功效。她头脑里的心像被抛进了水里——除了那些与她本身无关的心像以外，它们不会在她心中兴起洪波。她可以看着这些心像经过，化为具象，然后消失。

"小心。"埃尔斯佩思说。

爱丽丝意识到，她大半个身子都探出去了。她缩了回来。

"忘川会产生这种作用，"埃尔斯佩思说，"一定要警惕，否则不等你反应过来，你很快就化掉了。"

她会吗？爱丽丝心想。格兰姆斯的文身有多大的保护力？

"我以为忘川伤害不了死魂灵。"彼得说。

"忘川饮不会，只会清空你的记忆，以便转世重生。但未经过滤，直接从忘川里取出来的河水，那会消灭你。我非常小心了。我有一次把小手指头伸了进去，就碰到了最前面一点。我只是想看有没有伤害，你

---

[1] 烈酒加糖、柠檬和香料后加热制成的饮品，通常在睡前、阴雨天、感冒时饮用。

第十八章　245

懂的。"

"你有感觉吗?"彼得问道,"你忘记了什么?"

"完全没有。"埃尔斯佩思说,"那才是最可怕的地方。你永远不知道自己失去了什么。你不能选择。"

"你说过克里普克夫妇不怕忘川。"爱丽丝说,"那是什么意思?"

"他们是不怕,"埃尔斯佩思说,"不仅不怕,而且会主动接近。我甚至见过他们喝忘川水,只见过一次。他们前后站在岸边,从一个碗里小口啜饮。那好像是他们的一种仪式,好像他们之前就做过。"

彼得目瞪口呆。"怎么会?"

"因为做人太痛苦了,我确信这一点。"埃尔斯佩思说,"总是纠结于失去的东西太痛苦。最好是一点一点抹除,直到你只剩下当下的需要。"她耸了耸肩。"我们都会这样做,活人也一样。区别只在于,克里普克夫妇更不在乎自己抛下的东西。"

彼得颤抖着说:"但那就没有生命了。"

"他们不是活生生的人。"埃尔斯佩思说,"他们只是刻板的机能,致力于一个目标。"

爱丽丝不觉得这有多糟。每个人都有一些让自己痛苦的事情,那为什么不能剥离掉这部分自我呢?爱丽丝心想,她想学这招。如果她能够厘清头脑中的一团乱麻,抽出不断折磨着她的文件,付之一炬就好了。每一次轻侮,每一丝愧疚——要是她能清理自己的大脑就好了,只剩下她想要保留的东西:燃烧的内核,对知识的渴望,获得知识的技艺。这些都是不需要人性负担就能实现的。谁会不愿意把其余的东西洗刷掉呢?

太阳慢吞吞地爬上了从来都不高的栖枝,埃尔斯佩思驾船向东。"晚上最好开到深水区,"她解释道,"克里普克夫妇喜欢在夜色掩护下动手。但深水区的天气不好。白天的话,我还是喜欢靠岸。"

"我们在往哪里走?"彼得问道。

"愤怒殿,"埃尔斯佩思说,"我要找一盏灯笼。"

现在他们能清晰地看到一片陆地。地平线上没有标志性建筑。确实没有——随着船逐渐靠近,爱丽丝发现,死魂灵们之前拼了命翻越的深渊对面只有沙子和漂流木,别无他物。那里看上去是一片荒芜而险恶的沙滩,就是容易出海难的那种地方,那种幸存者精神失常,自己人吃自己人的地方。事实上,她观察时间越长,沙滩上就出现越多战火连绵的证据。沙子上随处可见含糊的脚印、状似要塞的杂乱建筑、用漂浮木和石头做成的断矛、匆忙拆毁的营址迹象。

"第三殿,"埃尔斯佩思说,"贪婪荒漠。"

"校园在哪里?"爱丽丝问道。

"能再说一遍吗?"

"从墙那边过来,我们看见了这座校园。"爱丽丝说,"我只是以为每座殿都是一样的,像那种校园里的楼。"

"哦。"埃尔斯佩思轻声笑道,"你从你们系出发,最远走到过什么地方?"

"你什么意思?"

"我打赌你一直住在学校里,"埃尔斯佩思说,"从来没有外出探险,是不是?"

我当然有过,爱丽丝想这样说,但她实在不敢这样说。她能指出的最远的地方,就是往南步行去剑桥站,但那可不算探险。唐宁学院和彭布鲁克学院在那边。

"你们不知道吗?"埃尔斯佩思做了个手势,"死地。校园到了尽头,但又没有到外界。老师不住在哪里,任何人都不住在哪里。大学买下了地皮,但没有盖楼。施工一直在进行,但从来不见建成,多年一直是改造中。你们没去过吗？"

"我去过一次伯克利，"彼得说，"可怕的地方。"

"好了，我们就在这里。"埃尔斯佩思将船篙插进河岸，"这里的事情很诡异。"

一个死魂灵跪在岸边，疯狂来回点头。走到近处，爱丽丝看见死魂灵想要吃手里捧着的东西。那东西亮晶晶的，圆形，质地坚硬。爱丽丝希望只是石头而已。

"卡尔波教授，"埃尔斯佩思说，"他在这里有一段时间了。他总是饿。"

爱丽丝对这个名字有印象。"是不是那个……"

"那个剽窃学生论文多年，逍遥法外的人，"埃尔斯佩思说，"他们说他死于胃部病毒感染，但我觉得是他的一个学生往他的苹果里掺了氰化物。如果是那样的话，干得好。"

船靠岸了。这里波诡云谲，惊涛拍岸。爱丽丝能看见远处岸边有大群死魂灵，虽然她说不出他们在做什么。他们似乎在交战，有两群死魂灵手持武器，连番对冲，但之后的情况就不明朗了，因为死魂灵是不可能受到实质性伤害的，这意味着他们只能集体在沙地上作奋力扭动状。

爱丽丝想起了一次系排球赛。几年前，在学生的游说下，系里决定将每年的假期活动地点从因弗内斯改到布赖顿[1]。那三天里，大家都假装要晒出健康色，到烈日下活动活动，让苍白松弛的肌肉出出汗。有人提议举行一场排球赛，全体教师的胜负欲都被勾起来了。在新的环境里，某种追求肉体优胜的本能浮现了出来。爱丽丝愿意付出一切代价，换来一瓶选择性失忆药，抹掉系主任在高吊球砸到网上时发出的嘟囔声，还有海伦·默里在击出一个好球后发出的狂喜尖叫声。在一场关于裁判

---

[1] 因弗内斯位于苏格兰北部的尼斯河河口。布赖顿是英格兰东南部的一座沿海城市，也是著名的度假胜地。

的争论后，比赛终止了。争论的高潮是海伦把手里的一杯水泼到了对面队员身上。格兰姆斯教授没有参加，爱丽丝一直心怀感激。不然的话，爱丽丝再也不能像以前一样看他了。

"他们在做什么呢？"彼得一副惊呆了的样子。

现在有两个死魂灵像摔跤手一样展开双臂，互相绕着转圈，步子很慢。其他人则聚在他们周围，喊着号子，具体内容在岸边听不清。

"我知道就见鬼了，"埃尔斯佩思说，"我以前过去打探过，但他们不跟我说话。只有这些死魂灵不跟我说话。傲慢殿的死魂灵非常健谈，哪怕是纵欲殿，只要你在他们面前一招手，他们就能讲上一两个钟头。但贪婪殿的死魂灵太偏执了。每次你一靠近，他们就跑开，接下来就是用漂浮木做的箭埋伏你。我猜这是某种集体行动问题，他们只要召开民主会议就都能脱身离开，但我觉得他们更喜欢棍棒与弓箭——哦，小心。"埃尔斯佩思用力拉着操舵索。"只要我靠近，他们就朝我扔石头。"

他们驶离了岸边。卡尔波教授朝他们举起了手——他在哀求。埃尔斯佩思摆了摆手指作为回应。

"你在这边见到的熟人多吗？"爱丽丝问。她在试着用一种隐晦的方式探察埃尔斯佩思有没有见过格兰姆斯教授。

"哦，多。魔法师其实比你以为的要多得多。"

"按照你的经验，他们会很快离开吗？"

"绝对不会。"埃尔斯佩思轻蔑地说，"魔法师在地狱里寸步难行。他们从来不觉得自己有错，你懂吧。他们自命不凡。只要是为了研究，做任何事都是正当的。只可惜从来不是为了研究，不是吗？永远是自我中心，为了炫耀，为了头衔和署名。等级完全没意义。他们又放不下。我觉得，这就是他们这么多年一直在沙子里打滚的原因。他们随时可以站起来走开，但他们不肯。他们放不下。为了什么呢？"埃尔斯佩思思爽朗大笑。"魔术小把戏？魔法太肤浅了，没有意义。现实世界里没

第十八章　249

有人关心我们做什么。明明是最简单的秘密,这些人都搞得像事关生死一样。他们还打得死去活来,为了什么?一根他妈的粉笔?"

最后一句话说出来好像是在针对谁。爱丽丝紧张地看了一眼彼得。但埃尔斯佩思没有看他们。她狠狠瞪着岸上扭动的身体。

彼得说:"那我就不明白你为什么想要回去了。"

埃尔斯佩思皱起眉头,眯起眼睛,问道:"你这又是什么意思?"

"只是……那样看起来会对你更好,就是转世。我也不知道。如果你那么痛恨剑桥的话。"

"我不恨剑桥。"

"那就是剑桥人。"彼得的手指摆弄起了袖口的线头,"至少是痛恨体制吧。你可以往前走,为何要花这么长时间寻找两面真呢?既然你也没有什么好留恋的东西。"

"我指的是,我还有家人。"埃尔斯佩思的声音变得尖锐,"我有父母,父母还健在。我有兄弟姐妹,我还有人生。"

"好,肯定有。"彼得点头道,"但如果你不做研究了,那你有没有……我的意思是,考虑过你回到上面后可能做什么?"

"当然考虑过。"埃尔斯佩思语气严峻,"我要坐在外面,我要喝茶,阿萨姆红茶,茶里加很多奶,搅一点蜂蜜进去。再来一个肉桂卷,要葡萄干口味的。"

他们绕过河湾,离开贪婪殿,又经过一片长长的、空荡荡的河滩,来到了愤怒殿。

在但丁笔下,愤怒殿是冥河沼,泥潭里的灵魂光着身子,怒气冲冲,不是互相打,就是打自己。灵魂们打得热火朝天,让沼泽表面泛起了泡沫。爱丽丝读到这段描写时战栗不已——"这就是他们在喉咙里哼的曲子，因为他们从来不会把一句话说得明白"[1]——因为这似乎是第一次有诗人明白，愤怒不仅仅是外在表现，不仅仅是呼啸而过、令房屋倒塌的飓风。有时，愤怒像一块炽热的炭，被你吞下；有时，愤怒只会在你体内一直灼烧，直到让你窒息。她想起了那些不眠的夜晚。她搜肠刮肚，强打精神，进入狂躁状态，但她从来没有绽放正义的光芒，只会感到自己好无力，闷得透不过气。她心想：这一切都曾发生在我身上，世界是不公平的，而我依然无能为力。我不如淹死算了。

"所以愤怒殿是怎么回事？"彼得问道，"橄榄球场？"

"其实不是，"埃尔斯佩思说，"过了贪婪殿，体制架构就开始瓦解了，我是这样想的。过了愤怒殿，情况就更像是典型的地狱了。堕落、疯狂、不可理喻，类似这种吧。我们在这里就要小心一点了。"

爱丽丝盯着岸上，寻找她想象中的沼泽，里面的灵魂就像淹死在苹果酒里的果蝇似的。但在暗淡的晨光下，她只能看到无边无际的黝黑河岸。沙地虽然点缀着个别光点，但整体上漆黑一片。原来是脚印，爱丽丝发现，有脚跟，有脚掌，不可能认错。不过，脚印的主人肯定体形很大，因为等到走近了，她发现这些脚印的长度最起码相当于她的身高。

"那些是佛勒古阿斯留下的，"埃尔斯佩思说，"一位神明。阿波罗强奸了他的女儿，他就一把火烧了阿波罗神庙，然后被投入冥界。"

"看上去挺合理啊，"爱丽丝说，"我指的是放火，不是强奸。"

"佛勒古阿斯也这么觉得。成天到处喊冤。看，他就在那儿，在山脚下。你能发现他吗？"

爱丽丝眯着眼望向平原的彼端。她在悬崖底下看见一团搏动的猩红光芒，它正在岩石之间跋涉。光团内部是一个黑影，但至于形态是人形还是兽身，她就说不上来了。

---

[1] 引自《神曲》，[意大利]但丁著，王维克译，人民文学出版社，1997年。

"他危险吗?"

"危险极了。看你一眼就摄人心魄。不过,他确实走到哪里都会留下这些神奇的小炭块。炭烧几周都不会灭。我来这里就是为了它。"埃尔斯佩思朝她的灯笼点点头。爱丽丝注意到,里面同样有一团搏动的猩红火焰。她龇牙咧嘴地从船桨下面拖出来一个金属桶。"我要去捡了,你们俩能看船吗?"

"哦,当然可以。"爱丽丝激动了起来。她一直烦恼怎么在埃尔斯佩思眼皮底下把她困住,现在机会从天而降,"我们应该……"

"只要待在船锚旁边就好。"埃尔斯佩思已经爬上了栏杆,"如果白骨兽靠近,就用水喷它们。我讨厌它们上船。"

她潇洒一跃就上了岸。爱丽丝看着她灵巧地绕着炭火跳舞,在岩石中辗转腾挪,最后从视线中消失。

她觉得有东西靠在自己背上。她一转头,随即瑟缩了一下。彼得就紧贴在她身后站着,目光直直盯着前方的埃尔斯佩思。

"到时候了,"他小声说道,"你是想负责分散她的注意力,还是画法阵?"

这是他一整个上午对她说的第一句话。她想要掩饰欣慰之情:"嗯……都行吧,我觉得。你要……"

"我画法阵比你快,我画。"

爱丽丝不确定他说的对不对,但事到如今,她觉得现在也不是反驳的时候。"那行吧。应该到哪里……我的意思是,你认为我们能在哪里抓住她?"

她整个上午都在纠结这件事。套埃尔斯佩思的话是一回事,更难的是怎么让她进法阵。血法阵的问题在于很难隐藏。理论上讲,法阵的大小不影响效力。事实上,在古罗马时代,凯尔特人建造过环绕整座山丘、整片森林的巨型白垩法阵,以困住敌人。但这样做太耗时,而且两人的血量也不够。

"把她诱到炉子旁边就行,"彼得说,"那儿有一块地垫,我们可以现在画在上面,在她回来之前放回去。你觉得时间够吗?"

爱丽丝回头看向河滩,埃尔斯佩思正在起劲地往桶里装炭。"你一定要快。"

"那肯定啊。能给我把刀吗?"

"干吗?哦。"她从包里找出了刀,"给你,小心点。"

"我尽量。"彼得嘟囔了句,然后就朝楼梯走去。

爱丽丝断断续续地吸了一口气,扭头走向河滩。埃尔斯佩思的桶快满了。她看见爱丽丝在看她,起身热情地打招呼。爱丽丝也挥了挥手,觉得自己烂透了。

要坚决,她心想。这是格兰姆斯教授教会她的。伟大与平庸的区别从来只在于能不能贯彻到底。无论如何,这是一件好事,是发慈悲。必须帮埃尔斯佩思摆脱困境。谈一次话,这就够了。然后他们就继续上路,埃尔斯佩思只会是一段难堪的回忆。

"哈喽!接着。"埃尔斯佩思踮脚站在岸上,把一桶炭挂在长矛的末端,朝爱丽丝伸过来。爱丽丝接住桶后,把桶拖到了甲板中部,她用余光看见彼得朝楼梯走去,胳膊紧紧贴住身体侧面。

爱丽丝站直身子,说:"嘿,埃尔斯佩思?"

"怎么了,亲爱的?"

"冒昧问一句,我们能不能……就是说,我想喝茶了。"她清了清喉咙,"如果你有的话。好久没喝了。"

"魔法师啊。"埃尔斯佩思咯咯笑道,"不可救药。伯爵茶可以吗?我只有这种。"

"伯爵茶没问题。"

第十八章

"来，我给你看炉子怎么用。拿起火钳子，把炭夹出来……"埃尔斯佩思示意道，爱丽丝小心翼翼地从桶里夹出了一块热炭。

埃尔斯佩思蹲在火炉前。地垫稳稳地待在彼得放下它的地方。它现在脏兮兮的，上面不是棕色就是黑色。它原本可能是一块黄色化纤地垫，泡了水，里面灌了沙子。在炉脚下面，爱丽丝发现了一行褪色的花体字：心安即归处。她能想象到埃尔斯佩思在捡破烂过程中发现了它，然后开开心心地带回了船上。好啊，亲爱的骨头们，看我找到了什么！

"放这里。"埃尔斯佩思朝爱丽丝招手，让她把炭放在炉子中间，然后从防水抽屉里翻出来一个生锈、裂口的茶壶，用爱丽丝的复制品永续瓶灌满。小水珠从裂口处淌了出来，滴在炉子上发出悦耳的吱吱声。她们俩站在火边，看着蒸汽从茶壶侧面弯弯绕绕地飘出。刚才跑掉的阿基米德现身了，趴在埃尔斯佩思腿边，靠着炉子取暖。

"彼得哪儿去了？"埃尔斯佩思问。

"哦，呃，想躺会儿吧，我猜。"爱丽丝想知道彼得有没有时间激活法阵。她没听见他在甲板上说话。但法阵是可以隔空激活的，尤其是他现在就站在她们俩下面。她要拖住埃尔斯佩思。"我觉得他累了。"

"他是爱琢磨的那种人，对吧？"

"是啊，没错。"爱丽丝的两根大拇指对着绕圈，她在疯狂地想怎么接话。

她从来不擅长撒谎。有一次，格兰姆斯教授自己想要研究一类柯里子集，于是派爱丽丝去斯图尔特教授的办公室，打探他是不是也在做同样的事。结果她笨嘴拙舌地说了十分钟，斯图尔特教授就开始用尴尬但和善的语气提醒她，他是有家室的人。但她知道，所有学者都喜欢别人询问他们做的研究。再说了，让埃尔斯佩思开口不是难事。毕竟，许久没有人听她说话，她人都憔悴了。

"话说，愤怒殿里都是什么人？"她尽可能云淡风轻地问了一句，"实验室经理和教务主任？"

"没什么好人。实话说，我没见过多少人通过愤怒殿。至于通过了的，我听说的多，见过的少。"埃尔斯佩思摇着头说，"可怕的地方。我从来不会离开河岸太远。"

"你明白八殿的用意吗？"爱丽丝追问道，"我们自己搞不清楚。看起来……说到底的话，惩罚好像是完全随机的。"

"哪里随机了？"

"我说不出有任何意义，"爱丽丝说，"傲慢殿和纵欲殿或许有。你克服自己的缺点，然后走出去。但贪婪殿呢？他们在那里做什么？这一切是为了什么？"

"鬼知道。你先别问了，缓一缓。"

"但这太伤脑筋了。"爱丽丝说，"学者们提出了各种理论，原罪、业、悔罪，然后你来到地狱，发现全凭神灵摆布。我只是在想，要是有地狱学者真的下来过，他们会不会把以前发表的东西都烧了。"

"那是因为他们想要把来生当作游戏，"埃尔斯佩思说，"所有学者都是把自然现象塞进形状、尺寸不合适的盒子里。他们想要制订规范，因为那会带给他们安全感，因为如果他们可以指着贪婪殿、愤怒殿、专横殿的所有罪人说'我最起码没有他那么坏'，那他们就不用过多忧虑了。当地狱不按他们的规矩走时，他们就会心灰意冷。"

"但应该有某种秩序啊。"爱丽丝说，"地狱应该是公平的。"

"你想让地狱服从经典逻辑的规则。"

"不一定是逻辑。"爱丽丝说，"我知道有神圣元素等。但宇宙应当具有某种一致性，你不这样认为吗？"

"你真是个不可救药的剑桥学派分子。"埃尔斯佩思说，"全是建构体系，追求闭环。呸。从来不承认自发性。"

"我只是想知道什么东西在等着我们。"爱丽丝说,"就这样。"

"来,这可能会让你好受一点。你想听听我的理论吗?"

"好啊。"

"我认为佛教最大的错误是,认为业就是死后结算的总账本。"埃尔斯佩思摆了摆手,"但不是说你攒了500点善,800点恶,然后到了地狱,你就净亏300点。根本没有这么简单。业更像是……嗯,不妨说业就像是种子。种子开花结果。业是自然结果。恶会累积,会影响你的生活方式,你的世界观。当你作恶时,你眼里的世界就是卑鄙、自私、残忍的。而你在地狱中的经历,便是你当初作恶最后造成的涟漪效应。你求什么,就会得什么。我认为,地狱的意义就是将你的愿望推到极致。"

"啊。"爱丽丝在脑子里琢磨了一遍,她认为这个理论有其吸引力,但仍然有很多解释不了的东西,"那贪婪殿的死魂灵……那就是他们一直想干的事?在沙滩上造长矛?"

"他们想要胜过其他所有人,"埃尔斯佩思说,"现在,他们有了证明的机会。他们要在泥泞中摔跤,每天都要比试。他们大概身在天堂吧。重点是,对地狱里的人来说,地狱并不很糟糕。他们得偿所愿。"

水壶开始鸣叫了。埃尔斯佩思把壶从炉子上取下,小心翼翼地把水倒进两个茶杯,其中一杯递给了爱丽丝。"给你的。"

"谢谢。"爱丽丝低头喝水,但一股恶臭钻进了鼻腔。她眨着眼往下看,水面上漂浮着浓稠的小黑球。这绝对不是伯爵茶。埃尔斯佩思在看着她,所以她挤出笑脸,假装喝了一小口。

"要糖吗?"埃尔斯佩思问。

"来吧。"

埃尔斯佩思伸手到炉子后面,往爱丽丝杯里撒了个小小的东西。爱丽丝搅了搅茶水,假装没有注意到那是一颗鹅卵石。"那么,呃……我冒昧问一句，你本来应该进哪个殿？"

埃尔斯佩思眨眼看着她。

"抱歉，"爱丽丝说，"是我唐突了。"

"不可思议。"埃尔斯佩思说。

"我只是想，有时候在想，你直接通过考验，从头再来有多好。"爱丽丝又假装喝了一口茶，"我的意思是，如果你没做什么坏事的话，你还不如接受事实，往前走一步。你觉得呢？"

埃尔斯佩思眯起了眼："你们俩似乎很想说服我放弃，让我去死啊。"

"不，不，我只是……我只是想搞明白。"爱丽丝口干舌燥，咽了口唾沫，但没有什么用，"看上去有点奇怪，你一直在追寻某个不存在的东西，而你明明可以……我的意思是，往前走一步是多么容易的事啊。"

"我不承认这个前提，但倒也没错。"埃尔斯佩思侧身靠近火炉，"茶水有什么问题吗？"

"没有，没有，挺好的……呃。"爱丽丝双手环抱着杯子，感觉头好晕。唉，她真是做不好这件事。"那你……你快找到了吗？你知道它在哪里吗？"

埃尔斯佩思喝了一口自己杯子里的茶，没有说话。

"是什么在阻止你？"爱丽丝追问道，"是克里普克夫妇吗？"

埃尔斯佩思露出诡异神色。

是法阵生效了吗？爱丽丝说不准。从博士一年级以来，她就没摆弄过说谎者悖论，也记不清那对受法者有什么作用了。埃尔斯佩思眼神呆滞了吗？她目眩了吗？

"我们可以帮你，"爱丽丝说，"我和彼得。我们三人合力对抗克里普克夫妇，他们不会有赢的机会。你只需要把你了解的情况告诉我们。只要我们能看看你的笔记，我的意思是……"

埃尔斯佩思没有回答。她似乎冻结在原地，她的手指一动不动地握着茶杯。前倾的茶杯已经在滴水了,但她似乎没有注意到。她双眼紧盯着身旁的阿基米德。它现在弓背炸毛,仰头盯着爱丽丝。

"宝贝,"埃尔斯佩思说,"怎么了?"

阿基米德拍打着地垫。爱丽丝心里咯噔一下。阿基米德像是被附身了一样,在垫子表面又叫又挠。终于,它抓起一角,掀开垫子,露出一片糊掉的白垩图案和几滴鲜红的血液。

爱丽丝和埃尔斯佩思眨着眼,四目相对良久。慢慢地,埃尔斯佩思将茶杯放到了炉子上。

"彼得,亲爱的。"埃尔斯佩思高声道,"你怎么不上来呀?"

难熬的寂静。爱丽丝短暂考虑过逃跑,或者战斗。但能跑去哪里?又能用什么战斗呢?她只能抓紧茶杯,像傻子一样待在原地。彼得爬梯子上来了,耷拉着胳膊,面色惨白。他对上了爱丽丝的目光,她疯狂摇头。

"到那儿去,"埃尔斯佩思厉声道。彼得乖乖坐到了爱丽丝旁边。他俩并排坐着,像是挨训的孩子,等待接受惩罚。阿基米德趴在埃尔斯佩思身旁的炉子上,眯成一条缝的瞳孔射出正义的目光。爱丽丝心想:可恶的东西,我们好歹喂你了啊。

埃尔斯佩思用长矛拄地。"我想你们应该告诉我来意了吧。"

"我们告诉你了,"爱丽丝说,"我们是旅者……"

"说谎。"

某个黑色的东西渗入了埃尔斯佩思的眼睛。它们似乎烂在了她的脑子里,白色变成绿色,又变成黑色,原本几年的腐烂过程被压缩到了几秒。突然间,蝴蝶从眼眶里飞了出来,一大群呼呼啦啦的紫色蝴蝶,来势汹汹。爱丽丝和彼得忙往后退,但埃尔斯佩思步步紧逼,每走一步,蝴蝶就多一倍。最后,她失去了人形,化成了一团窸窣作响的紫蝶,神态阴森,富有谴责的意味。她递出长矛,矛尖刚好停在彼得下巴下方。

"进去。"

彼得晃动着脖子。"何不……"

"进去，亲爱的。"

彼得从命了。

"你知道，激怒我的不是残忍。"埃尔斯佩思掏出一根粉笔，在腰包里蘸了一下，然后固定在法杖末端，"是不敬。我是格兰姆斯的学生，你们可能还记得。"她一脚踢开地垫，开始修改彼得画好的法阵。她奋笔狂书，一边写一边低吟希腊语。这是非同凡响的法术，极少有魔法师能同时绘制法阵和吟唱咒语。她确实厉害，爱丽丝心想。她无愧于格兰姆斯。"你们以为我在下面跟克里普克夫妇周旋了几十年，连天杀的说谎者悖论都对付不了？"她恶狠狠地画完最后一笔，法阵闭合，"说谎者悖论是小孩子的把戏。但高阶魔法，孩子们，那能让人说出真相。"

她用法杖敲击甲板。爱丽丝喘不上气了。两只无形的手扼住她的脸颊，撬开了她的嘴。

埃尔斯佩思质问道，"你们有何目的？"

无形的手掐得更紧了。爱丽丝发出咯咯的声音，努力把口水咽下去。

"格兰姆斯，"彼得急促地说。

"什么？"

"格兰姆斯教授，我们的导师，他死了，我们要把他带回去……"

"你们来这里是为了格兰姆斯？"

埃尔斯佩思随即发出咆哮，咆哮声分成两个，三个，许多个声音，奏响了一曲不可思议的大合唱。上千个埃尔斯佩思在同时尖叫，分辨不出声音的来源，实在不可思议。她的皮肤上有许多条细小黑线在蔓延，接着，她最外层的皮肤好像要脱落了。黑色的碎片聚合、旋舞，但埃尔斯佩思没有消失，只是有了一团蝴蝶护体。蝴蝶绕着她狂舞，扇动起的风速越来越快,最后仿佛马上要将船撕裂。埃尔斯佩思合唱团的尖叫声在风中回响。"你们放弃了一半寿命,来到冥界。"蝴蝶像一面盾牌遮住了她,外罩似人形而非人形。最后,她不再是一个人形死魂灵,而成了声如雷霆的聚合神灵。"为了那个可怜、凄惨的小丑?"

埃尔斯佩思用法杖一指,所有蝴蝶一齐飞出。爱丽丝双手护住脑袋,但根本没用。蝴蝶就像一面紫色的墙壁,把她和彼得逼到了船头。两人跪倒在地,因为旋风压得他们抬不起头。

"从我的船上下去。"埃尔斯佩思说。

"求你了,"彼得说,"请不要……"

"你敢乞怜?"

"你会怎么做?"爱丽丝哭喊道,"如果你的导师死了?如果你身处我们的处境的话?"

蝴蝶散开了。埃尔斯佩思再次露出了脸,面色苍白骇人。"我会退学,蠢货。我会再找一个导师。"片刻之间,她恢复了人声。爱丽丝觉得她听到了哽咽声。"其他什么我都愿意做。"

"但没有其他什么了,"爱丽丝幽然道,"你不明白吗?"

蝴蝶像头盔一样聚在埃尔斯佩思脸上。

蝴蝶暴起。爱丽丝在地上扭动,但于事无补。她伸手去抓彼得,但两人被蝴蝶拉开。她只能看见和听见扇动的黑色翅膀,下面则是刺刺作响的怒云。无数股风将她吹起又甩了出去。她在半空中旋转,目不视物,晕头转向,最后狠狠摔在了地上。等到蝴蝶把她放下,列阵盘旋而去时,埃尔斯佩思、阿基米德和"纽拉特"号已经成了地平线上的一个小点,恶狠狠地疾驰而去,消失不见了。

第十九章

"好了。"彼得扭头背上包,开始沿着河岸跋涉,"祝你好运。"

爱丽丝赶忙起身。"你要去哪儿?"她一头雾水地看着他,片刻后快步跟了上去,"你干什么呢?"

他还是没有回答。爱丽丝抓住他的袖子:"默多克!"

"放手。"

"你要去哪儿,你告诉我。"

"为什么?"彼得狠狠挣开,爱丽丝踉跄后退,"你不准跟着我。"

"我们不能分开,不安全。"

彼得冷笑一声:"不安全?要让织女害死我的女孩竟然说不安全。"

"我不是……"

"错了,我们做错了。埃尔斯佩思把我们扔出来是对的……"彼得扭开头,继续前行,"我受够了。"

"默多克,"爱丽丝跟在彼得身后,可怜兮兮的,她不知道还能去哪里,"求你别恨我。"

彼得又笑了。这次的笑里带着绝望,就是哭泣后的那种苦笑:"我不知道,罗,但我很确定你恨我。"

"我不恨你。"

"那你肯定很看不起我,"彼得说,"因为自从我们来了这里,我就只觉得……我不知道,那种冷淡,好像你压根不在意我在不在。"

"我从来没叫你来,"爱丽丝说,"我本来要自己来。是你想跟过来的。"

"因为我觉得我们一起会更好。"

"或者因为需要交换的祭品,不是吗?"

"我告诉你了,我本来没打算……"

"好吧,那就有意思了。"爱丽丝说,"在你的本子上,我的名字下面画了三条线。"

彼得转过身,他眼里的怒火让她畏缩。爱丽丝以前从没见过彼得这么生气。"我用不着向你说明理由,"他说,"但如果你认为我是那种人,罗,那你最好一个人在地狱里走。"

彼得继续爬坡。爱丽丝在后面盯着他看了一会儿,然后跟了上去。她没有计划,她只知道自己无处可去,如果她没了彼得,那就彻底迷失了。

爱丽丝的一只脚陷住了,踉踉跄跄,险些失去平衡。她拔出了脚,然后俯身查看。沙子是湿的,但这说不通啊,因为他们正在远离河岸。

彼得在上面崴了脚。

"默多克!"

彼得没有回话。爱丽丝朝彼得跑了过去,但双腿突然动不了了。她想抬腿,但脚被什么东西抓住了。低头一看,竟是一只手。她叫了起来。

水中伸出了死人手臂。爱丽丝跳了出去,但双脚跌进了一个深深的水坑,整个人倒向一边。她这时发现,他们根本不在坚实的地面上——看似是泥沼,其实是沙子附着在水面上,大片大片的水域在等着他们。

有东西在大力拉扯她的膝盖，爱丽丝侧跌进了沼泽里。

水冰凉冰凉的。她睁开眼睛，但宁愿自己闭着眼，因为她看到湖里全都是死魂灵，互相撕咬，扭打，拉扯。他们面目可怖，眼睛赤红，嘴巴怒张。她看不到尽头。他们似乎要永远争斗下去，坠入怒火燃烧的无底深渊，一直延伸到幽暗无光的水域。但丁曾记载道："'……惨淡地没在黑水污泥之中。'这就是他们在喉咙里哼的曲子……"[1]

爱丽丝一脚踹到了某个坚实的东西上，有了一个借力点。缠在她腿上的重物消失了，她往上游出水面，四处扑腾，寻找依靠。来了——她的手抓到了礁石，手指发力，把身体撑了上来。她趴在礁石上，浑身颤抖。这时，她看到不远处似乎有一片礁石伸出水面。她把背包从身上抖下来，朝前掷出，包没有沉下去。她手脚并用地朝礁石爬去。

身后的沼泽静悄悄的，她眼里只能看见泡沫。

"默多克？"她嗓子呛了水，声音尖细。她朝沼泽里扬水，又试了一次。"默多克？"

传来一声沙哑的抽气声，彼得在几英尺外浮出水面，一群死魂灵跟着他一起上来了——手指抓着他的脸、他的眼睛、他的肩膀，想要把他拽回去。爱丽丝惊惶地跪伏在地——他离得太远了，够不着，猎刀也派不上用场。

她猛地抽出永续瓶。沼泽水不是忘川水，她心想。这些死魂灵虽然暴烈，但或许也害怕湮灭。她瞄不准——反正也根本没法瞄准，因为一群怒气冲冲的死魂灵裹住了彼得。她只能把黑水洒出去。水珠在空中划过一道颤颤巍巍的弧线，落到沼泽上就发出尖锐的滋啦声，就像水浇到热锅上一样。

死魂灵退散了。彼得费力地穿过沼泽，朝她走来。三步，两步——

---

[1] 引自《神曲》，[意大利]但丁著，王维克译，人民文学出版社，1997年。

这时,他停了下来,被拉了下去,然后又蹿了起来。一个死魂灵松开了他的背包,牙齿深深咬进了上层口袋。

"把包扔了!"她喊道。彼得摇晃起身子,肩带先后从两侧滑落。死魂灵扑通一声,落回了沼泽中。彼得身子往前探,双手伸向爱丽丝。爱丽丝抓住他的胳膊,把他拉了上来。

他们依偎在一起,尽可能贴紧,只能呼吸,其他什么都做不了。

"山脊。"爱丽丝小声说。她能看见一条狭长无比的陆地——过去就是一道立于沼泽之上的山脊。坚实的陆地。"你能行吗?"

彼得点点头。

她站起身,踮着脚往前走。她险些摔倒,彼得搀住了她。

"谢谢。"她倒吸了一口气,但彼得没有松开手,他的手指像老虎钳一样紧紧扣住她的胳膊,就这么一步一步,两人成功穿过了愤怒殿。

山脊渐渐宽了一些,刚好够一个人双手展开躺下。两人依次从边上走过,瘫倒在地。爱丽丝仰面朝天,躺了挺长一段时间。

"我们得回去。"彼得说。

她坐起身来。"回去哪里?"

"常世花野,墙那边。"

"你疯了吗?墙不见了。"

"我们得求人,我们要找到门神,跟他们讲我们是活人,求他们放我们回上面去。"

"什么?为什么?"

"看看我们的样子。"他扬起双臂,"我的包丢了。你包里的东西也全泡了水。谁知道还有多少粉笔能用。没有食物和水,我们最多能撑三天。要用来做什么,罗?追逐一个我们不知道存不存在的东西,还是找路回家?"

"但那样我们就浪费了……"

"浪费就浪费了，已经浪费了。但我求求你，爱丽丝。"彼得声音沙哑，"我不想死。"

"我们本来也会死，"爱丽丝说，"没有……我的意思是说，我们都上了那条船……我甚至不知道怎么回去墙那边，或者花野……"

"那我们路上见神就求，"彼得说，"连织女也可以求，她没准会可怜……"

"她也可能会把我们永远困在这里！不能保证……"

"但概率总比硬着头皮往前走大，你不觉得吗？我们去过的几个殿至少是可预测的，前方的情况就无从知晓了。"

"我们已经走这么远了。"

"你知道吧，"彼得说，"沉没成本谬误是最常见的日常逻辑误区之一。"

"别扯了，默多克……"

"这是很不寻常的，因为人人都知道它是什么，只是不用它来指导思考。"

"去他的沉没成本谬误，"爱丽丝依旧故我，"我们放弃得太多了，默多克，一半寿命啊。"

"半条命总比没有命强。"

"但你想想他们会说什么。默多克和罗的愚蠢冒险，去了一趟地狱，除了轻度失忆以外什么都没带回来。"

"至少我们回来了，"彼得说，"我觉得，只要我能活着，再多嘲笑也可以忍受，你不也是吗？"

"那肯定，"爱丽丝说，"好吧。我觉得你也不知道怎么穿过沼泽回去。"

他们静静地站了一会儿，从山顶往下看。从高处俯瞰，他们似乎确

第十九章

实找不到回到起点的路。沼泽横亘在他们与岸线之间，愤怒殿四周的崇山峻岭也不见明显的山路。埃尔斯佩思开船带他们行驶过了贪婪殿，所以他们并不清楚横穿贪婪殿的路。目力所及，唯一的稳定地块就是他们脚下的地方，而这条路通往愤怒殿的更深处。

"我们走到专横殿吧，"爱丽丝提议道，"如果我们中途不睡觉的话，一天就能穿越两个殿。那里找到格兰姆斯教授的可能性比较大。"

"那还是解决不了怎么回去的问题。"

"但我们三个人最起码聚齐了，不是吗？"爱丽丝装出乐观的口气，"他肯定能想出法子，他很可能掌握了各种我们不知道的法术。"

彼得脸色一变，但一被爱丽丝发觉便恢复如常。

"行。"他刻意用平淡的语气说，"我背行李。"

她反手扣住自己的肩带："这是我的包。"

"我只是说包太重了，"彼得说，"我们可以轮流背。"

她犹豫了一下，然后卸下背包，递给彼得。彼得把包背上，舒展双臂，继续向前跋涉，再没说一个字。

爱丽丝只能勉强辨认出前方一条穿过沼泽的路。蜿蜿蜒蜒的路细得像铅笔道儿，穿过远方山峦之间的一处垭口。过了垭口，她就只能看见雷电了。

还剩下四个殿。强暴、残忍、专横，以及最后一个——无名的末殿。俄耳甫斯根本没提到它；佛经只说那是无间地狱，收容无名邪灵；但丁说那里关押异端，但与但丁的许多记载一样，这似乎受到了基督教教义的影响。

爱丽丝希望他们不用走那么远。残忍殿肯定就是终点了，最坏不过是专横殿。格兰姆斯教授的罪过是有很多，爱丽丝不否认。但爱丽丝只能将他理解为一个有缺点的悲剧人物，一个在迈向伟大的旅途中犯过错误的人。他心地不坏，只是粗心。他只是思想比其他人更宏大，他是一个身负使命的天才,没有多余的注意力去处理身后留下的伤害。

在山谷中跋涉的节奏让他们很是煎熬。爱丽丝带路,彼得跟随,坚实的地面狭窄、蜿蜒,两人走得战战兢兢。身边的沼泽翻滚、沸腾。每隔一会儿,爱丽丝就能透过浑水,看到下面的一群可怖的死魂灵。死魂灵像桶里的螃蟹似的,相互挤压、拧打。但只要他们在路上走,不去惊扰水域,死魂灵就不会打扰他们。

两人很快就进入了强暴殿,那是一片点缀着岩石的荒漠。沼泽干涸了,岩石地貌也变成了平缓的细沙丘。他们越走越远,大山也显得越来越小。到了日落时分,他们方圆数里内都是一马平川。远处不时传来嚎叫声,爱丽丝和彼得懒得去探察了。

夜幕降临,他们没有停下脚步,只是打开了手电筒,继续跋涉。爱丽丝隐隐感到腿疼,脖子和肩膀一跳一跳地痛。她忍着往前走。她很庆幸自己练习过如何无视身体的报警。她在办公室里度过了一个又一个废寝忘食,甚至忘记坐下的夜晚。她只是一颗飘浮在黑暗中的心灵,翱翔于大地之上。只要她能说服自己,她几乎就可以忘记身体的存在。

"爱丽丝,"彼得停下脚步,手电筒朝着正前方,"看。"

爱丽丝凑到他身旁,问:"看什么?"

"那些巨石,"彼得说,"它们的布局和我们刚刚经过的那片石头一模一样。"

爱丽丝拿手电筒来回照这些石头。一个小石球和一个长方形状的石板。她见过吗?她没注意。之前的一英里,她全神贯注于脚下的地面。

"地狱里大概有很多石头,"爱丽丝说,"大概有很多这种形状的石头。"

他们继续走。五分钟后,他们回到了巨石旁边。矮墩子,高个子。她这次不可能注意不到了。它们和她的记忆完全吻合——石球上面有裂缝，石板上有长长的凹槽。

"我们在兜圈子。"彼得说。

"但不可能啊。"爱丽丝感到一丝恐惧，"愤怒殿在后边，太阳在前边，河在左边，我不明白……"

彼得把手伸进口袋，掏出一片受潮的兰巴斯干粮。他把干粮揉碎，撒在巨石的底部，另有一些碎屑从巨石底延伸出一溜儿，当作记号。

"好了，"他说，"这下就能判断了。"

两人继续前行。五分钟后，他们回到了巨石和干粮屑的位置。

彼得抚摸着太阳穴。"我感觉……我感觉不对劲。"

爱丽丝也有同感。她肚子里有一点翻江倒海，头晕目眩。在任何一个时刻，她的方向感都很确定，前路清晰明了，但每踏出一步，一切就全变了。

"看，"彼得说，"你看到那条线了吗，在那边？"

他卸下背包，跪地匍匐向前，在沙子里摸索。爱丽丝眯眼看了一会儿才看到——沙地上有一条略微隆起的曲线，围着巨石形成了一道结界。她沿着曲线走，走出了一个大圈，不曾离开他们来时经过的地面上。

她敢打赌是正圆。所有魔法师都会画正圆。

"妈呀。"彼得的双手在尘埃里划动，"是埃舍尔……"

他不见了。

爱丽丝刚要喊，她脚下的地面也裂开了。她下落了一小段距离，然后咻的一声，仰面着陆，摔得她眼冒金星。但泥土是软的，痛感很快就过去了。没过多久，她就能站起身来，擦掉进到眼里的沙子。

"你还好吗？"彼得的手电筒光在她周围乱闪。她看到了他枯槁而惊恐的脸。

"我没事，"她喘了口气，"但这是哪儿……"

彼得用手电筒绕着两人晃了一圈。

他们在一个坑里。坑是人挖的,不是天然的。侧壁太平整了,而且与坑底呈九十度夹角。两人大约距离地面 15—20 英尺的样子。地面可望而不可即。虽然看起来不远,但显然跳不上去。就算彼得踮起脚尖,爱丽丝稳稳站在他肩膀上,也还是上不去。

爱丽丝在泥土里四处摸索,找到了手电筒。两人一起检查光滑的土壁,直到爱丽丝的手电筒光照到了角落里的棱格。

"台阶。"她喘了口气,拿着手电扫射四周土壁,拾级而上。谢天谢地,台阶一路通到地表。这不是规整的台阶,而是嵌在土里的短砖块,宽度刚够每次踏上一只脚。但他们还是上去了。

两人胸口紧贴土壁,保持平衡。爱丽丝本应知道他们永远到不了顶,她从看见土里的那个圆圈时就该知道了,但在他们绕过第一个拐角,而地面看起来还是和之前一样远时,她心中还是涌起了恐惧。他们怀着愚蠢的希望,绕过第二个拐角,第三个拐角。他们一直在走,但距离从未改变。他们仍然离地一英尺。

"可恨。"彼得跳了下来,捶墙道,"是彭罗斯阶梯[1]。"

他一说出口,她就认出来了。他们被抛进了一个幂零几何空间。他们在绕着一个幻象旋转。阶梯永远不会带他们出去,因为阶梯用九十度转角构成了一个不可能的往复连环。某人把他们困在了一个埃舍尔陷阱中。

莫里茨·科内利斯·埃舍尔,荷兰人,起初从事建筑设计,后转变为行为先锋艺术家。20 世纪中叶,他凭借描绘不可能空间的画作而成名。他的作品开创了一整个视觉魔法的分支领域,旨在运用幻觉来扭曲物理空间。埃舍尔的技法鲜有人能成功运用,因为施法者必须兼具艺

---

[1] 英国学者莱昂内尔·彭罗斯与其子罗杰·彭罗斯发现的一种不可能图形,又称循环阶梯。

术素养与绘图速度，还要能将多维艺术表征转化为算法语言。直到20世纪70年代末，尼克和马格诺利娅·克里普克夫妇在这个领域独领风骚。

"找到法阵，"爱丽丝小声说，"发现漏洞。"

彼得已经趴在地上扒拉土，翻石头了，希望能找到白垩的蛛丝马迹。但爱丽丝知道这是徒劳。任何有水平的魔法师都会把法阵藏在层层泥土之下。

"咕咕。"

两人齐齐跳了起来。

"咕咕。"

"天哪。"彼得说。

他用手电照向地面。他们上方的石丛里弹出来一只报时鸟。"咕咕。"研究生休息室里就有一只一模一样的，声音刺耳。一到整点报时，所有人都会放下茶杯，起身离开。没有人受得了它的声音。报时声提醒着他们，白日将尽，光阴虚度。这只鸟的弹簧都生锈了，它每隔30秒探出头一次。它的声音不大，但余音不绝，啾鸣声渐渐没入了席卷沙漠的风声。这是信号，爱丽丝心想。快来这里，我们有新发现。

爱丽丝脑中没来由地浮现出埃尔斯佩思的坏笑。

你以为他们为什么喜欢活人？

她试着放慢呼吸。

人在惊恐状态下是不能思考的——每名年轻魔法师都牢记这条教训。她努力收敛心神，拿出考试答卷需要的那种专注力。因为这只是一份卷子，一份很难的卷子，又不会杀头。她只需要忽略后果，尽可能冷静地完成抵消他人法阵的标准流程。找到法阵，发现漏洞——不当的措辞或失误的建构——然后用新的诡计覆盖旧的虚幻……

但这是没用的。克里普克夫妇有很长时间用于锤炼技艺。他们的法阵毫无破绽。这体现在雄浑、笃定的线条中,也体现在每一字都嵌入地形的巧思中。她找的时间越久,心里的压力就越大。

爱丽丝很熟悉这种慢慢发酵的恐惧感。几乎每一个科研项目都会有那么一个时刻,你明白是时候停止尝试了,你付出的所有时间和精力都投进了一个曾经看似有希望,其实根本没有出路的假设。你或许可以硬着头皮做下去,可一旦心田里种下了怀疑的种子,它便会不断生长,根须会长满你的肺,让你无法呼吸,无法思考。你越是想要刮擦一点正面结果出来,项目就越是瓦解。你踩在流沙上,最后大厦轰然倒塌,你只得承认失败。

训练有素的魔法师习惯了这种恐慌。如托马斯·爱迪生展现的那样,科学就意味着失败。科学意味着知道何时止损,重新开始,积累新经费、新假设、新素材、新想法。只要你懂行,你就总可以卷土重来,你总可以提出别的思路。

只不过这次生死攸关,没有从头再来的余地。只有躲不掉的克里普克夫妇和他们渴望鲜血的粉笔。

"不,"爱丽丝小声说,"不,不要,求你……"

但这无关紧要。寻找毫无结果。不管她用手电照哪里,都只能看见毫无破绽的幻象,一丁点粉笔灰都看不见。

彼得已经放弃了。他倚靠着土壁,双手抱头,浑身都在颤抖。但爱丽丝过了一会儿才发现他在笑。

"埃尔斯佩思是对的,"彼得说,"我们好傻。"

"别这么说。"爱丽丝说。

"我本来活着。"彼得的肩膀剧烈抖动,"我本来活着,开开心心,我本来活得好好的,可还是跑过来做这件傻事……"

"这不傻。"

"毫无意义……"

"我们是来找格兰姆斯的，这是值得的……"

"闭嘴，罗。"彼得按住脑门，"你听不出你话里的绝望吗？这一切只为了你能跑回去当他的宠儿。"

"他的宠儿？"

"那不就是你吗？"彼得假笑一声，声音尖厉而无情。这是爱丽丝听到他发出过的最无情的声音。"哦，格兰姆斯教授！你好聪明，格兰姆斯教授！带我去罗马，带我去威尼斯，我只想挽着你的胳膊，喝一杯起泡开胃酒。"

"默多克，别说了。"她差点想扇他一耳光，"你什么都不知道。"

"是吗？"彼得双眼发红，"你不是爱上了他吗？不全是为了这个吗？"

爱丽丝不知道是该大笑还是该尖叫。彼得肯定是在说笑，但他的眼里满含泪水与悲伤，只是一味地盯着爱丽丝。爱丽丝意识到，彼得是认真的。

"我恨那个人，"她说，"他死的时候，我觉得自己又能呼吸了。"

"那你为什么下来？"彼得热切地低语道，"到底为什么……"

"因为是我的错。"爱丽丝断断续续地呼出一口气。接着，她大声说出了她憋了几个月的话，因为这句话说出来就成真了，而她不想让这句话成真："是我杀了他。"

第二十章

学界的性别歧视问题已经是老生常谈，爱丽丝早就不当回事了。1893 年，剑桥大学评议会提议向女学生颁发正式学位，抗议的学生在国王街尽头悬挂了一具塑像，形象是一名骑自行车的女生。提案搁置后，抗议者将那具塑像斩首、碎尸，以示庆祝。又过了将近一个世纪，牛津与剑桥的所有学院才统一招收女生。莫德林学院是其中最后一个，该学院直到爱丽丝入学那一年才开始招收女生。开学那天，男生戴上了黑色腕带，学院还降下了半旗。

尽管如此，爱丽丝这一届女生普遍认为，女性主义是一股令人尴尬的潮流，是已经结束的 20 世纪 70 年代狂热的余温。爱丽丝绝对不想跟它扯上关系。她对克里斯蒂娃和伊利格瑞[1]不感兴趣，对万事万物像对阳具一般不感兴趣，对篡改语言、除掉 history（历史）里的 his（他的）不感兴趣。她受不了那些尖叫的活动家，那些人相信只有做女同性恋才具有政治正当性。焚烧胸罩，丢弃洋娃娃，不断吟诵那个可怕的词语"歧视"——这一切都太令人尴尬了，不太像干革命，倒更像是耍性子。

---

[1] 朱莉亚·克里斯蒂娃是法籍保加利亚裔女性主义哲学家。露西·伊利格瑞是法国女性主义理论家。

要想证明女人不比男人差，最好的办法似乎就是比男人优秀。

那能有多难？

读本科时，爱丽丝有几门课和一名叫莱西·卡德沃思的女生一起上。当莱西觉得同学以非常"男性化"的方式与她争论，或者暗示女生做不好逻辑学时，她常常会落下眼泪。莱西偶尔会向爱丽丝求助，爱丽丝一概回避。别来找我——爱丽丝心想——我们不一样。爱丽丝觉得莱西给女性抹黑了，莱西的诉苦证实了男性对女性的一切看法，莱西把精力投入了错误的方向。当然，系领导都是眼神来回乱瞟的无趣老男人，他们觉得女生只会生孩子，这些男人很快就会入土。再说了，做研究多有趣啊！

但是，爱丽丝没有为性别歧视之恶劣做好准备。其恶劣程度不仅惊人，甚至令人发笑。她读本科时没有接触到最坏的情况。一来，她的导师是个好人，二来，本科生无足轻重，大灰狼们懒得去管。因此，她来到剑桥大学时大受震撼。没错，长聘教授真的可以问她打算什么时候怀孕（希望她读博期间不要怀孕，但最好在30岁之前怀孕，之后子宫就退化了），问她有没有跟其他系的男生约会（如果她自己没找到教职的话，她有更大的机会跟着丈夫获得一份工作），还问她考不考虑做科研时穿短一点的裙子（这会让男研究生更有干劲）。

这足以把任何人逼退学。大部分剑桥女生的处境当然是艰难的。贝琳达长得那么漂亮，又那么注重外貌，但她很快就脱下了女式丝绸衬衫，换上了男式牛津纺衬衫。但这并未奏效，男生们给她起了个诨号——阿克西忒亚[1]。凯蒂是系里的青年教师，爱丽丝有时会找她喝咖啡。她剃了个贴头皮的板寸发型，结果起了反效果，系里有谣言说她是女同性恋。艾达和杰拉尔丁刚结婚，就马上离开了分析魔法系——据爱

---

[1] 阿克西忒亚，历史上著名的女扮男装的人物，她在柏拉图学园读书时为避免麻烦而女扮男装。

丽丝所知，她们也离开了这个学科——再也没有回来。

然而，爱丽丝依然笃信看似不可能的中道：女性气质与对男性的屈从之间或许存在某条完美的界线，她的衣着可以艳而不妖，她可以让同学既因为她是女性而关注她，又因为她是学者而尊重她。虽然中道存在的概率微乎其微，但爱丽丝依然抱持希望。读博这项事业依傍于渺茫的希望。魔法师就是与阿喀琉斯赛跑的乌龟。当身后飞毛腿的身影越来越大时，乌龟必须欺骗自己，相信时空会静止不动，这样才会保持领先。

如果有人问爱丽丝，为什么她从来没有举报过格兰姆斯教授对她的言行，她会说没有什么好举报的，因为错的是她。

看吧，错的是她。在她听说格兰姆斯教授有对女学生动手动脚的毛病时，她感到一阵激动。对，她表面会佯装恶心，但她在内心里会琢磨自己够不够漂亮，够不够苗条，够不够获得教授的关注。据说格兰姆斯教授喜欢长得像芭蕾舞演员的女生，那些身材纤细、有恋父情结的可怜人。于是她回家后把头发盘到脑后，心想自己能不能通过检验。

错的是她。她晚上有时候会幻想格兰姆斯教授的双手搭在她的肩上，教授的双眼凝视着她的双眼。这些幻想从来没有转向肉欲。从理论层面看，她想要这样的事发生。但是，玷污格兰姆斯教授的光辉似乎是不对的，不应该将他贬低为一具色欲缠身、大汗淋漓的肉体。格兰姆斯教授不能与那些呻吟、饥渴的本科男生相提并论。只要她的手碰到他们的裤裆，他们就会变成没有思想的动物。她爱的是格兰姆斯教授的思想，是锋利的慧刃。

爱丽丝不知道她对两人的结合有何期许。她想要格兰姆斯教授把她吞进肚里。她想要成为萨杜恩手里的那团肉块[1]。她想要成为他。她不知

---

[1] 萨杜恩是古罗马神话中的农业与丰饶之神，为了避免子女争位而将其吞噬，相当于古希腊神话中的克洛诺斯。

道是哪一种。

爱丽丝不傻,她知道师生恋会毁掉她的职业生涯。早在她和格兰姆斯教授见面之前,贝琳达和希拉里就给过她很多警告。她坚决不接受一起吃饭或喝酒的邀约,她轻描淡写地撒谎说她有男朋友,她没有空。在格兰姆斯教授面前,爱丽丝不会穿着过于随意,甚至跟他独处时都必须开着门。爱丽丝用上了从五六年来的学院生活中习得的所有技巧。

但天哪!在德与罪之间的边缘地带踩线实在是太刺激了。格兰姆斯教授上课时将目光落到爱丽丝身上,教授的双唇随口夸赞一句她的想法,她都会心旌摇动。她好喜欢做格兰姆斯教授的宠儿——爱丽丝做到了,你们其他人照着爱丽丝学就可以了。

爱丽丝知道格兰姆斯教授觉得她有吸引力。她也注意到格兰姆斯教授会久久凝视着她,常常把手搭在她的肩膀上,频率超出了应有的程度。这些迹象打消了她的怀疑。只要给导师机会,就一定会跟她睡觉。这赋予了她一种扭曲的力量感,前提是她不付诸行动。因为她可以,所以她可以。她只需要说一句好。爱丽丝知道,这可能就是格兰姆斯教授为什么挑了她当学生,为什么带她去开会和出差。她知道大家关起门来是如何议论格兰姆斯教授的,有时候是当着他的面说的。格兰姆斯教授喜欢挽着漂亮女生招摇。好吧,如果只是挽胳膊,那也没什么,只要对你有好处,偏爱就没什么。

爱丽丝懂得踩线的门道。她喜欢惊艳整个会场,凭借她的专业素养与镇定自若,也凭借她的修身短裙和咔嗒咔嗒的高跟鞋。老家伙讲下流笑话时,她总会歪头窃笑。凡是有人想跟她搭讪,她都会一口回绝。

"别找爱丽丝。"她有次听见格兰姆斯教授对一个男青年说,后者整个晚上都在对着她笑,"她把研究看得太重。"

这句夸奖让她私底下乐了好几天。格兰姆斯教授认真对待她,他觉得她把研究看得太重!

她以为自己已经进入了看似不可能的理想境界：可亵玩却触不可及、贞洁而无瑕的女孩。她集万千特质于一身。女性主义第二次浪潮正在退潮，爱丽丝这一代的女孩厌倦了这样的说教：她们天生就是被强奸，被压迫，被噤声的。这幅图景确实是不完整的，女性确实是有一些力量的。爱丽丝美艳而矜持，这让她产生了一股优越感，哪怕她眼睁睁看着格兰姆斯教授跟其他女性参会人员走进了酒店房间。她们是后宫，而她是魔法师。

有一次，爱丽丝在办公室里熬夜工作，格兰姆斯教授领着一个咯咯傻笑、一步三摇的金发美女走了进来。她是系里的新秘书。爱丽丝那周给了她一摞批改好的试卷，让她放到本科生的信箱里。这是她们俩之前唯一的会面。秘书是肯辛顿人，名叫夏洛特，干脆利落，让人觉得不好意思浪费她的时间。她的头发像黄油一样闪亮，从腿形来看，她以前似乎跳过舞。

"哎呀！"夏洛特喘着气说，"别闹了。"

"我不管，"格兰姆斯教授说。这是爱丽丝听他说过的最不专业的话。

"你个坏……"夏洛特刚开口，格兰姆斯教授就把脸埋进了她脖子里，她咯咯傻笑，"你个大坏狼。"

爱丽丝一动不能动。

爱丽丝被允许在场。格兰姆斯教授其实知道爱丽丝在场，因为当初就是他让爱丽丝加班的。他可能已经忘了，但这不意味着爱丽丝做错了什么。哪怕灯关了，哪怕讲道理，任何人都会觉得办公室里没人。尽管如此，爱丽丝本应让他们知道自己在场。但既然她没有在他们刚进大楼的时候出声，现在出声肯定会吓他们一跳。

往门边走，肯定会被看见。爱丽丝不想跟个傻子一样，趴到桌子下面躲起来。她慌了，唯一的选择似乎就是站在原地。她的心脏突突跳，张口结舌，眼看着格兰姆斯教授带着夏洛特在实验室里转悠。

幸好，格兰姆斯教授和夏洛特往他自己的实验室去了。只要他们进去，然后关上门，那她就能偷偷溜走了。

他俩并没有进门，而是倚着黑板亲了起来。夏洛特在呻吟。格兰姆斯教授抱起夏洛特的腿，将她压在墙上。他的双手对夏洛特做了什么，让她的声音高了几个八度——一声忽高忽低的悠长呻吟。

爱丽丝僵立原地，吓得魂不守舍。她要不要进入这幅画面呢？她心想。夏洛特又呻吟了一声。爱丽丝的手落下来，砸到一个烧杯上。烧杯没有碎——它离桌边太远了——但碰到了另一个烧杯。清脆的声音响彻房间。

格兰姆斯教授抬起头，眼睛半闭半睁，死死盯着爱丽丝的眼睛。他没有停下动作。

爱丽丝的心都不跳了。

她抓起学生证，匆忙跑了出去。一路上，她都感觉格兰姆斯教授的目光在灼烧她的后背。直到她出了正门，进入冰冷的夜色中，才喘了一口气。

爱丽丝觉得夏洛特不知道她在场。在走廊里与夏洛特擦身而过时，她有时会在心里琢磨。接下来的几周里，爱丽丝发现，每当格兰姆斯教授从夏洛特的办公室门前经过，夏洛特就会脸色一亮；夏洛特跟格兰姆斯教授打招呼，若他没有回应，夏洛特的肩膀就会塌下去。爱丽丝留意到了夏洛特仪容的细小变化——她不涂口红了，她不讲究上衣和鞋子的穿搭了，她渐渐地不再洗头、梳发了。她留意到夏洛特对着系里的其他女性攥拳、眯眼、怒目而视，尤其是贝琳达。当爱丽丝注视着爱丽丝暗沉、憔悴的面容时，她有时会想，夏洛特会不会对她吐露心声。但夏洛特只会客气地道一句："早啊，爱丽丝。"

爱丽丝有时在想，那次邂逅会不会是她凭空捏造的，或者是添油加醋地构思出来的。她那会儿是不是在神游？毕竟她熬夜干活儿时总会溜号。

但她无法将这件事从头脑中清除。毕竟，她有着过目不忘的记忆能力。

爱丽丝看到格兰姆斯教授时总会想起夏洛特的笑声，她一弹一弹的大腿，她愉悦的喘息声。爱丽丝听到她的声音时总会想到那一声低吟。

我不管。

爱丽丝开始将这些惊惶的闪回场景误当作自己的欲望。她老是想起来，这难道不是她的错吗？她本来可以不用看到那么多的，只要她让他们知道自己在场，只要她没那么变态，没那么淘气，没那么渴望留下来看。

她说不出格兰姆斯教授滥用职权与她同流合污的边界在哪里。她搞不清自己做错了什么。

因此，当这一切变得太过沉重，当她的学业开始受到影响，当她开始觉得自己在他眼里不再是真正的学者，而只是两条走来走去的腿时，她无法谴责任何人，只能归咎于自己，是她表现得像一个头脑空空的缺爱荡妇。

她从一开始就应该明白。

她是直接走入狮巢的羔羊，因为她想窥视其中的乱象。她内心深处有一个部分想要被吞噬。她觉得，那天晚上，她与格兰姆斯教授四目相对的那一刻，格兰姆斯教授肯定就知道了。或许格兰姆斯教授从头到尾都知道。

事情发生在他们参加完利华休姆奖章颁奖晚会之后。两人都沉醉在众星捧月的关注之中，飘飘欲仙。他们在利物浦街站搭上回程的晚班列车，然后打车回到系里——是系里，不是各自的住处，因为格兰姆斯教授在车站说，他们必须先去一趟他的办公室，拿几份文件。爱丽丝正在兴头上，又精疲力竭，没有细想这个再明显不过的借口。

两人在系里不停地傻笑，东碰西撞。格兰姆斯教授身体失去平衡，抹花了一组算法。那是米凯莱在黑板上努力一周的成果，他在厚厚的白垩层上画出了一个五指形状的完美圆弧。当时，他俩都觉得有趣极了。到了办公室，格兰姆斯教授说要提前制订下个学期的课程计划。这个借口太荒谬了，因为他们两人都完全不在制订学期课程计划的状态。

他们在办公室里演了一出十足的滑稽戏。踹房门，丢东西，摆弄钥匙。爱丽丝喝得烂醉，注意力集中在那个借口上，到格兰姆斯教授的办公桌里翻找讲义。在那一刻，她觉得世界上最要紧的事就是找到讲义。

"讲义就在这里，"爱丽丝念念有词，"我昨天打印好的，就在这里。"

"爱丽丝。"格兰姆斯教授说道。

她站了起来，转过身子。

格兰姆斯教授穿过房间，双手捧住她的脸。

他本意是制造浪漫，但爱丽丝当时只觉得自己被困住了。她的脸颊在男人的铁钳中吱嘎作响。他贴近的脸好大，大到让人无法忍受，仿佛在电视屏幕上放大了一样。

爱丽丝渴望了无数个夜晚的面容——浓黑的眉毛，尖鼻子——此刻距离不过几英寸，突然间看起来无比怪诞。太人性了，太饥渴了。她仰慕的所有品质——才华，聪颖，犀利而无情的智力——归根到底，还是镌刻在一具粗鄙的肉身之中。他呼吸急促，还有口气。爱丽丝在憋笑。

兴奋感转瞬即逝，笑声消散在了喉咙里。

"我知道。"他误以为爱丽丝是因愉悦而发抖，"我在你的眼睛里看到了，爱丽丝，我也感觉到了。"

"不。"爱丽丝喘不上气了。

"没关系的。"格兰姆斯教授抚摸着她的后脑勺,眼睛打量着她,咧嘴露出笑容。几年来,她一直仰慕着这副笑容,带着魅力超凡的暖意的笑容。现在,这副笑容让她恐惧。全是造作,全是淫浪。我的天,他的牙齿好白。

格兰姆斯教授的另一只手摸上了爱丽丝的腰,顺势往下。

"你个勾人精。"他说。

"天哪,你的肋骨。"他说。

爱丽丝觉得心脏快要爆炸了。她真的觉得,不等事情有进一步发展,她的心就要炸出胸膛了。她人生中第一次感觉自己成了落入陷阱的野兽,弱小无助,作茧自缚。

那晚,最让爱丽丝感到羞耻而无法从头脑中抹去的是,她当时险些就同意了。

只要爱丽丝给了格兰姆斯教授想要的东西,那一切就简单多了。他满足了自己的欲望。爱丽丝让他满意了,高兴了,可能就有了喘口气的机会。办完事以后,趁着两个人都累了,爱丽丝或许可以请他指点她的研究计划。夏天申请额外经费时,爱丽丝或许可以请他美言几句。爱丽丝甚至可以乐在其中。她确信,如果她能将头脑分成两半,如果她完全无视掉正在尖叫的那一半自己,如果她沉浸在醉醺醺、晕乎乎的兴奋状态里,那晚就可以变成一个稍微野了点的欢乐夜。

事情可能会继续发生。只要你同意了一次,那就意味着今后一概同意。但话说回来,她再过三年就走了。过了三年,她就会毕业,拿到推荐信,去某所新学校,她会做出令人惊叹的学术成果,大家很快就会无视她身边的流言蜚语。或许在她毕业前,格兰姆斯教授的目光就会落到另一个眼里有光,浑身散发着能量的博一新生身上,那样她就可以专心做自己的研究了。

区区三年,有什么忍不了的。

第二十章

爱丽丝的身段变得柔软了，感觉自己为他张开了嘴唇。她本来当场就要屈服了。但她突然感到一阵压倒一切的恶心。

格兰姆斯教授可不是系里的某某某，这个男人是她的导师，她的心智守护者，她的师长。

"我不想要，"她用尽全身力气才将这几个字挤出喉咙，"教授……"

格兰姆斯教授的嘴唇啃着她的脖颈。"那是什么？"

"我不……"

爱丽丝看见他身后有人在动，吓了一跳。

实验室远端的光柱下，站着彼得·默多克。他手里抱着书，书上摆着一盒粉笔。他呆呆地立在门口，一只手抬起，好像刚刚是要敲门。

格兰姆斯教授没看见彼得。但爱丽丝看到彼得微张着嘴巴，慢慢从门前离开。她的视线堪堪越过格兰姆斯教授的肩膀，与彼得只有瞬间眼神交会，然后他就转身离开了。

"求你了。"她总算鼓起力气，挣脱了格兰姆斯教授的束缚。格兰姆斯教授不想放她走，她必须猛力扭打，奋力挣脱束缚。终于，爆发而出的蛮力似乎让格兰姆斯教授明白了，爱丽丝的挣扎不是调情。"我不……"

"别害怕。"

"不！"爱丽丝发出了尖叫。她第一次发出了真正的声音，至少是格兰姆斯教授第一次听到的声音。有效果。格兰姆斯教授向后退去，爱丽丝挣脱了他的束缚。

"爱丽丝。"格兰姆斯教授朝在走廊里快步离去的爱丽丝呼道，声音一如既往地平和。仿佛他们什么都没做，只是看了课程大纲。他的声音变得严厉起来："爱丽丝，回来，你给我回来。"

但她已经逃离了走廊，心脏在两肋间狂跳。虽然她知道格兰姆斯教授不会跟踪她，虽然她落下了自己的大衣，虽然她的高跟鞋踩在石子路上摇摇晃晃，一点都不稳当，但她没有停止奔跑，直到走过街道，上了桥，沿着河，一路回到了自己的公寓。

那晚之后，格兰姆斯教授变得冷若冰霜。

爱丽丝对此早有预料，但他突如其来的翻脸还是让爱丽丝很难受。第二天，爱丽丝怯生生地来到实验室，发现自己的工位空无一物，她的东西全被搬到了走廊尽头的助理办公室。她犹豫地往他的办公室溜达，自欺欺人地希望是弄错了。但夏洛特通知她，格兰姆斯教授整个上午都在伦敦。格兰姆斯教授回来的时候正赶上茶歇，爱丽丝与其他研究生一起站在走廊里。爱丽丝抬头跟格兰姆斯教授打招呼，但他从爱丽丝身边快步走了过去，一个字都没说。

"你干什么了？"米凯莱问道。

"我不知道。"爱丽丝说。

"他看着气冲冲的，"米凯莱说，"我从没见过他这么生气。"

第二天，格兰姆斯教授没跟爱丽丝说话，第三天也没有。这种冷战若放在其他任何人身上，都会显得幼稚而可笑，但放在格兰姆斯教授身上，她吓坏了。她看不到冷战结束的迹象，她不知道格兰姆斯教授何时会打击报复，或者是否打算施加更严厉的惩罚。她甚至不知道格兰姆斯教授的脑子里还想没想着她，不知道他有没有干脆把她扫出了考虑范围。爱丽丝一靠近格兰姆斯教授的办公室就战战兢兢。他一在身边，爱丽丝就要屏住呼吸。日来夜往，她只能希望获得格兰姆斯教授的宽恕。

的确，爱丽丝有继续来系里的理由。她有课题要做，有论文要写，有课要教。格兰姆斯教授不能直接否定她的工作。她事情做得很好，而且已经多次在其他老师面前证明了自己的才能。格兰姆斯教授不能在大庭广众之下继续无视她。至少在公开场合，他必须装出一副好导师的样子。他比爱丽丝更不想招惹风波。

但格兰姆斯教授可以用一句句评语、一次次怠慢打击爱丽丝的信心——微观上的打击。他不再欢迎爱丽丝去他的办公室喝茶了。最新一期的语言魔法学论文集的主编是格兰姆斯教授。消息公布后，他没有邀请爱丽丝供稿，虽然她是以伪友和伪同源词[1]为题，撰写绪论章的当然人选。格兰姆斯教授指派了一个连格兰姆斯的名字都写不明白的博一学生。

这种情况持续了几个月。

同时，彼得在格兰姆斯教授眼中的地位重新获得了提升。那年夏天，他犯下的奇怪疏忽都被抛诸脑后。每当爱丽丝走过格兰姆斯教授的办公室，她都能透过窗户看见彼得在里面。两人谈话间，彼得的身体靠在格兰姆斯的椅子边上，手舞足蹈。突然间，所有人都在谈论彼得和格兰姆斯教授合写的激动人心的新论文，说它肯定会在《奥秘》上发表，可能会为集合论领域带来变革，乃至让伯特兰·罗素在坟墓里辗转反侧。

系里的其他人都察觉到了变化，虽然他们都猜不到实际发生了什么。老师们以为是爱丽丝研究做得不好，惹恼了格兰姆斯教授，于是开始对她客客气气。他们见过油尽灯枯的学生，目睹过车祸前部件老化的过程。

"雅各布是严厉，"伯恩教授有一天在休息室跟她讲，"但是，保持昂扬向上的姿态，做出好成果，很快就会回归正常，好吗？"

本科生本来就容易大惊小怪。他们见到格兰姆斯教授对爱丽丝说话的样子，就以为她散发出的丧气会传染（他们或许是对的）。他们渐渐不去上她的课，改投米凯莱和彼得了。研究生则要精明一些。他们明白，就像人人都明白夏洛特是怎么回事一样。哪怕他们只能察觉到故事

---

[1] 伪友和伪同源词指在两种语言中书写形式相似，但意义不同的词语。比如，"天井"在汉语里是中庭的意思，而在日语里是天花板的意思。

的大纲,但他们明白。米凯莱心怀同情,跟她打照面时,总是露出善意里带着悲哀的笑容。但贝琳达对爱丽丝变得相当冷淡。爱丽丝觉得她认为——这可能也无可厚非——爱丽丝早就该明白这些事。假如爱丽丝没有做出一副风尘相,假如爱丽丝像贝琳达一样,一贯谨小慎微,她就不会落得这般下场。

消息传开了,爱丽丝也听到了。到最后,系里的每个人都对爱丽丝有了某种意见,不管是怜悯,是看不起,还是低俗的好奇心。不过,爱丽丝早就习惯了流言蜚语。她毕竟是格兰姆斯的学生。要不是彼得的话,她本来可以经受住一切。

她忍受不了彼得的变化。

那天晚上以后,彼得就尴尬得让她受不了。彼得好像不知道怎么与她相处了,他好像对她既害怕,又生气,还带着困惑。彼得甚至连同门的面子都不顾了。他从来不直视爱丽丝的眼睛。如果他有事情跟爱丽丝说,十次里有五次要找本科生带话。有一次,爱丽丝隔着实验室跟他问好,他连手里的咖啡都洒了。她曾经以为冷漠是彼得能做出的最无情的事,但她宁愿彼得冷漠,也不想要现在这样的敏锐、紧张,还有生动,太过生动的记忆。爱丽丝常常看到记忆中的画面,她每次看彼得,记忆与现实就会叠加在一起。门口的彼得,他抱在胸前的书,一只颤抖的手。两只眼睛瞪着,满脸憎恶的神情。

爱丽丝常常想告诉彼得真相。她知道彼得想的是什么,而她想让他知道事情不是他想的那样。啊,可她好羞耻!一回想起彼得那双瞪得大大的、写满了困惑的眼睛,她就想钻到地缝里。受彼得憎恨,还是讨彼得怜悯,她不确定哪一种更糟。"我出了一件事情。"她会说,然后彼得再也不会尊重她了。

她最终决定:怜悯比厌恶好。至少要有一个人知道那不是真的。她最起码得试一试。彼得·默多克就是那个人,他或许能够理解她说的话，能够从千丝万缕的细节中拆解出真相。花了好几周的时间，她终于鼓足勇气，要去跟彼得解释了——假如她没有先跟贝琳达说的话。

"你知道默多克今天什么时候来吗？"爱丽丝问贝琳达。

"彼得？"贝琳达耸耸肩，"不晓得，我还以为他成夜行动物了。怎么了，有什么事吗？"

"没事，挺傻的……就是想聊聊这篇论文，我不想惊动格兰姆斯。"

"对哦，格兰姆斯。"贝琳达脸上露出了奇怪的表情，"你知道吧，彼得他是说了些话。"

"他说什么了？"爱丽丝浑身发凉。

"啊，没什么。"贝琳达做出了口型，但没有发出声音。她看上去好像在决定要怎么拐着弯说出来，怎么旁敲侧击，而不直接控罪。"他只是说你和格兰姆斯教授走得……有些近。"

"他说了这话？"

"有些事……关于一天深夜，你当了老师的玩物？"

爱丽丝感觉脚下的大地塌陷了。

"你知道这不合规章，对吧？"贝琳达眯起了眼睛，"你非要闹得尽人皆知吗？"

爱丽丝说不出话。她心中卷起了狂风，高塔坍圮，唯余瓦砾尘埃。她朦胧地感觉贝琳达还站在原地，噘着嘴等待答复。她知道这是她唯一的自辩机会。如果她现在不说的话，流言就会越传越邪，越传越真，直到举系皆知——埃尔斯佩思·班克斯因竞赛失利自杀，爱丽丝·罗跟格兰姆斯上床了。

话还是没说出口。她能怎么辩护呢？

"你……我的意思是，那不是真的，对吧？如果我结论下得快了，我道歉。"贝琳达的表情缓和了下来，"来吧，爱丽丝。你可以跟我讲。"

爱丽丝当时心中有千言万语。但何必呢？没有意义，一切话语都没有用，是装相，是废话。贝琳达盯着她，等她开口，但爱丽丝只是转身离去。

从那以后，爱丽丝旋即心乱如麻，她的自尊心跌到谷底。她变得喜怒无常，做研究也是时好时坏。她用尽办法，想要重获格兰姆斯教授的欢心，但用力过猛只会让对方更看不起她。

在最低迷的时候，她试着再去勾引格兰姆斯教授。她穿上了格兰姆斯教授说他喜欢的黑色打底袜和短裙，她解开了上衣领扣，她把旧把戏用了个遍：富有暗示意味的跷腿坐姿，刻意弯腰展示的臀部曲线。

我来了，她想要告诉他。我愿意，要我吧。

他假装她不存在。

爱丽丝努力过了，她真的努力了。到了今天这个地步，她不能放任自己的事业这么快就被冲进下水道。她去海伦·默里的办公室寻求建议。

海伦不是特别喜欢爱丽丝，不是因为她做了什么，而是因为她是格兰姆斯的学生。海伦·默里跟雅各布·格兰姆斯有仇。他曾在大庭广众之下说她是荡妇。她当系主任的那几年，年年逼着格兰姆斯教本科通识课。但爱丽丝那天早上觉得，他们的敌意或许对她有利。

"你好，爱丽丝。"海伦·默里似乎在等她来。不管怎么说，爱丽丝不是她的学生，不参加她组织的研讨课，而她也没问爱丽丝为什么过来。"喝点茶吗？"

"不喝了，我不用。"

"喝点茶吧。"

爱丽丝坐下来，接了一杯茶。

海伦·默里有一个广为人知的仪式，那就是谈正事前必须先烧水，称茶叶，泡上整整五分钟。仪式完成前只能和她说闲话。这是她最有人

第二十章

性的一面。海伦·默里关心你,她关心你生活得好不好,你参加什么课外活动。因此,爱丽丝希望海伦·默里会听她说话。

"你把事情告诉我吧。"海伦拿着勺子在茶杯里搅动。

爱丽丝断断续续地解释了起来。

等她说完了,海伦沉默地坐了许久。接着,她摘下眼镜,上下打量爱丽丝,叹了口气:"对待这件事,我们就别那么幼稚了。"

"呃,我不太懂。"

"你让我吃了一惊,爱丽丝,人们以为你知道那会是什么下场。"

"下场?"

"亘古不变的戏码。看看亚里士多德和菲利斯,梅林和摩根勒菲[1]。我们系里的男孩子,他们从来不吸取教训,与饥渴的野兽无异。你是在剑桥啊,你不知道吗?"

爱丽丝拿不准海伦是不是在开玩笑。她知道典故。她也看过那幅木版画,图中亚历山大的情妇菲利斯赤身裸体,把亚里士多德当马骑。画面很滑稽,亚里士多德的样子也很可笑,但爱丽丝不明白这对她的事业发展有何实际指导意义。

"但……我的意思是,他们那么对待女性,这不公平。"

海伦翘起了嘴:"哟,你现在是女性主义者了!"

这句话一针见血——是陷阱最初的征兆,但爱丽丝心里太乱了,没看出来。海伦负责组织在剑桥举办的女性魔法从业者年会,但爱丽丝从来没去过。她这一届的同学都懒得去。贝琳达第一年去过一次,回来的时候翻着白眼说,那就是一帮怨妇,一心盼着男人死。爱丽丝这一届里

---

[1] 菲利斯据说是亚历山大大帝的情妇,身为老师的亚里士多德曾告诫亚历山大不要过分亲近菲利斯,结果自己也未能抵住菲利斯的魅力,对她产生了欲望。摩根勒菲是亚瑟王传说中的人物,相传是亚瑟的姐姐,法力高强。她一生中有许多情人,包括法师梅林。

没有一个女性主义者,她们对这个标签避之不及,觉得只会给自己惹来麻烦。

"我不是那个意思,"爱丽丝说,"只是……我不知道该怎么办。"

"当然了。"海伦放下杯子,"那你为什么来找我呢?"

那应该是明摆着的吧,爱丽丝心想。海伦清楚她为什么会来这里,而不是去卡斯帕·斯图尔特或亚伦·伯恩的办公室。

"因为我们之间拥有许多共同点?"

这个问题也是陷阱,但爱丽丝上钩了。她以为眼下算是女性互助,于是不禁点头。

"不,亲爱的。"海伦抱起双臂,身子往前探,"其实,我们毫无共同点。"

陷阱合上了。

"你这种女孩看不上我这种妇女。不是吗?你们认为,我们坚持主张男女有别是错误的,你们觉得我们的运动令人尴尬,你们觉得我们怨言太多了。"

她的指控是正当的,所言皆是实情。但爱丽丝有这种想法一直都是偷偷摸摸的。她确实无法为自己辩解。

海伦步步紧逼。"你们怎么不会这么想呢?你们从来没见过上锁的门。你们的母亲受过良好教育,你们读的是男女合校,于是你们就觉得全世界都向你们敞开。你们想穿休闲裤,想穿衬衫,想不戴胸罩,想跟男孩子通宵畅饮,你们想要获得所有人的平等对待。"

爱丽丝心想,海伦等了很久才说出这番话,她一直在蓄势待发,注视着她、贝琳达和大厅里的其他人,等待着第一个来找她的人。这跟爱丽丝自己没关系,甚至跟格兰姆斯没有关系。海伦想要宣讲,爱丽丝只是听众。

海伦的身子又往前探了探,说道:"我这种妇女和你这种女孩的差

第二十章　289

别是,我们一直明白斗争永无尽头。你们这批人选择去过仿佛跳脱了规则的生活,你们似乎成功了。我为你们这些女孩喝彩,我支持你们。我希望我也可以做同样的事。但你们不能只在不如意的时候才喊狼来了。爱丽丝,你必须明白一点,你不能只在符合自身利益的时候才寻求女性主义的庇护。"

"我没喊狼来了,"爱丽丝绝望地说,"我只是……我需要指引……"

"那你想要换导师?你想跟着我?"

这是爱丽丝没有料到的。她没打算换导师,甚至不认为换导师能解决问题。她的表情可能出卖了她,因为海伦大笑了起来。"你当然不想了,你没那么尊重我。你觉得我是……那话怎么说来着?夫妻打包入职?"

"我没有……"

但爱丽丝当然是这么想的,毕竟大家都这么说。他们一开始是听导师说的,然后传为笑谈,在大半夜的酒吧里议论着:海伦发过文章吗?有人把海伦当回事吗?她老公要是跟她离婚了可怎么办?而教授们的耳目远远比任何人以为的要灵通。爱丽丝早该知道这一点,因为她知道格兰姆斯很清楚别人怎么说他。

"当然了。"海伦从爱丽丝的表情中得出了肯定的答案,"那就是不想了。那你想去报警吗?"

"什么?不……"

"那举报呢?"海伦说得很开心,"你想让学校训诫他,逼他给你写道歉书吗?这会让你感觉好一些吗?"

"不要……"

海伦扬起双手。"那就请你明示,我们在这里做什么呢,爱丽丝?你想要什么?"

爱丽丝觉得自己好蠢。

为什么她不给出任何答复？这个问题有那么难吗？她就像一个根本看不懂卷子的考生。所有矛盾都显现了出来，而她无法得出一个综合的答案，因为她的立场全都站不住脚。她既想让格兰姆斯关注她，又想要他尊重她。她喜爱他的权势，除非他用权势来对付她。她不想要女性获得特殊待遇，但还是感觉受到了冤屈，她觉得只有女性才会蒙受的那种冤屈。海伦是对的，她不能占尽好处，她不能既相信自己所做的一切，又跑出来抱怨。但话说回来，这难道没有什么不对的地方吗？她果真就罪大恶极，活该受伤吗？

她想搞清楚这个最基本的问题：她到底想要什么？如果她一挥魔杖就能解决问题，那她想要什么样的结果呢？

归根到底是一件事：她想要格兰姆斯尊重她，重新喜欢她，重新做她的老师。但海伦对此帮不上忙。格兰姆斯对她的态度是不可动摇的事实。许愿改变不了什么。

事实上，她所有的愿望都是荒谬的，她想要一切都不曾发生过，她想要恢复理智。她希望自己不只是一具身体，不只是肉，不只是一件东西，可以任人往上面刻东西，观察其反应，甚至无聊时拿来玩弄。她想要实现自我的承诺。她想要一个关心她，尊重她的思想，不把她当成傻瓜的老师。

但这一切都是童话。她一直在卖弄风情，早就堵死了其他的选项。她作茧自缚。

没有意义，她的内心是无助的。把事情捅出去没有意义。那样就全都完了。只要不再相信一条公设，整座大厦就会地动山摇。没有平行公设就没有稳固的欧几里得平面。你不相信自己刀枪不入就活不下去。因此，你只有一个选择，那就是重建谎言：我不是肉体，因为不能有所谓，所以无所谓。

"所以你看。"海伦的表情不无同情，"你是做得过头了，才会受伤。

目前来看,最有利于你事业发展的做法就是忘记。"

我做不到——爱丽丝想要呐喊——我什么都忘不掉。

"格兰姆斯肯定会忘掉的。"海伦嘴巴抽动了一下,"他到了米迦勒节学期就会去找下一个新生的,那时你就恢复如常了。再说了,按照你的说法,只是亲了一口罢了。"

不仅是亲了一口,爱丽丝心想。白炽的文身烧蚀进了她的皮肤,像当初刻进去时一样灼热。但她不能吐露实情。她向格兰姆斯承诺过保密,她依然想做一个乖乖女。

再说,她怀疑海伦是知情的。不知道细节,只知道轮廓。海伦肯定知道,因为她以前见过这种事,肯定亲自经历过,而她依然泰然自若。独立办公室,面朝庭院的窗户,红木办公桌,长聘教职——她付出了什么代价?爱丽丝心想:推着海伦往前走的信念牢笼是什么?

海伦不是在嘲弄她,她画好了蓝图。相信谎言,信任谎言——这就是你拥有的一切。待在牢笼里,在墙上作画。不干就走人。但如果你欺骗自己的时间足够长,那幻象就很可能会成真。

"谢谢你,"爱丽丝勉强说道,"我受益匪浅。"

"没关系。"海伦说,"把茶喝完吧。"

那次见面后,爱丽丝开始幻想死亡了。

她倒不是在积极谋划自杀。她没有那么强的主动性。她更多只是走在车来车往的西德尼大街上,心想要是恰好被公交车撞死也不错。她喜欢想象自己骨头碎裂,血溅车道的样子。她发明了一个猜死因的游戏——颅骨碎片扎进了大脑?那就再好不过了;内脏破裂就惨多了,虽然生命已经无可挽回,但你还有痛感和思维,能想到自己大限将至。如果要死的话,她希望是迎头撞上。

不管怎么说,自杀似乎完全无亏道义。《斐多篇》中,苏格拉底提出的反对自杀的最有力理由是，凡人相当于神的所有物，自杀就是自行摆脱肉体牢笼，神就会生气。基督教的自杀禁忌似乎只是换了个说法。但是，神的好恶在这里似乎没有意义。她的亲属、朋友大概会感到难过。她朦朦胧胧地想起了科罗拉多老家，想起了父母挂断电话时抽泣的样子。但她想不到会有其他人这么怀念她。继续活着好像也没多大意义。

要怎么解释呢？最让她痛苦的不是身体接触——格兰姆斯基本没有对她施暴。不，她受伤是因为格兰姆斯能够轻易地将她物化。她不再是一个学生，一个理性人，一个在他指导下追求真理、不断成长、不断学习、不断变好的人，而仅仅是一个女人。这个赤裸裸的身份是她一直以来最惧怕的东西。全是他妈的套路。她怎么胆子那么大，以为自己可以是例外？女生进学院，男生肆无忌惮。她感觉自己被抛进了一个无数人走过的故事里，结局早已注定。她别无选择，只能配合，只能念词，只能等待落幕。在那些日子里，她觉得最轻松的事就是直接跳下舞台。

但她总是下不了一了百了的决心。不是因为她怕疼——事到如今，她已经不确定自己还能不能感觉到疼了——而是因为羞耻。因为即便经历了这么多，即便她已经麻木了，但学术界的规矩还是阴魂不散，它们已经深入她的骨髓，她在最软弱时依然能感受到它们的回响。

如果她死了，他们会认为她是失败者。

可怜的爱丽丝，他们会说，又一个被格兰姆斯逼疯的学生。天真烂漫的下一届新生来了以后，贝琳达会摇唇鼓舌，八卦兮兮地告诉他们："你们肯定也都听说过爱丽丝吧，可怜的女孩。要记住，需要找人聊聊的时候总可以去心理咨询室。"

无论多大痛苦，爱丽丝都能忍受，但她不堪受辱。他们尊重她是一名学者，这依然是她的头等大事。

于是她继续苦撑。出席听课，按时到实验室工作，批改试卷，绘制法阵，用各种无用信息填满自己的大脑。只要她身在实验室，专心工作，钻研高难度的翻译，让自己没有心思去想别的事，那她就能够压制住记忆。

当她走出学院楼时，记忆便卷土重来。她睡不着觉。她只能关灯躺着，盯着天花板，浮想格兰姆斯教授的面容。她不再进食，任何东西放进嘴里都会反胃。她开始掉头发，皮肤也变得暗沉。有别人叫她，想要帮她，而她充耳不闻，也不答话。她总是能听到奇怪的耳鸣声。她感觉身处一个无声而扭曲的世界中，仿佛在水下行走。

但她还在继续走。她不知道自己还能做什么。她的计划——如果那称得上是计划的话——是做一个机器人，直到核心再也支撑不住，直到她非自愿瓦解。

但先破碎的是格兰姆斯教授——字面意义上的破碎，粉笔中储存着亿万斯年的死生物能量所激发的巨大的向心力搅碎了他的肌肉、内脏和骨骼。

爱丽丝——她一动不动地站着，格兰姆斯的大脑、颅骨碎片和血液飞溅了她一脸——笑得停不下来。毕竟出路打开了，一条直通地狱的道路。在那个瞬间，这似乎是全世界最滑稽的事。

第二十一章

爱丽丝讲完后,彼得很久没有说话。她很感谢他没说话。他要是一上来就给出陈词滥调,那她就崩溃了。对不起,你怎么不告诉我,你遇到的这种事情太可怕了。彼得没有试着想办法,他只是见证。

听到一半,彼得拉过爱丽丝的手,大拇指反复揉搓她指节之间的纹路。爱丽丝知道这是自发反应。他从来坐不住,需要有个东西把玩。不抚摸爱丽丝的手,他就会摆弄粉笔。尽管如此,这是几个月来最令爱丽丝感到舒服的抚摸了。

他们没有回到原点。但自从她过目不忘以来,这似乎是他们第一次坦诚相待。

最后,彼得说了句:"但你那么笃定。"

"笃定什么?"

"他不在纵欲殿。"

"纵欲殿属于爱人,"爱丽丝说,"那不是爱情。"

彼得想了想,接着点点头:"那你要怎么解决?"

"解决什么?"

"你要怎么把格兰姆斯教授带回阳间?"彼得放开了她的手,"你看到我的计划了。那你的呢？"

可能一样吧，爱丽丝心想。她把自己的背包拽了过来，说："我也不确定有没有。"

"什么意思？"

"我一直告诉自己，我来这里是为了带他回去。"爱丽丝翻出了笔记本，外皮和页边泡了水，但内页依然干燥可读，"但你知道吗？我从来没找到办法。我不断告诉自己时间不多了，一定要出发，路上会搞清楚。但我只能想到这些，我甚至不确定能不能成功。"

爱丽丝翻到笔记本的末尾，那是她画下地狱的法阵之前写下的最后内容，她说："两周前，我发现了色萨利女巫厄里克托的咒语表。"

"厄里克什么？"

"厄里克托。"

"没听说过她。"

"你不会听说过的。她是个奇人，厄里克托。她名不见经传，主流文献中没有记载。在我看来，她是一位相当有成就的魔法师，只是同时代的所有人都觉得她的法术太过诡异，太过可怕，没有好好记录下来。我本来也不会听说过她，要不是我……好吧，我们来到这边的时候，我从故纸堆里发掘出了不寻常的东西。"

她往回翻了几页，继续说道："你看，我的起点是但丁。维吉尔说，是厄里克托恳求他游历地狱下层，然后向她汇报发现。但丁牵出了维吉尔，维吉尔又牵出了离合诗。我了解到了这些遗迹，也就是门农巨像。这两座巨像位于底比斯，修建目的是守卫埃及法老的陵墓，但从古时候起就与特洛伊国王门农联系在了一起。几千年来，巨像每天凌晨都会发出一声尖叫。成因不明，有可能是阳光照到石头上，石头膨胀，然后恰好有风从适当角度吹了进来。但有人认为，那是临死的门农在呼唤母亲——黎明女神厄俄斯。于是，我开始思考门农巨像上会不会有某种能沟通阴间的白垩铭文。"

她不确定自己的漫谈是否言之成理——这都是她连日的疯狂研究，是一大堆相关概念的拼凑——但彼得耐心地点着头："你发现了什么？"

"主要是离合诗。我不能抛下一切，跑去埃及。但我确实发现了隐藏在某些私人收藏中的照片，我还发现了历年的游人留在巨像上的希腊语和拉丁语铭文、敬拜祝文、宗教文献。这类祝文全都略带谜语性质，而且都用到了基础的离合诗魔法。它们是小咒语，目的大概是给爱人传信，或者祝愿爱人在阴间获得安宁吧，我也不清楚。但我确实看到一个名字被反复提及——厄里克托。"

"好一个神奇的兔子洞。"彼得说道。

"确实啊。"爱丽丝大笑，"我知道，我道歉。但你懂那种感觉吧？你为了一个课题殚精竭虑，却毫无成果，这时你发现了一个有前景的东西。它好像在发光，在召唤你，就像夜空中唯一的明星。"

彼得点点头："救命稻草。"

"没错。你用尽一切，紧紧抓住它，因为别的什么都没有了。"

那段时间里，厄里克托是爱丽丝唯一重视的名字，是找到答案的唯一希望。每天从强迫性睡眠中醒来时，俄耳甫斯的可怕任务就摆在她面前。千百年来的学术研究尽是晦暗的死胡同，唯有厄里克托熠熠生辉。厄里克托就像阿里阿德涅的线团[1]，将爱丽丝引向某个未知的地方，或至少让她有地方可去。

"于是，我继续查找希腊语文献。找她的手稿简直要天长地久，因为魔法学图书馆里甚至没有她的作品，但我还是找到了一些古代莎草纸

---

[1] 在古希腊神话中，克里特国王修建了一座迷宫，用于关押牛头人身的儿子弥诺陶洛斯，并要求雅典每年进贡童男童女，供怪物食用。希腊王子忒修斯为解除人民的苦难，进入迷宫刺杀怪物。阿里阿德涅是克里特国王的女儿，她爱上了忒修斯，于是送给他一个线团，可以帮助他找到怪物并走出迷宫。

残片，碳-14 测定它属于色萨利文明繁盛的时代。然后我坐下来研究了一会儿那些文献。我发现厄里克托是在摆弄发散级数，现代地狱学家同样执迷于此。于是，有可能早在千百年前，厄里克托就独立得出了我们所说的……"

"拉马努金求和法。"彼得说。

"没错。就是当初带我们来到地狱的机制。"爱丽丝翻过一页，点了点一个法阵的草图，它很像把他们送下地狱的那个法阵，只是有两个关键名字的位置不同，"这就是我得出的解法。但我不会把一个物理实体传送到新坐标，而是将一个灵魂与独立坐标绑定，然后把它带回地上。"

"我没明白。"彼得说。

爱丽丝犹豫了。要是大声说出来的话，似乎太过骇人，于是她采取魔法师的经典路数，那就是用论文摘要式的客观语言冷静地表述："厄里克托在但丁《神曲·地狱篇》中只是被一笔带过了，她将维吉尔送到了地狱深处。关于但丁提到的她的意图，学界意见不一。有人认为，这是为了说明维吉尔认识地狱下层的路，好让读者放心。也有人认为，这是将维吉尔与巫术关联起来，从而突显他的异教徒身份。"

"无论是哪种情况，但丁都是引用了卢卡努斯《法萨利亚》里的典故，原文中说得更详细。罗马将军塞克斯图斯·庞培要求色萨利女巫厄里克托卜算法萨卢斯之战的结局，她照办了。"爱丽丝双手抱胸，"她从战场上拖出了一具尸体，逼迫它的灵魂回到支离破碎的躯体，为庞培传达预言。这是一个可怕的咒语。灵魂非生亦非死，这个人通过生前的躯体说话，但非常费劲，他不能再过从前的生活了，但他也求死不能，因为他的灵魂被困住了。最后，厄里克托在柴堆上焚烧了他的尸体，放他的灵魂解脱。"

彼得没有说话。就算他知道对话的走向，他也没有表现出来。他只是注视着爱丽丝,一副高深莫测的样子。

"那就是我要对格兰姆斯做的事。"爱丽丝双臂抱得更紧了,就像合拢的陷阱一样,仿佛只要挤压力足够大,她就能够凭空消失,"我要让他回到尸身中。我要将各种违反自然的东西灌注进去,维持尸体的完整。我要保持咒语的效力,让它的声带和舌头结构能够活动,我要它说什么,它就说什么。我要让它完全受我支配。我根本不会赋予格兰姆斯第二次生命。我要把他变成我的玩具,我的宠物,让他求我放他走。"

彼得还是那么礼貌,好奇地问:"你要如何做到呢?"

"哦,各种巫术之物。被杀的疯狗吐出的白沫、猞猁的内脏、沙蚕、自然界的各种怪物。卢卡努斯写得绘声绘色。"

"天哪。"

爱丽丝清了清喉咙。"我还把他挖出来了。"

"果然。"

"反正也挖不出来多少东西。"

"那肯定。"

"但你看,法术之所以奏效,就是因为你没想把灵魂带回阳间。"爱丽丝说,她像机器人一样,用最快的语速说完了余下内容,只是朗读摘要,"生命,死亡,重生这些大问题都不用管,因为这个版本的格兰姆斯不能与活人交流。他不是真正活着,他只是一个声音,一个印记。他是我的,全是我的。我的东西。我可以玩弄他,拿他做实验,审问他,甚至仅仅把他锁进箱子里,把他忘在脑后好几年。"

好了,说完了。她长舒一口气,昂起头,等待评判。

"我明白了。"彼得歪着头,"这个……嗯,很有意思。"

"你觉得变态。"

"不,我觉得……"彼得一边眨眼看着本子,一边思忖,"我觉得这是非常了不起的研究。你的创造力令人惊叹。"

"这样啊,谢谢。"

"你准备让他活多久?"

"我其实也没想清楚。"

事实上,她的计划有很多没想清楚的地方。如何向系里的其他人解释尸体的复活?如何阻止格兰姆斯呼救?如何说服论文评审委员会,让他们相信一堆言语沙哑的烂肉和骨头确实是雅各布·格兰姆斯教授的灵魂,而不是爱丽丝花钱雇来的一个藏在地板下面说话的本科生?

爱丽丝觉得原因是显而易见的。她可以让自己相信,自己只是去救人,但这从来都与推荐信无关,而只关乎复仇和血淋淋的操控,要让格兰姆斯明白当别人的玩物是什么感觉。这只是一个狂热的梦。彼得那么聪明,不会有别的念头。

"但我不觉得我会更好受。"爱丽丝将膝盖收到胸口,"问题就在这里。我希望会好受,但我越琢磨,就越意识到,我之所以想做这件事,只是因为他做了同样的事。这完全是格兰姆斯式的解法,你知道吧。无情,高效,震撼。他从不会半途而废,只会一条道走到黑。另外,我内心深处有一部分确实兴奋不已。因为我不断想象他醒来后看到我做了什么的样子。"她发出了一声无助的大笑。"我还不断幻想他可能会环顾四周,说我干得好。"

"你懂的,"彼得说,"我真觉得他会那么说。"

"他已经印在了我们的脑子上。"爱丽丝说。

"哦,是啊。"彼得侧过脸,向她投来一个哀愁的笑容,"无法将他清除。"

两人低头凝视着笔记本。

爱丽丝写完后就没再看过这份笔记。现在看到自己的笔迹,她大吃一惊。狂野的草书中丝毫不见平日的工整。她记得做研究的最后几个小时,昏暗的台灯嗡嗡作响,她坐在椅子上,趴在厄里克托的文献上面阅读,奋笔疾书,努力追上奔逸的思维。她有时用力太狠,铅笔芯都折断了,留下炭黑的污痕。相比之下,彼得的笔记本看上去就老实多了。她那本笔记看着像是出自狂人之手。

她小声说:"所以你不认为我疯了?"

彼得伸出手,握住她的手。

尽管他们只是静静坐着,尽管他们依然没有办法和出路,但不知怎么回事,爱丽丝久违地感到了头脑清明,她变得心平气和。仿佛之前的她在空中拍动双臂,气喘吁吁,而现在,终于有人给了她一个落脚的地方。

时间还在流逝,报时鸟还在咕咕叫。爱丽丝一开始还时常看表,但很快就懒得看了。分钟,小时,都无所谓了。他们没有出路。

克里普克夫妇没来。这给了爱丽丝一丝渺茫的希望——克里普克夫妇没准把他们忘了,他们可能不会迎来可怕而血腥的死亡,只会默默无声地死去。克里普克夫妇不着急。他们不需要跟两个成年人扭打,他们只需要等着爱丽丝和彼得出来。克里普克夫妇可以等到天荒地老。

她想过哭,但这里太热太干了,她体内的水分凝结不出泪珠。

这就是终点了吗?她盘点了自己的一生,她的梦想,奋斗,孤绝的志向。对于她先前的处境,她只觉得可悲又可笑。

大学一年级时,她上过一门讲希腊哲学家的课程,结果发现自己对哲学过敏。她不甚喜欢苏格拉底,但欣赏亚里士多德关于世界、灵魂与生物形式的论述。他坚信生物趋于繁荣。她还记得亚里士多德的一段论证,他说一切生命都由善的观念所驱动,哪怕是最原始的生物,就连植物也会向阳,就连最小的蚂蚁也会寻求食物,无脑的蚯蚓也会寻求土壤,这对生物来说都太容易了。除了人以外,除了她这样的人以外——她这样的人擅长寻求只会让自己变得悲惨的东西。

她这一辈子似乎都是低头闭眼，跑错了方向。她不是缺少机会。她很清楚阳光在哪里，但在冲动的驱使下，她还是将自己埋葬到了阴影之中。

或许人类的智慧就是一个错误，为离开伊甸园叫好的人都错了。或许天赋理性的分量比不过随之而来的颓唐痛楚。

或许爱丽丝这样的人有本质缺陷，或许他们荒废了生活，或许对她来说，死了才最好。或许她不像亚里士多德笔下的植物，而更像弗洛伊德笔下的有机体，她趋向死亡，趋向安宁，趋向她不幸降生之前的无生命状态。她将这套理论说给了彼得听。

"嗯，"他说，"我不认为我们有死亡冲动。"

"那是你自己。"

"我只是认为我们被困住了，但我们依然趋向光明。"

他们闲聊了一会儿。不费脑子的回忆，寡淡如水的看法，吃过的饭，读过的书。爱丽丝把彼得逗乐了一两次，这似乎就是她能够取得的最大胜利——她依然能够让彼得笑得前仰后合。

他们嗓子哑了，舌头干了，声音也变小了。最后，他们陷入了沉默。

爱丽丝觉得这还不是最坏的死法，至少她知道自己没什么好怕的，至少她不是孤零零地死去。

她无法否认自己松了一口气。事情终于脱离了她的掌控。明争暗斗，念咒施法都失去了意义。一切终于画上了标点，她控制不了了。这是一种慰藉。

"爱丽丝。"彼得推了推她的肩膀，"爱丽丝？"

她眨着眼醒了过来。"怎么了？"

"我一直在骗你。"

"不，你没有，"她嘟囔着说，"别这么说。"

"你发现的等式。"他坐直了身子，"你是对的。那不是我闹着玩。

那其实是我带格兰姆斯教授离开地狱的占优策略。"

"哦,我们刚才相处得多好啊。"爱丽丝把胳膊搭在他的胳膊上。听到他的坦白,她没那么难受了。他们都要死了,知道彼得本来要伺机杀她这件事固然令她失望,但也并不意外。"别扫兴。"

"你没懂,"彼得说,"我不是要拿你去换。我永远不会拿你去换的。我是要拿我自己去换。"

"但你做不到啊,"爱丽丝说,"公理……你做不到。我试过了。"

"是做不到,"彼得说,"我是想请你代劳。"

好热,爱丽丝心想。太他妈热了。她分不清嗡嗡声是外面来的,还是体内来的。但她可以放任思绪漫游,心里只想着嗡嗡声,不去思考后果。放空头脑,空无一物,何其美妙啊。她应该投生成一块石头。她考虑过装石头,装聋作哑,让彼得的话语如水一般流走。

但他看上去忧虑极了。他显然不会善罢甘休。

爱丽丝打起精神问:"为什么呢?"

"好吧,因为我杀了他。"彼得表情扭曲,"我的意思是,他的死是我的错,不是你的错。所以,我有理由把他带回去。"

第二十二章

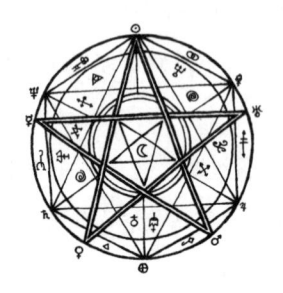

彼得·默多克从来无意伤害任何人。他和爱丽丝不一样,他没有险恶用心。彼得心里没有怨恨,也不承认存在竞争,部分原因是他习惯了不战而胜。彼得·默多克出生时口含银匙,手握粉笔。对他来说,学术界是游乐场,不是战场,而他恰好玩什么游戏都是高手。

然而,这让他成了一个独具特色的危险人物。他一生逍遥自在,以为事事顺心如意,因为大部分情况下确实如此。于是他变得粗心。他从来不怎么考虑后果。除了自己的研究以外,他也不大关心别的事物。只有当事情出了岔子,当事情脱离轨道,当他的一时兴起产生了骨牌效应,影响远远越出了他的希望或意图,他才发现,粗心原来可以这么危险。

彼得五岁就显露出了天才。当时他卧病在家,总不见好,于是父母认为有必要请一个数学家教他,以免他落下进度。这位家教是他父亲指导的学生,干这份差事纯粹是为了赚零花钱。他在教学时很不负责,就是一次给彼得出一道代数题,然后就批自己的卷子去了。

彼得做题,乐此不疲。因为他不在教室里,身边没有摆弄蜡笔的小孩,也因为他没有将全部注意力用来避免引起关注,他顺畅地上完了一堂又一堂课。在彼得看来,他只是在开心地解题,来一道,做一道。他没有注意到,老师在那一个小时里惊得目瞪口呆。

"他有惊人之才,"博士生告诉彼得的父亲,"他不属于一年级,你一定要给他换个地方。"

听闻此事,彼得的父母——他父亲是数学家,母亲是生物学家——大喜过望。所有学者父母都期盼生出聪明的孩子,但不敢大声承认自己想要神童。可是,彼得似乎真的是神童,于是父母给他安排了全天家教,用高深知识来刺激他的大脑。

这是一件好事,不然的话,彼得就要度过枯燥而孤独的童年了。彼得的另一个特点是经常生病。一开始,他似乎是典型的病秧子小孩,动不动消化不良,食物中毒,拉肚子或者便秘。长大就好了,他的爷爷奶奶说,有些孩子就是容易感染空气里的病菌。但彼得长到六岁的时候,他显然患有某种严重的慢性病。自彼得出生以来,炎症性肠病的相关研究取得了长足进展。但在他小时候,任何医生都只能告诉他的家人,说他的结肠部位似乎有不明原因的炎症,他最好忌食小麦粉。忌食清单后来扩展到了乳制品、坚果和生蔬菜。彼得将大量时间投入了食物排除疗法上。他的家人分辨不出哪种方法有效,只知道在他病情最严重的时候,全流食——骨汤和苹果汁——似乎有好处,但那只是因为他的肠道无物可排。

终于,在挂了很多次专家号,经历了多次误诊后,彼得确诊为克罗恩病。这是一种慢性炎症性肠病,病因不明,无药可医。彼得和父母开始把他的病叫作野兽。拟人化是有好处的,不然的话,它就只是一个扰乱自我意识的神秘事物。出于不明原因,彼得的免疫系统在攻击他自身的细胞。要是把它设想为一个狡诈的外在事物,那会比较容易接受。有时,野兽不打扰彼得。有时,野兽会不断噬咬他的内脏。有时,野兽会

第二十二章

潜伏几周时间，时间刚好够他制订去参加生日聚会，去海边玩，或去远足的计划（他到现在都没有远足过），然后卷土重来。野兽是不可知的，也无从预测。关于野兽，彼得和他的家人只知道一个常量，那就是它永远不会被消灭，只能短暂地压制它，躲开它。

彼得习惯了看医生。克罗恩病会导致营养不良，带来多种副作用。他的眼睛总是生疮、发红，他满口歪牙，后背时不时会出现大片红疹，泡再多燕麦浴都没用。他长期体重偏低。因为克罗恩病发作后的第一个疗程就是使用免疫抑制剂，他长期受各个季节的飞虫困扰。彼得就没有不咳嗽，不打喷嚏，不呕吐的日子。他哪天要是难得健康了一回，父母只会更紧张，担心恶性发作的降临。

彼得欣然面对这一切。他没有兄弟姐妹，也没有发小朋友。他没有"正常童年"作为对照组。身体不好只是他必须应对的事情之一。再说了，他还有家教团呢。他可以锤炼思想，不需要体育运动。一个个抽象世界在他的想象中展开，一个个奥秘等待着他去探索，他不需要户外活动。

他热爱数字，因为数字守规矩，因为规则永远不变。64 的平方根永远只会是 8。

他在大多数时间里都自得其乐，几乎忘了他是一个被关在房间里、没有朋友的病小孩。

不过，彼得的父母还是觉得，他应该花一些时间与同龄人相处。八岁那年，他有几个月时间感觉身体不错，于是父母为他举办了八岁生日宴，请三年级同学来家里参加。彼得那个学期没上几天学，几乎谁都不认识。但是，所有受邀同学都带着礼物来了，彼得家里喜气洋洋。

"你看谁是人气王。"他母亲说。

彼得壮着胆子走出自己的房间，人群的喧哗让他感到难以承受。"我要做什么？"他问道。

"社交啊，"他父亲说，"对你有好处。"

"怎么社交？"

"试试吧。"父亲把他推向楼梯，"好好玩。"

他试了，也玩得很开心。彼得从来没有和其他孩子相处这么长时间。他之前从未体验过捉迷藏、鬼抓人、贴尾巴的快乐。哪怕他很不擅长找人，哪怕他是组里最慢的那一个，但每当他取得了小小的胜利，大家还是会为他欢呼。每个人都和他一起开怀大笑，没有人笑话他。

那天下午，彼得度过了有趣、迷人、受宠的三个小时。大家人都特别好！彼得甚至似乎吸引到了杰玛·戴维斯的关注。就连彼得都知道，她是本地公认的最美的女孩，她长着一双大大的棕色眼睛，顺滑的栗色秀发闪闪发亮。

到了该切蛋糕、吹蜡烛的时候，杰玛在彼得身边坐下，把小手放在他手上，像大人一样一本正经地说，"我很高兴你能请我们过来。陪伴对病人有好处。"

"病人。"彼得重复了一遍。

"对啊，你不是病得很重吗？"杰玛握了握他的手，"我听你妈妈跟我妈妈说的。所以我们才全来了，我们想让你过得好些。"

她露出灿烂的笑容，彼得回以微笑。但那一刻，他只觉得嘴里发苦。大家唱生日歌，吹蜡烛，送来成堆的礼物，聚会游戏玩个没完，彼得全程都在假笑。这一天已经毁了，他对任何人的善意都心存怀疑。

晚上聚会结束时，彼得亲吻了杰玛·戴维斯的面颊，对她说："非常感谢你的施舍。"然后关上了门。

清理干净杯碟，收好礼物后，彼得问父母能不能在家自学，通过高中会考。天哪，夫妻俩惊慌失措。是那些小孩表现出了刻薄，欺负他了吗？他回答，完全没有，他们都特别和善，只是他觉得与智力低下的人社交没有多少收获，这对他的发展没有好处。

那天晚上，彼得隔着门听见父母在争吵。"他说的对，"他父亲说，"他确实超前，没有理由拖他的后腿。""但他变得冷酷了，"他母亲说，"智力低下的人，这都什么词啊，他从哪里学来的？我们不能让他长大了觉得自己高人一等。"

没事，彼得心想。就让他们觉得他冷酷、无礼、反社会吧。伴着慢性病长大只是意味着要两害相权取其轻。彼得那天就下定了决心，无论发生什么，他再也不要成为怜悯的对象。

等到彼得参加高中会考时，医生终于确定了一种似乎最优的疗法。药物名称是巯嘌呤，能够干扰 DNA 合成，从而抑制炎症细胞分裂。副作用是免疫系统的其他部分也会受到抑制，意味着彼得必须强迫症似的洗手，而且到了冬季流感多发期要避免与人群接触。但除此之外，他可以和同龄人吃同样的食物，做同样的事情。因此，过完 17 岁生日三周后，他就拖着两个箱子，去了父母相遇相爱的大学。

彼得在牛津如鱼得水。他沉醉于课程中，深得老师们宠爱。他第一次喝香槟酒，第一次骑自行车。开学第一周，他去听了一堂讲座，主题是魔法中的基础悖论。他从此爱上了这门学科，爱上了它的幻化无方，它的深不可知。他原本打算学数学或者物理，但和魔法相比，它们似乎只是冰山一角，魔法让他感到兴奋，他想知道魔法还有多少等待探索的领域。这些年来，每天都有突破性发现问世。人们刚刚开始研究塞那阿巴斯巨人像；人们刚刚发现了阿戈拉的白垩矿藏；人们正在探索古代世界史的底层魔法基础。而他正身处研究活动的中心。他有时会漫无目的地绕着学院散步，激动得夜不能寐。

在此期间，他还明显长成了一个某些人可能会用"好看"来形容的小伙子。他能长到这么高真是不可思议，因为他童年的大部分时间里都算是身高垫底的那一批孩子。但青春期降临的时候，好像有一个爱搞恶作剧的神灵把他当成了橡皮泥，一手拽脑袋，一手抓脚踝，就那么两头拉扯。最后，他简直变了个人，头发软趴趴，四肢又细又长。这样的外貌加上西装领带，那便颇受牛津的男生和女生青睐。他的身材比例适合划艇。他刚开始划艇，就注意到身体发生了许多积极的变化。他的臂力增强了，胸肌挺括了，他还学会了少抹一点啫喱，让头发保持半直立状态。

这些要表达的意思是，彼得在牛津读书那几年沾上了一点傻气。

他的病没有痊愈。野兽还是每隔几个月就来一次，意味着住院，静脉注射类固醇，卧床休息。但彼得发现，只要他不告诉任何人实情，只要他让大家自行猜想，那就没有人在意。他从没说过自己不舒服。他只是拒绝找借口。他发现了越来越多可以逃掉的事情。他可以几天不去上课，甚至几周，尽管他尽量不去做得太过分。除非卧病在床，他尽量不待在家里。从来没有人有过意见。非要说的话，朋友和老师全都泰然处之。他们会说："哦，默多克就那样。随心所欲，就是个疯小子。"这就是他在牛津的三年里形成的名声——神龙见首不见尾的怪才。

也许他入戏了，也许他有时会演戏。他会用朦胧、冷漠的语调讨论作业答案，仿佛他没有花好几个小时钻研。他会假装自己没有读文献，其实他熬了个通宵。如果他要课中上厕所，他会说自己要去抽烟。如果他住院超过一周，他会假装自己跑去了巴塞罗那或哥廷根——这有时候是实话，因为他父母喜欢参加会议，他也喜欢陪他们去——或者只是待在家里睡觉，因为他想在家睡觉，因为默多克不用上课就能拿高分。

这样竟然能行得通，他自己都觉得惊讶。没有人埋怨他不来，人们只会在他来的时候激动不已。彼得·默多克是稀客，他到场是幸事。在一个由感知界定的世界里，彼得正学着打造最引人入胜的形象。天才的任何怪癖都可以被原谅。彼得下定了决心。只要他用头脑镇住别人，人们就会原谅他的病体。他的头脑可真是不得了啊。

第二十二章

等到要讨论前途的时候，彼得坚决要攻读分析魔法学博士学位。虽然他喜欢数学和物理学，但变幻的未知诱惑着他。把握魔法真理的道路，就像去抓掌心里的阳光。那样的话，剑桥就是当然之选。要是他的父母没有保留意见就好了。伊法和霍华德·默多克都是在牛津读的博士，在他们看来，牛津是全球第一学府。他们在英国学术圈子里人脉深厚，所以当然听说了流言。

"那是个残忍的人，"他母亲说，"不管怎么说，你到别的地方不是会更快乐吗……某个更舒服的地方？为什么不留在牛津呢？"

"甚至可以去新世界。"他父亲说。他坚持把新世界当段子讲，但从来没有人笑。"他们这些年的研究颇有新意，你会有好日子过的。何必把最好的年华荒废在剑桥呢？"

有一句话是他们没有说出口的：你确定你能受得了吗？

但是，彼得从小就遵循着两条相关的原则。

第一，他只对最难的事情感兴趣。就此而论，他是尼采主义者。不是许多牛津男青年当真的那种反社会怪胎超人。他是广义上的尼采主义者，他觉得只有不断突破自身极限，人生才有意义。他相信，只有剑桥的分析魔法系才能帮助他达到自身极限。他只求做出自身水平下最好的成果，其他全是浪费时间。

第二，他讨厌因身体原因而获得的特殊待遇。彼得一辈子都是默多克家那个爱生病的男孩。从小就有人对他说，他可以不打这场比赛，他可以不去这次野游，他可以不来考试，他可以少跑一圈。这些话往往来自一片好意，来自富有同情心的教师。彼得受够了其他人为他感到遗憾。他不仅要赶上所有人，不仅要像没得克罗恩病的人一样做事，他想要做到没得克罗恩病的人也做不到的事。因此，当彼得听到那些可怕的故事时——实验室助理跑路，研究生动不动就会哭着冲出办公室——他将其视为一种挑战。

或许是牛津岁月让彼得对自己的魅力过分自信,或许是同学和教授太惯着他,或许是他的自我意识膨胀得太大了。但彼得觉得自己没有错,他相信自己在做一件不平凡的事——如果有人能惊艳雅各布·格兰姆斯,那就是他了。

剑桥!彼得一下子就爱上了它:卵石铺成的小巷、蜿蜒的河流、平静的河岸草坪。他本科那会儿就不爱泡在酒吧——有几次在威瑟斯本连锁酒吧的不快经历就够了——他喜欢剑桥的安宁。牛津总是太闹腾。剑桥大学坐落于沼泽地带,似乎正是专心出成果的地方。牛津男生倾心于国会,全在研究政治学、哲学和经济学;剑桥则是科学家追求梦想的地方。分析魔法系也是名副其实——师资杰出,同学优秀,不限量的粉笔预算。格兰姆斯教授严厉、苛刻,正符合彼得的期望。在格兰姆斯教授的指导下,彼得感觉头脑得到了锻炼与磨砺。

这里还有爱丽丝。

爱丽丝·罗。第一年里,他有多少次在午夜后骑车回家,为记忆里她的笑声而悸动?彼得从没见过她这样的人——敏感、顽固、不可理喻的爱丽丝。她有败犬的坚韧,有艺术家的创造力。最妙的是,她的思维方式与彼得在牛津的同学们截然不同。或许是因为爱丽丝的美国出身(彼得没去过美国,但在父亲的影响下,他相信美国是标新立异者的国度),又或许是她的感受力异于常人,但她的头脑——彼得能想到的最好的形容词是"块茎式"[1]。她不是线性思维,而总是曲折外延。她总是在思考如何打通那些八竿子打不着的学科,或者从谁都没听说过的文献里信手拈来一段掌故。她会提出这样的问题:你能想象出一个没有记忆的世界吗?如果我们的记忆力和金鱼一样,那我们能建立有意义的关

---

[1] 原文为 rhizomatic,本意是块茎,也就是薯类。法国哲学家德勒兹和伽塔利借用这个词,用来表示突破既定结构的任意联系组合。

系吗？你的宠物知道自己终有一死吗？远程传送是否等同于死亡？假设你认为远程传送等同于死亡，那假如你起床的时候，你的配偶假装说自己从床的一边传送到了床的另一边，你会悼亡吗？爱丽丝的思绪盘旋、延伸，彼得也很难跟得上。彼得之前从没见过这样思考的人。他太喜欢看着爱丽丝边想边说了，听着爱丽丝的思想碎片化为完整论证，看着爱丽丝上下打量一个他看不见的空间里的点。

爱丽丝不仅仅是优秀。彼得身边所有人都很优秀，优秀在这里是没意思的。爱丽丝是一个挑战。爱丽丝让他彼得保持警觉。有一次，他跟格兰姆斯教授在教师俱乐部里喝茶，教授对他说，留意那个人，她要是不英年早逝，就会得诺贝尔奖。

是的，彼得确实经常观察爱丽丝。他夜里会梦见黑板前有一个鸟儿似的身影，踮脚伸展，侧首思索。

这一切都好浪漫。彼得·默多克短暂地获得了他所希望的一切：一个激励他的导师，一个带给他挑战与兴奋的挚友，还有一副配合度惊人的身体。虽然他每隔几周就骑车去医院，找肠道科医生做体检，但他内心深处开始怀疑这样做有无必要。他正处于一生中最长的发病间隔期。他有时候要主动回想，才能记起野兽的样子。真是不可置信。

据说缓解期有可能长达几十年。克罗恩病资料册上充斥着长期缓解的患者经历。他们有一天醒来，发现不疼了，也不抽筋了，年复一年，再无症状。据说没有人知道缓解的诱因是什么，缓解是一个奇迹。有时不知怎的，你的身体决定不再攻击自己了。彼得小时候从来不敢有此妄想。但随着间隔期的延长，他觉得有希望了——野兽永远离开了他，他现在可以自由奔跑了。

博士一年级过了一半，形势逆转了。

克罗恩病会这样对你。彼得应该长记性来着。野兽永远不会被消灭，只能被赶进巢穴。一天晚上，他在桥对面的印度餐厅吃香辣咖喱，喝玫瑰豆蔻酸奶。第二天早晨，他肚子就绞着劲般地疼，虽然当时只是轻微疼痛，但已经是征兆了。

病情急剧恶化。那是彼得从 12 岁起最严重的一次发作。平安无事太久了，他忘记了野兽可以多么可怕——持续腹泻脱水，痉挛与痔疮两面夹击，吃什么都恶心反胃。他一个月跑了四趟医院，前两次是打点滴，第三次和第四次是静脉注射类固醇。他似乎对巯嘌呤产生了耐药性，这意味着他现在的治疗只能采取广撒网、撞大运的方式。他的体重迅速下降，肤色变得苍白。他照镜子时甚至能看见皮肤下纤细的青色静脉。

他没有告诉任何人。当一个人有了他那样的名声，外界就会容许一定的隐私。每个人对彼得·默多克都有了一套看法。于是，当他翘掉实验课，卧病在床，或者没有按时批改试卷时，大家只会强化固有看法——不能打扰默多克，默多克不当回事。

他在消耗自己的信誉。不走寻常路是一回事，不负责任就是另一回事了。他找贝琳达顶班太多次了，她有一次不客气地来了句："天哪，彼得，全世界不是只围着你一个人转。"

但那总比当弱者要好。在彼得的想象中，只要被人发现病情，了不起的彼得的名声就烟消云散了，取而代之的是生病的彼得，是病人彼得。他甚至因惧怕晕倒在路上而不再骑车回家。他不想让任何人知情——尤其是爱丽丝。

他知道自己伤害了爱丽丝。他看见了爱丽丝一闪而过的受伤表情。事情落得这样，他心里很难过。他以前从没觉得欠别人一个解释，因为他从来没有与一个人如此亲近，以至于他的消失会影响到对方的生活。放在以前，他只会遁入背景，脱离轨道。朋友来来去去，相识固珍重，常伴却无有。爱丽丝已经成了常伴，他不能抛下爱丽丝。

然而，儿时杰玛·戴维斯的记忆依然烙印在他的头脑中，也是从那可怕的一刻起，他再也不能分辨友谊与施舍。他觉得他总归可以向爱丽丝道歉，找理由解释，重建关系。但如果他们还要做朋友的话，那就绝不能让爱丽丝知道。

只有一个人是不能欺骗的，那就是格兰姆斯教授。事情已经发展到爆发点了——彼得落下的作业太多了，开会缺勤的次数也太多了。现在不可能光靠信誉过关了。彼得现在有经费断绝的危险。

于是，彼得拿着病历去了导师办公室，乞求宽大。

"但你看着挺好的啊。"格兰姆斯教授说。教授肯定是没认真观察，因为彼得当时已经掉了20磅体重，照镜子时能看清每一根肋骨。

"呃，这个，看上去不怎么明显。"

"再说你一直都有这个病。"

"我六岁就确诊了。"

"但现在恶化了。"

"看起来是这样的，"彼得说，"我也非常难过。"

格兰姆斯教授皱着眉头说："好吧，要持续多久？"

"谁也说不准。来来回回，没有固定规律。"

"所以你可能会病一年多。"

彼得苦笑一声："我希望不会，先生。"

"你不能吃药治疗吗？"

"以前吃过药，"彼得说，"现在失效了。可能会有效果更好的新药，但那需要时间。而且试新药之前需要先控制症状，那又要几周时间。在此期间，我不确定自己能做多少事。"

格兰姆斯教授看上去完全不信服："我知道了。"

彼得不确定他会不会相信自己。这看上去正是那种快坚持不下去的滑头博士生会编出来的谎言。他要是少条胳膊，断条腿，或者身上多了一道深深的伤疤，那可能还好些。至少他缺了什么，干不了什么是一目了然的。而克罗恩病一说出来，难免让人觉得是方便的托词。有一头野兽，它一天二十四小时啃咬着我，但你看不见它；我感觉好虚弱，身子都快散架了，脑子都不转了，但我在这里跟你说话，思维清晰；我肚子疼——这一切简直是笑话。

"话说……"格兰姆斯教授似乎不确定要说什么。看着他试图安慰人的样子，就像看一只鸭子穿西装。亚里士多德说得好——某些存在天生不适合某些功能。"话说……你尽量坚持吧，好不好？"

"好的，先生。"彼得说。好像事情真有那么简单似的，好像他能纯粹凭借意志力击退病魔似的。"我不会再提这件事了。"

他正要出门时，格兰姆斯教授叫住了他："默多克，我给你一条建议。"

他停下脚步："请讲？"

"尽量不要为自己感到难过。"

"我……好，我尽量，教授。"

"我的意思是，很多伟人都有残疾。爱迪生就是一个。宇宙学那个伙计。"彼得分不清格兰姆斯是在嘲讽他，还是真心想宽慰他。格兰姆斯的宽慰很吓人，他继续说："这是一大解脱，从某个角度看，这样就摆脱了常人的欲望与纷扰。我认识一位大数学家，名叫伊雷妮·富尔门乔。了不起的女人。我们是在委内瑞拉相识的，她一辈子都在故乡。她幼年患病跛脚，终日卧床沉思。她生活在理念世界中，别的什么也不想。她能做到心无二虑。她的头脑升华到了纯粹的抽象境界。身体后于思想，那确实是一大解脱。"

彼得惊呆了，他没法跟格兰姆斯解释说，他得的这种病不会让他忘记身体的感觉。

"对了，如果你真的下不了床，那就花钱找个本科生给你做口述笔

第二十二章

录吧。"格兰姆斯教授把头转向自己的办公桌，"你的钱肯定够用。"

这种事情往往都是这样，恶化之前先有一点好转。有那么几周时间，类固醇似乎起效了，炎症也消退了，彼得奋力弥补之前的欠账。他批改完了试卷。他给贝琳达买了一束花以示感谢，面颊被一阵狂吻。他顺利通过了各科考试。

这时，因为他一贯超水平发挥，因为他最好的研究灵感总是在迷乱间降临，所以他发明了一个算法，它将永远改变范畴化领域。

外行看上去可能会觉得无聊。事实上，魔法学领域的大部分人也觉得无聊。但是，范畴化对所有逻辑学家都至关重要。如何对世界进行分类和描述？这个问题对其他几乎所有学科都有意义。彼得的创新点是罗素悖论的一个微调变体。在罗素悖论中，集合自身不属于它所描述的集合。意思是，事物可以既正常，又反常，也可以既不正常，又不反常。这对悬置本质具有广泛的影响，但在这段间歇期，彼得感兴趣的是如何让人类暂时置身于空间与时间之外。入门级别的玩意儿。

"不错，"格兰姆斯教授说，这是彼得听他说出过的最高赞扬，"完成法阵草图，我们下周再来检验。"

"好的，先生。"彼得回家了，不慎吃了个汉堡，之后12个小时都待在厕所里。

接下来的一周里，彼得常常因挫败感而落泪。他清楚写完这篇论文需要做什么。他知道问题的轮廓，也知道思路，但他就是想不出来。他满脑子都是一个小时内的排便次数，当日摄入的卡路里数，惦记着吃了两盒咸饼干，是不是就不用去医院了。他恨这副困住自己的皮囊，他恨每一个抽干他的注意力和精力的组织和器官。他只想坐下来思考。他对身体的要求很低了，但就连这也得不到满足。

那时，他产生了一个可怕的冲动。

彼得决定不就医。这次不就医，不找医生，不去医院，不吃药，不等着观察各种疗法的反应。不要类固醇，不要副作用。治疗周期让他精疲力竭。不，他不要让母亲跑过来，忧心忡忡地陪床，观察他的一举一动。彼得一呻吟，她身子就一缩。她全神贯注地盯着彼得，仿佛可以凭借意志力将他治好。这是一个放肆的决定，甚至可能是自杀。但是，他刚产生这个念头就下定了决心。他好像只剩下这一个自由了。世界既然不公平，那他就卖一个破绽。有什么就使出来吧，他对世界说，有本事把我埋了。

实际情况正如医生所料，彼得的病情急剧恶化。

他永远忘不了最后那一晚。他躺在卫生间的地上，疼得流眼泪，状甚凄惨。胃每隔几分钟就抽搐一次，仿佛要把自己拧成一根绳，绳上大结套小结。他会永远记得脸贴在擦脚垫上的灼热感，那股湿脚丫子的霉味。这间宿舍里住过那么多学生，他心想，我可能是第一个死在这里的人。他会永远记得自己在祈祷，他已经有很多年没祈祷了。他双膝跪地，双手撑地，瓷砖上胆汁四溅。他念着记得不全的弥撒祈祷词：上帝啊，求你怜悯我……基督，求你垂怜……

上帝，不要让我死，我不想死，上帝……

彼得没有死。第二天早晨，校工本想进门做清洁，敲门没有人答应，于是认定里面没有人，走了进去。失去意识的彼得躺在地上。校工打电话叫了救护车。彼得在医院苏醒时，已经接上了静脉输液和类固醇点滴。他母亲下午从伦敦赶了过来。一个医生走进病房，说彼得需要切除部分结肠。炎症发展得太严重了，痊愈是没有希望了。他现在有一处结肠狭窄，只有结肠切除术才可能缓解症状。医生会切除病变的一半结肠，然后将未病变的那一半缝合起来。这是彼得运气好的情况。如果运气不好，他可能需要切除全部结肠，余生都需要依靠造口袋。即便一切顺利，彼得到头来可能还是要切除全部结肠。毕竟，结肠切除术治标不

第二十二章

治本。

往好的一面看，彼得做什么都无法避免这个结果。克罗恩病迟早会发展到这一阶段。药石无灵，发炎组织失去作用了。他可以早点来医院，但那也没有差别，只是手术早做一点罢了。因此，虽然他母亲板着脸训他，但病程发展至此不怨彼得固执，只能怨生理缺陷。

"话说回来，"肠道科医生说，"建议下次早点来，免得有脓毒症的危险。"

彼得再也不想听了。他就诊时全程眼神呆滞。该做什么就做什么吧，他对医生们说，完事了把我叫醒就行。

六周后，彼得颤颤巍巍地回到系里。他准备好接受批判了。毕竟，他没有把手术的事告诉任何人。他只是凭空消失了，以为可以回来再收拾残局。这招以前总是奏效的。但大家难免心生怨气，他总归得安抚人心。

然而，大家只想谈论格兰姆斯教授近期要在《奥秘》发表的论文。彼得听说了吗？那篇论文显然有突破性意义，人们对范畴的观念会焕然一新。论文与罗素悖论有关。那不就是彼得的毕业论文题目吗？他们上周在一次工作进展报告会上传阅了初稿，来，他也可以拿一份。

彼得早该知道的，但看到作者栏的时候，他还是感觉被扇了一巴掌：

《罗素悖论的新应用》
作者：雅各布·格兰姆斯（剑桥大学分析魔法系）

这一辈子，彼得从来都是他有话说，别人就得听。于是，他当天下午就闯进格兰姆斯教授的办公室，相信可以纠正错误。

"那是我的研究，"他把论文初稿拍在两人之间的桌子上，"那是我的想法。"

"多好的想法啊。"格兰姆斯教授往后靠在椅子上，"欢迎回来，默多克先生。说说你去哪里了？"

彼得指着作者栏："为什么我不是共同作者？"

"可能是因为文章的任何一部分都不是你写的。"

"这是剽窃。"

"是吗？"

"我可以举报你。"

"现在就去吧。"

"有流程，"彼得气得语无伦次，"我可以去找理事会……"

"然后说什么呢？这篇论文是你写的？你没有。我偷了你的想法？我没有。"格兰姆斯教授提高了音量，整个房间似乎都缩小了，"在我看来，默多克先生，你曾经是一名很好的合作者，直到你退组为止。你从1月开始就没到实验室打过卡。我给你打了很多次电话，写了很多封信，石沉大海。你没有给出解释，也没有道歉。你人间蒸发了一个多月，还指望我不动我们取得的发现？"

我生病了，彼得想说，我躺在病床上，切除病变组织。但从小到大的负面经历——对方不会相信，只会觉得他夸大了自己的痛苦，目的是争取特殊待遇——让他语塞，舌头卡在了喉咙里。

"听着，默多克。我会为才华找很多借口。智者有自己的节奏。这我知道。但你变懒了。懒惰不会让你在《奥秘》上发文章。懒惰会将你扫地出门。"

彼得能如何辩护？有罪，方方面面都有罪。他不够尽职，他误了截止日期，他没有克服困难。身弱与心弱是一回事，两者都会折磨你，两者都会剥夺你的天才资格。

第二十二章　319

他耷拉着脑袋,灰溜溜地走出了办公室。外面的实验室鸦雀无声,所有人都看着他。爱丽丝与他四目相对,走上前来,好像有话要说。但彼得的视域已经缩成了以门为中心的一条缝,他从爱丽丝身边匆匆走过,仿佛爱丽丝不存在一样。

对于他接下来的做法,彼得只能归咎于幼稚的自尊心。

格兰姆斯教授要求彼得校对终稿的证明部分,这不仅有伤害性,更有侮辱性。每篇论文在发表时都有一项要求,先要对法阵的组成部分进行多次试验,然后才能在人体试验中激活它,接着还需记录多次基于人类试验的迭代结果。这意味着,彼得必须拿着红笔,检查自己被剽窃的研究成果,然后汇报所有他可能犯下的疏忽。彼得当然同意了。凡是拒绝格兰姆斯教授直接要求的人,全都保不住经费。但这并不意味着他必须好好做。

他向上帝发誓,他无意伤害任何人。让教授出出丑可能也不错,这就是他有过的最坏念头。他知道格兰姆斯不会复核自己的文章。格兰姆斯常年在细节上马虎,这已经是公开的秘密了。要不是有一大群助理替他查资料,他根本写不完论文。按照彼得的设想,这种情况发展到极致就是当众出丑。比方说,格兰姆斯去参加皇家魔法学会的夏季大会,结果犯了一个本科生都能看出来的错误,在倒彩和哄笑声中被赶下台。

说实话,彼得的主要动机只是不想在那篇论文上花费太多时间——格兰姆斯不配。反正也没有彼得的署名,何苦费力呢?

所以,他只用一个晚上就看完了全文。他在床上撑着身子,三心二意地在页边写下修订意见。他懒得追查每一次法阵迭代,那太费时间了,需要完成大量从拉丁文和希腊文的回译工作。他简单浏览了一下算法——另一个博士生整理过了,彼得相信没问题——然后在顶上写了一行字:整体良好,有细微改动,见下文,可以继续。

接着，他拖着疲惫的身躯回到学院楼，把稿子放进格兰姆斯的文件盘里，没多想就离开了。

第二天早晨刚到系里，彼得就知道出事了。正门周围停满了警车和消防车。门窗贴上了警示胶带。一名警官站在大门口，不许任何人入内。彼得站在人群中，看着身穿制服的人从楼里出来，心脏扑通扑通直跳。两名急救员抬着一个空担架出来了。

"没意义了，"他听到一名急救员说，"该办后事了。"

当时，全系师生都聚集在楼外。窃窃私语变成了人声鼎沸，众人在数着有谁来了，谁没来，说法满天飞。一伙本科生难过得哭了起来。"这里是谁负责？"海伦·默里不停喊，"怎么回事？有没有人告诉我们发生什么？"

彼得从人群中挤出一条路，跟跟跄跄地回到了家，在水槽里大吐不止。

那天晚上，他想到了几条路。

他确实考虑过自杀。他在脑子里把所有方式都过了一遍：上吊，把头钻进烤箱，吃涂了氰化物的苹果。哪一种最省力？大概是烤箱，只不过研究生公寓只有一个公用烤箱，而且摆放的位置太低，头放进去不舒服。对了，这就是他的借口：我个子太高，自杀起来不舒服。他还考虑过自首，坦白自己做的事情，任由皇家魔法学会惩罚——那和自杀差不多，因为要是不能研究魔法，他还不如死了好。但死亡看起来不是一件快事，而且不论如何，他都不能让父母白发人送黑发人。

于是，最显而易见，难度也最大的解决办法，似乎就是把格兰姆斯教授的灵魂从地狱里救回来。再说了，追求最难不正是彼得一直以来的动力吗？

尽管如此，制订旅行计划的时间比他预想中要长。交换公式好说，炼金术师很久以前就发现了，之所以用得少，是因为没有人愿意付出代价。通往地狱的门径要难一些。他有基本思路，但他查验细节要用到的某些文献总是从图书馆不翼而飞。书库好像在闹鬼，总有人比他抢先一步。

彼得有天晚上进入实验室，正赶上爱丽丝要离开。她出门的时候撞了一下彼得的胳膊，但一个字都没说。事实上，她看样子根本没有注意到彼得。爱丽丝只是睁大眼睛对着他，好像没在看他，然后急急忙忙地进了走廊。她怀里抱着一摞书，让她走起路来摇摇晃晃的，她的手上和脸上全都是粉笔屑。在她身后匆匆擦掉字迹的黑板上，彼得发现了一种他最近相当熟悉的求和法的痕迹。他一眼就认出来了。

拉马努金求和法，塞蒂亚修订版。两列算式在他头脑里撞在了一起。两个前提得出的结论是，他有救了。在那一刻，这就是全世界唯一成立的真理。

前提一：爱丽丝·罗要去地狱。

前提二：他必须和她一起去。

第二十三章

"你怎么没跟我说?"爱丽丝问。

彼得给出了唯一的正确答案,话倒也是真话,就是把问题抛了回来:"你怎么没跟我说?"

这么长时间,爱丽丝心想,这么长时间,他们明明都快淹死了,又都以为对方在岸上幸灾乐祸。她记得那篇集合论文章,记得格兰姆斯教授讲论文时趾高气扬的样子。"我会给范畴论带来革命性的进展,"他告诉她,"我们从未离破解罗素悖论如此之近。他们会吓尿裤子的。"他只字不提彼得。

她抬手按住脸颊:"不可置信。"

彼得呆住了:"为什么?"

"我不是说你撒谎,"她说,"我相信你,我只是……我的意思是,我想象不出他为什么要这么做。他是格兰姆斯啊,老天爷……他随时手头都有上百万个项目,他应该用不着剽窃……"

"你又来了。"彼得说。

"来什么?"

"高估他,维护他。你总是这么说他,一个伟大的、了不起的天才。"

"好吧，因为他是……"

"他就是个混球，罗。"

"不，他不是。"她音调陡升，"你不明白吗？他不能是。不然我们就是被一个……一个人给耽误了。"

"他要是天才，你会好受点？"

"不会好受。但……那就值了。"爱丽丝摊开双手，"你不懂我什么意思吗？如果有方法对付疯子的话，那最起码……对吧？"

彼得凝视她良久，叹了口气："我懂，对。"

"还因为……好吧，他看上去也没那么坏，你懂我意思吗？他和其他人不一样，不擅长表演。"

"我懂。"彼得说。

他们这样自我安慰了好些年。最起码格兰姆斯不像其他教授，那些恶毒的教授，那种会对实验室助理破口大骂，骂学生是蠢货，唾沫星子都喷进学生嘴里的人。格兰姆斯不像那些带学生去南美做田野调查的人类学教授，路上发疯，乱扔杯碟，为学生带来生命危险。他不霸凌，不是暴君。毕竟，这些虐待的根源往往是不安和无能，这两点格兰姆斯教授都没有。他只是说话严厉，只是严于律己，严以待人。埋怨格兰姆斯，等于工作没有做好。即便现在跌入地狱深渊，爱丽丝依然坚信，心烦意乱完全是她自己的错。

"我只是觉得，如果对我不适用的话，那就意味着我有问题。"她说，"毕竟你过得挺好。"

"有意思，"彼得说，"我对你也有同感。"

他们朝对方眨了眨眼。

"回头看来，好尴尬。"彼得说，"他太会挑拨我们了。"

"你也是这么觉得的？"

她一直以为他俩的竞争是一边倒的。她是废物,彼得·默多克是遥不可及的标杆,用来衡量她的标杆。彼得睡着觉都能做到。毕竟,他把库克奖给了彼得。与此同时,可怜的爱丽丝望尘莫及,必须用非法的永久法阵才能勉强赶上。

"是啊。每次都是。"彼得模仿出咆哮的样子,"你没有爱丽丝的创造力,爱丽丝的动力。爱丽丝第一个来,最后一个走。你们两个人里,只有她会领先。她有资质。爱丽丝是真正的学者。爱丽丝会青史留名,而你只会是个半吊子。"

"他没说。"爱丽丝说。她听了感觉好受些了——这简直蠢到家了。"他不可能说过这话。"

"你是脸红了吗?"

她按住双颊:"我没有。"

"你还觉得受用,都这时候了。"彼得推了一把她的肩膀,"天哪,他真是把我们祸害了。"

"但也不全是坏事,"她说,"他把我们培养成了优秀魔法师。"他完善了我——爱丽丝的文身阵阵刺痛,即便到了这个时候,她也不能让自己相信它带来的弊大于利。

"罗,我不知道。"彼得收起双腿,下巴靠膝盖上,"我自己一直在琢磨这件事。我们是不是必须有格兰姆斯才能成才。因为,说实话,我觉得是个人都能让我们成为优秀的魔法师。他只是让我们相信成才必须吃苦,只是让我觉得我不够坚强,哪怕我倒在了卫生间里。只要意愿足够强,我就能进步。"他轻蔑地说道:"愚蠢。"

"那儿怎么样……"爱丽丝看了一眼彼得的上腹部,然后目光移至他的脸,"你现在怎么样?"

"手术成功了。"彼得说,"我在缓解期。"

"直到?"

第二十三章

他耸了耸肩:"直到缓解期结束。"

"抱歉。"

"没关系,"他说,"就这样吧,现在不重要了。"

形势急转直下。

实话说,这是开恩。埃舍尔陷阱迅速耗尽了他们的体力。空气变得灼热。他们嘴里像含了砂纸,舌头成了粗糙而扁平的石头。两人并排坐着,但随着时间一分一秒地过去,他们的脑袋和肩膀耷拉了下去,就像没电的玩具似的。最后,他们瘫倒了。爱丽丝躺在彼得腿上,彼得趴在她身上。

爱丽丝根本不当回事,就算她心情烦躁,但身心都已麻木,无力动心。人有精神才能哀悼,而她一点精神都没有。耳鸣声近乎悦耳了。她闭上双眼,脑子里只想着河溪清冽,幽暗如缎,水流裹身。这有那么糟糕吗?她只要睡去就好。

她听到了铅笔在纸上写字的声音。她睁开眼,原来是彼得在她的本子上涂画。

她抬头问:"你在做什么?"

"想办法出去。"

"我们全都试过了。"她嘟囔道,"没别的法子了。"

"哦,会有的。"

"你怎么知道?"

"因为哥德尔不完全性定理。"

"因为什么?"

"一个数学定理。"彼得语气轻快,听上去很奇怪,"我小时候就知道了。基本意思是,任何数学理论都不可能是完全的,因为在任何合理的数学系统中,总会有系统无法证明的真理。数学是有极限的,总会有我们不知道的东西。有些人认为,哥德尔定理证明了上帝存在。"

"但它什么都没有证明啊。"

"可它证明了,它证明总有另一种选择,它证明不存在封闭系统。"

"天哪,彼得。"爱丽丝连眨了好几下眼,但仍看不清,"那什么都没有证明。有时数学就只是数学。"

彼得在疯狂转笔。"好吧,试想一下,在《神曲·地狱篇》第四章,但丁问维吉尔,有没有灵魂虽然没有被耶稣救赎,但也脱离了永陷灵薄狱的下场。事实上,亚当、亚伯、诺亚等人都蒙恩升上了天堂。上帝专门为他们打破了自己的规则。"

"没有人把第四章当真。"

"我的意思是,我对但丁也有一些意见。但重点是,就连但丁的地狱观里也包含例外。冥界蜿蜒曲折,无从预测,它只服从于自身的秩序。正如博尔赫斯所说:'确信一切都有文字记录在案,使我们丧失个性或者使我们自以为了不起。'[1] 但我们没有丧失个性,也没有自以为了不起,因为记录从来不完全!不存在一组公理既符合逻辑,又能解释万物。就像数学一样。因此,出路是有的。我会找到它。一定要。"

"逻辑学不是这么搞的,"爱丽丝说,"这个证明肯定漏掉了很多步骤。"

彼得耸了耸肩,但没有说话,只是继续写字。

看着彼得真是累人。这太傻了,爱丽丝心想。这一切都好傻,不只是他的涂涂画画,是他们全部的努力都好傻。以小见大,他们在埃舍尔陷阱中的境地完整反映了他们在剑桥的生活:永无止境的写写画画,只为了证明他们可以成为超越法则的金仙,而真相是他们根本没法超脱。剧本从一开始就写好了,他们只是在演戏。显然,唯一能做的事是脱离方向盘,下车走人,拒绝演戏。这里确实只有一种胜利,那就是死亡。

---

[1] 引自《虚构集》,[阿根廷] 豪尔赫·路易斯·博尔赫斯著,王永年译,上海译文出版社,2023年。

她要怎么说服彼得呢？

爱丽丝拽了拽彼得的袖子："彼得？"

他驻笔道："怎么了？"

"我们用不着害怕，"她低声说，"就像埃尔斯佩思说的那样，我们是地狱里的生灵，我们哪里也去不了，我们什么也变不成。只会一了百了，一切都会完结。"

"但我不想完结。"

"嘘。"爱丽丝拍拍他的膝盖，"会没事的，我保证。"

"别这么说。"

爱丽丝拍得更用力了，好像彼得是一个哇哇大哭的婴儿，仿佛只要他不闹，事情就会变好。"一切都会归于平静，一切都会好的。"

爱丽丝好累，她的视线模糊了，她看不见彼得的脸了。她看见彼得的嘴唇在动，但听不见声音。然后，她只能看见一个轮廓，轮廓越来越小，越来越小，最后一切遁入黑暗。

啪。

爱丽丝睡眼惺忪，彼得在用手指探她的鼻息。彼得又拍了一下手，惊醒了爱丽丝，弄得她耳朵里嗡嗡响。

"醒醒，"他语气轻快地说，"我搞出来了。"

"嗯？"爱丽丝抬起头，浑身晕乎乎的。她不记得自己是什么时候沉入梦乡的，也说不清自己睡了多久。火红的天空在头顶低垂，一如往常。

彼得身下是一排纸，他还在弯腰写字。爱丽丝睡着以后，他至少写满了八张纸，上面全是算法，有的被画掉了，有的被圈了起来，还有的被涂深了颜色。

"出去的路，"他说，"我找到了。"

爱丽丝不情不愿地坐了起来："是什么？"

"本来应该一目了然的。"彼得语速飞快，咔嗒咔嗒，像机器人似的。爱丽丝太熟悉这副腔调了。他在实验室里想清楚一件事的时候就是这副腔调。彼得想要一股脑全讲出来，但嘴巴跟不上思维。"我在逻辑学导论课上学到的，其实就是个蠢把戏，与知识和概率的类型有关。但也许我不应该告诉你，那样会削弱悖论的效力……"

"默多克。"

"好吧，听着，"他在两人之间画了一个匀整的圆圈，刚好够两人并排站在其中，"你说，要是克里普克夫妇来了，那算不算意外？"

爱丽丝不清楚这句话有何意义，但也挑不出毛病："呃，肯定啊。"

"那你会不会说，他们肯定会在五天内来？不然五天后我们就饿死了，血液就变质了。"

"我想我会这样说的。"

"好极了。"彼得双掌合十，"那条件就定好了。"

爱丽丝感觉头疼："我还是不明白。"

"听着就好，"彼得说，"现在，假设有一个犯人在等着上绞刑架。行刑人告诉他，他这周会被绞死，但他不能知道行刑日期。那我们可以排除周几？"

爱丽丝考虑了一会儿，试探着说："周日？"

"好，为什么呢？"

"因为那是一周的最后一天。如果他之前几天都没有被绞死，那他就知道是周日了，只有这样才不是意外。"

"非常好，"彼得说，"周日排除了。那如果他到周六都没有被绞死呢？"

"我觉得周六也可以排除。"爱丽丝的思维在缓缓转动，"因为周日排除了，所以周六可以说是行刑的最后一天，但如果周五都没有被绞死的话，那周六也不是意外了……哦。"她一下子开窍了。"但如果周五是行刑的最后一天……"

"明白了吧,"彼得乐呵呵地说,"这就是递归。"

爱丽丝现在明白了:"所以说,犯人什么时候都不能绞死,因为没有一天是意外。他们必须放他走。"

"没错!"彼得满脸堆笑,"这不是正符合眼前的悖论吗?我们知道我们五天后会死,我们知道克里普克夫妇一定会在最出乎意料的时候到来。但如果我们把你代入绞刑犯悖论中,那你就是无敌的——他们永远抓不到你。所以,我提出了一个假设。如果我们将它写成算法形式,它就能让你脱离陷阱,或者生成一个无敌的护罩,这样他们就算来了也无法伤害你。"

"好。"爱丽丝叹了口气。不可磨灭的愚蠢希望又潜回了她的胸膛——让人筋疲力尽的愚蠢感受。在她感到麻木的时候,一切都要好得多。"来给我吧。"

彼得把爱丽丝的本子放在沙地上,推给她。

她一行一行用手比着读,强制集中注意力。慢慢地,她看明白了彼得的潦草字迹:"你搞错了。"

"你什么意思?"

"你只写了一个人的,"她把本子抛回彼得的腿上,"这不行。你要从头按照两个人再写一遍。"

"哦,"彼得说,"没事,我早就发现了。我是故意的。"

她过了一会儿才反应过来彼得说这话的意思:"默多克……"

"这不是一个强力悖论,"彼得说,"跟谷堆悖论不一样。它有两个显而易见的解法,我再清楚不过了。我无法长时间悬置自己的信念,使其生效。"

"所有悖论都有解法,"爱丽丝心里涌起一股惊惶,她在抗争,"所以才是短暂的。"

"非常短暂,"彼得说,"这一个恐怕尤其脆弱。要对付埃舍尔陷阱这种东西，实在容不得一丝怀疑。"

"那你怎么知道对我会生效？"

他微微一笑："因为你不是很擅长逻辑学。"

"去你的，默多克。"

"进来吧，"他示意道，"我送你出去。"

"我不会抛下你。"

"我也不会让你死的，"彼得说，"我们走了这么远，不能一无所获。你自己说的，一定要值点什么。"

"那我们一起进来。"

"不确定管不管用。"

"好吧，我们得试一试，"她用力合上本子，"重写一遍，按两个人来。"

"对我没用的，"彼得态度坚决，"要是失效的话，你也会是错误主体，那样你也出不去，你会死的……"

"我倒想死。"她说的是真的。她一生中从来没有这么认真过。一周前，她还不能说自己一定要挽救彼得的生命。但现在，她知道了。她不想活了，不想要前途了，不想要那个他们一直以来追逐的愚蠢目标了。"我们要么同生，要么共死，没有第三个选项。"

"第三个选项是你活。你值得活下去……"

"我不值得任何东西。"爱丽丝说这句话也是认真的。自从他们来到地狱，她都做了什么？说谎，背叛彼得，背叛埃尔斯佩思，让他们全都陷入泥淖。是时候给这个悲剧画上句号了。她太累了。她现在只想在黑暗中静静离世，但彼得连这也不许。"我不，我真的不……啊，天哪，彼得，你就让我死吧。"

"我不能也不会。"

"你为什么要这么高尚？"要是她能使上力气，她早就挥拳打彼得了,"别这么高尚。"

"只有你的算法能带他回去。我的没有用。我出去,那只有格兰姆斯能被送回上面。你出去,至少你能活着回家。"

她剧烈摇头:"我都不知道厄里克托的咒语有没有效……"

"好吧,有一定机会。这里只有你可能有好结局,罗。算出来就是这样的。"

"我不管什么算数!"

"无论如何,只有你没有设法害死他……"

"害死他的不是你,是我。我记得是我没有把圆圈闭合。我记得,我不会忘记……"

"我后来又检查了一遍交上去的稿件。你之所以没有闭合圆圈,是因为法阵根本没有闭合。我给漏掉了。"

"但我本来应该知道的。"爱丽丝没有犯错,她无错可犯。她什么都看到了,每一个细节都刻在她的大脑里。除非她内心有一部分愿意那样做,她才会忽略蚂蚁测试这种事情。"这件事我想了一千遍。我看见了缺口,我知道……"

"别说了。"彼得扬起双手,"打住吧。我们不用争是谁杀了他。没人关心具体细节……"

"细节是有意义的,"爱丽丝坚持说,"之所以有意义,是因为你觉得你值得去死,而你实际上不值得,那根本不是你的错,你什么都没做错,你甚至不应该来下面……"

"这不影响事实。"彼得提高音量,居高临下地对爱丽丝说道,"我能让这个悖论对你生效,我绝对确定能做到。换成我们俩的话,我就说不准了。所以说,这就是基础决策论的内容,罗,期望效用最大化。"

"闭嘴。"

"数字就是数字。如果你不喜欢,我只能表示抱歉。"

"但你不能死在这里。"爱丽丝吞吞吐吐地说,"不能在,不能在我刚刚……"

彼得眼中露出了某种困兽犹斗的神色:"在你刚刚什么?"

爱丽丝想说什么?她不知道。她无法用言语来形容这种深藏的感受,它是阴暗的,煎熬的,虚妄的。她想要投入彼得所说的未知境况,想要一种她无法形容的亲近。她想要彼得活着,近在眼前,与她相伴。她想到的话言不及义,但她想不出别的话了。"在我们刚刚学会不恨彼此的时候。"

彼得脸上的那种神色不见了。

他们凝视着对方,一条鸿沟横亘在两人之间。

唉,为什么这么难呢?爱丽丝绝望地想着。她为什么永远不能告诉彼得她的真实想法?他们本来只要说实话就好了,结果却总是擦身错过。但那恰恰是魔法师没有的东西。没有实话,只有双关、幻象、对现实的建构,这一切复杂到使你再也分不清何为真实,何为不实。魔法师都总是在努力假扮他人。

要是他们能追上对方,四目相对,闯过隔阂就好了。

但现在太迟了,一切都太迟了。

彼得掏出了一把刀。

"你在做什么?"

"为我们俩决断。"

"你不能。"

"这是唯一理性的办法,"他说,"求你了,爱丽丝,别傻了。"

爱丽丝朝那把刀冲了上去。彼得把刀抬到了她够不到的地方。她想要把彼得扑倒——她用尽全力,但还是不能把彼得撞出法阵。她狠狠捶打彼得的胳膊,又扯又拽。但彼得在身高、体重、力量上都有优势,他只需要把爱丽丝扫到一旁。

"我恨你，"她喊道，"你好……你真是个……"

"逻辑学家。"他露出一个悲哀的笑容，"我知道。"

他用刀划破手臂，血液滚滚流过他的皮肤，顺着手指滴到粉笔道上，像洇开的墨水一样蔓延，最后整个法阵都变成了血红色。彼得开始吟唱。爱丽丝号啕大哭，打他，砸他，骂他，骚扰他。但彼得的力气太大，爱丽丝无论如何都不能打断他的节奏。他念啊念，洪亮如常，充满信心，直到最后一刻。

"背包，爱丽丝，"他拍了拍她的肩膀，"别忘了背包。"

接着，他潇洒地闭合了圆圈。

爱丽丝大声喊叫，但彼得听不见了。她身边的沙子瞬间升腾，将她抛了出去，彼得则被隔绝在内。埃舍尔陷阱在她面前消失了。报时鸟、巨石，全都不见了。她眼中只能看见细沙，望不到头的一马平川。天上的太阳永远是那副半死不活的样子。

> "平行线在无限远处相交！"
>
> 欧几里得反复地
>
> 热烈地
>
> 呼喊着
>
> 直到死期。
>
> 他于是来到了一个邻域。
>
> 他在里面发现
>
> 这些可恨的东西
>
> 叉开了。
>
> ——皮亚特·海恩[1]，《平行》

---

[1] 皮亚特·海恩（1905—1996），丹麦数学家和诗人，著有多部格言集。《平行》出自他的第四部格言集。

✡ 悖论

悖论之所以困扰我们，是因为悖论的结论不是真的。驴子终不会饿死。世界不是由无尽阶梯组成的。阿喀琉斯当然可以跑过乌龟，飞矢当然会射中靶子，沙堆当然会被挑拣完。要想生活下去，我们就必须认同一条原则：悖论不能让世界停止正常运转。宇宙定律说了算。事物总会回到正常状态，悖论的效力终究会耗竭。悖论之所以能延续这么久，只是因为我们允许悖论延续。

不——悖论之所以困扰我们，是因为悖论的荒谬结论逼迫我们反思自己的一切前提。悖论就像阶梯，每一级都必然通向终点。但你走到阶梯顶上，就不可能达到终点了。你已经踏进了虚空。因此，每一级都必然是荒谬的。因为结论必然是假的，因为我们不能在逻辑失效的世界里生活，所以必然有一个前提存在缺陷。这就是不安的根源。悖论意味着，我们在路上的某个地方犯错了，犯了一个深刻而严重的错误。

第二十四章

那是暮夏时节，离米迦勒节学期还有两周。剑桥镇鸟鸣水潺，叶子边缘隐约透出红色。阳光尚暖，能够让你年复一年地忘记冬雨将至。一切都是光鲜的，充满着期许。

爱丽丝·罗来到学院楼，崭新的直筒裙配笔挺的白色牛津衫。那天早晨，她慌忙亲手熨平了两件衣服——出门照镜子时，她好像看到了褶痕。她在大门口驻足时还能感受到烙铁的温度。她抚着门把手，准备第一次与新导师见面。

前一天晚上，她有生以来第一次乘坐跨洲航班，然后在国王十字站搭夜班火车去了剑桥站，下了车又拖着行李箱往北走了两英里，入住奥德利宿舍的小房间。一切都是新鲜而令人兴奋的——消化饼干的口味、鲜红的电话亭、从道路右边驶来的汽车。那天早晨出门，她感觉自己穿越了时空，顺着兔子洞来到了一个属于她自己的幻梦里，进入了一个更雅致、多彩的世界。她觉得自己已经钻完了最后一个火圈。他们终于让自己入会了。

爱丽丝未曾与雅各布·格兰姆斯会面。她在美国的几次会议上见过他，但从来没有鼓起勇气去打招呼。自从她被录取以来，爱丽丝与格兰姆斯教授都是通过信件交流——格兰姆斯教授似乎讨厌打电话——她试着从文字中寻找蛛丝马迹，了解他的性格。他给爱丽丝的印象是性格直接、不拘礼数，还有点缺乏条理——他在两个月里问了爱丽丝三次到校日期。但是，对全世界最伟大的魔法师还能要求什么呢？

她深吸一口气，稳住身形，开门进楼。楼里鸦雀无声。下个月才开学，校园里空荡荡的。格兰姆斯教授的办公室在大厅尽头，房门虚掩。爱丽丝看见门后面有人坐着，松了口气。她敲了下门。

"请进。"

"早上好，"她开口，声音略嘶哑，"我是……我是您的新学生。爱丽丝·罗。"

"你好，罗。请坐。"格兰姆斯教授绕到办公桌前，倚桌而立。他双手放在身前，十指交错，居高临下地盯着爱丽丝。事后，爱丽丝说不出他是怎样一副样子。她一开始只是用余光瞥格兰姆斯教授，花了几周时间才逐渐观察到他的轮廓、身高，还有轻微的驼背迹象。格兰姆斯教授就像太阳，爱丽丝不能直视他，只能从外围感知他的存在。"很高兴见到你。"

"我来这里真是太激动了。"爱丽丝排练过很多次这句话，但说出来总是摆脱不了讨好或做作的姿态。现在，这些词语从她嘴里跌跌撞撞、乱七八糟地跑了出来，她上气不接下气，显得很是愚蠢。"我很荣幸能加入您的实验室，我非常感恩，我都等不及了……"

"你好像有些紧张，爱丽丝。"

"我，我是……"爱丽丝吞吞吐吐地说，"好吧，我当然紧张了。"

"别紧张。"他笑了，爱丽丝第一次明白，什么叫闪亮的眼睛，"你有资格来到这里。你是我多年来见过的最有力的申请者。"

"哦。"爱丽丝睫毛颤动，真的是在打战。她放在大腿上的手指动来动去。她本准备接受盘问。她在等着格兰姆斯教授发现，收她做学生

第二十四章

是一个错误。她还以为自己要通过一次考试。她不知道如何应对夸奖。"我不知道该说什么了。"

对一个内心充满不安的年轻人来说，一句简单的鼓励有多么大的意义啊。教授们从来不知道他们的话语的影响力。他们似乎意识不到，一句无心之语、一个一闪而过的笑容往往会左右学生一天的心情。教授们在一天之内会见到几十张满怀希望的面庞，常常忘记他们就是学生的天、学生的地。

不过，或许格兰姆斯教授是知道的，或许这就是他为什么富有深意地看着爱丽丝的眼睛，或许他知道，亲耳听他说出这些话之于爱丽丝的意义。爱丽丝从美国初来乍到，衣服穿得不对，举止不合礼数，害怕自己闯进了一个与同学差距巨大的项目，而且她已经对那些似乎从小就注定上牛津与剑桥的同学有怨气了。

格兰姆斯教授只需要说这么一句就行了。他赢得了爱丽丝不渝的忠诚。

"不要让他们觉得你不属于这里，"他身体前倾，热切的目光让爱丽丝头晕，"那些家伙穿着长袍装相，学出来也就是个文员。要记住，你不一样，爱丽丝·罗。要记住你独特的心性。你只有一个依靠——那股灵气。"他瞧着桌子说。"欢迎来到剑桥，爱丽丝。我们要剖析世界。"

接下来的几个月里，爱丽丝了解到格兰姆斯教授和她一样出身不显。教授全名叫雅各布·奥克塔文·格兰姆斯。他的祖父本来留下了一笔财富，结果在他小时候，那笔财富就被不顾家且酗酒的父亲挥霍一空。小格兰姆斯常常在当地图书馆里读到深夜，从培根到维特根斯坦，无所不读。他继承了往往是隔代遗传的贵族式好奇心。他生来就是成为莫扎特或普鲁斯特的料，他对此坚信不疑。上完高中后，没有钱继续深造的他参军入伍，远赴海外，回国时拿到了奥斯汀[1]某学院的奖学金，获得了农业工程专科学位。后来，有一位快退休的教授发现了他的数学天赋。他坚持与那位老教授通话，终于得以进入牛津大学。格兰姆斯和同学们的差距太大了，他有生以来第一次想家。同学嘲笑他的字迹和过时的验算方式，学他拖腔的说话语调，管他叫得州仔，还问他戴不戴牛仔帽。他甚至去查了回国机票的价格。这时，他认真想了想拉伯克[2]，想起了肮脏的地板和空酒瓶。他留了下来。

然后战争就爆发了。雅各布·格兰姆斯再次穿上了军装，这一次是在英国陆军部研究局。一切尘埃落定时，他有了英国护照，还获得了几枚表彰其成就的奖章。永续瓶、速效消毒剂、取之不尽的兰巴斯干粮。雅各布·格兰姆斯维护了军队的生存。的确有过几次失败的审讯试验——全是说谎者悖论的虐待狂版本，情节一次比一次恶劣——但再也没有人谈起。魔法师群体在战后的一小段时间里声名鹊起，格兰姆斯的脸出现在了全国所有报纸上。他得了一个绰号——陆军部术士。

由于格兰姆斯名声很大，他离开军队时享有无穷无尽的研究经费。他没赶上群星璀璨的维也纳学派，但在后来科学界的每一次突破性创新中，他都是走在前沿的弄潮儿。在战争年代，人人都执迷于炸弹，但战后出现了凝聚态物理、半导体、计算机。量子物理的新成果埋葬了爱因斯坦。弗雷德·霍伊尔创造了"大爆炸"一词，可惜它后来火了。纳什在20世纪50年代提出了博弈论的均衡概念，随之而来的是大量对社会悖论的研究。世界越来越快，越来越让人眼花缭乱。奇异问题层出不穷，雅各布·格兰姆斯个个穷追不舍。

时间进入20世纪60年代，在人们的记忆中，雅各布·格兰姆斯与学科建立了紧密的联系。他是分析魔法学本身的代名词。他设定研究

---

1 美国得克萨斯州首府。
2 得克萨斯州的一座城市，是该州西北部地区的经济、教育和医疗中心。

议程。他无始无终,他只是一直都在——这是无可置疑的事实。只要你想有所成就,就必然会遇到他。

他已经飞升到了隐秘的世界,还带上了弟子们。

这就是格兰姆斯师门的好处。所有大门向你敞开。你可以与任何人对话,你做任何项目都能搞到经费,你可以出差去任何地方,一切只需要他的首肯。只要爱丽丝在他的羽翼之下,就不会有人质疑她置身于此的权利。"我的学生。"他会手指着她说。突然间仿佛有一道光照在她身上。第一次有人看见了她。她说话有人听了。

因此,虽然后面发生了种种事情,但爱丽丝永远会记得,当初是格兰姆斯教授最先对她报以信任。是格兰姆斯教授拔擢了默默无闻的她。他在一摞申请书中发现了爱丽丝的资料,把它放到灯光下审视,然后下了决定。没错,爱丽丝值得他的付出,值得被他引入奥妙世界,值得被培养成一个与他自己平起平坐的人物,一个抽象世界的无畏旅者。他是爱丽丝信念阶梯上的第一块木板。在一个以虚伪和凶险为根基的世界里,这份信任是她要用一辈子偿还的债。

第二十五章

爱丽丝在陷阱外手忙脚乱。她什么都试过了。她到处扒拉沙子，大把大把扬起来，想着万一能碰到什么东西，破掉隐藏的法阵。她绘制了能想到的每一个咒语。她用刀划破指尖，大片血液渗入地面，白沙闪烁着红光——没用。沙地吞没了她写下的粉笔图案。她呼喊着彼得，求他再试一次咒语，出来和她团聚。陷阱纹丝不动。就算彼得听见了她的尖叫声，她也无从得知。

她听到地平线上有跑动声，便赶忙逃走了。她有点想待在原地，扑通一声砸在地上，让克里普克夫妇把她抓住。那是再容易不过的了。但彼得睁得大大的、满含恳求的双眼烙印在她的头脑里。彼得已经牺牲了，她要是现在就死了，无异于朝彼得的尸体上吐唾沫。于是，她拿起背包，收起哭声，使出最快的速度奔跑。

爱丽丝本无须惊扰。克里普克夫妇不是冲着她来的。没过多一会儿，跑动声就消失了，沙漠里回荡着欢呼声。爱丽丝停下脚步，吓得不禁转身。她看见他们径直行走于沙漠上。她从站立的位置看不清他们的面容，只能看见两大一小的形体。与埃尔斯佩思一样，他们从头到脚都有盔甲护身，只不过埃尔斯佩思的盔甲是由碎骨串联起来的，而他们身披着森森白骨。他们嘴边斜挂利齿，躯干四周是别人的肋骨。球茎似的物件挂在他们的手腕上，随着脚步摇晃——是血包，埃尔斯佩思告诉过她，他们用膀胱做的。

一行人停在了巨石前方。克里普克夫妇俯下身子，开始吟唱。沙地上泛起一阵涟漪，两人相继进入，不见了身影。爱丽丝听见一阵刺耳的刮擦声。金石相击。她听见彼得在尖叫。

爱丽丝攥起双拳，堵住嘴巴，压制自己的尖叫。她跪倒在地，双肩不住地发抖。压力是可怕的。她以为自己要四分五裂了。但只有一件事比压力本身更可怕，那就是她没有灰飞烟灭，她一直在痛。她从未有过如此锋利的感受。她从前只是从理论上来理解哀恸，这种哀恸无法用言语形容。唯一能勉强接近的表述是中国古文里的"断肠"。虽然这个词在英语里常被意译为"a broken heart"，也就是心碎，但"肠"其实代指五脏六腑。心碎意味着浑身感觉被扭曲，被撕裂，被喷洒到沙地上。断肠不只是心碎，你的整个人都会被一起扯出来。

她希望开膛流血的人是她。只要能替代彼得，她愿意付出一切。她想要体会利刃刺进皮肤，割开血管的感觉。相比于她此时的痛苦，解体之痛反而是那么洁净、美妙。但是，再强烈的愿望也不能化为现实。血雾升起时，她依然活着，而彼得依然垂死。

她不断发出无声的呐喊，直到彼得的喊声沉寂下去，直到他的血液灌满了血包。然后她站起身，抹了抹脸，继续奔跑。

爱丽丝在沙丘地带游荡了一整夜。地面标志物在视线边缘忽隐忽现。反光的白骨、参差的岩石。强暴殿到处都是一个样子，荒原从忘川延伸到无终。她宁愿晕倒，因为那样就没有意识的负担了，但她现在浑身充满肾上腺素。心脏猛烈撞击着肋骨，干咳的嘴和嗡鸣的耳朵几乎能够感受到脉搏——她必须继续走，她下定了决心。她要一味地继续走，直到汹涌的精力耗竭，直到她倒地不起。

那一刻仍未到来，所以爱丽丝还要继续走。

她的头脑并不平静。她试过登上自己的阶梯，她努力收敛心神，结果全部无效，电视上飘满雪花。她只能重播着坑里最后一段时间的每一秒钟的每一个撕心裂肺的细节。彼得在写字。沙地上的粉笔字迹。他温柔甜美的笑容。她无法确定自己当初有没有尽全力——假如她更激烈地反对，假如她说动了他，假如她把他手里的粉笔抢过来……但这些问题没有答案。她只记得她的哭喊，还有彼得的坚定。

彼得——彼得——彼得。爱丽丝的记忆偏离了轨道，回想起了所有细节。他软塌塌的头发，他的身体曲线，靠在她背上的温度。夜深了，他还没洗澡，一股略带霉味的甜美气息就会飘荡在他周围。他的音容笑貌。彼得的笑妙极了，一笑而动全身，胳膊和肩膀都在震动，有一种脆弱无助的质感，仿佛他被附身了一样，不得不开怀大笑。

现在这一切都逝去了。她回溯着自己做过的最恶劣的决定。每次在校园里看见彼得，她体内就燃起了憎恨。她鄙夷彼得的笑容。那些俏皮话和插科打诨。她对彼得的恶意，她肮脏的怨恨心。丑陋，扭曲，卑鄙——她好像在观看一部体内播放的恐怖片。她认出了演员是她自己，但无法理解每一个糟糕决定背后的逻辑。她认不出这个人了，这个龌龊、无耻、一肚子怨气、满脑子阴谋诡计的小婊子。但记忆不会说谎。那些事她都做了，那些话她都说了，她只能背负着罪孽活着。

彼得做的一切都是在救她的性命。而她做的一切都是伤害想帮她的人，她显然不配活着，她希望自己能赶紧弄完，死掉算了。只不过为了彼得，她绝不能轻易死掉。

太阳升起来了。暗淡的橙光照亮了她周围绵延的沙漠。前面几座殿宇的身影早就不见了。爱丽丝直到现在才意识到她有多么怀念它们。它们虽然可怕,甚至快让人产生幽闭恐惧症,但最起码是熟悉的,是她能够触摸和辨别的,是能够置身其中的有形建筑。现在要是能在纵欲殿打个盹,哪怕是在傲慢殿自习,她什么都愿意给!它们给她指引了方向,哪怕完全是虚妄。但这里越发远离凡人了解的那个世界,无根浮萍的感觉让她恐惧。

她已经深入了残忍殿。她在夜里的某个时候过境了。或许埃舍尔陷阱一直都在强暴殿和残忍殿的交界处。没有质的变化,只有量的变化。两殿都是荒寂之地,但强暴殿是粗糙而无意识的,残忍殿则遍布意图。残忍殿是蓄意的戏耍。她不断遇到神秘的构造。交叠的骨头摇摇欲坠,偶尔摆出了抽象艺术的味道。沙地上画出了图形。她无法理解的舞步,或许是有人类在跳舞。她有时会发现貌似道路的事物,精心绘制的线条仿照路标的样子,只不过走着走着就突然到头,或者绕了回来。她在河岸附近瞥见一圈摆成半圆形的石板,让她回想起草坪上的折叠椅。她在深处发现了一块纯净、光滑的大理石,差不多像门一样大,上面没有标记,也无人看守。她用大半个小时摸索石块,想要发现关于它出现在这里的线索,想要将它的创造者从藏身处引诱出来,但大理石不为所动。没有神秘刻痕,没有隐藏图案。她失望地大喊,踢起了石板,直到踢疼了脚趾。

她努力想得出一个解释。比如死魂灵在寻找栖身之处,比如这些陈设是临时住所,供死魂灵休憩反省,比如死魂灵在这里开沙滩派对,比如死魂灵在举办艺术展。但这些丢在一起的骨头看上去不过是在自娱自乐——在一片根本没有意义的领域创造意义。爱丽丝现在看明白了,她正在穿越意识的荒漠,一张疯狂的地图。她目睹的地标只是之前每一个来过的人见过的幻象。

她时不时会从眼角瞥见闪闪发光的绿洲。她没有停下来喝水。复制版永续瓶还在,她也知道不能喝地狱里的水。但有一次,她出于好奇,绕路去了一个池塘。她以为她会用手指划过晶莹的水面。她心想水下会不会有淹死的东西，从中发现之前有什么来过这里的线索。但她蹲下伸手时发现，池塘表面是固体。这里没有水，只是一块黑曜石。有人打磨过它，还雕刻出恰到好处的弧度，走到近处看也像是液体。

爱丽丝考虑过要在这里寻找意义，但大理石已经让她长过教训了。她继续前行。

日落前后，地平线上出现了高大的白色建筑。她感受到了强烈的吸引，因为对目标的最基本需求已经超越了一切。随着离白房子越来越近，她开始听到从喉咙中发出的低沉呻吟。呻吟声太微弱了，她一开始根本没认出来是人发出的。那听起来像是风吹过空玻璃瓶的缺口时发出的声音。她凑近了抬头看，发现上面有骨笼——让她想起了沙尘暴区域的废弃建筑框架——是用雪白的骨头制成的，在阳光下熠熠生辉。骨笼构造精巧，严丝合缝，每根骨头都恰好卡在另一根骨头的沟槽里。笼子前后摇摆，但从来不会落下来。

她心想那笼子会不会是神仙造的，但它们的精确与完美里有一点怪诞的味道。你必须有茫茫多的时间，再加上强到可怕的专注力，才有可能完成这样的项目。地狱中的建筑是梦幻的泡影，不费吹灰之力。这些笼子是要费力的。它们体现了人的用心。

笼子里关着死魂灵。死魂灵双手抓着栏杆，发出嘈杂的呻吟声。爱丽丝不可思议地回想起了自习室、考试周的研习间，屋里人人低头塌肩，独自做着自己的事。到了研习间被占满的时候，总会有学生用书本堆出一个"研习间"来，把自己藏在里面，专心用功，对外界怀着敌意。这种无望的环境，唉，她记得太清楚了，历历在目。你从这些研习间中走过，难免郁闷得喘不过气。

这些被关起来的死魂灵似乎是自愿的。栏杆间距很宽。爱丽丝没看见守卫，也没有镣铐。声音不是哀号，不是自主发声。声响不是由死

第二十五章

魂灵发出来的，而是从死魂灵身上穿过，是一种对自然力量的不自主反应。这种反应是必然的，是为了让宇宙知道你还在那里。这是惩罚还是避难？或许都是吧。搞不清楚。爱丽丝只能假设，这是某种让地狱更容易忍受的途径，就像其他所有东西一样。她能够想象出自己被关在天上的笼子里，心中感到某种安宁。周围什么都看不见，其他人也在他们自己的笼子里——知道其他人和你一样孤独，你感到了慰藉。这里远离那片残忍的荒漠，在那里，没有事物能够侵扰你，你自成一片绿洲。

她把双手拢在嘴边。

"上面有人吗？"她呼喊道。她突然产生了一种加入他们的冲动。在这一刻，什么似乎都不如一个属于她自己的摇摆牢笼，正当如此，永世如此。我也想呻吟，我也想遁入绝望。"有人吗？"

死魂灵没搭理她。

"有人吗？我能上去吗？"

呻吟停顿了一下，然后又开始了，比之前来得更凶，仿佛一心要将扰动淹没。

爱丽丝当时觉得自己好傻，于是继续跋涉。他们爱干什么就干什么吧，她心想。反正这些笼子挺丑的。她可以自己给自己造一座监狱。

走到下午三四点钟，沙地变成了粗粝、坚硬的棕色岩石。没有怪石和嘲弄人的图案了。她从沙漠进入了死域。两者是有区别的：一个有生命，无声音；一个是所有生物被烧尽后留下的焦土。这里的空气感觉更厚重，更干燥，更灼热，弥漫着灰心丧气的味道，仿佛无解的干渴。

爱丽丝觉得快到残忍殿和专横殿的交界处了。

沙子上没有界线，残忍的戕害与暴君的狡计并非泾渭分明。但爱丽丝还是能分出来。滞重的空气压在她的舌头上，有一股金属味和霉味。起风了，热气狠狠吹过她的双颊。她用兜帽紧紧裹住脸。关节磨破出血了。

死魂灵的表现也不一样。前面各殿的死魂灵都不伤人，它们沉浸在自己的痛苦中，没空多管爱丽丝。专横殿的死魂灵虽然分布稀疏，但似乎注意到了她和其他死魂灵的存在，这让她心生不安。她有好几次用余光看见有东西在动，还瞥见有死魂灵从树后面监视她。但她每次一转身，它们就不见了。

爱丽丝不知道它们对她有何所求，实话说，她也不知道它们能把她怎么样。她只是觉得周围一直潜伏着强烈的恶意，像蚂蚁的叮咬一样刺痒。

但她不能回头。没有别处可去了。于是，她裹紧夹克衫，把刀放在腰带上方便拔出的地方，勉力前行。

日落光消。爱丽丝走到四肢发抖才蹲坐在一块巨石的阴影下，检查剩余物资。兰巴斯干粮虽然泡水了，但中间的部分还能吃。茶叶都被沼泽水污染了——她全扔了。神奇的是，复制版永续瓶还能用。她喝了一杯清澈的好水，又喝了一杯，再喝了六杯。

身体满足了，头脑清明了，她开始思考了。真是不幸。

在求生的过程中，她意识到必须为自己所有的挣扎找到一个存在的意义。

她知道自己不再惧怕死亡。她见过了埃舍尔陷阱的另一面。她就像第一次接种完流感疫苗，或者完好无损地走出牙医诊所的孩子，她终于明白没什么好怕的。死亡什么都不是。疼了一下，无非是这样。而且她比所有死魂灵过得都好，因为她甚至不需要为来生奋斗。一己之身湮灭，一切责任就此终结。

但现在的问题是——既然她的动力不再是对死亡的本能恐惧，既然她没有了继续奔跑的紧迫理由——然后呢？她手头有一个更大的难题，那就是活着的意义。活着意味着未来，意味着某个目标，但她根本不知道自己在追求什么。

现在看起来，她最初的目标好傻。她才懒得找格兰姆斯教授呢。她就是再也见不到格兰姆斯教授，那也没关系。障目之叶脱落了。她现在觉得，她过去想要的一切好没有意义，追求那些东西好让人煎熬。她想象自己站在答辩委员会面前，从格兰姆斯手中接过她的打分表；找到教职，指导下一茬可怜的研究生。她想象自己成为循环的一部分。她宁愿在纵欲殿里住单间。

同时，死亡近在眼前，一目了然，诱惑迷人。

唉，她已经想过了，最后得出了两个前提，推出了一个无可争辩的结论，那就是她必须活着。

前提一：因为彼得要求她活下去，而她亏欠彼得太多。

前提二：因为彼得有一个荒谬的希望，那就是，地狱终究是有可能网开一面的。

可恨的彼得，还有他的网开一面。不管爱丽丝喜欢不喜欢，彼得都在她心中埋下了一颗无法磨灭的种子。走下去也许意味着相信她无从得知的东西，就像但丁笔下的亚当和诺亚，就像哥德尔不完全性定理，就像两面真的可能性。也许，也许。

沿着河走，救出格兰姆斯教授，出去。虽然爱丽丝并没有内在动力去追求这些目标，但它们是她仅有的剧本，有剧本总比没有强。它们至少给了她迈步，迈步，再迈步的理由，直到她走了几分钟，几小时，在无尽的沙漠上走了一里又一里。

第二天，爱丽丝来到了塔前。

她先看到的是塔的影子，因为她一直在低头跋涉，眼里只有前方的地面。她一开始觉得奇怪，灰色的沙地上怎么出来一道黑色的轮廓。但接着她抬起头，发现不到 100 码外有一座高塔，落在地平线上，露出一个尖顶。哦，她心想，这是钟楼，是校园的中心。她在康奈尔不用戴手表，也不用看地图，只要仰望一眼钟楼就知道回家的路。但这当然不是钟楼，因为地狱不需要计时，也不需要鸣钟。塔顶本该是钟面的位置只有一个空白的圆圈。这就是残忍，她想。故意设计成这样，这太残忍了。

她凑近了发现，塔基不是她以为的石材，而是缠绕、扭曲的图形——人类的脸庞和躯干堆叠在一起，冻结在奋力攀爬的形态中。至于是死魂灵还是石雕，她分不清楚。塔基周围摆着一圈石头，石头下面是土堆。这是一道矮墙，虽然很容易翻过去，但毕竟是界线。

她听到有嘶嘶声，仰起头看。

阳台上站着三尊神。她们的身材高挑，体形柔美，肤白如玉，身上裹着颜色极深的红布，飘飘似仙，肩膀上伸出巨翼。爱丽丝知道她们肯定是复仇三女神：阿勒克托、墨该拉、提西福涅。克洛诺斯是世上的第一个背誓者，他杀死了自己的父亲，将其肢解，投入海中，从他父亲的血液中就诞生了复仇三女神，分别代表愤怒、屠戮和无尽毁灭。黑色鬈发盘绕着她们的脸庞。她们都非常美丽。

三位女神齐齐望着下面的她。

她们的眼睛没有瞳孔，只有灼人的凝视。三女神审视爱丽丝时，她感到一阵酷热，比格兰姆斯教授的目光还要炽烈。她感觉衣服被剥光了，骨肉也被拆光了。她只剩下一缕孤魂，赤裸着，颤抖着，一切有过的邪恶或自私念头都无从隐瞒。这个过程好像要持续到永远。每个念头都要被拆开，拿起，摆弄，细究。她的自我被还原为了未经检视的真相。她的颅内回荡着三重声的低吟，一遍一遍地追问：你违背了谁的誓言？

爱丽丝闭上眼睛，但无济于事。复仇三女神的审视炙烤着她的心灵。她感觉自己好渺小，好庸俗，好凄惨。她感觉自己一辈子从没有过原创性想法。她是坦白一切的告解者，只是根本没有值得说的东西，只是凡人的腌臜。我傲慢，我纵欲，我贪婪，我愤怒……

你违背了谁的誓言？

"所有人。"她上气不接下气地说，"我不知道……"

撒谎，三女神齐声道。

热度增强了。地狱渐渐变成白茫茫一片，爱丽丝只能看见影子在动。悠荡的倒吊尸体、绳套、沙堆。火舌环绕着她的脸。她耳中如有雷动，炽热灼人。复仇女神高声大笑，重复着那个滚烫的问题，直到它烧蚀进了她的心灵：

"为什么——"

"为什么——"

"告诉我们——"

"为什么？"

但是，爱丽丝恰恰自己也无法回答。她知道自己做过错事，但她觉得自己的罪过像是别人犯的，是出于深不可测的原因。她能给出的唯一的辩护是，在从头到尾的每一个节点，接下来发生的事似乎都是唯一的理性做法。因为格兰姆斯死了，所以她下了地狱。因为彼得伤害了她，所以她反过来伤害彼得。因为埃尔斯佩思有他们需要的东西，所以他们试图窃取。环环相扣，仅此而已。她无意胡搅蛮缠。她想要取悦火焰中的三位美女。她想要坦白一切，只不过她的每一种表述方式都显得浅薄、陈腐，流于便宜，仿佛她的全部人生经历只是算盘打得噼啪响。"我只是在尝试。"她小声说，"我只是……我只是想尽力而为。"

火一下子熄灭了。热度消退了。爱丽丝猛地前倾，倒抽一口凉气。像一支残破的小蜡烛被浇灭了。在上面的高台上，复仇三女神仰天大笑。

"格兰姆斯教授，"爱丽丝说，"他在这里吗？"

复仇三女神没搭理她。她们笑得花枝乱颤，巨翼有节奏地挥舞着，曼妙的头颅甩向身后，露出高傲的雪白脖颈。"想来就来啊，"她们笑着说，"我们不管。"

于是，爱丽丝跨过矮墙，进入了地狱的最后一座殿堂。

第八殿非常安静。周围的死魂灵似乎对高塔颇为警惕。爱丽丝往前走的路上，恶灵渐渐退散。现在只有她一个人了。高塔越来越小，变成了地平线上的一个小点，最后消失不见了。爱丽丝来到了一片真正空旷的土地上，左边是常在的忘川，头顶是一片橙色，右边是一片没有尽头的灰色。她真是昏了头，竟然觉得这是一幅美景，具有几何图形的齐整。三个概念在这里体现得淋漓尽致：有限的边界，有限的点，无限的平面。我现在进入教科书了，她心想。我是庞加莱圆盘的示意图。

这时，她看见前方的空中有白色斑点在缓缓盘旋。再往前，地上散布着更多白点。

是鸟吗？那该多好啊。爱丽丝见过一次黎明前夕的沙滩，海鸥们都还没醒。她一直以为海鸥睡在巢里，不知道它们也会在海滩上休息，脑袋插在背羽中，一个个小白点点缀在沙洲上。等到走近了，爱丽丝失望地发现，白色物体不是鸟儿，而是纸片。她伸手捡起一张。前面见过了那么多没有实体的死魂灵，现在能触摸到这样一个有人味儿的实体，感觉真是奇妙。这是现代纸张，光滑洁白，没有古纸的渗墨或粗糙。这些纸不是埃尔斯佩思收集的那些残章，从活人那里捡来的没人要的旧货。这是产自地狱的新文具。

爱丽丝手里拿的是白纸。但别的纸上似乎有一行行文字。她追上风中的一张纸，端在面前。笔迹龙飞凤舞，几乎无法辨认。真正能读懂的部分似乎就是目录：

第一部分——我的成长经历

第二部分——我的病症

第三部分——我的不幸且必然的犯罪性

怎么回事？爱丽丝心想，这是一篇毕业论文的初稿。它们完全符合毕业论文的结构——章节次序，论证按照清晰的三大部分徐徐展开，有脚注，有附录，甚至有一个引人注目的结论，具有学科意义和影响："为何我因此理应获救，渡过忘川。"

她略过了题为"第一部分——我的成长经历"的那一页，目光落在了几条脚注上。作者在其中自称出身寒微，因此只能在街上疯跑，结交不三不四的人，而不能从小追求高尚的爱好，比如演奏小提琴。父亲殴打他，这在他心里注入了对世界的仇恨。母亲视而不见，姐妹们嘲笑他，德国保姆常常让他空着肚子上床，这在他心里注入了对异性的强烈仇恨。

爱丽丝翻到了"第三部分——我的不幸且必然的犯罪性"。

"我不是故意的。"作者声称，接着描述了他的暴力罪行。爱丽丝看到了大量被动语态："……我的心被暴怒占据，我的手被刀附身……"

她扔掉了手中的一页，从空中又抓来一页。这张是另一个人的笔迹，看上去一心要找许多理由证明女性其实享受强奸。她又抓来一张。文中主张，杀害老人是社会的必然，老年人是对资源的浪费，而且烦人。

那么，这就不是一个疯子写的。无论出于什么原因，地狱下层充斥着努力给自己的罪孽找依据的作者。看样子，他们产出了大量废稿。爱丽丝在想，这些稿子是写给谁的，有谁在读，又是哪位神祇判定这些论文不值得通过。那位审读者会如何评判她的辩解，她又能给出怎样的辩解？

爱丽丝继续前行，直到太阳再次落下。她这时坐下来，搭起了小营地。她揪下一块兰巴斯干粮。现在只剩下食指那么长的一条了，每天揪一块，够吃八天。她大口喝着永续瓶里的水，喝到胃疼才停下。既然吃不饱，喝个水饱也算好。但不论她喝多少水，舌头还是感觉像砂纸一样。身体其余部分倒是感觉轻快，她记得在实验室里就是这样的感觉。那时她连着好几天不吃东西，故意绝食，目的只是进一步降低最小食物需求量。她知道不能信任这种轻盈感，那总是休克的前兆。

她想找个遮蔽物，什么样的都行。高塔早就在身后了，面前只有开阔原野，甚至连她可以蜷靠的石头都没有。她最多只能用外套遮住头，遵循鸵鸟躲避敌害的思路——也许只要她看不见他们，他们也就看不见她了。她蜷起双腿，双手抱住脑袋。

有什么东西在拱她的身体侧面。她微微睁开眼睛看去。

阿基米德小心翼翼地团起身子，躲进她的影子里。它身上有伤痕，猫毛缠结粘连，脸上有一道已经干掉的血渍。爱丽丝眨了几下眼，希望它的出现不是幻觉。但她每次看，猫都还在那里。她伸手要拍它的侧面，猫缩了回去，她便住手了。

"他们也抓到你了吗？"

阿基米德喵了一声。它的右眼好像睁不开了，左眼则迎上爱丽丝的目光，绿色瞳孔中透着坚毅。

"不过，看样子你也没饶了他们。"

阿基米德抽了下鼻子。

"反正比我们强。"爱丽丝又试着去摸阿基米德。这次她先确保阿基米德知道她要把手放到哪里。阿基米德同意了，仰头去顶她的手掌。"好样的。"

她在地上坐好，从包里搜刮了一点兰巴斯干粮给猫吃。她当着猫的面把干粮放在包装纸上，猫一动不动地看着。"来啊。"她说。

第二十五章

阿基米德探出头，一点点吃起了干粮。

"我还以为猫只吃肉来着。"爱丽丝说。

阿基米德哼了一声，似乎在用猫语说"我想干什么就干什么"。

"发生什么事了？"爱丽丝问它，"埃尔斯佩思呢？"

阿基米德没有回答。

"我们彼此或许可以有个照应，"爱丽丝说，"互相照看之类的。"

阿基米德看样子没听见她说话。

"求你留下吧，"爱丽丝说，"我不……我不能独自完成。"

阿基米德伸了个懒腰，脑袋搁在前腿之间，不客气地拿她的刀鞘当屁股垫。接着，它合上了右眼。

我好傻，爱丽丝心想，向一只猫求救。

爱丽丝看着它卷着毛、流血的身体侧面一起一伏，心中还是感到安慰。阿基米德每次吸气都会发出轻微的呼噜声，小小的胸腔也会整个随之颤动，但它安眠如故。它似乎不急着抛弃她。爱丽丝心想，生命终究能在下界存活，一路就这么踢打，撕咬，嗥叫过来。不屈的生存意志。爱丽丝在猫的旁边躺下，身体像城堡一样环绕着它。她在想，她在哪里能找到自己内心的城堡。

第二十六章

爱丽丝睡着了。她做起了梦,迷失在琐碎的记忆中。勺子碰茶杯,茶水溅出,色深如血,茶杯变成膀胱做成的包,勺子则化为骨刃。海伦·默里的说话声,洁白的牙齿,口红鲜艳得过了头,抹在干巴巴的嘴唇上。你想要什么,爱丽丝?你以为你是第一个吗?爱丽丝来到墓地,指甲里藏着泥土,她双手拿起铲子,后背吃疼。格兰姆斯教授,或者至少是她找到的残存部分,一只眼睛,一片嘴唇,残缺的鼻子,一小块一小块地摆在蜡纸上,下面是一幅劣质铅笔素描。他的额头上打了一根钉子,以免移位。色萨利女巫留下的全部文字。活人的面容叠加在复活的身体部位上。破碎的嘴唇动了起来。早上好,他说。

爱丽丝醒了。

一个死魂灵俯身望着她,通体如银色烟雾,两人的脸离得很近。她一下子弹了起来。

他们注视着对方。死魂灵面目模糊,五官挪移不居,好像他无法决定自己长什么样子。如果非要爱丽丝描述他的话,她能想到的最好比喻是像嫌疑人的黑白大头照,难以名状,鬼鬼祟祟。至于他的神情,爱丽丝只能想到睁大眼睛的饿狼,不是害人的那种,只是渴望,仿佛他想要摄纳她的全部感官——她的视觉,她的嗅觉。

尽管如此——再说了,她饿得脑袋一片茫然——他看上去并不危险。他至少没有贪婪殿的死魂灵独有的那种刻薄,也没有发出愤怒殿的死魂灵那种令人窒息的呼号。他似乎比其他死魂灵都更有人性,更能控制自己的欲望。她心想,如果这个死魂灵要伤害她,他趁她睡觉时早该动手了。由此,她静静地坐在原地。

"你是谁?"

"我是爱丽丝,"她小声说,"爱丽丝·罗。"

"你是活人。"他嗓音沙哑,声如地动。

爱丽丝觉得没必要掩饰:"对。"

他上下打量着她毛衣上的粉笔末儿:"你是魔法师。"

"对。"

他哈哈大笑。

"老天啊,"他说,"我等啊等,你总算来了。"

这话让爱丽丝暗生警觉。她站起身,接着马上就后悔了。她顿感头晕,身形摇晃,眼前忽明忽暗。

死魂灵抬起手:"我不会伤害你的。"

"你想干什么?"

"只是想说说话。"死魂灵飘然向前,来到她数寸之外。他似乎没有个人边界的概念。不管爱丽丝往哪里动,他都会把脸凑上来,好像要舔她或者吻她似的。"但你这个活人……你到这里做什么,一个人跑来地狱?"

她到底在做什么?她还是没有答案,她也觉得没必要让这个死魂灵听她诉苦。"我来找人。"

"那个人可能在哪儿?"

"我不知道。"爱丽丝叹了口气,"我在地狱上层找过了。我逛了愤怒殿、残忍殿、强暴殿、专横殿，都没找到他。我有理由怀疑，他的罪没有那么轻。"

"你认为他在狄斯。"

"我……对，没错。"爱丽丝从前就认定狄斯城真实存在，所有可靠文献一致这样认为。但现在听到亡者亲口确认了这个名称，她还是大吃一惊——所以它存在，它在等待。"他肯定在。"

"那你要找到城门。"

我有向导，爱丽丝想这么说，但她现在发现阿基米德又溜了。她又成了一个人。"我想是吧。"

"那来吧。"死魂灵朝地平线点头，"带路。保你平安。"

"为什么？"

"你什么意思，为什么？"

"无意冒犯。"爱丽丝想起了轻信的乔治·爱德华·摩尔，那个说得上话的家伙。她想起了织女那少女般的笑声。她想起了让她罪有应得的埃尔斯佩思。"只是我们……我在这里过得不好。再说了，我们在地狱下层。人人都有所图。"

死魂灵又一次哈哈大笑。他转过身看她。这一次，眼睛变成了他全身最实在的部分。深邃的磐石，亘古的空洞。"你给我讲故事，我给你唱首歌，"他说。"就这样。你想了解狄斯城，我想了解活人的生活。"

就这样，爱丽丝在地狱最底层闲庭信步，身边是一个不知道犯了什么罪的死魂灵。

爱丽丝不能确定她是太走运，还是太愚蠢。至少这个死魂灵——他自称约翰·格拉杜斯[1]，显然是假名——并未假装是她的朋友。他想要的

---

[1] 格拉杜斯原文是 Gradus，意思是由浅入深的练习册。——译注

东西很明白。他不厌其烦地打听爱丽丝所了解的世界。他对政治或历史完全不感兴趣。爱丽丝想跟他讲苏联，他不耐烦地摆手。他想知道现在时兴哪个牌子的粉笔（"施罗普利？他们还没破产啊？"），食堂供应什么菜色（"还是土豆泥？约克郡布丁还是硬纸壳口感？"），还有女生时装的变迁（爱丽丝介绍这方面内容时有一点反感，但对短裙和长筒袜的含混描述似乎已经让格拉杜斯感到满意。有多短？她想不起来了。露膝吗？有时候会。在学院里不会，但有时候会）。她不在意接受盘问。她的记忆信手拈来，她只需要闭上眼睛，唤起图像，一边走一边复述细节。

"伦敦的天际线呢？"

"新建筑有很多。有一栋大丑货，42大厦，直冲云霄，跟个烟卷似的。"

"音乐呢？"

她回想起一家唱片店的橱窗，把她看见的乐队名称都告诉了他。"'犹大圣徒''汤龙''铁娘子''传声头像'。"

"那是什么音乐类型？"

"有点像……独立朋克，摇滚那种？好比是达斯蒂·斯普林菲尔德的对立面？"

爱丽丝不知道约翰·格拉杜斯认不认识这些名字。他问道："你喜欢他们吗？"

"他们有一点吵，"爱丽丝说，"我不是很有冒险精神。我就喜欢披头士，还有巴赫。"

"矫情，"他说，"你上顿饭吃的什么？"

"兰巴斯干粮。"

"不是，我是说以前。"

"哦。"爱丽丝飞速检索头脑，"呃。茶水和烤三明治。"

"哪一种？"

"奶酪的。切达奶酪，我觉得是。"

"热吃？"

"不是，凉的。"她在头脑里看到了塑料包装纸，商标平平无奇。她大半夜从快要关门的餐厅里买的。"不怎么好吃。"

"凉的烤三明治，"他嘟囔了一句，"世上有那么多东西，非要吃凉的、坨了的烤三明治。"

他渴求有形的、实体的东西。当他觉得爱丽丝在上面荒废生命的时候，他就生出了怨气。最让他烦躁的一点是不识珍馐。他似乎无法理解爱丽丝为什么不天天吃分三道上的美餐。爱丽丝回答说"我不饿"，他听不明白。爱丽丝讲话的时候，他满眼放光的饥渴相有时让爱丽丝感到不自在。爱丽丝觉得，他在吸自己身上的什么东西，虽然她也不清楚是什么。生命力吧，感觉是这样。或许他们走完的时候，他成了半个活人，而她成了一团唠唠叨叨的灰暗物体。这固然讨厌，但反过来讲，正是这种赤裸裸的利用关系让爱丽丝相信他说的话。原来可以这么容易。他可能真在带她去狄斯城的大门。

两人赶路途中，爱丽丝会斜眼瞥他，想认清向导的面容。属于她的维吉尔。她心想，她会不会认出他来，他会不会就是学院历来流传的某个故事的主角。他是将自己年幼的女儿喂给阿撒泻勒[1]的恶魔学家吗？是那个让学生不带救生索就进入仙子栖息地的密码学家吗？

可惜，格拉杜斯不像埃尔斯佩思那样注重保持实体形象。如果爱丽丝过于用力地注视他的眼睛或身形，他的身体特征就会模糊、幻化，仿佛它们也无法确定自己原本的模样。奇怪的是，当爱丽丝用余光看他，用想象力填充空白时，他的外貌反而最为清晰。一名戴眼镜的笔挺男

---

[1] 阿撒泻勒是犹太传说中的一位强大恶魔，先知摩西曾将一头公山羊献祭给阿撒泻勒，即代罪羔羊。

第二十六章

子,就是夹着公文包,雨天会借给你伞的那种人。一个过目即忘的人。你在火车上、大学图书馆里,或者书店里见过他,然后他就走出了你的生活,你也完全忘记了他。他这种形象的存在,只是充当你自身更丰富的世界的背景。格拉杜斯是一个完全没有具体特征的人,爱丽丝怀疑他是费了很大力气才达到这个效果的。

她至少要确定格拉杜斯生活的地域或年代,因为那样至少就可以搜索记忆中的恶性犯罪了,比方说20世纪60年代的耶鲁案。但格拉杜斯来冥界已经太久了,完全没有提到有助于确定其身份的参照信息。有时,她隐约感觉他有北欧口音,但其他时候又有晦涩难懂的中大西洋地区口音,有可能是在美国住了太久的英国人,也可能是在英国住了太久的美国人,不好猜。爱丽丝直接问过他一次是哪里人,对方只是回答:"我想看你猜。"非要说的话,他好像是在逗爱丽丝玩。他会先提到罗斯福和丘吉尔,接着又暗示他认识哥白尼。

她有一次起了疑心,然后马上问他,想要打他一个措手不及:"雅各布?"

格兰姆斯教授一贯喜欢小测验。

但约翰·格拉杜斯只是嗯了一声,然后问她:"那是什么?"

不,他不可能是格兰姆斯教授。格兰姆斯教授不那么关心办公室以外的世界。他从来不问她"传声头像"。潮流会变,格兰姆斯教授始终如一。他住在云端的城堡里。他只在意他的理念,还有理念能带他飞多远。

约翰·格拉杜斯最起码有索取,也有给予,只要爱丽丝不深究身份问题。他在地狱话题上很乐于提供信息,虽然未必有用。大多数情况下,他讲了一件事,她就会心生一百万个新问题。她问他,那些写着字的纸是什么。他解释说:"当然是毕业论文了。一眼就能看出来吧。"

"关于什么的毕业论文?"

"我们来的缘由。"

"每个人都要写吗?"

"我们都必须写。"

"谁会读?"

"负责人。复仇三女神,阎罗王本人,谁知道呢?注意,我没亲眼见过任何人读那些论文,但难得有论文通过。他们就说,写吧,直到写出发挥了你的最高水平的作品,等你写出了最高水平的作品,就会有船过来接你过忘川。"

"那有什么意义?"

"娱乐,肯定就是。我当然喜欢读其他人的文稿。我前阵子碰到过一篇,副标题是'我的洛丽塔'。妈呀,那篇真好看!"

"我的意思是,优秀毕业论文的标准是什么?"

"我上哪儿知道。整个就是个谜团,不是吗?"

爱丽丝说不清格拉杜斯是在故意闪烁其词,还是确实不知道。"那这就是对你们的惩罚?你们必须透彻认识自己的罪,否则就不能出去?"

"有人是这样认为的。"

"那你要怎么通过?"

格拉杜斯支支吾吾,过了一会儿说:"只有一件事是确定的,那就是必须说实话,就这样。"

"说实话很难吗?"

"那肯定啊。从没见过出去的。"

"他们肯定都疯了。"爱丽丝思忖道。她相当了解写毕业论文的学生。在剑桥大学,优秀毕业论文的标准似乎是一条渐近线。你靠得越近,就越明白极限永远不可能达到。最终的决定因素是时间限制——不管写得完美不完美,你都按时提交了论文。但是,地狱里没有期限,你

第二十六章　361

有无限的时间可以犯错。"我猜这很煎熬吧。"

"大概吧，"格拉杜斯说，"我写都不写。"

"为什么？"

"别再问了，"他说，"我们说好的是你要取悦我。"

"哦，好的。"

"那你要找的这个人呢？他毕业论文做什么题目？"

"哦……话说，我真不知道。"爱丽丝停顿了一下。格兰姆斯教授最严重的罪过是什么？对于这个问题，她只能想到最含糊的形容词，而且感觉没有一个是真的。他剽窃（但有充分理由），他残忍（意图是好的，对有资质的人来说）。"我们俩各有各的说法，但我觉得没有办法能知晓实情。"

格拉杜斯拔高了声调，这勾起了他的兴致。"你们俩？"

"哦。"爱丽丝说了声。

格拉杜斯放慢了脚步。他的本体铺展开来，活像一只猫咪得意地趴在地上。"这就有意思了。"

爱丽丝的痛苦带给了他快乐。他不停搓着烟雾形态的双手，就像听睡前故事听得兴高采烈的小孩。"然后呢？"他反复问这句话。然后呢？然后呢？他就像一个要糖果的孩子，索取爱丽丝生动的情感，一点一滴都能让他喜悦。爱丽丝把织女的事全告诉他了，但对埃尔斯佩思那段含糊其词，她描述了愤怒殿的沼泽、埃舍尔陷阱、布谷鸟钟，还有彼得的牺牲——金石相击，克里普克夫妇得逞了。

"打住。"格拉杜斯这时不走了，氛围为之一变。他原本是一道冷漠的灰色烟云，刷刷作响，现在则静止下来，变得更具人性了。爱丽丝懂得这种寒意。那是恐惧的湿寒。"克里普克夫妇在追你？"

"你为什么怕克里普克夫妇？"

"他们是恶魔，"格拉杜斯说，"他们是这里最可怕的东西。"

"但你已经死了啊,你……"在这时,爱丽丝想起了埃尔斯佩思的话——"我见过克里普克夫妇谋杀灵魂"。"好吧,我觉得我们最好走快点了。"她说。

"但这好刺激啊!"格拉杜斯摊开手掌道,"悲剧,复仇,营救,与时间赛跑。你会从克里普克夫妇手里逃脱,还是被克里普克夫妇捉住,终究没能完成亡故同志的未竟事业?"

"差不多吧。"

"你什么意思,你觉得行?"

"我的意思是,这听起来是一个好剧本。"爱丽丝好疲惫,"我觉得我会照着演。"

"你什么意思,你会照着演?"不知怎的,爱丽丝激怒了格拉杜斯。他的大衣开始在两人的脚之间来回抽动,仿佛他的怒气可以形成一道包裹爱丽丝的旋涡。"你难道不紧张吗?"他质问道,"你难道没有心力交瘁吗?"

"当然了,格拉杜斯。"

"你听上去好像都不知道来这里是做什么的。"

"正是如此。"格拉杜斯的失望让她疲倦,她想打发掉他,就像赶走苍蝇一样,"我不知道。我只是累了。"

"但你难道不关心任何事吗?"

"我觉得应该是吧。"

她要怎么向格拉杜斯解释这种麻木?她不是不关心,她是太关心了,弦绷断了,某种基本能力坏掉了。她感觉被抛出了意义、感受、依恋的世界。她再也不能流血了,她已经流干了。她现在只剩下了剧本。虽然剧本足以让她走下去,但不足以让她的心脏开始跳动。

"但你是活人啊。"格拉杜斯说,仿佛这就是一切问题的答案。

"是,可我偏偏就不想活着。"

第二十六章

格拉杜斯没有发话。爱丽丝一边走,一边等,希望他换个话题,但他保持着沉默。她感觉到自己惹恼了他,但说不出哪里招惹到他了。格拉杜斯之前看着不像是敏感的人啊。直到现在为止,爱丽丝都觉得这种没心没肺的融洽关系挺舒服的。她有一次暗示他是开膛手杰克,他只是哈哈大笑。

但他不再提问了。在上午余下的时间里,他们只是默默走路。他有一两次喃喃自语,但爱丽丝听不清说的是什么。她只感受到他的怨气。怨恨和敌意滚滚而来,突如其来,令她一头雾水。她早已习惯了安抚阴晴不定的男人,她知道只要等着受罚就行了。

"好了。"格拉杜斯终于说话了,"那就是了。"

前一个小时里,他们在攀登一座陡峭的石山。爱丽丝快要累垮了,双手扶着膝盖,目光很少离开眼前的地面。现在,她抬起头,直起身子,狠狠喘了一口气。

那就是狄斯城。它比她想象中壮丽得多:白色城堡熠熠生辉,三道城墙下有许多蜿蜒的水湾,黑色的怒涛撞击着石头、骨头和砖头,她站在这里都能听见远方的咆哮。

她读过很多讲狄斯城的文献——被罚入地狱者的居所、愁苦之城。在维吉尔的《埃涅阿斯纪》中,狄斯指代整个地狱,城中要塞有三道城墙,城外有火河环绕。在但丁笔下,狄斯是地狱第六圈到第九圈中唯一的城市,这座庞大要塞周围的土地上遍布打开的墓穴。也有人说狄斯城和万魔殿是一回事,是路西法与群魔的领域。他们说,狄斯是被上帝遗弃的污秽淫邪之所。

谁承想狄斯城竟如此美丽。

但丁只提到狄斯城有高墙,而没有说城墙正是冥府死魂灵生前鄙夷的圣所的镜像,狄斯城的建筑更是让梵蒂冈相形见绌。不,简直是要羞杀梵蒂冈。米开朗琪罗和拉斐尔只有一辈子时间来礼拜上帝，狄斯的居民却有万古永恒。狄斯是人性登峰造极的造物。栏杆和穹顶由纯洁无瑕的大理石制成，庭院铺着花砖，两旁立着柱子。博尔赫斯笔下的狄斯城是恐怖的，恐怖到它的存在本身就玷污了过去与未来，危及繁星。但爱丽丝和博尔赫斯看到的是同一座城市吗？博尔赫斯看到的是错乱，爱丽丝看到的却是奇迹。狄斯城是千年奋斗的成果，是得不到拯救的人建造的避风港。爱丽丝明白它努力成为什么，也明白它永远成为不了什么。但即使狄斯存在着根本缺陷，这座城市依然有某种可爱的、超越的成分，彰显了人类的意志。狄斯城是对来世观念本身的违抗。他们现在已经将校园抛诸脑后，这是一座圣殿。我们是下地狱了，它在说，我们会让地狱光彩夺目。

格拉杜斯欢快地说："看来你要找的人在里面。"

爱丽丝浑身感到一阵刺痛："危险吗？"

"不危险，"格拉杜斯说，"狄斯城对你没有威胁。你看了就知道了。他们是非常特别的罪人。"

"你什么意思？里面有谁？"

"叛徒、背誓者、没有履行承诺的人。"

这个答案让她失望了，她一直以为但丁在夸大其词："那好像也没有多坏。"

"是吗？"

"好吧，我的意思是，人人都违背过诺言。"

"有的诺言无关紧要，"格拉杜斯赞同道，"也有宣告性质的诺言。这就是你对我的意义，这就是我对你的责任。是丈夫对妻子，父母对子女，老师对学生许下的那种诺言。"

爱丽丝脊背发凉。

她凝视着狄斯城，感觉有一块锋利的冰块抵在肚子上。美丽蒙上了一层凶光。她感觉到了内在的罪——一种奸邪、刺骨的东西，那股力量毒害了感情，让亲友化为仇雠。她只能将这种感觉形容为一种侵犯。最尖锐、最深切的痛，刺入她自以为最安全的内心深处。

"那你做了什么，格拉杜斯？"她问道，"你背叛了谁？"

她内心有一部分想要报复格拉杜斯，虽然她也说不出是报复什么。是格拉杜斯沉默不语？还是他突然冷淡？她觉得对方在评判和羞辱她。既然格拉杜斯现在又开口了，她就想让他尝尝受伤的滋味。不管怎么说，他自己提问的时候都没心没肺，她觉得现在可以以其人之道还治其人之身。

"你没问。"格拉杜斯说。

"我问了。你做了什么？你为什么不写论文？"

"别问那件事。"

得了吧，她差点说出口，但发现格拉杜斯是认真的。他脸上毫无笑意。

"我是在警告你，爱丽丝·罗。"格拉杜斯的眼睛是石头。他不可能是本世纪的人，爱丽丝突然想到，本世纪的人不会有这样年久无光的眼睛。他来这里已经有好几辈子的时间了。"别人主动对你坦白，你可以听。这是允许的。但如果你想活下来，那就要记住狄斯城的这条规矩——别问。"

第二十七章

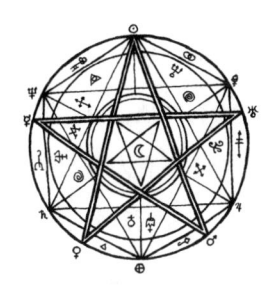

苍白的狄斯城门由一个坐立不安的小个子死魂灵把守。看见两人靠近,他挺起了胸膛,一手叉腰,一手紧握黑色长矛,矛头是石刻而成的。两人上前时,他用长矛往大理石上捶了三下。"何人敢闯伟大的地狱城?"

"走开,巴门尼德,"格拉杜斯说,"是我。"

巴门尼德眯着眼看爱丽丝:"那这是谁?"

"她是新来的。"格拉杜斯说。

"哇哈哈!"巴门尼德笑声忽高忽低,跨度得有好几个八度。他斜睨了爱丽丝一眼。"你来是做什么的,亲爱的?"

"别答话。"格拉杜斯从巴门尼德身边闯了过去。他一碰,门就隆隆打开了。

"谋杀?"巴门尼德问,"下毒?你碰孩子了吗?"

格拉杜斯挥挥手:"跟上来,爱丽丝。"

爱丽丝赶忙尾随其后。

"故事换故事。"巴门尼德在他们身后喊道。爱丽丝担心他会跟上来,但他只是站在门口。门与大理石地面摩擦,发出尖锐的声音,巴门尼德耀武扬威地挥着矛。"你知道我在哪儿。"

门砰的一声关上了。

城内一片黑暗，凉爽而寂静。格拉杜斯飘进了右边的一个大厅，爱丽丝跟了上去。就在格拉杜斯开门之前，她听到了一阵越来越大的喧哗声。两人来到一处户外庭院，四面墙围成了一个开放空间，爱丽丝不禁想起修道院的回廊。庭院里没有绿植，但有摆放成雕塑样式的石头，地板上还有马赛克花纹，意味着这里有人精心维护。环境出奇地宜人。庭院中央有一株扭曲的高大白树，爱丽丝分不清那是死掉的真树，还是雕刻成树的形象的石料。树枝下聚集着几十个嘟嘟囔囔的死魂灵，三四个人一伙。

"觉得你的教授会在这里？"格拉杜斯问。

爱丽丝无法确定。问题在于，这个庭院里有太多死魂灵长得像格兰姆斯教授了。她没料到会进入一个满是中年人的庭院。有一半死魂灵戴着眼镜，所有死魂灵都身披牛剑的黑色学袍。

"继续！"

"这就对了，继续！"

庭院远处角落里聚着一大堆死魂灵。他们在朝墙边的一个死魂灵发火。那个死魂灵一只手抓着一本厚厚的装订册，另一只手搁在嵌入墙内的抽屉把手上，抽屉看着像是图书馆里的还书口。他总是颤颤巍巍地拉开抽屉，一副惊恐的样子，然后又松手，抽屉自行缩回。他每做一次，死魂灵们就齐声喝倒彩。

"放啊，"他们喊道，"放啊！"

"我觉得还没准备好。"墙边的死魂灵说。

"怎么又来了？"

"都几十年了。"

"现在不放，更待何时？"

"好吧,"死魂灵说,"好吧。"

他紧紧闭上眼——样子傻里傻气的,像是一个捏着鼻子往泳池里跳的孩子——将毕业论文放进了抽屉。他松开手,缩了回去。抽屉砰的一声关上了,发出铿锵的回响。每个死魂灵都期待地望着抽屉,但什么都没有发生。最后,死魂灵们不冷不热,稀稀拉拉地鼓起了掌。他们对着抽屉又看了一会儿,接着各自回到了自己的圈子里,失望地嘟囔着。

"发生什么事了?"爱丽丝问。

"有人刚刚交了毕业论文。"格拉杜斯说。

"那个抽屉通往哪里?"

"没有人知道。只不过,放进去就拿不回来了。"

"所以他们什么时候会拿到分数?"

"分数。"格拉杜斯咯咯笑了起来,"想想吧,分数,没有分数,除非你通过了,否则他们什么都不会告诉你。我们拿不到修改意见。反正是没有任何反馈。我们只是永远期盼着,直到希望变成惊恐,最后变成失望。如果你没听到任何消息,那你只能觉得自己失败了。只不过永远不会有确认消息,时间要求在这里也没有意义。所以说,希望破灭的时间由你自己确定。"

树下有几个死魂灵在争论着同一个问题。

"我告诉你,复仇三女神不看论文。"

"复仇三女神不看,那谁看?"

"你肯定是新来的吧,"一个死魂灵叱道,引来庭院周围一片哄笑,"是受害人看,懂吧,我们要等到受害人去世,然后由他们决定是否充分……"

"但那说不通啊。受害人为什么要闲着没事看论文呢?"

"苏格拉底说什么来着?他们先是呼唤,继而哀告,恳求被他们伤害的人放他们离开河流……"

第二十七章

"苏格拉底因为烦人被处死,苏格拉底的观点毫无意义。"

"不管怎么说,有谁在乎受害者的看法呢?他们怎么就成道德权威了?"

"没错,比方说有两个强盗同时开枪,打中对方的脑袋。"

"得了吧,那又不是你。"

"抵近射杀躺在床上的人,更像是……"

"但比方说,"第一个提出反驳的死魂灵非要往下说,"比方说有两个强盗朝对方开枪,那他们两人就既是受害者,又是施害者,哪一个人都不占据道德制高点。那论文由谁看呢?谁的宽恕有意义呢?谁能做出决断呢?"

现场聚讼不已,死魂灵们接下来考察起了道德主体性和宽恕——有错在先的人还能不能被算作罪恶的牺牲品。这似乎是庭院里的一个老话题,富有争议,壁垒分明,大家又早就对论点烂熟于胸,早就把各自立场演练精熟。有人在高呼耶稣和无条件的爱,全场发出哼声。

刚刚提交了论文的死魂灵独自躬身站在墙边,一副怅然若失的样子。他每隔一会儿就摸一遍抽屉把手,好像有求必应似的。

"来吧。"格拉杜斯喊爱丽丝去庭院对面的出口,"我们先去写作巴扎看看。然后去工作坊。"

爱丽丝以为,格拉杜斯说的"写作巴扎"可能是《时尚芭莎》杂志的那个"巴扎",是比喻意义上的思想市场。她以为可能会有学术会议,或者期刊书架。她没料到是奇幻东方意义上的巴扎:乱哄哄的市集,摊位鳞次栉比,小贩吆喝卖货,死魂灵穿梭于一排排商贩之间,或买货,或易物。经过了前面万里无声的沙漠,爱丽丝现在感觉压力很大。一个死魂灵蹲在大门口,差点把她绊倒。死魂灵大叫一声,向后退去,撞翻了她身后的一摞摞发黄纸张。

"抱歉，"爱丽丝喘着气说，"我没看见你……"

死魂灵嘟囔了一句，爱丽丝没听懂。不过，她好像也不是跟爱丽丝说的，而是对着她手里紧紧攥住的一张纸激动地嘀咕。爱丽丝这才发现，这个死魂灵是在朗读每一页纸的内容。她读得很慢，经常停下来，念叨一些关于介词短语和宾格代词的问题。她旁边有一本斯特伦克和怀特写的《风格的要素》。爱丽丝上完中学以后就没看过这本书。

"她没事，"格拉杜斯一边推着爱丽丝往前走，一边说，"她只是在做编校。"

"编校？"

"很多死魂灵相信，只要犯了一丁点拼写错误，他们的论文就不会通过。他们花费几十年时间梳理手稿，然后才会放心提交。"

爱丽丝想起了格兰姆斯教授。他看学生论文总是一扫而过，爱丽丝有时会想，他到底有没有留意文章内容。"判官在意吗？"

"没有人知道，"格拉杜斯说，"他们从来不解释为什么驳回毕业论文。我们只能尽力讲述自己的卑劣行径。"

他们身后的死魂灵正在号叫，挥拳砸着圣殿。

"蠢货，"那个死魂灵喊道，"蠢货，蠢货……句号后要空两格！啊，全部都要重来了！"

旁边的摊位满是堆成小山的二手书。书量巨大，埃尔斯佩思的图书室和这比起来都太寒酸了。所有书都有不同程度的破损和污渍。有的书封面缺失，有的书中间有一大块不翼而飞，还有的书好像是从河底捞出来的，晾干后再不辞辛苦地用针线缝起来。尽管如此，这些书看上去和闻起来都很诱人。书就像酒一样，年份越久越醇美。书店和图书馆之所以芬芳，原因就在于此。爱丽丝翻阅书本时，手指产生了熟悉的痒痒的感觉。书贩发现她感兴趣，于是来了精神，凭空穿过书堆，停在她面前。"德·昆西[1]?"他举着一厚一薄两本书,"德·萨德[2]?"

"今天不了,谢谢。"格拉杜斯说。

"德·萨德可有趣了。读他就算不为了追悔过去,起码能挑动情欲啊。"

格拉杜斯举着一只手走了过去:"不用了。"

"那就卢梭吧,"书贩喊道,"你们会喜欢的。"

"他什么意思?"爱丽丝说。

"他是卖《忏悔录》的,"格拉杜斯说。"圣奥古斯丁、圣帕特里克等等。这边有很多家伙把那些当范式。"

"所以他们读书是为了找灵感?"

"对啊,或者为了作弊。人们喜欢摘抄精彩段落——灵魂被撕成两半,愧疚如火,由内而外,焚身殆尽,诸如此类。"

"还有神恩拯救,"书贩叫卖道,"《罪与罚》新译本到货,全新未开封,出土于德比郡墓地……"

"不要,谢谢。"格拉杜斯加快了脚步。

"有用吗?"爱丽丝紧随其后,"摘抄《忏悔录》?"

"啊,没用。他们总能发现不是原创。这边对待抄袭问题很严肃,但总有人忘记。不久前,有人抄了《一个英国瘾君子的自白》里的两句话,结果被判五十年内不许碰纸。"

"妈呀,"爱丽丝嘟囔道,"有谁到了地狱里还不自己创作吗?"

"人人都一样,"格拉杜斯说,"你没遇到过写作瓶颈吗?"

"当然遇到过,但……"

---

[1] 托马斯·德·昆西(1785—1859),英国散文家,最出名的作品是《一个英国瘾君子的自白》。
[2] 通称萨德侯爵(1740—1814),法国作家,遗作《索多玛一百二十天》于1975年被意大利导演帕索里尼改编为同名电影。

"有人提到过写作瓶颈吗？"

爱丽丝撞上了一堵感觉像大肉墙的东西，眼前一黑。她面前站着一头货真价实的马人。人头，躯干健硕，下面是靛蓝色的马身。要不是他咧着大嘴笑，露出满口牙，像是要吃了她似的，爱丽丝会觉得他富有英气，就像山民那种气质。

"对不起……"

"无须道歉。"他屈腿俯首，做了一个优雅的深鞠躬，本来不应该这么优雅的。他的头靠近爱丽丝的胯部，她大惊之余，心里也痒痒的。"我叫内萨斯，"他的声线优美丝滑，"下级地狱神，狄斯城巡游写作辅导员，为你效劳。"

"走开。"格拉杜斯说。

内萨斯起身牵起爱丽丝的双手："你是刚到本城吧，宝贝？第一次来巴扎？"

"是的，我……"

"不要恐惧！"他握紧她的手。他的皮肤非常暖和。"我可以为你提供一切论文写作服务。计划书、大纲、参考文献，如果你想要的话，整章代写也可以。费用可谈……"

"别来烦她。"格拉杜斯说。

爱丽丝产生了兴趣，于是问道："管用吗？"

"当然不管用，"格拉杜斯说，"没有人想看那些假论文。"

"我们的论文是市面上最好的。"内萨斯继续无视格拉杜斯。事实上，格拉杜斯每次一说话，内萨斯只会把嘴巴张得更大，接着用震耳欲聋的声音进行推销。"我们已经帮助数百个灵魂通过毕业论文答辩，乘上期盼已久的金船，渡过忘川……"

"完全是骗局。"格拉杜斯说。

"我们的论文写手对冥界运作机制有深入了解。很多写手自开天辟地以来，就行走于死亡沙漠之中……"

"但你们全都是神啊！"爱丽丝喊道，"人有什么东西是你们可能想要交换的？"

内萨斯的咆哮停止了。他上下打量着她，对她耳语道："人的灵魂有不止一种用途。"

爱丽丝不知道他是什么意思，但她知道要挣开双手。

"别来烦她。"格拉杜斯抓起爱丽丝的胳膊，把她拖走了。内萨斯没有跟上来。爱丽丝回头看的时候，他正在与另一个死魂灵聊得火热，商定字数和交稿时间。

"你以前没去过集市吗？"格拉杜斯质问道，"保持目视前方，不要搭腔……"

"对不起，"爱丽丝喘着气说，"只是……有太多……"

"修建巴扎就是为了分散注意力，"格拉杜斯说，"这是阎罗王的设计意图。能让一个灵魂不动笔的事情成千上万，都说是为了提高写作水平。记住这一点，爱丽丝·罗，地狱是写作者的市场。"

巴扎似乎没有尽头。爱丽丝深陷其中，看不到任何出路。只是格拉杜斯似乎知道要去哪里，穿梭于摊贩之间，一副不耐烦的样子，谁也不搭理。两人经过了卖各种写作设备和生产力工具的摊位：二手打字机、整包的纸、沙漏（"拖延有时，不可无度！"）、写作指导书（《十天忏悔录速成》《一天两千字：奥古斯丁写作法》）、主打用真秃鹫羽毛制作的黑色羽毛笔（"对打字机说不：模拟写作，创意迸发"）。爱丽丝不知道狄斯城用什么货币——她看见死魂灵们拿各种各样的小玩意儿换东西，纽扣、瓶盖，还有看着像是人类指节骨的东西——但生意确实兴隆。

路堵住了。两人努力往前挤，遇到一群人聚在一个生物周围。爱丽丝发现，那是一个象头多眼巨神。其太阳穴伸出两根大角，但爱丽丝尽目力所及，仍看不见角的末端在哪里。她只能这样形容：两只角同时有许多末端，形成了一个概率云。事实上，爱丽丝发现连神灵本尊都难以看清：他的形体不断在空间中位移，这一秒她以为看清楚了，下一秒他就往左偏了几英寸。

"何人……"

"拉普拉斯妖。"格拉杜斯说。

"真有拉普拉斯妖？"

"是啊。他喜欢在巴扎闲逛，跟人交谈，让他们相信他们自己没有错，让他们的进度回退几十年。来这边绕开吧，免得踩踏。"

爱丽丝跟着格拉杜斯走到人群边缘。妖怪宣讲信徒们的生活经历，解释他们的病理，令信徒们听得欣喜若狂。有人在十岁时死了宠物猫，有人曾被保姆狠狠打了屁股，有人有易怒的遗传倾向。

"它是怎么做到的？"

"好吧，它是宿命论者。"格拉杜斯说，"它认为，因为它知道了关于你的一切，所以你对你做过的任何事就不用承担任何个人责任。"

"这是什么原理？"

"自从宇宙开端以来，拉普拉斯妖就一直在观察宇宙，"格拉杜斯说，"反正它是这么说的。第一次原子碰撞、大爆炸，诸如此类。它看到了地球上最早产生知觉的细胞，它看到了构成细胞的原子相互作用，组合成令它激动的新形式，繁衍相传。因为宇宙遵循自然定律，所以它知道这些原子未来会如何相互作用，产生新的组合，如此等等。当你决定是吃苹果还是吃橘子时，它知道你会选择什么。它知道你有一天会不会背叛丈夫，或者溺死孩子。它什么都知道，因为你做过的一切恶行在你出生那一天就注定了。人生就是一条生来注定的路线，你无法逃脱。你甚至都不知道自己在沿着路线走。"

"要是我不那么选呢？"

"无所谓，"格拉杜斯说，"那也在它的意料之中。它知道，你有一天会想到宿命论，然后奋力抵抗。它知道你会为此做出看似无法预测的选择。拉普拉斯妖全都知道。"

"那意味着，任何人都不能为任何事负责，"爱丽丝总算明白了，"意味着犯罪，或者说罪责的概念不存在了……我的意思是，这行得通吗？如果你可以将你的所有罪都解释为不可控外力的产物……"

"也许吧，我不知道。"

爱丽丝生气了："你都知道什么？"

"我知道关于此地可知的一切，"格拉杜斯说，"而且我是免费向你提供知识的。顺便说一句，你从其他地方可得不到这么好的条件。"

"那你怎么不说如何让毕业论文通过？"

"因为，"格拉杜斯的本体又披上了那身吓人的死寂外衣，爱丽丝感受到了时间层层累积的重量，"我不知道如何做。因为没有人知道如何做。因为我在地狱待了这么久，从来没见过一篇毕业论文通过。因为我们中有很多人认为，毕业论文是虐待狂神灵设下的无意义习题，目的就是分散我们的注意力。因为那不是很好玩吗？让我们绕着巴扎永远打转，那不是最好笑、最残忍的笑话吗？因为这是一处苦地，我们从未被给予任何心怀希望的理由。"

"哦，"爱丽丝非常小声地说，"我明白了。"

狄斯城不再壮美了。巴扎的车水马龙也不再迷人了。现在，爱丽丝觉得摊位和人群是一出恐怖剧。热闹中透着绝望，凄惨的仓鼠踩着华美的转笼，一切只为了回避唯一有意义的问题：你为什么犯罪？

她自己有本事靠写论文离开地狱吗？爱丽丝思忖着。如果她出于某种原因自然死亡了，如果她落到了狄斯城，她能够面对一张白纸，说出真相吗？

她知道她的大罪是什么：她放任彼得·默多克死亡了，她杀死了彼得·默多克。

爱丽丝在学院大厅里听学者聊天时得知，剑桥大学的哲学家很重视主动杀他人与放任他人死亡的区别。有人主张二者没有区别：如果你知道一样东西会害死人，且你有能力制止而没有制止，那在道德上就等同于谋杀。有人则持不同意见。他们认为，放任死亡或许在道德上是冷血而麻木的，但那意味着拒绝卷入事端，而非制造事端。如果放任死亡是十恶不赦的，那我们没有为解决全球贫困问题做出贡献，没有帮助千里之外饿死的孤儿，我们是不是也要为此负责呢？因此，爱丽丝可以合情合理地认为，不，那都不是她的错。她没有害得她和彼得被扔下"纽拉特"号，她没有布下埃舍尔陷阱，她没有让彼得牺牲自己。她只是没有制止这一切，所以不能归咎于她。

但这番道理不符合直觉。爱丽丝还知道，刑事案件中有一类辩护理由叫"若非"。如果不是你那样做，这辆车会出车祸吗？这个孩子会淹死吗？如果不是爱丽丝·罗，彼得·默多克会死吗？答案显然是否定的。爱丽丝可以在彼得的牺牲与她的愚蠢、自私之间画上一条直线。她知道，如果她在上界正常死掉了，如果她设法逃回了上界，那她会直接落到这里，为谋杀彼得·默多克的不朽灵魂赎罪。但要是她愿意承认这一点呢？要是她把这些全写到纸上，难道就够了吗？宣告自己所做的一切，承认自己承担全部责任，难道就够了吗？当然没有那么轻松，不然狄斯城里就不会有这么多灰心丧气的灵魂了。当然，不是所有灵魂都在自欺欺人，在这个凄惨的洞窟里待上几十年，灵魂当然宁愿吐露真相。

但那意味着，地狱要求的不只是认罪书。复仇三女神——或者所谓神秘的"他们"，如果他们存在的话——要求更深刻的认罪。无论那是什么，不管是因为她口服心不服，还是因为那超出了她的理解范围，爱丽丝都不确定自己能不能把真相落到纸面上，甚至不确定能不能用语言说出来。

格拉杜斯带领爱丽丝离开了巴扎，又经过一连串走廊，最后停在一扇平平无奇的门前，门上没有标牌。"工作坊。"格拉杜斯说着推开了门，门内是一个朴素的房间，十来个死魂灵坐在金属折叠椅上，围着一张椭圆形长桌。具体来说，这些折叠椅留下的空当刚好让人没法靠背，螺栓也生了锈。椅子每次撑开都有散架的危险。屋内光线很暗，弥漫着一股猫尿味。

现场正在开会。死魂灵们俯身盯着几张纸，争论话题涉及"家庭暴力"和"道德有责性"。

爱丽丝扫了一遍他们的面容：全是一脸凝重、聚精会神的表情，眉头紧皱，嘴巴抿成了一条线。有一半死魂灵戴眼镜。他们的其他衣着细节都消散了，只剩下朴素的黑色长袍，略带一点维多利亚时代的风情。这些死魂灵看上去就跟要论述种族智力差异的颅相学特征似的。要是地狱里有一个房间属于格兰姆斯，爱丽丝心想，那就是这里了。但是，面貌都对不上。

"他不在这儿，"她小声对格拉杜斯说，"我们应该……"

身后的门猛地关上了。会场鸦雀无声。死魂灵们抬头盯着两人。

"啊呀，格拉杜斯教授。"坐在首位的死魂灵站了起来，他面前的一块铜牌上写着"主席"二字，"有阵子没见你了。"

"出去散心了，"格拉杜斯说，"需要厘清头脑。"

"话说，我们没要给你评论，"主席身旁的一个死魂灵噘着嘴说，"你知道规矩。你评论别人，别人才会评论你，你不能凭空失踪那么多年，还指望我们都帮……"

"没关系，"格拉杜斯说，"我只是来看看。"

"格拉杜斯……"爱丽丝又小声说道，但格拉杜斯无视了她。

"她是谁？"主席问道。

所有死魂灵的眼睛都转向爱丽丝。

"新鲜血液,"格拉杜斯说,"刚刚才到。"

"我记得我们说过不收新人。"主席左边的死魂灵说。

"她还在适应环境,"格拉杜斯说,"没动笔呢。我觉得各位可以分享一点自己的见解,给她看一看是怎么做的。"

"但这是一个严肃的写作小组,"那个死魂灵说,"我们不收新人,他们只会浪费时间。"

"规则是十年起步。"主席表示赞同。

"她是剑桥博士生,"格拉杜斯说,"分析魔法学专业。"

"剑桥"这个词就像咒语。哪怕在这里,名校身份也好说话。死魂灵们环顾彼此,有几个耸了耸肩。主席咕哝了一声:"我觉得她可以旁听,试行性质的。你可以到角落里找个椅子。"

"去呀,"格拉杜斯对爱丽丝说,"坐下。"

爱丽丝还不明白他们来这里做什么:"但他不……"

格拉杜斯往前推她:"主席请你坐下。"

爱丽丝意识到,她在这里身不由己。

她信任格拉杜斯真是太傻了,她无从探知他的欲求,她不应该配合的。虽然她不明白现在发生了什么,但她觉得独自闯荡狄斯城的成功率并不高,于是战战兢兢地坐到了安排的座位上,努力掩盖恐惧的样子。格拉杜斯一直站在她身旁,本体像笼子一样围住了她。

"我们继续讨论本特教授的论文可以吗?"一个戴单片眼镜的死魂灵问道,"如果插曲已经结束了的话?"

"对,对,当然了。"主席坐了下来,"我们继续。布朗教授,你刚才说?……"

布朗教授敲着面前的纸:"我认为这有一点修正主义了。语气上……好吧,战斗性太强了,不是吗?还有对女性解放的反驳。是不是有一点极端了?"

第二十七章

"我反对。"一个跟布朗教授隔着几个座位的死魂灵说道。爱丽丝猜他就是本特教授,本场讨论的论文的作者。他的脸很长,口鼻距离大得惊人,看上去像是抻了一辈子下巴的自然结果,他现在就在抻。"这是……有一点与众不同,但全都是在讲述真相。"

"真相就是女人全都又坏又蠢?"

"我确信有些女人是品行高洁的天使。"本特教授不屑地说,"我不会妄下推论。我只是说,这个女人,就她这个特例而言,体现了女性的所有缺陷。女人不都是小肚鸡肠、惹人生气、头脑空空的。但这个女人……"

"是啊,如此这般,你是亚当,她是夏娃,万恶之源。"另一个死魂灵插了进来,"这种解读很无聊,你不觉得吗?你弱化了自身的主体性,妖魔化了你的妻子……"

"我该怎么办?"本特教授质问道,"我所写的句句属实,不增不减。我不能编造论点,只为了取悦对女性主义解读感兴趣的读者。我拒绝。那是不良学风。"

"但这根本不是忏悔录,"戴单片眼镜的死魂灵说,"这就是一张大字报。"

"话说,我没有什么好忏悔的。"

"哦,那你觉得你为什么下地狱了,蠢货?"

"好了,好了,"主席说,"大家专业一点。"

"忏悔这个概念太维多利亚了,"本特教授说,"你们没读过福柯吗?《性学》。忏悔是一种压抑性的话语形式,不能产出真相。忏悔是关于隐藏的羞耻感,负罪感,发掘。但我不会当示众的犯人,你明白吗?我不会为了自由而说谎。"

"我不确定复仇三女神读没读过福柯,"主席说,"你必须考虑受众。"

本特教授哼了一声:"话说,如果众神完美无瑕,无所不知的话,那应该也会通情达理。众神应该明白这种毕业论文的模式过时了，自我鞭笞对我们没有好处。众神应该希望我们从自身的压抑中解脱出来……"

"我们谈论神做什么？"

一个女死魂灵坐在桌子对面，她把椅子稍稍往后拖了拖，半个身子隐没在组员身后。她的黑发紧紧盘了起来。她身子前倾时，爱丽丝看到了一张狐狸似的严峻面庞。她花了大量心思在衣着上，努力与组员拉开差距。她身穿黑色高领连衣裙，白色领圈浆得一尘不染，衬裙上的每个褶子都压得一丝不苟。

"啊，格特鲁德，"主席说，"你想发言？请讲。"

格特鲁德蹭着椅背站了起来："我的问题是，有谁想要转世吗？"

"又来了。"布朗教授说，"人人都想重生，所以我们才来了这里。"

"你没读过《理想国》吗？"格特鲁德质问道，"不知道厄尔神话吗？埃阿斯成了雄狮，奥德修斯成了普通公民。但恶人没有选择的权利。恶人要在来生受苦。"

"我们已经讨论过了，"主席说，"没有证据表明业对重生有影响……"

"对，你说的没错，我们只有先验理性。但你们认为，我们受这么轻的罚就够了吗？你们真以为只要润色好论文，然后交上去，大能者就会择机让我们重生为老爷、太太？"

"好了，我们知道不能保证……"主席开口了。

"谁想当蚯蚓？"格特鲁德质问道，"谁想当屎壳郎？还有更惨的呢——空有人的智能，却没有机会施展。整体来看，人生的苦远远多于乐，我们能落得前世一生，只是运气好罢了。但你们中有谁能从学院流落到街头？"

"转世后没区别，"本特教授说，"你会遗忘，你没有参照对象……"

"别提遗忘！"格特鲁德得意地高呼，"我们为什么想要抹除记忆呢？忘川与死亡有何分别？不如就保持现在的状态，此在，当下。我们要以晨星[1]为榜样。我们要在地狱建成自己的天堂……"

"行了，弥尔顿。"曼斯菲尔德教授说道。

"我们不受神的辖制，"格特鲁德说，"道德属于弱者。"

"行了，拉斯柯尔尼科夫。"本特教授说道。

"你们可以随便嘲笑我，"格特鲁德说，"但我相信，拉斯柯尔尼科夫做得还远远不够。他最后决心动摇了。他错在他动摇了，他犯了被害妄想，他让警察进到他的脑子里了。但试想，如果他坚守自己的信念！试想傻瓜索尼雅，还有她那些基督教道德观，全都没有出现……没错，试想如果他从未有过负罪感……"

"对，我们知道，我们都读过尼采，上帝已死，如此等等，"主席说，"但不幸的是，某个大能者判定我们应当受罚，于是我们来了这里——"

"但不是非这样不可！"格特鲁德拍着桌子说，"我们为什么不能接纳地狱八殿？我们为什么不能安于现状？你没看到吗，如果上帝没死，那我们就必须弑神。我们必须按照自己的喜好重建地狱。我们必须让狄斯成为我们自己的天堂。"

"她在这里干吗？"本特教授质问主席，"这与我的毕业论文无关。"

"影响力与毕业论文息息相关，"格特鲁德说，"如果你不知道论文发出去要达到什么效果，那何苦要发呢？"

"我们在这里是为了讨论方法，"主席说，"而不是形而上学。"

"虽然这一篇看样子够呛能过，"戴单片眼镜的死魂灵说，"我们还没看漏洞百出的自述部分呢。"

---

[1] 暗指路西法。

"你说谁漏洞百出？说话小心点。"本特教授说。

"你真觉得值当用 12 页讨论你妻子娘家不出婚礼钱的事？"

"总比上周你那篇强，"本特教授说，"全是怪诞血腥……"

"细节很重要。"

"那当然了，如果是写小说的话……"

事态迅速升级。前一秒，本特教授和戴单片眼镜的死魂灵还在隔着桌子吼叫。下一秒，他们就在桌子上扭打起来。有一半死魂灵起身参战，另一半靠在椅背上坐着，双臂交叉，面色阴沉。爱丽丝看得目瞪口呆。她感到深深的怜悯。他们那么上心，争论得那么凶，但他们难道不明白这都是白费工夫吗？这根本不会在世界中产生任何成果。他们难道不明白，这是打发永恒时间的最蠢的方式吗？

"你快乐吗？"格拉杜斯像猫咪一样扬扬自得，"这就是你希望的样子？"

但他以为自己取得了什么胜利吗？爱丽丝想象不出来。

"看！"某个死魂灵喊道，"看啊！"

大家都把头转向窗户。

空中出现了光点。在爱丽丝眼里，它们就像星星一样，成群成片，一闪一闪，一开始显得很远，但离得越来越近，最后到了近前，她发现那原来根本不是星星，而是余烬。火落到地上就着了起来。摊贩们拿着垫子东奔西走，企图灭火。但已经太迟了。整堆整堆的纸化为飞灰，爱丽丝听见了号叫声。她看见之前做编校的女人的脑袋着了火，尖叫着绕着圈跑，把斯特伦克和怀特的书紧紧抱在胸前。

死魂灵们站了起来，椅子吱呀作响。他们推推搡搡地往门外跑，从爱丽丝身旁匆匆经过。看着他们奔逃，她只觉一头雾水。过了一会儿，她透过窗户看见他们抡着胳膊往火场跑。

第二十七章

"啊！"爱丽丝跑了几步，然后停了下来，不清楚自己能做什么，"哦……谁来拦住他们啊！"

她误以为他们的喊声是在表达痛苦。但这些死魂灵其实是高兴的。他们往火场跑的样子，就像小孩光着脚丫奔向大海。他们往巴扎跑不是为了解救同胞，也不是为了抢救物资，而是为了一起玩乐。

他们像枯叶一样马上烧了起来。爱丽丝无法将目光从这些燃烧的面庞上移开。她从小就特别怕火。在她的想象里，火刑是最恐怖的离世方式。油往外冒，血肉化为焦炭——她吓坏了。然而狄斯城的灵魂们没有消散。他们的血肉虽然吱吱作响，但并没有从面颊上剥落。他们的皮肤在火焰下依然光滑，依然完好无损。在这里，火烧不是永罚。在这里只能看到疼痛的样子。

"别叫唤了。"格拉杜斯说。

爱丽丝没意识到她在尖叫。她摸了摸脖子，喉咙都哑了。她的双手在颤抖："啊，为什么……"

"我们不能自己生火，"格拉杜斯说，"谁都不知道为什么，但地狱就是不许。所以有火从天而降的时候，我们就非常高兴。别担心，火不会伤害他们。只是一段记忆。"

河岸附近闹了起来。一个巨大的身影冲破城墙，粉碎了大理石地基，咆哮着隆隆行进，大得让人无法窥得全貌。爱丽丝只能分块了解它的特征。脚步沉重，步态笨拙，有三个头的猛兽。死魂灵们异口同声地喊道："刻耳柏洛斯！"

死魂灵们一拥而上。爱丽丝不明白他们为什么要靠近那头猛兽，他们张开双臂站立，拼命地挥着手。她没多想，就去抓格拉杜斯，虽然手指只碰到了冰冷的空气。"他们不害怕吗？"

"害怕？刻耳柏洛斯是下界最刺激的事，"格拉杜斯看上去扬扬自得，"我们希望它践踏我们，我们求着它打烂我们。"

"为什么?"

"因为有趣，"格拉杜斯说，"痛苦是有趣的，只要有趣，什么事都能忍受。"

"但怎么……"

"最终都只是感觉，爱丽丝·罗。苦乐互为镜像，二者都好过死后的时间。时间在这里走得很慢。为了获得感受，你什么都会做。"格拉杜斯突然惊呼，吓了爱丽丝一跳，"啊！直接命中！"

刻耳柏洛斯的一个头俯冲下来，咬住了一个死魂灵的腰，然后将之高高扬起。岸边的死魂灵欢呼雀跃。内脏溅得到处都是。刻耳柏洛斯嚼啊嚼，残肢纷纷落到沙滩上。但它其实是做不到这一点的，爱丽丝心想。死魂灵只能自己肢解自己，他们肯定是想这样做的。庭院四处响起了巨大的欢呼声，死魂灵们蜂拥而出，主动献身。

"我是下一个！"

"我，刻耳柏洛斯！"

"我！"

爱丽丝的脑袋在尖锐地鸣响。

"我的胳膊，刻耳柏洛斯，扯下来！"

"我的脑袋……"

"我肚子里油水多！"

这就是存在的终点吗？太荒诞了。爱丽丝快哭了。她现在完全理解了地狱。她看到了它的精巧构造，明白了它不是对阳间仪式的任意模仿，而是一面残忍的镜子。报应只是为了表明生命从一开始就毫无价值。地狱的意义不是复原，而是把人剥到只剩人影，表明人类是盲目扭动的蛆虫，拱来拱去，只为了体验感受，什么感受都行。爱丽丝心绪迷乱。神啊，你为什么要创造我们？为什么要用我们的弱点玷污宇宙？为什么不在第四天后就休息，满足于寂静的星辰……

只有名叫格特鲁德的死魂灵没有离开房间。她静静站在窗边,心平气和地看着队伍。爱丽丝对她又是迷恋,又是畏惧,或许类似于中小学男生对严厉而漂亮的女教师的迷恋。

"真惨啊,不是吗?"格特鲁德问道,"他们为了取乐,做这样的事。"

"你不写论文。"爱丽丝说。

"哦,是的,我拒绝写。"

爱丽丝对着尖叫的身体点头:"那你和他们有何不同?"

"我不认为转世是答案,"格特鲁德说,"我认为转世是逃避,意志薄弱者的逃避。他们不能坚决面对新世界,不明白此处即此是,此外别无是。"格特鲁德扭头过来,严峻的目光对上了爱丽丝的目光,爱丽丝顿感脊背发凉。"我带你去看看吧?"

"别碰她。"格拉杜斯说,"没有人对你的邪教感兴趣。"

"我们都必须自己作决定,格拉杜斯。"

"什么邪教?"

"是团契。"格特鲁德纠正道,"来去自由。"

"那是假话。"

"你就离开了,不是吗?"

"爱丽丝,"格拉杜斯急切地说,"相信我。"

爱丽丝侧着脑袋说:"但我为什么要相信你?"

格特鲁德是要打个问号。同时,格拉杜斯把她带进狄斯城,嘲弄她,打搅她。她没有理由相信任何一个人,但在这两个人里面,格特鲁德最起码还没嘲笑过她的绝望。

爱丽丝可以说,她当时的选择是出于理性的。格兰姆斯教授有可能和格特鲁德在一起,事实上,他很有可能和格特鲁德在一起。她肯定不会把他和那些尖叫的死魂灵划为一类。但这是无上的冲动。冲动与好奇,想去看看罪人们最后的避难所。

"怎么回事，格拉杜斯？"格特鲁德昂首挺胸，平滑的声音里透着威胁，"她是你的什么人？"

爱丽丝一度害怕格拉杜斯揭穿她不是死者，但他面无表情。灰雾像裹尸布一样环绕着他。他没有作答。

格特鲁德向爱丽丝伸出手。爱丽丝也伸出手，然后犹豫了："你要带我去哪里？"

格特鲁德对着墙点点头。那里有一扇爱丽丝之前没看见的木门。格特鲁德拉开门，现出一道小小的螺旋楼梯。爱丽丝不知道楼梯通往何处，也不知道楼梯有多高。她只知道狭窄的石头台阶盘旋着延伸至黑暗。

"进入反叛者城堡，"格特鲁德说，"进入出路。"

第二十八章

　　格特鲁德飘然而去，爱丽丝步随其后。意大利之行期间，爱丽丝登上了佛罗伦萨圣母百花大教堂的阶梯。这在闷热的夏天实在是一个可怕的主意。她顶着让人喘不上气的热浪，走一步，数一级，共计463级台阶。因为螺旋阶梯里昏暗、逼仄，又不通风，没有其他理由能支撑她继续走下去。一名女子半道出现了类似心脏病发作的症状，其他人只能贴近墙壁，留出空隙，让她和她丈夫喘着粗气一步一步倒回去。石壁上每隔100级台阶便开了个小窗户，往下走的时候，人人都把脸贴在窗格上，渴望吹来一丝微风。

　　爱丽丝只能认为，狄斯城的建筑师受到了圣母百花大教堂的启发。但是，阶梯中途的窗户不能送爽，只是小小的方格，透过去能看见焦橙色的地狱天空。她双腿似火烧，两肺气不足，全部精力都用来迈步，好无视自己已经走了多少步，以及还有多少步要走。终于，就在她担心自己会晕倒的时候，她们来到了一处庭院。

　　爱丽丝一度以为她们已经上到阳间了，因为此处的景色神似恢宏壮丽的罗马，像是博尔盖塞别墅和帕拉蒂诺山。这里不是遗址，没有散落着从古今缝隙中掉出来的文物，而是完整、优雅的建筑。有雕塑，有凉亭，喷泉汩汩，花砖步道环绕。爱丽丝深吸一口气，肺里充满了清冽甘甜的空气。

"来吧，宝贝。"格特鲁德示意爱丽丝跟她上山。两人来到了一处露台，两旁排列着有基座的雕像，是12尊男女人像，尺寸远大于真人。

"我们中最伟大的人，"格特鲁德说，"是建设者与梦想者。他们之中有魔法师，有建筑师，有诗人。他们都有敏锐的审美意识，都相信可以窃美于神。"

爱丽丝试着猜测这些人物的身份，但基座上没写名字，雕琢而成的面庞也奇异不似凡人。观者心中会涌起崇高理念，而非具体人物。它们清一色表情坚毅，抬眼仰望，鼻梁挺拔而高贵，嘴角上弯，英气逼人。

"他们现在在何处？"爱丽丝问道。

"还在我们中间，"格特鲁德说，"这里是反叛者城堡，一个人都不能少。"

两人穿过露台，到了一处伸出建筑主体的平台。爱丽丝倚栏眺望，狄斯城尽收眼底：巴扎、工作坊、来来往往的对话者。城市比她想象的大得多。原来有很多集市，那些地方还在着火，惨遭刻耳柏洛斯荼毒的巴扎似乎只是其中的一小块儿。她从这里能看到一大群熙熙攘攘的死魂灵，像蚂蚁一样在城中奔走，全都献身于同一个没有意义的任务。她往后退了一步。居高临下，逃避纷扰的感觉真好。只要她不往边缘走，就可以完全屏蔽巴扎。身居露台，狄斯城的其余部分仿佛都不存在。

"这里真好。"爱丽丝说。

"是吧？"格特鲁德朝她招手，"从这边绕过来。这里风景更好。"

她们转过一个角落，爱丽丝发现她们站的地方不是山顶，而是悬崖。崖下奔涌着墨黑无情的忘川。怒涛拍打着礁石，爱丽丝从未见过如此激烈的忘川景象。此处的忘川最似沧海，不像河溪，广阔的黑水将两人团团包围。爱丽丝好奇地眺望地平线，但那里什么都看不见。阎罗境

第二十八章

依然在视界之外。

"我们营造于水滨,"格特鲁德说,"莫大的叛逆。"

格特鲁德骄傲地巡视自己的领地。爱丽丝跟随着她的视线,惊叹于错综复杂的建筑侧影,一座座高塔桀骜地直冲云霄。可以俯瞰忘川的最高峰上,有一处遗址,从各方面来看,原本应该是一座钟楼,如今只余残垣断壁。

"发生了一次地震。"格特鲁德说。

"地震?"

"大地时不时会逆反,"格特鲁德说,"土地四分五裂。我们的杰作下方裂开了口子。岩浆喷涌而出,淌过我们的身体,将我们包裹在岩石中。掉下去的人要很久很久才能爬上来,如果还能爬上来的话。"

"哦。"爱丽丝应道。

"一旦爆发大地震,钟楼就会垮掉。"格特鲁德摇头道,"损失惨重。我们眼睁睁看着它从岩石上滚下去,钟声一直在响,最后它沉入波涛下。有时我们的骨头里还能传出低吟,我们知道那是忘川下的大钟,它依然在响。"

格特鲁德说的时候并无失落之意。

爱丽丝能猜到原因:"大钟还会有的。你们会再修一座钟楼。"

"没错,"格特鲁德说,"万物终究落地狱,万物种种通狄斯。灵魂有轮回,但他们的东西——它们可不会有第二次生命。随着时间推移,我们会收集到足够多的材料,在地下建成新世界。不是复制品。没有人想要复制一个残缺的世界,我们要建造一个更好的世界。"

爱丽丝一度看到了格特鲁德眼中的景象,目光越过天际线,一座伟大的城市正在形成,等待着充实与完善,千年复千年。听格特鲁德的口气,她有的是时间。她的存在不按天算,而以世纪为单位。她设想中的计划一气呵成,从世界诞生一直延续到世界毁灭。爱丽丝头脑中闪现出了反叛者城堡诞生前的所有都市的轮廓。罗马、耶路撒冷、亚历山大、长安——它们曾是世界的中枢，如今它们辉煌不再，反叛者城堡则屹立不倒。爱丽丝尝试从长时段着眼，想象狄斯城。或许狄斯城有朝一日会发展壮大，美好宜居，再也没有灵魂想要渡河。既可安住，何苦跋涉？

格特鲁德转向天际线的方向。在炽热的光芒的映衬下，她身影伟岸。她右手举到胸前，摊开手掌，宝相慈悲。爱丽丝曾误以为她是异端，大错特错。高居此处的格特鲁德不只是圣徒的角色。

"你有没有观察过沙漏里的沙子落下？"格特鲁德说，"现在想象一下，用你的心眼儿，注意底下发生了什么。沙子总会堆出来一个小尖。小山在向上生长，然后重量太大了，沙堆垮塌，底座再次摊平。你看，时间无极点。只会有一个小尖，总是在崩溃边缘。这就是狄斯城中的时间流动。冲步寸进，聚沙成塔，梦幻泡影，循环往复。同时，底座在不断累积。我们终有一天会登顶，但需要漫长的时间。"

她昂起头："我们最终会在这里。当夕阳的光芒消散，我们会在这里。当歌革与玛各聚集征战，入侵圣徒的天堂[1]，当芬里厄将奥丁整个吞下[2]，当阿佩普吞噬拉神[3]，让万物陷入黑暗，当世界颠倒，地壳化为熔岩，重生更新，我们会在这里。"

她说得斩钉截铁。

爱丽丝心想，格特鲁德跨越许多年与许多世纪，依然心怀希望，这是怎样做到的？接着，她又在思考格特鲁德可能有怎样的思维漏洞。真的有漏洞吗？在一个没有定律的世界里，何不相信末世终将降临，

---

[1] 歌革与玛各是基督教末世预言中征战四方的族群。
[2] 芬里厄是北欧神话中被魔绳束缚的巨狼，在诸神的黄昏中挣脱，吞食神王奥丁，最后被奥丁之子森林神维达尔杀死。
[3] 阿佩普是古埃及神话中代表破坏、混沌、黑暗的神灵，通常表现为巨蛇的形象，是太阳神拉的死敌。

颠倒纲常伦理呢？这有什么不可能呢？这一切难道没有一种倒错的美吗？一错就要错到底，这是何等的信念。相比于仅仅因为害怕而行义举，这难道不是要豪迈得多吗？就在那一刻，爱丽丝羡慕格特鲁德。至少格特鲁德知道她的立场。至少格特鲁德在为未来奋斗，纵然是遥远的未来。

"那我可以……"爱丽丝摊开手，不知该如何自处，"你是说，我可以就待在这里？"

"想待多久待多久，"格特鲁德说，"一直待着都行。"

"别人进不来吗？"

爱丽丝脑中想的是克里普克夫妇，但格特鲁德以为她指的是约翰·格拉杜斯。"那个江湖骗子？他不会来打扰你。不管有何人进入城堡，我都知道。"

"我要是想离开呢？"

"我不会强留。所有人都是自愿来到反叛者城堡的。但我认为，你在这里过得会比外面任何地方都舒服得多。"格特鲁德轻抚爱丽丝的后背，"去吧，那是你的城。"

爱丽丝觉得这一切很突然。她别无他求，格特鲁德完全履行了承诺，但她没料到这么快就送客了。

"但大家都在哪儿呢？"

"休息。人们进城是求安宁的。我们不像下面的人那样聒噪。你可以随便溜达，但你以后会发现还是安安静静的好。"

爱丽丝慌了，她可不想一个人在这里，她不知所措："但你要去哪儿呢？"

"打理城市。"格特鲁德最后坚定地推了爱丽丝的肩膀一把，"现在去吧，找到你的安宁。"

于是，爱丽丝沿着大理石路闲逛，有几分像一个太阳没落山就被要求上床的孩子。

她端详了一阵子雕像，但没过多久，它们光洁无瑕的样子就变得无聊了。雕像离远了看才引人入胜，凑近了就发现面容如出一辙。这里欠缺佛罗伦萨的美妙，她心想。佛罗伦萨有肌理脉络。这里完全没有历史，没有缺口，没有包浆。这里不断在营建、修缮和维护，虽说是永恒的，但看着就像是十年前的东西。

实话说，爱丽丝有一点失望。"反叛者城堡"这个名称蕴含着更多承诺——理想情况下应该是反叛才对——但城里基本只有安宁。魔王都在哪儿？

爱丽丝沿着寂静无声的道路往下溜达，有点好奇终点是什么样的。她无法把握城堡的构造。城堡不是螺旋形的，不是蜂巢形的，也不是在山上摊大饼式的，而是三者兼备。其形制是向内卷曲的，道路既盘旋而下，又环绕外围。爱丽丝多次经过幽暗的高墙，以为自己深入了城市腹地，结果走着走着，意外蹦出来一个露台。从外面的任何角度看，这里都像是一座祥和安宁的空城。那它的秘密何在？爱丽丝给自己随便定了一条规矩——永远往黑的地方走。于是，她来到了一座密密麻麻的方格迷宫，肖似威尼斯的街巷与广场构成的网格。她绕过街角，来到一处像是庭院的地方，在微光下看到了最不可思议的事物。

生长，树根，一根枝条。

爱丽丝的心都跳出来了。两面真，埃尔斯佩思起了这个名字。不可能有新生命的土地上有东西在生长。这就是他们有信心的奥秘吗？反叛者城堡已经生出了自己的两面真吗？

但这根枝条和文献里讲的样子不大一样。文献里信誓旦旦地说是灿烂花朵，蓬勃不应地下有。但这是一根棕黑色的枯枝，从干枯的灌木丛中没精打采地伸出来。爱丽丝用指尖去碰它，它一下缩了回去，就像蠕虫碰到盐似的。

她好像听到黑暗中有声音，但那声音太微弱了，与其说是话语，不如说是一种感觉，类似于"不要，走开，别管我"。

"到底是什么？"她喃喃道。

她又碰了一下枝条。虽然枝条更往里缩了，但爱丽丝这一次听得更清晰了。现在是连贯的话语了，她差点就能听明白了，只要她能破解它的语言。她手指按在枝条上，空气中传来一阵窸窸窣窣的声音。

她竖起耳朵。她心想，一定要是鬼魂啊，给我一个同伴吧，什么都行。但每当她试着抓住一端，破解其思维过程时，它就会消弭于无形。她只能识别出整体的敌意氛围。枝条不想她在场。灌木丛想要自己待着。但她太好奇了，不会放着不管。

她这次行动迅速，成功握住了卷须。低语声变大了。她知道这样做很蠢，但在病态兴致的驱使下，她非要知道会发生什么不可，如果她抓住枝条，然后只要……

咔。

枝条在她手里折断了。灌木丛缩了回去，马上爆发出低语声。不是大喊大叫，但着实凄惨可怜。

"你为什么要这么做，"它们哭着说，"你到底为什么这么做？"

爱丽丝看了眼手掌。枝条不再是枝条了，而成了一个扭曲的丑东西。爱丽丝扔掉了它，它皱缩分解成了尘土。在她折枝的灌木丛里出现了一个亮晶晶的嫩芽，有某种颜色比血液更深的东西在发着光。伤口周围升起一团烟雾，和死魂灵的灰色本体一样。

爱丽丝向广场更深处走去，看见成排的灌木和大树——这里有一整座园林，棘刺、弯枝和覆土交杂其间。她发出一声呜咽："全都是你们？"

"别那么大声！"

爱丽丝跳了起来。

是她膝盖边的树瘤在说话。那一棵发黑的大树旁长出来的一个疙瘩。她把脑袋侧过去，疙瘩就化成了人形。一阵沙沙响，一声呻吟，疙瘩一下子变成了一个没牙老头的脑袋，脑袋长得跟龟壳似的。他夹住了她的手指。爱丽丝甩开手，疙瘩咯咯笑了起来。

"玩玩，玩玩而已。莫惊，宝贝。"

爱丽丝双臂紧抱在胸前。

"你是新来的吗？"疙瘩问道。

"显然是的。"

"你何不坐到那边去呢，"疙瘩说，"他也是新来的。"

爱丽丝转向疙瘩示意的方向。路边有一个石凳。但她没有看见任何人，只有更多的林下植物。

"谁？"

"我不清楚他的名字。名字对我们用处不大。"

爱丽丝又看了一眼林下植物，发现边缘有一块草地比周围更嫩、更绿，叶片小小的、软软的。枝条上还没有长刺。

"你怎么不坐下呀？"疙瘩又说了一遍。

爱丽丝战战兢兢地半坐在石凳边缘："我现在要干什么？"

"还能干什么，"疙瘩说，"你现在休息啊。"

爱丽丝把一只脚搭在另一只脚上面，然后又放了下来。她感到异常紧张，差点以为手脚要发芽了，但什么都没有发生。"你的意思是，就像这样？"

"你自便，"疙瘩又缩回了树桩，"安静，休息。"

"休息又怎样？"

"神游。像蜻蜓一样掠过意识的池塘，随风去也。"

"然后我就变成树了？"

第二十八章

"你会生根，"疙瘩说，"你会变成对你来说最愉悦、最安定的形态，只要你静下心来。"

爱丽丝胸口一紧。树丛太安宁、太寂静了。没有沙沙声的树叶、没有滴水声的石头有些可怕。庭院要有风才对。她感觉胃里流淌着恐惧。她试着无视，试着提醒自己，她现在应该平和。没有东西，没有人能够伤害她。但这当然是错误的想法。这里没有饥饿，没有疲惫，没有成千上万个想要害死她的谜团，但她意识到，没有了这些干扰，她便要面对世上最大的恐怖，那就是身处石缝的折磨。此处万籁俱寂，而你无法逃脱心中的响雷。

巨大的压力正在她的大脑深处累积。压抑的记忆要求释放。聆听尖叫吧，品尝金属味吧，感受鲜血吧。血海让她视线模糊，舌头咸咸的。她从没想到人体有这么多血液。格兰姆斯教授的恐慌——他冲过来的样子，他目光中的责备，他知道……

知道什么？过了这么久，爱丽丝还是无法从一团乱麻中理出一套连贯叙事，无法将那些印象整理成一个有条理的故事，让她能明白自己做了什么，负有什么责任。这就是戈尔迪的死结[1]：她的记忆是完备的，但她只能整理她当初获得的印象。格兰姆斯教授死的那天充满纠缠，太过混乱，以至于几个月后的现在，她回顾了一百万次证据，但仍然不知作何想。她当然恨格兰姆斯，在事件发生前的几周里，她看着格兰姆斯的脸时——那张沟壑纵横、面露凶光、英俊潇洒的脸——当然常常幻想着把它砸烂，那样它就不再有价值了，不能再惑人心魄了。她是故意杀人的吗？有意图就够了吗？但她不想让格兰姆斯死。她从来不想让格兰姆斯死。她只想让格兰姆斯对她有一丝丝感同身受，只要能让格兰姆

---

[1] 亚历山大大帝东征期间，行至今土耳其中部的古国弗里吉亚。弗里吉亚多年前有一位国王，名叫戈尔迪，他打下一个外面没有绳头的死结。根据传说，打开此结的人能够成为整个亚洲的王。亚历山大大帝一剑斩断了死结。

斯明白，只要能让格兰姆斯不要小看她。她也记得，自己看着格兰姆斯，不是希望他死，而是希望回归正轨，希望她可以继续在边界游走，与虎谋皮，鱼与熊掌可兼得。

她无法定义自己的罪责。她有的只有碎片，她强迫症似的反复重温。她那天走进实验室时脑袋嗡嗡响，只要听见格兰姆斯说话就头晕。她心想：别看我，忘了我在这儿。她的手在发抖，粉笔拿得颤颤巍巍。一条白线有缺口。她看见了，她看得真切，不然也不会有这段记忆。她看见了两句话之间的漏洞，她什么都没做。但它引起注意了吗？她知道不管那个漏洞意味着什么吗？她看见了漏洞，她眨眨眼，她站起身，她说没问题。爱丽丝在头脑中回顾了这一系列事件一千次，但每次都没有给出答案，只是产生越来越强的冲动。欲望在大声呼喊——所欲何物？是坦白，是纠正，是某种东西——某种必须改变，必须打消的东西。在这样的条件下，她无法走下去。她坐立不安。树丛传出嘶嘶声，爱丽丝克制住了，没有叫出声。

"静心，"树林发出低语，"静心，静心……"

"我不能。"她喘着气说。

"试试吧，"树林低语道，"与你的思想拉开距离，然后放手……放空。"

那是不可能做到的，它们还不如让她上天揽月。

她太清楚麻木自己的头脑有多难了。广播无时无刻不在喧哗。你关不掉。你把它砸烂，它叫得更大声了。大多数时候，你只能控制痛苦。过去一年里，爱丽丝学会了一百万零一种分散注意力的方法，免得自己想死。仪式是有用的，忙碌是有用的。她不是那种躺在床上发烂发臭的抑郁症患者。她不能只是躺在那里，静止不动，这样反而更痛。活动能压制痛苦。洗衣日棒极了，因为她至少能保证两个小时的分心时间，不用去想她一定要完成的任务。批改日也一样。她可以把一摞考卷带到酒吧,沉浸在按部就班中。查错,画圈,算分,在答卷顶部批上分数。在这些日子里,要诀是将尽可能多的念头填进脑袋里,借此压抑记忆。一个人在家时,她会阅读手头的所有文字。她会用一只手干正事,腾出另一只手举着东西看,比如洗发水的使用说明,汤罐头的营养成分表。她一边心不在焉地咀嚼麦片,一边翻来覆去地看报纸。她二十四小时开着休息室里那台吱吱啦啦的电视机,虽然烦到了舍友,但她们倒也没管她。《神秘博士》试播集出来了,林戈·斯塔尔[1]玩玩具火车。这并没有打消坏念头。坏念头总是在前台播放,色彩艳丽,音量开到最大。不过,她的策略是将其他十几个节目的音量也开到最大,这样电波会互相抵消,她头脑中的吵闹也会达到接近静音的饱和状态。

但是,这一切让她好累。打不起精神,数秒度日,日复一日。精神被拧干,头脑被摊薄。她忍受不了重复。好奇的灵气深埋在某个地方,反叛无聊的生活,渴望做出些成果,最起码也要参与世事。只是那缕灵气如今暗淡了,除了伤害,什么也做不到。

她尝试过冥想。冥想这年头在校园大红大紫,每次过街都能看到一幅新纪元运动海报,承诺开悟、超凡脱俗与灵魂出窍的体验。爱丽丝当时病急乱投医,盘腿坐在陌生人的毯子上念经,几个小时一动不动,追寻组织者承诺的平和,努力不去恨房间里的每一个人,努力相信谎言。

她现在又拾起了这些方法,因为她想要达到树林承诺的境界。她想要听疙瘩的话。她紧紧闭上双眼,放慢呼吸,唤起烛光的心像——所有剑桥瑜伽大师都提到过的烛光,温暖,喜乐,生命之火——将全部注意力集中在前方的火苗上,将那堆破碎的图像推到幽暗的后方。

她说不清过了多久。五分钟,十分钟,二十分钟,一个小时。但那都不要紧,不是吗?没有终点,什么都不算。她可以达到超凡脱俗

---

[1] 林戈·斯塔尔,英国歌手,1962 年加入披头士乐队,直到 1970 年乐队解散。20 世纪 80 年代曾为动画片《托马斯和他的朋友们》配音。

的平和状态，而那依然什么都不算。等她醒来时，或许已经过去了一百年，而之后还有一百年，之后又有一百年。这笔买卖糟透了。付出了那么多努力，一无所获。

她头脑中的水晶球碎了，幻象维持不住了，焦躁情绪爆发了，一百万只蚂蚁在她身上爬。

"哦，"她喊道，"我无法忍受了，我不能在这里……"

"你可以，"疙瘩说，"努力，努力……"

"我努力过了。"

"加一把努力。会有的，你会平和下来的。"

"但你怎么知道？"

她知道这句话听起来很幼稚，但她当时就是有一种幼稚的冲动，就是想要最简单的答案。要是有人能告诉她没事就好了。要是有人能给她指路就好了。

"因为你不是第一个。"

疙瘩扭头往后看，爱丽丝跟随它的目光，看向广场四周角落里的树丛。巷子和墙上全都是，甚至从窗户里伸出来。爱丽丝目力所及，反叛者城堡的里巷皆被茂密植被覆盖。

"他们来的时候都很痛苦，"疙瘩说，"他们来时心怀遗憾与忏悔。他们来时为自己感到羞耻，有着纠正错误的强烈冲动。他们站在广场里，焦躁不安，就像你一样，直到他们领悟了石缝的安宁，成为树丛的一部分。"

"那他们现在都睡着了？"爱丽丝问道。

"接近，"疙瘩说，"睡眠不会到来，在这里不会。但闭上你的眼睛，静滞你的心灵，你会达到一种接近的……"

"但我要是做不到呢？"

"那就去找修道院。"

"修道院？"

"在路那边，"疙瘩说，"在树影下，悬崖边上，修道院……"

爱丽丝本以为城堡空无一人。但她在疙瘩示意的地方，悬崖边上的墙里看见了成群的死魂灵。他们动作轻微，却有一种骚动的氛围，在有节奏地转圈。灵魂原地踱步，灵魂齐声颂唱。她发现，原来嗡嗡声就是这里传来的。不是蜜蜂，是圣歌。

"午前祷，"疙瘩说，"午后祷，夕祷。其他时间是祈祷和冥想……"

"向谁祈祷？"

"他们向实在祈祷，"疙瘩说，"他们向等待祈祷，为了获得忍耐的力量，直到终结。直到天为地，地为天。直到忘川干涸，直到阎罗境自闭。没有永恒的事物，哪怕是此间的世界秩序。有朝一日，八殿会自相打乱，存在本身的意义也会改变。他们相信灵魂净化不靠报应，不靠改过自新，而只能通过时间的淬炼。时论[1]掌握着地狱痴愚奥秘的全部答案。"

这个回答太令人失望了，爱丽丝差点要哭了："所以说，他们在等待虚无。"

"他们难道没有等待的理由吗？"疙瘩问道，"每门宗教都要讲世界起源，每个传说都有起点，每个起点都预示了终点。一生大千，大千归一。诸神黄昏的烈焰会分裂大地，让世界重生。时间老人亦非无穷，也会被杀死。"

"那又如何？"

"天启降临，万物毁灭，"疙瘩说，"但那样也就不需要做选择了。他们不会前进，他们不会死去，他们只会等待。他们等待着沙漏倒转。新世界来了，新世界后又有新世界。你无法想象的世界，法则与我们的

---

1 原文为 kālavāda，是古代印度哲学宗教中关于时间的学说论述。

世界完全不同。越来越有序的熵减世界。人在天上飞，鸟在地上走的世界。不存在随机，未来铁板一块，波澜不惊的世界。没有痛苦磨难的世界，没有主观性的世界，美的世界，值得梦想的世界……"

或许吧，爱丽丝心想。但这不是千年大计，而是更宏大的数量级。在新世界到来之前，他们的世界，这个世界中的一切都必然会死亡。等到沙漏倒转之时，这里的一切都会湮灭。这些灵魂看不到未来。

她看着这片森林，越看越痛苦。这些草木已经认命，安于现状，几乎放弃了存在。她想到了她一生中荒废的那些小时，她盯着时钟，等着表针走快的那些分钟。她整天像囚犯一样待在自己的房间里，茫然地坐在椅子上，期待着证明时间流逝的仪式性标志：她没吃的饭，她没去参加的祷告，提醒学生们出门的报时铃。睡去让她安心，醒来让她失望。对那时的她来说，每过一个小时都像是一场小小的胜利。但是，她为什么迫不及待地想让时间消失呢？倒计时的尽头是什么呢？

在上面的世界，她至少有一丝渺茫的希望。她的境况或许会有变化。她有天醒来时会感觉好起来。一扇门会打开，一个办法会出现。而在这里，倒计时是死胡同。变化被提前没收了。这里发生的所有事都只是沙漏里的小沙堆。涨上去，塌下来，涨上去，塌下来。

此刻的花园看上去一片死寂与冰冷。那不是绿植，那只是对绿植的记忆，只是残忍的模仿。

爱丽丝痛苦而清醒地意识到，这就是城堡，是地狱本身最严重的惩罚。假如亚里士多德和莱布尼茨所言不虚，时间只是变化，那对他们来说，时间已经终结了。但对其他所有人来说，时间没有终结。他们还是不得不感受时间，没有目的的漫长岁月。被置于时间之外（没有循环轮回，没有降生、成长、衰老和死亡；没有先人和后人；没有谱系树上的一席之地），同时又被迫感受缓慢而不可阻挡的时间推进。神啊，这是多么恐怖！只剩下树桩，那是短暂生命周期留下的回声，回声越来越

第二十八章

微小，最后走进死局。在这里，不死不是恩赐。没有了珍贵瞬间，一切也就失去了价值。甚至连思想都失去了，因为他们的思想毫无原创性，只有他人思想的回声，只有俗套，只不过套子上面镀了金，灯光在表面游走。没有增进，没有探索，没有快乐。这里没有成长。只有枯萎的时桩。

她周围的广场似乎突然开始收缩。爱丽丝恍然看到自己缩进了树丛，钻进了安定的灵魂，直到她的脸被黑色枝条挡住。她心中涌起一阵惊恐，让她产生一股冲动，想要扯下树枝，撕烂树叶，把树丛付之一炬，只要能打破寂静就好。啊，让它尖叫吧！

"那好吧，"她厉声道，"如果你们只是在等待世界末日，那为什么不直接死掉呢？"

听到这话，她身边的一簇枝条发出了响动，声音不大却刺耳。爱丽丝感觉灌木丛里发生了骚动。某个东西变成了实体，压迫着她的肩膀。她看到了一个前所未见的身影。倾斜的额头，厚实的胸膛。

"你看你干了什么，"疙瘩说，"你把他唤醒了。"

爱丽丝不明白疙瘩为何怒气冲冲。这个死魂灵从树林中挣脱而出，这只会是一件好事啊。百年之后，植物竟然重获主体性，再度为人，这简直是奇迹。

"你好。"爱丽丝说。

那株植物呼了一口气，作为回答。

整个树丛都在颤抖，仿佛要缩成一团。接着，只听滋啦一声，死魂灵挣脱了周围的树丛。他站了起来。他个子挺高，身材魁梧，四肢末端还是树枝形态。他的脸是一团朦胧的灰雾，但每一秒都比上一秒更分明。一张不对称的嘴巴从雾气中浮现，然后是鼻子，然后是闪烁着的明亮双眼。

"稳住，"疙瘩对他说，"稳住，你不是……"

死魂灵踉跄地迈出一步，全身前倾，但还站在地上。

"稳住，"疙瘩又说了一遍，这次语气更急迫了，"现在想想我们在做的事……"

死魂灵以果断的姿态大步走在路上。

"等等，"爱丽丝快步跟着他，"你要去哪里？"

死魂灵跑了起来。爱丽丝好奇地跟在后面。死魂灵跑进一条小路，绕过一个街角。树林戛然而止，露出了悬崖下方的河岸。

"不要……"爱丽丝大喊一声，但已经太迟了。死魂灵跃下悬崖，在空中悬停片刻，仿佛重力消失了一般。忘川随即发动引力。河中张开一道旋涡，似在招手。死魂灵被卷了进去。

她只能眼睁睁地看着。

死魂灵面朝下落水，未做反抗。他在水面漂浮了几秒钟，然后便解体，融入波涛，绚烂光环化为了粗长彩带。爱丽丝眼前浮现出水母、降落伞、魔术丝巾，五颜六色从一点涌出，无尽的记忆水柱喷到10英尺高，20英尺高。一生经历化成一部漫画，敞开在所有人眼前。她开始思考，它到底能覆盖多大面积呢？它终将混杂、模糊，然后分解，汇入汹涌的黑水。而后，黑曜石般的忘川河面将恢复如前。吞万物而不泄。

眩晕来袭。爱丽丝身形摇晃。

两股矛盾的冲动在她体内激荡。

一股是恶毒的嫉妒，爱丽丝嫉妒他的圆满——狂乱的五彩旋涡终于蒙恩，可以就此消散。

另一股是她现在终于明白，她多么不想死。

她踮脚站在悬崖边，一阵狂风呼啸袭来。强大的无形之力让她头晕目眩，膝盖发软。我不要，爱丽丝心想，我不要，现在不要，还没到时候，我不要这样。她耳朵里血流如雷动，直到她踉跄退回安全地带，耳

第二十八章

鸣方才停止。

她摇摇晃晃地转身离去。她发现,城堡里的所有树都朝向她。无数灵魂的恶意汇聚到了一点。他们发出了同一个声音——"毒刺"。

爱丽丝拔腿就跑。

她不想往树林跑,但也必须远离悬崖,于是就只剩下直穿广场的铺砖路了。树丛咆哮着向她聚拢,树叶伸展,枝条卷缠。整座园林都在呻吟收缩。叶片上浮现出许多张脸,他们打着哈欠,眨着眼睛,脖子嘎吱嘎吱地朝她扭过来。是森林的惰性救了爱丽丝。树林没有真正的敌意。它修炼空门多年,已经忘记如何去恨了。树林并没有多在意爱丽丝,只不过是像一个懒洋洋醒来的生物一样,将爱丽丝认定为自身不适的源头,用尽一切行动力将她赶走。卷须向她伸来,但爱丽丝打了回去。她冲出庭院,在大理石路上狂奔。她隐约听见上方传来格特鲁德的尖叫声,但没有停下来看。她穿过露台,经过雕像和喷泉,回到了狭窄的楼梯。灯灭了,她不知身在何处,只知道脚还在踩着台阶,她在往下走,往下,下。

她突然到了地面。入口的样子变了,木门没有了。现在只有一个实心的石块——不可思议的牢笼,没有门,没有窗,没有出路。格特鲁德骗了她,爱丽丝被困在狄斯城了。

但这是个老把戏!爱丽丝来到墙边,看到了光滑的构造,险些笑出声。如果这个地方是魔法师建造的,那魔法师看来还是在讲老段子。她完全知道这是怎么回事,她都能把它背下来了,语调与节奏就像一年级的博士生第一次在酒吧讲这个故事时一模一样。路德维希·维特根斯坦说过,没有哲学问题,只有语言问题。门窗是什么?

"门窗把你关在室内。"爱丽丝深吸一口气,一步不停地往前跑。她甚至没有画法阵,这个幻象太弱了。她以前经历过很多次,她在学院楼门口就见过这个把戏。"门窗可以关上。门窗不存在,所以道路没有封闭,所以没有东西挡我的路。"

行了。

上帝开恩,行了。有那么一个可怕的瞬间,黑暗中的墙壁向内挤压,爱丽丝感觉自己被夹在了面前的石壁和后方延伸的树丛之间。接着,她闯进了明亮过头的庭院,就连灼热停滞的空气都是美好的解脱。

她没有止步。她飞奔穿过巴扎,经过摊贩、怀疑论者和信徒,经过拉普拉斯妖和化为碎片的手稿,经过咆哮的刻耳柏洛斯和它身后的身体。穿过大门,门旁没有守卫,她轻轻一推,门就开了。她经过了大笑的巴门尼德,他在后面高声问她有没有得偿所愿。她远离了狄斯,直到这座城市变成地平线上一个摇曳的小点;她远离了忘川,直到河岸早已淡出视野。她不断奔跑,直到她再次孤身一人在沙丘之间。暗淡的阳光下,白骨森森。她远离了人造建筑的安稳,远离了一切与阳间相似的事物。她回到了废土,只有她自己的思想能为事物赋予意义。而她的思维正在衰退。

第二十九章

现在爱丽丝真的迷路了。

她找不到忘川了。她在奔跑的过程中就看不见了。现在不管她转向哪边，都找不到忘川了。她在地平线上看不到它浅淡的黑色轮廓，也听不见惊涛拍岸的声音。在此之前，地狱至少在一侧是有边界的，如今是四面无垠。无论哪张地图是正确的——彼得的螺旋形、比萨形、屁萨形地狱，她的线性地狱——忘川都是无穷空间的唯一界限。而且在欧几里得空间和双曲空间里，两条直线相交一次后都不会再次相交了。

她基于这种情形展开推演，心情沉到了谷底。如果她再也找不到忘川，那可能就会永远向着无限深处跋涉了。

天哪。

她没有地标。她找不到城堡，找不到狄斯城。地貌令人困惑，而且似乎是有意为之的。大地在嘲讽她。地面移动的速度比前面几座殿快得多，她每次抬头看，都会换一个新地方。一圈仙人掌变成了一圈岩石。远处本来有一座山，再看一眼就成了谷。至少她以为自己没有在兜圈子，因为她没有遇到熟悉的地标。但沙漠地貌的刷新频率太高了，就算她其实是在原地转圈，她也无从得知。

但除了跋涉，还能做什么呢？

她不愿死。她不会消极被动，消散在黑暗中。她知道这些。但她也只知道这些。她需要这个事实，不然就没有意义，但她没有现成的理由。只有一个朦胧的想法，其实是一个冲动。悬而未决，在黑暗中摸索，这就足以支撑她走下去了，必须如此。

我们在寻找，她告诉自己。我们会知道我们在找什么，当我们找到的时候。

时间悄然流过，她不再计日了，她看不清太阳和月亮了。她怀疑月亮已经消失，她每次仰望天空时都找不见它。她发现自己不再饥饿，也不再口渴。她吃东西时会感觉补充了营养，但不吃的时候，她只觉身体虚化了。她的新陈代谢肯定变慢了，她几乎感受不到生理需求。或许她的身体正在适应地狱的节奏。在地狱里，变化的单位不是小时，而是年。她用心看到自己被片片削下，最后变得坚硬，闪闪发光，就像地上散落的不明骨骼一样。

这是一个谜：地狱里没有活物，那骨头怎么会这么干净？在地面上是因为有鹰隼和秃鹫啄虫吃，骨头才会变得锃亮。死者被吃干抹净是因为生命在延续，腐败和解体是生长，生死相随。那么，地狱荒漠的时间是静止的，死者怎么能自己打磨自己呢？她心想，生死边界有缝隙，一定是这样，只有这样才能解释。生命渗入了进来，哪怕这里是生命的反面；生命美化了死亡，维持循环运行。

但这影响太大了！这意味着不存在绝对，就连死亡本身也不绝对。彼得和哥德尔说得对，她心想。宇宙是不完全的，我就是一个活着的例外。但除了"我在这里"以外，"我存在"这个事实还证明了什么呢？

在深入沙漠的途中，她开始发现诡异至极的事物。半截埋在沙子里的书架，用她从未见过的语言写成的书籍。刻成了她从未见过的形状的金银铜块，她也想象不出它们是做什么用的。牙科工具？刑讯用具？还是另一个文明的证据，一个比苏美尔文明、两河文明还要古老的文明？太不可思议了。这些文物与她记忆库中的任何东西都毫无相似之处，没有引起任何联想。这是新鲜事物。她产生了一股麻木的好奇心，那是曾经指引着她的一切决策的探索烈焰留下的余烬。她原本可能会驻足研究。她原本可能成为第一位地狱人类学家。但她不知道从何下手——这是她无法破解的文本，那是她完全不认识的造物。

她想起了另一个读到过的地狱理论。该理论出自大乘佛教经典，认为世界本身就像人类一样有生死轮回。世界经历了多个文明阶段，疾驰而过，直到人类将自己燃烧殆尽，毁于一旦——可能是气候变化，可能是世界大战，也可以是任何行星级的灭绝形式，鲜活生命尽为灰土尘埃。那就变成了所有灵魂的安息之所，从时间的起点直到现在，直到生命的火花在对面形成，生命的种子就此萌发。世界就像一枚巨大的硬币，不断摆动、偏转，灵魂也随之从一面掉到另一面。这么说的话，或许格特鲁德那种人确实有理由心怀希望。或许地狱确实不是永恒的，或许沙漠会转移，狄斯城的灵魂会成为某个世界的主人。

但在那一刻到来前——千年已经过去，之后又要过多少个千年？

耶稣在旷野禁食了四十日，抵抗住魔鬼的试探后才出来。爱丽丝在这里找不到那样清晰的迹象。没有考验让她通过。她厌倦绝望，愿意放弃一切。只要有魔鬼给她任何一条出路，她都肯定会答应。她想，让我回城堡吧，给我一个纵欲殿的牢房吧，给我一个傲慢殿的研习间吧。

沙漠没有带给她净化或者升华。她什么都没有学到。除了孤寂和广阔迫使她重建和巩固自我，就像坚持在流沙上修建城堡。人要在流变中寻求结构。人需要重复，需要搏动的声音。我还在这里。我思故我在。我是爱丽丝·罗，我是剑桥大学博士生，我读分析魔法学专业……她其实用不着再巩固这些东西了，因为她的自我意识在一成不变的冲刷下遭到侵蚀，最后她只会在散乱的记忆里游动。这儿有几张脸，那儿有几种感受，但这一切合起来是什么呢？这些回忆造就了谁？

最奇异的作用是，记忆已经不再困扰她了。她不再感觉脑袋紧箍得疼了，她的思维具有了外溢的空间和时间。她可以踏出水流，挑拣选择了。可怕的东西还在那里，但不知怎的，她可以更容易地让它——就让它从指间流过。她现在有办法梳理那些记忆了。基于最基本的前提，她得出了一套完整的叙事。她在头脑中一遍遍重复，好让自己记住她是人。

我的名字是爱丽丝·罗。

我有时很聪明，但大多数时候不聪明。

我有时是好人，有时是坏人。

我迟早会死。

但在我死之前，我会努力，我会非常努力，活出价值。

她听见身后有跑动声，心脏一时间吓得险些停跳。但她回头发现，那只是一只东倒西歪、可怜兮兮的野兽。大概是豹子、狼，或者郊狼，光线太暗了，她分辨不清。那野兽瘦得皮包骨头，看样子只剩下一口气了。下地狱的东西五花八门，埃尔斯佩思告诉过她。人、兽、被遗忘的物件。

她确定那是某种大型猫科动物。她只能靠猜，因为它的皮毛污秽、缠结，头上和耳朵上有多处溃烂。但它的眼睛闪着绿光，瞳孔缩成了一道窄窄的黑缝。她记得大一生物课上讲过，只有猫科动物才有这种瘆人的目光。

双方喘着气注视对方。爱丽丝看见它的身体侧面在扩张、收缩，再扩张。它太瘦了。

"可怜啊，"她喃喃道，"你怎么落到这里了？"

第二十九章

大猫迈步向前。她后知后觉地意识到，她应该害怕才对。缠结的皮毛和突出的肋骨下仍然是一头致命的捕食者，而且它显然已经很久没吃东西了。它的上下颌泛着光，黄色的尖牙淌下口水。博尔赫斯曾写过，远方野火映红了豹子的牙床。它现在离得足够近了，爱丽丝能看见它嘴上的新伤口。她在想，这就是博尔赫斯的那只豹子吗？它腹中有一团火，贪婪的烈焰。

她的恐惧模糊而抽象。她想到自己的脖子被撕开，鲜血四溅，落入灰色细沙时，实在调动不起任何真切的惊恐。那似乎是一个给她的抽象提议，还是一个有审美情趣的提议。"蹂躏"这个词好鲜活，富有视觉暗示力。她有一种罪恶的欲望，那就是扑向它的獠牙，目睹随后的啃咬、撕裂。她情难自已，诱惑力一直都在。她现在理解奔向刻耳柏洛斯的死魂灵了。不过她还有理智，彼得救她可不是为了让一只瘦骨嶙峋的豹子吃了她。

她考虑过拿包，但害怕刀会刺激豹子出击。不管怎么说，她都不想以身试獠牙。壶里有忘川水，但在这里派不上用场。可怜的野兽不明白忘川水的可怕。它甚至可能已经喝过了，误以为忘川是清流——它可能已经完全失去了自我意识，忘记了它的过往经历、它的伙伴和幼崽。它现在可能只知道自己非常饿，而且无法离开此地。

她退一步，豹子进一步，距离保持不变。

爱丽丝想，它的脚掌好软，脚步好轻，在粉土上都不留下脚印。我要是能这样优雅地走路，我什么都愿意给。

一人一兽，一前一后，又走了一步，又一步，又一步。他们在沙地上一步步走着，锁定在忐忑不安的舞步中。豹子没有猛扑，爱丽丝也没有拔刀。要诀似乎还是紧盯对方，因为只要她目光下移，豹子就会弓身前倾，探察任何走神的迹象。因此，爱丽丝移动时尽可能保持目光聚焦，锁定饥渴而充血的豹眼。因此，她没留神就踏进了克里普克夫妇的陷阱。

她突然脚动不了了。

她踩上去的一瞬间就知道是陷阱。她认得那股蔓延到四肢百骸的胶着感。这个陷阱比较小，复杂程度远不及之前让她和彼得兜了好几个钟头圈子的无穷迷宫。但克里普克夫妇的所有作品都有某种味道，魔法粉笔味。她觉得嗓子里糊了一层又厚又苦的粉笔屑。

豹子得意扬扬，昂首靠近。

爱丽丝呆呆地站着，害怕得几乎目不见物。

来个干脆的，她祈祷道，先咬脖子，省得疼……

接着豹子也被困住了——爱丽丝看见它的右爪旁边伸出一条粉笔线，缠住了它的尾巴。豹子抬起头，一脸困惑的样子，退后准备再次跃起。陷阱的威力这一次更强了。豹子惨叫一声，莫名吃疼，因为它积蓄的动能没有发出去，反而撕裂了自己的肌肉。

爱丽丝和豹子都喘着粗气，面面相觑，相隔只有几英尺。豹子缩着身子，肚子饿极了，口水从爪子流到地上，被粉土吞没。在它缠结的皮毛下，爱丽丝能看到它曾经的身影：肌肉紧紧附着在骨骼上。多么浪费，她心想，浑身力气无处施展。它惊恐地睁大眼睛，瞳孔几乎消失在了绿色中。救我，它似乎想说，求你了，救救我。

"我能救就好了，"爱丽丝喘着气说，"抱歉。"

一只鸟的头骨插在二者之间的沙子里，亮闪闪的，眼眶里有无形的风在流动，低沉的咕咕叫声在沙漠飘荡。快来，快来——它告诉克里普克夫妇——你们的猎物在这里。

这时，爱丽丝注意到四周摆着一圈金属桶，从陷阱作用范围里就能看见。她听到上方传来刺耳的噪声，抬起头看。多把刀子被隐藏的拉索牵引，一寸一寸地升上空中，到顶后来回摆荡，似乎在盘算下一步行动。刀刃齐齐转向豹子。

爱丽丝能猜到内在逻辑。陷阱权衡比较了爱丽丝的性命和豹子的性命，判定豹子更有价值——它体形更大，血液更多。刀子呼啸而下，没有将豹子一击毙命，不是在砍，而是在剜。血流了出来，但流得不快。豹子叫声凄惨，来回打滚，爪子伸向爱丽丝，仿佛是求她帮自己解脱。

但爱丽丝魂不守舍，沉浸在尖叫的记忆中。她满脑子都是遭受同样命运的彼得。他被倒吊起来，血液滴到桶里，生命随之流逝。她有一瞬间吓得动弹不得，四肢充了气似的飘浮起来，头脑深处开始响起钟声，钟声越来越大，直到她感觉颅骨都在跟着颤动，直到她以为自己要爆开了。唉，她要是能直接碎掉多好，要是一切就这样结束该多好，但钟声持续响着，恐惧尖厉刺耳。

豹子吐着血泡。它的内脏破裂了，血液从利齿之间喷出。血没有落入沙地，而是被魔法引到了桶里。许多道黏稠的热血在沙地上流淌。豹子脊椎剧烈扭动，全身先是缩成一团，接着摊成了一条线，铺在沙地上。爱丽丝心里想到一个愚蠢的比喻。它像是贝琳达养的那只挪威森林猫。那只猫可爱极了，名叫安东尼娅女爵，舒展时能达到正常体长的两倍，跟一张地毯似的。猫是液体——她听见了贝琳达银铃般的笑声，笑声越来越大，豹子的惨叫声也同步升高。

最后，血液漫到了桶沿，豹子一动也不动了。拉索复位时发出可怕的吱嘎声。这一次，刀刃对准了爱丽丝。

"想办法。"她喘着气说，她自己的说话声——微小、脆弱，富有人性——让她恢复了些许神智，让某种恐惧之外的情绪扎下了根。"想办法。"

她蹲在沙地上，寻找法阵的蛛丝马迹。找到了，有一个角露了出来。结界里隐约透出一个词——Chelone，希腊语里的"乌龟"。

她发出了半是大笑，半是尖叫的声音。芝诺，当然是他。她之所以动弹不得，是因为克里普克夫妇写上了芝诺第一运动悖论。阿喀琉斯和乌龟赛跑,但他让了乌龟一步。等阿喀琉斯跑到乌龟原先的位置时,乌龟已经到前面了,他再次追上时,乌龟又到更前面了。因此,阿喀琉斯永远追不上乌龟,物理运动不可能存在。

芝诺悖论没有人用了,芝诺是新手的玩意儿。凡是上过魔法导论研讨课的人都知道,空间和时间不是这样无限可分的。但在这里,克里普克夫妇抓的是饥肠辘辘、失去理智的生物。克里普克夫妇变懒了。

粉笔她是有的,她需要的是血。于是,她伸长胳膊去抓最近的桶,但手指只能刮到桶壁。她深吸一口气,接着尽量往外甩胳膊。一根手指把住了桶沿,往回一拽,桶就倒了。血液流满她的手指,浸透了粉笔。豹血浓烈、新鲜,粉笔写起来干净利落。只消几秒钟,她就用数学语言写好了一个语句,意思相当于:如果不考虑微积分的话。

她的双腿自由了。爱丽丝跳起来滚到一旁,正在此刻,刀从天而降,扎了个空。

等她恢复意识时,疼痛缓解了,心跳也减慢了,她便感到无比饥饿。

是豹血的作用。血腥味弥漫在空气中,有麝香的味道,咸咸的,美味诱人。她跪着爬了过去,双手在沙子里拨拉,彻底拆除了陷阱,然后把脸按在尸体上,发出呜咽声。

她怎么闻都闻不够。不只是血液和残存的温度,还有尸体强烈的血肉感。她很久没有碰过这么多活物的内脏了,潮湿、黏糊的生命器官。地狱饿坏了感官。这里的一切都太干净、太安静、太寡淡了。但豹子的腥味证明生命就是肮脏的,充满着血液、内脏和软骨。分解意味着生命。她想要在污物里翻滚。她感到一种压倒性的冲动,那就是把血桶从头顶浇下,让血液流满她的脸和胳膊,与豹子的尸体扭作一团,直到融为一体。

理性占据了上风。她动手生火了。

她还有几根没泡水的火柴，笔记本也是很好的引火物。没过多久，熊熊火焰就烧了起来。她把克里普克夫妇的刀从拉索上解下来，从豹子侧面锯切下了几块肉。她继续往里切，发现了类似心脏和肝脏的器官。她以前看书上讲，内脏有益健康，那就先吃心肝吧。她把这些都串到一把刀上，直接用明火烤。煳就煳了吧，她不在乎。她就想要不干净的、烧焦的、渗血的。她等不及肉熟透了。她鼻子刚闻到肉味，肚子就发出了尖叫。她的内心看到了她自己垂涎欲滴的目光，跟豹子之前看她时一模一样。她一把抓起肉，手指烫伤了也没在意。肝脏入口即化，很快就被她吃完了。心脏让她嚼了半天，腮帮子都酸了。味道不重要，她根本没留意。重要的是，她肠道里的化学物质告诉她，这是营养丰富的生物质，是好东西。

这时，其他肉也都烤好了，刺刺冒油，甚是诱人。但爱丽丝一想到要往肚子里塞更多肉，胃里就翻江倒海。她躺在地上，呆呆地望着天空。

这一趟走的啊。

对爱丽丝来说，精神崩溃是一种她想要拥有的奢侈。可惜，现在时间又有意义了。她被抛回了变化模式，现在有了前进的动力，有了目标，有了要做而且要做成的事。不管接下来几个小时里发生什么，她都有的忙了。未来，多么了不起的概念啊！

稍稍恢复了一点感知力，她就注视着摊开的尸骸。她觉得她取肉时本来可以更小心一些的——内脏血肉散落得满地都是，到了这个地步，她很难分清哪块是哪块了——但她还是完整取下了豹子的腿排和肋排。她对熏肉一窍不通，但她明白熟肉可以比生肉放得久。未来物资，未来。不可思议。她把刀当作烤肉钎子，聚精会神地看着肉噼噼啪啪地响，由红嫩变黑，变硬。肉香又把她的馋虫勾出来了。她把肉撕成条，大快朵颐，舔食烫伤的手指上的油脂。

过了那么久，她第一次有了实体感。她感受到了身体的欲求与渴望。她感觉身上有力气了。她把右手放到面前，翻来转去，惊讶地盯着手筋和血管。这么多吱吱嘎嘎的小零件拼凑成了这台笨重的机器。最神奇的是，它竟然能运转。

她感到了另一种东西：腹腔深处隆隆作响。她还不能很好地形容它。她以前从未有过这种感觉。说实话，它强烈得让她害怕。但那一刻，爱丽丝只知道她有强烈的杀戮欲。

第三十章

"妈呀,妈呀,妈呀。"地面传来轰隆隆的声音,"你可真行。"

爱丽丝用手肘撑起身子:"你好,格拉杜斯。"

他飘了过来。

她朝肉排点点头:"来点吧。"

她本以为他会嗤之以鼻,结果他说"帮我熏熏",让她吃了一惊。

她听话地把肉串放到火上,直到烤黑。格拉杜斯俯身趴在火上,烤肉的烟气涌进他的本体。一时间,格拉杜斯和烟雾恍如一体。他发出了满意的低吟。焚香,爱丽丝心想。英语里是这个词。她想到了父母过节上供,伴着缓缓燃烧的熏香为先人献上祭品。她意识到,原来在冥界是这样一回事。鬼魂埋头享用热气腾腾的美食。她告诉自己,下次她就不点香了,直接把食物丢进火里就行。

"抱歉。"她对他说。

"抱歉什么?"

"我应该听你的话,我不该跟格特鲁德走。"

他抬起头,看得她笑出了声。他的脸都给熏花了,油光满面,还往下滴,活像个不带围嘴吃烧烤的人。他肯定是为了逗她开心才扮出这副模样。她感到开心。这意味着，他们依然在意对方。

"嗐。"他耸了耸肩，"你当然会去了。理论听上去那么美好，你总要自己去了解。"

"你以前在城堡里。"

"确实，我参与了城堡的建造。我在格特鲁德身边工作了无数个年头，规划不断扩展的天际线。我曾经是庭院里的一棵树，差点就消失了。我曾经是一个在花园里踱步的灵魂，周而复始。"格拉杜斯退回火堆，又长长地吸了一口烟气，一副心满意足的样子。他叹了口气："我曾踮脚站在悬崖边，注视着波涛，壮着胆子要跳下去。"

"你为什么离开了？"爱丽丝问道。

"因为诱惑太大了。最后那几年，我……每天，你懂的，每一秒。我踮脚站在悬崖边太长时间了。最后我知道了，要是再在那里多待一会儿，我就真会跳下去了。"

"但你为什么没跳呢？"

"问题不就在这里吗？"

"抱歉，"爱丽丝微笑着说，"我猜也是。"

"我只是搞不明白，"格拉杜斯摊开双手，整个本体也随之散开，显露出悲哀与困惑，"我不知道要如何继续，我也不想死。无法跳出时间之外，归根结底只能二选一：要么一了百了，要么继续前行。现在来看，前者似乎更优雅，而且肯定是更理性的选择。与其无尽受苦，不如干脆了结。但若是那样的话，我们为什么没有排着队往下跳呢？不可能只是因为害怕，你懂吧。害怕是有期限的。再强烈的恐惧也会随着时间消磨。我从前看到惊涛就畏缩，现在连眼睛都不眨一下。我看着其他人跳，总有人跳。他们的解体不会吓到我，我不会移开目光。但我还是没跳，我做不到。我内心深处拒绝往下跳。那是为什么？所以，你现

第三十章

在明白问题是什么了吧。"他的语气变得严峻起来:"我在寻找原因。如果说我有害怕的东西,那我就是怕这个原因不存在,怕我被幻象迷惑,困于存在。"

"我不是你遇到的第一个旅者。"爱丽丝猜测道。

"远远不是。"

"你问他们同一个问题:为什么要继续?"

"对。"

"他们说的话有帮助吗?"

"从来没有,"格拉杜斯说,"他们要么认为不值得继续,而且和我面临着同样的困扰——顺便说一句,这种情况在旅者中很常见——要么认为值得,但又无法解释。对他们来说,那就像呼吸一样自然。他们当然要活着,活着难道没有意思吗?他们只是被好运所蒙蔽。他们甚至从未考虑过原因。"

爱丽丝现在能明白格拉杜斯的灰心了,完全能明白格拉杜斯为什么要把她扔进狄斯城,哪怕只是为了让她目睹那里的虚妄。她原谅格拉杜斯了。如果她在这片荒漠游荡,被两个坏选项困住,还要与某个宣称问题不重要的自得傻瓜同行,她也会灰心。

"我只是希望,"格拉杜斯说,"我能找到某条出路。"

爱丽丝搜肠刮肚地找话安慰他,结果找不到。所有关于地狱的文献都没有谈及这个根本问题,只有对无尽绝望的各种详细论述。人们对灵魂如何脱离地狱的兴趣都不大。她只能给出但丁的回答,那是整部《神曲·地狱篇》中获得拯救的唯一可能性。只有一个存在能够扒开地狱。"假如你被神恩拯救了呢。"

"别胡闹,爱丽丝。"

"我知道了,抱歉。我希望我能给你一个答案。"

"没关系,"格拉杜斯说,"没有人有过答案。"

爱丽丝看着他的灰色本体围着火焰起伏，思量着存在了这么久是一种什么感觉。你的实际身份不再绑定于一时一地，而是绑定于一个问题。

"那你现在要干什么？"格拉杜斯问。

"哦，"爱丽丝丝毫没有犹豫，她知道自己在找什么，"我要杀了克里普克夫妇。"

他们看着杜鹃鸟的头骨。它这段时间一直在持续低叫着。信号穿过死寂的空气，提醒它的创造者来收取猎物。爱丽丝没有设法摧毁它。她特地没有动它。

"他们过一阵子才会过来，"格拉杜斯说，"总要过一阵子。他们不喜欢大老远跑过来。但他们会来的。"

"你认为我有多长时间？"

"陷阱是什么时候发动的？"

"就是几个小时以前。"

"他们偏爱上层诸殿，那里更安全。而且他们走陆路，从来不走水路。所以要我说的话，最起码也得晚上。"

"好，"爱丽丝说，"我有时间准备了。"

"复仇？"格拉杜斯问道。

不，她心想。不止复仇。

自从下地狱以来，这是她第一次有了明确目标。她知道自己想做什么。她不能改变过去，不能复活被她害死的人，不能沉湎在负罪感中，不能让彼得回来。但她可以有意义地死——她或许能够做点事情，终结这个可怕的循环，哪怕她的下场是全身血液流干，暴尸沙漠，那或许也足够了。

"我要为地狱除害。"她放言道。

"妈呀，妈呀，"格拉杜斯说，"你可真是自信。"

"克里普克夫妇一直是猎手，"她说这话时感觉热血上涌，"他们从

第三十章

没当过猎物,他们不知道我是什么路数。"

这真是奇怪极了。她正要迈入九死一生的境地,而这是她长久以来第一次感觉人生有意义。这种紧迫,这种冲动——她全身心就像一支瞄准敌人的箭,有的放矢。这种感觉比愤怒、绝望、复仇都要好。她能感觉到心脏跳动,鲜血在血管中流动,从心脏流到紧握尖刀的指尖。血溅三尺得其所。

她之前在迷雾中游荡,已经浪费了多少时间?现在回过头看,她简直想要大叫。不,她不想沉入翻腾的河水,就此消散。她不会放弃活力,加入昏睡树林。她想要绚烂的冲撞,出手定要留痕。

"我有一个问题,格拉杜斯。"

"什么?"

"河怎么走?"

格拉杜斯沉默不语。

"如果你能告诉我忘川怎么走,那事情就要有意思多了,"爱丽丝说,"我迷路了。"

"你离河不远,"格拉杜斯在沙地上画了一个角,"直接从这里出发,你会看到山,一直在山左面走,直到你听见涛声。你还需要护具,比背包更结实的东西。"

爱丽丝低下头,眨着眼看乱糟糟的豹子尸体。

"看起来挺合适。"格拉杜斯说。

爱丽丝拖着脚走到豹子旁边,开始分解尸体。

原来骨头有那么多用处。爱丽丝把带尖的骨头都挑了出来——爪子、椎骨、尾骨末端——收在手帕里。她心想,这些骨头可以缠到指节上,突袭敌人的面颊或眼睛。豹子的股骨又长又硬,她拿着往石头上砸,就得到了多把自制匕首。她开心地拿在手里掂量。匕首比她的钢刀轻,也更趁手。

现在轮到盔甲了。她费了一些手段,但总算完整地卸下了豹子的胸腔,套到她自己的躯干上。这副骨甲轻得惊人。她用钢刀敲了几下,感觉足够结实。豹骨胸甲挡不住利刃直插心脏,但可以挡住侧劈。

"哎呀,"格拉杜斯说,"好吓人。"

爱丽丝很满意。

唯一用不上的部位是头骨。她徒手把眼睛和脑子挖了出来,用了将近一个小时,清理干净后却发现既撬不开,也没法当头盔用。她的头放不进去。可惜了,她心想,不然样子该有多威猛。

她做了一个小土堆,四周整齐地摆了一圈石子,然后把豹头放了上去。她甚至用了一点魔法,以保持土堆完整。只是一个小型静滞结界。虽然人可以一脚把它踢倒,但结界能保护土堆不受时间的细小侵蚀,如风吹鼠窜之类。

她心满意足地坐了下来。好了,她心想。她为这幅疯狂的地图做出了自己的贡献。多年过后,豹头可能会依然屹立,巨大的眼眶瞥视着所有过路者。就让它去困扰下一个经过的旅者吧,让后来的旅者想办法解释去吧。她对着小神龛鞠了一躬,因为她觉得她应该对豹子抱有一定的感激,她轻轻拍了拍它的前额。"你会记住我吧?哪怕他们像杀猪一样把我开膛破肚。"

"你不一定要跟他们打。"格拉杜斯说。

"那怎么办?"

格拉杜斯的口气近乎嘟囔:"你有先发优势。你可以躲在狄斯城里。"

"哦,格拉杜斯。"她笑着说,"你是劝我逃跑吗?"

格拉杜斯不肯直视她。他的半张脸隐入了迷雾,双腿周围的烟气向内卷起,颜色变暗,仿佛他要藏到自己的身体里。爱丽丝倒觉得挺可爱的。"你凶多吉少。"

"我知道。"

"克里普克夫妇是经验丰富的杀手。你是只小老鼠。他们会抽干你的血液，一脚把你的骨头踢进忘川，"格拉杜斯顿了一下，"我不想让你变成那样。"

爱丽丝知道格拉杜斯不是在担心她。格拉杜斯大概是把她当作宠物猫看待了——哎呀，别跑到街上，我们还有游戏要玩呢。话虽如此，这是这一段时间以来第一次有人表示担心她死去，她甚为感动。

"我希望我能给出一百年的回忆，约翰·格拉杜斯。"她指着雾气说。他朝后退去，可能是害羞，可能是惊愕，也可能兼而有之。"但那样也不能把沙漏里的沙子取出来。我们只是在推迟必然会发生的事。"

格拉杜斯话里带着怒气："但至少你还在这里。"

"我死了就死了，"爱丽丝说，"不然也就不称其为生命了，我认为。生命是一种必须加以维系的活动。你必须奋斗争取，不然就根本不是生命。不过是这样，不过是一种冲动。再说我们都已经认定，光在这里是不够的。你知道的。"

格拉杜斯沉默地徘徊了一会，接着说了句："吸点粉笔。"

"什么？"

"会有用的。相信我就好。"

"我不会吸粉笔的！"

剑桥流传着一个经久不衰的笑话，说吸粉笔能将其中蕴含的远古海洋生物的魔法势能注入人体。但同时，魔法粉笔是一种仅限科研用途的物质，有证据表明，摄入粉笔对人体组织有害。另外，滥用粉笔的人会被终生禁止使用魔法。因此，虽然大家会拿这则笑话在酒吧里说笑，但从没有人试过。

"我不是开玩笑，"格拉杜斯说，"吸粉笔。"

爱丽丝拿出一支粉笔，在笔记本封底上用力按压。粉笔断成了几截儿。坏了，她心想。她平常很喜欢巴克莱粉笔不易粉碎的特性。

"我们那时候都是用铅笔刀削。"格拉杜斯说。

爱丽丝试着用掌根去压,结果只是在手上留下了几个印子。"别笑话我了。"

"试试吧。"

爱丽丝的铅笔刀丢了,所以她用匕首代替。花了点时间,但她最后成功了。她交替使用刀刃和刀背,将粉笔切成了不会让她呛到的小块。等到粉笔末儿看上去够用了,她就在手上拢了一小撮,然后俯身去吸。

效果立竿见影。她感觉鼻腔里塞满了山葵。剧烈刺痛顺着鼻腔传入颅内,泪水涌出眼眶。她朝后打了个趔趄,双手按住太阳穴。就在此时,彩色斑点在她的头脑中爆开。记忆开始喧嚣,她甚至都不知道自己有这些记忆。她还无法定位这些记忆,它们全然陌生,只有强烈程度是熟悉的。女人大笑,小鹿受惊,巨人迈步,午夜扎进冰冷的湖水。世界上的所有公理都在她的上方盘旋、舞蹈。隐秘世界显现出来,明明白白,没有阴影,没有帷幕。她像原始人一样将双手举过头顶,姿势像头熊。那一刻,爱丽丝觉得自己有吞食天地之能。

"天哪。"冰焰传遍她的四肢。我烧起来了——她心想——我上了柴堆了,好美妙。"上天救我。"

格拉杜斯放声大笑:"我告诉过你了。"

她踏出一步,差点跌倒。每走一步,宇宙便绕着轴心侧转,地狱便荡起涟漪。她害怕呼吸,因为她不想引发灭世。

鸟头又咕咕叫了一声。爱丽丝把它抓起来,狠狠扔在地上,踩了个稀巴烂。

她感觉自己听见了警报——现在,她的耳朵能听见无形的信号了,嗡嗡嗡响。她感到沙丘外有一股严峻的敌意突然转向了她,这让她兴奋雀跃。挑战总算来了。

"来吧,"她对着沙漠尖叫,"来抓我啊,我就在这里。"

第三十章

第三十一章

爱丽丝不是战时魔法师，但她读过的所有战史著作都强调抢占制高点的重要性。于是，她首先来到河边，在悬崖上发现了一个观察点，无论克里普克夫妇从哪个方向来，她从这里都能看见。悬崖与忘川上方的几处崎岖石台相通，爱丽丝借此制订了方案：将克里普克夫妇引诱到崖顶，再设法骗他们跌下去。悬崖离地不高，但她不用让他们俩摔死，只要落水就行了。

接下来，她拎着一桶豹血巡游周边丘陵，在每寸沙土上洒血，绘制法阵。

这项工作有静心的功效，为她吸入粉笔尘后尖啸的大脑提供了一个聚焦点。目标明确、成功标准清晰的感觉总是很惬意的。她读本科时参加过几次魔法奥赛，选手要在半个小时内绘制法阵，完成一系列任务——将保龄球升到天花板，将球瓶从一条赛道的末端转移到旁边的赛道。她在高压状态下画法阵又准又快，斩获了六次奖项。现在，当年参赛的刺激感又回来了。暂且忘掉克里普克夫妇，忘掉死到临头的可能性，只要下赢手头这盘棋。这是棋盘，这是你的目标：给对手制造障碍，超过对手给你制造的障碍。

爱丽丝搬出了标准法阵。她把芝诺的三个运动悖论画在原野上，相互隔着一段距离：阿喀琉斯与乌龟赛跑，阿塔兰忒跑步[1]，飞矢不动。阿塔兰忒来到体育场，如果她想跑完全程（如果白骨兽想要穿过原野，来到悬崖），她就必须先跑完半程，然后是半程的半程，接着是半程的半程的半程。如果不停地将路程二分的话，阿塔兰忒必须完成无穷多的任务，所以大概一步都挪不了。另外，如果白骨兽想要移动的话（如果它们要像箭矢一样从 A 点到 B 点），那就必须面对一个事实——对白骨兽运动过程的任意时刻取定格画面，它们都是站着不动的样子。它们赶到爱丽丝面前的时间是由这些时刻组成的，那意味着它们总是站着不动的，也就是从未移动。如果它们不动的话，那就不能伤害爱丽丝。

只要懂得初级微积分，这些就都是蠢东西。但白骨兽不懂微积分。

爱丽丝在山坡写上了放大版的说谎者悖论。这在系里其实是一个笑话，本科生常常在楼梯上上下下，琢磨这个问题，就像摇摇马似的。

　　下一个命题是假的。
　　上一个命题是真的。

在山顶正对平台的位置，爱丽丝凭借记忆画了一个极其特殊的悖论。她不清楚那个悖论会不会生效，但严格来说，她也不需要它生效。她只需要给尼克和马格诺利娅看一个他们从没见过的东西，一个让他们感兴趣到停下脚步的东西。

"你看起来准备得很充分啊。"爱丽丝干活儿的时候，格拉杜斯一直跟在她后面，全程念叨着这种夸奖的话。

---

[1] 阿塔兰忒是希腊神话中一位善于疾走的女猎手。她曾在一次竞赛中宣称要嫁给比她跑得快的男人。一名王子将爱神阿佛洛狄忒赠予的金苹果扔在地上，阿塔兰忒俯身去捡，结果被超了过去。

第三十一章

"你可以帮我对抗他们。"爱丽丝说。

"怎么帮,吹气把他们都吹倒?"格拉杜斯全身朦胧起来,仿佛在强调他没有实体,"我只是死魂灵,你记住。"

"你肯定能派上很多用场,"爱丽丝说,"比方说,你可以骚扰他们,你可以猛扑、膨胀,还有大喊大叫。"

但她看得出来,她高估了她与格拉杜斯的关系。格拉杜斯只有在好玩的时候才跟她要好。虽然她觉得两人相处的时间很特别,但对格拉杜斯来说,那只是沧海一粟。再过一千年,别人提起她的名字时,他可能只会发笑。

"啊……这个。"格拉杜斯清了下嗓子。爱丽丝以为格拉杜斯可能会多说一些话。他一度看上去真的在考虑。但什么都不说的话,就会少了很多尴尬。只有当你打算以后再见到对方时,那才值得专门说一句"再见"。格拉杜斯只是原地消失了,灰色实体变淡,只留下影子。一缕微风吹过,他就不见了踪影。爱丽丝或许感到自己被抛弃了,但她思考片刻后得出的结论是——她实在没有不满的理由。

她哼着歌继续工作了。

她检查了一遍法阵,确保圆圈都闭合了。她在图案上面撒了沙子,免得被人一眼发现,同时又不影响法阵的作用范围。她退后一步,扫视平滑的地面,心满意足地点点头。一局好棋布下了。不管由谁来,用豹子尸体和泡了水的粉笔最多也就做到这个程度了。

接着,她退到山上,观察白骨兽进军。

无休止的等待。

爱丽丝浑身都是无处发泄的嗜血欲望和粉笔灰。她早就不害怕了。她觉得自己在一列加速行驶的火车上,朝着一场车祸狂奔。每过一分钟,她都觉得讨厌,因为结局的到来又晚了一分钟。有好几次,她以为,或者说希望自己听到了咔嗒声,但那只是过分生动的记忆。她像小狗甩水似的一摇头,咔嗒声就消失了。

终于,她看到了一道白线奔来。没有克里普克夫妇的踪影。只是一群拼起来的骨头,有狗,有猫,还有一小批浣熊骑兵。

这支队伍的规模远大于在贪婪殿外袭击她和彼得的那一伙儿。她心想,克里普克夫妇是不是知道她非同寻常,是不是专门集结了精锐对付她。它们靠得越来越近,速度惊人。她屏住呼吸数秒,心里想着:一座红山上,白马三十匹,马儿嚼啊嚼,马儿跺着脚,现在不动了。[1] 白骨兽来到了山脚下。

她紧紧握住刀柄。

爱丽丝一度准备与白骨大军搏斗。她一度忘记她的咒语是有效的,而且她是一名优秀魔法师,直到她看见法阵的效果。她是对的。白骨兽不懂微积分,分不清芝诺和上帝。三分之一的白骨兽慢了下来,再慢,再慢,无限慢下去,呈递减数列,小细腿无意义地踢打着。只有少数幸运儿绕过了成堆的失能伙伴。等到了爬坡的时候,幸运儿更是屈指可数了。

胆子最大的一只白骨兽凑上来嗅她,一副警惕的样子。它的身体不住颤抖,瘦长似惠比特犬。

"别闻了,"爱丽丝严声道,"走开,坐下。"

白骨兽狂吠一声,扑了上来。

爱丽丝挥刀劈向它的侧面,它倒了下去。不等白骨兽起身,爱丽丝不断用刀猛砸。它的肋骨断了,四条腿瘫在一侧。

爱丽丝起身:"还有谁?"

群兽一齐扑了上来。

---

[1] 这是托尔金小说《霍比特人》中的一段谜语,谜底是牙齿。

但它们都太慢了！爱丽丝不敢相信会这么轻松。吸粉笔影响了她的视力，改变了她的时空感知。在视野变宽的同时，清晰度也提升了。它们身体的每一处细节，催动关节的白垩，克里普克夫妇精心写下的每一笔咒文，她全都能看见。她也知道打哪里能让白骨兽浑身散架。她知道对方什么时候扑上来，要往哪里扑，会扑到哪里。她可以料敌先机。

唰，唰——她右手挥刀，左手持壶，像洒圣水的神父一样。忘川水溶解了白骨兽的关节，剩下的工作交给钢刀。她四处舞动，白骨在她脚边堆积起来。

天哪，有什么事是她做不成的？这就是她灌了五杯咖啡后的那种狂妄感。那时她会一下子信心满怀，只要她用心，没有她掌握不了的领域。而短暂的亢奋过后总是可怕的崩溃。只是她现在没有崩溃。爱丽丝血气上涌，伴随着每个动作，世界变得越来越慢，直到她产生了一种可怕的感觉：她的心灵会不会破体而出？但理智守住了阵地，她也没有身心分离。她悬浮于飞升的边缘。整个世界静止不动，她看见了世界缝隙的脉动。她闪回到在实验室度过的夜晚，她每每会在眨眼时看到隐秘的世界。如今，隐秘世界全部展开在她面前，它不再抽象，而是具体得可怕。碎骨断脊，如是而已。

要是埃尔斯佩思能看见她就好了！她回想起埃尔斯佩思在河边将长矛舞得虎虎生风，想象现在她自己的动作也同样优雅。真有趣！她不仅仅在抵御猛兽撕咬，更是使出了武术。她把刀挥出了最漂亮、最优美的弧线。庄子遇到过一名技艺精湛的厨子。厨子游刃有余，刀锋利如新。就是这样——爱丽丝心想——我看见那些余地了。干净利落，一击就将脊椎切断。有一只可怜的白骨兽被刀柄震飞，不等落地，爱丽丝便将它凌空斩首。伐木工人肯定就是这样的感觉，一斧下去，一劈两半。手上有功夫的感觉真好。把敌人杀个干净，手下是白土碎裂的声音。

解决了攻上来的白骨兽，爱丽丝下山去处理动弹不得的敌人。她觉得缜密些比较好。克里普克夫妇可能会把它们救出来,那就麻烦了。但克里普克夫妇还藏在暗处。她的目标冻结在空间中,脊椎轻轻松松就被斩断了。

爱丽丝从它们的骨头中读出了恐惧。对,它们真的在颤抖。虽然它们的腿动不了,但可以打战,可以低头,可以畏缩,与害怕挨鞭子的动物别无二致。见此情景,爱丽丝本来可能会住手,但这时她看见兽头上浮现出彼得苍白的面庞,还有半空中来回割肉的刀子。她挥刀斩下。刀刃与脊椎相遇的碎裂声太悦耳了,愉悦淹没了一切。她之前从未感受过混沌无序的快感。破坏的感觉实在是太好了。她想要永远这样下去。事实上,当她意识到目标殆尽时,她是失望的。没有东西让她打了。

爱丽丝胸口起伏,眺望空荡荡的沙丘。一个破碎的脑袋在啃她的脚踝。她恶狠狠地踢了一脚,它颠簸着滚下了山,停在了尸骸中。

她消灭了大军。原野寂静无声。

"来啊。"她喘着气说,鼻腔里的粉笔尘热得发烫。她想象着将克里普克夫妇生吞的疯狂场面——把他们的脑袋从脖子上拧下来,从头到脚都给嚼着吃了。"出来啊!"

过了几秒钟,他们现身了——三人在山上大步跃进,眼睛墨黑,身披骨甲。熊爸爸、熊妈妈和熊宝宝度完假回家了。金发姑娘在我们家很不乖。金发姑娘肯定像猪一样被卡住了。他们手腕上挂着血袋——湿漉漉的,满得快要爆掉,随着脚步摇摇晃晃——胳膊上鲜红的血液泛着光。是彼得的血。

克里普克夫妇停下脚步,打量眼前这一片狼藉。

他们交谈了一会儿。爱丽丝希望能听见他们说的话,因为他们大概会赞赏她几句——"熟练的魔法师""没错,非常熟练""大概是牛剑出来的吧""我们一定要小心"。

接着，克里普克夫妇席卷而来。

爱丽丝早应该知道的。她愚蠢的咒语挡不住他们。然而，他们解除法阵的速度还是让她错愕。尼克·克里普克好像连她写的字都没有读，看一眼露出来的白垩就够了。袋中血液肆意喷出，他对沙地施展反咒，看都不看就化解了她的证明。他迈步向前，一步不停，甚至连"白马非马"都没有迷惑住他。爱丽丝确定尼克没学过中文。泰奥弗拉斯托斯和马格诺利娅跟在他后面，爱丽丝的防线接连消融。

泰奥弗拉斯托斯在两步版说谎者悖论前短暂停留——他念出了声，双脚来回摆动——但这时马格诺利娅把他推到一边，踢飞了血红的沙子。

他们抬起头，看见了站在山顶的爱丽丝。

爱丽丝也看清了克里普克夫妇。他们体形纤长、瘦削，带刺的盔甲闪闪发光。三人的上半边脸隐藏在骨盔之下。透过死者的眼眶，爱丽丝看到了闪烁着邪恶的智慧的眼睛。他们都是同样的睥睨眼神，薄薄的嘴唇内翻，露出边缘发黑的尖牙。马格诺利娅唇色艳丽，是百货商店专柜口红的那种亮红。爱丽丝想象不到地狱里什么地方能找到这么鲜艳的颜料，除了鲜血以外。

他们不能用"原始"来形容。他们没有退化，就像在深山老林里迷路了几个月的一家人那样。他们没有在绝望中丧失人体机能。他们也和埃尔斯佩思不一样。埃尔斯佩思的装备是捡破烂凑出来的，是可怜兮兮的土货。克里普克夫妇的盔甲则毫无瑕疵，用途奥妙难解。他们现在成外星人了，爱丽丝心想。他们举止不像人类，思维不像人类。他们经过演化，适应了所处地域，成了冥界绝无仅有的顶级掠食者。

爱丽丝全身的每一寸都想要逃跑。她必须用渺小的理性喝止本能——跑了，格拉杜斯会笑话你，跑了也不过是拖延，该来的总会来，跑了，你就背对凶兽了。

克里普克一家停在了山脚下。

他们观察了她许久,三人脑袋齐齐向左,角度一模一样。尼克和马格诺利娅谈了几句。接着,马格诺利娅先往上爬,泰奥弗拉斯托斯跟在母亲后面。

爱丽丝不由得想起了很多专著的致谢部分:最后,我要感谢我亲爱的妻子,她持家做饭,养育儿女,录入我的手稿,还贡献了我的大部分创新点;亲爱的,你让我们的生活成为可能,你的爱给予了我灵感。

"你们是什么人,"爱丽丝厉声道,"研究助手吗?"

泰奥弗拉斯托斯突然跑开,大叫着上了山。

似乎连马格诺利娅也吓着了,因为她伸手想去抓他。他躲开了,以非人的速度,手脚并用地爬上了沙地,像狼一样咆哮。

爱丽丝眼前出现了一段眼花缭乱的蒙太奇,集合了她遇到过的所有熊孩子形象。在杂货店里挥舞拳头的婴儿,放假来她家玩、满脸通红地叫唤的表亲;还有海伦·默里那一窝就会哭的孩子。爱丽丝为了赚零花钱,给海伦·默里家当过一回保姆。弟弟拉裤裆了,装得没事人一样,姐姐们哈哈大笑,绕着他唱歌跳舞,歌词是弟弟臭臭。小妹以为自己是狮子,不停咬爱丽丝的脚踝。爱丽丝记得小孩能够兴高采烈地搞破坏,他们不计后果地打砸。在海伦·默里家里,她产生过罪恶的暴力冲动,想要扇一个小孩巴掌。她最深刻的记忆就是小孩是可怕的……但他们还是孩子——所以非常小,非常小。

泰奥弗拉斯托斯向爱丽丝全速冲了过来,而她只需要双手接住他,把踢踢打打的小男孩举到空中。

他体重很轻,很容易就能被抛下平台,但爱丽丝不想伤害他。这不是他的错。她决定把他丢进芝诺陷阱。时间到了,该上床了,大人们有话要说。爱丽丝拽着泰奥弗拉斯托斯去法阵,一路上跟他扭打。

马格诺利娅出现在了山顶。

第三十一章

"你,"爱丽丝喘着气说,"教子无方。"

她在想马格诺利娅为什么不出手,随即想到可以用泰奥弗拉斯托斯做人质。男孩站在两人之间——或许马格诺利娅害怕爱丽丝会伤害她的孩子。正当爱丽丝思考如何最大化利用这个软肋时,马格诺利娅抓住自己的左肩,把胳膊齐根卸了下来。

爱丽丝目瞪口呆。

马格诺利娅手持臂骨,朝爱丽丝的脸抽了过来。冰冷的骨头狠狠砸中爱丽丝的面颊和下颌,牙齿都松动了。马格诺利娅再度攻来,这次力道之强,打得爱丽丝四肢伸开着倒下。泰奥弗拉斯托斯挣脱了,一边尖叫,一边拍手。

马格诺利娅步步紧逼,挥舞着枯死的手臂,仿佛它是中世纪的球镣。

爱丽丝匆忙爬起来,只觉义愤填膺。太荒谬了。彼得死在沙漠里,可不是为了让她被某人卸下来的胳膊抡得团团转。

马格诺利娅又挥了过来。爱丽丝这次体察到了来势,抓住对方的手腕,用力一拉。粉笔尘还在血管中流动,她仍然能感到那股无穷的力量。马格诺利娅看样子大吃一惊,因为她几乎未作抵抗。手臂从马格诺利娅手里滑了出去。

对啊,爱丽丝想起来了。这是她的优势。克里普克夫妇不习惯对方还手。

马格诺利娅抽出了刀。

不要,不要,爱丽丝心想。爱丽丝扔掉手臂,朝马格诺利娅扑了过去。

爱丽丝没打过架。她一直是乖孩子。最接近打架的经历是小学的一场篮球赛,一个女生偷了她投出去的球,她气得踢了那个女生的小腿一脚,结果被罚下场。父母接上她以后,在车里就骂开了。她一边哭一边解释，说她也不知道自己为什么那样做，她再也不会不乖了。教训从那时起就刻在了她的脑子里：他人身体不容侵犯，非经允许，不得触碰。不得伤害或破坏他人身体。你保持距离，他们也保持距离。看，每个人都活在自己的小气泡里。因此，当她和马格诺利娅撞在一起，摔倒了还在扭打时，她大为震撼。粉笔屑对感官的强化现在帮不上忙了。她能感觉到的只有砰、唰，只有尖刺与利刃。她的眼睛被头发遮住，什么都看不见。她狂挥着刀，但不知道有没有打中。她觉得自己打中了，但可能只是打在了皮革或盔甲上。她隐约感觉自己要输了。这时，她仰头躺在地上，呼吸急促。马格诺利娅用膝盖压制住了爱丽丝，刀劈了下来。爱丽丝扬手去打马格诺利娅的手腕，竭力把刀推开，但马格诺利娅力气太大了。刀尖与爱丽丝的脸近在咫尺，形势危急。

爱丽丝的目光滑向了马格诺利娅腰上的血包，红红的，冒着泡。她脑中登时想起了两条原则：

我们在芝诺陷阱内。

她要用血才能出去。

爱丽丝蓦地撒开了马格诺利娅的胳膊。没料到爱丽丝突然松手的马格诺利娅一头栽向前去，刀插进了爱丽丝脑袋旁的土里。趁此机会，爱丽丝扭起身来，奋力一搏，挥刀砍向马格诺利娅的腰带。血袋破了，爱丽丝被溅了一脸血——彼得的血，有铁锈味和咸味，而且不知怎的，余温尚存。涌起的记忆几乎将她淹没——合上的埃舍尔陷阱，彼得的笑容，金石相击——她只能集中注意力，回想那些最基本的算法。血液遍及她的眼部和鼻子。她一边哽咽，用鼻子吸气，一边口吐古希腊语。

马格诺利娅从爱丽丝头上挥刀向下。刀挥到半路，她的动作速度减半，减半，再减半。爱丽丝能看见她双臂发力，一寸一寸，一毫米一毫

第三十一章　　433

米地运动,但那是无谓的,因为马格诺利娅越用力,动作就越慢,自由度渐次减少为1除以循环。最后,马格诺利娅完全冻结在了跪姿中。她身后的泰奥弗拉斯托斯坐在地上,鼓掌鼓到一半,也一动不动了。

爱丽丝赶忙爬了起来。

马格诺利娅只剩下眼球能活动。她翻着眼,死死盯住爱丽丝,充血的双眼喷吐怒火。爱丽丝读出了她的挫败,她的轻敌。芝诺悖论,小娃娃的悖论,但推翻它需要血,而血全洒进了沙子里。

"哈。"爱丽丝道。

马格诺利娅害怕得睁大了眼睛。一开始,爱丽丝不明白她在怕什么,直到马格诺利娅的目光落在了爱丽丝的刀上。爱丽丝意识到,从马格诺利娅的视角看,自己理性的做法是把母子俩都杀了。

爱丽丝现在还没想那么远。

她一直设想把活交给忘川干,她只是驻足旁观,一身清白。

但现在要做什么?

割开他们的喉咙——她血液里的粉笔尘在呐喊,但她的胳膊不肯挪动,刀也没有被拿起来。她只能伫立着,犹豫不决,直到尼克·克里普克跑上了山。

尼克在山顶驻足,目光在爱丽丝和他的妻儿之间游移。他显然是在盘算:是攻击爱丽丝,还是解救母子俩?

爱丽丝不能让尼克选择后者——以一敌三,毫无胜算。

她决定赌一把。她转身背对马格诺利娅和泰奥弗拉斯托斯,往山上狂奔。她的杰作就等在那里,一切就绪,只欠对手。她赌对了。尼克跟了上来,她指望的就是尼克的好奇心。

过了这么多年,只有一件事依然能够吸引他,比鲜血的诱惑力还大——理论突破,他从未见过的作品。克里普克夫妇技艺精湛,但他们只掌握头脑中既有的法术。几十年来,他们没有接触文献,无法了解其他地方和时代的奇异思路。现在，终于有一样东西是尼克·克里普克没有拆解重装几十年的了。正因如此，尼克·克里普克才犯了驻足阅读的致命错误。

爱丽丝在他身后吟诵起来。

她用心念诵咒文，将"雅各布·格兰姆斯"替换为"尼科马库斯·克里普克"。她要抢在尼克明白她的意图之前念完。她越念越快，已经听不出来是人声了，而是错乱的尖声号叫。女巫的号叫，厄里克托的号叫。马上她就要念完了。只差两句的时候，尼克忽然转身，脸上写满惊恐。

尼克两只手向外猛挥，爱丽丝举臂格挡，但被尼克破开了。尼克紧紧掐住她的脖子，爱丽丝要窒息了，但没有发出声音。只要她不出声，咒言就没有被破坏，她就不需要从头来过。只剩下两句了，一口气就能念完，只要她保持冷静，轻声念出。然而尼克的拇指死死抵住她的气管。她无法呼吸。她扭动身体，但找不到着力点。尼克掐得太牢了，压得她疼痛无比。她心想：天哪，我就差那么一点……

传来一声尖叫，闪过一道灰影。

阿基米德从天而降，落在尼克的头顶。他松开了手。爱丽丝喘着气滚到旁边。尼克的双臂狂挥乱舞。阿基米德嚎叫着，抓住尼克的脑袋，猫爪摆弄着骨盔，寻找着力点。毛茸茸的大尾巴死死蒙住了尼克的视线。尼克掐住阿基米德的上腹，把它扔到一边。就在此时，爱丽丝闭合了圆圈。

我们现在来看看——她心绪迷乱——看看我是不是真正的魔法师。

地狱消失了。

没有完全消失。咒语没有将他们传送走，只是建立了一条通道。他们同时身处阴阳两界。地狱的沙漠依然隐约可见，但上面叠加了第九实验室的熟悉场景——栗红色的墙壁、黑板、满是粉尘的地板，顽固的霉菌。地上有一对齐整的法阵，法阵内摆着爱丽丝精心准备的假人。血淋淋的尸块缝合成了一只弗兰肯斯坦怪物，肌肉、骨骼、韧带刚好够拼出一张脸，满足了还原声音的一切必要生理条件。

过了这么多天，法阵竟然还没有被清理掉，爱丽丝也觉得惊讶。她曾经担心法阵没有定好位，担心她念完咒语，让他们俩被困在两界之间某个无法逃脱的地方。但她非常谨慎。她选择了这间从没有人用过的地下室，紧紧锁上门，假借他人的名字预约了房间。那是一个常驻伦敦，很少到校的博士后。她还施加了延缓分解的咒语，这样就算尸体放臭了，至少也不会烂掉。身体组织会保持一定的完好度，足以承接尼科马库斯·克里普克的灵魂。

尸体的眼皮在颤动。

"你好，"爱丽丝说，"欢迎来到剑桥。"

当然没有声音传出来。她在地狱里或许说得很大声，但爱丽丝在这里没有附着点。她只能以灵魂出窍的状态目睹尼克·克里普克的复活。

一只眼睛费力地睁开了，接着是另一只。躯干在抽动。

在尼科马库斯·克里普克灵魂的驱动下，身体部件在地板上扭来扭去。眼珠外凸，肌腱紧绷。他似乎处于极大的痛苦中。

厄里克托的笔记中有过告诫。灵魂从冥界被拉出来，强行塞进一具已死或濒死的他人身体中，所有地方都不对——每一块肌肉，每一根骨头，每一条韧带——不是太大，就是太小，而且太异样了。尼克痛苦至极，身体里的每一条神经都在呐喊，都在燃烧。

古希腊语的声调太难读了，但爱丽丝觉得，女巫写下这段话时肯定有某种邪恶的满足感。爱丽丝读这几页时也嗤嗤发笑。我会给你一具身体，教授，我会把你带回来，看看你会有多欢喜吧。

但目睹咒语生效真是太可怕了，看着一张嘴的残骸扭曲着张开，发出她听过的最难听的声音。

魔法是一个错误，爱丽丝心想。这是违背自然的结合，这条界线永远不应当跨过。她嘴里好像有胆汁，负罪感在翻涌——她都做了什么？她必须让他脱离惨境——但尼克这时叫得更大声了，实验室的墙壁似乎都在震动、塌陷。整个房间出现了故障，就像醒来前夕正在瓦解的梦境，但房间没有消失。两个世界相互融合。地毯变成灰沙，沙漠变成墙壁，一切都纠缠在一起，没有希望，没有方向。

但爱丽丝习惯了。她早就看过多重世界的叠加了。忽隐忽现的图像不会让她失去方向感，她知道如何行走其间。因此，正当尼科马库斯·克里普克被可怕的生命吓得喘不上气时，爱丽丝坚定地把他拖向了悬崖边。他们离得很近了，只差几英尺了。只需要往下一推，而后的事就交给河水了。

实验室的灯闪烁了几下，灭掉了。这不是爱丽丝干的。尼克·克里普克有着极强的意志力。爱丽丝看见尼克在凝聚心神，努力解放自己的灵魂。爱丽丝什么都做不了，她的咒语只是建立了通道，但她在通道两边无力困住他。

在地狱里，尼克·克里普克的身体剧烈抖动，双手重新掐住了爱丽丝的脖子。

"放了我。"尼克厉声道。

不，爱丽丝想要这样说。但尼克的拇指按住了她的气管，她一动也不能动。黑色从她的视野边缘向内推挤。她的四肢瘫软无力。

这时，神恩拯救了她。

不管怎么说，看起来是这样的。没有实在的活体，只是一股冲动，一声低语。只是存在的回响。但只是碰了那一下，他们就翻下悬崖，落入虚空，砸到了礁石上。

第三十一章

第三十二章

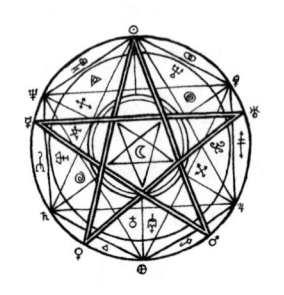

视线模糊，喘粗气，水花，然后是撞击。

虽然跌落距离不远，但水浅礁坚。爱丽丝一度疼得什么都看不见。她的四肢迸发出了白色的电场，又慢慢减弱为有节奏的红色的能量搏动。她先抬起头，然后是胳膊。腿动不了。她头晕目眩，只能半坐着，免得浸在水里。同时，她开始查看身体还剩下哪些零件。眨眼望天，她的正上方悬着一个隐约可见的暗淡光圈。它没有明确的形状，而只是空中的一道波浪。斜眼看过去，光圈就消失了，天空变回橙色。哦，她心想，是月亮。所以她去那里了。

尼克·克里普克在几英尺外，正在努力直起身子。水没过了他的脚踝。

他翘着脑袋，眼神往下瞥自己的脚，好像无法理解自己站在何处。他先是眨眨眼，接着微微抬头，茫然地凝视前方。他看上去像一个老头儿，本来要下楼接水喝，结果忘了自己在做什么。

他看向爱丽丝。

"不好意思。"他喘着气说。爱丽丝很震惊，带着护喉的嗓子竟然传出了与人类一般无二的声音。"我好像……我好像丢了……"他接着说道。

　　这时,他眼中重新闪起了智慧的光芒。尼克·克里普克明白了自己身在哪里。他大叫一声,从水中拔出一只脚,又拔出另一只。他交替单脚起跳,无谓地对抗着基本的物理法则。唉,他不会浮空术。爱丽丝饶有趣味地看着。尼克绝望地跃往岸边,他的记忆同时在迅疾地流失,一道洪流在不断成形,以骇人的速度从爱丽丝身旁流过。电影在以八倍速播放,然后是十六倍速,三十二倍速。速度太快了,爱丽丝只能分辨出最浮光掠影的印象:黑夜里的校园,黑板上的白色粉笔……记忆流愈大,尼克愈小。冰棍掉进了开水里,爱丽丝心想,等他到了岸边,还能剩下多少呢?他就快到了,再有几步就上岸了。但记忆似乎自有一股引力。水流太强了,流失的记忆紧抓着残存的记忆。水流涨了起来。尼克·克里普克向前跌倒,试图触碰河岸。爱丽丝在他脸上看到了无比的惊愕。他与爱丽丝四目相对,右手抽动着——救命?乞求?她本能地起身去救。但她的四肢严重负伤,她一要站起来,疼痛就在身上爆开。她只能回头凝望着尼克,一言不发。有什么话可说呢?在那一刻,她想起了刘易斯·卡罗尔的故事——《巴尔布斯的论文》[1],故事有趣极了。一个物体浸入水中,排水量与其质量相等。既然有水排开,水面必然会上升,但如果水面上升,物体就浸得更深,于是水面必然进一步升高。如此下去,一个人站在海边,就算一开始海水只淹到脚趾,他也必然很快会溺死,不是吗?

　　在这个情形下,是的。一道黑浪滚滚而来,潮退时,尼克·克里普克不见了踪影。

　　爱丽丝坐着,凝望空无一物的波涛。

　　原来是这样的。她不敢相信,河水竟然能如此平静。波涛不再翻

---

[1] 出自 19 世纪英国数学家刘易斯·卡罗尔的谜题故事集《费解故事》。全书由十篇组成,这一段出自第九篇。巴尔布斯是书中的一位教授,和学生们一起出题和解题。

滚,现在水面呈现出如镜的假象。只要几秒钟,一生的痛苦就此洗净,被世界遗忘。没有惩罚,没有拯救,只有消失。仿佛世上从来没有过尼克·克里普克。你个浑蛋,爱丽丝心想,你个走运的浑蛋。

她听见沙地上有啪嗒啪嗒的脚步声,接着是尖锐的刀剑声。

爱丽丝仰头往上看。马格诺利娅站在她上方,拔出的刀在身侧。泰奥弗拉斯托斯跟在她后面。他们挣脱了,但爱丽丝不知道他们是怎么做到的。母子二人注视着波涛,她的丈夫和他的父亲的最后一丝痕迹都被卷入了黑色河水。马格诺利娅仰天长啸,喉咙里发出一声骇人的无言呻吟。泰奥弗拉斯托斯也叫了起来。他的尖鸣和她沙哑的呻吟纠缠在一起,那一刻,仿佛整个世界都在号叫。

"抱歉。"爱丽丝虚弱地说了声。她真心感到抱歉,虽然这全都是她干的。

泰奥弗拉斯托斯走上前来。

他很小。他死的时候肯定快十岁了,所以他在同龄人里也算是矮的。他的身高还不到母亲的腰。爱丽丝在想,是否有人叫过他"泰奥",他看起来太像泰奥了。小豆丁男孩配大舌头名字。借自他人的骨头下隐藏着软塌塌、皮包骨的四肢。但是,他有足够的力气举刀砍下。

爱丽丝闭上眼睛,等待着那一击。这也没那么糟,她告诉自己。一点点疼,脖子上受到压力,然后就结束了,她的灵魂就自由了,可以飞去彼得所在的地方。就算他在乌有乡,乌有乡也不错。

那一击没有到来。爱丽丝抬眼看,马格诺利娅的手按住了泰奥弗拉斯托斯的肩膀。母子二人一动不动地看着爱丽丝。爱丽丝尝试解读这两张不似人类的地狱生物的面孔,但读不出任何情绪。

马格诺利娅俯下身,扣住泰奥弗拉斯托斯的胳肢窝。这是爱丽丝见过马格诺利娅做出的最有人性的举动。这是母亲的拥抱,麻利而熟练。她把泰奥弗拉斯托斯抱起来,让他倚在自己的腰上,接着步履艰难地沿着河岸，向水中走去。

"不要，"爱丽丝试着用手肘撑起身体，结果后背传来一阵剧痛，她无法起身，"停下，不要……"

马格诺利娅无视了她。她的嘴唇对着泰奥弗拉斯托斯的耳朵翕动着。泰奥弗拉斯托斯脑袋摇得像拨浪鼓。马格诺利娅继续往河里走，一心一意，步伐坚定。泰奥弗拉斯托斯靠在她的脖子上。

"等等。"爱丽丝又说了一遍，但随即意识到，她再没有什么好说的了。

她现在能给马格诺利娅什么？回归人性？那不在她的能力范围内。

爱丽丝已经开启了进程，只能任由他们将其完结。

母子二人一步一步缓缓走入深水区，直到波浪淹没了二人的头顶。接着，他们的记忆开始剥落。一开始是小玩意儿，在黑暗的映衬下显得分外明亮：一辆玩具车、一盒彩色粉笔、一个绘满紫色和白色花朵的儿童画板。接着，记忆滚滚泄出，那是马格诺利娅最本质的东西，多年以来，其余的记忆渐渐消磨，但这些记忆一直在她心中。泰奥弗拉斯托斯的灿烂笑脸，他戴着细框眼镜——他当然戴眼镜了。舞台台阶、灿烂灯光、光亮的木质讲台。灯光太亮了，所有人的脸都模糊不清。手心出汗。这时爆发出掌声，雷鸣般的声音震动着地板，震动着你的骨骼，震得你灵魂出窍。所有目光都聚焦在你身上，眼睛瞪得像餐盘，目光如饥似渴。马格诺利娅解体了，爱丽丝出神地注视着她的一生。爱丽丝从前一直觉得，那就是她想要的生活。

她曾经那么崇拜马格诺利娅。

她读大一的时候，有次溜进了克里普克夫妇的一场讲座。那次讲座仅限研究生和教师参加，但她趁着检票员不注意溜进了门。落座以后就没有人怀疑她了。

然后讲座开场，爱丽丝听得如痴如醉。研究本身就很精彩。假如

第三十二章

爱丽丝只是读了马格诺利娅的论文,那也足以让她爱上作者。马格诺利娅的文风优美至极。日后,学界主流认为她的文采证明其方法欠缺严谨性。然而在那时,爱丽丝惊叹于马格诺利娅竟能将最枯燥的逻辑字符串讲得那样动听。

但是,马格诺利娅做的远远不只是数学证明那么简单。爱丽丝从未见过一位女性学者在公开场合有那样的风采。啊,马格诺利娅·克里普克,黑发似鸦羽,滑润肤质青春驻。她声音洪亮而优美。她,还有她的所有女性特征——胸部、臀部、曲线——都有一股镇定自若的气质。她不羞于显露姿色。许多女性用臃肿的服装和拙劣的仪态来掩盖自己的美,但马格诺利娅不是这样。她让自己成为关注的焦点。她知道每个人都注视着她,无论原因是否正当。她攫取注意力。她靠的是微动作——抚平裙子,头发披散在肩上。无人能够移开视线。

爱丽丝全神贯注地坐在台下,深受震撼。这是不可思议的一类人,马格诺利娅是活生生的例证。

她听说过其他学术伉俪,一般是通过离婚在即之类的八卦消息了解到的。耶鲁大学有一对教授夫妇——妻子是古典学家,丈夫是逻辑学家——两人一直过得不愉快。他们一吵架,学生就受夹板气。问题在于,妻子本来在斯坦福有一个预长聘制教职,后来通过丈夫的关系来到耶鲁,意味着她的职位依附于丈夫。丈夫是正教授,而妻子永远只能做讲师。丈夫编过三本书,而妻子只发表过几篇论文。还有流言蜚语说,她多次请求丈夫在事业上帮自己,但丈夫以不能搞裙带关系为由拒绝了。据说那个丈夫还跟自己的助教上床。那个助教目如刺李,秀发富有光泽,毕业于拉德克利夫学院,整日头戴花巾,足蹬过膝长靴,招摇过市。大家都以为她——他妻子——应该跟他离婚。但她离不开这段婚姻。离婚的话,她第二天就会被校方开除。为什么要浪费钱给她开工资呢?是个人都能教悲剧导论。

耶鲁这个案例并非特例，听过一件就知道其他的了。在康奈尔发生的婚变，索邦女助教的上位。丈夫是学术明星，妻子给本科生上课，那些学生并不知道讲师职称意味着"新进教师或教工配偶"，她后来还回家带娃了。

但这是一个有名望、有丈夫、有孩子的女学者。尼克对待马格诺利娅的方式不同凡响。他那天下午基本没发言。他向大家介绍了妻子——他说，这部分研究完全是他妻子的成果——然后就下台了。爱丽丝从头到尾一直在瞟尼克，心想他什么时候会不再怜爱，不再关注妻子，开始对她感到厌倦。但他完全痴迷于妻子。每当她讲笑话时，尼克都会哈哈大笑；每当她解决了一个特别微妙的理论难题时，尼克都会赞许地点头。他的目光没有一次离开妻子的脸庞。这就是真爱吧，爱丽丝心想，不知道是否有人也会这样对我。

马格诺利娅下台时似乎并没有走出角色，没有从学术明星转换为贤妻良母。她和在讲台上一样活力四射、光彩夺目，丈夫和儿子像卫星一样环绕着她。马格诺利娅永远保持本色。她不可思议地做到了兼得。

爱丽丝想告诉她：你是我们中最优秀的人，有你在，万事似乎皆有可能。但是，马格诺利娅现在已经沉入波涛，水没到了她的脖子。她往后仰头，双眼闭合，嘴巴微张，表情也宛如极乐。爱丽丝只能在沙滩上看着母子俩消失在水面下。

"总算解决了。"约翰·格拉杜斯说。

爱丽丝转过头。格拉杜斯幸灾乐祸地飘浮在沙丘上。要是能站起来的话，爱丽丝简直要抱住他的肩膀亲他。

"你来了，"爱丽丝说，"为什么？"

"行善，"格拉杜斯得意扬扬地说，"还有那不是神，爱丽丝·罗，是我。"

爱丽丝向他伸出手，但他像马格诺利娅一样越过了爱丽丝，大步走

第三十二章　443

向波涛。

"格拉杜斯……?"

他直接走入水中。爱丽丝难过地叫了一声，但他并没有解体。他只是轻点忘川水面。他脚下的河水平静地支撑着他，仿佛他是一座大理石雕。这时，爱丽丝看到了格拉杜斯看到的东西：地平线上出现了一艘由远及近的船，船身修长而俊美，船体由一整根秋季采伐的鲜亮木材制成，船帆富有丝绸光泽，状似行云流水。所以那是真的。死魂灵心怀希望是对的。

格拉杜斯涉水迎船。他敞开斗篷，伸展双臂，仿佛要完完整整地展示自己。

"约翰·格拉杜斯，"爱丽丝叫道，"你是谁？"

听到这个问题，他没有像之前那样紧张。问题像水一样从他身上流走了。他耸了耸肩。"现在谁也不是了，"他转身招手，"再见，爱丽丝·罗！愿我们再也不见！"

"再见，"爱丽丝大声喊道，"祝你好运……"

船现在离得很近了。爱丽丝看见一个身影立在船头。那人一袭白衣，在晦暗地平线的衬托下显得格外耀眼，爱丽丝睁眼看会吃疼，只能眯起双眼。那个身影帮格拉杜斯上船，还递给他一个碗。爱丽丝只能辨认出最模糊的轮廓。格拉杜斯仰头豪饮而尽，肩膀不住起伏。接着，大块记忆开始从他身上剥落。他的灰色灵体像鱼一样开膛破肚，脏腑屎尿尽入汪洋。爱丽丝在其中看到了闪烁的画面。她设想的最坏情况得到了验证——抽搐的身体，飞溅的鲜血，一棵细长榆树的影子。但她没有看得太细。她觉得那都不再重要了。

这时的格拉杜斯再也不是格拉杜斯了，只是一道闪光。虽然他仍没有实体，但形式与死魂灵全然不同。死魂灵是印记，是过往的延续，但这个不是格拉杜斯的魂灵，而是尚未定义的未来，前景光明。不是格拉杜斯的魂灵转身离去,坐到船尾,面朝应许的彼岸。

"等等……"爱丽丝伸出手,希望船也能把她带上。愚蠢的希望。

但船上的身影似乎露出笑容,接着收回了手。这不是残忍,只是遵守规则,爱丽丝理应清楚的规则。

船翩然而去。船尾的波浪涌向爱丽丝,荡漾而坚决。她四肢瘫软,无力抗拒。但波浪没有把她拉下水,而是坚决地将她推上了岸。河水仿佛长着手臂,把她丢了出去。"你不行,"它在说,"现在还不行。"它温柔地拱着她,直到爱丽丝侧蜷着身子躺在沙滩上,刚好在河水冲不到的地方。

她头晕目眩地躺在原地,喘着气看波浪奔涌而来,刚好近到能跟她问好。

终于,她感到了胳膊疼。

她将胳膊抬到面前,惊奇地发现黑水渗入了文身边缘。有很多个夜晚,她对着自己的皮肤又掐又挠,来回折腾格兰姆斯教授的字迹。她曾经以为这些清晰的白色线条不可磨灭,除非直接削肉。但是,现在碰过忘川水的字迹都有边缘模糊和起泡的现象。微小的化学反应灼烧着她全身的皮肤。疼确实是疼,但还比不上用火柴烧沾水的指尖。再说了,相比于巨大的欣慰,疼痛显得轻了。她感觉脑子里的张力消失了,心头巨石搬走了。她与之共存了那么久,只有在压力解除时才会有所留意。

爱丽丝测试了自己的记忆。她去找线形文字 B。她从来没用过这种文字,只是不舍得扔掉而已。她高兴地发现检索结果为空。她又去找《逻辑哲学论》第 52 页,看不到。

她后知后觉地意识到,她可能有麻烦了。

忘川水是不会干的。她全身上下都湿透了。衣服湿了,靴子也泡了水。她努力甩干胳膊,但看上去毫无意义。现在,刺痛感蔓延到了每一寸暴露的皮肤上。当她在沙子上蹭的时候,一些色块消失了。

第三十二章

愉悦变成了惊恐。

她翻阅着自己的记忆，寻找她不能失去的东西，然后紧紧抓住。我是爱丽丝·罗，我是一名魔法师，我来这里的原因是彼得·默多克……

求求你了，不要让我忘掉彼得。

她努力将彼得的面容保留在她的头脑里。她不知道自己还忘了什么，也不知道能否阻止遗忘，但她依然努力将彼得的形象牢牢刻在大脑上。蓬松的头发，那双棕色的大眼睛，那松弛宜人的笑容。她记得他的塌肩和鬈发，他转粉笔的样子，他没有东西把玩就捏自己手腕的样子。记得他的大笑声，他像电流一样噼啪作响的点子。她将这些记忆全放进一个小匣子里，锁好后摆在头脑的最前头，仿佛凭借强大的意志力就能把它留住。把彼得给我，让我成为一座缅怀彼得的纪念碑，就算我成了这片沙漠上的一具空壳、一台只播放一段记忆的坏掉的录音机，那也没关系。

但是，她的头脑正在破碎，她无法阻止想法滑落。上锁的匣子从她手中掉落，滚下了沙丘。记忆绽放了最后的焰火，就像抽出来的电影胶片被付之一炬。最先消失的是庞大的细节库，日常的、重复性的活动。靴子踩进水坑，溅起泥点。天色渐暗，起雾，下雨。拧钥匙，锁开了，日复一日。茶杯里的勺子搅动，碰到杯壁，转啊转啊转……

然后是抽象内容，像烟花一样爆开、消散。大片知识生动地浮现在她眼前。雅各布森、拉康、德勒兹、伽塔利。他们说了什么？谁知道呢。她失去了各门语言。字典的图像，还有她存储下来却从未用过的庞大词汇表。Mar sin leat, do svidaniya, auf Wiedersehen[1]，再见。

柏拉图在《美诺篇》里主张一种失忆理论——灵魂是不朽的，知

---

[1] 前三个短语分别是盖尔语、俄语和德语中的"再见"。

识是内在的，只是被你遗忘了，而学习就是重新发现知识的过程。知识一直都在那里，理性的功能是将其固定下来。当一名奴隶男孩学习几何时，他并没有发现什么，只是在回想他曾经知道的事情。那么，柏拉图会如何看待爱丽丝呢？她现在只是忘掉了妨碍理性的含混真相吗？还是把所有内在知识也忘掉了呢？

当我是一个空的容器时，我会是什么？爱丽丝心想。什么都不是会是什么感觉？

无，空，零——多么有趣的概念啊。很多学派成立的根基就是承认零。她的头脑回到了大学一年级时流行的那个三段论谜语。它已经被讲述了无数次，前提与结论甚至成了摇篮曲的题材。

没有东西比永福好。

烤奶酪三明治总比没有东西好。

因此，烤奶酪三明治比永福好。

难道推理下来不就是这样吗？

那不也挺好嘛，爱丽丝心想。世界的尽头有一个烤奶酪三明治。她感觉眼皮很沉重。站直身子太累了——其实是惊恐发作太累了——她让自己整个瘫倒下来，脑袋栽进了沙子。她有一点点激动，想到自己的死亡终究不会完全湮灭，她就一阵窃喜。它发生在我身上了，她心想，我本来还害怕不可能发生在我身上呢。我要步克里普克一家的后尘了，我很快就要失去自我了。好兴奋啊。我从来不知道不存在是什么样。现在看我的压轴魔术：我消失了！

"嗨。"

一个硬东西在戳她的肩膀。爱丽丝呻吟了一声，漫不经心地摆手驱赶——让我静静消散吧。

"起来。你没那么惨。"

爱丽丝呻吟得更坚定了。

第三十二章　447

"嘘。"有两只手推了她的身子一把,她翻过去趴下。她睁开一只眼睛,看见一个鸟的头骨,头骨后面是一张瘦削而灿烂的脸。她旁边有一只得意地摇着尾巴的猫。

"天哪,"埃尔斯佩思说,"看你成什么样了。"

第三十三章

等爱丽丝反应过来时,她们正坐在"纽拉特"号船头,河岸成了后方一条淡淡的线。阿基米德安然坐在埃尔斯佩思的腿上。它的前腿被包扎得整整齐齐,用绷带打的结干净利落。埃尔斯佩思用食指背捋着阿基米德的脊背,它弓起身子,喵的一声钻进了埃尔斯佩思的怀里。

爱丽丝直起身子:"埃尔斯佩思?"

"在。"

"那只猫多少岁了?"

埃尔斯佩思昂着头,眨着眼,仿佛她现在才考虑到这个问题。她弹了下阿基米德的鼻头,阿基米德打了个喷嚏。"你还给他用以前那只水碗吗?"

"什么水碗?"爱丽丝冥思苦想,"花园里那只?"

"我的天哪。"埃尔斯佩思哈哈大笑,"我们把它做成永续瓶了,这样就不用一直接水了。它还在吗?"

阿基米德用脸去蹭埃尔斯佩思的手肘,意思是让她接着捋自己的脊背。它又在埃尔斯佩思腿上摊开身体,长度几乎增加了一倍,然后就保持着这个姿势,看上去颇为自得。

"你看看你。"埃尔斯佩思朝爱丽丝靠了过来,"你已经学会他们的打扮了。"

爱丽丝目光下移,尴尬地摩挲着猫的胸腔:"我觉得有盔甲比较好。"

"你怎么弄的?"埃尔斯佩思打量着爱丽丝苍白的面庞——她的面颊和胳膊上全是干掉的血迹——然后摇了摇头,"没关系,我能想象得到。"

"它救了我的命,"爱丽丝嘟囔道,她觉得有必要感谢这只猫,"它拦住了他们的刀。"

"那他们是没了吧?"埃尔斯佩思急切地问,"你看见他们消散了?"

"三个都没了,一个接一个。"爱丽丝想起了泰奥弗拉斯托斯,他静静地、听话地躺在马格诺利娅怀里,"结束了。"

"但水为什么没有影响到你?"

爱丽丝卷起袖子。她的胳膊一团糟,红肿、斑驳,化学反应还在进行中。白色线条模糊了,字迹边缘冒着泡,那里是遗忘与铭记的战场。就连格兰姆斯的魔法也经不住忘川水——线条正在黯淡,忘川水正在走向胜利。

埃尔斯佩思一边抚摸着爱丽丝的胳膊,一边默读法阵上的文字。"这是格兰姆斯对你做的?"

"嗯。"这一次,爱丽丝没有争辩。

"你让他做的?"

"他说会提升我的魔法水平。"

"提升了吗?"

"我确信他认为会。"爱丽丝说,因为似乎只有这样回答才是真诚的,"我确信他希望会提升。"

爱丽丝说着,抱住了自己,埃尔斯佩思只是点头,没有愤怒的表情。她抓住爱丽丝的胳膊,冰凉的手指抚过湿漉漉的皮肤。两人都不说话,看着爱丽丝胳膊上的色彩旋涡,看着白垩与黑水相融相斗,直到白线微微闪过一道光,然后最终消散。

"所以说你……"埃尔斯佩思指着爱丽丝的太阳穴,"你脑袋还好吧?你知道你在哪儿吗?"

"我觉得还好,知道。"

爱丽丝探寻着记忆。她不至于不清楚自己在哪里,又是怎么来到这里的。但除此之外,她的确说不准了。有些部分还记着,有些部分她知道她忘了,还有更多的部分是她根本不知道自己忘了。她一度觉得前途可畏——记忆不是一座保管妥善的图书馆,而是一间生了蛀虫的地下室,灯光暗淡,忽明忽暗——但她随即想到,大家一直都是这么过的,她一辈子的大部分时间也是这么过的。你在黑暗中摸索,你只有故事,没有录像,你只能凑合用手头的零星碎片,尽力想象其余的部分。

"知道得不全,"爱丽丝说,"但够用了。"

那天晚上,埃尔斯佩思给她做了饭。她看上去非常兴奋,围着小小的灶台忙活了将近一个小时,翻弄调料瓶,还发出感慨,比如"这个星期的老鼠肥,刚刚在炉子上刺刺冒油呢"。经过一个小时的努力,她端上来了一盘炖菜,里面放了盐、血块和某种重口味的柴肉,嚼得爱丽丝腮帮子疼。爱丽丝狼吞虎咽,将炖菜席卷一空,嘴里冒着热气,打起了满意的饱嗝。接着,她又啃起了骨头,牙龈都出血了。

"好吃吗?"埃尔斯佩思问。

"好极了。"爱丽丝喘着气说。

埃尔斯佩思满脸笑意地等着爱丽丝喝汤舔碗,接着凑了上去,与爱丽丝面对面,相隔只有几英寸:"我觉得我应该道歉。"

爱丽丝放下了碗:"对不起……"

"之前发生的事让我很难过,"埃尔斯佩思说,"我不应该把你们俩丢在岸上。"

"我们背叛了你。"汤汁顺着爱丽丝嘴边淌下来,她拿肩膀蹭嘴,"换作是我,我也会生气。"

"我只是不明白。"埃尔斯佩思说,"你为什么还想回去找他。"

"是啊。"

"他就是个禽兽。"埃尔斯佩思的手一顿一顿地上下挥舞,仿佛在向本科生讲什么基本原理,"你一定要知道,他吸食你的生命力。所以,当你说出格兰姆斯这个名字时……我也不知道,我就是上头了,然后脑筋就不清楚了……"

"请不要道歉,"爱丽丝说,"是我的错。你收留了我们,给我们地方住,而我们……"她欲言又止。"我无从开脱。我们知道我们想要什么,如何获得,其余的一切……我不知道,只是附带。我根本没有考虑你。我满脑子都是他会怎么做,我要如何让他为我感到骄傲。"

"好吧。"埃尔斯佩思轻蔑地说,"他是有这个本事。"

她们静静地坐了一会儿,再次注视着彼此。两个遍体鳞伤的女孩有太多共同之处了。但这一次没有打量,没有揣测,只有力竭后的承认。我知道你是怎么落到这一步的,我知道你付出了什么代价。

"太蠢了,"爱丽丝用手掌揉搓太阳穴,"我只是不明白,为什么……我的意思是,他什么都有了,你懂吧?我不知道他还需要什么,或者如果他伤害了……"

"别再为他开脱了。"

"我没有……"

"你就是。听着,爱丽丝,我经历过。我用了几年时间想为他开脱。你刚刚说过的一切,我都经历过,也全都思考过。所以,我告诉你,这没什么好说的,你一定要相信我。有的人就是那么残忍。没有计划。他们不是巨人。没有原因,他们就是喜欢那么做。我们其他人只能在他们手下努力生存。"

"我知道，"爱丽丝疲惫地说，"我只是想说……"

"我们并不特殊。我们没有……我们不是有资质的，不是被拣选的，什么都不是，你还不明白吗？"埃尔斯佩思又像讲课一样挥起了手，这次力度更大了，"他不在乎，完全是随机的。我们只是刚好出现。"

"但你看不到吗，"爱丽丝说，"我为什么选择了另外的看法？"

"哦，亲爱的，"埃尔斯佩思把手搭在了爱丽丝手上，"你根本不需要对他有任何看法。"

爱丽丝觉得有道理。争论点一下子就变得模糊了。格兰姆斯是否关心她，她是不是配得上——她突然间不知道这些命题对她到底有什么意义了。雅各布·格兰姆斯这个名字空悬在她的头脑中，是一个没有指涉的符号。叫他一声，没有记忆洪流涌来。整个话题似乎都失去了意义，仿佛她花了那么长时间研究其影响，结果线索全都断掉了，现在只剩一团废纸。不重要了，就这样。

"谢谢。"爱丽丝说。她突然间感到难以言喻，她的嘴唇好沉重，"我觉得……我觉得没错。"

"不好意思，你太累了。"埃尔斯佩思在座位底下翻找，抽出一张破旧的厚毯，它可能本来是某个老奶奶的靠垫，"来吧，你现在安全了。我就在这里。"

爱丽丝接过毯子，披在肩上。毯子不好闻，既有樟脑球味儿，又混杂着霉味儿，但依然是她多年来闻过的最安心的味道。她裹紧毯子，抓着边缘，凑到脸边。她回想起了客房和爷爷奶奶。她怎么闻都闻不够。

埃尔斯佩思看着她重新靠在舱板上，用非常轻的语气问她："话说，彼得哪去了？"

爱丽丝犹豫了，思考怎样解释最好。接着眼泪奔涌而出。

"哎呀，亲爱的。"埃尔斯佩思从兜里翻出一块沾染油污的手帕，递给她。爱丽丝接过来，用手帕捂住眼睛。她心里害怕，憋不住眼泪。

她不是故意要哭,她甚至没有伤心的打算。但那时好像一个开关打开了,装作不在乎的朦胧外皮碎掉了,她蓄积的全部悲痛都冲破了闸门。

"抱歉。"埃尔斯佩思说。

"没事。"

"出什么事了?"

爱丽丝想要回答,但正在她试着开口的那一刻,倦意排山倒海而来。她无法诉诸言辞。她感觉脆弱到了崩溃的边缘。要是再讲一遍陷阱里最后发生的事情,她可能会垮掉。她唯有摇头而已。

"我明白了。"埃尔斯佩思说。

她什么都做不了,只能放任泪水奔逸,止不住地发抖、震颤,直到洪水消退,涕泗流尽。终于,她把气喘匀了。

"他决定了是我,"她攥起拳头,"他甚至没有询问,他直接决定了,然后我出去了,他走了。"

"那是当然。"

"什么意思?"

"但你肯定知道的,"埃尔斯佩思看她的眼神里深怀悲悯,"他爱你。"

爱丽丝当时想到了两个矛盾的命题,她无法判断哪一个看上去更合理,于是就都说出来了:"不可能。"接着又说:"但我也不知道。"

"那你就是瞎了眼,"埃尔斯佩思说,"因为那全写在他脸上了。还有你脸上。"

爱丽丝认为埃尔斯佩思大概率是对的。想一想的话,她内心有一小部分有着同样的怀疑。只不过,她不知道如何处理这条信息。她希望能把这条信息从胸膛里挖出来,到别处将之烧掉,让其在火焰中飘零,或者将其锁进匣子里,只要不来打扰她就好。

"但我们遇见你时正在吵架,"爱丽丝说,"他恨我。"

"都一样。非要说的话，那还更容易看出来了。"

"但他从来没说过，"爱丽丝不停抽着鼻子，肩上的毯子裹得更紧了，"我希望他直接说出来。"

埃尔斯佩思苦笑着摇头。"魔法师啊，"她叹了口气，"傻子，我们全都是傻子。"

爱丽丝睡着了。她睡得很香、很沉，无梦，自然入睡，时间不经意间就溜走了。她醒来时，埃尔斯佩思正绷着脸，若有所思地盯着她看，指头不停地在腿上敲。埃尔斯佩思的嘴巴在抽动，仿佛不确定该笑还是愁。

爱丽丝坐起身问道："怎么了？"

"我正在决定要不要帮你。"

"哦，需要我说话就跟我讲。"

埃尔斯佩思没有回答。

爱丽丝双手搁在大腿上，看着水泛涟漪。她觉得自己像是个正在中场休息的淘气孩子。她觉得自己正在被评判，虽然她说不出要评判什么。

终于，埃尔斯佩思叹了口气："我没有完全对你说实话。"

"理所应当。"

"不是，你看。"她从船桨底下抽出了一个小包，手伸进包里，犹豫了一会儿，然后取出了一个东西，交到爱丽丝手上。"给你。"

爱丽丝一看就明白了。

两面真。爱丽丝剥开包着的布，里面是她从未见过的奇异植物：双面花，两面各有七片相同形状的花瓣，一面是朝阳的橙红色，一面是落月的蓝白色。生死一体，凉热同株。一株在死亡之地顽强生长的石榴树。两面真，不可能存在的存在。

"我刚刚找到它，就遇见了你们。"埃尔斯佩思说，"克里普克夫妇追的不是你，我应该告诉你的。他们对我穷追不舍，他们追的人是我。"

爱丽丝把手里的两面真翻了过来，惊异于从茎秆到花蕊的绚烂色彩，以及从枝头萌发的小小的娇嫩花苞。之前几周里满眼都是灰色和黑色，如今看到五彩缤纷，她颇感欣慰。过去打破单调的只有鲜红血色，但这里终于有了绿色。

"它先前在哪里？"

"在忘川岸边两块礁石的缝隙里。你能想象吗？没有大张旗鼓，没有仙女环。就是不可思议、不声不响地生长在那里。要不是我本来找地方系泊，我完全不会注意到它。"

爱丽丝在脑袋里听到了彼得的声音。世界不是一个完全的系统，总有例外。例外的存在没有解释，没有理由指望它之前存在过，或者将来会再次存在。世界就是不可知的。例外随时涌现，只要观察，就可以发现。

"拿稳了，"埃尔斯佩思说，"敢弄掉我可饶不了你。"

"我保证。"爱丽丝把它拿近细观。花瓣好薄，比纸还要薄，半透明的边缘有蕾丝状图案。"矛盾爆炸……"她慢慢体会到了意义。她们不仅能离开地狱，更可以改变一切。只要在证明里加入真矛盾，任何结论都可以成立。她们可以消灭全球饥饿，消灭灾荒与战争，随意重塑现实的边界。只要她们能将真矛盾带出这里，那就能做到任何事。"但那样你就成神了，埃尔斯佩思。你可以为所欲为，现实任你摆布……"

"你还是需要血，"埃尔斯佩思说，"你觉得我从哪里能弄到那么多血？"

"但还是……"

"而且文献里把局限性讲得很清楚了，"埃尔斯佩思说，"两面真在上界无效。它只是地狱里的奇迹。到了上面，它就是一株植物。"

埃尔斯佩思架起胳膊，向后靠去："我觉得真矛盾只有一种有意义的用法，那就是把它还给地狱之主。俄耳甫斯就是用它当筹码，交换欧律狄刻的。他的音乐深深打动了冥后珀耳塞福涅，后者于是把第一朵两面真赠给了他。哈得斯为了把花拿回来，不得不与俄耳甫斯做交易。两面真的威力太大，不能流入世间，你懂的。我们在下面用不上它，但冥王需要收回它。所以，你把它带到最后一座殿，带到世界边缘的岛屿上的王座前，无条件献上它。冥王会实现你的一个愿望，故事里是这么说的。你就请求让自己还阳。"埃尔斯佩思对着两面真点头。"所以你过去了说话要小心，你只有一次机会。"

爱丽丝过了半晌才反应过来，埃尔斯佩思刚刚是在指示她。

她不知道该说什么。她无法参照既有经验来理解埃尔斯佩思的做法，这份不可思议的慷慨。按照她在人间学到的处事规范，恩惠就像物质守恒一样，有赠一定要有还，现在发生的事情则完全相悖。"你就这么给我了？"

"哎呀，别大惊小怪。"

"但你还能找到另一朵吗？"

"傻瓜，这是两面真，不是随便一棵树上就长的。"

爱丽丝不知道如何处置这份礼物。她想不到得体的回应。在这一刻，她手里的两面真尤为沉重。一种非理性的恐惧支配着她。她害怕自己会把它扔进水里。

阿基米德激动地喵喵叫，埃尔斯佩思抚摸它的脖颈儿。"嘘，小家伙，"她喃喃道，"我知道自己在做什么。"

爱丽丝心中升起了一丝怀疑——埃尔斯佩思必有所图。人人都有所图。魔法师从来不会行善，不然也当不成魔法师。

但埃尔斯佩思的脸上看不到狡黠，只有慈悲，只有善意。

"但我不配。"爱丽丝配不上她获得的恩惠。彼得牺牲了，格拉杜斯牺牲了,现在又轮到埃尔斯佩思。我是你什么人,你愿意这么对我?她心想。她在脑子里排查各种可能的潜在内涵:恩主与恩客的关系,母亲与子女的关系,姐姐与弟弟妹妹的关系,导师与学生的关系,情侣关系。但这些都不符合,这些都与这种无法解释的奇异恩典相差甚远。

"埃尔斯佩思,为什么……"

"没有为什么,"埃尔斯佩思说,"你用不着明白,拿着就行了。"

爱丽丝把脸凑到两面真上,面颊拂过花瓣。它有着另一个世界的味道,像是春天的花园,清新雨下,鸟儿啼鸣。世界本就是这样的味道,我从前总能闻到,爱丽丝心想。

"不管怎么说,"埃尔斯佩思说,"我觉得其实也没那么难找。"

"不难吗?"

"我们对神明不甚了解,"埃尔斯佩思说,"但我们不应当假定,神灵受到与凡人相同的约束。理论上讲,阎罗王掌控着整个地狱。我认为他让真矛盾这种东西流落在外,不可能仅仅是出于疏忽。我不认为神灵真的会疏忽。"

"那你认为,阎罗王是故意把它放在这里的。"

"规矩太无聊了,"埃尔斯佩思说,"无穷也一样。你不能远远地待在一个封闭系统内,那就没有变数了。所以,我认为神灵有时也愿意玩游戏,就是玩。"

"彼得也有类似想法,"爱丽丝说,"他就是这么解读哥德尔的。总有例外,总有无法解释的东西,意味着在某个层面上,万事皆有可能。"

"秉持这种情怀是好的,"埃尔斯佩思说,"比另一种好。"

"所以你要去找另一朵。"

"呃,"埃尔斯佩思浅笑了一下,"也许吧。"

爱丽丝恍然大悟:"你不再寻找了。"

"总要走那一步,我已经耽搁太久了。"埃尔斯佩思眺望着远方,

"我不想再拖了,我厌倦'纽拉特'号了,你明白吗?我厌倦一直在海上漂泊了。我想有人渡我。"

"我见过他们,"爱丽丝说,"渡船,天使,他们来找格拉杜斯了,我看到……"

埃尔斯佩思急切地凑了上来:"哦,真的吗?"

"船很漂亮。"爱丽丝很高兴自己不用撒谎了,"就像所有故事里承诺的那样。他们带你上船,给你喝汤,然后带你向地平线驶去,前往彼岸。"

埃尔斯佩思用指节敲打着木椅:"那就盼望他们最后会来接我吧。"

"你比狄斯城里的人都领先,"爱丽丝说,"你没问题的。"

埃尔斯佩思点点头。爱丽丝看见她嘴唇紧闭——可能是害怕吧——但埃尔斯佩思很快就恢复了惯常的坚定姿态。"你能告诉我怎么快点离开这里吗?"

"你觉得我会知道?"

埃尔斯佩思笑了:"也是。那有什么建议吗?"

"别进城堡。"爱丽丝靠了回去,把两面真紧紧抱在胸前,"城堡纯属浪费时间。"

埃尔斯佩思把"纽拉特"号开进了未知的水域,一路没有颠簸,水面平滑如镜。要不是船底下有记忆湍流而过,爱丽丝还以为她们正静立在陆地上呢。地狱下层在地平线上泛着微光,狄斯城的火焰越来越暗淡,最后消失在了阴暗中。这时,光源只剩下了埃尔斯佩思的余烬灯了,能看见水中偶尔有记忆漂过。最后连记忆也平静了下去,漆黑如墨,只有她们两个灵魂坐在黑暗中,眼睛盯着彼此苍白的轮廓。

"我不知道接下来会发生什么。"埃尔斯佩思眼睛瞪得大大的,暗淡的银白面庞映衬出惊恐的神色,"我从来没有离岸这么远过。"

第三十三章

爱丽丝这时候才注意到，埃尔斯佩思已经不掌舵了。船篙搁在甲板上，船帆也收了起来。"纽拉特"号自顾自地漂流，或者由更高的意志所牵引。

"你怎么知道你去往何处？"

"你用不着知道，"埃尔斯佩思说，"每条航路都通向同一个地方。就像水从碗里溢出来，飞溅四周。有力量在推着你向外，前往世界的尽头。你只能顺从。"

"屁萨。"爱丽丝喃喃道。

"这又是什么？"

爱丽丝在空中画了一个圈，虽然她也不知道有多大帮助。"我们对地狱地图有不同意见，彼得跟我。我喜欢线性地图。他喜欢这种不靠谱的伪球体，它只适用于双曲空间。他觉得你可以背对忘川，穿过地狱中心，直达地狱的最高点。放到二维上看，形状类似于屁股坐在比萨上留下的形状。现在你告诉我，我们就在屁萨里。"

"你们说得都对，"埃尔斯佩思笑了，"好吧，彼得更对一些。我们确实身处双曲空间，亲爱的。外部以忘川为界，内部无穷大。紧贴着忘川的话，地狱看上去确实是线性的。但只要你开始过河，那就不归你控制了。"

"最后会发生什么？"

"我不知道。"埃尔斯佩思又说，"我从来没有离岸这么远过。"

船开得越来越快了。爱丽丝感到冷气拂过面颊，不是风大，是船快。她们现在就算想回头也不行了，引力太强了。她们是被逼着往前行驶，就像乘着一艘即将冲下瀑布的船。阿基米德坐在船头，肖然不动，瞳孔缩成了一条缝。

"到了。"埃尔斯佩思小声说。

爱丽丝坐直身体，从船头望去。

她的头脑无法理解眼前的景象。那是一座岛屿。但当她将目光落到平面上，顺着向外看，便发现它是有曲度的，这让她肚子里翻江倒海。她沿着弧度往上看，往上看，绕过去，最后发现视线绕回了"纽拉特"号。船静静地漂浮在一小块水域上。好像是在沿着埃舍尔阶梯行驶，永远出不去。

她只得移开视线。绕圈看得她头疼。

但这完全说得通。刘易斯·卡罗尔做过阐述——如果不视为连续面的话，那又如何构想生来死往？——但没有人相信他。把一条纸带旋转半圈，然后把两端粘上，非常好，你得到了一个环，一个你可以拿在手里的三维物体。但它只有一个面，内外是连续的。现在对一块手帕做同样的操作，把四角卷起来，对到一起，然后缝合，这就形成了一个内外连续的口袋。万物都在口袋外，意味着万物也在口袋内，所以口袋容纳了全世界。

它不可能被画出来，甚至无法被想象出来。但爱丽丝正在看着它。

"抛物面，"埃尔斯佩思喃喃道，"不可思议。"

黑色的沙子近在眼前。爱丽丝在岸边只能看到一束金光，从河岸延伸到未知的彼端。

爱丽丝捧着两面真，把它紧紧贴在胸口。那一刻就快到了，她突然害怕了。她像参加面试前一样心往下沉，一下子忘记了如何走路、如何呼吸、如何说话。她害怕穿过会议室的时候自己突然唱起歌，或者捶墙。为了来到这里，她付出了卓绝的努力。但现在到了终点，她意识到，她根本不知道等待着自己的是什么，也不知道要做什么。

"没事的，"埃尔斯佩思说，"冥王是和蔼的，他会知道你的欲求。"

"我要是糊涂了呢？"

"你不会糊涂的，保持理智就好，不要偏航，还有……啊。"

"纽拉特"号撞上了岸，座位上的两人震了一下。

第三十三章　461

埃尔斯佩思起身道："该走了。"

爱丽丝站起来，在埃尔斯佩思的搀扶下，战战兢兢地下了船。

"爱丽丝，"埃尔斯佩思紧紧握住她的手，"亲亲我，可以吗？"

"什么？"

"我太久没有……"埃尔斯佩思把脸转过来，在王座的金光下显得那么苍白，"感受……另一个人的触摸了，我甚至不记得……"

"哦，"爱丽丝说，"当然可以。"

埃尔斯佩思闭上眼。爱丽丝倾身向前，嘴唇贴上了埃尔斯佩思的皮肤。一开始，她也觉得陌生，她也记不得上一次亲吻别人是什么时候了。她以为埃尔斯佩思是冰冷的，但尽管埃尔斯佩思留不住温热，她还是感受到了满满的细腻与温柔。绸缎般的皮肤下是坚硬的骨骼。人体太特殊，太奇妙了。世上没有同样的质感。

埃尔斯佩思叹息了一声，两人似乎都恢复了元气。

"谢谢你。"埃尔斯佩思放开手，爱丽丝颤颤巍巍地初次踏上阎罗境。

"跟我走吧。"爱丽丝突然来了句。

埃尔斯佩思蹲了下去，站起来的时候已经手持船篙。

"我一个人不行，"爱丽丝说，"我们可以搞清楚的，跟我去吧……"

"我的时候还未到，"埃尔斯佩思将船篙插进沙滩，"纽拉特"号一寸寸地退去，"还有一些事情要搞清楚。"

"求你不要丢下我……"

"走吧，要勇敢，亲爱的。"

"纽拉特"号远离了河岸。阿基米德摇晃着尾巴，肃立船头，波浪载着他们回归潮水。爱丽丝想要目送他们离开，但岸上太亮了，水域太暗了。几秒钟过去，埃尔斯佩思的脸就遁入了阴影中。爱丽丝觉得自己看到了埃尔斯佩思在向她挥手告别，但也说不准。

第三十四章

爱丽丝跟随金色光束，沿着沙堤前行，两面真被装在背包里，沉甸甸的。身后的忘川轻轻拍打着河岸，有节奏的唰唰声令人安心。她脚下的沙子软极了，每一步都会略微下陷。她产生了一种奇异至极的感觉，她好像不是走在岛上，而是行于云端。

她给不出跟着光束走的理由，只不过它看上去很像一条路。金光大道如此灿烂，她想象不到这条路会通向不好的地方。当然了，光鲜亮丽的陷阱一直都有，但那种闪光都是有目的性的，它们穷尽一切地诱导你。而这道光束似乎根本无意吸引她的关注，只是自行其是，但如果她愿意的话，她可以跟着走下去。于是，她就跟着走了。光束把她引到了一处河岸，翻越沙堤后是一座坡度越来越大的陡峭山丘。等到了山顶，爱丽丝发现光束带她来到了王座前方。

开阔地上有一座高台，台上放着一把朴实无华的高背椅。王座旁长着三棵缠绕成拱门状的细树。王座之外，爱丽丝只能看到一个缓缓转动的轮子。王座上端坐着阎罗王——又名哈得斯、塔纳托斯、冥王、黄泉之主。

此刻，爱丽丝发现金光原来是一串灵魂，只是一个接一个的光点，光点在光晕下全都失去了个体特征，整齐划一地颤动着，活跃而空无。它们一个接一个地靠近拱门，一个接一个地接受冥王黑色手指的轻触，在进入转轮之前似乎因激动而颤抖。每有一个灵魂通过，转轮就会闪烁一下，由辐条将灵魂带到未知的彼方。

她上前时蹑手蹑脚，因为她自觉不应该干扰流程，就像参加命名或洗礼仪式时那样。现在，她走近到了能看清每一根辐条的地方。辐条各不相同，有的长，有的短，有的闪闪发光，有的暗淡生锈。随着轮子的转动，一阵微风拂过王座。清甜的风中似有春花园芷，闻起来令人神清气爽，爱丽丝不禁大口吸了起来。

"爱丽丝·罗，"冥王用低沉的声音说道，"目睹造就新生命的过程很激动吧，不是吗？"

爱丽丝努力直视冥王。他浑身发光，不是正午的骄阳，而是夜空的闪烁。他和织女一样，身披的衣物似乎与宇宙是相同的材质。只不过冥王的衣物无比深邃，是无云夜空的颜色，就像人平躺在山顶上，往前一翻就会消融在星座中的夜。爱丽丝心想，她可以落入那片夜色。她可以将冥王的本体像毯子一样裹在身上，永远睡去——要是他允许就好了。

"我……大人，"她的声音在自己听来很轻，"我……呃，我应当如何称呼您呢？"

"悉听尊便，"黑影说，"你想与谁对话？"

爱丽丝考虑着各种选择。黑影在她面前接连显露出多种形象，仿佛在展示选项：哈得斯，身材高大，蓄须，手持双叉戟和钥匙；大黑神女迦梨，生有四臂，容颜俊美；阿努比斯，寂静无言，身后立着天平。

"阎罗王，"爱丽丝做出了决定，"阎罗王。"[1]

还是就熟为好。虽然阎罗王眼珠外凸，口含怒意，但他的形象——

---

[1] 原文中，前一处"阎罗王"是 King Yama，后一处是汉语拼音 Yanluo Wang。

从庙宇里，在香火后面，在商店的日历上威严地望着她——让她有安全感。她知道阎罗王，她的父母知道阎罗王，她所有的祖先都知道阎罗王，敬畏阎罗王，向阎罗王祈祷。她知道阎罗王有黑色长髯，永远是威严的样子，双目喷火，一身袍服。她从小到大都知道阎罗王。

阎罗王至公至正。阎罗王不怀私怨，不恶生灵。她从小就知道，阎罗王的威严只是表象。阎罗王其实慈悲为怀，甚至曾因宽纵而被贬[1]。他一心履行法官的职责，而且遵守规则，她觉得这对自己有益无害。

九泉之主变得模糊，黑影继而显出实体。现在，大判官显现在她的面前。阎罗王的皮肤为深蓝色，双目炯炯如血月，头戴镶金峨冠，眉毛粗黑，不怒自威。一位可怕的神明，没错，但她认识这位神明。

"选得好。"他跟她说的是汉语，这也让她放松了下来。她觉得自己不是在试探未知，而是走入了儿时读过的神话故事。许多英雄人物与阎罗王做过交易，她也可以。"你有何事相求，爱丽丝·罗？"

她努力回想埃尔斯佩思编的台词："我要求见大王。"

"你已经见到了。还有呢？"

阎罗王眨着眼睛。爱丽丝这时想起，根据一些佛教典籍，阎罗王本身并非永居地狱，他也要转世。阎罗王亦有轮回，与众生无二。他并非从开天辟地以来就是冥界之主。事实上，他希望转世为人，寻求真正的觉悟。如果阎罗王曾生为人，也有可能再世为人的话，那他或许会同情自己的处境。他或许懂得一错再错、别无选择、只能恳求神灵开恩的感受。

"我有一件属于您的东西。"爱丽丝的手颤颤巍巍地伸进包里，取出两面真。在转轮的影子下，它光芒更盛，也更沉重了。叶子似乎每分钟都在不知不觉地生长，现在已经有她的手掌大了。

---

[1] 传说阎罗王本为地狱第一殿的大王，后来因同情枉死之人，送其还阳，遂被贬为第五殿的大王。

第三十四章

"你是在何处寻得的?"

"不是我找到的,"爱丽丝说,"它是一份礼物,埃尔斯佩思·贝斯送给我的。是她找到的……好吧,我其实也不知道。她说是在两块礁石之间,靠近岸边的地方。"

"埃尔斯佩思现在身在何处?"阎罗王问道。

"她正在穿行诸殿吧,我认为……"爱丽丝清了清喉咙,"也就是说,走正规途径,带着成绩单。"

"我心甚慰,我还担心她永远不走了,"阎罗王摆袖伸臂,"我现在就收回了。"

爱丽丝将两面真贴在胸口。她不是有意的——这是占有的本能——她马上感到自己犯了大不敬之罪。她是何人,胆敢违抗神明?但阎罗王至少表面上没有生气。他只是坐在王座上等待,面容威严,一如既往。

"我……话说,我不是……"爱丽丝紧张地喘了口气,"我希望我们能……达成一笔交易。我实有所求。"

阎罗王点点头,仿佛已经料到了:"你所求何事?"

"我想要……"爱丽丝顿住了。

她以为她知道答案。当初坐在"纽拉特"号上,腿下面放着两面真的时候,她曾经无比笃定。她仔细推敲过陈诉的措辞、条件和逻辑。但现在到了王座前,到了最终的终点,她的大脑却一片空白。

阎罗王轻声问道:"你来地狱,是何目的?"

这个问题比较容易。爱丽丝像小孩数月份一样回答了出来:"我们来是找雅各布·格兰姆斯教授的。"

"只是为了找他?"阎罗王举起双手,"那用不着交易。"

黑影从他指尖飞出,旋转着飞越沙漠,转速越来越快,最后形成了一个有固定形状的圆圈。它有点像法阵,但威力大得多。法阵是用人类的语言精心写就的，而这个圆圈字迹潦草，用的是爱丽丝从未见过的符号。阎罗王打了个响指。大地震动，不是法阵的黑色圆圈里出现了一个蜷缩的模糊身影。黑影不动了，他站了起来。

"来了，"阎罗王说，"你找到他了。"

格兰姆斯教授不属于那种用心维护外貌的死魂灵。他全身唯一能看清细节的地方就是头部。鹰隼般的五官突出了一些，比真人更饱满，也更精致。脖子以下就是飘飘荡荡的无形黑影，和那种万圣节时挂着的鬼魂气球一样。

他转了一会儿圈，吸纳周围的一切。格兰姆斯教授的死魂灵不会走路，而是像蝙蝠一样滑翔、飞扑。他注视着转轮、光束和王座。他仰起头，注意到了阎罗王的存在，扑哧一声笑了出来。

"所以你就是这个王国的建筑师？是你造就了我蒙受的苦难？"格兰姆斯教授将身体拉长到与阎罗王面对面，他脚不沾地。他的死亡形态根本没有脚，只是一团盘旋的灰雾。"只是一介神明。我丝毫不意外。试问如何弑神？"

"我警告你，雅各布·格兰姆斯。"阎罗王换用英语说话，声音一直平静、低沉，须发丝毫不乱。然而，爱丽丝感觉到空气中充斥着警示，雷霆蓄势待发。"你是我领地的一名客人。"

"但你能做什么？"格兰姆斯教授从嘴里说出了最恶毒的侮辱，也像是单纯的询问，"你和我们一样，都受到地狱律法的约束。你是守护者、协调者，仅此而已。"他抬头指天："不，真正的大人物在顶上，不是吗？来啊，告诉我你从未尝试打入他的王国。"他转向轮子："命运之轮，是吧？我要是自己选一根辐条呢？"

"你没有通过考验，"阎罗王低沉地说，"你无权通过。你能来这里，只是因为这个女孩许愿，而我实现了她的愿望。"

"当然了。"格兰姆斯教授转向爱丽丝。他咧嘴笑着，爱丽丝见状

第三十四章

不禁心脏狂跳。"亲爱的爱丽丝，我确实想过你要多久才会来。但你现在来了，完好无损——还有两面真！"他伸手去碰它。爱丽丝往后缩，但他飞得更近了。真是阴魂不散。他把脸埋进花瓣中，深吸一口气，然后感叹道："比我想象中还要绚丽。"他抬头注视爱丽丝的眼睛。"爱丽丝·罗，你真棒。"

好一句夸赞。爱丽丝永远忘不了被格兰姆斯教授夸奖时的美好感受，仿佛整个太阳都照在她一个人身上。格兰姆斯教授再一次提醒她，她是重要的。她就像一道繁复、曲折、写满了两页纸的证明题，连页边都歪歪扭扭地挤满了字，但最后的证明奇迹般地成立了。爱丽丝的心脏在胸腔里猛跳，在她厘清思路发言之前，一股热血就涌上了头。

"我没有……但你……你说多久是什么意思？"

"我一直在观察，"格兰姆斯教授说，"聪明的姑娘。一直在跟着面包屑走。但你以为那是谁放的？"

爱丽丝感觉自己成了一个坏掉的玩具，只会重复说话："面包屑？"

"叹息桥那里能做很多事，"格兰姆斯教授说，"梦境、心像一类东西。我觉得我挺擅长托梦的。告诉我，你有没有梦到过拉马努金求和法？梦到前往冰冷阴暗的地下？那是我干的，但也需要你发挥主观能动性，这是值得赞许的。你拼好了拼图。"

"但你怎么……"

"我知道你会来，你的处境太危险了。你对学位念念不忘，我对此从未有过怀疑。"

爱丽丝不明白："但那……你为什么不直接等着我们呢？"

"我为什么要那么做？"

"但你可以待在花田里，我们几分钟就能把你救出去……"

"哎呀，爱丽丝。"格兰姆斯教授摇着头说，"你总是那么心急，这是你的毛病。我们已经聊过了，你总是想要完结，你只想要最终结果——成果、论文、奖学金、教职。不要再朝终点冲刺了,开始停留在过程中吧。只要你停下脚步,环顾四周,很多东西自然而然会向你显现。细嗅玫瑰!"

"但我们一定要回上面去……"

"不,我们不一定。"格兰姆斯教授说。

"那你是什么意思?"爱丽丝这时感觉自己好蠢。她跟导师开会时总是感觉自己好蠢,头脑跟不上导师奔腾的思路。她总是需要澄清,总是落后三步。格兰姆斯教授早已洞察一切,而她太笨了,看不到,只能请他开示。"我的意思是……我们还能去哪里?"

"问题就错了,罗。更好的问题是:这株植物的极限在哪里?哦,在地狱里会很难——粉笔稀缺,书写材料也不可靠。但我们会成功的,我们会尽可能记住。这里是完美的学术环境,没有干扰,没有生理需求……"

"你是没有生理需求,"爱丽丝说,"我过不了多久就要饿死了。"

"那就饿死好了,之后再祈求复活。"格兰姆斯教授不耐烦地说,"我们有两面真,爱丽丝,我们什么都能做到。"

"但……那太疯狂了。"爱丽丝望着格兰姆斯教授,呆呆地眨着眼。啊,为什么这么难?为什么她永远跟不上?"我们为什么要留下?"

"学者不畏死亡。你不学苏格拉底吗?"格兰姆斯教授大笑道,"学者活着,只是为了学习死亡,你不明白吗?我从来不明白苏格拉底说得有多对,直到我死的那一刻,当我灵肉分离,当我从俗欲凡世被强行抛离之时。肉体是大敌,妨碍灵魂追求真理。正如庄子所说'以生为附赘县疣,以死为决疣溃痈',我们为肉体所役!肉体带来的只有分心——幻想、欲望、病痛、恐惧。人生而有涯,死才是终极解脱。我直到现在才明白。"格兰姆斯教授双手捧起爱丽丝的脸。虽然她感觉不到任何实体,但寒意还是让她无法呼吸。"来吧,罗,这并非难事。"

第三十四章

爱丽丝之前经历过。

忘川没有洗掉这段记忆。什么都不能洗掉这段记忆。它刻在爱丽丝的头骨上，构成了她存在本身的一部分，而她注定要重温它，一遍遍重温。无论她跑到哪里，她总会被带回到那一刻。那一晚的细节历历在目，全都叠加在阎罗王座上。他们站在相同的位置上——他靠得太近了，双手靠在她的脸颊上。她呆立原地，仰头瞪眼。她头脑中一直住着一个唱反调的讨厌鬼，它轻声说：现在，这是真正的勾引了。那一次在办公室里本应如此。他不应该献上自己的肉体，那具发臭的实体，而应该献上通往隐秘世界的锁钥，永恒的实验室。

格兰姆斯教授似乎意识到了此刻恰似彼时，因为他嘴咧得更大了，也贴得更近了。他知道那晚对爱丽丝的意义，他只是一直在装作不在意。让我们重新来过，让我们好好做吧。这就是世界，爱丽丝·罗。这就是像我一样的机会，成为我的机会。你我二人，灵魂飞升，冲上云霄，与众神相会。爱丽丝试过了，但还是无法摆脱重叠之像。她陡然间不确定自己身在何处。但凡有一秒钟放松注意力，她就会回到格兰姆斯教授的办公室，仿佛时间不曾流逝，仿佛地狱中经历的一切只是一场梦。她是剑桥大学博士二年级的学生，她的前途岌岌可危，这一次，她只要屈服就好了。

"与我结合。"格兰姆斯教授说。他的外套将两人笼罩。爱丽丝一直渴望的合一实现了。他是代表两人出战的勇士，爱丽丝是他的影子。"与我在众神的国度结合，我们会翩然穿行于隐秘世界。我们会活，我们会死，我们会死而复活，直到这些概念对我们不再具有意义。我们会去从没有人去过的地方。我们会回归，向目瞪口呆的听众讲述我们见到的一切奇景。"

爱丽丝说不出话，只能摆出口型，同时希望自己能呼气、发声："但我不想死。"

"那你想要什么？"

"我只想回家。"

爱丽丝见过一心求知对克里普克夫妇的影响。她不会犯相同的错误。留在这里，日朘月削，最后只在意谜题与抽象概念。她一辈子都在破解谜题与抽象概念，至今丝毫没学过生活之道。她再也不想一头栽进他们的世界里了，她只想触碰实在的东西。

没错，这样做是对的。这真是对的吗？

她努力唤起埃尔斯佩思那样的决心。埃尔斯佩思在"纽拉特"号上是那样笃定。我想活着——她用埃尔斯佩思的语气思考着——我只想坐在康河边晃腿，吃一个热腾腾、黏糊糊的面包，我想要舔掉手指上的糖，想要被太阳晒得暖洋洋，那就是我想要的。

"集中注意力，罗！"格兰姆斯教授在爱丽丝面前打了一个响指。他在威尼斯常常这样做。他觉得爱丽丝累了或者分心了，就打响指、拍巴掌，或者轻抚她的后背。不知怎的，她之前从没觉得受到冒犯。"不要松懈。这确实可怕，我理解。但任何值得做的事情都可怕。你能犯的最大的错误，莫过于现在退缩。"

"但我不想待在下面。"发出声音太难了，她嘴里说出的每个字都显得幼稚、愚蠢，她每说一个字，都能看到他的失望加深了一分。"不想永远在这里。"

"我们不会的，宝贝。等我们把能找到的知识都找到了，等我们的心智得到了满足，那时我们就会回归正轨。"

"那你就会放我毕业？"

"毕业。"他大笑道，"你会获得丰厚回报，爱丽丝·罗。教职和奖项由我随意分配，你懂的。其他的都是桥下流水，忘掉它吧。"他伸出手。"我保证，再也不会有一扇门向你关上。"

格兰姆斯教授从前就做过这种承诺。他很喜欢承诺，不假思索，张口就来。"你当然会申到那个课题。""我们当然要合写那篇论文。"他从来不是说谎,爱丽丝相信他从来无意欺骗,他只是忙得忘了。

但这一次,爱丽丝觉得他说的可能是真话。他有时是当真的。他得偿所愿时会这样慷慨大度。

但爱丽丝提醒自己,她过去一周里经历了很多。她直面过时间的终点,她逃出了反叛者城堡,她消灭了克里普克夫妇,她徒手撕开了一只豹子,吃了豹心,还把豹头做成了狄斯城沙漠里的一座神龛。这种经历有脱胎换骨的力量,让她对所有事物看得更清楚了一点。

"彼得死了,你知道吧。"

"估计是。他下来了,然后又不在这里。"

"但你难道不在乎吗?"

"那是很惨,显而易见。"格兰姆斯教授挥了挥手,"但我们要向前看。机会已经来临了。"

他又说了些别的话,但爱丽丝没听进去。

她心里有一扇门咔的一声关上了。这种感觉奇怪极了。事实上,她头有一点晕。她之前从未练习过直接压倒格兰姆斯教授的能力。

她冷冷地上下打量格兰姆斯教授。

爱丽丝从来没有如此坦诚地俯视格兰姆斯教授。她一直有看太阳的感觉,她不能直视格兰姆斯教授的脸,否则眼睛就要烧坏。但是,她现在已经见过神灵了。凡人不能相提并论。如今到了冥界,爱丽丝把格兰姆斯教授看得更清楚了。一部分原因是,爱丽丝不再害怕看他了;还有一部分原因是,她只看到了他选择展示出来的样子。不过是一个虚张声势、四处寻找脱身之法的普通人。无情、麻木,还有满脑子的无理假设。

格兰姆斯教授对维持自身完整性真的太不用心了。只有疾言厉色,没有实体。与其说他凶狠地笼罩着爱丽丝,不如说他是不成形的几抹灰雾。就连爱丽丝在常世花野见到的新亡死魂灵都比他清晰。格兰姆斯教授不擅长过死后生活，他缺乏坚毅的心志，他离征服地狱还差得远。爱丽丝对此深感失望。这太不公平了，她心想。你以为别人是巨人，而你恰恰毁在了对方的庸俗人性上。

哀莫大于此，失去信仰。如果他真的曾经是巨人，那爱丽丝依然会追随他。

"说完了吗？"爱丽丝问道。

"不好意思？"

"你想说的话都说完了吗？"

格兰姆斯教授结巴了："那个，爱丽丝……"

"那我可以说话了吗？"

她一只胳膊紧紧揽住两面真，另一只胳膊绕过去，从背包里取出了笔记本。她翻了几页，然后把本子转过去，展示在格兰姆斯教授面前："你肯定知道这是干什么用的。"

格兰姆斯教授俯下身子读了起来。"厄里克托？"他皱着眉说，"这是什么？你从下面召唤灵魂帮你？"

"不是，"爱丽丝说，"我本来要把它用在你身上。我只是想向你展示我的成果。"

爱丽丝把本子扔到地上。她知道格兰姆斯教授看一眼就能解开她的成果。他很可能已经研究过非常类似的法阵了。

"我要把你的灵魂重新束缚到你的身体上。我会把你的咽喉缝回到你的肺上，用电磁线把你的肌肉缠到上面。我会把你固定在木框里，让你当一颗会说话的脑袋。不管你喊得多大声，我都不会放你走，直到我从你身上获得了我要的一切。"

格兰姆斯教授的笑容动摇了。爱丽丝看见动摇了，只有一瞬间，但一股荒诞的自豪感油然而生。经历了那么多，爱丽丝总算震撼到他了。

"好了，"爱丽丝吞吞吐吐地说，"给你。"

格兰姆斯教授飘浮在本子上，沉默地阅读着。

爱丽丝很熟悉这种沉默。有很多次，她坐在格兰姆斯教授的办公室里，他翻阅着她的成果，而她把手搁在大腿上，手指紧张地扭动。她知道格兰姆斯教授喜欢刻意多沉默一会儿，这是威慑战术。他明摆着告诉她，他总是对记者，还有他讨厌的同事这样做。有一次，他的沉默真的吓坏爱丽丝了。现在，她感到了一种强烈且炽热的快感。她知道，格兰姆斯教授之所以沉默，只是因为他在慌忙想办法回答。

他最后说了句："那不可能起作用。"

"起作用了，"爱丽丝向他保证，"我就是用它消灭了尼克·克里普克。"

他怎敢如此，爱丽丝心想。除非耍赖，否则他根本没有理由打击她，使激将法，但他还是这样做了。厄里克托咒是她最优秀的成果之一。破解地狱之门，发掘厄里克托的脚步，释读腐朽的文献，如此等等。这确实是一流的学术成果。当爱丽丝真正去回顾、去反思时，她发现，这就是格兰姆斯教授对她做过的最恶劣的事——让她怀疑自己不是一名好学者。格兰姆斯教授毁掉了她的信念，她不再相信自己有能力思考，有能力评判自己的思考成果，反而每做一步都要寻求他的认可。在他死了以后，她才自主完成了一个课题的构思、研究和落地。何其不幸。

"我不敢相信你认为它不起作用，"爱丽丝说，"我的意思是……你纯粹是个小丑，你怎么会知道？"

他失去她了。他知道。"你看啊，罗……"

爱丽丝跪下，用手平整地面。这里的沙子质感不同于八殿，甚至不同于岛岸。更粗糙，颗粒更大，更像上界的砂砾。没有那么丝滑、梦幻、细腻。

"不要,"格兰姆斯教授的声音里潜藏一丝恐惧,"爱丽丝,还是不要这么极端。"

"我不会的,"爱丽丝说,"我曾经以为那是我想要的,是我梦寐以求的,但现在我觉得……我只想交换。"

爱丽丝从口袋里掏出一根小棍。那是埃尔斯佩思的粉笔——爱丽丝的最后一根在忘川里废掉了。唉,是施罗普利标准粉笔,但彼得也偏爱施罗普利牌。既然这个成果完全属于他,那么爱丽丝觉得自己用施罗普利的成功率会比较高。魔法界有相关的理论,咒语发明者用的粉笔施咒效果最好。这种说法大概算是迷信吧,但还是带给了她安全感,也让有关彼得的记忆更加生动。爱丽丝在沙地上画了一条短线,然后屏住呼吸,看着,等待着。

线还在,沙子不会吞噬她的粉笔。

爱丽丝瞥了一眼阎罗王,似乎看到了他在微微点头。

接着,她画了一个大弧,覆盖了尽可能大的面积。

"那是什么?"格兰姆斯教授在爱丽丝的肩膀上方逡巡,"你在做什么?"

"你没看过这个成果,"爱丽丝说,"他不会给你看的。在那篇集合论论文以后就不会了……说实在的,你还有下限吗?"

"停下。"

"往那边挪挪,好吗?我需要多一点空间。"

"爱丽丝·罗,我命令你停下,马上。"

爱丽丝没搭理格兰姆斯教授,她必须专注。她只剩下这么一点粉笔了,就这么一小块,重新画是远远不够用的。她必须一次成功。如果没成功——她不允许自己设想如果没成功会发生什么。

回想太难了,她忘掉的东西好多。她再也不能依赖自动记忆了——疗愈有所得,技能有所失。她养成了依赖心灵之眼,调取清晰完整图像的习惯。直到目前为止，她都只是在依样画葫芦。对于她不确定有没有的记忆，调取难度就大得多了。现在，记忆和想象之间的界线变得模糊了。她不能信任自己的理智，她的理智难保不会编造出她希望自己见过的东西。最好的办法就是关闭大脑的理智部分，沉浸到笔画中，让彼得的记忆指引她完成。

"那个法阵不成立。"格兰姆斯教授说。

"嘘。"爱丽丝道。

"对话里没有那些算法，你在自己瞎编。"

"说得好像你知道似的。"

他扇了爱丽丝一巴掌。他好歹试过了。他的手直接穿过了她的脑袋，爱丽丝只感到一阵微弱到极点的气流。她抬头瞥了格兰姆斯教授一眼，无动于衷："看来身体还是有些用的。"

他又扇了一次——一个疯狂而无意义的动作。他咆哮了一声，盯着自己的手，但那样做并不能让烟雾化为实体。

"你必须具备神奇的本体感受，"爱丽丝告诉他，"也就是说，你不用看就知道身体各个部位的位置。这需要多年练习，但那时你就可以变化成任何东西了。埃尔斯佩思很擅长，她甚至能够化蝶。"

格兰姆斯教授意识到自己输了。他飘了回去，本体凝聚在形体周围。这副形体不如爱丽丝记忆中那么高大。事实上，爱丽丝从没注意到他已经开始驼背了，他的肩膀没有那么宽阔了，他的仪态也没有爱丽丝以为的那么令人望而生畏了。

"爱丽丝，求你了。我们谈谈吧。"

"求你了，教授。我在干活儿。"

"呸。"格兰姆斯飘到了圆圈边缘。爱丽丝往上瞥了一眼，目光犀利。她没考虑过的一点是，格兰姆斯教授必须在法阵里。但格兰姆斯教授似乎不能离开，他向法阵边缘冲去，一股无形的力量让他无法挣脱。

"这是什么？"格兰姆斯教授向阎罗王冲了过去，"放我出去。"

"你是被召来会面的，"阎罗王说，"爱丽丝·罗，会面结束了吗？"

"没有。"爱丽丝说。

"那擅离就是失礼了。"

"你不能这样做，"格兰姆斯教授说，"你应该不偏不倚，你不能就这么……任性……你违规了。"

"你还不懂吗，雅各布·格兰姆斯？"阎罗王眉头紧蹙，笑容里透着邪性，"地狱没有规则。"

格兰姆斯教授当时就蔫了，他总算无话可说了。

这个场面深深吸引了爱丽丝。爱丽丝从没见过格兰姆斯教授颓丧的样子，也从没过他需要任何东西。爱丽丝心想格兰姆斯教授会不会求饶，但随即又想到，格兰姆斯教授不懂得如何求饶，他一生中掌握权力的岁月太长了。他惯于施恩，不习惯受惠。另外，他已经有很久没有被人说过不了。这些都是显而易见的，他很快就从颓丧变成了义愤填膺。

"我成就了你，"格兰姆斯教授告诉爱丽丝，"你原本只有幼稚的梦想，是我塑造了你。你是陶土，是我为你赋形。我点燃你的火焰，培养你的思维。是我成就了你。"

"或许是那样吧，"爱丽丝懒得辩驳，"你应该对你的造物好一些的。"

"爱丽丝·罗……"

"嘘。"

爱丽丝闭合了圆圈，开始念咒。

啊，格兰姆斯教授开始号叫了。他把所有能用得上的脏话全都往爱丽丝身上泼：婊子、妓女、蠢货、无知小儿。爱丽丝没具体听，只当是一道同质化的浊流，她以前全都听过。格兰姆斯教授朝爱丽丝靠了过去，近到他的光晕都叠在了爱丽丝的身上，仿佛他可以凭借意志力进入爱丽丝的身体。他贴着爱丽丝转圈，冲她的耳朵咒骂。他把自己的死魂

第三十四章　477

灵脑袋塞进爱丽丝的脑袋里,直接冲着她的心灵咆哮。"你是个娃娃,你是个废物,你是个蠢货……"

不过,爱丽丝很擅长念咒。事实上,她在这一点上可以感谢格兰姆斯教授。专注力对魔法师至关重要。她读一年级的时候,格兰姆斯教授常常绕着她踱步咆哮,让她分心,她则畏畏缩缩地跪在地上,哆哆嗦嗦地画法阵。格兰姆斯教授曾告诉爱丽丝,她必须能在飓风中画出扎实的正圆,否则永远不能成功。她的心智要坚如铁屋。凡尘俗世,一概退散。万事不顾,一心画圆。万物隐遁,直到她心怀意念,独自站立在平面上——这时,法阵就启动了。

因此,爱丽丝现在可以轻松闭上眼睛,假装格兰姆斯教授不在场,径自念完咒语。

法阵中吹起一阵风。一开始只是微风,但风力迅速加强,吹得爱丽丝整张脸都被头发盖住。除了狂风呼啸,她什么都听不见。格兰姆斯教授猝然而起,仿佛有一只钩子在拉他。他倒转了过来,胳膊乱挥。当他转到爱丽丝面前时,他的脸松垮而无助。他或许喊了些什么话,但都被狂风淹没了。

他们以前有过这样的经历。这也是场景重现,这种暴烈的解体。现在,爱丽丝在观看第一次死亡的回放。但这一次,爱丽丝知道自己在做什么,也知道结局会怎样。这一次,她没有畏缩,而是坚定地看着。格兰姆斯教授在缓缓旋转,每转一圈,他的本体都会盘旋、消散,就像火堆上飘走的烟一样。至于散去了何处,爱丽丝无从得知。最后,他只剩下了一颗惨叫的头颅,然后是光秃秃的一张脸,接着连脸也剥落了,法阵里空无一物。风停了,四下无声。

空气被劈开了,现出一扇门的轮廓。这个世界出现了一道裂缝。门被推开了,彼得·默多克跌跌撞撞地走了出来。

第三十五章

爱丽丝叫了一声,介于哭喊和惊呼之间。彼得似乎没听见,看样子还在晕眩中。他呆若木鸡地站着,环视四周的沙地、高台,还有宝座上笑眯眯的阎罗王。他张开嘴巴,神志不清的样子让人看了心疼。他一直紧张地抚摸着胳膊。

接着,他的目光落在了爱丽丝身上,脸上露出了大大的灿烂的笑容。

"爱丽丝?"

"彼得。"

彼得小心翼翼地迈过门槛。一步,两步,然后奔跑起来。爱丽丝飞奔上前。两人撞了个满怀。彼得抱住了她,她也抱住了彼得。彼得散发出热量,那么活泼,那么实在。她哭了。

哎呀,他好瘦!爱丽丝恍然大悟。爱丽丝知道他是棵小树苗,但那只是视觉上的。她从未真切感受过彼得的麻秆儿身材。爱丽丝两只胳膊抱着彼得,左手甚至能够到他的左腰。她确实紧紧抱着他,抱得很紧,因为只要她抱得足够紧,她就能成为他的盾牌,抵挡世间一切侵袭。人真是奇迹啊,爱丽丝心想。人占据的空间那么小,在与不在,物质上的差别甚至不到一平方米。但现在有了彼得在这里,整个世界都变得更灿烂了。

最后,她收回了手,但他没有。他一只手插进她的头发,另一只手抱住她的后背,再次将她拉近。猛烈,义无反顾。他抱着她,好像她是船锚,好像没有了她,他就会消解。他吻了她。两人嘴唇分开了,他的额头依然贴着她的额头,仿佛两人只要有任何距离,那便不可饶恕。

"我死了。"彼得喘着气说。他低下头,眨着眼看自己的胳膊。爱丽丝也在看,还看到了巨大的环状伤疤。"我死了,是不是?"

"是的。"

"怎么会……"

"交换。"笑声脱口而出。爱丽丝感觉身子轻飘飘、晕乎乎的。她十指攥住他的衬衫:"你的笔记,你的成果。"

"你只看过一次啊。"

"但是,彼得……"爱丽丝笑得停不下来,"我的记忆力非常好。"

"哦,爱丽丝。"彼得双手摸索她的全身,仿佛必须让自己相信她是真实的。他惊奇地瞪大了眼睛:"爱丽丝,爱丽丝……你真了不起……"

"它起效了。"爱丽丝大喊道。她的手不能松开彼得的衬衫。她现在拥有他了,她不会放他走,再也不会。"我不敢相信它竟然有效。"

彼得也笑出了声。这是爱丽丝听过的最悦耳的声音,比她记忆中的要明亮得多。爱丽丝摇晃着彼得的身子,靠在他的胸口倾听他的笑声。她贴得越来越紧,彼得的胸膛甚至震动了起来。他好暖和!他好香,像新书一样,像铅笔屑一样,像春天在垂柳下读书,阳光洒在脸上,青草伸进脚趾间。她以前知道他这么好闻吗?也许有过一次,也许她忘记了,但他既然活过来了,她可以一遍遍地温习,可以享受发现的快乐,不断探索他的一切。她感到一股轻快之气从胸口传遍四肢。她无法呼吸。她感觉现在的每一刻都可能分裂成一百万颗闪亮的星星,轻快会使她沉溺。她不知道如何对待这种感受。她一生中从未感受过这样的快乐。

彼得抽回手,笑容也不见了:"那……格兰姆斯呢?"

"他就是,"爱丽丝说,"交换的对象。"

她看到彼得正在思考,全面分析后果与影响。彼得很聪明,他肯定看到了完整的决策树。

"但为什么……"彼得说到一半,停下来调整措辞,"但那样你就白来了。"

"没有白来。"爱丽丝用大拇指从上往下掠过他的双颊。多么神奇啊,他的脸,他的下巴,还有发际线与太阳穴相交处的发茬——爱丽丝心想。"没有白来。我什么都有了。"

彼得与她十指相扣:"哦,爱丽丝……"

"听着,彼得。"爱丽丝犹豫了,她不是没有话说,而是不知从何说起。她感觉天旋地转——有一个人看着你,真的在看着你,耐心地试图理解你。但她有太多事情要告诉彼得了。那一切纠缠、棘手,饱含着苦与乐。当她终于说得出话时,她只能说一句:"我想说,对不起。"

"哦,"彼得歪着头思索道,"好吧,我也要说对不起。"

言不及义。语言根本无法把握深邃的情感、愧疚、欣慰、羞耻,还有爱。鸿沟还在那里,他们并没有建起桥梁,只是遥相挥手。也许平行线可以在无限远处相交,也许吧。没说出来的话还有很多。现在,奇迹般地,他们可以用一生去思考如何说出来。但爱丽丝觉得,互致歉意是一个不错的开始。

彼得看向下面的植物:"这是什么?"

爱丽丝咧嘴笑了:"我们的回程票。"

"两面真!"彼得伸手去拿,爱丽丝把它递到彼得怀里。花瓣朝着彼得的脸,他容光焕发,那是爱丽丝见过的最可爱的景象。

第三十五章

"神奇！"彼得说。

"可不是嘛。"爱丽丝转向阎罗王，"大人，我准备好交易了。"

阎罗王示意两人上前，爱丽丝和彼得手拉着手走向王座。

"你要什么？"阎罗王问道。

"回上面去，"爱丽丝说，"这是一条。"

"一条？"

"还有一条，我们要求恢复阳寿，"爱丽丝紧紧抓住两面真，"我们历经坎坷，没有实现来的目的，我觉得我们应当获得理赔。"

阎罗王沉默了片刻。爱丽丝读不懂他的表情。他缓缓说道："你觉得地狱应当给你们理赔。"

"爱丽丝。"彼得嘟囔了一句。

"我看样子帮了您一个忙。"爱丽丝还在叽叽喳喳。她觉得值得一试，她觉得世间万事都值得一试。"我帮您除害了，我的意思是。我也明白，您是从永恒的角度来衡量，格兰姆斯和克里普克一家的几年光阴不过是一眨眼的工夫。但那是我们付出阳寿后应得的回报。公平交易，您意下如何？"

地狱之主端坐无言。

爱丽丝看不见阎罗王胡须下的嘴巴。她只能看见他浓眉紧皱，目光如炬，和她小时候见过的阎罗王形象一模一样，但她从来分不清他的表情是笑还是愁。

爱丽丝的父母在他们的高考前拜过阎罗王。爱丽丝问他们为什么，幽冥与高考有什么关系，毕竟阎罗王痛恨腐败。他们告诉她，阎罗王是一名仁慈的官僚，他严厉打击作弊，但奖励刻苦努力，不用惧怕阎罗王。

终于，阎罗王开口了："你知道吧，你们魔法师的世界观可笑至极。你认为你们的咒语之所以奏效，是因为你们愚弄了世界。你以为自己很聪明，能够绕过规则。你们以为世界很糊涂，只得听命于你们。你们没有意识到,自然知道你们在说谎。你们画小圆圈,我们曲意逢迎,就像父母假装不知道自己的小孩撒谎一样。"他挠着下巴说:"但我们神灵是宽仁的,你看。我们确实喜欢凡人逗我们开心。"

爱丽丝鼓起了希望:"那我们把您逗乐了吗,大人?"

"你确有可观之处。"

他又沉吟了一会儿,最后宣判:"我会将你们此行付出的寿数减半,剩下的部分就当是交学费了。"

爱丽丝还想开口争辩,但彼得捅了一下她的胳膊:"我认为很公允,大人。"

"好吧,"她抱怨了一句,"如果最多只能这样的话。"

"你们满意吗?"

"满意,阎罗王。"

阎罗王伸出手。

爱丽丝上台走到座前,两面真紧紧贴在胸口。

阎罗王伸手去拿,她递了过去。阎罗王举起两面真,然后闭上眼,抱住了它。这时,花瓣散发出星辰般的银光,接着整个植物融入了阎罗王的胸怀。他黑色的身体中泛起一道闪烁的光波,一百万个一眨一眨的星辰随之出现。他呼出一口气,星光暗淡了下去。那是另有来处,爱丽丝心想。无矛盾,不存在。

"好了,"阎罗王抓起权杖,"让我送你们回家吧。"

他们面前出现了一道楼梯。楼梯盘旋展开,声如溪流,一直向上延伸到看不见的顶端,俨然贯世之针。爱丽丝和彼得手拉着手走向楼梯口。

"去吧,"阎罗王说,"小心别回头。"

"真的吗?"爱丽丝问道。

"开玩笑的，"阎罗王说，"随便看哪里都行，去吧。"

两人走了上去。每走一步，爱丽丝都感觉更加轻快。每走一步，她就更接近真实生活，更接近从上面漏下来的新鲜空气。真有空气味的空气。甘甜、清新、宜人，不是死者之地的陈腐之气。空气一直这么好闻吗？两人往上走，底下的阶梯也一级一级消失，直到他们悬在高空中。爱丽丝不觉烦恼，她不会掉下去。事实上，她在向上攀登，脚下阶梯消失的过程带来了一种奇异的感觉，那就是她根本不需要阶梯。阶梯只是探索工具，因为一步登天的难度太大了。她的脚步从未如此笃定。她不担心迷路。"他在爬上梯子之后把梯子抛掉了，"维特根斯坦写道，"那时才能正确地看世界。"[1]

他们爬得很快。没过多久，阎罗王和阎罗殿就像玩具屋一样渺小了。爱丽丝回头往下看，发现地狱之主正在挥手告别。几分钟后，他们便高居八殿之上，俯瞰地狱全貌。傲慢殿的建筑、贪婪殿的沙漠，还有反叛者城堡，城中的死魂灵怨愤不屈，到头来作茧自缚。爱丽丝不恨格特鲁德，只有不绝的怜悯——格特鲁德以为她的避难所很大，但爱丽丝从上面望去，城堡只是无垠大地上一个丑陋的斑点。一座过分关注细节、让人心疼的玩具屋。格特鲁德还自以为改换了世界。

"你还好吗？"彼得问道。

"啊，还好，"爱丽丝说，"只是在回忆。"

她多站了一会儿，目光流连在八殿上。她尽全力记住它们，然后转身继续爬梯。

她希望不要太快回来。她希望当她度过了许多痛苦与兴奋的年头，最后重返地狱时，单调的沙丘会变成宜人之地。

"我在想，我们以后还能不能找到教职……"彼得说，"看样子我们

---

[1] 引自《逻辑哲学论》，[奥]维特根斯坦著，郭英译，商务印书馆，1985年。

毕不了业了。"

"我们可以写写地狱，"爱丽丝说，"拿来当毕业论文。"

"会有人相信我们吗？我们没有证据。"

"我就是你的证据。"

"你有偏见。"

"不，我没有。"

"是的，你有。你爱我。"

"嘘，"爱丽丝红着脸说，"你可不能满世界说啊。"

哦，但那不重要了，学术界不重要。或许他们有朝一日能修改毕业论文题目，能换评审委员会，能想办法找到一份工作，又或许不能，但那些都不重要了，因为他们前方还有未来，美好的、开放的未来。他们可以随意填补，而爱丽丝此刻只有一个心愿，那就是与彼得共度未来。

她一段时间内都不想再去实验室，也不想再听课了。她想象着未来与他相约学习的场景——互相扔纸团，换书看，在对方的黑板上写写画画。但就现在而言，她想要离开校园。可能是出去过周末吧——她有好多年没休过周末了，她甚至不知道有什么地方可去。大家说伊利不错。格兰奇斯特村，有可能，据说那是个游泳的好地方。也可以过得简单一点，看夜场电影，到河边的柳树下野餐。她不知道彼得喜欢吃什么。她甚至不知道彼得有什么兴趣爱好，如果他有兴趣爱好的话。她要学习，她要探索他的方方面面。彼得·默多克是一本读不完的书，她余生只想用手指滑过这本书的每一页。

他们来到了天空，或者说位于地狱边界的那一部分天空。他们头顶有一块长方形的金属板，那是地窖门的下侧。门的边缘透出光来，周围环绕着十几只灿烂夺目的蝴蝶。爱丽丝伸手开门的时候，蝴蝶一齐呼啦啦地飞走了，只留下一只立在门锁上，轻轻颤动着翅膀。爱丽丝用手指去戳它的翅膀，感觉像天鹅绒一样柔软。那是吻的记忆。

第三十五章

"谢谢，埃尔斯佩思，"爱丽丝喃喃道，"我懂。"

蝴蝶飞走了，飞向橙色的天空。爱丽丝去拽门，手一碰，锁咔嗒一声就开了。她和彼得将双手举过头顶去推门，门板轻松翻了上去。突然间，两人就沐浴在了月光下。

爱丽丝认得这片夜空。她清楚阎罗王把他们放到了哪里。莫德林学院的院士花园临河而建，花园尽头有一处庭院，这就是他们所在的地方。她曾在很多个夜晚含胸驼背，低头盯着脚下，走过这里的草坪。她之所以能认出来，是因为那里的星星特别明亮。环境中弥漫着与现代性相冲的魔力，能够抵消周边城区的声光。污染消退，群星显得格外清楚。观星不需要往外跑几英里，只要抬头就能看见星座，就像星座图上画的那样。每逢夏季，天文系学生就会躺在庭院的地上，用铅笔在本子上描绘头顶的星空。

爱丽丝有一次跟彼得走过院子，他不顺路，他住在方向相反的圣约翰学院。但天色已晚，而且新闻上说有巨蟒逃脱。虽然说起来挺荒谬的，但在当时来看，他送爱丽丝回家是有道理的，以防巨蟒从芦苇丛里蹿出，把爱丽丝整个吞进肚子里。没错，彼得战巨蟒。那天晚上的星星很亮，彼得问她知不知道奥伯斯佯谬。她不知道。他会如何解释呢？

"夜空不应该这么黑，"彼得当时对她说，"如果宇宙是无限的话，星光应当填满所有空间。光不照到平面上就不会停止——那为什么会有黑色区域？我们站在地球上，应该只能看到光才对。"

"那可能宇宙不是无限的。"爱丽丝说。

"也可能宇宙在扩张，"彼得说，"星星太年轻了，远处的光还在赶来的路上。在赶到之前，夜空就是黑的。"

现在爱丽丝看着彼得，想起了《希腊诗文选》里的一句诗。格兰姆斯让她从中发掘谜语，但她惊异于华章之美，在这本书上流连了太久。她凝望着彼得，心想：我愿化夜，夜有千目，望尔入眠。

地窖门上有微风拂过，吹在他们汗津津的脸颊上，清爽宜人。

一切都回来了。绿茵草坪散发着清新的气息，头顶的树叶沙沙作响，知更鸟蹦蹦跳跳地回巢穴。船篙划过水面，自行车轮在石子路上旋转。那么多细节，她当初夜里走过时不曾在意，其实都藏在她的头脑里。现在实景就在眼前，一切都显得太过生动。张灯结彩，光影流动。世界充满了这样多的事物！学院花园里的阳光；食堂供应用黄油和香草调味的新鲜土豆；雨敲击着宿舍的屋顶；豆大的雨滴落入街道上的水洼，泛起小小的涟漪。靴子嘎吱嘎吱响，手套湿漉漉，杯中有热茶，碎叶浮水面。她不敢相信，她竟然重新拥有了这一切。这笔交易好得不像是真的。一株石榴树苗就换来了世间缤纷万千。她怎么配活着？谁又可曾配活着？

但是，你不能质疑这份礼物。这是埃尔斯佩思教给她的。没有答案，只有奇妙无方的恩典。报恩之道，唯有生活本身。

她呼了一口气。"准备好了吗？"

彼得紧紧抓住她的手。"你先走。"

爱丽丝爬了上去，彼得紧随其后。两人一起回到世间，再一次仰望星辰。

彼得的地图

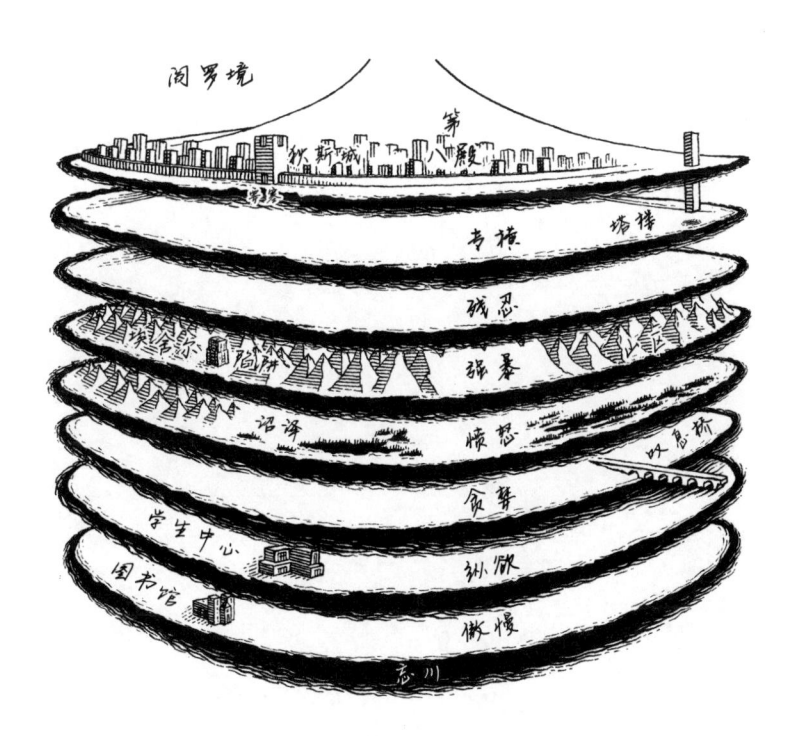

爱丽丝的地图

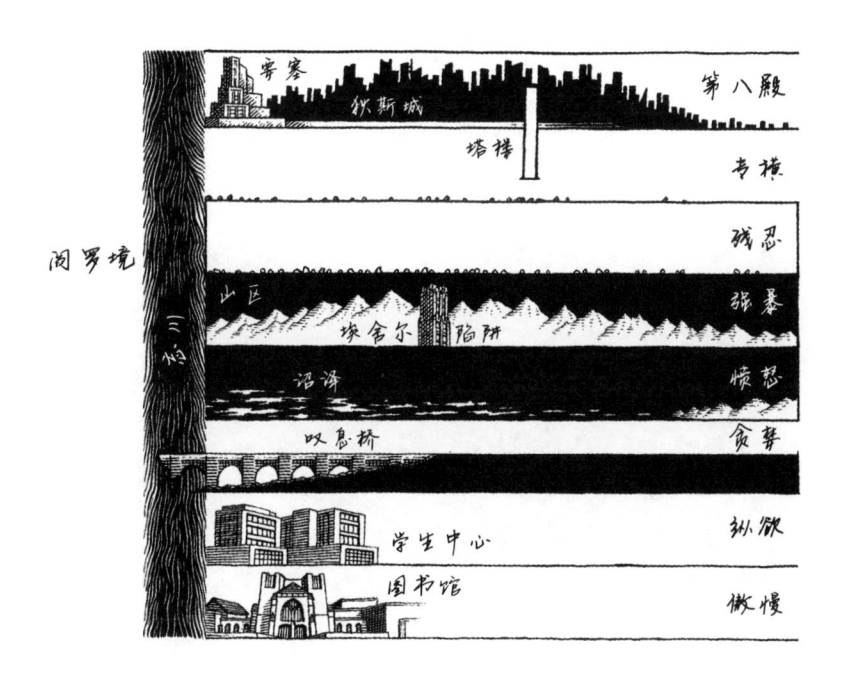

埃尔斯佩思的地图

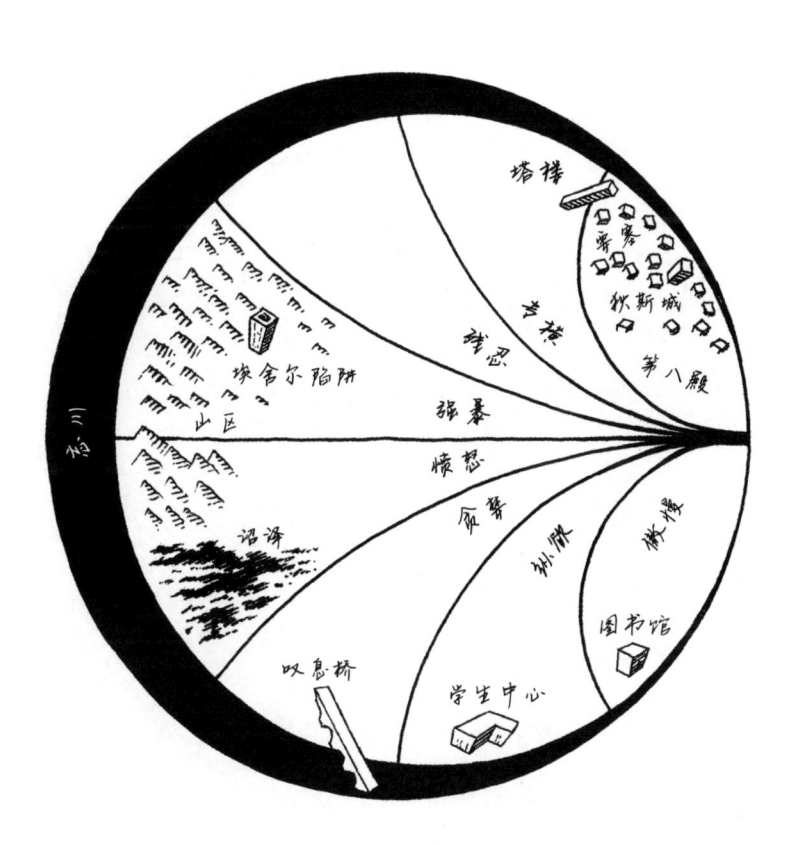

致 谢

笔者非常感谢下列人士：汉娜·鲍曼、哈维斯·道森、莉莎·道森、劳伦·邦考、尼古拉斯·鲁尼恩，以及莉莎·道森事务所的全体同仁。特别感谢约舒亚·鲍曼在数学方面给出的意见。感谢负责本书出版的哈珀旅行者团队成员：戴维·波默里科、娜塔莎·巴登、利亚特·斯特赫利克、珍·哈特、凯特琳·哈里、丹妮尔·巴特利特、D.J. 德斯米特、迪安娜·贝利、拉腊·贝兹、伊莎贝拉·奥博格鲁马尼、龙尼·库特斯、理查德·阿昆、蒙塔兹·穆斯塔菲、雷娜塔·德奥利韦拉、罗宾·巴莱塔、埃万盖洛斯·瓦西拉基斯、霍普·埃利斯、卡里·埃利奥特、凯瑟琳·珀克斯、弗勒尔·克拉克、弗里安基·格雷、凯特·埃尔顿、马迪·马歇尔、沙恩·里奇丰、苏珊娜·佩登、菲奥诺拉·巴雷特、利娅·伍兹、霍利·马丁、露丝·伯罗、罗茜·霍金斯、特伦斯·卡夫、埃莉·盖姆和埃米莉·陈。我们已经共同走过了许多旅程，来日方长。感谢文字编辑阿贾·波洛克的精心编校。感谢帕特里克·阿拉史密斯设计的精美封面插图。关于逻辑学方面，笔者要感谢凯蒂·奥内尔、加雷思·诺曼、塞利娜·古特、菲利普·迈尔和麻省理工学院哲学系的其他同仁。感谢"穹顶与花园""圣乔治要塞""克莱尔角落餐厅""亚法"等咖啡馆与餐厅提供的咖啡因和安静环境，以及"丽齐丽齐丽齐"的楼上房间。感谢笔者所在城市的下列独立书店：波特广场书店、哈佛书店和哈佛书店联盟。感谢爸爸妈妈带我登山看日出。感谢所有提醒我仰望天空的朋友。笔者要一如既往地感谢本内特，是你把我从罗丹美术馆花园的泥地里拉起，是你告诉我要写完这个故事。